# Некуда

No Way Out

## Николай Семенович Лесков

Nikolai Semyonovich Leskov

Некуда
Copyright © JiaHu Books 2013
First Published in Great Britain in 2013 by Jiahu Books – part of
Richardson-Prachai Solutions Ltd, 34 Egerton Gate, Milton Keynes, MK5
7HH
ISBN: 978-1-909669-67-3

# Книга первая
# В провинции

## Глава первая.
## Тополь да березка

В трактовом селе Отраде, на постоялом дворе, ослоненном со всех сторон покрытыми соломою сараями, было еще совсем темно.

В этой темноте никак нельзя было отличить стоящего здесь господского тарантаса от окружающих его телег тяжелого троечного обоза. А около тарантаса уж ворочается какое-то существо, при этом что-то бурчит себе под нос и о чем-то вздыхает. Существо это кряхтит потому, что оно уже старо и что оно не в силах нынче приподнять на дугу укладистый казанский тарантас с тою же молодецкою удалью, с которою оно поднимало его двадцать лет назад, увозя с своим барином соседнюю барышню. Повертевшись у тарантаса, существо подошло к окошечку постоялой горницы и слегка постучалось в раму. На стук едва слышно отозвался старческий голос, а вслед за тем нижняя половина маленького окошечка приподнялась, и в ней показалась маленькая седая голова с сбившеюся на сторону повязкой.

— Что, Никитушка? — спросила старушка.

— Пора, Марина Абрамовна.

— Пора?

— Да холодком-то полегче отъедем.

— Ну, пора так пора.

— Буди барышень-то. Я уж подмазал, закладать стану.

Никитушка опять пошел к тарантасу, разобрал лежавший на козлах пук вожжей и исчез под темным сараем, где пофыркивали отдохнувшие лошадки.

Через полчаса тарантас, запряженный тройкою рослых барских лошадей, стоял у утлого крылечка. В горнице было по-прежнему темно, и на крыльце никто не показывался. Никитушка нередко позевывал, покрещивал рот и с привычною кучерскою терпеливостью смотрел на троечников, засуетившихся около своих возов. Наконец на высоком пороге двери показалась стройная девушка, покрытая большим шейным платком, который плотно охватывал ее молодую головку, перекрещивался на свежей груди и крепким узлом был завязан сзади. В руках у девушки был дорожный мешок и две подушки в ситцевых наволочках.

— Здравствуй, Никита, — приветливо сказала девушка, пронося в дверь свою ношу.

— Здравствуйте, барышня, — отвечал седой Никитушка. — Что это вы сами-то таскаете?

— Да так, это ведь легкое.

— Дайте, матушка, я уложу.

И Никитушка, соскочив с козел, принял из рук барышни дорожный мешок и подушки.

— Какое утро хорошее! — проговорила девушка, глядя на покрывавшееся бледным утренним светом небо и загораживая ручкою зевающий ротик.

— День, матушка Евгения Петровна, жаркий будет! Оводье проклятое доймет совсем.

— То-то ты нас и поднял так рано.

— Да как же, матушка! Раз, что жар, а другое дело, последняя станция до губерни-то. Близко, близко, а ведь сорок верст еще. Спознишься выехать, будет ни два ни полтора. Завтра, вон, люди говорят, Петров день; добрые люди к вечерням пойдут; Агнии Николаевне и сустреть вас некогда будет.

А пока у Никитушки шел этот разговор с Евгенией Петровной, старуха Абрамовна, рассчитавшись с заспанным дворником за самовар, горницу, овес да сено и заткнув за пазуху своего капота замшевый мешочек с деньгами, будила другую девушку, которая не оказывала никакого внимания к словам старухи и продолжала спать сладким сном молодости. Управившись с собою, Марина Абрамовна завязала узелки и корзиночки, а потом одну за другою вытащила из-под головы спящей обе подушки и понесла их к тарантасу.

— Где ж Лиза, няня? — спросила ее Евгения Петровна, остававшаяся все это время на крылечке.

— Где ж, милая? Спит на голой лавке.

— Не встала еще? — спросила с удивлением девушка.

— Да ведь как всегда: не разбудишь ее. Побуди поди, красавица моя, — добавила старуха, размещая по тарантасу подушки и узелки с узелочками.

Красавица ушла с крылечка в горницу, а вслед за нею через несколько минут туда же ушла и Марина Абрамовна. Тарантас был совсем готов: только сесть да ехать. Солнышко выглянуло своим красным глазом; извозчики длинною вереницею потянулись со двора. Никитушка зевнул и как-то невольно крякнул.

— Ну что это, сударыня, глупить-то! Падает, как пьяная, — говорила старуха, поддерживая обворожительно хорошенькое семнадцатилетнее дитя, которое никак не могло разнять слипающихся глазок и шло, опираясь на старуху и на подругу.

— Носи ее, как ребеночка малого, — говорила старуха, закрывая упавшую в тарантас девушку, села сама впереди против барышень под фордеком и крикнула: — С Богом, Никитушка.

Тарантас, выехав со двора, покатился по ровной дороге, обросшей старыми высокими ракитами.

## Глава вторая.
## Кто едет в тарантасе

Мелодическое погромыхивание в тон подобранных бубенчиков и тихая качка тарантаса, потряхивающегося на гибких, пружинистых дрогах, в союзе с ласкающим ветерком раннего утра, навели сон и дрему на всех едущих в тарантасе. То густые потемки, то серый полумрак раннего утра не позволяли нам рассмотреть этого общества, и мы сделаем это теперь, когда единственный неспящий член его, кучер Никитушка, глядя на лошадей, не может заметить нашего присутствия в тарантасе.

Направо, уткнувшись растрепанною, курчавою головкою в мягкую пуховую подушку, спит Лизавета Егоровна Бахарева. Ей семнадцать лет, она очень стройна, но не высока ростом. У ней прелестные, густые каштановые волосы, вьющиеся у лба, как часто бывает у молодых француженок. Овал ее лица несколько кругл, щечки дышат здоровым румянцем, сильно пробивающимся сквозь несколько смуглый цвет ее кожи. На висках видны тоненькие голубые жилки, бьющиеся молодою кровью. Глаз ее теперь нельзя видеть, потому что они закрыты длинными ресницами, но в институте, из которого она возвращается к домашним ларам, всегда говорили, что ни у кого нет таких прелестных глаз, как у Лизы Бахаревой. Все ее личико с несколько вздернутым, так сказать курносым задорным носиком, дышит умом, подвижностью и энергией, которой читатель мог не заподозрить в ней, глядя, как она поднималась с лавки постоялого двора.

Другую нашу героиню мы уже видели на крылечке. Читатель, конечно, догадался, что эти две девушки — героини моего романа. Глядя на сладко спящую подругу и раскачивающуюся в старческой дреме Абрамовну, Евгения Петровна тоже завела глазки и тихо уснула под усыпляющие звуки бубенцов. Они ровесницы с Лизой Бахаревой, вместе они поступили в один институт, вместе окончили курс и вместе спешат на бессменных лошадях, каждая под свои родные липы. На взгляд Евгения Петровна кажется несколько постарше Бахаревой, но это только так кажется.

На самом деле ей тоже восемнадцатый год, что и Лизе.

Марина Абрамовна недаром назвала Евгению Петровну красавицей. Она действительно хороша, и если бы художнику нужно было изобразить на полотне известную дочь, кормящую грудью осужденного на смерть отца, то он не нашел бы лучшей натурщицы, как Евгения Петровна Гловацкая. Стан высокий, стройный и роскошный, античная грудь, античные плечи, прелестная ручка, волосы черные, черные, как вороново крыло, и кроткие, умные голубые глаза, которые так и смотрели в душу, так и западали в сердце, говоря, что мы на все смотрим и все видим, мы не боимся страстей, но от дерзкого взора они в нас не вспыхнут пожаром. Вообще в ее лице много спокойной решимости и силы, но вместе с тем в ней много и той женственности, которая прежде всего ищет раздела, ласки и сочувствия. Теперь она спит, обняв Лизу, и голова ее, скатившись с подушки, лежит на плечике подруги, которая и перед нею кажется сущим ребенком.

Няне, Марине Абрамовне, пятьдесят лет. Она московская солдатка, давно близкая слуга семьи Бахаревых, с которою не разлучается уже более двадцати лет. О ней говорят, что она с душком, но женщина умная и честная. Кучер Никитушка лет пять тому назад прожил полстолетия. Когда ему было тридцать лет, он участвовал с Егором Бахаревым в похищении у одного соседнего помещика дочери Ольги Сергеевны, с которою потом его барин сочетался браком в своей полковой церкви и навсегда забыл услугу, оказанную ему при этом случае Никитушкою.

Никитушка ходил с барином и барынею по походам, выучился готовить гусарское печенье, чистить сапоги и нянчить барышню Елизавету Егоровну, которую он теперь везет домой после долголетнего отсутствия. Своего у Никитушки ничего не было: ни жены, ни детей, ни кола, ни двора, и он сам о себе говорил, что он человек походный. Целый век он изжил таскаючись и только лет с восемь приютился оседло, примостив себе кроватку в одном порожнем стойле господской конюшни. Тут он спал лето и зиму с старой собакой Розкой, которую щенком украл шутки ради у одного венгерского пана в 1849 году. На барина своего, отставного полковника Егора Николаевича Бахарева, он смотрел глазами солдат прошлого времени, неизвестно за что считал его своим благодетелем и отцом-командиром, разумея, что повиноваться ему не только за страх, но и за совесть сам Бог повелевает.

Кругло говоря, и Никитушка и Марина Абрамовна были отживающие типы той старой русской прислуги, которая рабски-снисходительно относилась к своим господам и гордилась своею им преданностью. И тот и другая сочли бы величайшим преступлением, достойным если не смертной казни, то по крайней мере церковной анафемы, если бы они упустили какой-нибудь интерес дома Бахаревых или дома смотрителя уездного училища, Гловацкого. Дружба старика Бахарева со стариком Гловацким, у которого Бахарев нанимал постоянную квартиру, необходимую ему по званию бессменного уездного предводителя дворянства, внушала им священное почтение и к старику Гловацкому и к его Женичке, подруге и приятельнице Лизы.

Теперь тарантас наш путешествует от Москвы уже шестой день, и ему остается проехать еще верст около ста до уездного города, в котором растут родные липы наших барышень. Но на дороге у них близехонько есть перепутье.

## Глава третья.
## Приют безмятежный

Спокойное движение тарантаса по мягкой грунтовой дороге со въезда в Московские ворота губернского города вдруг заменилось несносным подкидыванием экипажа по широко разошедшимся, неровным плитам безобразнейшей мостовой и разбудило разом всех трех женщин. На дворе был одиннадцатый час утра.

— Город? — спросила, проворно вскочив, Лиза Бахарева.

— Город, матушка, город, — отвечала старуха.

— Город! Женни, город, приехали, — щебетала Лизавета Егоровна, толкая уже проснувшуюся Гловацкую.

— Слышу, Лиза, или, лучше сказать, чувствую, — отвечала та, охая от получаемых толчков, но все-таки еще придерживаясь подушки.

— Тоже мостовою зовется, — заметила Лиза.

— И, матушка, все лучше болота, что у нас-то в городе, — проговорила няня.

— Да у нас, няня, разве город?

— А что ж у нас такое, красавица?

— Черт знает что!

— Ну, ты уж хоть у тетеньки-то этого своего черного-то не поминай! Приучили тебя экую гадость вспоминать!

Девушки засмеялись, и Гловацкая, вставши, стала приводить себя в порядок.

Между тем тарантас, прыгая по каменным волнам губернской мостовой, проехал Московскую улицу, Курскую, Кромскую площадь, затем Стрелецкую слободу, снова покатился по мягкому выгону и через полверсты от Курской заставы остановился у стен девичьего монастыря.

Монастырь стоял за городом на совершенно ровном, как скатерть, зеленом выгоне. Он был обнесен со всех сторон красною кирпичною стеною, на которой по углам были выстроены четыре такие же красные кирпичные башенки.

Кругом никакого жилища. Только в одной стороне две ветряные мельницы лениво махали своими безобразными крыльями. Ничего живописного не было в положении этого подгородного монастыря: как-то потерянно смотрел он своими красными башенками, на которые не было сделано даже и всходов. Ничего-таки, ровно ничего в нем не было располагающего ни к мечте, ни к самоуглублению. Это не то, что пустынная обитель, где есть ряд келий, темный проход, часовня у святых ворот с чудотворною иконою и возле ключ воды студеной, — это было скучное, сухое место.

В двух стенах монастыря были сделаны ворота, из которых одни были постоянно заперты, а у других стояла часовенка. В этой часовенке всегда сидела монашка, вязавшая чулок и звонившая колокольчиком, приделанным к кошельку на длинной ручке, когда мимо часовенки брел какой-нибудь прохожий. Возле часовни, в самых темных воротах, постоянно сидел на скамеечке семидесятилетний солдат, у которого еще, впрочем, осталось во рту три зуба.

Он тоже обыкновенно вязал шерстяной чулок, взапуски с монашкой, сидевшей в часовне. Каждый вечер они мерялись, кто больше навязал, и или монашка говорила: «Я, Арефьич, сегодня больше твоего свезла», или Арефьич объявлял: «Сегодня я, мать, больше тебя свез».

Завидя подъезжавший тарантас, Арефьич вскинул своими старческими глазами, и опять в его руках запрыгали чулочные прутья; но когда лошадиные головы дерзостно просунулись в самые ворота, старик громко спросил:

— Кого надо?

— Своих, своих, — отвечал, не обращая большого внимания на этот оклик, Никитушка.

— Кого своих? — переспросил Арефьич и, отбросив на скамейку чулок, схватил за повод левую пристяжную.

Монашка из часовни выскочила и, позванивая колокольчиком, с недоумением смотрела на происходившую сцену. Из экипажа послышался веселый хохот.

— Что ты! леший! аль тебя высадило? — кричал с козел Никитушка на остановившегося в решительной позе привратника.

— Да так, на то я сторож... на то здесь поставлен... — шамшил беззубый Арефьич, и глаза его разгорались тем особенным огнем, который замечается у солдат, входящих в дикое озлобление при виде гордого, но бессильного врага.

— Чего, черт слепой, не пустишь-то?

— Не пущу, — задыхаясь, но решительно отвечал опять Арефьич. — Позови кого тебе надо к воротам, а не езди.

— А, крупа поганая, что ты, не видишь?..

— Да чьи такие вы будете? Из каких мест-то? пропищала часовенная монашка, просовывая в тарантас кошелек с звонком и свою голову.

— Да бахаревские, бахаревские, чтой-то вы словно не видите, я барышень к тетеньке из Москвы везу, а вы не пускаете. — Стой, Никитушка, тут, я сейчас сама к Агнии Николаевне доступлю. — Старуха стала спускать ноги из тарантаса и, почуяв землю, заколыхала к кельям. Никитушка остановился, монастырский сторож не выпускал из рук поводьев пристяжного коня, а монашка опять всунулась в тарантас.

— Из Москвы едете-то? — спросила она барышень.

— Женни, тебя спрашивают, — сказала Лиза и, продолжая лениться, смотрела на тиковый потолок фордека. Гловацкая посмотрела на Лизу и вежливо ответила монахине:

— Из Москвы.

— В ученье были?

— Да, в институте.

Монахиня помолчала, а через несколько минут опять спросила:

— А теперь к кому же едете?

— Домой, к родителям, — отвечала Женни.

— Сродственников имеете?

— Да.

— Зачем это у вас в ворота не пускают? — повернувшись к говорившим, спросила Лиза.

— Как, матушка?

— Не пускают зачем? кого боятся? кого караулят?

— Н... ну, такое распоряжение от мать-игуменьи.

По монастырскому двору рысью бежала высокая весноватая девушка в черном коленкоровом платье, с сбившимся с головы черным шерстяным платком.

— Пусти! пусти! Что еще за глупости такие, выдумал не пущать! — кричала она Арефьичу.

— Я на то здесь поставлен... а велят, я и пущу, — ответил солдат и отошел в сторону.

Рыжая, весноватая девушка мигом вспрыгнула в тарантас и быстро поцеловала руки обеих барышень, прежде чем те успели их спрятать. Тарантас поехал.

— А тетенька-то как обрадовались: на крыльцо уж вышли встречать, ожидают вас. — У нас завтра престол, владыко будут сами служить; закуска будет и мирские из города будут, — трещала девушка скороговоркою.

## Глава четвертая.
## Мать Агния

На высоком чистеньком крыльце небольшого, но очень чистого деревянного домика, окруженного со всех сторон акациею, сиренью, пестрыми клумбами однолетних цветов и не менее пестрою деревянною решеткою, стояли четыре женщины и две молоденькие девочки. Три из этих женщин были монахини, а четвертая наша знакомая, Марина Абрамовна. Впереди, на самой нижней ступеньке чистенького крылечка рисовалась высокая строгая фигура в черной шелковой ряске и бархатной шапочке с креповыми оборками и длинным креповым вуалем. Это была игуменья и настоятельница монастыря, Агния Николаевна, родная сестра Егора Николаевича Бахарева и, следовательно, по нем родная тетка Лизы. Ей было лет сорок пять, но на вид казалось не более сорока. В ее больших черных глазах виднелась смелая душа, гордая своею силою и своим прошлым страданием, оттиснутым стальным штемпелем времени на пергаментном лбу игуменьи. Когда матери Агнии было восемнадцать лет, она яркою звездою взошла на аристократический небосклон так называемого света. Первый ее выезд в качестве взрослой девицы был на великолепный бал, данный дворянством покойному императору Александру Первому за полгода до его кончины. Все глаза на этом бале были устремлены на ослепительную красавицу Бахареву; император прошел с нею полонез, наговорил любезностей ее старушке-матери, не умевшей ничего ответить государю от робости, и на другой день прислал молодой красавице великолепный букет в еще более великолепном порт-букете. С тех пор нынешняя мать Агния заняла первое место в своем свете. Три года продолжалось ее светское течение, два года за нею ухаживали, искали ее внимания и ее руки, а на третий она через пятые руки получила из Петербурга маленькую записочку от стройного гвардейского офицера, привозившего ей два года назад букет от покойного императора. В этой записочке было написано только следующее: «Судьба моя решена самым печальным образом. Не жди меня и обо мне не справляйся: это только может навлечь на тебя большие неприятности. Следовать за мной ты не можешь, да и это только увеличило бы твои страдания. Возвращаю тебе твои клятвы, прошу тебя забыть меня и быть счастливою сколько можешь и как можешь. Блаженства, которое я ощущал два года, зная, что любишь меня более всех людей на свете, достанет мне на весь остаток моей жизни, и в холодных норах ужасной страны моего изгнания я не забуду ни твоего чистого взора, ни твоего прощального поцелуя.

Твой до гроба князь А.Т.»

Анна Николаевна Бахарева в этом случае поступила так, как поступали многие героини писаных и неписаных романов ее века. Она томилась, рвалась, выплакала все глаза, отстояла колени, молясь теплой заступнице мира холодного, просила ее спасти его и дать ей силы совладать с страданием вечной разлуки и через два месяца стала навещать старую знакомую своей матери, инокиню Серафиму, через полгода совсем переселилась к ней, а еще через полгода, несмотря ни на просьбы и заклинания семейства, ни на угрозы брата похитить ее из монастыря силою, сделалась сестрою Агниею. С летами все это обошлось; старики, примирившись с молодой монахиней, примерли; брат, над которым она имела сильный умственный перевес, возвратясь из своих походов, очень подружился с нею; и вот сестра Агния уже осьмой год сменила умершую игуменью Серафиму и блюдет суровый устав приюта не умевших найти в жизни ничего, кроме горя и страдания. Мать Агнию все уважают за ее ум и за ее безупречное поведение по монастырской программе. У нее бывает почти весь город, и она каждого встречает без всякого лицезрения, с тем же спокойным достоинством, с тою же сдержанностью, с которою она теперь смотрит на медленно подъезжающий к ней экипаж с двумя милыми ей девушками.

Сбоку матери Агнии стоит в почтительной позе Марина Абрамовна; сзади их, одною ступенькою выше, безответное существо, мать Манефа, друг и сожительница игуменьи, и мать казначея, обе уже пожилые женщины. Наверху же крыльца, прислонясь к лавочке, стояли две десятилетние девочки в черных шерстяных рясках и в остроконечных бархатных шапочках. Обе девочки держали в руках чулки с вязальными спицами.

— Какой глупый человек! — проговорила разбитым голосом мать Манефа, глядя на приближающийся тарантас.

— Кто это у тебя глупый человек? — спросила, не оборачиваясь, игуменья.

— Да Арефьич.

— Чем он так глуп стал?

— Да как же, не пускать.

— Ничуть это не выражает его глупости. Старик свое дело делает. Ему так приказано, он так и поступает. Исправный слуга, и только.

Старухи замолчали, няня вздохнула, тарантас остановился у крыльца перед кельею матери Агнии.

## Глава пятая.
### Старое с новым

— Тетя! это вы, моя милая? — крикнула, выпрыгивая из тарантаса, Лиза Бахарева.

— Я, мой дружочек, я, — отвечала игуменья, протянув к племяннице руки.

Обе обнялись и заплакали.

— Ну, полно, полно плакать, — говорила мать Агния. — Хоть это и хорошие слезы, радостные, а все же полно. Дай мне обнять Гешу. Поди ко мне, дитя мое милое! — отнеслась она к Гловацкой.

С этими словами старуха обняла Женни, стоявшую возле Лизы, несколько раз поцеловала ее, и у нее опять набежали слезы.

— Славная какая! — произнесла она, отодвинув от себя Гловацкую, и, держа ее за плечи, любовалась девушкою с упоением артиста. — Точно мать покойница: хороша; когда б и сердце тебе Бог дал материно, — добавила она, насмотревшись на Женни, и протянула руку стоявшему перед ней без шапки Никитушке.

— Довез, старина, благополучно?

— Благополучно доставил, матушка Агния Николаевна, — отвечал старик, почтительно целуя игуменьину руку.

— Ну и молодец.

Игуменья погладила Никитушку по его седой голове и, обратясь к рыжей девушке, таскавшей из тарантаса вещи, скомандовала:

— Экипаж на житный двор, а лошадей в конюшню. Тройку рабочих пусть выведут пока из стойл и поставят под сараем, к решетке. Они смирны, им ничего не сделается. А мы пойдемте в комнаты, — обратилась она к ожидавшим ее девушкам и, взяв за руки Лизу и Женни, повела их на крыльцо. — Ах, и забыла совсем! — сказала игуменья, остановясь на верхней ступеньке. — Никитушка! винца ведь не пьешь, кажется?

— Не пью, матушка Агния Николаевна.

— Ну, отпрягши-то приходи ко мне на кухню; я тебя велю чайком попоить; вечером сходи в город в баню с дорожки; а завтра пироги будут. Прощай пока, управляйся, а потом придешь рассказать, как ехалось. Татьяну видел в Москве?

— Видел, матушка.

— Ну что?

— Ничего, матушка, живет.

— Ну, с Богом, управляйся да приходи чай пить. Пойдемте, детки.

С чистенького крылечка игуменьиной кельи была дверь в такие же чистенькие, но довольно тесные сени, с двумя окнами по сторонам входной двери. В этих сенях, кроме двери, выходящей на крыльцо, было еще трое дверей. Одни, направо, вели в жилые комнаты матери Агнии. Тут была маленькая проходная комната вроде передней, где стоял большой платяной шкаф, умывальный столик с большим медным тазом и медным же рукомойником с подъемным стержнем; небольшой столик с привинченной к нему швейной подушечкой и кровать рыжей келейницы, закрытая ватным кашемировым одеялом. Далее шла довольно большая и очень светлая угловая комната в четыре окна, по два в каждую сторону. Здесь стояла длинная оттоманка, обитая зеленой шерстяной материей, образник, трое тщательно закрытых и заколотых пялец, ряд простых плетеных стульев и большие стенные часы в старинном футляре. В этой комнате жили и учились две сиротки, которых мать Агния взяла из холодной избы голодных родителей и которых мы видели в группе, ожидавшей на крыльце наших героинь. Девочки здесь учились и здесь же спали ноги к ногам на зеленой шерстяной оттоманке. Рядом была комната самой Агнии. Это была очень просторная горница, разделенная пополам ширмами красного дерева, обитыми сверху до половины зеленою тафтою. За ширмами стояла полуторная кровать игуменьи с прекрасным замшевым матрацом, ночной столик, небольшой шкаф с книгами и два мягкие кресла; а по другую сторону ширм помещался богатый образник с несколькими лампадами, горевшими перед фамильными образами в дорогих ризах; письменный стол, обитый зеленым сафьяном с вытисненными по углам золотыми арфами, кушетка, две горки с хрусталем и несколько кресел. Пол этой комнаты был весь обит войлоком, а сверху зеленым сукном. Затем шел большой зал, занимавший средину домика, а потом комната матери Манефы и столовая, из которой шла узенькая лестница вниз в кухню.

Мать Агния ввела своих дорогих гостей прямо в спальню и усадила их на кушетку. Это было постоянное и любимое место хозяйки.

— Чай, — сказала она матери Манефе и села сама между девушками.

— Давно мы не видались, детки, — несколько нараспев произнесла игуменья, положив на колени каждой девушке одну из своих белых, аристократических рук.

— Давно, тетя! шесть лет, — отвечала Лиза.

— Да, шесть лет, друзья мои. Много воды утекло в это время. Твоя прелестная мать умерла, Геша; Зина замуж вышла; все постарели и не поумнели.

— Зина счастлива, тетя?

— Как тебе сказать, мой друг? Ни да ни нет тебе не отвечу. То, слышу, бранятся, жалуются друг на друга, то мирятся. Ничего не разберу. Второй год замужем, а комедий настроила столько, что другая в двадцать лет не успеет.

— Сестра вспыльчива.

— Взбалмошна, мой друг, а не вспыльчива. Вспыльчивость в доброй, мягкой женщине еще небольшое зло, а в ней блажь какая-то сидит.

— А он хороший человек?

— Так себе.

— Умный?

— Не вижу я в нем ума. Что за человек, когда бабы в руках удержать не умеет.

— Так они несчастливы?

— Таким людям нечего больше делать, как ссориться да мириться. Ничего, так и проживут, то ругаясь, то целуясь, да добрых людей потешая.

— А мама? папаша?

— Брат очень состарился, а мать все котят чешет, как и в старину, бывало.

— А сестра Соня?

— С год уж ее не видала. Не любит ко мне, старухе, учащать, скучает. Впрочем, должно быть, все с гусарами в амазонке ездит. Болтается девочка, не читает ничего, ничего не любит.

— Вы, тетя, все такие же резкие.

— В мои годы, друг мой, люди не меняются, а если меняются, так очень дурно делают.

— Отчего же дурно, тетя? Никогда не поздно исправиться.

— Исправиться? — переспросила игуменья и, взглянув на Лизу, добавила: — ну, исправляются-то или меняются к лучшему только богатые, прямые, искренние натуры, а кто весь век лгал и себе и людям и не исправлялся в молодости, тому уж на старости лет не исправиться.

— Будто уж все такие лживые, тетя, — смеясь, проговорила Лиза.

— Не все, а очень многие. Лжецов больше, чем всех дурных людей с иными пороками. Как ты думаешь, Геша? — спросила игуменья, хлопнув дружески по руке Главацкую.

— Не знаю, Агния Николаевна, — отвечала девушка.

— Где тебе знать, мой друг, вас ведь в институте-то, как в парнике, держат.

— Да, это наше институтское воспитание ужасно, тетя, — вмешалась Лиза. — Теперь на него очень много нападают.

— И очень дурно делают, что нападают, — ответила игуменья.

Девушки взглянули на нее изумленными глазами.

— Вы же сами, тетечка, только что сказали, что институт не знакомит с жизнью.

— Да, я это сказала.

— Значит, вы не одобряете институтского воспитания?

— Не одобряю.

— А находите, что нападать на институты не должно.

— Да, нахожу. Нахожу, что все эти нападки неуместны, непрактичны, просто сказать, глупы. Семью нужно переделать, так и училища переделаются. А то, что институты! У нас что ни семья, то ад, дрянь, болото. В институтах воспитывают плохо, а в семьях еще несравненно хуже. Так что ж тут институты? Институты необходимое зло прошлого века и больше ничего. Иди-ка, дружочек, умойся: самовар несут.

Лиза встала и пошла к рукомойнику.

— Возьми там губку, охвати шею-то, пыль на вас насела, хоть репу сей, — добавила она, глядя на античную шейку Главацкой.

Пока девушки умылись и поправили волосы, игуменья сделала чай и ожидала их за весело шипевшим самоваром и безукоризненно чистеньким чайным прибором.

Девушки, войдя, поцеловали руки у Агнии Николаевны и уселись по обеим сторонам ее кресла.

— Пойди-ка в залу, Геша, посмотри, не увидишь ли чего-нибудь знакомого, — сказала игуменья. Главацкая подошла к дверям, а за нею порхнула иЛиза.

— Картина маминого шитья! — крикнула из залы Главацкая.

— Да. Это я тебе все берегла: возьми ее теперь. Ну, идите чай пить.

Девушки уселись за стол.

— Экая женщина-то была! — как бы размышляла вслух игуменья.

— Кто это, тетя?

— Да ее покойница мать. Что это за ангел во плоти был! Вот уж именно хорошее-то и Богу нужно.

— Мать была очень добра.

— Да, это истинно святая. Таких женщин немного родится на свете.

— И папа же мой добряк. Прелестный мой папа.

— Да, мы с ним большие друзья; ну, все же он не то. Мать твоя была великая женщина, богатырь, героиня. Доброта-то в ней была прямая, высокая, честная, ни этих сентиментальностей глупых, ни нерв, ничего этого дурацкого, чем хвалятся наши слабонервные кучера в юбках. Это была сила, способная на всякое самоотвержение; это было существо, никогда не жившее для себя и серьезно преданное своему долгу. Да, мой друг Геша, — добавила игуменья со вздохом и значительно приподняв свои прямые брови: — тебе не нужно далеко искать образцов!

— Вы так отзываетесь о маме, что я не знаю...

— Чего не знаешь?

— Я очень рада, что о моей маме осталась такая добрая память.

— Да, истинно добрая.

— Но сама я...

— Что ты сама?

Девушка закраснелась и застенчиво проговорила:

— Я не знаю, как надо жить.

— Этой науки, кажется, не ты одна не знаешь. По-моему, жить надо как живется; меньше говорить, да больше делать, и еще больше думать; не быть эгоисткой, не выкраивать из всего только одно свое положение, не обращая внимания на обрезки, да главное дело не лгать ни себе, ни людям. Первое дело не лгать. Людям ложь вредна, а себе еще вреднее. Станешь лгать себе, так всех обманешь и сама обманешься.

— Да как же лгать себе, тетя?

— Ах, мать моя! Как? Ну, вот одна выдумает, что она страдалица, другая, что она героиня, третья еще что-нибудь такое, чего вовсе нет. Уверят себя в существовании несуществующего, да и пойдут чудеса творить, от которых Бог знает сколько людей станут в несчастные положения. Вот как твоя сестрица Зиночка.

— Вы, тетя, на нее нападаете, право.

— Что мне, мой друг, нападать-то! Она мне не враг, а своя, родная. Мне вовсе не приятно, как о ней пустые-то языки благовестят.

— Вы же сами не хвалите ее мужа.

— Так что ж! не хвалю, точно не хвалю. Ну, так и резон молодой бабочке сделаться городскою притчею?

— Да если он дурной человек, тетя?

— Ну, какой есть, — сама выбирала.

— Можно ошибиться.

— Очень можно. Но из одной-то ошибки в другую лезть не

следует; а у нас-то это, к несчастию, всегда так и бывает. Сделаем худо, а поправим еще хуже.

— Да в чем же ее ошибки, за которые все так строго ее осуждают?

— В чем? А вот в слабоязычии, в болтовне, в неумении скрыть от света своего горя и во всяком отсутствии желания помочь ему, исправить свою жизнь, сделать ее сносною и себе и мужу.

— Это не так легко, я думаю.

— И не так уж очень трудно. Брыкаться не надо. Брыканьем ничему не поможешь, только ноги себе же отобьешь.

— Извините, тетя; вы, мне кажется, оправдываете семейный деспотизм.

— В иных случаях, да, оправдываю.

— В каких же это, тетя, случаях?

— Например, во всех тех случаях, где он хранит слабых и неопытных членов семьи от заблуждений и ошибок.

Девушка немного покраснела и сказала:

— Значит, вы оправдываете рабство женщины?

— Из чего же это значит?

— Да как же! Вы оправдываете, как сейчас сказали, в иных случаях деспотизм; а четверть часа тому назад заметили, что муж моей сестры не умеет держать ее в руках.

— Ну так что ж такое?

— Это значит оправдывать рабство женщины в семье.

У Лизы раздувались ноздри, и она беспрерывно откидывала за уши постоянно разбегавшиеся кудри.

— Нет, милая, это значит ни более ни менее как признавать необходимость в семье одного авторитета.

— Ну да. Признавать законность воли одного над стремлениями других! Что ж это, не деспотизм разве?

— Ничуть не деспотизм.

— А что же? Что же это такое? Я должна жить как мне прикажут?

— Отчего же не так, как тебе присоветуют?

— Да, если это дружеский совет равного лица, а не приказание, как вы называете, авторитета.

— Слушайся совета, так он не перейдет в приказание.

— А если перейдет?

— Ну, ты же будешь виновата. Значит, не умела держать себя.

— Этак у вас всегда сильный прав: равенства, значит, нет.

— Равенства нет.

— И это вам нравится?

— Это нравится, верно, природе. Спроси ее, зачем один умнее другого, зачем один полезнее другого обществу.

— Природа глупа.

— Ну, какая есть.

— Гм! Это ужасно.

— Что это ужасно?

— Повиноваться, и только повиноваться!

— Нет, не только: можно жить, и любить, и делать других счастливыми.

— Все повинуясь!

— Повинуясь, — повинуясь разуму.

— Своему — да; я это понимаю.

— Или другому, если этот разум яснее твоего, опытнее твоего и имеет все основания желать твоего блага.

— А если нет?

— Тогда повелевай им сама.

— Господи! Как странно вы смотрите, тетя, на жизнь. Или будь деспотом, или рабом. Приказывай или повинуйся. Муж глава, значит, как это читается.

— В большинстве случаев.

— И не выходи из его воли?

— Да. Если эта воля разумна, не выходи из нее. Иначе: не станешь признавать над собой одной воли, одного голоса, придется узнать их над собою несколько, и далеко не столь искренних и честных.

— Извините, тетя, что я скажу вам?

— Пожалуйста.

Лиза немного задумалась и, закрасневшись, сказала:

— Вы отстали от современного образа мыслей.

Выслушав это замечание, игуменья спокойно собрала со стола несколько крошечек белого хлеба и, ссыпав их в полоскательную чашку, спросила:

— А ты к чему пристала, глядя на свет сквозь закрашенные стекла института?

— Мы читали, мы говорили тоже, не беспокойтесь.

— Нет: не могу не беспокоиться, потому что вижу в твоей головке все эти бредни-то новые. Я тоже ведь говорю с людьми-то, и вряд ли так уж очень отстала, что и судить не имею права. Я только не пристала к врялям и не рассталась со смыслом. Я знаю эти, как ты называешь, взгляды-то. Двух лет еще нет, как ее братец вот тут же, на этом самом месте, все развивал мне ваши идеи новые. Все вздор какой-то! Не поймешь ничего. — Приехал Ипполит из университета, — обратилась она к Гловацкой, — ну и зашел ко мне. Вижу, мальчик, совсем еще мальчик — восемнадцать лет ведь всего. А ломается, кривляется. Пушкина на первых же шагах обругал, отца раскритиковал: «зачем, зачем, говорит, анахоретом живет?» — «Для тебя же с сестрой, говорю, батюшка так живет». — «От науки отстал», говорит. Ну, глуп отец, одним словом, а он умен; тут же при мне и при двух сестрах, очень почтенных женщинах, монастыри обругал, назвал нас устрицами, приросшими к своим раковинам. Бог знает, что такое? Школы хорошей нет этому мальчику.

— Что ж, он ведь, может быть, говорил правду? — заметила Лиза.

— Правду, говоришь, говорил?

— Да.

Тетка немножко насупилась.

— И правду надо знать как говорить.

— Вы же сами говорите всем правду.

— Да, то-то, я говорю, надо знать, как говорить правду-то, а не осуждать за глаза отца родного при чужих людях.

— Он, верно, и не осуждал, а разбирал, анализировал.

— Нас, старух, изругал ни к стру, ни к смотру. Вреднейшие мы люди, тунеядицы.

— Монастыри, тетя, отжившие учреждения. Это все говорят.

— А почему это они отжившие учреждения, смею спросить?

— Потому, что люди должны трудиться, а не сидеть запершись, ничего не делая.

— Кто ж это вам сказал, что здесь ничего не делают? Не угодно ли присмотреться самой-то тебе поближе. Может быть, здесь еще более работают, чем где-нибудь. У нас каждая почти одним своим трудом живет.

— А в мире она бы втрое более могла трудиться.

— Или совсем бы не могла.

— Это отчего?

— От многого. От неспособности сжиться с этим миром-то; от неумения отстоять себя; от недостатка сил бороться с тем, что не всякий поборет. Есть люди, которым нужно, просто необходимо такое безмятежное пристанище, и пристанище это существует, а если не отжила еще потребность в этих учреждениях-то, значит, всякий молокосос не имеет и права называть их отжившими и поносить в глаза людям, дорожащим своим тихим приютом.

— Вы сейчас обвиняли ее брата в том, что он осуждает людей за глаза, а теперь обвиняете его в том, что он говорит правду в глаза. Как же говорить ее нужно?

Мать Агния совсем вспыхнула.

— Говорить надо с умом, — заметила она резко.

— Да я тут, собственно, не вижу глупости.

— Очень жаль, что ты не видишь неблаговоспитанности и мещанства.

— Что ж, и мещане люди, тетя.

— Да, люди, люди неблаговоспитанные, несносные, люди, вносящие в жизнь гадкую мещанскую дрязгу.

— Стало быть, они совсем уж не того стоят, чем мы?

— Совсем не того, чего стоят все люди благовоспитанные,

щадящие человека в человеке. То люди, а то мещане.

Лиза встала со стула, сделала ироническую гримасу и, пожав плечами, проговорила:

— Не понимаю, как такой взгляд согласовать с идеею христианского равенства.

— Не понимаешь?

— Не понимаю.

— Очень просто. Все мы равны перед Богом.

— Только-то?

— И только. Мещанство всегда останется мещанством.

— Как ты думаешь об этом, Женни? — спросила Лиза, стоя лицом к открытому окну.

Но прежде, чем Женни успела что-нибудь ответить, мать Агния ответила за нее:

— Геша не будет так дерзка, чтобы произносить приговор о том, чего она сама еще хорошо не знает.

## Глава шестая.
## Молодой пересадок

Большой монастырский колокол гудел и заливался, призывая сестер безмятежного пристанища к вечерней молитве и долгому, праздничному всенощному бдению. По длинным дощатым мосткам, перекрещивавшим во всех направлениях монастырский двор и таким образом поддерживавшим при всякой погоде удобное сообщение между кельями и церковью, потянулись сестры. Много их было под началом матери Агнии. Лиза села у окна в теткиной спальне и глядела на проходившие мимо ее черные фигуры. Шли тихим, солидным шагом пожилые монахини в таких шапках и таких же вуалях, как носила мать Агния и мать Манефа; прошли три еще более суровые фигуры в длинных мантиях, далеко волокшихся сзади длинными шлейфами; шли так же чинно и потупив глаза в землю молодые послушницы в черных остроконечных шапочках. Между последними было много очень, очень молодых существ, в которых молодая жизнь жадно глядела сквозь опущенные глазки. Новы были впечатления, толпившиеся в головках Лизы и Женни, стоявшей тут же за креслом подруги и вместе с нею находившейся под странным влиянием монастырской суеты. Веселый звон колоколов, розовое вечернее небо, свежий воздух, пропитанный ароматом цветов, окружающих каждую келью, и эти черные фигуры, то согбенные и закутанные в черные покрывала, то молодые и стройные, с миловидными личиками и потупленными глазами: все это было ново для наших героинь, и все это располагало их к задумчивости и молчанию.

Наконец кончился третий трезвон; две молоденькие послушницы с большими книгами под руками шибко пробежали к церкви, а за дверью матери Агнии чистый, молодой контральт произнес нараспев:

— Господи Иисусе Христе сыне Божий, помилуй нас.

— Аминь, — отвечала мать Агния, оканчивавшая прикалывание своего вуаля.

В дверь вошла молодая, очаровательно милая монахиня и, быстро подойдя к игуменье, поцеловала ее руку.

— Здравствуй, Феоктиста! Посмотри-ка, аккуратно ли я закололась сзади.

— Хорошо везде, матушка, — отвечала миловидная черница, внимательно осматривая игуменью.

— Все готово?

— Уже начал положили.

— Ну, пойдем, — давай мантию.

Сестра Феоктиста сняла со стены мантию и накинула ее на плечи игуменьи. Мать Агния была сурово-величественна в этой длинной мантии. Даже самое лицо ее как-то преобразилось: ничего на нем не было теперь, кроме сухости и равнодушия ко всему окружающему миру.

— Ну, до свидания, дети, — сказала она, подавая руки оставшимся у окна девушкам.

— А мы разве не пойдем в церковь? — спросила Лиза.

— Как хотите. Вы устали, служба сегодня долгая будет, оставайтесь дома.

— Лучше пойдем и мы, постоим сколько нам захочется.

— Ну хорошо. Позовите Марину и поправьтесь тут, а я сейчас пришлю за вами сестру Феоктисту; она вас проводит в церковь.

По мосткам опустелого двора шла строгою поступью мать Агния, а за нею, держась несколько сзади ее левого плеча и потупив в землю прелестные голубые глазки, брела сестра Феоктиста.

— Ах, какая хорошенькая! — сказала Лиза вслед прошедшим монахиням.

— Чудо что такое! — подтвердила Гловацкая.

— Это вы про сестру Феоктисту изволите говорить, барышня? — вмешалась весноватая белица, камер-юнгфера матери Агнии.

— Вот про эту монахиню, — ответила Гловацкая.

— Это она и есть сестра Феоктиста-с.

— Прехорошенькая.

— Это, барышня, в миру красоту-то наблюдают; а здесь все равны, что Феоктиста, что другая какая.

— Давно она в монастыре?

— Третий год, матушка; третий год, овдовемши, как в монастырь пошла. Она ведь еще в малом постриге.

— Что же она тут при тетушке? — спросила Лиза.

— Так, тетенька любят, чтобы она при них находилась.

Адъютантом своим называют ее.

— Разве она с тетушкой живет?

— Нет, у нее есть своя полкелья, а только когда в церковь или когда у тетеньки гости бывают, так уж сестра Феоктиста при них.

— Зачем же это?

— Так... Тетеньке так угодно.

— Она знакома была тетушке прежде, что ль?

— Не могу вам про это доложить, — да нет, вряд, чтобы была знакома. Она ведь из простых, из города Брянскова, из купецкой семьи. Да простые такие купцы-то, не то чтобы как вон наши губернские или московские. Совсем из простого звания.

— Господи Иисусе Христе сыне Божий, помилуй нас! — раздалось опять за дверью. Весноватая белица твердо возгласила: «Аминь», — и на пороге показалась сестра Феоктиста.

— Спаси вас Господи и помилуй, — проговорила она, подходя к девушкам и смиренно поддерживая одною рукою полу ряски, а другою собирая длинные шелковые четки с крестом и изящными волокнистыми кистями.

— Здравствуйте, здравствуйте, — приветливо отвечали в один голос обе девушки.

Феоктиста добродушно поцеловала обеих и опять поклонилась.

— Вот вы уже пришли; а мы еще не готовы совсем, — извините нас, пожалуйста.

Сестра Феоктиста ласково улыбнулась и сказала:

— Ничего-с: я посижу, подожду, — и она села на кончике дивана.

— Много мирских в церкви? — спросила сестру Феоктисту продолжавшая торчать здесь белица.

— Много. Яблоку упасть негде. Очень тесно в храме.

— Пошлите, пожалуйста, нашу няню, — попросила Лиза белицу, после чего та тотчас же вышла, а вслед за тем появилась Марина Абрамовна. Старуха, растопырив руки, несла в них только что выправленные утюгом белые платьица барышень и другие принадлежности их туалета.

— Одевайтесь, матушки, а то к шапочному разбору придете, — говорила Марина Абрамовна, кладя на стол принесенные вещи. Девушки стали одеваться, няня помогала то той, то другой.

— Дайте я вам помогу, — сказала сестра Феоктиста, положив в угол дивана свои четки.

Девушки вежливо отклоняли ее услужливость.

— Нет, что ж такое, я помогу. Разве это трудно?

И сестра Феоктиста, встряхнув белую крахмальную юбку, набросила ее на Гловацкую.

— Благодарю вас, душка моя, — отвечала, закрасневшись, девушка и, обернувшись, поцеловала два раза молодую монахиню.

А монахиня опять заворочалась в накрахмаленных вещах и

одевала Женни в то же самое время, как Абрамовна снаряжала Лизу.

— Как нынче манишки-то стали шить! Совсем как мужчинская рубашка, — говорила сестра Феоктиста, оправляя надетую на Женни манишку.

— Вам нравится этот фасон?

— Нет, я так говорю; легче как будто, а то, бывало, у нас все шнурки да шнурочки.

— Вы давно в монастыре?

— Давно. Уж и не помню когда, — отвечала, смеясь, Феоктиста. — Три года уж.

— И не скучно вам?

— О чем скучать-то? Спаси Господи и помилуй!

Сестра Феоктиста глубоко вздохнула и в середине двух юниц отправилась в церковь. В церкви была страшная давка и духота. Сестра Феоктиста насилу провела Лизу с Женей вперед к решетке, окружающей амвон, и отошла к особенному возвышению, на котором неподвижно стояла строгая игуменья. Воздух в церкви все более и более сгущался от запаха жарко горящих в огромном количестве восковых свеч, ладана и дыхания плотной толпы молящегося народа. Перед началом стихир мать Агния незаметно кивнула пальцем сестре Феоктисте. Та подошла к ней, сделала поясной поклон и подставила ухо, а потом опять поклонилась тем же поясным поклоном и стала тихонько пробираться к нашим героиням.

— Мать игуменья беспокоятся за вас, — шепнула она девушкам. — Они велели мне проводить вас домой; вы устали, вас Бог простит; вам отдохнуть нужно.

— Пойдемте, — так же шепотом отвечали обе девушки и стали пробираться вслед за Феоктистою к выходу. На дворе стояли густые сумерки.

— Чаю напьетесь? — спросила сестра Феоктиста, входя на крыльцо кельи.

— По правде сказать, так всего более спать хочется, — отвечала Лиза.

— Ну так Христос с вами, спите. Прощайте, Господь с вами.

— А нет, зайдите, зайдите, — заговорили девушки.

— Раздуйте самоварчик, — сказала, входя, сестра Феоктиста. — Ну, так спать? — добавила она, обратясь к девицам.

— Лежать, сестра Феоктиста, — отвечала Лиза.

— Ну, ложитесь, покатайтесь, поваляйтесь, расправьте косточки, а я вам душепарочки волью.

— Милая! какая вы милая! — сказала Лиза и крепко, взасос, по-институтски, поцеловала монахиню.

— Чем так вам мила стала? Голуби вы мои! Раздевайтесь-ка, да на постельку.

Истомленные дорогою девушки начали спешно разоблачаться.

— Где же лечь? — спросила Лиза.

— На постель, на постель, мой ангел, тетушка так сказала, — отвечала сестра Феоктиста.

— Валимся! — проговорила Лиза и, забросив за уши свои кудри, упала на мягкую теткину постель. За нею с краю легла тихо Гловацкая.

— Ну и отлично. Теперь я подам чайку.

— Зачем же вы сами, сестра Феоктиста?

— Да что ж за беда. Я и сама напьюсь с вами.

Чаек подали, и девушки, облокотясь на подушечки, стали пить. Сестра Феоктиста уселась в ногах, на кровати. Девушки, утомленные шестидневной дорогой, очень рады были мягкой постельке и не хотели чаю. Сестра Феоктиста налила им по второй чашке, но эти чашки стояли нетронутые и стыли на столике.

— Кушайте!

— Не хочется, — отвечали обе девушки.

— Ну, почивайте. Всенощная еще не скоро кончится. Часа полтора еще пройдет, почивайте, а я пойду.

— Нет, посидите с нами, вы ведь тоже устали, там духота такая в церкви.

— Сестра Феоктиста! Как вы думаете, можно покурить потихоньку?

— Ох, не знаю, право.

— Ведь никто не взойдет?

— Не знаю.

Лиза спрыгнула с кровати, зажгла папироску и села у печки.

— Не тянет что-то.

— Труба, верно, закрыта от грома. Я открою сейчас, — и Феоктиста открыла трубу.

Женни тоже покурила, и обе девушки снова улеглись.

— Душно, точно, голова так и кружится, да это ничего, Господь подкрепляет, я привыкла уж, — говорила Феоктиста, продолжая прерванный разговор о церковной духоте.

— Как вы успели привыкнуть так скоро? — спросила, внимательно глядя на сестру Феоктисту, Лиза.

— М-м... так. Привыкла, потому что здесь ведь хорошо.

— Чем же хорошо?

— Тихо так, хорошо.

Вышла пауза.

— И вы никогда не скучаете? — спросила Женни.

— Чего скучать, надо Богу молиться, а не скучать.

— Иногда против воли скучается.

Сестра Феоктиста вздохнула.

— Молитвой надо ограждать себя, — проговорила она тихо.

— А если нельзя молиться? — спросила быстро Лиза.

— Отчего нельзя?

— Если не спокоен, расстроен, взволнован.

— Тут-то и молиться.

— Вы это на себе испытали когда-нибудь?

— Как же. Искушения тоже бывают большие и в монастыре.

— Интриги?

— Как изволите?

— Интриги, говорю, есть? Сплетни, ссоры, клеветы, — пояснила Лиза.

— А! Ну все надо перенесть: на то покаяние, на то монастырь.

— А есть это все?

— Как вам сказать? — отвечала Феоктиста с самым простодушным выражением на своем добром, хорошеньком личике. — Бывает, враг смущает человека, все по слабости по нашей. Тут ведь не то, чтоб как со злости говорится что или делается.

— А все враг смущает?

— Все по слабости нашей.

— Вы зачем пошли в монастырь-то?

— Как изволите? — переспросила сестра Феоктиста. Лиза повторила свой вопрос.

— Так, пошла да и только.

— Дурно вам было дома, что ль?

— М-м... так. Муж помер, дитя померло, тятенька помер, я и пошла.

— Разве никого больше не оставалось у вас, и состояния никакого не было?

— Нет, видите, — повернувшись лицом к Лизе и взяв ее за колено, начала сестра Феоктиста: — я ведь вот церковная, ну, понимаете, православная, то есть по нашему, по русскому закону крещена, ну только тятенька мой жили в нужде большой. Городок наш маленький, а тятенька, на волю откупимшись, тут домик в долг тоже купили, хотели трактирчик открыть, так как они были поваром, ну не пошло. Только приказные судейские когда придут, да и то все в долг больше, а помещики все на почтовую станцию заезжали. Так, бывало, и плиты по неделе целой не разводим. Ну я уж была на возрасте, шестнадцатый годок мне шел; матери не было, братец в лакейской должности где-то в Петербурге, у важного лица, говорят, служит, только отцу они не помогали. Известно, в этакой столице, самим им что, я думаю, нужно, в большом-то доме!

Феоктиста вздохнула и, помолчав, продолжала:

— Женихов у нас мало, да и то все глядят на богатеньких, а мы же опять и в мещанство-то только приписались, да и бедность. Очень тятенька покойник обо мне печалился. Ну, а тут, так через улицу от нас, купцы жили, — тоже недавно они в силу пошли, из мещан, а только уж богатые были; всем торговали: солью, хлебом, железом, всяким, всяким товаром. У нас ведь, по нашему маленькому месту, нет этих магазинов, а все вместе всем торгуют. Только были эти купцы староверы... не нашего, значит, закона, попов к себе не принимают, а все без попов. Ну, как там, Бог сам знает, как это сделалось, только этот купеческий сын Естифей Ефимыч вздумал ко мне присвататься. Из себя был какой ведь молодец; всякая бы, то есть всякая, всякая у нас, в городе-то, за него пошла; ну, а он ко мне сватался. В доме-то что у них из-за этого было, страсти Божьи, как, бывало, расскажут. Мать у него была почтенная старуха, древняя такая и строгая. Я-то тогда девчонка была, ничего этого не понимала. Уж не знаю, как там покойничек Естифей-то Ефимыч все это с маменькой своей уладил, только так о спажинках прислали к тятеньке сватов.

— Ну?

— Ну и выдали меня замуж, в церкви так в нашей венчали, по-нашему. А тут я годочек всего один с мужем-то пожила, да и овдовела, дитя родилось, да и умерло, все, как говорила вам, — тятенька тоже померли еще прежде.

— А вы в монастырь и пошли?

— Да и пошла вот.

— А с мужем вы счастливы были?

— Известно как замужем. Сама хорошо себя ведешь, так и тебе хорошо. Я уж мужа почитала, и он меня жалел. Только свекровь очень уж строгая была. Страсть какие они были суровые.

— Обижала она вас?

— Нет, обиды чтоб так не было, а все, разумеется, за веру мою да за бедность сердились, все мужа, бывало, упрекают, что взял неровню; ну, а мне мужа жаль, я, бывало, и заплачу. Вот из чего было, все из моей дурости. — Жарко каково! — проговорила Феоктиста, откинув с плеча креповое покрывало.

— Снимите шапку.

— И то.

Феоктиста сняла бархатную шапку, и золотисто-русая коса, вырвавшись из-под сдерживавшей ее шапки, рассыпалась по черной ряске.

— Господи! какое великолепие! — вскрикнула Лиза.

— Что это вы?

— Смотри, смотри, Женни, какие волосы!

— Что вы, что вы это, — закрасневшись, лепетала сестра Феоктиста и протянула руку к только что снятой шапке; но Лиза схватила ее за руки и, любуясь монахиней, несколько раз крепко ее поцеловала. Женни тоже не отказалась от этого удовольствия и, перегнув к себе стройный стан Феоктисты, обе девушки с восторгом целовали ее своими свежими устами.

— Что это вы? — опять пролепетала монахиня.

— Какая вы красавица, сестра Феоктиста!

— Спаси Господи и помилуй; что это вам вздумалось! Искушение с вами, с мирскими, право.

Сестра Феоктиста набожно перекрестилась и добавила:

— Ну, так вот я уж вам доскажу. Вышедши замуж-то, я затяжелела; ну, брюхом-то мне то того, то другого смерть вот как хочется. А великий пост был: у нас в доме, как вот словно в монастыре, опричь грибов ничего не варили, да и то по середам и по пятницам без масла. Маменька строго это соблюдала. А мне то это икры захочется, то рыбы соленой, да так захочется, что вот просто душенька моя выходит. Я, бывало, это Естифею Ефимычу ночью скажу, а он днем припасет, пронесет мне в кармане, а как спать ляжем с ним, я пологом задернусь на кровати, да и ем. Грех это так есть-то, Богу помолимшись, ну а я уж никак стерпеть не могла. Брюхом это часто у женщин бывает. Ну и наказал же меня Господь за мои за эти за глупости! Ох-хо-хо!

Феоктиста утерла слезы, наполнившие длинные ресницы ее больших голубых глаз, и продолжала:

— В самый в страстной вторник задумалось мне про селянку с рыбой. Вот умираю, хочу селянку с севрюжинкой, да и только. Пришел муж из лавки, легли спать, я ему это и сказываю по свое про хотенье-то. «Что ты, говорит, дура, какие дни! Люди теперь хлеба мало вкушают, а ты что задумала? Молись, говорит, больше, все пройдет». А я вместо молитвы-то целовать его да упрашивать: «Голубчик, говорю, сокол мой ясный, Естифей Ефимыч! уважь ты меня раз, я тебя сто раз уважу». Пристаю к нему: «Ручки, ножки, говорю, тебе перецелую; только уважь, покорми ты меня селяночкой». Знала я, что как пристанешь к нему с лаской, беспременно он тебе сделает. Смотрю, точно уж, говорит: «Только как, говорит, пронести? Пронести никак нельзя». Это и правда. Рыбу там или икру можно как в кармане пронесть, а селянку жидкую никак нельзя. Так я это в горе и заснула. Утром, гляжу, муж толк меня под бок: «Прибежи, говорит, часов в двенадцать в лавку». Я догадалась, опять-таки его расцеловала. Ох, Боже, Боже мой, Боже мой! великая я грешница перед тобою!.. Жду не дождусь. Только пробило одиннадцать часов, я и стала надевать шубейку, чтоб к мужу-то идти, да только что хотела поставить ногу на порог, а в двери наш молодец из лавки, как есть полотно бледный. «Что ты, что ты, Герасим? — спрашиваем его с маменькой, а он и слова не выговорит. — Что, мол, пожар, что ли?» В окно так-то смотрим, а он глядел, глядел на нас, да разом как крикнет: «Хозяин, говорит, Естифей Ефимыч потонули». — «Как потонул? где?» — «К городничему, говорит, за реку чего-то пошли, сказали, что коли Федосья Ивановна, — это я-то, — придет, чтоб его в чуланчике подождали, а тут, слышим, кричат на берегу: обломился, обломился, потонул. Побегли, — ничего уж не видно, только дыра во льду и водой сравнялась, а приступить нельзя, весь лед иструх». Ничего тут уж я и не помню. Побегли к городничему, и городничий сам пришел. Он, говорит, у меня не был, а был у повара, севрюги кусок принес, просил селянку сварить». Это в трактир-то на станцию ему нельзя было идти, далеко, да и боязно, встретишь кого из своих, он, мой голубчик, и пошел мне селяночку-то эту проклятую готовить к городническому повару, да торопился, на мост-то далеко, он льдом хотел, грех и случился. Во всем я передо всеми повинилась. Что тут только мне было! Боже мой, Господи! Хуже меня по целому городу человека не ставили. И точно, что стоило. А уж свекровь, бывало, как начнет: силы небесные, что только она говорила! И змея-то я, и блудница вавилонская, седящая при водах на звере червленне, — чего только не говорила она с горя. Разумеется, мать, больно ей было, один сын только, и того лишилась. И не знаю я, как уж это все я только пережила! А только мне даже лучше было, что меня ругала маменька. А тут уж без покойника я родила девочку, — хорошенькая такая была, да через две недели померла. Как я ни старалась маменьке угождать, все уж не могла ей угодить: противна я ей уж очень стала. Как я ей в глаза, она сейчас: «иди, иди, еретица проклятая!» Гонит меня. Думала в тятенькин домик перейти, что он мне оставил, маменька еще пуще осерчала: «развратничать, говорит, захотела, полюбовников на свободе собирать хочется». Я и стала проситься в монастырь, да вот и живу.

— А домик ваш?

— Так свекровь его взяла, а мне тут полкельи поставила.

— И ничего вам не дают?

— Нет, на что же мне, я работаю. Мне разве много нужно?

— Зачем же вы ей отдали?

— Да пусть. На что мне. Так оставила ей.

— И тут вам, говорите, хорошо?

— Хорошо, молюсь да работаю, что ж мне. Конечно, иной раз…

— Что, скучно?

— Нет, спаси Господи и помилуй! А все вот за эту… за красоту-то, что вы говорите. Не то, так то выдумают.

— Что ж, кому мешает ваша красота?

— Да так, неш это по злобе! Так враг-то смущает. Он ведь в мире так не смущает, а здесь, где блюдутся, он тут и вередует.

— Вам жаль вашего мужа?

— Очень жаль! Ах, как жаль. И где он, где его тело-то понесли быстрые воды весенние. Молюсь я, молюсь за него, а все не смолить мне моего греха.

— Вы его любили?

— Как же не любить мужа!

— А дитя тоже жаль?

— Не знаю уж, как и сказать, кого больше жаль! Дитя жаль, да все не так, все усну, так забуду, а мужа и во сне-то не забуду. И во сне он меня мучит. Молюсь, молюсь Создателю: «Господи, успокой ты его, отжени от меня грех мой». А только усну, только заведу глаза, а он надо мною стоит. Вот совсем стоит. Чувствую, холодный такой, мокрый весь, синий, как известно, утопленник, а потом будто белеет; лицо опять человеческое становится, глазами смотрит все на меня и совсем как живой, совсем живой. Просто вот берет меня за плечи, целует, «Феня, говорит, моя, друг мой!»

...Сестра Феоктиста остановилась, долго смотрела молча в одну точку темной стены и потом неожиданно, дернув на себе ряску, тревожно проговорила:

— Кудри его черные вот так по лицу по моему... Ах ты Господи! Боже мой! Когда ж эти сны кончатся? Когда ты успокоишь и его душеньку и меня, грешницу нераскаянную.

Тихо, без всякого движения сидела на постели монахиня, устремив полные благоговейных слез глаза на озаренное лампадой распятие, молча смотрели на нее девушки. Всенощная кончилась, под окном послышались шаги и голос игуменьи, возвращавшейся с матерью Манефой. Сестра Феоктиста быстро встала, надела свою шапку с покрывалом и, поцеловав обеих девиц, быстро скользнула в двери игуменьиной кельи.

## Глава седьмая.
## В ночной тишине

Глубоко запал в молодые сердца наших героинь простодушный рассказ сестры Феоктисты. Ни слова им не хотелось говорить, и ни слова они не сказали по ее уходе. Мать Агния тихо вошла в комнату, где спали маленькие девочки, тихонько приотворила дверь в свою спальню и, видя, что там только горят лампады и ничего не слышно, заключила, что гости ее уснули, и, затворив опять дверь, позвала белицу.

— Умыться и раздеться, — сказала она вошедшей девушке.

— Там приготовлено-с.

— Перенести сюда, да тише, не разбуди детей.

В спальню вошла белица и тихонько понесла оттуда умывальный прибор.

— Пили чай? — спросила игуменья вполголоса.

— Кушали, матушка.

— Давно легли?

— Давно-с, только они не спали, должно быть.

— Отчего?

— Сестра Феоктиста все у них там сидела на кровати, только вот сейчас выскочила.

— Спасибо ей.

— Все разговаривали с нею.

— Молодые люди, поговорить хотят.

— Да-с, все про мужа говорили.

— Про какого мужа?

— Про Феоктистинова.

— Что ж они говорили?

— Все Феоктиста рассказывала, как жила у своих в миру.

— Ну?

— А они, барышни, все слушали. Все про сны какие-то сказывала им, что мужа видит.

— Это ты слышала?

— Как же-с!

— Сходи-ко к ней, чтоб завтра, как встанет... пораньше б встала и пришла ко мне.

— Слушаю-с!

— Давай умываться!

Послышались плески воды.

— Лихаревская Аннушка заходила отдохнуть, — говорила, подавая умыться, белица.

— Ну и что ж?

— Барыня-то ихняя вернулась.

— Вернулась?

— Вернулась, говорит, и прямо мужу в ноги.

— Ну?

— Простил-с, говорит, во всем.

— Дурак! — как бы про себя заметила мать Агния и, сев на стул, начала тщательно вытираться полотенцем.

— А у матери Варсонофьи опять баталия была с этой с новой белицей, что из дворянок, вот что мать-то отдала.

— За что это?

— Все дворянством своим кичится, стало быть. У вас, говорит, все необразование, кляузы, говорит, наушничество. Такая ядовитая девушка, Бог с ней совсем.

— Верно, досадили ей.

— Не знаю-с.

— Варсонофия-то сама хороша. Вели-ка завтра этой белице за часами у ранней на поклоны стать. Скажи, что я приказала без рассуждений.

— Слушаю-с.

— Давай чистить зубы.

Белица опять взошла на цыпочках в спальню и опять вышла.

— Что это у тебя в той руке? — спросила игуменья.

— Сор какой-то... бумажку у печки какую-то подняла.

— Покажи.

Белица подала окурочек тоненькой папироски, засунутый девушками в печку.

— Откуда это?

— Барышни, верно, курили.

— Не забудь, чтоб рано была у меня Феоктиста.

— Слушаю-с.

Игуменья положила окурочек папиросы в карман своей ряски.

— А Никита был здесь?

— Как же-с.

— Я его и видеть не успела. А ты сказала казначее, чтоб отправила Татьяне на почту, что я приказала?

— Виновата, запомнила-с, завтра скажу. Плохо ей, Татьяне-то бедной. Мужа-то ее теперь в пожарную команду перевели; все одна, недостатки, говорит, страшные терпит.

— Бедная женщина.

— Да-с. На вас, говорит, только и надеется. Грех, говорит, будет барышне: я им всей душой служила, а они и забыли. Таково-то, говорит, господское сердце.

— Врешь.

— Право, Никитушка сказывал, что очень обижается.

— Врешь, говорю тебе. — К брату давно поехали дать знать, что барышни прибыли?

— Перед вторым звоном Борис поехал.

— Отчего так долго собирался?

— Седло, говорит, никуда не годится, никакой, говорит, сбруи нет. Под бабьим начальством жить — лучше, говорит, камни ворочать. На весь житный двор зевал.

— Его уж давно пора со двора долой. А гусар не был? — совсем понизив полос, спросила игуменья.

— Нет-с, нынче не было его. Я все смотрела, как народ проходил и выходил, а только его не было: врать не хочу.

— То-то. Если ты только врешь на нее...

— Вот убей меня Бог на сем месте!

— Ну, уж половину соврала. Я с ней говорила и из глаз ее вижу, что она ничего не знает и в помышлении не имеет.

— Да ведь я и не докладала, что она чем-нибудь тут причинна, а я только...

— Врешь, докладывала.

— Нет, матушка, верно говорю: не докладывала я ничего о ней, а только докладала точно, что он это, как взойдет в храм Божий, так уставит в нее свои бельмы поганые и так и не сводит.

— Глядеть никому нельзя запретить, а если другое что...

— Нет, другого прочего до сих пор точно, что уж не замечала, так не замечала, и греха брать на себя не хочу.

— А что Дорофея?

— Трезвонит-с.

— Г-м! Усмирилась?

— Нет-с. И ни вот капельной капельки.

— Все свое.

— Умру, говорит, а правду буду говорить. Мне, говорит,

сработать на себя ничего некогда, пусть казначею за покупками посылают. На то она, говорит, казначея, на то есть лошади, а я не кульер какой-нибудь, чтоб летать. Нравная женщина!

— Я ее успокою.

— Владыке, говорит, буду жаловаться. Хочет в другой монастырь проситься.

— Что-о! в другой монастырь?

— Да-с. Так рассуждала.

— В другой монастырь! А! ну посмотрим, как ее переведут в другой монастырь. Разуй меня и иди спать, — добавила игуменья.

Лиза повернулась на кровати и шепнула:

— Вон оно мещанство-то!

— Да, — также шепотом отвечала Женни, и девушки, завернувшись в одеяло, обнялись друг с другом. А мать Агния тихо вошла, перекрестила их, поцеловала в головы, потом тихо перешла за перегородку, упала на колени и начала читать положенную монастырским уставом полунощницу.

## Глава восьмая.
## Родные липы

Село Мерево отстоит сорок верст от губернского города и семь от уездного, в котором отец Гловацкой служит смотрителем уездного училища. Село Мерево стоит на самой почтовой дороге. В нем около двухсот крестьянских дворов, каменная церковь и два помещичьи дома. Один из господских домов, построенный на крутом, обрывистом берегу реки, принадлежит вдове камергера Мерева, а другой, утопающий в зелени сада, разросшегося на роскошной почве лугового берега реки Рыбницы, кавалерийскому полковнику и местному уездному предводителю дворянства, Егору Николаевичу Бахареву. Деревня вытянута по обе стороны реки, и как раз против сада Бахаревых, доходящего до самого берега, через реку есть мост.

Был девятый час вечера. Если б я был поэт, да еще хороший поэт, я бы непременно описал вам, каков был в этот вечер воздух и как хорошо было в такое время сидеть на лавочке под высоким частоколом бахаревского сада, глядя на зеркальную поверхность тихой реки и запоздалых овец, с блеянием перебегавших по опустевшему мосту. Кругом тихо-тихо, и все надвигается сгущающийся сумрак, а между тем как-то все видишь: только все предметы принимают какие-то гигантские размеры, какие-то фантастические образы. Верстовой столб представляется великаном и совсем как будто идет, как будто вот-вот нагонит; надбрежная ракита смотрит горою, и запоздалая овца, торопливо перебегающая по разошедшимся половицам моста, так хорошо и так звонко стучит своими копытками, что никак не хочется верить, будто есть люди, равнодушные к красотам природы, люди, способные то же самое чувствовать, сидя вечером на каменном порожке инвалидного дома, что чувствуешь только, припоминая эти милые, теплые ночи, когда и сонная река, покрывающаяся туманной дымкой, и колеблющаяся возле ваших ног луговая травка, и коростель, дерущий свое горло на противоположном косогоре, говорят вам: «Мы все одно, мы все природа, будем тихи теперь, теперь такая пора тихая». В деревнях мало таких индифферентных людей, и то всего чаще это бывают или барышни, или барыни. Деревенский человек, как бы ни мала была степень его созерцательности, как бы ни велики были гнетущие его нужды и заботы, всегда чуток к тому, что происходит в природе. Никогда он утром не примет к сердцу известного вопроса так, как примет его в густые сумерки или в палящий полдень.

Итак, под высоким частоколом бахаревского сада, над самою рекою, была прилажена длинная дощатая скамейка, на которой теперь сидит целое общество. Егор Николаевич Бахарев, высокий, плотный мужчина с огромнейшими седыми усищами, толстым славянским носом, детски веселыми и детски простодушными голубыми глазами. На левой щеке у него широкий белый шрам от сабельного удара. Одет он в голубую гусарскую венгерку с довольно полинялыми шнурами и в форменной военной фуражке. Он курит огромную немецкую трубку, выпуская из-под своих седых прокопченных усищ целые облака дыма, который по тихому ветерку прямо ползет на лицо сидящих возле Бахарева дам и от которого дамы, ничего не говоря, бесцеремонно отмахиваются платками. В голенях у него сидит старая легавая сука, Сумбека, стоившая будто бы когда-то тысячу рублей, которую Егору Николаевичу несколько раз за нее даже и давали, но ни разу не дали. — Бахарев сидит вторым от края; справа от него помещаются четыре женщины и в конце их одна стоящая фигура мужеского рода; а слева сидит очень высокий и очень тонкий человек, одетый совершенно так, как одеваются польские ксендзы: длинный черный сюртук до пят, черный двубортный жилет и черные панталоны, заправленные в голенища козловых сапожек, а по жилету часовой шнурок, сплетенный из русых женских волос. Он уже совсем сед, гладко выбрит и коротко стрижется. В живых черных глазах этого лица видно много уцелевшего огня и нежности, а характерные заломы в углах тонких губ говорят о силе воли и сдержанности. Это смотритель уездного училища, Петр Лукич Гловацкий. Возле Гловацкого, заложив за спину руки, стоит вольнонаемный конторщик, мещанин Наркиз Феодоров Перепелицын. Ему лет под пятьдесят, он полон, приземист, с совершенно красным лицом и синебагровым носом, вводящим всех в заблуждение насчет его склонности к спиртным напиткам, которых Перепелицын не пил отроду. Он в синем сюртуке, белом жилете и штанах бланжевого трико. Слева стоит законная супруга предводителя, приобретенная посредством ночного похищения, Ольга Сергеевна, в белом чепце очень старого и очень своеобычного фасона, в марселиновом темненьком платье без кринолина и в большом красном французском платке, в который она беспрестанно самым тщательным образом закутывала с головы до ног свою сухощавую фигурку. Рядом с матерью сидит старшая дочь хозяев, Зинаида Егоровна, второй год вышедшая замуж за помещика Шатохина, очень недурная собою особа с бледно-сахарным лицом и капризною верхнею губкою; потом матушка попадья, очень полная женщина в очень узком темненьком платье, и ее дочь, очень тоненькая, миловидная девушка в очень широком платье, и, наконец, Соня Бахарева. Она несколько похожа на сестру Зину и несколько напоминает Лизу, но все-таки она более сестра Зины, чем Лизы. У нее очень хорошие каштановые волосы и очаровательный свеженький ротик. Вообще, это барышня, каких много: существо мелочно самолюбивое, тирански жестокое и сентиментально мечтательное. Такое существо, которое пока растет, так ничего в нем нет, а вырастет, станет ни швец, ни жнец, ни в дуду игрец. Против Сони и дочери священника сидит на зеленой муравке человек лет двадцати восьми или тридцати; на нем парусинное пальто, такие же панталоны и пикейный жилет с турецкими букетами, а на голове ветхая студенческая фуражка с голубым околышем и просаленным дном. Это кандидат юридических наук Юстин Феликсович Помада. Наружность кандидата весьма симпатична, но очень непрезентабельна: он невысок ростом, сутул, с широкою впалой грудью, огромными красными руками и большою головою с волосами самого неопределенного цвета. Эта голова составляет самую резкую особенность всей фигуры Юстина Помады: она у него постоянно как будто падает и в этом падении тянет его то в ту, то в другую сторону, без всякого на то соизволения ее владельца.

Все это общество, сидя против меревского моста, ожидало наших героинь, и некоторые из его членов уже начинали терять терпение.

— Верно, не приедут сегодня, — заметила матушка попадья, опасаясь, чтобы батрачка без нее не поставила квасить неочередной кубан.

— Очень может быть, — поддержала ее Ольга Сергеевна, по мнению которой ни один разумный человек вечером не должен был оставаться над водою.

— Вовсе этого не может быть, — возразил Бахарев. — Сестра пишет, что они выедут тотчас после обеда; значит, уж если считать самое позднее, так это будет часа в четыре, в пять. Тут около пятидесяти верст; ну, пять часов проедут и будут.

— А может быть, раздумали, — слабо возразила Ольга Сергеевна.

— Не может этого быть, потому что это было бы глупо, а Агния дурить не охотница.

— В дороге что-нибудь могло случиться скорее, — проговорил

сквозь зубы Гловацкий.

— Это так; это могло случиться: лошади и экипаж сделали большую дорогу, а у Никиты Пустосвята ветер в башке ходит, — не осмотрел, наверное.

— Верхового не послать ли-с навстречу? — предложил Перепелицын.

— Ну... подождем часочек еще: если не будет их, тогда нужно будет послать.

— Чем посылать, так лучше ж самим ехать, — опять процедил Гловацкий.

— И то правда. Только если мы с Петром Лукичом уедем, так ты, Нарциз, смотри! Не моргай тут... действуй. Чтоб все, как говорил... понимаешь: хлопс-хлопс, и готово.

— Понимаю-с.

— То-то, а то ведь там небось в носки жарят.

— Как можно-с?

— Ну да, толкуй: можно-с... Эх, Зина, Алексея-то твоего нет!

— Да, нет, — простонала Зина.

— Чудак, право, какой! Семейная, можно сказать, радость, а он запропастился.

Зина глубоко вздохнула, склонила набок головку и, скручивая пальчиками кисточку своей мантилии, печально обиженным тоном снова простонала:

— Я уж к этому давно привыкла.

— Давно-о? — спросил старик.

— Да. Это всегда так. Стоит мне пожелать чего-нибудь от мужа, и этого ни за что не будет.

— Что ты вздор-то говоришь, матушка! Алексей мужик добрый, честный, а ты ему жена, а не метресса какая-нибудь, что он тебе на зло все будет делать.

— Какой ты странный, Егор Николаевич, — томно вмешалась Ольга Сергеевна. — Уж, верно, женщина имеет причины так говорить, когда говорит.

— Нет, это еще не верно.

— Неужто же женщина, любящее, преданное, самоотверженное существо, станет лгать, выдумывать, клеветать на человека, с которым она соединена неразрывными узами! Странны ваши суждения о дочери, Егор Николаевич.

— А ваши еще страннее и еще вреднее. Дуйте, дуйте ей, сударыня, в уши-то, что она несчастная, ну и в самом деле увидите несчастную. Москва ведь от грошовой свечи сгорела. Вы вот сегодня все выболтали уж, так и беретесь снова за старую песню.

— Я не болтаю, как вы выражаетесь, и не дую никому в уши, а я...

Но в это время за горою послышались ритмические удары копыт скачущей лошади, и вслед за тем показался знакомый всадник, несущийся во весь опор к спуску.

— Костик! — вскрикнул Бахарев, быстро поднимаясь в тревоге со скамейки.

— Он-с, — так же тревожно отвечал конторщик.

Все встали с своих мест и торопливо пошли к мосту. Между тем форейтор Костик, проскакав половину моста, заметил господ и, подняв фуражку, кричал:

— Едут! едут!

— Едут? Где едут? — спрашивал Бахарев, теряясь от волнения.

— Сейчас едут, за меревскими овинами уж.

— А! за овинами… Боже мой!.. Смотри, Нарциз… ах Боже… — и старик побежал рысью по мосту вдогонку за Головацким, который уже шагал на той стороне реки, наискось по направлению к довольно крутому спиралеобразному спуску.

Дамы шли тоже так торопливо, что Ольга Сергеевна, несколько раз споткнувшись на подол своего длинного платья, наконец приостановилась и, обратясь к младшей дочери, сказала:

— Мне неловко совсем идти с Матузалевной, понеси ее, пожалуйста, Сонечка. Да нет, ты ее задушишь; ты все это как-то так делаешь, Бог тебя знает! Саша, дружочек, понесите, пожалуйста, вы мою Матузалевну.

Священническая дочь приняла из-под шали Ольги Сергеевны белую кошку и положила ее на свои руки.

— Осторожней, дружочек, она не так здорова, — скороговоркою добавила Ольга Сергеевна и, приподняв перед своего платья, засеменила вдогонку за опередившими ее дочерьми и попадьею.

Кандидата уже не было с ними. Увидев бегущих стариков, он сам не выдержал и, не размышляя долго, во все лопатки ударился навстречу едущим.

Три лица, бросившиеся на гору, все разбились друг с другом. На половине спуска, отдуваясь и качаясь от одышки, стоял Бахарев, стараясь расстегнуть скорее шнуры своей венгерки, чтобы вдохнуть более воздуха; немного впереди его торопливо шел Головацкий, но тоже беспрестанно спотыкался и задыхался. Немощная плоть стариков плохо повиновалась бодрости духа. Зато Помада, уже преодолев самую большую крутизну горы, настоящим орловским рысаком несся по более отлогой косине верхней части спуска. Он ни на одно мгновение не призадумался, что он скажет девушкам, которые его никогда не видали в глаза и которых он вовсе не знает. Завидя впереди на дороге две белевшиеся фигуры, он удвоил рысь и в одно мгновение стал против девушек, несколько испуганных и еще более удивленных его появлением.

— Здравствуйте! — сказал он, задыхаясь, и затем не мог вспомнить ни одного слова.

— Здравствуйте, — растерянно отвечали девицы.

Помада снял фуражку, обтер ее дном раскрасневшееся лицо и совсем растерялся.

— Кто вы? — спросила Лиза.

— Я?.. Тут ждут... идут вот сейчас... идите...

— Кто? где ждет?

— Ваши.

Девушки пошли, за ними пошел молча Помада, а сзади их, из-за первого поворота спуска, заскрипел заторможенным колесом тарантас.

— Евгения! дочь! Женичка! — раздалось впереди; и из окружающей ночной темноты выделилась длинная фигура.

Головацкая отгадала отцовский голос, вскрикнула, бросилась к этой фигуре и, охватив своими античными руками худую шею отца, плакала на его груди теми слезами, которым, по сказанию нашего народа, ангелы Божии радуются на небесах. И ни Помада, ни Лиза, безотчетно остановившиеся в молчании при этой сцене, не заметили, как к ним колтыхал ускоренным, но не скорым шагом Бахарев. Он не мог ни слова произнесть от удушья и, не добежав пяти шагов до дочери, сделал над собой отчаянное усилие. Он как-то прохрипел:

— Лизок мой! — и, прежде чем девушка успела сделать к нему шаг, споткнулся и упал прямо к ее ногам.

— Папа, милый мой! вы зашиблись? — спрашивала Лиза, наклоняясь к отцу и обнимая его.

— Нет... ничего... споткнулся... стар становлюсь, — лепетал экс-гусар голосом, прерывающимся от радостных слез и удушья.

— Вставайте же, милый вы мой.

— Постой... это ничего... дай мне еще поцеловать твои ручки, Лизок... Это... ничего... ох.

Бахарев стоял на коленях на пыльной дороге и целовал дочернины руки, а Лиза, опустившись к нему, целовала его седую голову. Обе пары давно-давно не были так счастливы и обе плакали. Между тем подошли дамы, и приезжие девушки стали переходить из объятий в объятия. Старики, прийдя в себя после первого волнения, обняли друг друга, поцеловались, опять заплакали, и все общество, осыпая друг друга расспросами, шумно отправилось под гору. Вне всякой радости и вне всякого внимания оставался один Юстин Помада, шедший несколько в стороне, пошевеливая по временам свою пропотевшую под масляной фуражкой куафюру.

У самого моста, где кончался спуск, общество нагнало тарантас, возле которого стояла Марина Абрамовна, глядя, как Никитушка отцеплял от колеса тормоз, прилаженный еще по допотопному манеру.

— Здорово, ребятки! — крикнул Егор Николаевич, поравнявшись с тарантасом.

— Здравствуйте, батюшка Егор Николаевич! — отозвались Никитушка и Марина Абрамовна, устремляясь поцеловать барскую руку.

— Здравствуй, Марина Мнишек, здравствуй, Никита Пустосвят, — говорил Бахарев, целуясь с слугами. — Как ехали?

— Ничего, батюшка, ехали слава Богу.

— Ну ехали, так и поезжайте. Марш! — скомандовал он.

Тарантас поехал, стуча по мостовинам; господа пошли сбоку его по левую сторону, а Юстин Помада с неопределенным чувством одиночества, неумолчно вопиющим в человеке при виде людского счастия, безотчетно перешел на другую сторону моста и, крутя у себя перед носом сорванный стебелек подорожника, брел одиноко, смотря на мерную выступку усталой присяжной.

«Что ж, — размышлял сам с собою Помада. — Стоит ведь вытерпеть только. Ведь не может же быть, чтоб на мою долю таки-так уж никакой радости, никакого счастья. Отчего?.. Жизнь, люди, встречи, ведь разные встречи бывают!.. Случай какой-нибудь неожиданный... Ведь бывают же всякие случаи...»

Эти размышления Помады были неожиданно прерваны молнией, блеснувшей справа из-за частокола бахаревского сада, и раздавшимся тотчас же залпом из пяти ружей. Лошади храпнули, метнулись в сторону, и, прежде чем Помада мог что-нибудь сообразить, взвившаяся на дыбы пристяжная подобрала его под себя и, обломив утлые перила, вместе с ним свалилась с моста в реку.

— Что такое? что такое? — Режьте скорей постромки, — крикнул Бахарев, подскочив к испуганным лошадям и держа за повод дрожащую коренную, между тем как упавшая пристяжная барахталась, стоя по брюхо в воде, с оторванным поводом и одною только постромкою.

Набежали люди, благополучно свели с моста тарантас и вывели, не входя вовсе в воду, упавшую пристяжную.

— Водить ее, водить теперь, гонять: она напилась воды горячая! — кричал старый кавалерист.

— Слушаем, батюшка, погоняем.

— Слушаем! что наделали? Черти!

— Мы, Егор Николаевич, выслушамши ваше приказание...

— Что приказание? — кричал рассерженный и сконфуженный старик.

— Так как было ваше на то приказание.

— Какое мое приказание? — Такого приказания не было.

— Выпалить приказывали-с.

— Выпалить — ну что же! Где я приказывал выпалить? — Я приказал салют сделать, как с моста сведут, а вы...

— Не спопашились, Егор Николаевич.

Тем и кончилось дело на чистом воздухе. В большой светлой зале сконфуженного Егора Николаевича встретил улыбающийся Гловацкий.

— Ну что, обморок небось? — спросил его вполголоса Бахарев.

— Ничего, ничего, — отвечал Гловацкий, — все уж прошло; дети умываться пошли. Все прошло.

— Ну-у, — Бахарев перекрестился и, проговорив: — слава в вышних Богу, что на земле мир, — бросил на стол свою фуражку.

— Угораздило же тебя выдумать такую штуку; хорошо, что тем все и кончилось, — смеясь, заметил Гловацкий.

— И не говори лучше! Черт их знал, что они и этого не сумеют.

— Да этого нужно было ожидать.

— Ну, полно, — знаешь: и на Машку бывает промашка. Пойдем-ка к детям. А дети-то!

— Что дети?

— Большие совсем.

— Дождались, Петр Пустынник.

— Дождались, драбант, дождались.

Старики пошли коридором на женскую половину и просидели там до полночи. В двенадцать часов поужинали, повторив полный обед, и разошлись спать по своим комнатам. Во всем доме разом погасли все огни, и все заснули мертвым сном, кроме одной Ольги Сергеевны, которая долго молилась в своей спальне, потом внимательно осмотрела в ней все закоулочки и, отзыбнув дверь в комнату приехавших девиц, тихонько проговорила:

— Лизочка, нет ли у тебя моей Матузалевны?

Но Лизочка уже спала как убитая и, к крайнему затруднению матери, ничего ей не ответила.

## Глава девятая.
## Университетский антик прошлого десятилетия

Как только кандидат Юстин Помада пришел в состояние, в котором был способен сознать, что в самом деле в жизни бывают неожиданные и довольно странные случаи, он отодвинулся от мокрой сваи и хотел идти к берегу, но жестокая боль в плече и в боку тотчас же остановила его.

Он снова обхватил ослизшую, мокрую сваю и, прислонясь к ней лбом, остановился в почти бесчувственном состоянии. Платье его было все мокро; он стоял в холодной воде по самый живот, и ноги его крепко увязли в илистой грязи, покрывающей дно Рыбницы. На небе начинало сереть, и по воде заклубился легонький парок. Помада дрожал всем телом и не мог удержать прыгающих челюстей; а в голове у него и стучало и звенело, и все сознавалось как-то смутно и неясно. Бедняк то забывался, то снова вспоминал, что он в реке, из которой ему надо выйти и идти домой. Но тут, при первой же попытке вывязить затянутые илом ноги, несносная боль снова останавливала его, и он снова забывался. Наконец кандидат собрал свои последние силы и, покидая сваи, начал потихоньку высвобождать свои ноги. Мало-помалу он вытянул из ила одну ногу, потом другую и, наконец, стиснув от боли зубы, сделал один шаг, потом ступил еще десять шагов и выбрел на берег. Ступив на землю, Помада остановился, потрогал себя за левое плечо, за ребра и опять двинулся; но, дойдя до моста, снова остановился. Оглянув свой костюм и улыбнувшись, Помада проговорил:

— Как есть черт из болота, — и, вздохнув, поплелся по направлению к дому камергерши Меревой.

На господском дворе еще все спало. Только старая легавая собака, стоявшая у коновязи, перед которою чистили лошадей, увидя входящего кандидата, зевнула, сгорбилась, потом вытянулась и опять стала укладываться, выбирая посуше местечко на росной траве. Двор, принадлежащий к дому камергерши, был не из модных, не из новых помещичьих дворов. Он был очень велик, но со всех сторон обнесен различными хозяйственными строениями. Большой одноэтажный дом, немножко похожий снаружи на уездную городскую больницу, занимал почти целую сторону этого двора. Окна парадных комнат дома выходили на гору, на которой был разбит новый английский сад, и под ней катилась светлая Рыбница, а все жилые и вообще непарадные комнаты смотрели на двор. Тут же со двора были построены в ряд четыре подъезда: парадный, с которого был ход на мужскую половину, женский чистый, женский черный и, наконец, так называемый ковровый подъезд, которым ходили в комнаты, занимаемые постоянно швеями, кружевницами и коверщицами, экстренно — гостями женского пола и приживалками. По левой стороне двора, прямо против ворот, тянулся ряд служб; тут были конюшни, денники, сараи, ледник, погреб и несколько амбаров. Как раз против дома, по ту сторону двора, тянулась длинная решетка, отгораживавшая двор от старого сада, а с четвертой стороны двора стояла кухня, прачечная, людская, контора, ткацкая и столярная. Все эти заведения помещались в трех флигелях, по два в каждом. Все три флигеля были, что называется, рост в рост, колос в колос и голос в голос. Фундаменты серые, стены желтые, оконницы белые, крыши красные. Три окна в ряд, посредине крыльцо, и опять три окна.

В одном из этих флигелей обитал Юстин Помада. Он занимал два дощатые чуланчика в флигеле, вмещавшем контору и столярную. Стоит рассказать, как Юстин Помада попал в эти чуланчики, а при этом рассказать кое-что и о прошедшем кандидата, с которым мы еще не раз встретимся в нашем романе.

Юстин Помада происходил от польского шляхтича Феликса Антонова Помады и его законной жены Констанции Августовны Помады. Отец кандидата, прикосновенный каким-то боком к польскому восстанию 1831 года, был сослан с женою и малолетним Юстином в один из великороссийских губернских городов. Феликс Помада был человек очень добрый, но довольно пустой. Долго он не находил себе в ссылке никакого занятия. Наконец-то, наконец, он как-то определился писарем в магистрат и побирал там маленькие, невинные взяточки, которые, не столько по любви к пьянству, сколько по слабости характера, тотчас же после присутствия пропивал с своими магистратскими товарищами в трактире «Адрианополь» купца Лямина. Всю семью содержала мать Юстина. Молодая, еще очень хорошенькая женщина и очень нежная мать, Констанция Помада с горем видела, что на мужа ни ей, ни сыну надеяться нечего, сообразила, что слезами здесь ничему не поможешь, а жалобами еще того менее, и стала изобретать себе профессию. Она умела довольно скоро и бойко играть на фортепиано легкие вещицы и особенно знала танцевальную музыку: это она и сделала своим ремеслом. Днями она бегала по купеческим домам, давая полтинные уроки толстоногим дщерям русского купечества, а по вечерам часто играла за два целковых на балах и танцевальных вечеринках у твою же купечества и вообще у губернского demi-mond'a. В городе даже славились ее мазурки, и у нее постоянно было столько работы, что она одними своими руками могла пропитать пьяного мужа и маленького Юстина.

По одиннадцатому году, она записала сына в гимназию и содержала его все семь лет до окончания курса, освобождаясь по протекции предводителя только от вноса пяти рублей в год за сынино учение. Феликс Помада умер от перепоя, когда сын его был еще в третьем классе; но его смерть не произвела никакого ущерба в труженическом бюджете вдовы, и она, собирая зернышко к зернышку, успела накопить около ста рублей, назначавшихся на отправку Юстина в харьковский университет. В Харькове у вдовы был брат, служивший чем-то по винному откупу. К нему и был отправлен восемнадцатилетний Юстин с гимназическим аттестатом, письмом, облитым материнскими слезами, ста рублями и тысячью благословений. Проводив сына, мать Помады взяла квартирку еще потеснее и еще более обрезала свои расходы. Все она гоношила, чтобы хоть время от времени послать что-нибудь своему милому Юське. Но не велики были и вообще-то ее достатки, а с отъездом Юстина они и еще стали убавляться. Молодое купечество и юный demi-monde стали замечать, что «портится Помада; выдохлась», что нет в ее игре прежней удали, прежнего огня. И точно, словно какие-то болезненные стоны прорывались у нее иной раз в самых отчаянных и самых залихватских любовных мазурках танцоров, а к тому же еще в город приехал молодой тапер-немец; началась конкуренция, отодвинувшая вдову далеко на задний план, и она через два года после отъезда Юстина тихо скончалась, шепча горячую молитву за сына. Юстину в Харькове жилось трудно, но занимался он с страшным усердием. Юридический факультет, по которому он подвизался, в то время в Харькове был из рук вон плох, и Юстин Помада должен был многое брать сам, копаясь в источниках. Жил он у дяди в каморке, иногда обедал, а иногда нет, участия не видал ни от кого и был постоянным предметом насмешек за свою неуклюжесть и необычайную влюбчивость, обыкновенно весьма неудачную. Уроков Помада никак не мог набрать и имел только два урока в доме богатого купца Конопатина, который платил ему восемь рублей в месяц за работу с восемью бестолковыми ослятами.

Это составляло все доходы Помады, и он был весьма этим доволен. Он был, впрочем, вечно всем доволен, и это составляло в одно и то же время и отличительную черту его характера, и залог его счастья в несчастии.

Юстин Помада только один раз горевал во все время университетского курса. Это было, когда он получил от старого друга своей матери письмо за черной печатью, а тяжелой посылкой образок Остробрамской Божией матери, которой его поручала, умирая, покойная страдалица. Но потом опять все пошло своим порядком по-старому. Юстин Помада ходил на лекции, давал уроки и был снова тем же детски наивным и беспечным «Корнишоном», каким его всегда знали товарищи, давшие ему эту кличку. В основе его беспечности лежала непоколебимая вера в судьбу, поддерживавшая в нем самые неясные и самые смелые надежды.

— Все это вздор перед вечностью, — говорил он товарищам, указывавшим ему на худой сапог или лопнувший под мышкою сюртук. Помада оставался спокойным даже тогда, когда инспектор, завидев его лопнувший сюртук, командовал ему:

— Извольте отправиться на двое суток в карцер за этот беспорядок.

Так Юстин Помада окончил курс и получил кандидатский диплом.

Надо было куда-нибудь пристраиваться. На первый раз это очень поразило Помаду. Потом он и здесь успокоился, решил, что пока он еще поживет уроками, а тем временем что-нибудь да подвернется.

И точно, тем временем подвернулась вот какая оказия. Встретил Помаду на улице тот самый инспектор, который так часто сажал его в карцер за прорванный под мышками сюртук, да и говорит:

— Не хотите ли вы места брать? Очень, очень хорошее место: у очень богатой дамы одного мальчика приготовить в пажеский корпус. Юстин Помада так и подпрыгнул. Не столько его обрадовало место, сколько нечаянность этого предложения, в которой он видел давно ожидаемую им заботливость судьбы. Место было точно хорошее: Помаде давали триста рублей, помещение, прислугу и все содержание у помещицы, вдовы камергера, Меревой. Он мигом собрался и «пошил» себе «цивильный» сюртук, «брюндели», пальто и отправился, как говорят в Харькове, «в Россию», в известное нам село Мерево. Это было семь лет перед тем, как мы встретились с Юстином Помадою под частоколом бахаревского сада.

Два года промелькнули для Помады, как один день счастливый.

Другой в его положении, может быть, нашел бы много неприятного, другого задевали бы и высокомерное, несколько презрительное третирование камергерши, и совершенное игнорирование его личности жирным управителем из дворовых, и холопское нахальство камергерской прислуги, и неуместные шутки барчонка, но Помада ничего этого не замечал. Его пленяли поля, то цветущие и колеблющиеся переливами зреющих хлебов, то блестящие девственною чистотою белого снега, и он жил да поживал, любя эти поля и читая получавшиеся в камергерском доме по заведенному исстари порядку журналы, которых тоже по исстари заведенному порядку никто в целом доме никогда не читал. А «тем временем» ученик Помады пришел в подобающий возраст, и толстый управитель стал собираться в Петербург для представления его в пажеский корпус. Старуха камергерша давно никуда не выезжала и почти никого не принимала к себе, находя всех соседей людьми, недостойными ее знакомства. С нею жили три компаньонки, внучек, которого приготовлял в корпус Помада, и внучка, девочка лет семи. Мать этих детей, расставшись с мужем, ветрилась где-то за границей, и о ней здесь никто не думал.

С отъездом ученика в Питер Помада было опять призадумался, что с собой делать, но добрая камергерша позвала его как-то к себе и сказала:

— Monsieur Pomada! Если вы не имеете никаких определенных планов насчет себя, то не хотите ли вы пока заняться с Леночкой? Она еще мала, серьезно учить ее рано еще, но вы можете ее так, шутя… ну, понимаете… поучивать, читать ей чистописание… Я, право, дурно говорю по-русски, но вы меня понимаете?

Помада отозвался, что совершенно понимает, и остался читать девочке чистописание.

«А тем временем, — думал он, — что-нибудь и опять трафится».

Так опять уплыл год и другой, и Юстин Помада все читал чистописание. В это время камергерша только два раза имела с ним разговор, касавшийся его личности. В первый раз, через год после отправления внучка, она объявила Помаде, что она приказала управителю расчесть его за прошлый год по сту пятидесяти рублей, прибавив при этом:

— Вы сами, monsieur Помада, знаете, что за Леночку нельзя платить столько, сколько я платила за Теодора.

А во второй раз, опять через год, она сказала ему, что намерена освежить стены в доме новыми бумажками и потому просит его перейти на некоторое время в конторский флигель. Юстина Помаду перевели в два дощатые чулана, устроенные при столярной в конторском флигеле, и так он тут и остался на застольной, несмотря на то, что стены его бывших комнат в доме уже второй раз подговаривались, чтобы их после трех лет снова освежили бумажками.

А тем временем в село перевели нового священника с молодой дочкой. Бахарев летом стал жить в деревне, Помада познакомился с ним на охоте и сделался ежедневным посетелем бахаревского дома. И семья священника и семья Бахарева не питали к Помаде особенного расположения, но привыкли к нему как-то и считали его своим человеком. Помада был этим очень доволен и по нежности своей натуры насмерть привязался ко всем членам этих семейств совершенно безразличною привязанностью. Он любил и самого прямодушного Бахарева, и его пискливую половину, и слабонервную Зину, и пустую Софи, и матушку попадью, и веселого отца Александра, посвящавшего все свое свободное время изобретению perpetuum mobile. Особым расположением Помады пользовался только один уездный врач, Дмитрий Петрович Романов, лекарь cum euximia laude. Он был лет на пять старее кандидата, составил себе в уезде весьма мудреную репутацию и имел неотразимый авторитет над Юстином Помадой. Помада часто с ним спорил и возмущался против его «грубых положений», но очень хорошо знал, что после его матери Розанов единственное лицо в мире, которое его любит, и сам любил его без меры. Управитель ненавидел Помаду Бог весть за что, и дворня его тоже не любила. Даже столярный ученик, пятнадцатилетний мальчик Епифанька, отряженный для услуг Помаде, ненавидел его от всего сердца и повиновался только из страха, что неравно наедет лекарь и оттаскает его, Епифаньку, за виски. Кого бы вы ни спросили о Помаде, какой он человек? — стар и мал ответит только: «так, из поляков», и словно в этом «из поляков» высказывалось категорическое обвинение Помады в таком проступке, после которого о нем уж и говорить не стоило. А в существе-то Помаду никак нельзя было и назвать поляком. Выросши в России и воспитавшись в русских училищах, он был совершенно русский и даже сам не считал себя поляком. Отец на него не имел никакого влияния, и если что в нем отражалось от его детской семейной жизни, то это разве влияние матери, которая жила вечными упованиями на справедливость рока.

И, следуя строго
Печальной отчизны примеру,
В надежду на Бога
Хранила все детскую веру.

Но как бы там ни было, а только Помаду в меревском дворе так, ни за что ни про что, а никто не любил. До такой степени не любили его, что когда он, протащившись мокрый по двору, простонал у двери: «отворите Бога ради скорее», столяр Алексей, слышавший этот стон с первого раза, заставил его простонать еще десять раз, прежде чем протянул с примостка руку и отсунул клямку.

— Епифаньку, сделай милость, пошли, Алексей, — простонал

снова Помада, перенося за порог ногу.

— Спит Епифанька. Где теперь вставать ребенку, — отвечал столяр, посылающий этого же Епифаньку ночью за шесть верст к своей разлапушке.

— Побуди, Бога ради, — я расшибся насмерть.

— Где так?

— О Господи! да полно тебе расспрашивать, — побуди, говорю.

Столяр стал чесаться, а Помада пошел в свои апартаменты.

В первой комнате, имевшей три шага в квадрате, у него стоял ушат с водой, плетеный стул с продавленной плетенкой и мочальная швабра. Тут же выходило устье варистой печи, задернутое полоской диконького, пестрого ситца, навешенного на шнурочке. Во второй комнате стояла желтая деревянная кроватка, покрытая кашемировым одеялом, с одною подушкою в довольно грязной наволочке, черный столик с большою круглою чернильницею синего стекла, полки с книгами, три стула и старая, довольно хорошая оттоманка, на которой обыкновенно, заезжая к Помаде, спал лекарь Розанов.

Кандидат как вошел, так и упал на кровать и громко вскрикнул от ужасной боли в плече и колене.

Долго лежал он, весь мокрый, охая и стоная, прежде чем на пороге показался Епифанька и недовольным тоном пробурчал:

— Что вам нужно?

— Где ты бываешь, паршивый? — сквозь зубы проговорил Помада.

— Где? Напрасно не сидел для вас всю ночь.

— Стащи с меня сапоги.

Мальчик глянул на сапоги и сказал:

— Где это так вобрались?

— Я расшибся; потише Бога ради.

Вволю накричался Помада, пока его раздел Епифанька, и упал без памяти на жесткий тюфяк. В обед пришла костоправка, старушка-однодворка. Стали будить Помаду, но он ничего не слыхал. У него был глубокий обморок, вслед за которым почти непосредственно начался жестокий бред и страшный пароксизм лихорадки. Такое состояние у больного не прекращалось целые сутки; костоправка растерялась и не знала, что делать. На другое утро доложили камергерше, что учитель ночью где-то расшибся и лежит теперь без ума, без разума. Та испугалась и послала в город за Романовым, а между тем старуха, не предвидя никакой возможности разобрать, что делается в плечевом сочленении под высоко поднявшеюся опухолью, все «вспаривала» больному плечо разными травками да муравками. Не нашли Розанова в городе, — был где-то на следствии, а Помада все оставался в прежнем состоянии, переходя из лихорадки в обморок, а из обморока в лихорадку. И страшно стонал он, и хотелось ему метаться, но при первом движении нестерпимая боль останавливала его, и он снова впадал в беспамятство.

На третьи сутки, в то самое время, как Егор Николаевич Бахарев, восседая за прощальным завтраком по случаю отъезда Женни Гловацкой и ее отца в уездный городок, вспомнил о Помаде, Помада в первый раз пришел в себя, открыл глаза, повел ими по комнате и, посмотрев на костоправку, заснул снова. До вечера он спал спокойно, и вечером, снова проснувшись, попросил чаю.

Ему подали чай, но он не мог поднять руки, и старуха поила его с блюдца.

— Что, Николавна? — проговорил он, обращаясь к давно ему знакомой костоправке.

— Что, батюшка?

— Худо мне, Николавна.

— Ничего, батюшка, пройдет, — и не то, да проходит.

— А что у меня такое?

— Ничего, родной.

— Сломано что или свихнуто?

— Опух очень большой, кормилец, ничего знать под ним, под опухом-то, нельзя.

— Где опухоль? — тихо спросил Помада.

— Да вот плечико-то, видишь, как разнесло.

— А!

— Да, вздумшись все.

Больной снова завел глаза, но ему уже не спалось.

— Николавна! — позвал он.

— Что, батюшка?

— Ты за мной хорошо глядела?

— Как же не глядеть!

— То-то. Я тебя за это награждать желаю.

— Спасибо, кормилец. Я здли всякого, здли всякого завсегда готова, что только могу...

— Я тебе штаны подарю, — тихо перебил ее с легкой улыбкой Помада.

— Штаны-ы? — спросила старуха.

— Да. Суконные, — важные штаны, со штрипками.

— На что мне твои штаны.

— Зимой будешь ходить. Я тебя научу, что там приделать придется. Теплынь будет!

— Ох ты!

— Чего?

— Полно. Неш я из корысти какой! А то взаправду хоть и подари: я себе безрукавочку такую, курточку сошью; подари. Только я ведь не из-за этого. Я что умею, так завсегда готова.

— Да жаль, что ничего не умеешь-то.

— Ну, — что умею, родной.

— Да что ж ты умеешь? Вон видишь, говоришь: «опух велик», ничего не разберешь, значит.

— Точно опух уж очень вздулся, велик.

— Ах!

Помада вздохнул и хотел повернуться лицом к стене, но боль его удержала, и он снова остался в прежнем положении. Наступила и ночь темная. Старуха зажгла свечечку и уселась у столика. Помада вспомнил мать, ее ласки теплые, веселую жизнь университетскую, и скучно ему становилось.

«Что же это, однако, будет со мной?» — думал он и спросил:

— А что со мною будет, Николавна?

— Ничего, милый, — дохтарь завтра, бают, приедет. Он сичас узнает.

— Он, значит, больше твоего знает?

— Ну, — ученые люди, или мы?

— А ты-то что со мной делала?

— Вспаривала, — что ж еще делать? Опух велик, ничего нельзя делать.

— Сеном парила?

— Нет, травками.

— То-то, из сена?

— Все-то ты пересмешничаешь надо мной.

— Да разве не все равно травы, что у тебя, что на сеннике?

Старуха сощипнула со свечи, потом потянула губы, потом вздохнула и проговорила:

— Нет, милый, есть травы тоже редкие.

— Да ты-то их, Николавна, не знаешь?

— Ну как не знать!

— Ну расскажи, какие ты знаешь травы редкие-то, что в сене их нет?

— Что в сене-то нет! Мало ли их!

— Ну!

— Да мало ли их!

— Да ну же расскажи, Николавна, — спать не хочется.

— Ну вот тебе хошь бы первая теперь трава есть, называется коптырь-трава, растет она корешком вверх.

Помада засмеялся и охнул.

— Чего ты?

— Ну, какая трава корешком вверх может расти?

— А вот же растет, и тветы у нее под землей тветут.

Помада опять охнул и махнул рукой, удерживая смех, причинявший ему боль.

— Что? не веришь? А полисада-трава вон и совсем без корня.

— Полно, Николавна, не смеши.

— Я и не на смех это говорю. Есть всякие травы. Например,

теперь, кто хорошо знается, опять находит лепестан-траву. Такая мокрая трава называется. Что ты ее больше сушишь, то она больше мокнет.

— Ох, будет, Николавна, — вздор какой ты рассказываешь.

— Нет, друг ты мой, не вздор это, не вздор. Есть всякие травы на свете, есть и в травках-то своя разница. Иная трава больше стоит у Господа, а другая — меньше. Иная одно определение от Бога имеет, а иная и два, и три, и несколько. Есть вот трава, так называется Адамова голова. Растет она возле сильных, рамедных болот кустиками, по пяти и по девяти листов. Растет она в четыре вершка, вот эстаканькая вот будет. — Старуха показала вершка четыре от столика. — Твет у этой травы алый, алый, вроде даже как синий. И когда она расцветает, страсть тут как хороша бывает. И эту траву рвут со крестом, говоря отчу и помилуй мя, Боже, — или же каких других тридцать молитв святых. Этой-то вот травой что можно сделать на свете! Все ею можно сделать. Этой травой пользуют испорченного человека, или у кого нет плоду детям, то дать той женщине пить, — сейчас от этого будет плод. Если ж опять кто хочет видеть дьявола, то пусть возьмет он корень этой травы и положит его на сорок дней за престол, а потом возьмет, ушьет в ладанку да при себе и носит, — только чтоб во всякой чистоте — то и увидит он дьяволов воздушных и водяных... Или опять на случай приостановления мельницы, то вода остановится, где только пожелаешь. Это трава богатая, любимая у Бога травка, и называется эта травка во всех травах царь... Спишь, родной?

Старуха нагнулась к больному, который сладко уснул под ее говор, перекрестила его три раза древним большим крестом и, свернувшись ежичком на оттоманке, уснула тем спокойным сном, каким вряд ли нам с вами, читатель, придется засыпать в ее лета.

## Глава десятая.
## Летнее утро

Стояло серое летнее утро. Туч на небе не было, но и солнце не выглядывало, воздух едва колебался тихими, несмелыми порывами чрезмерно теплого ветерка. Такие летние утра в серединной России необыкновенно благоприятно действуют на всякое живое существо, до изнеможения согретое знойными днями. Таким утрам обыкновенно предшествуют теплые безлунные ночи, хорошо знакомые охотникам на перепелов. Чудные дела делаются с этой птицей в такие чудесные ночи! Всегда падкий на сладострастную приманку, перепел тут как будто совсем одуревает от неукротимых влечений своего крошечного организма. Заслышав манящий клик залегшего в хлебах вабильщика, он мигом срывается с места и мчится на роковое свидание, толкаясь серою головкою о розовые корешки растущих хлебов. Только расставишь сетку, только уляжешься и начнешь вабить, подражая голосу перепелки, а уж где-то, загончика за два, за три, откликается пернатый Дон-Жуан. В другое время, в светлую лунную ночь, его все-таки нужно поманывать умненечко, осторожно, соображая предательский звук с расстоянием жертвы; а в теплые безлунные ночи, предшествующие серым дням, птица совершенно ошалевает от сладострастья. Тут не нужно с нею никакой осторожности. Не успеешь сообразить, как далеко находится птица, отозвавшаяся на первую поманку, и поманишь ее потише, думая, что она все-таки еще далеко, а она уже отзывается близехонько. Кликнешь потихоньку в другой раз — больше уже и вабить не надо. Сладострастно нетерпеливое оханье слышится в двух шагах, и между розовых корней хлеба лезет перепел. Тут он уже не мчится сумасшедшим бедуином, а как-то плетется, тяжело дыша и беспрестанно оглядываясь во все стороны. Еще раз поманить его уже никак не возможно, потому что самый тихий звук вабилки заведет птицу дальше, чем нужно. Тут только лежишь и, удерживая смех, смотришь под сетку, а перепел все лезет, лезет, шумя стебельками хлеба, и вдруг предстает глазам охотника в самом смешном виде. Кто имел счастье живать летом на Крестовском или преимущественно в деревне Коломяге и кто бродил ранним утром по тощим полям, начинающимся за этою деревнею, тот легко может представить себе наших перепелов. Для этого стоит припомнить чинного петербургского немца, преследующего рано, на зорьке, крестьянских девушек. Немец то бежит полем, то присядет в рожь, так что его совсем там не видно, то над колосьями снова мелькнет его черная шляпа; и вдруг, заслышав веселый хохот совсем в другой стороне, он встанет, вздохнет и, никого не видя глазами, водит во все стороны своим тевтонским клювом. Панталонишки у него все подтрепаны от утренней росы, оживившей тощие, холодные поля; фалды сюртучка тоже мокры, руки красны, колена трясутся от беспрестанных пригинаний и прискакиваний, а свернутый трубкой рот совершенно сух от тревог и томленья. Таков бывает и перепел, когда, прекращая стремительный бедуинский бег между розовыми корешками высоких тоненьких стеблей, он тает от нетерпеливого желания угасить пламень пожирающей его страсти.

Толчется пернатый сластолюбец во все стороны, и глаза его не докладывают ему ни о какой опасности. Он весь мокр, серенькие перышки на его маленьких голенях слиплись и свернулись; мокрый хвостик вытянулся в две фрачные фалдочки; крылышки то трепещутся, оживляясь страстью, то отпадают и тащатся, окончательно затрепываясь мокрою полевою пылью; головенка вся взъерошена, а крошечное сердчишко тревожно бьется, и сильно спирается в маленьком зобике скорое дыхание. Метнется отуманенная страстью пташка туда, метнется сюда, и вдруг на вашей щеке чувствуется прикосновение холодных лапок и мокрого, затрепанного фрачка, а над ухом раздается сладострастный вздох. Надо иметь много равнодушия, чтобы не рассмеяться в такую минуту. Самый серьезный русский мужичок, вабящий перепелов в то время, когда ему нужно бы дать покой своим усталым членам, всегда добродушно относится к обтрепанному франту. «Ах ты, поганец этакой!» — скажет он с ласковой улыбкой и тихонько опустит пернатого чертика в решето, надшитое холщевым мешочком.

Такая чудотворящая ночь предшествовала тому покойному утру, в которое Петр Лукич Гловацкий выехал с дочерью из Мерева в свой уездный город. От всякой другой поры подобные утра отличаются, между прочим, совершенно особенным влиянием на человеческую натуру.

Человек в такую пору бывает как-то спокоен, тих и бескорыстен. Даже ярмарочные купцы, проезжая на возах своего гнилого товара, не складают тогда в головах барышей и прибытков и не клюют носом, предаваясь соблазнительным мечтам о ловком банкротстве, а едут молча, смотря то на поле, волнующееся под легким набегом теплого ветерка, то на задумчиво стоящие деревья, то на тонкий парок, поднимающийся с сонного озерца или речки.

Редко самая заскорузлая торговая душа захочет нарушить этот покой отдыхающей природы и перемолвиться словом с товарищем или приказчиком. Да и то заговорит эта душа не о себе, не о своих хлопотах, а о той же спокойной природе.

— Ишь птица-то полетела, — скажет ярмарочник, следя за поднявшейся из хлебов птахою.

— Да, — ответит товарищ или приказчик. И опять едут тихо.

— Должно, у нее тут где-нибудь дети есть, — опять заметит ярмарочник.

— Надо так рассуждать, что есть дети, — серьезно ответит приказчик. И опять разговор оборвется, и опять едут тихо.

Женни с отцом ехала совсем молча. Старик только иногда взглядывал на дочь, улыбался совершенно счастливой улыбкой и снова впадал в чисто созерцательное настроение. Женни была очень серьезна, и спокойная задумчивость придавала новую прелесть ее свежему личику.

На половине короткой дороги от Мерева к городу их встретил меревский Наркиз. Конторщик скоро шел по опушке мелкого кустарника и, завидев Петра Лукича, быстро направился к дороге.

— Здравствуйте, батюшка Петр Лукич! — кричал он, снимая широкодонный картуз с четырехугольным козырьком.

— Здравствуйте, Наркиз Федорович, — отвечал Гловацкий. Лошадь остановилась. — Охотился?

— Да, половил перепелочков немножко, Петр Лукич.

— Ты сам-то, брат, точно перепел, — улыбаясь, заметил смотритель.

— Да ведь, батюшка, отрепишься с ними, с беспутниками. Это уж такая дичь низкая. Наркиз, точно, был похож на перепела. Пыль и полевой сор насели на его росные сапоги и заправленные в голенища панталоны; синий сюртучок его тоже был мокр и местами сильно запачкан.

За плечами у конторщика моталась перепелиная сетка и решето с перепелами.

— Что ж, как полевал?

— Много-таки, батюшка, наловил. Нынче они глупы в такую-то ночь бывают, — сами лезут.

— На что их ловят? — спросила Женни.

— А вот, матушка, на жаркое, пашкеты тоже готовят, и в торговлю идут они.

— Вы ими торгуете?

— Я? — Нет, я так только, для охоты ловлю их. Иной с певом удается, ну того содержу, а то так.

— Выпускаете?

— Нет, на что выпускать? — Да вот позвольте вам, сударыня, презентовать на новоселье.

— На что они мне?

— На что угодно, матушка.

— Ну, бери, Женни, на новоселье.

Наркиз поставил на колени девушки решето с перепелами и, простившись, пошел своей дорогой, а дрожки покатились к городу, который точно вырос перед Гловацкими, как только они обогнули маленький лесной островочек.

— Узнаешь, Женичка? Вон соборная глава, а это Иван-Крестителя купол: узнаешь?

— Какое все маленькое стало, — задумчиво проговорила Женни.

— Маленькое! Это тебе так кажется после Москвы. Все такое же, как и было. Ты смотри, смотри, вон судьи дом, вон бойницы за городом, где скот бьют, вон каланча. Каланча-то, видишь желтую каланчу? Это под городническим домом.

Женни все смотрела вперед и ручкою безотчетно выпускала одного перепела за другим.

— Э, да ты их почти всех выпустила, — заметил Гловацкий.

— Да. Смотрите-ка, смотрите.

Женни вынула еще одну птичку, и еще одну, и еще одну. На ее лице выражалось совершенное, детское счастье, когда она следила за отлетавшими с ее руки перепелами.

— Ты их всех выпустишь?

— Всех выпущу, — весело ответила она, раскрывая разом пришитый к решету бездонный мешок.

Перепела засуетились, увидя над собою вольное небо вместо грязной холщовой покрышки, жались друг к другу, приседали на ножках, и один за другим быстро поднимались на воздух.

— Вот теперь славно, — проговорила она, ставя на ноги пустое решето. — Хорошо, что я взяла их.

— Дитя ты, Женичка.

— Отчего же, папа, дитя; пусть они летают на воле.

— Их завтра опять поймают.

— Нет, уж они теперь не попадутся.

Гловацкий засмеялся. В его седой голове мелькнула мысль о страстях, о ловушках, и веселая улыбка заменилась выражением трепетной заботы.

— Боже, Господи милосердный, спаси и сохрани ее! — прошептал он, когда дрожки остановились у ворот уездного училища.

## Глава одиннадцатая.
## Колыбельный уголок

Петр Лукич гловацкий с самого дня своей женитьбы отдавал женин приданый дом внаймы, а сам постоянно обитал в небольшом каменном флигельке подведомственного ему уездного училища. В этот самый каменный флигель двадцать три года тому назад он привез из церкви молодую жену, здесь родилась Женни, отсюда же Женни увезли в институт и отсюда же унесли на кладбище ее мать, о которой так тепло вспоминала игуменья. Училищный флигель состоял всегда из пяти очень хороших комнат, выходивших частию на чистенький, всегда усыпанный желтым песком двор уездного училища, а частию в старый густой сад, тоже принадлежащий училищу, и, наконец, из трех окон залы была видна огибавшая город речка Саванка. На дворе училища было постоянно очень тихо, но все-таки двор два раза в день оглашался веселыми, резкими голосами школьников, а уж зато в саду, начинавшемся за смотрительским флигелем, постоянно царила ненарушимая, глубокая тишина. В этот сад выходили два окна залы (два другие окна этой комнаты выходили на берег речки, за которою кончался город и начинался бесконечный заливной луг), да в этот же сад смотрели окна маленькой гостиной с стеклянной дверью и угловой комнаты, бывшей некогда спальнею смотрительши, а нынче будуаром, кабинетом и спальней ее дочери. Рядом с этой комнатой был кабинет смотрителя, из которого можно было обозревать весь двор и окна классных комнат, а далее, между кабинетом и передней, находился очень просторный покой со множеством книг, уставленных в высоких шкафах, четыреугольным столом, застланным зеленым сукном, и двумя сафьянными оттоманками. Только и всего помещения было в смотрительской квартире! Но зато все в ней было так чисто, так уютно, что никому в голову не пришло бы желать себе лучшего жилища. А уж о комнате Женни и говорить нечего. Такая была хорошенькая, такая девственная комнатка, что стоило в ней побыть десять минут, чтобы начать чувствовать себя как-то спокойнее, и выше, и чище, и нравственнее. Старинные кресла и диван светлого березового выплавка с подушками из шерстяной материи бирюзового цвета, такого же цвета занавеси на окнах и дверях; той же березы письменный столик с туалетом и кроватка, закрытая белым покрывалом, да несколько растений на окнах и больше ровно ничего не было в этой комнатке, а между тем всем она казалась необыкновенно полным и комфортабельным покоем.

— Вот твой колыбельный уголочек, Женичка, — сказал Гловацкий. — Здесь стояла твоя колыбелька, а материна кровать вот тут, где и теперь стоит. Я ничего не трогал после покойницы, все думал: приедет Женя, тогда как сама захочет, — захочет, пусть изменяет по своему вкусу, а не захочет, пусть оставит все по-материному.

И Евгения Петровна зажила в своем колыбельном уголке, оставив здесь все по-старому. Только над березовым комодом повесили шитую картину, подаренную матерью Агниею, и на комоде появилось несколько книг.

— Возьмешься, Женни, хозяйничать? — спросил Петр Лукич на другой день приезда в город.

— Как же, папа, непременно.

— То-то, как хочешь. У меня хозяйство маленькое и люди честные, но, по-моему, девушке хорошо заняться этим делом.

— Разумеется, папа, разумеется.

— Нынче этим пренебрегают, а напрасно, право, напрасно.

— И нынче, папа, я думаю, не все пренебрегают: это не одинаково.

— Конечно, конечно, не все, только я так говорю… Знаешь, — старческая слабость: все как ты ни гонись, а все старые-то симпатии, как старые ноги, сзади волокутся. Впрочем, я не спорщик. Вот моя молодая команда, так те горячо заварены, а впрочем, ладим, и отлично ладим.

— Агния Николаевна очень строго судит молодых.

— Она и старым, друг мой, не даст спуску: брюзжит немножко, а женщина весьма добрая, весьма добрая.

— На брата жаловалась.

Старик добродушно улыбнулся.

— Да, вот чудак-то! Нашел, где свой обличительный метод прикладывать.

— И вы, папа, молодых людей тоже, кажется, не долюбливаете?

— Отчего же, мой друг! Только вот они нынче резковаты становятся, точно уж резковаты. Может быть, это нам так кажется. Да ведь, право, нельзя все так круто. Старики неправы, что не умеют стерпеть, да и молодежь неправа. У старости тоже есть свои права и свои привычки. Снисходить бы не грешно было немножко. Я естественных наук не знаю вовсе, а все мне думается, что мозг, привыкший понимать что-нибудь так, не может скоро понимать что-нибудь иначе. Так что ж тут и сердиться. Надо снисходить. Народ говорит, что и у воробья, и у того есть своя амбиция, а человек, какой бы он ни был, если только мало-мальски самостоятелен, все-таки не хочет быть поставлен ниже всех. Вот хоть бы у нас, — городок ведь небольшой, а таки торговый, есть люди зажиточные, и газеты, и журналы кое-кто почитывают из купечества, и умных людей не обегают. — Старик улыбнулся и сквозь смех проговорил: — А ты знаешь, кто здесь зенит-то просвещения? Это мы, я да учители... Ну ведь и у нас есть учители очень молодые, вот, например, Зарницын Алексей Павлович, всего пятый год курс кончил, Вязмитинов, тоже пять лет как из университета; люди свежие и неустанно следящие и за наукой и за литературой, и притом люди добросовестно преданные своему делу, а посмотри-ка на них! Ты вот их увидишь. Вот как мало-мальски оправишься, позовем их вечерком на чаек. Все ведь, говорю, люди, которые смотрят на жизнь совсем не так, как наше купечество, да даже и дворянство, а посмотри, какого о них мнения все? — Кого ни спроси, в одно слово скажут: «прекрасные люди». Как-то у них отношения-то к людям все человеческие. Вот тоже доктор у нас есть, Розанов, человек со странностями и даже не без резкостей, но и у этого самые резкости-то как-то... затрудняюсь, право, как бы тебе выразить это... ну, только именно резки, только выказывают прямоту и горячность его натуры, а вовсе не стремятся смять, уничтожить, стереть человека. К его резкости здесь все привыкли и нимало ею не тяготятся, даже очень его любят. А те ведь все как-то... право, уж и совсем не умею назвать. Вот и Ипполит наш, и Звягина сын, и Ступин молодой — второй год приезжают такие мудреные, что гляжу на них, да и руки врозь. Как будто и дико с ними. Право, я вот теперь смотритель, и, слава Богу, двадцать пятый год, и пенсийка уж недалеко: всяких людей видал, и всяких терпел, и со всеми сживался, ни одного учителя во всю службу не представил ни к перемещению, ни к отставке, а воображаю себе, будь у меня в числе наставников твой брат, непременно должен бы искать случая от него освободиться. Нельзя иначе. Детей всех разберут, что ж из этого толку будет. Ты вот познакомишься с ними, сама и разберешь. Особенно рекомендую тебе Николая Степановича Вязмитинова. Дивный человек! Честный, серьезный и умница. Принимай хозяйство, а я их зазову.

Невелико было хозяйство смотрителя, а весь придворный штат его состоял из кухарки Пелагеи да училищного сторожа, отставного унтера Яковлева, исправлявшего должность лакея и ходившего за толстою, обезножевшею от настоя смотрительскою лошадью. Женни в два дня вошла во всю домашнюю администрацию, и на ея поясе появился крючок с ключами.

## Глава двенадцатая.
## Прогрессивные люди уездного городка

— Господа! вот моя дочь. Женичка! рекомендую тебе моих сотоварищей: Николай Степанович Вязмитинов и Алексей Павлович Зарницын, — проговорил смотритель, представляя раз вечером своей дочери двух очень благопристойных молодых людей.

Оба они на вид имели не более как лет по тридцати, оба были одеты просто. Зарницын был невысок ростом, с розовыми щеками и живыми черными глазами. Он смотрел немножко денди. Вязмитинов, напротив, был очень стройный молодой человек с бледным, несколько задумчивым лицом и очень скромным симпатичным взглядом. В нем не было ни тени дендизма. Вся его особа дышала простотой, натуральностью и сдержанностью.

Женни, сидевшая за столом, на котором весело шумел и посвистывал блестящий тульский самовар, встала, приветливо поклонилась и покраснела. Ее, видимо, конфузила непривычная роль хозяйки.

— Без церемонии, господа, — прошу вас поближе к самовару и к хозяйке, а то я боюсь, что она со мною, стариком, заскучает.

— Как вам не грех, папа, так творить, — тихо промолвила Женни и совсем зарделась, как маковый цветочек.

— Петр Лукич подговаривается, чтобы ему любезность сказали, что с ним до сих пор люди никогда не скучали, — проговорил, любезно улыбаясь, Зарницын.

— Да смейтесь, смейтесь! Нет, господа, уж как там ни храбрись, а пора сознаваться, что отстаю, отстаю от ваших-то понятий. Бывало, что ни читаешь, все это находишь так в порядке вещей и сам понимаешь, и с другим станешь говорить, и другой одинаково понимает, а теперь иной раз читаешь этакую там статейку или практическую заметку какую и чувствуешь и сознаешь, что давно бы должна быть такая заметка, а как-то, Бог его знает... Просто иной раз глазам не веришь. Чувствуешь, что правда это все, а рука-то своя ни за что бы не написала этого. Даже на подпись-то цензурную не раз глянешь, думаешь: «Господи! уж не так ли махнули, чего доброго?» — А вам это все ничего, даже мало кажется. Я вон прочел в приказах, что Павел Иванович Чичиков в апреле месяце сего года произведен из надворных советников в коллежские советники. Дело самое пустое: есть такой Чичиков, служит, его за выслугу лет и повышают чином, а мне уж черт знает что показалось. Подсунули, думаю, такую историю в насмешку, а за эту насмешку и покатят на тройках. После-то раздумал, а сначала... Нет, мы ведь другой школы, нам теперь уж на вас смотреть только да внучат качать.

— А знаете, Евгения Петровна, когда именно и по какому случаю последовало отречение Петра Лукича от единомыслия с людьми наших лет? — опять любезно осклабляясь, спросил Зарницын.

— Нет, не знаю. Папа мне ничего не говорил об этом.

— Во-первых, не от единомыслия, а, так сказать, от единоспособности с вами, — заметил смотритель.

— Ну, это все равно, — перебил Зарницын.

— Нет, батюшка Алексей Петрович, это не все равно.

— Ну, положим, что так, только произошло это в Петре Лукиче разом, в один прием.

— Да, разом, — потому что разом я понял, что человек неспособный делать то, что самым спокойным образом делают другие. Представь себе, Женя: встаю утром, беру принесенные с почты газеты и читаю, что какой-то господин Якушкин имел в Пскове историю с полицейскими, — там заподозрили его, посадили за клин, ну и потом выпустили, — ну велика важность! — Конечно, оно неприятно, да мало ли чиновников за клин сажали. Ну выпустят, и уходи скорей, благо отвязались; а он, как вырвался, и ну все это выписывать. Валяет и полициймейстера, и вице-губернатора, да ведь как! Точно, — я сам знаю, что в Европе существует гласность, и понимаю, что она должна существовать, даже… между нами, говоря… (Смотритель оглянулся на обе стороны и добавил, понизив голос) я сам несколько раз «Колокол» читал, и не без удовольствия, скажу вам, читал; но у нас-то, на родной-то земле, как же это, думаю? — Что ж это, обо всем, стало быть, люди смеют говорить? — А мы смели об этом подумать? — Подумать, а не то что говорить? — Не смели, да и что толковать о нас! А вот эти господа хохочут, а доктор Розанов говорит: «Я, говорит, сейчас самого себя обличу, что, получая сто сорок девять рублей годового жалованья, из коих половину удерживает инспектор управы, восполняю свой домашний бюджет четырьмя стами шестьюдесятью рублями взяткообразно». — Ну, а я, говорю, не обличу себя, что по недостатку средств употребляю училищного сторожа, Яковлевича, для собственных услуг. Не могу, говорю, смелости нет, цели не вижу, да и вообще, просто не могу. Я другой школы человек. Я могу переводить Ювенала, да, быть может, вон соберу систематически материалы для истории Абассидов, но этого не могу; я другой школы, нас учили классически; мы литературу не принимали гражданским орудием; мы не приучены действовать, и не по силам нам действовать.

— Ну, однако, из вашей-то школы выходили и иные люди, не все о маврских династиях размышляли, а тоже в действовали, — заметил Зарницын.

— А, а! Нет, батюшка, — извините. То совсем была не наша школа, — Извините.

— Конечно, — в первый раз проронил слово Вязмитинов.

— Точно, виноват, я ошибся, — оговорился Зарницын.

— А теперь вон еще новая школа заходит, и, попомните мое слово, что скоро она скажет и вам, Алексей Павлович, и вам, Николай

Степанович, да даже, чего доброго, и доктору, что все вы люди отсталые, для дела не годитесь.

— Это несомненно, — заметил опять Вязмитинов.

— Да вот вам, что значит школа-то, и не годитесь, и пронесут имя ваше яко зло, несмотря на то, что директор нынче все настаивает, чтоб я почаще наведывался на ваши уроки. И будет это скоро, гораздо прежде, чем вы до моих лет доживете. В наше-то время отца моего учили, что от трудов праведных не наживешь палат каменных, и мне то же твердили, да и мой сын видел, как я не мог отказываться от головки купеческого сахарцу; а нынче все это двинулось, пошло, и школа будет сменять школу. Так, Николай Степанович?

— По-моему, так.

— А так, так наливай, Женни, по другому стаканчику. Тебе, я думаю, мой дружочек, наскучил наш разговор. Плохо мы тебя занимаем. У нас все так, что поспорим, то будто как и дело сделаем.

— Напротив, папа, зачем вы так думаете? Меня это очень занимает.

— Да! Вон видите, школа-то: месяца нет как с институтской скамьи, а ее занимает. Попробуйте-ка Оленьку Розанову таким разговором занять.

— Ну еще кого вспомнили!

— Чего, батюшка мой? Она ведь вон о самостоятельности тоже изволит рассуждать, а муж-то? С таким мужем, как ее, можно до многого додуматься.

— Да что ж это он хотел быть, а не идет? — заметил Зарницын.

— Идет, идет, — отвечал из передней довольно симпатичный мужской голос, и на пороге залы показался человек лет тридцати двух, невысокого роста, немного сутуловатый, но весьма пропорционально сложенный, с очень хорошим лицом, в котором крупность черт выгодно выкупалась силою выражения. В этом лице выражалась какая-то весьма приятная смесь энергии, ума, прямоты, силы и русского безволья и распущенности. Доктор был одет очень небрежно. Платье его было все пропылено, так что пыль въелась в него и не отчищалась, рубашка измятая, шея повязана черным платком, концы которого висели до половины груди.

— А мы здесь только что злословили вас, доктор, — проговорил Зарницын, протягивая врачу свою руку.

— Да чем же вам более заниматься на гулянках, как не злословием, отвечал доктор, пожимая мимоходом поданные ему руки.

— Прошу вас, Петр Лукич, представить меня вашей дочери.

— Женичка! — наш доктор. Советую тебе заискать его расположение, человек весьма нужный, случайный.

— Преимущественно для мертвых, с которыми имею постоянные дела в течение пяти лет сряду, — проговорил доктор, развязно кланяясь девушке, ответившей ему ласковым поклоном.

— А мы уж думали, что вы, по обыкновению, не сдержите слова, — заметил Гловацкий.

— Уж и по обыкновению? Эх, Петр Лукич! Уж вот на кого Бог-то, на того и добрые люди. Я, Евгения Петровна, позвольте, уж буду искать сегодня исключительно вашего внимания, уповая, что свойственная человечеству злоба еще не успела достичь вашего сердца и вы, конечно, не найдете самоуслаждения допиливать меня, чем занимается весь этот прекрасный город с своим уездом и даже с своим уездным смотрителем, сосредоточивающим в своем лице половину всех добрых свойств, отпущенных нам на всю нашу местность.

Женни покраснела, слегка поклонилась и тихо проговорила:

— Прикажете вам чаю?

— В награду за все перенесенные мною сегодня муки, позвольте, — по-прежнему несколько театрально ответил доктор.

— Где это вас сегодня разобидели? — спросил смотритель.

— Везде, Петр Лукич, везде, батюшка.

— А например?

— А например, исправник двести раков съел и говорит: «не могу завтра на вскрытие ехать»; фельдшер в больнице бабу уморил на за што ни про што; двух рекрут на наш счет вернули; с эскадронным командиром разбранился; в Хилкове бешеный волк человек пятнадцать на лугу искусал, а тут немец Абрамзон с женою мимо моих окон проехал, — беда да и только.

Все, кроме Женни, рассмеялись.

— Да, вам смех, а мне хоть в воду, так в пору.

— Что ж вы сделали?

— Что? Исправнику лошадиную кладь закатил и сказал, что если он завтра не поедет, то я еду к другому телу; бабу записал умершею от апоплексического удара, а фельдшеру дал записочку к городничему, чтобы тот с ним подзанялся; эскадронному командиру сказал: «убирайтесь, ваше благородие, к черту, я ваших мошенничеств прикрывать не намерен», и написал, что следовало; волка посоветовал исправнику казнить по полевому военному положению, а от Ольги Александровны, взволнованной каретою немца Ицки Готлибовича Абрамзона, ушел к вам чай пить. Вот вам и все!

— Распоряжения все резонные, — заметил Зарницын.

— Ну, какие есть: не хороши, друже присоветуйте.

— Фельдшера поучат, а он через полгода другую бабу отравит.

— Через полгода! Экую штуку сказал! Две бабы в год — велика важность. А по-вашему, не нового ли было бы требовать?

— Конечно.

— Ну нет, слуга покорный. Этот пару в год отравит, новый с непривычки по паре в месяц спустит. — Что, батюшка, тут радикальничать-то? Лечить нечем, содержать не на что, да что и говорить! Радикальничать, так, по-моему, надо из земли Илью

Муромца вызвать, чтобы сел он на коня ратного, взял в могучие руки булаву стопудовую да и пошел бы нас, православных, крестить по маковкам, не разбирая ни роду, ни сану, ни племени. — А то, что там копаться! Idem per idem — все будем Кузьма с Демидом. — Нечего и людей смешить. Эх, не слушайте наших мерзостей, Евгения Петровна. Поберегите свое внимание для чего-нибудь лучшего. Вы, пожалуйста, никогда не сидите с нами. Не сидите с моим другом, Зарницыным, он затмит ваш девственный ум своей туманной экономией счастья; не слушайте моего друга Вязмитинова, который погубит ваше светлое мышление гегелианскою ересью; не слушайте меня, преподлейшего в сношениях с зверями, которые станут называть себя перед вами разными кличками греко-российского календаря; даже отца вашего, которому отпущена половина всех добрых качеств нашей проклятой Гоморры, и его не слушайте. Все вас это спутает, потому что все, что ни выйдет из наших уст, или злосмрадное дыхание антихристово, или же хитросплетенные лукавства, уловляющие свободный разум. Уйдите от нас, гадких и вредных людей, и пожалейте, что мы еще, к несчастию, не самые гадкие люди своего просвещенного времени.

— Уйди, уйди, Женичка, — смеясь проговорил Гловацкий, — и вели давать, что ты нам поесть приготовила. Наш медицинский Гамлет всегда мрачен...

— Без водки, — чего ж было не договаривать! Я точно, Евгения Петровна, люблю закусывать и счел бы позором скрыть от вас этот маленький порок из обширной коллекции моих пороков.

Женни встала и вышла в кухню, а Яковлевич стал собирать со стола чай, за которым, по местному обычаю, всегда почти непосредственно следовала закуска.

## Глава тринадцатая.
## Нежданный гость

В то же время, как Яковлевич вывернув кренделем локти, нес поднос, уставленный различными солеными яствами, а Пелагея, склонив набок голову и закусив, в знак осторожности, верхнюю губу, тащила другой поднос с двумя графинами разной водки, бутылкою хереса и двумя бутылками столового вина, по усыпанному песком двору уездного училища простучал легкий экипажец. Вслед за тем в двери кухни, где Женни, засучив рукава, разбирала жареную индейку, вошел маленький казачок и спросил:

— Дома ли Евгения Петровна?

— Дома, — ответила Женни, удивленная, кто бы мог о ней осведомляться в городе, в котором она никого не знает.

— Это вы-с? — спросил, осклабившись, казачок.

— Я, я — кто тебя прислал?

— Барышня-с к вам приехали.

— Какая барышня?

— Барышня, Лизавета Егоровна-с.

— Лиза Бахарева! — в восторге воскликнула Женни, бросив кухонный нож и спеша обтирать руки.

— Точно так-с, они приехали, — отвечал казачок.

— Боже мой! где же она?

— На кабриолетке-с сидят.

Женни отодвинула от дверей казачка, выбежала из кухни и вспорхнула в кабриолет, на котором сидела Лиза.

— Лиза! голубчик! дуся! ты ли это?

— А! видишь, я тебе, гадкая Женька, делаю визит первая. Не говори, что я аристократка, — ну, поцелуй меня еще, еще. Ангел ты мой! Как я о тебе соскучилась — сил моих не было ждать, пока ты приедешь. У нас гостей полон дом, скука смертельная, просилась, просилась к тебе — не пускают. Папа приехал с поля, я села в его кабриолет покататься, да вот и прикатила к тебе.

— Будто так?

— Право.

Девушки рассмеялись, еще раз поцеловались и обе соскочили с кабриолета.

— Я ведь только на минуточку, Женни.

— Боже мой!

— Ну да. Какая ты чудиха! Там ведь с ума посходят.

— Ну пойдем, пойдем.

— А вы еще не спите?

— Нет, где же спать. Всего девять часов, и у нас гости.

— Кто?

— Учителя и доктор.

— Какой?

— Розанов, кажется, его фамилия.

— Говорят, очень странный.

— Кажется. А ты от кого слышала?

— Мы с папой ходили навещать этого меревского учителя больного, — он очень любит этого доктора и много о нем рассказывал.

— А что этот учитель, лучше ему?

— Да лучше, но он все ждет доктора. Впрочем, папа говорил, что у него сильный ушиб и простуда, а больше ничего.

Девушки перешли через кухню в Женину комнату.

— Ах, как у тебя здесь хорошо, Женни! — воскликнула, осматриваясь по сторонам, Лиза.

— Да, — я очень довольна.

— А я пока очень недовольна.

— У тебя хорошая комната.

— Да, хорошая, но неудобная, проходная.

— Папа! у нас новый гость, — крикнула неожиданно Гловацкая.

— Кто, мой друг?

— Отгадайте!

— Ну, как отгадаешь.

— Мой гость, собственно ко мне, а не к вам.

— Ну, теперь и подавно не отгадаю.

Женни открыла двери, и изумленным глазам старика предстала Лиза Бахарева.

— Лизанька! с кем вы, дитя мое?

— Одна.

— Нет, без шуток. Где Егор Николаевич?

— Дома с гостями, — отвечала, смеясь, Лиза.

— В самом деле вы одни?

— Ах, какой вы странный, Петр Лукич! Разумеется одна, с казачком Гришей.

Лиза рассказала, что она приехала в город, и добавила, что она на минуточку, что ей нужно торопиться домой. Смотритель взял Лизу за руки, ввел ее в залу и познакомил с своими гостями, причем гости ограничивались одним молчаливым, вежливым поклоном.

— Не хочешь ли чаю, покушать, Лиза? Съешь что-нибудь; ведь это я хозяйничаю.

— Ты! Ну, для тебя давай, буду есть.

Девушки взяли стулья и сели к столу.

— Как у вас весело, Петр Лукич! — заметила Лиза.

— Какое ж веселье, Лизанька? Так себе сошлись, — не утерпел на старости лет похвастаться товарищам дочкою. У вас в Мереве, я думаю, гораздо веселее: своя семья большая, всегда есть гости.

— Да, это правда, а все у вас как-то, кажется, веселее выглядит.

— Это сегодня, а то мы все вдвоем с Женни сидели, и еще чаще она одна. Я, напротив, боюсь, что она у меня заскучает, журнал для нее выписал. Мои-то книги, думаю, ей не по вкусу придутся.

— У вас какие большие книги?

— Разный специальный хлам, а из русских только исторические.

— А у нас целый шкаф все какой-то допотопной французской беллетристики, читать невозможно.

— А я часто видал, что ваши сестрицы читают.

— Да, они читают, а мне это не нравится. Мы в институте доставали разные русские журналы и все читали, а здесь ничего нет. Вы какой журнал выписали для Женни?

— «Отечественные записки», — старый журнал и все один и тот же редактор, при котором покойный Белинский писал.

— Да знаю. Мы все доставали в институте: и «Отечественные записки», и «Современник», и «Русский вестник», и «Библиотеку», все, все журналы. Я просила папу выписать мне хоть один теперь, — мамаша не хочет.

— Отчего?

— Бог ее знает! Говорит, читай то, что читают сестры, а я этого читать не могу, не нравится мне.

— Женни будет с вами делиться своим журналом. А я вот буду просить Николая Степановича еще снабжать Женичку книгами из его библиотечки. У него много книг, и он может руководить Женичку, если она захочет заняться одним предметом. Сам я устарел уж, за хлопотами да дрязгами поотстал от современной науки, а Николаю Степановичу за дочку покланяюсь.

— Если только Евгения Петровна пожелает и позволит, я буду очень рад служить ей чем могу, — вежливо ответил Вязмитинов.

Женни поблагодарила.

— Как жаль, что и я не могу пользоваться вашими советами! — живо заметила Лиза.

— Отчего же?

— Я живу в деревне, а зимой, вероятно, уедем в губернский город.

— Приезжайте к нам почаще летом, Лизанька. Тут ведь рукой подать, и будете читать с Николаем Степановичем, — сказал Гловацкий.

— В самом деле, Лиза, приезжай почаще.

— Да, — хорошо, как можно будет, а не пустят, так буду сидеть. — Ах, Боже мой! — сказала она, быстро вставая со стула, — я и забыла, что мне пора ехать.

— Побудь еще, Лиза, — просила Женни.

— Нет, милая, не могу, и не говори лучше. — А вы что читаете в училище? — спросила она Вязмитинова.

— Я преподаю историю и географию.

— Оба интересные предметы, а вы? — обратилась Лиза к Зарницыну.

— Я учитель математики.

— Фуй, какая ужасная наука. Я выше двойки никогда не получала.

— У вас, верно, был дурной учитель, — немножко рисуясь, сказал Зарницын.

— Нет, а впрочем, не знаю. Он кандидат, молодой, и некоторые у него хорошо учились. Вот Женни, например, она всегда высший балл брала. Она по всем предметам высшие баллы брала. Вы знаете — она ведь у нас первая из целого выпуска, — а я первая с другого конца. Я терпеть не могу некоторых наук и особенно вашей математики. А вы естественных наук не знаете? Это, говорят, очень интересно.

— Да, но занятие естественными науками тоже требует знания математики.

— Будто! Ведь это для химиков или для других, а так для любителей, я думаю, можно и без этой скучной математики.

— Право, я не умею вам отвечать на это, но думаю, что в

известной мере возможно. Впрочем, вот у нас доктор знаток естественных наук.

— Ну, как не знаток, — проговорил доктор.

— Мне то же самое говорил о вас меревский учитель, — отнеслась к нему Лиза.

— Помада! Он того мнения, что я все на свете знаю и все могу сделать. Вы ему не верьте, когда дело касается меня, — я его сердечная слабость. Позвольте мне лучше осведомиться, в каком он положении?

— Ему лучше, и он, кажется, ждет вас с нетерпением.

— Что ж делать. Я только узнал о его несчастье и не могу тронуться к нему, ожидая с минуты на минуту непременного заседателя, с которым тотчас должен выехать.

— Будто вы сегодня едете? — спросил Гловацкий.

— А как же! Он сюда за мною должен заехать: ведь искусанные волком не ждут, а завтра к обеду назад и сейчас ехать с исправником. Вот вам жизнь, и естественные, и всякие другие науки, — добавил он, глядя на Лизу. — Что и знал-то когда-нибудь, и то все успел семь раз позабыть.

— Какая странная должность!

— У нас все должности удивят вас, если найдете интерес в них всмотреться. Это еще не самая странная, самую странную занимает Юстин Помада. Он читает чистописание.

Все засмеялись.

— Право! Вы его самого расспросите о его обязанностях: он сам то же самое вам скажет.

— Вот, Женни, фатальный наш приезд! Не успели показаться и чуть-чуть не стоили человеку жизни, — заметила Лиза.

— И еще какому человеку-то! Единственному, может быть, целому человеку на пять тысяч верст кругом.

— А вы, доктор, говорили, что лучший человек здесь мой папа, — проговорила, немножко краснея, Женни.

— Это между нами: я говорил, Петр Лукич солнце, а Помада везде антик. Петр Лукич все-таки чего-нибудь для себя желает, а тот, не сводя глаз, взирает на птицы небесные, как не жнут, не сеют, не собирают в житницы, а сыты и одеты. Я уж его пять лет сряду стараюсь испортить, да ни на один шаг не продвинулся. Вы обратите на него внимание, Лизавета Егоровна, — это дорогой экземпляр, скоро таких уж ни за какие деньги нельзя будет видеть. Он стоил внимания и изучения не менее самого допотопного монстра. Право. Если любите натуру, в изучении которой не можем вам ничем помочь ни я, ни мои просвещенные друзья, сообществом которых мы здесь имеем удовольствие наслаждаться, то вот рассмотрите-ка, что такое под черепом у Юстина Помады. Говорю вам, это будет преинтересное занятие для вашей любознательности, далеко интереснейшее, чем то, о котором возвещает мне приближение вот этого проклятого колокольчика, которого, кажется, никто даже, кроме меня, и не слышит.

Из-за угла улицы действительно послышался колокольчик, и, прежде чем он замолк у ворот училища, доктор встал, пожал всем руки и, взяв фуражку, молча вышел из двери. Зарницын и Вязмитинов тоже стали прощаться.

— Боже, а я-то! Что ж это я наделала, засидевшись до сих пор? — тревожно проговорила Лиза, хватаясь за свою шляпку.

— Вы! Нет, уж вы не беспокойтесь: я вашу лошадь давно отослал домой и написал, что вы у нас, — сказал, останавливая Лизу, Гловацкий.

— Что вы наделали, Петр Лукич! Теперь забранят меня.

— Не бойтесь. Нынче больше бы забранили, а завтра поедете на моей лошади с Женичкой, и все благополучно обойдется.

Прощаясь с Женни, Вязмитинов спросил ее:

— Вы знакомы, Евгения Петровна, с сочинениями Гизо?

— Нет, вовсе ничего не знаю.

— Хотите читать этого писателя?

— Пожалуйста. Да вы уж не спрашивайте. Я все прочитаю и постараюсь понять. Это ведь исторический писатель?

— Да.

— Пожалуйста, — я с удовольствием прочту.

Гости ушли, хозяева тоже стали прощаться.

— Ну, что, Женни, как тебе новые знакомые показались? — спросил Гловацкий, целуя дочернину руку.

— Право, еще не думала об этом, папа. Кажется, хорошие люди.

— Она ведь пять лет думать будет, прежде чем скажет, — шутливо перебила Лиза, — а я вот вам сразу отвечу, что каждый из них лучше, чем все те, которые в эти дни приезжали к нам и с которыми меня знакомили.

Смотритель добродушно улыбнулся и пошел в свою комнату, а девушки стали раздеваться в комнате Женни.

## Глава четырнадцатая.
## Семейная картинка в Мереве

— Однако, что-то плохо мне, Женька, — сказала Лиза, улегшись в постель с хозяйкою. — Ждала я этого дома, как Бог знает какой радости, а...

— Что ж там у вас? — с беспокойным участием спросила Женни.

— Так, — и рассказать тебе не умею, а как-то сразу тяжело мне стало. Месяц всего дома живу, а все, как няня говорит, никак в стих не войду.

— Ты еще не осмотрелась.

— Боюсь, чтоб еще хуже не было. Вот у тебя я с первой минуты осмотрелась. У вас хорошо, легко; а там, у нас, Бог знает... мудрено все... очень тяжело как-то, скучно, — невыносимо скучно.

— Что, Петр Лукич? — спросила Лиза, помещаясь на другое утро за чайным столиком против смотрителя.

— Что, Лизанька?

— Боюсь домой ехать.

Смотритель улыбнулся.

— Право! — продолжала Лиза. — Вы не можете себе представить, как мне становится чего-то страшно и неловко.

— Полноте, Лизочка, — я отпущу с вами Женни, и ничего не будет, ни слова никто не скажет.

— Да я не этого и боюсь, Петр Лукич, а как-то это все не то, что я себе воображала, что я думала встретить дома.

— Это вы, дитя мое, не осмотрелись с нами и больше ничего.

— Нет, в том-то и дело, что я с вами-то совсем осмотрелась, у вас мне так нравится, а дома все как-то так странно — и суетливо будто и мертво. Вообще странно.

— Потому и странно, что не привыкли.

— А как совсем не привыкну, Петр Лукич?

Смотритель опять улыбнулся и, махнув рукой, проговорил:

— Полноте сочинять, друг мой! — Как в родной семье не привыкнуть.

Тотчас после чаю Женни и Лиза в легких соломенных шляпках впорхнули в комнату Гловацкого, расцеловали старика и поехали в Мерево на смотрительских дрожках.

Был десятый час утра, день стоял прекрасный, теплый и безоблачный; дорога до Мерева шла почти сплошным дубнячком.

Девушки встали с дрожек и без малого почти все семь верст прошли пешком. Свежее, теплое утро и ходьба прекрасно отразились на расположении их духа и на их молодых, свежих лицах, горевших румянцем усталости.

Перед околицей Мерева они оправили друг на друге платья, сели опять на дрожки и в самом веселом настроении подъехали к высокому крыльцу бахаревского дома.

— Встали наши? — торопливо спросила, взбегая на крыльцо, Лиза у встретившего ее лакея.

— Барин вставши давно-с, чай в зале кушает, а барышни еще не выходили, — отвечал лакей.

Егор Николаевич один сидел в зале за самоваром и пил чай из большого красного стакана, над которым носились густые клубы табачного дыма. Заслышав по зале легкий шорох женского платья, Бахарев быстро повернулся на стуле и, не выпуская из руки стакана, другою рукою погрозил подходившей к нему Лизе.

— Что, папочка?

— Я хотел было за тобою ночью посылать, да так уж... Как таки можно?

— Что ж такое, папа! Было так хорошо, мне хотелось повидаться с Женею, я и поехала. Я думала, что успею скоро возвратиться, так что никто и не заметит. Ну виновата, ну простите, что ж теперь делать?

— То-то, что делать? — Шалунья! Я на тебя и не сержусь, а вон смотри-ка, что с матерью.

— Что с мамашей? — тревожно спросила девушка.

— Она совсем в постель слегла.

— Боже мой! я побегу к ней. Побудь здесь пока, Женни, с папой.

— Ни-ни-ни! — остановил ее Бахарев. — У нее целую ночь были истерики, и она только перед утром глаза сомкнула, не ходи к ней, не буди ее, пусть успокоится.

— Ну, я пойду к сестрам.

— Они тоже обе не спали. Садитесь-ка, вот пейте пока чай, Бог даст все обойдется. Только другой раз не пугай так мать.

За дверями гостиной послышались легкие шаги, и в залу вошла Зинаида Егоровна. Она была в белом утреннем пеньюаре, и ее роскошная густая коса красиво покоилась в синелевой сетке, а всегда бледное, болезненно прозрачное лицо казалось еще бледнее и прозрачнее от лежавшего на нем следа бессонной ночи. Зинаида Егоровна была очень эффектна: точно средневековая, рыцарственная дама, мечтающая о своем далеком рыцаре.

Тихой, ровной поступью подошла она к отцу, спокойно поцеловала его руку и спокойно подставила ему для поцелуя свой мраморный лоб.

— Что, Зинушка, с матерью? — спросил старик.

— Маме лучше, она успокоилась и с семи часов заснула. Здравствуйте, Женни! — добавила Зина, обращаясь к Гловацкой и протягивая ей руку. — Здравствуй, Лиза.

— Здравствуй, Зина.

— Позвольте, папа, — проговорила Зинаида Егоровна, взявшись за спинку отцовского стула, и села за самовар.

— Чего ты такая бледная сегодня, Зиночка? — с участием осведомилась Лиза.

— Не спала ночь, — мне это всегда очень вредно.

— Отчего ты не спала?

— Нельзя же всем оставить мать.

Лиза покраснела и закусила губку. Все замолчали. Женни чувствовала, что здесь в самом деле как-то тяжело дышится. Коридором вошла в залу Софи. Она не была бледна, как Зина, но тоже казалась несколько утомленною. Лиза заметила это, но уже ни о чем не спросила сестру. Софи поцеловала отца, потом сестер, потом с некоторым видом старшинства поцеловала в лоб Женни и попросила себе чаю.

— Весело тебе было вчера? — спросила она Лизу, выпив первую

чашку.

— Да, очень весело, — несколько нерешительно отвечала Лиза.

И опять все замолчали.

— Что ваш папа делает, Женни? — протянула Зинаида Егоровна.

— Он все в своем кабинете: ведомости какие-то составляет в дирекцию.

— А вы же чем занимались все это время?

— Я? Пока еще ничем.

— Она хозяйничает; у нее так хорошо, так тихо, что не вышел бы из дома, — сочла нужным сказать Лиза.

— А! это прекрасно, — опять протянула Зинаида Егоровна, и опять все замолчали.

«В самом деле, как здесь скучно!» — подумала Женни, поправив бретели своего платья, и стала смотреть в открытое окно, из которого было видно колосистое поле буревшей ржи.

— Здравствуй, красавица! — проговорила за плечами Женни старуха Абрамовна, вошедшая с подносом, на котором стояла высокая чайная чашка, раскрашенная синим золотом.

— Здравствуй, нянечка! — воскликнула с восторгом Женни и, обняв старуху, несколько раз ее поцеловала.

— А ты, проказница, заехала, да и горя тебе мало, — с ласковым упреком заметила Лизе Абрамовна, пока Зина наливала чай в матушкину чашку.

— Ах, полно, няня!

— Что полно? не нравится? Вот пожалуй-ка к маменьке. Она как проснулась, так сейчас о тебе спросить изволила: видеть тебя желает.

Лиза встала и пошла по коридору.

— Ты послушай-ка! Постой, мол, подожди, не скачи стрекозою-то, — проговорила Абрамовна, идя вслед за Лизой по длинному и довольно темному коридору. Лиза остановилась.

— Ишь, у тебя волосы-то как разбрылялись, — бормотала старуха, поправляя пальцем свободной руки набежавшие у Лизы на лоб волосы. — Ты води в свою комнату да поправься прежде, причешись, а потом и приходи к родительнице, да не фон-бароном, а покорно приди, чувствуя, что ты мать обидела.

— Что вы, в самом деле, все на меня? — вспыльчиво сказала долго сдерживавшаяся Лиза.

— Ах, мать моя! не хвалить ли прикажешь?

— Ничего я дурного не сделала.

— Гостей полон дом, а она фить! улетела.

— Ну и улетела.

— Как это грустно, — говорила Женни, обращаясь к Бахареву, — что мы с папой удержали Лизу и наделали вам столько хлопот и неприятностей.

Бахарев выпустил из-под усов облако дыма и ничего не ответил.

Вместо его на этот вызов отвечала Зина.

— Вы здесь ничем не виноваты, Женичка, и ваш папа тоже. Лиза сама должна была знать, что она делает. Она еще ребенок, прямо с институтской скамьи и позволяет себе такие странные выходки.

— Она хотела тотчас ехать назад, — это мы ее удержали ночевать. Папа без ее ведома отослал лошадь. Мы думали, что у вас никто не будет беспокоиться, зная, что Лиза с нами.

— Да это вовсе не в том дело. Здесь никто не сердился и не сердится, но скажите, пожалуйста, разве вы, Женни, оправдываете то, что сделала сестра Лиза по своему легкомыслию?

Для Женни был очень неприятен такой оборот разговора.

— Я, право, не знаю, — отвечала она, — кто какое значение придает тому, что Лиза проехалась ко мне?

— Нет, вы, Женичка, будьте прямодушнее, отвечайте прямо: сделали бы вы такой поступок?

— Я не знаю, вздумалось ли бы мне пошалить таким образом, а если бы вздумалось, то я поехала бы. Мне кажется, — добавила Женни, — что мой отец не придал бы этому никакого серьезного значения, и поэтому я нимало не охуждала бы себя за шалость, которую позволила себе Лиза.

— Правда, правда, — подхватил Бахарев. — Пойдут дуть да раздувать и надуют и себе всякие лихие болести, другим беспокойство. Ох ты, Господи! Господи! — произнес он, вставая и направляясь к дверям своего кабинета, — ты ищешь только покоя, а они знай истории разводят. И из-за чего, за что девочку разгорячили! — добавил он, и так хлопнул дверью, что в зале задрожали стены.

Осторожно, на цыпочках входили в комнату Ольги Сергеевны Зина, Софи и Женни. Женни шла сзади всех. Оба окна в комнате у Ольги Сергеевны были занавешены зелеными шерстяными занавесками, и только в одном уголок занавески был приподнят и приколот булавкой. В комнате был полусвет. Ольга Сергеевна с несколько расстроенным лицом лежала в кровати. Возле ее подушек стоял кругленький столик с баночками, пузыречками и чашкою недопитого чаю. В ногах, держась обеими руками за кровать, стояла Лиза. Глаза у нее были заплаканы и ноздерки раздувались.

— Здравствуй, Женичка! — безучастно произнесла Ольга Сергеевна, подставляя щеку наклонившейся к ней девушке, и сейчас же непосредственно продолжала: — Положим, что ты еще ребенок, многого не понимаешь, и потому тебе, разумеется, во многом снисходят; но, помилуй, скажи, что же ты за репутацию себе составишь? Да и не себе одной; у тебя еще есть сестра девушка. Положим опять и то, что Соничку давно знают здесь все, но все-таки ты ее сестра.

— Господи, maman! уж и сестре я даже могу вредить, ну что же это? Будьте же, maman, хоть каплю справедливы, — не вытерпела

Лиза.

— Ну да, я так и ожидала. Это цветочки, а будут еще ягодки.

— Да Боже мой, что же я такое делаю? За какие вины мною все недовольны? Все это за то, что к Женни на часок поехала без спроса? — произнесла она сквозь душившие ее слезы.

— Лиза! Лиза! — произнесла вполголоса и качая головой Софи.

— Что?

— Оставьте ее, она не понимает, — с многозначительной гримасой простонала Ольга Сергеевна, — она не понимает, что убивает родителей. Штуку отлила: исчезла ночью при сторонних людях. Это все ничего для нее значит, — оставьте ее.

Все замолчали. Лиза откинула набежавшие на лоб волосы и продолжала спокойно стоять в прежнем положении.

— Пусть свет, люди тяжелыми уроками научат тому, чего она не хочет понимать, — продолжала чрез некоторое время Ольга Сергеевна.

— Да что же понимать, maman? — совсем нетерпеливо спросила после короткой паузы Лиза. — У тети Агнии я сказала свое мнение, может быть очень неверное и, может быть, очень некстати, но неужто это уж такой проступок, которым нужно постоянно пилить меня?

— Да, — вздохнув, застонала Ольга Сергеевна. — Одну глупость сделаем, за другую возьмемся, а там за третью, за четвертую и так далее.

— Если уж я так глупа, maman, то что ж со мной делать? Буду делать глупости, мне же и будет хуже.

— Ах, уйди, матушка, уйди Бога ради! — нервно вскрикнула Ольга Сергеевна. — Не распускай при мне этой своей философии. Ты очень умна, просвещенна, образованна, и я не могу с тобой говорить. Я глупа, а не ты, но у меня есть еще другие дети, для которых нужна моя жизнь. Уйди, прошу тебя.

Лиза тихо повернулась и твердою, спокойною поступью вышла за двери.


## Глава пятнадцатая.
## Перепилили

Гловацкой очень хотелось выйти вслед за Лизой, но она осталась. Ольга Сергеевна вздохнула, сделала гримасу и, обратясь к Зине, сказала:

— Накапь мне на сахар гофманских капель, да пошлите ко мне Абрамовну.

Женни воспользовалась этим случаем и пошла позвать няню. Лиза сидела на балконе, положив свою головку на руку. Глаза ее были полны слез, но она беспрестанно смаргивала эти слезы и глядела на расстилавшееся за рекою колосистое поле. Женни подошла, поцеловала ее в лоб и села с ней рядом на плетеный диванчик.

— Что там теперь?

— Ничего; Ольга Сергеевна, кажется, хочет уснуть.

— Что, если это так будет всегда, целую жизнь?

— Ну, Бог знает что, Лиза! Ты не выдумывай себе, пожалуйста, горя больше, чем оно есть.

— Что ж это, по-твоему, — ничего? Можно, по-твоему, жить при таких сценах? А это первое время; первый месяц дома после шестилетней разлуки! Боже мой! Боже мой! — воскликнула Лиза и, не удержав слез, горько заплакала.

— Полно плакать, Лиза, — уговаривала ее Гловацкая.

Лиза не могла удержаться и, зажав рот платком, вся дергалась от сдерживаемых рыданий.

— Перестань, что это! Застанут в слезах, и еще хуже будет. Пойдем пройдемся.

Лиза молча встала, отерла слезы и подала Женни свою руку. Девушки прошли молча длинную тополевую аллею сада и вышли через калитку на берег, с которого открывался дом и английский сад камергерши Меревой.

— Какой красивый вид отсюда! — сказала Гловацкая.

— Да, красивый, — равнодушно отвечала Лиза, снова обтирая платком слезы, наполнявшие ее глаза.

— А оттуда, из ее окон, я думаю, еще лучше.

— Бог знает, — поле и наш дом, должно быть, видны. Впрочем, я, право, не знаю, и меня теперь это вовсе не занимает.

Девушки продолжали идти молча по берегу.

— Ваши с нею знакомы? — спросила Женни, чтобы не давать задумываться Лизе, у которой беспрестанно навертывались слезы.

— С кем? — нетерпеливо спросила Лиза.

— С Меревой.

— Знакомы.

Лиза опять обтерла слезы.

— А ты познакомилась?

— С Меревой?

— Да.

— Нет; мы ходили к ней с папой, да она нездорова что ль-то была: не приняла. Мы только были у Помады, навещали его. Хочешь, зайдем к Помаде?

— Я очень рада была бы, Лиза, но как же это? Идти одним, к чужому мужчине, на чужой двор.

— Да что ж такое? Ну что с нами сделается?

— Ничего не сделается, а пойдут толковать.

— Что ж толковать? Больного разве нельзя навестить? Больных все навещают. Я же была у него с папой, отчего же мне теперь не пойти с тобою?

— Нет, я не пойду, Лиза, именно с тобою и не пойду, потому что здоровья мы ему с собою не принесем, а тебе так достанется. что и места не найдешь.

— Да, вот это-то! — протянула, насупив бровки, Лиза и опять задумалась.

— О чем ты все время задумываешься? Брось это все — говорила Женни.

— Да, брось! Хорошо тебе говорить: «брось», а сама попробовала слушать эти вечные реприманды. И от всех, всех, решительно от всех. Ах ты Боже мой! да что ж это такое! И мать, и Зина, и Сосичка, и даже няня. Только один отец не брюзжит, а то все, таки решительно все. Шаг ступлю — не так ступила; слово скажу — не так сказала; все не так, все им не нравится, и пойдет на целый день разговор. Я хотела бы посмотреть на тебя на моем месте; хотела бы видеть, отскакивало ли бы от тебя это обращение, как от тебя все отскакивает.

— Чего ж ты сердишься, Лиза? Я ведь не виновата, что у меня такая натура. Я ледышка, как вы называли меня в институте, ну и что ж мне делать, что я такая ледышка. Может быть, это и лучше.

— Я буду очень рада, если тебя муж будет бить, — совершенно забывшись, проговорила Лиза.

Женни побледнела, как белый воротничок манишки ее, и дернула свою руку с локтя Лизы, но тотчас же остановилась и с легким дрожанием в голосе сказала:

— Даже будешь рада!

— Да, буду рада, очень буду рада!

Женни опять подернуло, и ее бледное лицо вдруг покрылось ярким румянцем.

— Ты взволнована и сама не знаешь, что говоришь, на тебя нельзя даже теперь сердиться.

— Конечно, я глупа; чего ж на мои слова обращать внимание, — отвечала ей с едкой гримасой Лиза.

— Не придирайся, пожалуйста. Недостает еще, чтобы мы вернулись, надувшись друг на друга: славная будет картина и тоже кстати.

— Нет, ты меня бесишь.

— Чем это?

— Твоим напускным равнодушием, твоей спокойностью какою-то. Тебе ведь отлично жить, и ты отлично живешь: у тебя все ладится, и всегда будет ладиться.

— Ну, как ты и желаешь, чтобы для разнообразия в моей жизни меня бил мой муж?

— Не бил, а вот так вот пилил бы. Да ведь тебе что ж это. Тебе это ничего. Ты будешь пешкою у мужа, и тебе это все равно будет, — будешь очень счастлива.

Женни спокойно молчала. Лиза вся дрожала от негодования и, насупив брови, добавила:

— Да, это так и будет.

— Что это такое?

— Что будешь тряпкой, которой муж будет пыль стирать.

Женни опять немножко побледнела и произнесла:

— Ну, это мы посмотрим.

— Нечего и смотреть: все так видно.

— Не станем больше спорить об этом. Ты оскорблена и срываешь на мне свое сердце. Мне тебя так жаль, что я и сказать не умею, но все-таки я с тобой, для твоею удовольствия, не поссорюсь. Тебе нынче не удастся вытянуть у меня дерзость; но вспомни, Лиза, нянину пословицу, что ведь «и сырые дрова загораются».

— И пусть! — еще больше насупясь, отвечала Лиза.

Гловацкая не ответила ни слова и, дойдя до перекрестной дорожки, тихо повернула к дому. Лиза шла рядом с подругою, все сильнее и сильнее опираясь на ее руку.

Так они дошли молча до самого сада. Пройдя также молча несколько шагов по саду, у поворота к тополевой аллее Лиза остановилась, высвободила свою руку из руки Гловацкой и, кусая ноготок, с теми же, однако, насупленными бровками, сказала:

— Ты на меня сердишься, Женни? Я перед тобой очень виновата; я тебя обидела, прости меня.

Большие глаза Гловацкой и ее доброе лицо приняли выражение какого-то неописанного счастья.

— Боже мой! — воскликнула она, — какое чудо! Лиза Бахарева первая попросила прощенья.

— Да, прости меня, я тебя очень обидела, — повторила Лиза и, бросаясь на грудь Гловацкой, зарыдала, как маленький ребенок. — Я скверная, злая и не стою твоей любви, — лепетала она, прижимаясь к плечу подруги.

У Гловацкой тоже набежали слезы.

— Полно лгать, — говорила она, — ты добрая, хорошая девушка; я теперь тебя еще больше люблю.

Лиза мало-помалу стихла и наконец, подняв голову, совсем весело взглянула в глаза Гловацкой, отерла слезы и несколько раз ее поцеловала.

— Пойдем умоемся, — сказала Женни.

Девушки снова вышли из сада и, взойдя на плотик, умылись и утерлись носовыми платками.

— Вот если бы нас видели! — сказала Лиза с улыбкой, которая плохо шла к ее заплаканным глазам.

— Ну и что ж, ничего бы не было, если бы и видели.

— Как же! Ах, Женька, возьми меня, душка, с собою. Возьми меня, возьми отсюда. Как мне хорошо было бы с тобою. Как я счастлива была бы с тобою и с твоим отцом. Ведь это он научил тебя быть такой доброю?

— Нет, я ведь так родилась, такая ледышка, — смеясь, отвечала Женни.

— Да, как же! Нет, это тебя выучили быть такой хорошей. Люди не родятся такими, какими они после выходят. Разве я была когда-нибудь такая злая, гадкая, как сегодня? — У Лизы опять навернулись слезы. Она была уж очень расстроена: кажется, все нервы ее дрожали, и она ежеминутно снова готова была расплакаться. Женни заметила это и сказала:

— Ну, перестанем толковать, а то опять придется умываться.

— Что ж, я говорю правду, мне это больно; я никогда не забуду, что сказала тебе. Я ведь и в ту минуту этого не чувствовала, а так сказала.

— Ну, разве я этого не знаю.

— То-то, ты не подумай, что я хоть на минуту тебя не любила.

Лиза опять расплакалась.

— Ты забудь, забудь, — говорила она сквозь слезы, — потому что я… сама ничего не помню, что я делаю. Меня… так сильно… так сильно… так сильно… оби… обидели… Возьми… возьми к себе, друг мой! ангел мой хранитель… сох… сохрани меня.

— Что ты болтаешь, смешная! Как я тебя возьму? Здесь у тебя семья: отец, мать, сестры.

— Я их буду любить, я их еще… больше буду лю… бить. Тут я их скорее перестану любить. Они, может быть, и доб… рые все, но они так странно со мною об… обра… щаются. Они не хотят понять, что мне так нельзя жить. Они ничего не хотят понимать.

— Ты только успокойся, перестань плакать-то. Они узнают, какая ты добрая, и поймут, как с тобою нужно обращаться.

— Н… нет, они не поймут; они никог… да, ни… ког… да не поймут. Тетка Агния правду говорила. Есть, верно, в самом деле семьи, где еще меньше понимают, чем в институте.

Лиза, расстроенная до последней степени, неожиданно бросилась на колени пред Гловацкой и в каком-то исступлении проговорила:

— Ангел мой, возьми! Я здесь их возненавижу, я стану злая, стану демоном, чудовищем, зверем… или я… черт знает, чего наделаю.

## Глава шестнадцатая.
## Перчатка поднята

Узнав, что муж очень сердится и начинает похлопывать дверями, Ольга Сергеевна решилась выздороветь и выйти к столу. Она умела доезжать Егора Николаевича истерическими фокусами, но все-таки сильно побаивалась заходить далеко. Храбрый экс-гусар, опутанный слезливыми бабами, обыкновенно терпеливо сносил подобные сцены и по беспредельной своей доброте никогда не умел остановить их прежде, чем эти сцены совершенно выводили его из терпения. Но зато, когда визг, стоны, суетливая беготня прислуги выводили его из терпения, он, громко хлопнув дверью, уходил в свою комнату и порывисто бегал по ней из угла в угол. Если же еще с полчаса история в доме не прекращалась, то двери кабинета обыкновенно с шумом распахивались, Егор Николаевич выбегал оттуда дрожащий и с растрепанными волосами. Он стремительно достигал комнаты, где истеричничала Ольга Сергеевна, громовым словом и многознаменательным движением чубука выгонял вон из комнаты всякую живую душу и затем держал к корчившей ноги больной такую речь:

— Вам мешают успокоиться, и я вас запру на ключ, пока вы не перестанете.

Затем экс-гусар выходил за дверь, оставляя больную на постели одну-одинешеньку. Manu intrepida поворачивал он ключ в дверном замке и, усевшись на первое ближайшее кресло, дымил, как паровоз, выкуривая трубку за трубкой до тех пор, пока за дверью не начинали стихать истерические стоны. Сначала, когда Ольга Сергеевна была гораздо моложе и еще питала некоторые надежды хоть раз выйти с достоинством из своего замкнутого положения, Бахареву иногда приходилось долгонько ожидать конца жениных припадков; но раз от раза, по мере того, как взбешенный гусар прибегал к своему оригинальному лечению, оно у нею все шло удачнее. Не успеет, бывало, Бахарев, усевшись у двери, докурить первой трубки, как уже вместо беспорядочных облаков дыма выпустит изо рта стройное, правильное колечко, что обыкновенно служило несомненным признаком, что Егор Николаевич ровно через две минуты встанет, повернет обратно ключ в двери, а потом уйдет в свою комнату, велит запрягать себе лошадей и уедет дня на два, на три в город заниматься делами по предводительской канцелярии и дворянской опеке. У Егора Николаевича никак нельзя было добиться: подозревает ли он свою жену в истерическом притворстве, или считает свой способ лечения надежным средством против действительной истерики, но он неуклонно следовал своему правилу до счастливого дня своей серебряной свадьбы. А теперь, когда Абрамовна доложила Ольге Сергеевне, что «барин хлопнули дверью и ушли к себе», Ольга Сергеевна опасалась, что Егор Николаевич не изменит себе и до золотой свадьбы. Хорошо зная, что должно наступить после маневра, о котором ей доложила Абрамовна, Ольга Сергеевна простонала:

— Только не бегайте, Бога ради, не суетитесь: голову всю мне разломали своим бестолковым снованьем. Мечутся без толку из угла в угол, словно угорелые кошки, право.

Произнеся такую речь, Ольга Сергеевна будто успокоилась, полежала и потом спросила:

— А кормили ли сегодня кошечек-то?

— Как же, maman, кормили, — отвечала Софи.

— То-то. Матузалевне надо было сырого мясца дать: она все еще нездорова; ее не надо кормить вареным. Дайте-ка мне туфли и шлафор, я попробую встать. Бока отлежала.

Проба оказалась удачной. Ольга Сергеевна встала, перешла с постели на кресло и не надела белого шлафора, а потребовала темненький капотик.

— Скучно здесь, — говорила она, посматривая на дверь, — дайте я попробую выйти к столу.

Вторая проба была опять удачна не менее первой. Ольга Сергеевна безопасно достигла столовой, поклонилась мужу, потом помолилась перед образом и села за стоп на свое обыкновенное место.

Взглянув на наплаканные глаза Лизы, она сделала страдальческую мину матери, оскорбленной непочтительною дочерью, и стала разливать суп с снедью.

Егор Николаевич был мрачен и хранил гробовое молчание. Глядя на него, все тоже молчали.

— Что вы так мало кушаете, Женичка? — обратился, наконец, в средине обеда Бахарев к Гловацкой.

— Благодарю вас, я сыта.

— То-то, вы кушайте по-нашему, по-русски, вплотную. У нас ведь не то что в институте: «Дети! дети! Чего вам? Картофеллюю, картоофффеллллю!» — пропищал, как-то весь сократившись, Бахарев, как бы подражая в этом рассказе какой-то директрисе, которая каждое утро спрашивала своих воспитанниц: «Дети, чего вам?» А дети ей всякое утро отвечали хором: «Картофелю».

Все были очень рады, что буря проходит, и все рассмеялись. И заплаканная Лиза, и солидная Женни, и рыцарственная Зина, бесцветная Софи, и даже сама Ольга Сергеевна не могла равнодушно смотреть на Егора Николаевича, который, продекламировав последний раз «картооооффелллю», остался в принятом им на себя сокращенном виде и смотрел робкими институтскими глазами в глаза Женни.

— Это вовсе не похоже; никогда этого у нас не было, — смеясь, отвечала Бахареву Женни.

— Как? как не было? Не было этого у вас, Лизок? Не просили вы себе всякий день кааартоооффеллю!

— Нет, папа: нас хорошо кормили. Теперь в институтах хорошо кормят.

— Ну, рассказывайте, хорошо. Знаем мы это хорошо! На десять штук фунт мяса сварят, а то все кааартооооффеллю.

— Да нет же, папа, не знаете вы, — шутливо возразила Лиза.

— Реформы, значит, реформы, и до вас дошли благодетельные реформы?

— Да, теперь по всему заметно, что в институтах иные порядки настали. Преждних порядков уж нет, — как-то двусмысленно заметила Ольга Сергеевна.

— Да вот я смотрю на Евгению Петровну: кровь с молоком. Если бы старые годы — с сердечком распростись.

— Стыдно подсмеиваться, Егор Николаевич, — заметила Женни и покраснела.

— А краснеют-то нынешние институтки еще так же точно, как и прежние, — продолжал шутить старик.

— Не все, папа, — весело заметила Лиза.

— Да, не все, — вздохнув и приняв угнетенный вид, подхватила Ольга Сергеевна. — Из нынешних институток есть такие, что, кажется, ни перед чем и ни перед кем не покраснеют. О чем прежние и думать-то, и рассуждать не умели, да и не смели, в том некоторые из нынешних с старшими зуб за зуб. Ни советы им, ни наставления, ничто не нужно. Сами все больше других знают и никем и ничем не дорожат.

Лиза взглянула на Гловацкую и сохранила совершенное спокойствие во все время, пока мать загинала ей эту шпильку. За чаем шпигованье повторилось снова.

— Пойдемте на озеро, Женичка. Вы ведь еще не были на нашем озере. Будем там ловить рыбу, сварим уху и приедем, — предложил Бахарев.

— Нет, благодарю вас, Егор Николаевич, я не могу, я сегодня должна быть дома.

— Полноте, что вам там дома с своим стариком делать? У нас вот будет такой гусарчик Канивцов — чудо!

— Бог с ним!

— Сонька его совсем заполонила, разбойница, но вы… одно слово: veni, vidi, vici.

— Что это значит?

— Пришел, увидел, победил.

— Оооо! Мне этого пока вовсе не нужно.

— Те-те-те, не нужно! Все так говорят — не нужно, а женишка порядочного сейчас и заплетут в свои розовые сети.

— Я вам не сказала, что мне вовсе не нужно, а я говорю, мне это пока не нужно.

— А, — рассмотреть хотите, это другое дело. Ну, а с нами-то нынче оставайтесь.

— Не могу, Егор Николаевич.

— Лиза, что ж ты не просишь?

Лиза очень боялась этого разговора и чуть внятно проговорила:

— Оставайся, Женни!

— Не могу, Лиза; не проси. Ты знаешь, уж если бы было можно, я не отказала бы себе в удовольствии и осталась бы с вами.

— Вы не по-дружески ведете себя с Лизой, Женичка, — начала Ольга Сергеевна. — Прежние институтки тоже так не поступали.

Прежние всегда старались превосходить одна другую в великодушии.

— Если одна пила рюмку уксусу, то другая две за нее, — подхватил развеселившийся Бахарев и захохотал.

— Да, — продолжала Ольга Сергеевна, — а вы вот не так. Лиза у вас ночевала но вашему приглашению, а вы не удовлетворяете ее просьбы.

Лиза во время этого разговора старалась смотреть как можно спокойнее.

— Лизанька, вероятно, и совсем готова была бы у вас остаться, а вы не хотите подарить ей одну ночку.

— Я не могу, Ольга Сергеевна.

— Отчего же она могла?

— У меня хозяйство, я ничем не распорядилась.

— А, вы хозяйничаете!

— Не могу выдерживать. Я и за обедом едва могла промолчать на все эти задиранья. Господи! укроти ты мое сердце! — сказала Лиза, выйдя из-за чая.

Ольга Сергеевна прямо из-за самовара ушла к себе; для Гловацкой велели запрягать ее лошадь, а на балкон подали душистый розовый варенец.

Вся семья, кроме старухи, сидела на балконе. На дворе были густые летние сумерки, и из-за меревского сада выплывала красная луна.

— Ах, луна! — воскликнула Лиза.

— Что это, Лиза! точно вы не видали луны, — заметила Зинаида Егоровна.

— И этого нельзя? — сухо спросила Лиза.

— Не нельзя, а смешно. Тебя прозовут мечтательницею. Зачем же быть смешною?

К крыльцу подали дрожки Гловацкой, и Женни стала надевать шляпку.

— Надолго теперь, Женни?

— Не знаю, Лизочка. Я постараюсь увидеть тебя поскорее.

— Вы уж и замуж без Лизы не выходите, — смеясь, проговорил Бахарев.

— Я уж вам сказала, Егор Николаевич, что мы с Лизой еще и не собираемся замуж.

Бахарев продекламировал:

Золотая волюшка
Мне милей всего,
Не надо мне с волею
В свете ничего.

— Так ли?

— Именно так, Егор Николаевич.

— И ты тоже, Лизок?

— О да, тысячу раз да, папа.

— Ну вот, говорят, институтки переменились! Все те же, и все те же у них песенки.

Егор Николаевич снова расхохотался. Женни простилась и вышла. Зина, Софи и Лиза проводили ее до самых дрожек.

— Какая ты счастливица, Женни: ехать ночью одной по лесу. Ах, как хорошо!

— Боже мой! что это, в самом деле, у тебя, Лиза, то ночь, то луна, дружба... тебя просто никуда взять нельзя, с тобою засмеют, — произнесла по-французски Зинаида Егоровна.

Женни заметила при свете луны, как на глазах Лизы блеснули слезы, но не слезы горя и отчаяния, а сердитые непокорные слезы, и прежде чем она успела что-нибудь сообразить, та откинула волосы и резко сказала:

— Ну, однако, это уж надоело. Знайте же, что мне все равно не только то, что скажут обо мне ваши знакомые, но даже и все то, что с этой минуты станете обо мне думать сами вы, и моя мать, и мой отец. Прощай, Женни, — добавила она и шибко взбежала по ступеням крыльца.

— Однако какие там странные вещи, в самом деле, творятся, папа, — говорила Женни, снимая у себя в комнате шляпку.

— Что такое, Женюшка?

Гловацкая рассказала отцу все происходившее на ее глазах в Мереве.

— Это скверно, — заметил старик. — Чудаки, право! люди не злые, особенно Егор Николаевич, а живут Бог знает как. Надо бы Агнесе Николаевне это умненечко шепнуть: она направит все иначе, — а пока Христос с тобою — иди с Богом спать, Женюшка.

## Глава семнадцатая.
## Слово с весом

Мать Агния у окна своей спальни вязала нитяной чулок. Перед нею на стуле сидела сестра Феоктиста и разматывала с моталки бумагу. Был двенадцатый час дня.

— Это, конечно, делает тебе честь, — говорила игуменья, обращаясь к сестре Феоктисте: — а все же так нельзя. Я просила губернатора, чтобы тебе твое, что следует, от свекрови истребовали и отдали.

Феоктиста не отрывала глаз от работы и молчала.

Голос игуменьи на этот раз был как-то слабее обыкновенного: ей сильно нездоровилось.

— Пока ты здорова, конечно, можешь и без поддержки прожить,

— продолжала мать Агния, — а помилуй Бог болезни, — тогда что?

— Я, матушка, здорова, — тихо отвечала Феоктиста.

— Ну, да. Я об этом не говорю теперь, а ведь жив человек живое и думает. Мало ли чем Господь может посетить: тогда копеечка-то и понадобится.

Феоктиста вздохнула.

— И опять, что не в коня корм-то класть, — рассуждала мать Агния. — Другое дело, если бы оставила ты свое доброе родным, или не родным, да людям, которые понимали бы, что ты это делаешь от благородства, и сами бы поучались быть поближе к добру-то и к Богу. Тут бы и говорить нечего: дело хорошее. А то что из всего этого выходит? Свекровь твоя уж наверное тебя же дурой считает, да и весь город-то, мужланы-то ваши, о тебе того же мнения. «Вон, мол, дуру-то как обделали», да и сами того же на других, тебе подобных овцах, искать станут. Подумай сама, не правду ли я говорю?

— Не знаю, матушка, — краснея, проронила Феоктиста.

В келье наступило молчание.

Игуменья быстро шевелила чулочными прутками и смотрела на свою работу, несколько надвинув брови и о чем-то напряженно размышляя. Феоктиста также усердно работала, и с полчаса в келье только и было слышно, что щелканье чулочных спиц да ровный, усыпляющий шум деревянной моталки.

— Дома мать игуменья? — произнес среди этой тишины мужской голос в передней. Игуменья подняла на лоб очки и, относясь к Феоктисте, проговорила: — Кто бы это такой?

Феоктиста немедленно встала и в комнате девочек встретилась с Бахаревым, который шутливо погрозил ей пальцем и вошел к игуменье.

— Здравствуй, сестра! — произнес он, целуя руки матери Агнии.

— Здравствуй, Егор! — отвечала игуменья, снова надев очки и снова зашевелив стальными спицами.

— Как живешь-можешь?

— Что мне делается? Живу, Богу молюсь да хлеб жую. Как вы там живете?

— И мы живем.

— Ну и хорошо. К губернатору, что ли, приехал?

— Да и делишки кое-какие собрались, и с тобой захотелось повидаться.

— Спасибо. — Чаю хочешь?

— Пожалуй.

— Феоктиста! скажи там, — распорядилась игуменья.

Феоктиста вышла и через минуту вошла снова.

— Эх, сестра Феоктиста, — шутил Бахарев, — как на вас и смотреть, уж не знаю!

— Как изволите? — спросила спокойно ничего не расслышавшая

Феоктиста, но покраснела, зная, что Бахарев любит пройтись насчет ее земной красоты.

— Полно врать-то! Тоже любезничать: седина в голову, а бес в ребро, — с поддельным неудовольствием остановила его игуменья и, посмотрев с артистическим наслаждением на Феоктисту, сказала: — Иди пока домой. Я тебя вызову, когда будет нужно.

Монахиня поставила в уголок моталку, положила на нее клубок, низко поклонилась, проговорила: «Спаси вас Господи!» — и вышла. Брат с сестрою остались вдвоем. Весноватая келейница подала самовар.

— Ну что ж твои там делают? — спросила игуменья, заварив чай и снова взявшись за чулочные спицы.

— Да что? Не знаю, как тебе рассказать.

— Что ж это за мудрость такая!

— С которого конца начать-то, говорю, не знаю.

Игуменья подняла голову и, не переставая стучать спицами, пристально посмотрела через свои очки на брата.

— Жена ничего, — хворала немножко, — проговорил Бахарев, — а теперь лучше; дети здоровы, слава Богу.

— А Зинин муж? — спросила мать Агния, смотря на брата тем же проницательным взглядом и по-прежнему стуча спицами.

— Да вот, думал, не встречу ли его здесь.

— А она все у вас?

— У нас пока.

Игуменья покачала неодобрительно головой и стала поднимать спущенную петлю.

— Странная ты, сестра! Где же ей в самом деле быть?

— Где? У мужа, я думаю.

— Да ведь вот поди же.

Бахарев в недоумении развел руками.

— Что ж такое?

— Не ладят все, Бог их знает.

— А вы приголубливайте дочку-то. Поди, мол, сюда: ты у нас паинька, — кошка дура.

— Да ведь что ж делать?

— К мужу отправить. Отрезанный ломоть к хлебу не пристает. Раз бы да другой увидала, что нельзя глупить, так и обдумалась бы; она ведь не дура. А то маменька в папенькой сами потворствуют, бабенка и дурит, а потом и в привычку войдет.

— Да я, сестра, ничего, я даже...

— Ты даже, — хорошо. Постой-ка, батюшка! Ты, вон тебе шестой десяток, да на хорошеньких-то зеваешь, а ее мужу тридцать лет! тут без греха грех. — Да грех-то еще грехом, а то и сердчишко заговорит. От капризных-то жен мужей ведь умеют подбирать: тебе, мол, милая, он не годится, ну, дескать, мне подай. Вы об этом подумали с нежной маменькой-то или нет, — а?

— Да я, сестра...

— Что, братец?

— Я с тобой совершенно согласен, даже хотел...

— Да, верно, хотей не велел, — едко подсказала игуменья.

— Да полно тебе, сестра! Я говорил, что это нехорошо.

— Это гадко, а не просто нехорошо. Парень слоняется из дома в дом по барынькам да сударынькам, везде ему рады. Да и отчего ж нет? Человек молодой, недурен, говорить не дурак, — а дома пустые комнаты да женины капризы помнятся; ай, глядите, друзья, помните мое слово: будет у вас эта милая Зиночка ни девушка, ни вдова, ни замужняя жена.

— Да она возвратится, возвратится.

— Когда же это она возвратится?

— Да вот...

— Когда муж приедет да станет ублажать, ручки лизать да упрашивать? А как, наконец, не станет? — значительно моргнув одним глазом, закончила мать Агния. Бахарев молчал.

— Переломить надо эту фанаберию-то. Пусть раз спесь-то свою спрячет да вернется к мужу с покорной головой. А то — эй, смотри, Егор! — на целый век вы бабенку сгубите. И что ты-то, в самом деле, за колпак такой.

— Я, право, сестра, сам бы давно ее спровадил, да ведь знаешь мой характер дурацкий, сцен этих смерть боюсь. Ведь из себя выйду, черт знает что наделаю.

— Да что тут за сцены! Велел тихо-спокойно запрячь карету, объявил рабе Божией: «поезжай, мол, матушка, честью, а не поедешь, повезут поневоле», вот и вся недолга. И поедет, как увидит, что с ней не шутки шутят, и с мужем из-за вздоров разъезжаться по пяти раз в год не станет. Тебя же еще будет благодарить и носа с прежними штуками в отцовский дом, срамница этакая, не покажет. — А Лиза как?

Бахарев опять развел руками и, вытянув вперед губы, отвечал:

— Да тоже как-то все...

— А-а, уж началось! Я так скоро не ожидала. — Ну, что же такое?

— С матерью, с сестрами все как-то не поладит. Она на них, они на нее... Ничего не разберу. Поступки такие какие-то странные...

— Например?

— Да вот, например, недели три тому назад ночью улетела.

— Куда это она могла улететь? Расскажи, батюшка мой, толком.

Игуменья положила на голени работу и приготовилась слушать. Бахарев рассказал известную нам историю Лизиной поездки к Гловацким и остановился на отъезде Женни.

— Ну, а после ж что было? — спокойно спросила игуменья.

— За сущие пустяки, за луну там, что ли, избранила Соню и Зину, ушла, не прощаясь, наверх, двое суток высидела в своей комнате; ни с кем ни одного слова не сказала.

Игуменья улыбнулась и опять сказала:

— Ну?

— Ну, и так до сих пор: кроме «да» и «нет», никто от нее ни одного слова не слышал. Я уж было и покричал намедни, — ничего, и глазом не моргнула. Ну, а потом мне жалко ее стало, приласкал, и она ласково меня поцеловала. — Теперь вот перед отъездом моим пришла в кабинет сама (чтобы не забыть еще, право), просила ей хоть какой-нибудь журнал выписать.

— Какой же?

— Журнал для девиц, что ль-то: там у меня записано. Жена ей выбрала.

— А, Ольга Сергеевна! Ну, она во всем знаток!

— Что ж, все таки мать.

— Да кто ж говорит!

Игуменья медленно приподнялась, отворила старинную шифоньерку и, достав оттуда тридцать рублей, положила их перед братом, говоря:

— Вот сделай-ка мне одолжение, потрудись выписать Лизе два хорошие журнала. Она не дитя, чтобы ей побасенки читать.

— Да зачем же это, сестра? На что ж твои деньги? Разве я вам не могу выписать для дочери?

— Ну, сам ты можешь делать что тебе угодно, а это прошу сделать для меня. А не хочешь, я и сама пошлю на почту, — добавила она, протягивая руку к лежащим на столе деньгам.

— Нет, зачем же ты сердишься? Я пошлю завтра же.

— Да, пожалуйста, и Лизе скажи, что это я ей посылаю. Пусть на здоровье читает. Лучше чем стонать-то да с гусарами брындахлыстничать.

— Ну, уж ты пошла!

— Да, поехала.

— Какая ты, право, Агнеса! К тебе едешь за советом, за добрым словом, а ты все ищешь, как бы уколоть, уязвить да обидеть.

Игуменья только переменила спицу и начала новый ряд.

— Мне самому кажется, что с Лизой нужно как-то не так.

Игуменья спокойно вязала.

— Как она тебе, сестра, показалась?

— Да что ж — как мне? Надо знать, как она вам показалась? Вы для нее больше, чем я.

— Да мне кажется, она добрая девочка, только с душком.

— То есть с характером, скажи.

— Тебе она, видно, понравилась?

— Хорошая девушка: прямая и смелая.

— Это еще институтское.

— Нет, это кровное, — с некоторою, едва, впрочем, заметною

гордостью возразила игуменья.

— Вот ты толкуешь, сестра, о справедливости, а сама тоже несправедлива. Сонечке там или Зиночке все в строку, даже гусаров. Ведь не выгонять же молодых людей из дому.

— Молодых повес, скажи, — перебила игуменья.

— Ну, будь по-твоему, ну, повес; а все же не выгонять их из дому, когда девушки в доме.

Игуменья промолчала.

— И опять, отчего же так они все повесы? есть и очень солидные молодые люди.

— Солидные молодые люди дело делают: прежде хорошенько учатся, а потом хорошенько служат; а эти-то кое-как учились и кое-как служить норовят; лишь бы выслужиться. Повесы, да и только.

— Однако же и Гловацкий молодой тебе не понравился, а ведь он по ученой части идет.

— И по ученой части дураков разве мало? Я думаю, пожалуй, не меньше, чем где-нибудь.

— Ну, о нем, я думаю, этого нельзя сказать, — критикан большой, это точно.

— Дурак он большой: надел на себя какую-то либеральную хламиду и несет вздор, благо попал в болото, где и трясогуз птица. Как это ты, в самом деле, опустился, Егор, что не умеешь ты различить паву по перьям. Этот балбеска Ипполит, Зина с Соней, или Лиза, это у тебя все на одном кругу вертится. Ну, ты только подумай! То вральман, которому покажи пук розог, так он и от всего отречется; Зина с Соней какие-то нылы ноющие, — кто уж их там определит: и в короб не лезут, и из короба не идут. На этот фрукт нонче у нас пора урожайная: пруд пруди людям на смех, еще их вволю останется. А Лизанька — кровь! Пойми ты: бахаревская кровь, а не Ольги Сергеевны. Ты должен стать за Лизу. Лиза женщина, я в ней вижу нашу гордость. Мало ли что им в ней примерещится. Ты должен ее защитить от этого пиленья-то. Ведь сам знаешь, что против жару и камень треснет, а в ней — опять тебе повторяю — наша кровь, бахаревская.

— Да, я это чувствую, — приосанившись, говорил Егор Николаевич, — я чувствую и понимаю.

— А понимаешь, так и разумей, как должен поступать. Горяча она очень, откровенна, пряма до смешного — это пройдет. С Женей пусть почаще вместе бывают: девушка предостойная, хотя и совсем в другом роде. А умничать над нею много не позволяй. Школить-то ее нечего, как собачонку. Светской пустоте сама еще подчинится, придет время. За женихами падать очень уж нечего. Такие девушки, как Лиза, на каждом шагу не встречаются. Была бы охота, найдет доброхота. Придет пора, переделается, насколько сама сочтет нужным. Из ничего ничего не сделаешь, а она материал. Я вон век свой до самого монастыря француженкой росла, а нынче, батюшка мой, с мужичком мужичка, с купцом купчиха, а с барином и барыней еще быть не разучилась. Это все пустяки, а ты смотри, чтобы ее не грызли, чтоб она не металась, бедняжка, нигде не находя сочувствия: вот это твое дело.

— Это правда, я непременно, непременно.

Бахарев стал прощаться.

— Ты сегодня разве едешь?

— Сейчас даже; человека оставлю забрать покупки да вот твои деньги на почту отправить, а сам сейчас домой. Ну, прощай, сестра, будь здорова.

— Прощай, да смотри помни о Лизе-то.

— Хорошо, хорошо.

— То-то хорошо. Скажи на ушко Ольге Сергеевне, — прибавила, смеясь, игуменья, — что если Лизу будут обижать дома, то я ее к себе в монастырь возьму. Не смейся, не смейся, а скажи. Я без шуток говорю: если увижу, что вы не хотите дать ей жить сообразно ее натуре, честное слово даю, что к себе увезу.

## Глава восемнадцатая.
## Слово воплощается

Через день после описанного разговора Бахарева с сестрою в Мереве обедали ранее обыкновенного, и в то время, как господам подавали кушанье, у подъезда стояла легонькая бахаревская каретка, запряженная четверней небольших саврасых вяток.

За столом сидела вся семья и Юстин Помада, несколько бледный и несколько растерянный. У Ольги Сергевны и Зины глаза были наплаканы до опухоли век; Софи тоже была не в своей тарелке. Одна Лиза сидела ровно и спокойно, как будто чужое лицо, до которою прямым образом нимало не касаются никакие домашние дрязги. Егор Николаевич был тверд тою своеобычною решимостью, до которой он доходил после долгих уклонений и с которой уж зато его свернуть было невозможно, если его раз перепилили. Теперь он ел за четверых и не обращал ни на кого ни малейшего внимания.

Зина была одета в очень кокетливо сшитое дорожное холстинковое платье; все прочие были в своих обыкновенных нарядах. Пружина безмятежного приюта действовала: Зина уезжала к мужу. Она энергически протестовала против своей высылки, еще энергичнее протестовала против этого мать ее, но всех энергичнее был Егор Николаевич. Объявив свою непреклонную волю, он ушел в кабинет, многозначительно хлопнул дверью, велел кучерам запрягать карету, а горничной девушке Зины укладывать ее вещи. Бахарев отдал эти распоряжения таким тоном, что Ольга Сергевна только проговорила:

— Собирайся, Зиночка.

И люди стали перешептываться:

— Тс! барин гневен!

Правду говоря, однако, всех тяжелее в этот день была роль самого добросердого барина и всех приятнее роль Зины. Ей давно смерть хотелось возвратиться к мужу, и теперь она получила разом два удовольствия: надевала на себя венок страдалицы и возвращалась к мужу, якобы не по собственной воле, имея, однако, в виду все приятные стороны совместного житья с мужем, которыми весьма дорожила ее натура, не уважавшая капризов распущенного разума.

Рада была Зина, когда лошади тронули ее от отцовского крыльца, рад был и Егор Николаевич, что он выдержал и поставил на своем.

«Бахаревская кровь, — думал он, — бахаревская кровь, терпение, настойчивость: я Бахарев, я настоящий Бахарев».

— Мнишек! — крикнул он, подумавши это. — Позвать мне Марину.

Явилась Абрамовна.

— Лизочкины вещи перенесть в Зинину комнату и устроить ей там все как следует, — скомандовал Бахарев. Марина Абрамовна молча поглядывала то на Егора Николаевича, то на его жену.

— Слышишь? — спросил Егор Николаевич.

— Слушаю-с, — отвечала старуха.

— Ну и делай.

— Егор! — простонала Ольга Сергеевна.

— Что-с? — отрывисто спросил Бахарев.

— Это можно после.

— Это можно и сейчас.

— Где же будет помещаться Зина?

— У мужа.

— Но у нее не будет комнаты.

— Мужнин дом велик. Пока ребят не нарожала еще, две семьи разместить можно.

— Но для приезда.

— А! ну да. Мнишек, устрой так, чтобы Зиночке было хорошо в приезд остановиться в теперешней Лизиной комнатке.

— Слушаю-с — снова, посматривая на всех, проговорила старуха Абрамовна.

— Ну, иди.

Абрамовна вышла.

— Как же это можно, Егор Николаевич, поместить Зину в проходной комнате? — запротестовала Ольга Сергеевна.

— Ба! А Лизу можно поместить?

— Лиза ребенок.

— Ну так что ж?

— Она еще недавно в общих дортуарах спала.

— А Зина?

— Что ж, Зине, по вашему распоряжению, теперь негде и спать

будет.

— Негде? негде? — с азартом спросил Бахарев.

— Конечно, негде, — простонала Ольга Сергеевна.

— У мужа в спальне, — полушепотом и с грозным придыханием произнес Егор Николаевич.

— Ах, Боже мой!..

— Что-с?

— Ну, а на случай приезда?

— О! на случай приезда довольно и Лизиной комнаты. Если Лизе для постоянного житья ее довольно, то уж для приезда-то довольно ее и чересчур.

— Что ж, устроено все? — переспросил Бахарев Абрамовну, сидя за вечерним чаем.

Абрамовна молчала.

— Не устроено еще? — переспросил Бахарев.

— Завтра можно, Егор Николаевич, — ответила за Абрамовну Ольга Сергеевна.

Бахарев допил стакан, встал и спокойно сказал:

— Лиза! иди-ка к себе. Мы перенесем тебя с Юстином Феликсовичем.

И пошли, и перенесли все Лизино в спокойную, удаленную от всякого шума комнату Зины, а Зинины вещи довольно уютно уставили в бывшей комнате Лизы. И все это своими руками.

— Вот, живи, Лизочек, — возгласил Егор Николаевич, усевшись отдохнуть на табурете в новом помещении Лизы, когда тут все уже было уставлено и приведено в порядок.

Лиза, хранившая мертвое молчание во время сегодняшних распоряжений, при этих словах встала и поцеловала отцовскую руку.

— Живи, голубка. Книги будут, и покой тебе будет.

— Я завтра полочки тут для книг привешу, — проговорил Помада, сидевший тут же на ящике в углу, и на следующее утро он явился с тремя книжными полочками на ремне и большою, закрытою зеленою бумагою клеткою, в которой сидел курский соловей. Полки Помада повесил по стенке, а клетку с курским соловьем под окном.

— Отлично теперь, Лизавета Егоровна! — произнес он, забив последний гвоздь и отойдя к двери.

— Отлично, Юстин Феликсович, — отвечала Лиза и стала уставлять на полки свои книжечки.

Так и зажила Лиза Бахарева.

Став один раз вразрез с матерью и сестрами, она не умела с ними сойтись снова, а они этого и не искали. Отец стоял за нее, но не умел найти ее прямой симпатии. С Женни она видалась не часто, и то на самое короткое время. Она видела, что у матери и сестер есть предубеждение против всех ее прежних привязанностей, и писала Гловацкой: «Ты, Женька, не подумай, что я тебя разлюбила! Я тебя всегда буду любить. Но ты знаешь, как мне скверно, и я не хочу, чтобы это скверное стало еще сквернее. А я тебя крепко люблю. Ты не сердись, что я к тебе не езжу! Меня теперь и пустили бы, да я теперь не хочу этой милости. Ты приезжай ко мне. У меня теперь хорошо, а пока пришли мне книг. У меня есть три журнала, да что ж это!»

Женни брала у Вязмитинова для Лизы Гизо, Маколея, Милля, Шлоссера. Все это она посылала к Лизе и только дивилась, так как скоро все это возвращалось с лаконическою надписью карандашом: «читала», «читала», «читала».

— Давайте еще, — просила Женни Вязмитинова.

— Право, уж ничего более нет, — отвечал учитель.

— Хотите политическую экономию послать? — спрашивал Зарницын.

— Или логику Гегеля, — шутя добавлял Вязмитинов.

— Давайте, давайте, — отвечала Женни.

И ехали эти книжки шутки ради в Мерево, а оттуда возвращались с лаконическими надписями: «читала», «читала».

— Лиза, что это ты делаешь? — спрашивала Гловацкая.

— Что, дружок мой?

— Ты будешь синим чулком.

— Отчего?

— Что ты все глотаешь?

— А! это ты о книгах?

— Да, о книгах.

— Я люблю читать.

— Но нужно читать что-нибудь одно. Вязмитинов говорит, что непременно нужно читать с системой, и я это чувствую.

— Ты что же читаешь?

— Я читаю одни исторические сочинения.

— Это хорошо.

— А ты?

— Я читаю все. Я терпеть не могу систем. Я очень люблю заниматься так, как занимаюсь. Я хочу жить без указки всегда и во всем.

И так жила Лиза до осени, до Покрова, а на Покров у них был прощальный деревенский вечер, за которым следовал отъезд в губернский город на целую зиму.

На этом прощальном вечере гостей было со всех волостей. Были и гусары, и помещики либеральные, и помещики из непосредственных натур, и дамы уродливые, и дамы хорошенькие, сочные, аппетитные и довольно решительные. Егор Николаевич ходил лично приглашать к себе камергершу Мереву, но она, вместо ответа на его приглашение, спросила:

— А Кожухова будет у тебя?

— Будет, — отвечал Бахарев.

— И князь будет?

— Как же, будет.

— Ну, батюшка, так что ж ты хочешь разве, чтоб на твоем вечере скандал был?

— Боже спаси!

— То-то, я ведь не утерплю, спрошу эту мадам, где она своего мужа дела? Я его мальчиком знала и любила. Я не могу, видя ее, лишить себя случая дать ей давно следующую пощечину. Так лучше, батюшка, и не зови меня. Смотритель и Вязмитинов с Зарницыным были на вечере, но держались как-то в сторонке, а доктор обещал быть, но не приехал. Лиза и здесь, по обыкновению, избегала всяких разговоров и, нехотя протанцевав две кадрили, ушла в свою комнату с Женей.

— Кто этот молоденький господин приезжий? — спросила она Женни об одном из гостей.

— Который?

— Черный, молоденький.

— Какой-то Пархоменко.

— Нет, о Пархоменке я слышала, а этот иностранец.

— Какой-то Райнер.

— Что он такое?

— Бог его знает.

— Откуда они? Из Петербурга?

— Да.

— У кого они гостят?

— Бог их знает.

— Этот Пархоменко дурачок.

— Кажется.

— А Райнер?

— Не знаю.

— Чего бы ему сюда с дураками? — убирая косу, проговорила Лиза и легла с Женею спать под звуки беспощадно разбиваемого внизу фортепиано.

Лиза уже совсем эмансипировалась из-под домашнего влияния и на таких положениях уехала на третий день после прощального вечера совсем со своею семьею в губернский город.

— А хорошо, папа, устроилась теперь Лиза, — говорила отцу Женни, едучи с ним на другой день домой.

— Ну... — промычал Гловацкий и ничего не сказал.

Вечером в этот же день у них был Пархоменко и Райнер.

Пархоменко все дергал носом, колупал пальцем глаз и говорил о необходимости совершенно иных во всем порядков и разных противостояний консерваторам. Райнер много рассказывал Женни о чужих краях, а в особенности об Англии, в которой он долго жил и которую очень хорошо знал.

— Боже! я там всегда видела верх благоустройства, — говорила ему Женни.

— И неправомерности, — отвечал Райнер.

— Там свобода.

— Номинальная. Свобода протестовать против голода и умирать без хлеба, — спокойно отвечал Райнер.

— А все же свобода.

— Да. Свобода голодного рабства.

— А у нас?

— У вас есть будущее: у вас меньше вредных преданий.

— У нас невежество.

— На дело готовы скорее люди односторонние, чем переворачивающие все на все стороны.

— Где вы учились по-русски?

— Я давно знаю. Мне нравился ваш народ и ваш язык.

— Вы поговорите с Вязмитиновым. Он здесь, кажется, больше всех знает.

— Какой странный этот Райнер! — думала Женни, засыпая в своей постельке после этого разговора.

На другой день она кормила на дворе кур и слыхала, как Вязмитинов, взявшись с уличной стороны за кольцо их калитки, сказал:

— Ну, прощайте, — добрый вам путь.

— Прощайте, — отвечал другой голос, который на первый раз показался Женни незнакомым.

— Рассчитывайте на меня смело, — говорил Вязмитинов: — я готов на все за движение, конечно, за такое, — добавил он, — которое шло бы легальным путем.

— Я уверен, — отвечал голос.

— Только легальным путем. Я не верю в успех иного движения.

— Конечно, конечно, — отвечал снова голос.

— Кто с вами был здесь за воротами? — спросила Вязмитинова Женни, не выпуская из рук чашки с моченым горохом.

— Райнер, — мы с ним прощались, — отвечал Вязмитинов. — Очень хороший человек.

— Кто? Райнер?

— Да.

— Кажется. Что ему здесь нужно? Какие у него занятия?

— Он путешествует.

— А! Это у нас новость? Куда же он едет?

— Так едет, с своим приятелем и с Помадой. А что?

— Ничего. Он в самом деле очень образованный и очень милый человек.

— И милый? — с полушутливой, полуедкой улыбкой спросил Вязмитинов.

— И милый, — еще раз подтвердила Женни, закрасневшись и несколько поспешно сложив свои губки.

## Глава девятнадцатая.
## Крещенский вечер

На дворе рано осмерк самый сердитый зимний день и немилосердно била сухая пурга. В двух шагах человека уже не было видно. Даже красный свет лучин, запылавших в крестьянских хатах, можно было заметить, когда совсем уж ткнешься носом в занесенную снегом суволоку, из которой бельмисто смотрит обледенелое оконце. На господском дворе камергерши Меревой с самого начала сумерек люди сбивались с дороги: вместо парадного крыльца дома попадали в садовую калитку; идучи в мастерскую, заходили в конюшню; отправляясь к управительнице, попадали в избу скотницы. Такая пурга была, что свету Божьего не видно. А между тем не держала эта пурга по своим углам меревскую дворню. Люди, вырядившись шутами, ходили толпою из флигеля во флигель, пили водочку, где таковая обреталась, плясали, шумели, веселились. Особенно потешал всех поваренок Ефимка, привязавший себе льняную бороду и устроивший из подушек аршинный горб, по которому во всю мочь принимались колотить горничные девушки, как только он, по праву святочных обычаев, запускал свои руки за пазуху то турчанке, то цыганке, то богине в венце, вырезанном из старого штофного кокошника барышниной кормилицы. Словом, на меревском дворе были настоящие святки. Даже бахаревский садовник и птичница пришли сюда, несмотря на пургу, и тоже переходили за ряжеными из кухни в людскую, из людской в контору и так далее.

— А у нас-то теперь, — говорила бахаревская птичница, — у нас скука престрашенная... прямо сказать, настоящая Сибирь, как есть Сибирь. Мы словно как в гробу живем. Окна в доме заперты, сугробов нанесло, что и не вылезешь: живем старые да кволые. Все-то наши в городе, и таково-то нам часом бывает скучно-скучно, а тут как еще псы-то ночью завоют, так инда даже будто как и жутко станет.

Между тем как переряженные дворовые слонялись по меревскому двору, а серые облачные столбы сухого снега, вздымаясь, гуляли по полям и дорогам, сквозь промерзлое окно в комнате Юстина Помады постоянно мелькала взад и вперед одна и та же темная фигура. Эта фигура был сам Помада. Он ходил из угла в угол по своему чулану и то ворошил свою шевелюру, то нюхал зеленую веточку ели или мотал ею у себя под носом. На столе у него горела сальная свечка, распространяя вокруг себя не столько света, сколько зловония; на лежанке чуть-чуть пищал угасавший самовар, и тут же стоял графин с водкой и большая деревянная чашка соленых и несколько промерзлых огурцов.

— Во-первых, истинная любовь скромна и стыдлива, а во-вторых, любовь не может быть без уважения, — произнес Помада, не прекращая своей прогулки.

— Рассказывай, — возразил голос с кровати.

Теперь только, когда этот голос изобличил присутствие в комнате Помады еще одного существа, можно было рассмотреть, что на постели Помады, преспокойно растянувшись, лежал человек в дубленом коротком полушубке и, закинув ногу на ногу, преспокойно курил довольно гадкую сигару.

Всматриваясь в эту фигуру, вы узнавали в нем доктора Розанова. Он сегодня ехал со следствия, завернул к Помаде, а тут поднялась кура, и он остался у него до утра.

— Это верно, — говорил Помада, как бы еще раз обдумав высказанное положение и убедившись в его совершенной непогрешимости.

— Как не верно! — иронически заметил доктор.

— Белинский пишет, что любовь тогда чувство почтенное, когда предмет этой любви достоин уважения.

— Из чего и следует, что и Белинский мог провираться.

— Ну, у тебя все провираются.

— А все!

— Ну, можно ли любить женщину, которую ты не уважаешь, которой не веришь?

— Не о чем и спрашивать, Стало быть можно, когда люди любят.

— Люди черти, люди и водку любят.

— Дура ты, Помада, право, дура, и дураком-то тебя назвать грех. Доктор замолк.

— Терпеть я тебя не могу за эту дрянную манеру.

Какого ты черта все идеальничаешь?

— Оставь уж лучше, чем ругаться, — заметил, обидясь, Помада.

— Нет, в самом деле?

— А в самом деле, оставим этот разговор, да и только.

— И это можно, но ты мне только скажи вот: ты с уважением любишь или нет?

— Я никого не люблю исключительной любовью.

— Что врать! Сам сто раз сознавался, то в Катеньку, то в Машеньку, то в Сашеньку, а уж вечно врезавшись... То есть ведь такой козел сладострастный, что и вообразить невозможно. Вспыхнет как порох от каждого женского платья, и пошел идеализировать. А корень всех этих привязанностей совсем сидит не в уважении.

— А в чем же, по-твоему?

— Ну уж, брат, не в уважении.

— По-твоему, небось, черт знает в чем... в твоих грязных наклонностях.

— Те-те-те! ты, брат, о грязных-то наклонностях не фордыбачь.

Против природы не пойдешь, а пойдешь, так дураком и выйдешь. Да твое-то дело для меня объясняется вовсе не одними этими, как ты говоришь, грязными побуждениями. Я даже думаю, что ты, пожалуй, — черт тебя знает, — ты, может быть, и действительно способен любить так, как люди не любят. Но все ты любишь-то не за то, что уважаешь. Ты прежде вот, я говорю, врежешься, а потом и пошел додумывать своей богине всякие неземные и земные добродетели. Ну, не так что ли?

— Конечно, не так.

— Как же это ты и Зину Бахареву уважаешь, и Соньку, и Лизу, и поповну молодую, и Гловацкую?

— Эко напутал!

— Чего? да разве ты не во всех в них влюблен? Как есть во всех. Такой уж ты, брат, сердечкин, и я тебя не осуждаю. Тебе хочется любить, ты вот распяться бы хотел за женщину, а никак это у тебя не выходит. Никто ни твоей любви, ни твоих жертв не принимает, вот ты и ищешь все своих идеалов. Какое тут, черт, уважение. Разве, уважая Лизу Бахареву, можно уважать Зинку, или, уважая поповну, рядом с ней можно уважать Гловацкую?

— Да к чему ты их всех путаешь?

— Власть, братец мой, такую имею, и ничем ты мне этого возбранить не можешь, потому что рыльце у тебя в пуху.

Доктор встал с постели, набил себе дорожную трубку, потом выпил рюмку водки и, перекусив огурец, снова повалился на постель.

— Все это, братец мой, Юстин Феликсович, я предпринимаю в видах ближайшего достижения твоего благополучия, — произнес он, раскуривая трубку.

— Благодарю покорно, — процедил сквозь зубы Помада, не прекращая своей бесконечной прогулки.

— И должен благодарить, потому что эта идеальность тебя до добра не доведет. Так вот и просидишь всю жизнь на меревском дворе, мечтая о любви и самоотвержении, которых на твое горе здесь принять-то некому.

— Ну и просижу, — спокойно отвечал Помада.

— Просидишь? — Ну и сиди, прей.

Помада молчал.

— Отличная жизнь, — продолжал иронически доктор, — и преполезная тоже! Летом около барышень цветочки нюхает, а зиму, в ожидании этого летнего блаженства, бегает по своему чулану, как полевой волк в клетке зверинца. Ты мне верь; я тебе ведь без всяких шуток говорю, что ты дуреть стал: ты таки и одуреешь.

— Какой был, таков и есть, — опять процедил Помада, видимо тяготясь этим разговором и всячески желая его окончить.

— Нет, не таков. Ты еще осенью был человеком, подавшим надежды проснуться, а теперь, как Бахаревы уехали, ты совсем — шут тебя знает, на что ты похож — бестолков совсем, милый мой, становишься. Я думал, что Лизавета Егоровна тебя повернет своей живостью, а ты, верно, только и способен миндальничать.

Помада продолжал помахивать у своего носа еловою веточкой и молчал, выдерживая свое достоинство.

Доктор встал, выпил еще рюмку водки и стал раздеваться.

— У человека факты живые перед глазами, а он уж и их не видит, — говорил Розанов, снимая с себя сапоги. — Стану я факты отрицать, не выживши из ума! Просто одуреваешь ты, Помада, просто одуреваешь.

— Это ты отрицатель-то, а не я. Я все признаю, я многое признаю, чего ты не хочешь допустить.

— Например, любовь, происходящую из уважения? — смеясь, спросил доктор.

— Да что тебе далось нынче это уважение! — воскликнул Помада несколько горячее обыкновенного.

— Сердишься! ну, значит, ты неправ. А ты не сердись-ка, ты дай вот я с тебя показание сниму и сейчас докажу тебе, что ты неправ. Хочешь ли и можешь ли отвечать?

— Да я не знаю, о чем ты хочешь спрашивать.

— Повар Павел любит свою жену или нет?

— Кто же его знает?

— Ну, я тебе скажу, что и он ее любит и она его любит. А теперь ты мне скажи, дерутся они или нет?

— Ну, дерутся.

— Так и запишем. — Теперь Васенка любит мельника Родиона или не любит?

— Да черт знает, о чем ты спрашиваешь! Почем я знаю, любит Васенка или не любит?

— Почем! А вот почем, друг любезный, потом, что она при тебе сапоги мои целовала, чтобы я забраковал этого Родиона в рекрутском присутствии, когда его привезли сдавать именно за то, что он ей совком голову проломил. И не только тут я видел, как она любит этого разбойника, а даже видел я это в те минуты, когда она попрекала его, кляла всеми клятвами за то, что он ее сокрушил и состарил без поры без времени, а тут же сейчас последний платок цирюльнику с шеи сбросила, чтобы тот не шельмовал ее соколу затылок. Кажется, ведь любит? А только тот встал с подстриженным затылком, она ему в лицо харкнула. «Зверь, говорит, ты, лиходей мой проклятый». Где ж здесь твое уважение-то?

— Что ж, тут вовсе не любовь, а сожаление.

— Сожаление! А зачем же она сбежала-то с ним вместе?

— Воли захотелось.

— Под его кулачьями-то! Ну нет, брат, — не воли ей захотелось, а любва, любва эти штуки-то отливает. Воли бы ей хотелось, давно бы ее эскадронный пять раз откупил. Это ты ведь тоже, чай, знаешь не меньше моего. Васенка-то, брат... знаешь, чего стоит! Глазом поведет — рублем одарит. Это ведь хрящик белый, а не косточка. А я тебе повторяю, что все это орудует любовь, да не та любовь, что вы там сочиняете, да основываете на высоких-то нравственных качествах любимого предмета, а это наша, русская, каторжная, зазнобистая любва, та любва, про которую эти адски-мучительные песни поются, за которую и душатся, и режутся, и не рассуждают по-вашему. Белинский-то — хоть я и позабывал у него многое — рассуждает ведь тут о человеке нравственно развитом, а вы, шуты, сейчас при своем развитии на человечество тот мундир и хотите напялить, в котором оно ходить не умеет. Я тебе не два, а двести два примера покажу, где нет никакого уважения, а любовь-то живет, да любовь не вашинская, не мозглявая.

— Да ты все из какого класса примеры-то берешь?

— А тебе из какого? Из самого высокого?

— Что высокий! Об нем никто не говорит, о высоком-то. А ты мне покажи пример такой на человеке развитом, из среднего класса, из того, что вот считают бьющеюся, живою-то жилою русского общества. Покажи человека размышляющего. Одного человека такого покажи мне в таком положении.

— Ну, брат, если одного только требуешь, так уж по этому холоду далеко не пойду отыскивать.

Доктор снова встал в одном белье в постели, остановил Помаду в его стремительном бегстве по чулану и спросил:

— Ты Ольгу Александровну знаешь?

— Твою жену?

— Да, мою жену.

— Знаю.

— И хорошо знаешь?

— Да как же не знать!

— Уважаешь ты ее?

— Н.. Ну...

— Нет, — хорошо. За что ты ее не уважаешь?

— Да как это сказать...

— Говори!

— Да за все.

— Она разбила во мне все, все.

— Верю, верю, брат, — отвечал расстроенный этим рассказом Помада.

— А я ее люблю, — пожав плечами, произнес доктор и проглотил еще раз рюмку водки. И с этим лег в постель, укрылся своим дубленым тулупом и молча повернулся к стене, а Юстин Помада, постояв молча над его кроватью, снова зашагал взад и вперед. За стеною, в столярной, давно прекратились звуки гармонии и топот пляшущих святочников, и на меревском дворе все уснуло. Даже уснула носившаяся серыми облачными столбами воющая русская кура, даже уснул и погас огонек, доев сальный огарок, в комнате Помады. Не спала только холодная луна. Выйдя на расчистившееся небо, она смотрела оттуда, хорошо ли похоронила кура тех, кто с нею встретился, идучи своим путем-дорогою. Да не спал еще Юстин Помада, который не заметил, как догорела и сгасла свечка и как причудливо разрисованное морозом окно озарилось бледным лунным светом. Он все бегал и бегал по своей комнате, оправдывая сделанное на его счет сравнение с полевым волком, содержащимся в тесной клетке.

«Дичь какая! — думал между прочим, бегая, Помада. — Все идеалы мои он как-то разбивает. Материалист он... а я? Я...»

Без ответа остался этот вопрос у Помады.

«Я вот что, я покажу... что ж я покажу? что это в самой вещи? Ни одной привязанности устоявшейся, серьезной: все как-то в самом деле легко... воздушно... так сказать... расплывчато. Эка натура проклятая!»

«А впрочем, — опять размышлял Помада, — чего ж у меня нет? Силы? Есть. Пойду на смерть... Эка штука! Только за кого? За что?»

«Не за кого, не за кого», — решил он.

«А любовь-то в самом деле не на уважении держится... Так на чем же? Он свою жену любит. Вздор! Он ее жалеет. Где любить такую эгоистичную, бессердечную женщину. Он материалист, даже... черт его знает, слова не придумаешь, что он такое... все отрицает... Впрочем, черт бы меня взял совсем, если я что-нибудь понимаю... А скука-то, скука-то! Хоть бы и удавиться так в ту же пору».

И с этим словом Юстин Помада остановился, свернул комком свой полушубочек, положил его на лежанку и, посмотрев искоса на луну, которая смотрела уже каким-то синим, подбитым глазом, свернулся калачиком и спать задумал.

## Глава двадцатая.
## За полночь

За полночь послышалось Помаде, будто кто-то стучит о сеничную дверь.

«Сон, это я во сне вижу», — подумал дремлющий Помада.

Стучали после долго еще в дверь, да никто не встал отворить ее.

«Сон», — думал Помада. В мерзлое стекло кто-то ударил пальцем. Еще и еще.

«Ну пусть же еще ударит, если это не сон», — думал Помада, пригревая бок на теплой лежанке.

И еще ударили.

— Кто там? — вскинув голову, спросил Помада.

Гул какой-то послышался из-за окна, а разобрать ничего невозможно.

— Чего? — спросил Помада, приложив теплое лицо к намерзлому стеклу.

Опять гул. Человеческий голос, а ничего не разберешь.

«Перепились, свиньи», — подумал Помада, надев докторовы медвежьи сапоги, вздел на рукава полушубок и пошел отпирать двери холодных сеней.

— Кто?

— Свои, батюшка.

— Кто? — снова спросил Помада, держась за задвижку.

— Герасим.

— Чего ты, Герасим?

— Бахаревский Герасим.

— Да чего?

— К вам, Юстин Феликсович.

Помада отодвинул задвижку и, дрожа от охватившего его холода, побежал в свою комнату. Не успел он переступить порог и вспрыгнуть на печку, а за ним Гераська бахаревский.

— Что? Чего тебе ночью? — спросил Помада.

— К вашей милости, барин.

— Ну?

— К нам пожалуйте.

— К кому к вам?

— На барский двор.

— Что там такое у вас на барском дворе?

— Ничего, все благополучно. Барышня вас требуют.

— Какая барышня?

— Лизавета Егоровна приехали.

— Лизавета Егоровна?

— Точно так-с.

— Лизавета Егоровна? — переспросил Помада.

— Точно так-с, сами Лизавета Егоровна.

— С кем?

— Одне-с.

— Одна?

— Одне-с, с покочаловским мужиком.

— С кем?

— С покочаловским-с мужиком-с, — наняли, да обмерзли —с, нездоровы совсем.

— Одна?

— С покочаловским-с мужиком.

— Пожалуйте. Сейчас вас просят.

— Пошел, пошел домой. Я сейчас... Розанов! Розанов! Дмитрий Петрович!

— Н-м! — протянул доктор, не подавая никакой надежды на скорое пробуждение.

— О, черт! — пробурчал Помада, надевая на себя попадавшуюся под руки сбрую, и побежал.

Бежит Помада под гору, по тому самому спуску, на котором он когда-то несся орловским рысаком навстречу Женни и Лизе. Бежит он сколько есть силы и то попадет в снежистый перебой, что пурга здесь позабыла, то раскатится по наглаженному полозному следу, на котором не удержались пушистые снежинки. Дух занимается у Помады. Злобствует он, и увязая в переносах, и падая на голых раскатах, а впереди, за Рыбницей, в ряду давно темных окон два окна смотрят, словно волчьи глаза в овраге.

«Это у Егора Николаевича в комнате свет», — подумал Помада, увидя неподвижные волчьи глаза.

«И чудно, как смотрят эти окна», — думает он, продолжая свою дорогу, — точно съесть хотят».

«А ведь дом-то нетопленный. Холод небось!»

«И зачем бы это она?.. И на наемных… Должно быть… у-ах! — Эко черт! Тогда свалился, теперь завяз, тьфу!..»

И попер Помада прямо на волчьи очи, которые все расходились, расходились и, наконец, выровнялись в форму двух восьмистекольных окон.

«Однако ходьба нынче!» — подумал Помада и дернул за клямну. Двери заперты.

— Кто? — спрашивает из-за двери голос.

— Я.

— А! Барчук меревский. Пустить?

Ответа Помада не слыхал, а дверь отворилась. Кандидат бросил на оконок передней тулуп и вошел в залу.

— Подождите, батюшка, здесь немножечко, — попросила встретившая его птичница и, оставив ему свечку, юркнула к Лизе в бахаревский кабинет.

Слабо освещала большую залу одна сальная свечка.

Хорошо виден был только большой обеденный стол и два нижние ряда нагроможденных на нем под самый потолок стульев, которые самым причудливым образом выставляли во все стороны свои тоненькие, загнутые ножки. А далее был мрак, с которым не хотел и бороться тщедушный огонек свечечки. Только взглянувши в отворенную дверь гостиной, можно было почувствовать, что это не настоящий мрак и что есть место, где еще темнее. Как ни слаба была полоска света, падавшая на пол залы сквозь ряд высунутых стульями ножек, но все-таки по этому полу прямо к гостиной двери ползла громадная, фантастическая тень, напоминавшая какое-то многорукое чудовище из волшебного мира. Тонкие, кривые ножки вырастали на тени, по мере удаления от свечки причудливо растягивались и не обрезывались, а как-то смешивались с темнотою, словно пощупывая там что-то или кого-то подкарауливая.

Несмотря на тревожное состояние Помады, таинственно-мрачный вид темного, холодного покоя странно подействовал на впечатлительную душу кандидата и даже заставил его на некоторое время забыть о Лизе.

«Фу, как тут скверно! — подумал Помада, пожимаясь от холода. — Ни следа жизни нет. Это хуже могилы».

В голове Помады почему-то вдруг пробежали детские сказки о заколдованных замках, о Громвале, о Кикиморе.

«Там-то, там-то тьма какая!» — подумал Помада, направляясь со свечкою к гостиной двери.

Здесь свечечка оказывалась еще бессильнее при темных обоях комнаты. Только один неуклюжий, запыленный чехол, окутывавший огромную люстру с хрустальными подвесками, невозможно выделялся из густого мрака, и из одной щелки этого чехла на Помаду смотрел крошечный огненный глазок. Точно Кикимора подслушала Помадины думы и затеяла пошутить с ним: «Вот, мол, где я сижу-то: у меня здесь отлично, в этом пыльном шалашике».

Помада посмотрел на блестевшую хрусталинку люстры и, возвращаясь в залу, встретился с птичницей, которая звала его к Лизавете Егоровне. Лиза была в отцовском кабинете. Она сидела перед печкою, в которой ярко пылала ржаная солома. В этой комнате было так же холодно, как и в гостиной и в зале, но все-таки здесь было много уютнее и на вид как-то теплее. Здесь менее был нарушен живой вид покоя: по стенам со всех сторон стояли довольно старые, но весьма мягкие турецкие диваны, обтянутые шерстяной полосатой материей, старинный резной шкаф с большою гипсовою лошадью наверху и массивный письменный стол с резными башенками. Кроме того, здесь было несколько мягких табуретов, из которых на одном теперь сидела и грелась Лиза.

В комнате не было ни чемодана, ни дорожного сака и вообще ничего такого, что свидетельствовало бы о прибытии человека за сорок верст по русским дорогам. В одном углу на оттоманке валялась городская лисья шуба, крытая черным атласом, ватный капор и большой ковровый платок; да тут же на полу стояли черные бархатные сапожки, а больше ничего.

— Здравствуйте! — весело, но сильно взволнованным и дрожащим голосом сказала Лиза, протягивая Помаде свою ручку. Помада торопливо схватил эту ручку, пожал ее и взглянул на Лизу сияющим взором, но не сказал ни одного слова в ответ на ее приветствие.

— Что, вы удивлены, поражены, напуганы? — тем же взволнованным голосом и с тою же напряженно-веселою улыбкою спросила Лиза. Помада кашлянул, пожался и отвечал:

— Точно, удивлен, Лизавета Егоровна. Как это вы?

— Как приехала? А вот села и приехала.

Помада взял табурет, сел к печи и, закрыв ладонью рот, опять кашлянул.

— Здесь совсем холодно, — заметил он.

— Да, холодно, дом застыл, не топлен с осени.

— Вам здесь нельзя оставаться.

— Ну, об этом будем рассуждать после, а теперь я за вами послала, чтобы вы как-нибудь достали мне хоть рюмку теплого вина, горячего чаю, хоть чего-нибудь, чего-нибудь. Я иззябла, совсем иззябла, я больна, я замерзала в поле… и даже обморозилась… Я вам хотела написать об этом, да… да не могла… руки вот насилу оттерли снегом… да и ни бумаги, ничего нет… а люди все переврут…

По мере того как Лиза высказывала свое положение, искусственная веселость все исчезала с ее лица, голос ее становился все прерывистее, щеки подергивало, и видно было, что она насилу удерживает слезы, выжимаемые у нее болезнью и крайним раздражением.

К концу этой короткой речи все лицо Лизы выражало одно живое страдание, и, взглянув в глаза этому страданию, Помада, не говоря ни слова, выскочил и побежал в свою конуру, едва ли не так шибко, как он бежал навстречу институткам.

Через полчаса в комнату Лизы вошли доктор и Помада, обремененный бутылками с уксусом, спиртом, красным вином и несколькими сверточками в бумаге. Лиза смотрела на огонь и ничего не слыхала. Она была очень слаба и расстроена.

— Лизавета Егоровна! — весело воскликнул доктор, протягивая ей свою руку.

— А, доктор! Вот встреча-то? — проговорила несколько удивленная его появлением Лиза. — И как кстати! Я совсем разнемоглась.

— Прозябли, я думаю, просто.

— Какое там прозябла? Я замерзла, совсем замерзала. Мне оттирали руки и ноги. На меня уж даже спячка находила.

— Где ж это вы?

— Дорогой, — сбился мужик.

Доктор посмотрел ей пристально в глаза и сказал:

— Дайте-ка руку. А что у вас с глазами? болят они у вас?

— Да, это уж давно.

— Или вы плакали?

— И это немножко было, — ответила, слегка улыбнувшись, Лиза.

— Ну, ты, Помада, грей вино, да хлопочи о помещении для Лизаветы Егоровны. Вам теперь прежде всего нужно тепло да покой, а там увидим, что будет. Только здесь, в нетопленном доме, вам ночевать нельзя.

— Нет, я здесь останусь. Я напьюсь чаю, вина выпью, оденусь шубой и велю всю ночь топить — ничего и здесь. Эта комната скоро согреется.

— Ну нет, Лизавета Егоровна, это уж, извините меня, причуды. Комната станет отходить, сделается такой угар, что и головы не вынесете.

Лиза вздохнула и сказала:

— Что ж! может быть, и лучше будет.

— Что это, головы-то не вынесть? Ну, об этом еще подумаем завтра. Зачем голове даром пропадать? А теперь… куда бы поместить Лизавету Егоровну! Помада! ты здесь весь двор знаешь?

— К конторщику, у него две комнаты.

— Не хочу, не хочу! — замахав рукою, возразила на это предложение Лизавета Егоровна.

— Отчего же? — резонировал доктор.

— Я не могу никого видеть сегодня.

— А другие помещения, кроме птичной избы, все пустые и холодные, — заметил Помада.

— А птичная-то изба теплая, хорошая?

— Грязная, загаженная и никуда не годится.

— Пойдем-ка осмотрим.

Доктор и Помада вышли, а Лиза, оставшись одна в пустом доме, снова утупила в огонь глаза и погрузилась в странное, столбняковое состояние.

— Батюшка мой, — говорил доктор, взойдя в жилище конторщика, который уже восстал от сна и ожидал разгадки странного появления барышни, — сделайте-ка вы милость, заложите поскорее лошадку да слетайте в город за дочкою Петра Лукича. Я вот ей пару строчек у вас черкну. Да выходите-то, батюшка, сейчас: нам нужно у вас барышню поместить. Вы ведь не осердитесь?

— Помилуйте, я с моим удовольствием. Я даже сам рассуждал это предложение сделать Лизавете Егоровне. Я хоть где-нибудь могу, а их дело нежное.

— То-то, так никак нельзя.

— Как возможно? Там одно слово — стыд.

— Да. Ну-с, шубку-то, шубку-то, да и выйдите, побудьте где-нибудь, пока лошадь заложат. А лампадочку-то перед иконами поправьте: это очень хорошо.

— Все сею минутою-с.

— Ну и прекрасно, и птичницу сюда на минутку пошлите, а мы сейчас переведем Лизавету Егоровну. Только чтоб она вас здесь не застала: она ведь, знаете, такая… деликатная, — рассказывал доктор, уже сходя с конторского крылечка.

Доктор урезонил Лизавету Егоровну: ее привели в теплую комнатку конторщика, напоили горячим чаем с вином, птичница вытерла ее спиртом и уложила на конторщикову постель, покрытую чистою простынею. Доктор не позволял Лизе ни о чем разговаривать, да она и сама не расположена была беседовать. В комнате поправили лампаду и оставили Лизу одну с своими думами и усталостью. Доктор с Помадой остались в конторе, служившей преддверием к конторщикову апартаменту.

Они посидели с полчаса в совершенном молчании, перелистывая от скуки книги «О приходе и расходе разного хлеба снопами и зерном». Потом доктор снял ногою сапоги, подошел к Лизиной двери и, послушав, как спит больная, возвратился к столу.

— Что? — прошептал Помада.

— Ничего, дышит спокойно и спит. Авось, ничего не будет худого, давай ложиться спать, Помада. Ложись ты на лавке, а я здесь на столе прилягу, — также шепотом проговорил доктор.

— Нет, я не лягу.

— Отчего?

— Мне не хочется спать.

— Ну, как знаешь, а я лягу.

И доктор, положив под голову несколько книг «О приходе и расходе хлеба снопами и зерном», лег на стол и закрылся своим полушубком.

— Что бы это такое значило? — прошептал, наклоняясь к самому уху доктора, Помада, тоже снявший свои сапоги и подкравшийся к Розанову совершенно неслышными шагами, как кот из хрустальной лавки.

— Что такое? — спросил шепотом доктор, быстро откинув с себя полушубок. Помада повторил свой вопрос.

— А, шут этакой! Испугал совсем. Я думал, уж невесть что делается.

— Ну да, я виноват. Я это так шел, чтоб не слышно. Ну, а как ты думаешь, что бы это такое значило?

— Я думаю, что ступай ты спать: успеем еще узнать. Что тут отгадывать да путаться. Спи. Утро вечера мудренее.

## Глава двадцать первая.
## Глава, некоторым образом топографически-историческая

Говорят, что человеческое жилище всегда более или менее точно выражает собою характер людей, которые в нем обитают. Едва ли нужно доказывать, что до известной степени можно допустить справедливость этого замечания.

Наблюдательный и чуткий человек, осмотревшись в жилье людей, мало ему знакомых или даже совсем незнакомых, по самым неуловимым мелочам в обстановке, размещении и содержании этого жилья чувствует, что здесь преобладает любовь или вражда, согласие или свара, радушие или скупость, домовитость или расточительность.

Когда люди входили в дом Петра Лукича Гловацкого, они

чувствовали, что здесь живет совет да любовь, а когда эти люди знакомились с самими хозяевами, то уже они не только чувствовали витающее здесь согласие, но как бы созерцали олицетворение этого совета и любви в старике и его жене. Теперь люди чувствовали то же самое, видя Петра Лукича с его дочерью. Женни, украшавшая собою тихую, предзакатную вечерю старика, умела всех приобщить к своему чистому празднеству, ввести в свою безмятежную сферу.

До приезда Женни старик жил, по собственному его выражению, отбившимся от стада зубром: у него было чисто, тепло и приютно, но только со смерти жены у него было везде тихо и пусто. Тишина этого домика не зналась с скукою, но и не знала оживления, которое снова внесла в него с собою Женни.

С приездом Женни здесь все пошло жить. Ожил и помолодел сам старик, сильнее зацвел старый жасмин, обрезанный и подвязанный молодыми ручками; повеселела кухарка Пелагея, имевшая теперь возможность совещаться о соленьях и вареньях, и повеселели самые стены комнаты, заслышав легкие шаги грациозной Женни и ее тихий симпатичный голосок, которым она, оставаясь одна, иногда безотчетно пела для себя: «Когда б он знал, как пламенной душою» или «Ты скоро меня позабудешь, а я не забуду тебя».

В восемь часов утра начинался день в этом доме; летом он начинался часом ранее. В восемь часов Женни сходилась с отцом у утреннего чая, после которого старик тотчас уходил в училище, а Женни заходила на кухню и через полчаса являлась снова в зале. Здесь, под одним из двух окон, выходивших на берег речки, стоял ее рабочий столик красного дерева с тафтяным мешочком для обрезков. За этим столиком проходили почти целые дни Женни.

— Рукодельница наша барышня: все сидит, все шьет, все шьет, — приданое себе готовит, — рассказывала соседям Пелагея. Женни, точно, была рукодельница и штопала отцовские носки с большим удовольствием, чем исправникова дочь вязала бисерные кошельки и подставки к лампам и подсвечникам. Вообще она стала хозяйкой не для блезиру, а взялась за дело плотно, без шума и треска, тихо, но так солидно, что и люди и старик отец тотчас почувствовали, что в доме есть настоящая хозяйка, которая все видит и обо всех помнит.

И стало всем очень хорошо в этом доме.

Из окна, у которого Женни приютилась с своим рабочим столиком, был если не очень хороший, то очень просторный русский вид. Городок был раскинут по правому высокому берегу довольно большой, но вовсе не судоходной реки Саванки, значащейся под другим названием в числе замечательнейших притоков Оки. Лучшая улица в городе была Московская, по которой проходило курское шоссе, а потом Рядская, на которой были десятка два лавок, два трактирных заведения и цирюльня с надписью, буквально гласившею:

«Сдеся кров пускают и стригут и бреют Козлов». Знаков

препинания на этой вывеске не было, и местные зоилы находили, что так оно выходило гораздо лучше.

Потом в городе была еще замечательная улица Крупчатная, на которой приказчики и носильщики, таская кули, сбивали прохожих с ног или, шутки ради, подбеливали их мучкой самой первой руки; да была еще улица Главная. Бог уж знает, почему она так называлась. Рассказывали в городе, что на ней когда-то стоял дом самого батюшки Степана Тимофеевича Разина, который крепко засел здесь и зимовал со своими рыцарями почти целую зиму. Теперь Главная улица была знаменита только тем, что по ней при малейшем дожде становилось море и после целый месяц не было ни прохода, ни проезда. Затем шли закоулочки да переулочки, пересекавшие друг друга в самых неприхотливых направлениях. Тут жили прядильщики, крупчатники, мещане, занимавшиеся поденной работой, и мещане, ничем не занимавшиеся, а вечно полупьяные или больные с похмелья. С небольшой высоты над этою местностью царил высокий каменный острог, наблюдая своими стеклянными глазами, как пьет и сварится голодная нищета и как щиплет свою жидкую беленькую бороденку купец Никон Родионович Масленников, попугивая то того, то другого каменным мешочком.

— Сейчас упеку, — говорит Никон Родионович: — чувствуй, с кем имеешь обращение!

И покажет рукою на острог.

Народ это очень чувствовал и не только ходил без шапок перед Масленниковыми хоромами, но и гордился им.

— У нас теперь, — хвастался мещанин заезжему человеку, — есть купец Никон Родионович, Масленников прозывается, вот так человек! Что ты хочешь, сейчас он с тобою может сделать; хочешь в острог тебя посадить — посадит, хочешь, плетюганами отшлепать или так в полиции розгами отодрать, — тоже сичас он тебя отдерет. Два слова городничему повелит или записочку напишет, а ты ее, эту записочку, только представишь, — сичас тебя в самом лучшем виде отделают. Вот какого себе человека имеем!

— Вот пес-то! — щуря глаза, замечал проезжий мужик.

— Да, брат, повадки у него никому: первое дело, капитал, а второе — рука у него.

— Н-да, — вытягивал проезжий.

— Н-да! — произносил в другой тон мещанин.

— Ишь, хоромы своротил какие! — кричал мужик, едучи на санях, другому мужику, стоявшему на коленях в других санях.

— Страсть, братец ты мой!

— А вить что? — наш брат мужик.

— Дыть Господь одарил, — вздыхая, отвечал задний мужик.

— Известно: очень уж, говорят, он много на церквы жертвует.

— Только уж обмеру у него на ссыпки очень тоже много, —

замечал задний мужик.

— Обмеру, точно, много, — задумчиво отвечал передний.

У часовенки, на площади, мужики крестились, развязывали мошонки, опускали по грошу в кружку и выезжали за острог, либо размышляя о Никоне Родионовиче, либо распевая с кокоревской водки: «Ты заной, эх, ты заной, ретивое».

Затем, разве для полноты описания, следует упомянуть о том, что город имеет пять каменных приходских церквей и собор. Собор славился хором певчих, содержимых от щедрот Никона Родионовича, да пятипудовым колоколом, каждый праздник громко, верст на десять кругом, кричавшим своим железным языком о рачительстве того же Никона Родионовича к благолепию дома Божия.

Все уездные любители церковного пения обыкновенно сходились в собор к ранней обедне, ибо Никон Родионович всегда приходили помолиться за ранней, и тут пели певчие. Поздней обедни Никон Родионович не любили и ядовито замечали, что к поздней обедни только ходят приказничихи хвастаться, у кого новые башмаки есть.

Да еще была в городе больница, в которой несчастный Розанов бился с непреодолимыми препятствиями создать из нее что-нибудь похожее на лечебное заведение. Сначала он, по неопытности, все лез с представлениями к начальству, потом взывал к просвещенному вниманию благородного дворянства, а наконец, скрепя сердце и смирив дух гордыни, отнесся к толстому карману Никона Родионовича. Никон Родионович пожертвовал два десятка верблюжьих халатов и фонарь к подъезду, да на том и стали. Потребляемых вещей Масленников жертвовать не любил: у него было сильно развито стремление к монументальности, он стремился к некоторому, так сказать, даже бессмертию: хотел жить в будущем. Хоть не в далеком, да в будущем, хоть пока халаты износятся и сопреет стена, к которой привинтили безобразный фонарь с скрипучим флюгером, увеличивавшим своим скрипом предсмертную тоску замариваемых в докторово отсутствие больных.

Был еще за городом гусарский выездной манеж, состроенный из осиновых вершинок и оплетенный соломенными притугами, но это было временное здание. Хотя губернский архитектор, случайно видевший счеты, во что обошелся этот манеж правительству, и утверждал, что здание это весьма замечательно в истории военных построек, но это нимало не касается нашего романа и притом с подробностью обработано уездным учителем Зарницыным в одной из его обличительных заметок, напечатанных в «Московских ведомостях».

Более в целом городе не было ничего достопримечательного в топографическом отношении, а его этнографическою стороною нам нет нужды обременять внимание наших читателей, поелику эта сторона не представляет собою никаких замечательных особенностей и не выясняет положения действующих лиц в романе. Гловацкий, Вязмитинов, Зарницын, доктор и даже Бахарев были, конечно, знакомы с Никоном Родионовичем, и с властями, и с духовенством, и с купечеством, но знакомство это не оказывало прямого влияния ни на их главные интересы, ни на их внутреннюю жизнь. А следить за косвенным влиянием среды на выработку нравов и характеров, значило бы заходить несколько далее, чем требует наш план и положение наших героев и героинь, не стремившихся спеться с окружающею их средою, а сосредоточивавших свою жизнь в том ограниченном кружочке, которым мы занимались до сих пор, не удаляясь надолго от домов Бахарева и Гловацкого. Кто жил в уездных городках в последнее время, в послеякушкинскую эпоху, когда разнеслись слухи о благодетельной гласности, о новосильцевском обществе пароходства и победах Гарибальди в Италии, тот не станет отвергать, что около этого знаменательного времени и в уездных городах, особенно в великороссийских уездных городах, имеющих не менее одного острога и пяти церквей, произошел весьма замечательный и притом совершенно новый общественный сепаратизм.

Общество распадалось не только прежним делением на аристократию чина, аристократию капитала и плебейство, но из него произошло еще небывалое дотоле выделение так называемых в то время новых людей. Выделение этого ассортимента почти одновременно происходило из весьма различных слоев провинциального общества. Сюда попадали некоторые молодые дворяне, семинаристы, учители уездные, учители домашние, чиновники самых различных ведомств и даже духовенство. Справедливость заставляет сказать, что едва ли не ранее прочих и не сильнее прочих в это новое выделение вошли молодые учители, уездные и домашние; за ними несколько позже и несколько слабее — чиновники, затем еще моментом позже, зато с неудержимым стремлением ринулись семинаристы. Молодое дворянство шло еще позже и нерешительнее; духовенство сепарировалось только в очень небольшом числе своих представителей.

Все это не были рыцари без пятна и упрека. Прошлое их большею частью отвечало стремлениям среды, от которой они отделялись. Молодые чиновники уже имели руки, запачканные взятками, учители клянчили за места и некоторые писали оды мерзавнейшим из мерзавнейших личностей; молодое дворянство секло людей и проматывало потовые гроши народа; остальные вели себя не лучше. Все это были люди, слыхавшие из уст отцов и матерей, что «от трудов праведных не наживешь палат каменных». Все эти люди вынесли из родительского дома одно благословение: «будь богат и знатен», одну заповедь: «делай себе карьеру». Правда, иные слыхали при этом и «старайся быть честным человеком», но что была эта честность и как было о ней стараться? Случались, конечно, и исключения, но не ими вода освящалась в великом море русской жизни.

Лезли в купель люди прокаженные. Все, что вдруг пошло массою, было деморализовано от ранних дней, все слышало ложь и лукавство; все было обучено искать милости, помня, что «ласковое телятко двух маток сосет». Все это сбивалось сосать двух маток и вдруг бросило обеих и побежало к той, у которой вымя было сухо от долголетнего голода.

Эта эпоха возрождения с людьми, не получившими в наследие ни одного гроша, не взявшими в напутствие ни одного доброго завета, поистине должна считаться одною из великих, поэтических эпох нашей истории. Что влекло этих сепаратистов, как не чувство добра и справедливости? Кто вел их? Кто хоть на время подавил в них дух обуявшего нацию себялюбия, двоедушия и продажности?

Предоставляя решение настоящего вопроса истории, с благоговением преклоняемся перед роком, судившим нам зрить святую минуту пробуждения, видеть лучших людей эпохи, оплаканной в незабвенных стихах Хомякова, и можем только воскликнуть со многими: поистине велик твой Бог, земля русская!

Перенеситесь мысленно, читатель, к улетевшим дням поэтической эпохи. Вспомните это недавно прошедшее время, когда небольшая горсть «людей, довременно растленных», проснулась, задумалась и зашаталась в своем гражданском малолетстве. Эта горсть русских людей, о которой вспоминает автор, пишущий настоящие строки, быстро росла и хотела расти еще быстрее. В этом естественном желании роста она дорожила своею численностью и, к сожалению, была слишком неразборчива. Она не принимала в расчет рутинной силы среды и не опасалась страшного вреда от шутов и дураков, приставших к ней по страсти к моде. Зная всю тлень и грязь прошлого, она верила, что проклятие лежит над всякой неподвижностью, и собирала под свое знамя всех, говоривших о необходимости очиститься, омыться и двигаться вперед. Она знала, что в прошлом ей завещано мало достойного сохранения, и не ожидала, что почти одной ей поставят в вину всю тщательно собранную ложь нашего времени.

По словам Хомякова, страна была

> В судах черна, неправдой черной
> И игом рабства клеймена;
> Безбожной лести, лжи тлетворной,
> И лени мертвой и позорной,
> И всякой мерзости полна.

Когда распочалась эта пора пробуждения, ясное дело, что новые люди этой эпохи во всем рвались к новому режиму, ибо не видали возможности идти к добру с лестью, ложью, ленью и всякою мерзостью. На великое несчастие этих людей, у них не было вовремя силы отречься от приставших к ним шутов. Они были более честны, чем политически опытны, и забывали, что один Дон-Кихот может убить целую идею рыцарства. Так и случилось. Шуты насмешили людей, дураки их рассердили. Началось ренегатство, и во время стремительного бега назад люди забыли, что гонит их не пошлость дураков и шутов, а тупость общества да собственная трусость. Нет никакого сомнения, что сделаться смешным значит потерять многое; но разве менее смешны другие? Разве перед ними нельзя поставить Сквозника-Дмухановского и заставить его спросить: «Чего смеетесь? Над собой смеетесь?»

Честная горсть людей, не приготовленных к честному общественному служению, но полюбивших добро и возненавидевших ложь и все лживые положения, виновата своею нерешительностью отречься от приставших к ней дурачков; она виновата недостатком самообличения. За пренебрежение этой силой она горько наказана, вероятно к истинному сожалению всех умных и в то же время добрых в России. Но все-таки нет никакого основания видеть в этих людях виновников всей современной лжи, так же как нет основания винить их и в заводе шутов и дураков, ибо и шуты, и дураки под различными знаменами фигурировали всегда и будут фигурировать до века.

В описываемую нами эпоху, когда ни одно из смешных и, конечно, скоропреходящих стремлений людей, лишенных серьезного смысла, не проявлялось с нынешнею резкостью, когда общество слепо верило Белинскому, даже в том, например, что «самый почтенный мундир есть черный фрак русского литератора», добрые люди из деморализованных сынов нашей страны стремились просто к добру. Они не стремились окреститься во имя какой бы то ни было теории, а просто, наивно и честно желали добра и горели нетерпением всячески ему содействовать. Плана у них никакого не было, о крутых, костоломных поворотах во имя теорий им вовсе не думалось. Шло только дело о правде в жизни.

Первым шагом в этом периоде был сепаратизм со всем симпатизировавшим заветам прошедшего. К этому сепаратизму принадлежали почти все знакомые нам до сих пор лица нашего романа. Ему по-своему сочувствовал Егор Николаевич Бахарев и Петр Лукич, пугавшийся всякой обличительной заметки; Вязмитинов, сидевший над историей, и Зарницын, продергивавший уездные величины; доктор, обличающий свое бессилие выбиться из сферы взяточничества, и мать Агния, верная традициям лет своей юности. На стороне старых интересов оставалась масса людей, которую по их способностям Эдуард Уитти справедливо называет разрядом плутов или дураков. Это было большинство. Ольга Сергеевна, Зина, Софи оставались с большинством и жили его жизнью.

Женни и Лиза вовсе не принадлежали к прошлому и не имели с ним никакой связи. По обстоятельствам Женни должна была познакомиться с некоторыми местными дамами и девицами, но из этого знакомства ничего не вышло. Одни решили, что она много о себе думает; другие, что она ехидная-преехидная: все молчит да выслушивает; третьи даже считали ее на этом же основании интриганкой, а четвертые, наконец, не соглашаясь ни с одним из трех вышеприведенных мнений, утверждали, что она просто дура и кокетка. Около нее, говорили последние, лебезят два молодых учителя, стараясь подделаться к отцу, а она думает, что это за ней увиваются, и дует губы. Но тем не менее Женни, однако, сильно интересовала собою бедные живыми интересами головы уездных барынь и барышень. Одни ее платья и шляпы доставляли слишком тощую пищу для алчущей сплетни, и потому за ее особою был приставлен особый шпион. В этой должности состояла дочь почтенного сослуживца Гловацкого, восемнадцатилетняя полногрудая Лурлея, Ольга Григорьевна Саренко. Григорий Ильич Саренко, родом из бориспольских дворян, дослуживал двадцать пятый год учителем уездного училища. Он был стар, глуп, довольно подловат и считал себя столпом училища. Он добивался себе какого-то особого уважения от Вязмитинова и Зарницына и, не получая оного, по временам строчил на них секретные ябеды в дирекцию училищ. Дочь свою он познакомил с Женни, не ожидая на то никакого желания со стороны приезжей гостьи или ее отца. На другой же день по приезде Женни он явился под руку с своей Лурлеей и отрекомендовал ее как девицу, с которой можно говорить и рассуждать обо всем самой просвещенной девице.

С тех пор Лурлея начала часто навещать Женни и разносить о ней по городу всякие дрязги. Женни знала это: ее и предупреждали насчет девицы Саренко и даже для вящего убеждения сообщали, что именно ею сочинено и рассказано, но Женни не обращала на это никакого внимания.

— Умные и честные люди, — отвечала она, — таким вздорам не поверят и поймут, что это сплетня, а о мнении глупых и дурных людей я никогда не намерена заботиться.

Еще в дом Гловацких ходила соборная дьяконица, Елена Семеновна, очень молоденькая, довольно хорошенькая и превеселая бабочка, беспрестанно целовавшая своего мужа и аккомпанировавшая ему на фортепиано разные всеми давно забытые романсы. И дьяконица, и ее муж, Василий Иванович Александровский, были очень добрые и простодушные люди, которые очень любили Гловацких и всю их компанию. Сепаратисты тоже любили молодую духовную чету за ее веселый, добрый нрав, искренность и безобидчивость, составляющую большую редкость в уездных обществах.

Таким образом, к концу первого года, проведенного Женею в отцовском доме, ближайший круг ее знакомства составляли: Вязмитинов, Зарницын, дьякон Александровский с женою, Ольга Саренко, состоявшая в должности наблюдателя, отряженного дамским обществом, и доктор. С женою своею доктор не знакомил Женни и вообще постоянно избегал даже всяких о ней разговоров. Из этих лиц чаще всех бывали у Гловацких Вязмитинов и Зарницын. Редкий вечер Женни проводила одна. Всегда к вечернему чаю являлся тот или другой, а иногда и оба вместе. Усаживались за стол, и кто-нибудь из молодых людей читал, а остальные слушали. Женни при этом обыкновенно работала, а Петр Лукич или растирал в блюдце грушевою ложечкою нюхательный табак, или, подперши ладонями голову, молча глядел на Женни, заменившую ему все радости в жизни. Женни очень любила слушать, особенно когда читал Зарницын. Он действительно очень хорошо читал, хотя и вдавался в некоторую не совсем нужную декламацию. Несмотря на то, что Женни обещала читать все, что ей даст Вязмитинов, ее литературный вкус скоро сказался. Она очень тяготилась серьезным чтением и вообще недолюбливала статей. Вязмитинов скоро это заметил и стал снабжать ее лучшими беллетристическими произведениями старой и новой литературы. Выбор всегда был очень разумный, изобличавший в Вязмитинове основательное знание литературы и серьезное понимание влияния известных произведений на ум и сердце читательницы. Легкий род литературы Женни очень нравился, но и в нем она искала отдыха и удовольствия, а не зачитывалась до страсти. Вообще она была читательница так себе, весьма не рьяная, хотя и не была равнодушна к драматической литературе и поэзии. Она даже знала наизусть целые страницы Шиллера, Гете, Пушкина, Лермонтова и Шекспира, но все это ей нужно было для отдыха, для удовольствия; а главное у нее было дело делать. Это дело делать у нее сводилось к исполнению женских обязанностей дома для того, чтобы всем в доме было как можно легче, отраднее и лучше. И она считала эти обязанности своим преимущественным назначением вовсе не вследствие какой-нибудь узкой теории, а так это у нее просто так выходило, и она так жила.

Зарницын за это упрекал Евгению Петровну, указывая ей на высокое призвание гражданки; Вязмитинов об этом никогда не разговаривал, а доктор, сделавшийся жарким поклонником скромных достоинств Женни, обыкновенно не давал сказать против нее ни одного слова.

— Рудин! Рудин! — кричал он на Зарницына. — Все с проповедями ходишь, на великое служение всех подбиваешь: мать Гракхов сыновей кормила, а ты, смотри, бабки слепой не умори голодом с проповедями-то.

Доктор, впрочем, бывал у Гловацких гораздо реже, чем

Зарницын и Вязмитинов: служба не давала ему покоя и не позволяла засиживаться в городе; к тому же он часто бывал в таком мрачном расположении духа, что бегал от всякого общества. Недобрые люди рассказывали, что он в такие полосы пил мертвую и лежал ниц на продавленном диване в своем кабинете.

Когда доктор заходил посидеть вечерок у Гловацких, тогда уж обыкновенно не читали, потому что у доктора всегда было что вытащить на свет из грязной, но не безынтересной ямы, именуемой провинциальной жизнью. Если же к этому собранию еще присоединялся дьякон и ею жена, то тогда и пели, и спорили, и немножко безобразничали.

Кроме того, иногда самым неожиданным образом заходили жаркие и такие бесконечные споры, что Петр Лукич прекращал их, поднимаясь со свечою в руке и провозглашая: «Любезные мои гости! жалея ваше бесценное для вас здоровье, никак не смею вас более удерживать», — и все расходились.

Вообще это был кружок очень коротких и очень друг к другу не взыскательных людей. Подобные кружки сепаратистов в описываемую нами эпоху встречались довольно нередко и составляли совершенно новое явление в уездной жизни. Людей, входивших в состав этих кружков, связывала не солидарность материальных интересов, а единственно сочувствие совершающемуся пробуждению, общая радость каждому шагу общественного преуспеяния и искреннее желание всех зол прошедшему.

Поэтому короткость тогдашних сепаратистов не парализовалась наступательными и оборонительными диверсиями, разъединившими новых людей впоследствии, и была совершенно свободна от нравственной нечисти и растления, вносимых с короткостью людей отходившей эпохи.

Тут все имело только свое значение. Было много веры друг в друга, много простоты и снисходительности, которых не было у отцов, занимавших соответственные социальные амплуа, и нет у детей, занимающих амплуа даже гораздо выгоднейшие для водворения простоты и правды житейских отношений.

Уездный l'ancienne regime не мог понять настоящих причин дружелюбия и короткости кружка наших знакомых. Дождется, бывало, Вязмитинов смены уроков, идет к Евгении Петровне и молча садится против нее по другую сторону рабочего столика.

Женни тоже молча взглянет на него своим ласковым взглядом и спросит:

— Устали?

— Устал, — ответит Вязмитинов.

— Не хотите ли чашку кофе, или водочки? — спросит Женни, по-прежнему не отрывая глаз от работы.

— Нет, не хочу; я так пришел отдохнуть и посмотреть на вас.

Перекинутся еще десятком простых, малозначащих слов и разойдутся до вечера.

— Евгения Петровна! — восклицает, влетая спешным шагом, красивый Зарницын.

— Ах! что такое сотворилось! — улыбаясь и поднимая те же ласковые глаза, спрашивает Женни всегда немножко рисующегося и увлекающегося учителя.

— Умираю, Евгения Петровна.

— Какая жалость!

— Вам жаль меня?

— Да как же!

— Читать некому будет?

— Да, и суетиться некому станет.

— Ах, Евгения Петровна! — делая жалкую рожицу, восклицает учитель.

— Верно, водочки дать?

— С грибочком, Евгения Петровна.

Женни засмеется, положит работу и идет с ключами к заветному шкафику, а за ней в самой почтительной позе идет Зарницын за получением из собственных рук Женни рюмки травничку и маринованных грибков на чайном блюдце.

— Пошел, пошел, баловник, на свое место, — с шутливой строгостью ворчит, входя, Петр Лукич, относясь к Зарницыну. — Звонок прозвонил, а он тут угощается. Что ты его, Женни, не гоняешь в классы?

Возьмет Гловацкий педагога тихонько за руку и ведет к двери, у которой тот проглатывает последние грибки и бежит внушать уравнения с двумя неизвестными, а Женни подает закуску отцу и снова садится под окно к своему столику.

Доктор пойдет в город, и куда бы он ни шел, все ему смотрительский дом на дороге выйдет. Забежит на минутку, все, говорит, некогда, все торопится, да и просидит битый час против работающей Женни, рассказывая ей, как многим худо живется на белом свете и как им могло бы житься совсем иначе, гораздо лучше, гораздо свободнее. И ни разу он не вскипятится, рассуждая с Женни, ни разу ни впадет в свой обыкновенно резкий, раздражительный тон, а уходя, скажет:

— Дайте, Евгения Петровна, поцеловать вашу ручку. Женни спокойно подает ему свою белую ручку, а он спокойно ее поцелует и пойдет повеселевший и успокоенный.

Гловацкая никогда не скучала и не тяготилась тихим однообразием своей жизни. Напротив, она полюбила ее всем сердцем, и все ей было мило и понятно в этой жизни. Она понимала и отца, и Вязмитинова, и доктора, и условия, в которых так или иначе боролись представлявшиеся ей люди, и осмыслена была развернутая перед ее окном широкая страница вечной книги. Уйдут, бывало, ежедневные посетители, рассказав такой или другой случай, выразив ту или другую мысль, а эта мысль или этот рассказ копошатся в молодой головке, складываются в ней все определеннее, формулируются стройно выраженным вопросом и предстают на строгий, беспристрастный суд, не сходя с очереди прежде, чем дождутся обстоятельного решения.

По колоссальной живой странице, глядя на которую Евгения Петровна задумала свои первые девичьи думы, текла тихая мелководная речка с некрутыми черноземными берегами. Берег, на котором стоял город, был еще несколько круче, а противоположный берег уже почти совсем отлог, и с него непосредственно начиналась огромная, кажется, только в одной просторной России и возможная, пойменная луговина. Расстилалась эта луговина по тот бок речки на такое далекое пространство, что большая раскольничья деревня, раскинутая у предгорья, заканчивавшего с одной стороны луговую пойму, из города представлялась чем-то вроде длинного обоза или даже овечьего стада. Вообще низенькие деревенские домики казались не выше луговых кочек, усевшихся на переднем плане необъятного луга. А когда бархатная поверхность этого луга мало-помалу серела, клочилась и росла, деревня вовсе исчезала, и только длинные журавли ее колодцев медленно и важно, как бы по собственному произволу, то поднимали, то опускали свои шеи, точно и в самом деле были настоящие журавли, живые, вольные птицы Божьи, которые не гнет за нос к земле веревка, привязанная человеком. По горе росли горох и чечевица, далее влево шел глубокий овраг с красно-бурыми обрывами и совершенно черными впадинами, дававшими некогда приют смелым удальцам Степана Разина, сына Тимофеевича. Затем шел старый сосновый лес, густою черносинею щеткою покрывавший гору и уходивший по ней под самое небо; а к этому лесу, кокетливо поворачиваясь то в ту, то в другую сторону, подбегала мелководная речечка, заросшая по загибинам то звонким красноватым тростником, махавшим своими переломленными листочками, то зеленосиним початником. Много этого початника росло по мелководной речке Саванке. Выметется этот початник, и славно смотреть на него издали. На одних стеблях качаются развесистые кисточки с какими-то красными узелками, точно деревенские молодки в бахромчатых повязках. А на других стеблях все высокие, черные, бархатистые султаны; ни дать ни взять те прежние султаны, что высоко стояли и шатались на высоких гренадерских шапках. Смирно стоят в воздухе гордые, статные гренадеры в высоком синем ситнике, и только более шаткие, спрятавшиеся в том же ситнике молодочки кокетливо потряхивают своими бахромчатыми красноватыми повязочками. А дунет ветерок, гренадеры зашатаются с какими-то решительными намерениями, повязочки суетливо метнутся из стороны в сторону, и все это вдруг пригнется, юркнет в густую чащу початника; наверху не останется ни повязочки, ни султана, и только синие лопасти холостых стеблей шумят и передвигаются, будто давая кому-то место, будто сговариваясь о секрете и стараясь что-то укрыть от звонкого тростника, вечно шумящего своими болтливыми листьями. Пронесется тучка, сбежит ветерок, и из густой травы снова выпрыгивают гренадерские султаны, и за ними лениво встают и застенчиво отряхиваются бахромчатые повязочки.

Вид этот изменялся несколько раз в год. Он не похож был на наше описание раннею весною, когда вся пойма покрывалась мутными водами разлива; он иначе смотрел после Петрова дня, когда по пойме лежали густые ряды буйного сена; иначе еще позже, когда по убранному лугу раздавались то тихое ржание сосуночка, то неистово-страстный храп спутанного жеребца и детский крик малолетнего табунщика. Еще иначе все это смотрело позднею осенью, когда пойма чернела и покрывалась лужами, когда черные бархатные султаны становились белыми, седыми, когда между ними уже не мелькали бахромчатые повязочки и самый ситник валился в воду, совершенно обнажая подопревающие цибастые ноги гренадер. Дул седовласый Борей, и картина вступала в свою последнюю смену: пойма блестела белым снегом, деревня резко обозначалась у подгорья, овраг постепенно исчезал под нивелирующею рукою пушистой зимы, и просвирнины гуси с глупою важностью делали свой променад через окаменевшую реку. Редкий из седых гренадеров достоит до этого сурового времени и, совершенно потерявшись, ежится бедным инвалидом до тех пор, пока просвирнина старая гусыня подойдет к нему, дернет для своего развлечения за вымерзлую ногу и бросит на потеху холодному ветру.

В смотрительском флигеле все спали тихим, но крепким сном, когда меревский Наркиз заколотил кнутовищем в наглухо запертые ворота. Через полчаса после этого стука кухарка, зевая и крестясь, вошла со свечою в комнату Евгении Петровны.

Девушку как громом поразило известие о неожиданном и странном приезде Лизы в Мерево. Протянув инстинктивно руку к лежавшему на стуле возле ее кровати ночному шлафору, она совершенно растерялась и не знала, что ей делать.

— Прочитайте, матушка, письмо-то, — сказала ей Пелагея. Женни бросила шлафор и, сидя в постели, развернула запечатанное письмо доктора.

«Спешите как можно скорее в Мерево, — писал доктор. — Ночью неожиданно приехала Лизавета Егоровна, больная, расстроенная и перезябшая. Мы ее ни о чем не расспрашивали, да это, кажется, и не нужно. Я останусь здесь до вашего приезда и даже долее, если это будет необходимо; но во всяком случае она очень потрясена нравственно, и вы теперь для нее всех нужнее.

Д. Розанов».

Через час Женни села в отцовские сани. Около нее лежал узелок с бельем, платьем и кое-какой домашней провизией. Встревоженный Петр Лукич проводил дочь на крыльцо, перекрестил ее, велел Яковлевичу ехать поскорее и, возвратясь в залу, начал накручивать опустившиеся гири стенных часов. На дворе брезжилось, и стоял жестокий крещенский мороз.

## Глава двадцать вторая.
## Утро мудренее вечера

В одиннадцать часов довольно ненастного зимнего дня, наступившего за бурною ночью, в которую Лиза так неожиданно появилась в Мереве, в бахаревской сельской конторе, на том самом месте, на котором ночью спал доктор Розанов, теперь весело кипел не совсем чистый самовар. Около самовара стояли четыре чайные чашки, чайник с обделанным в олово носиком, молочный кубан с несколько замерзшим сверху настоем, бумажные сверточки чаю и сахару и связка баранок. Далее еще что-то было завязано в салфетке.

За самоваром сидела Женни Гловацкая, а напротив ее доктор и Помада. Женни хозяйничала.

Она была одета в темнокоричневый ватошник, ловко подпоясанный лакированным поясом и застегнутый спереди большими бархатными пуговицами, нашитыми от самого воротника до самого подола; на плечах у нее был большой серый платок из козьего пуха, а на голове беленький фламандский чепчик, красиво обрамлявший своими оборками ее прелестное, разгоревшееся на морозе личико и завязанный у подбородка двумя широкими белыми лопастями. Густая черная коса в нескольких местах выглядывала из-под этого чепца буйными кольцами.

Евгения Петровна была восхитительно хороша в своем дорожном неглиже, и прелесть впечатления, производимого ее присутствием, была тем обаятельнее, что Женни нимало этого не замечала. Прелесть эту зато ясно ощущали доктор и Помада, и влияние ее на каждом из них выражалось по-своему.

Евгения Петровна приехала уже около полутора часа назад и успела расспросить доктора и Помаду обо всем, что они знали насчет неожиданного и странного прибытия Лизы. Сведения, сообщенные ими, разумеется, были очень ограничены и нимало не удовлетворили беспокойного любопытства девушки.

Теперь уже около получаса они сидели за чаем и все молчали.

Женни находилась в глубоком раздумье; молча она наливала подаваемые ей стаканы и молча передавала их доктору или Помаде. Помада пил чай очень медленно, хлебая его ложечкою, а доктор с каким-то неестественным аппетитом выпивал чашку за чашкою и давил в ладонях довольно черствые уездные баранки.

— Хорошо ли это, однако, что она так долго спит? — спросила, наконец, шепотом Женни.

— Ничего, пусть спит, — отвечал доктор и опять давал Гловацкой опорожненную им чашку.

В контору вошла птичница, а за нею через порог двери клубом перекатилось седое облако холодного воздуха и поползло по полу.

— Лекаря спрашивают, — проговорила птичница, относясь ко всей компании.

— Кто? — спросил доктор.

— Генеральша прислали.

— Что ей?

— Просить велела беспременно.

— Что бы это такое? — проговорил доктор, глядя на Помаду. Тот пожал в знак совершенного недоумения плечами и ничего не ответил.

— Скажи, что буду, — решил доктор и махнул бабе рукою на дверь. Птичница медленно повернулась и вышла, снова впустив другое, очередное облако стоявшего за дверью холода.

— Больна она, что ли? — спросил доктор.

— Не знаю, — отвечал Помада.

— Ты же вчера набирал там вино и прочее.

— Я у ключницы выпросил.

За тонкою тесовою дверью скрипнула кровать. Общество молча взглянуло на перегородку и внимательно прислушивалось. Лиза кашлянула и еще раз повернулась. Гловацкая встала, положила на стол ручник, которым вытирала чашки, и сделала два шага к двери, но доктор остановил ее.

— Подождите, Евгения Петровна, — сказал он. — Может быть, это она во сне ворочается. Не мешайте ей: ей сон нужен. Может быть, за все это она одним сном и отделается.

Но вслед за сим Лиза снова повернулась и проговорила:

— Кто там шепчется? Пошлите ко мне, пожалуйста, какую-нибудь женщину.

Гловацкая тихо вошла в комнату.

— Здесь лампада гаснет и так воняет, что мочи нет дышать, — проговорила Лиза, не обращая никакого внимания на вошедшую. Она лежала обернувшись к стене.

Женни встала на стул, загасила догоравшую лампаду, а потом подошла к Лизе и остановилась у ее изголовья. Лиза повернулась, взглянула на своего друга, откинулась назад и, протянув обе руки, радостно воскликнула:

— Женька! какими судьбами?

Подруги несколько раз кряду поцеловались.

— Как ты это узнала, Женька? — спрашивала между поцелуями Лиза.

— Мне дали знать.

— Кто?

— Доктор записку прислал.

— А ты и приехала?

— А я и приехала.

— Гадкая ты, моя ледышка, — с навернувшимися на глазах слезами сказала Лиза и, схватив Женину руку, жарко ее поцеловала. Потом обе девушки снова поцеловались, и обе повеселели.

— Ну, чаю теперь хочешь?

— Давай, Женни, чаю.

— А одеваться?

— Я так напьюсь, в постели.

— А мужчины? — прошептала Женни.

— Что ж, я в порядке. Зашпиль мне кофту, и пусть придут.

— Господа! — крикнула она громко. — Не угодно ли вам прийти ко мне. Мне что-то вставать не хочется.

— Очень, очень угодно, — отвечал, входя, доктор и поцеловал поданную ему Лизою руку. За ним вошел Помада и, по примеру Розанова, тоже приложился к Лизиной ручке.

— Вот теплая простота и фамильярность! — смеясь, заметила Лиза, — патриархальное лобызание ручек!

— Да; у нас по-деревенски, — ответил доктор. Помада только покраснел, и голова потянула его в угол. Женни вышла в контору налить Лизе чашку чаю.

— Ну, а здоровье, кажется, слава Богу, нечего спрашивать? — шутливо произнес доктор.

— Кажется, нечего: совсем здорова, — отвечала Лиза.

— Дайте-ка руку.

Лиза подала руку.

— Ну, передразнитесь теперь.

Лиза засмеялась и показала доктору язык.

— Все в порядке, — произнес он, опуская ее руку, — только вот что это у вас глаза?

— Это у меня давно.

— Болят они у вас?

— Да. При огне только.

— Отчего же это?

— Доктор Майер говорил, что от чтения по ночам.

— И что же делал с вами этот почтенный доктор Майер?

— Не велел читать при огне.

— А вы, разумеется, не послушались?

— А я, разумеется, не послушалась.

— Напрасно, — тихо сказал Розанов и встал.

— Куда вы? — спросила его Женни, входившая в это время с чашкою чаю для Лизы.

— Пойду к Меревой. Мое место у больных, а не у здоровых, — произнес он с комическою важностью на лице и в голосе.

— Когда бывает вам грустно, доктор? — смеясь, спросила Гловацкая.

— Всегда, Евгения Петровна, всегда, и, может быть, теперь более, чем когда-нибудь.

— Этого, однако, что-то не заметно.

— А зачем же, Евгения Петровна, это должно быть заметно?

— Да так... прорвется...

— Да, прорваться-то прорвется, только лучше пусть не прорывается. Пойдем-ка, Помада!

— Куда же вы его уводите?

— А нельзя-с; он должен идти читать свое чистописание будущей графине Бутылкиной. Пойдем, брат, пойдем, — настаивал он, взяв за рукав поднявшегося Помаду, — пойдем, отделаешься скорее, да и к стороне. В город вместе махнем к вечеру.

Девушки остались вдвоем. Долго они обе молчали.

Спокойствие и веселость снова слетели с лица Лизы, бровки ее насупились и как будто ломались посередине. Женни сидела, подперши голову рукою, и, не сводя глаз, смотрела на Лизу.

— Что ж такое было? — спросила она наконец. — Ты расскажи, тебе будет легче, чем так. Сама супишься, мы ничего не понимаем: что это за положение?

Лиза молчала.

— История была? — спросила спустя несколько минут Гловацкая.

— Да.

— Большая?

— Нет.

— Скверная?

— То есть какая скверная? В каком смысле?

— Ну, неприятная?

— Да, разумеется, неприятная.

— У вас дома?

— Нет.

— Где же?

— У губернатора на бале.

— Ты была на бале?

— Была. Это третьего дня было.

— Ну, и что ж такое?

— И вышла история.

— Из-за чего же?

— Из-за вздора, из глупости, из-за тебя, из-за чего ты хочешь... Только я об этом нимало не жалею, — добавила Лиза, подумав.

— И из-за меня!

— Да, и из-за тебя частию.

— Ну, говори же, что именно это было и как было.

— Я ведь тебе писала, что я довольно счастлива, что мне не мешают сидеть дома и не заставляют являться ни на вечера, ни на балы?

— Ну, писала.

— Недавно это почему-то вдруг все изменилось. Как начались выборы, мать решила, что мне невозможно оставаться дома, что я непременно должна выезжать. По этому поводу шел целый ряд отвратительно нежных трагикомедий. Чтобы все кончить, я уступила и стала ездить. Третьего дня злая-презлая я поехала на бал с матерью и с Софи. Одевая меня, мне турчала в голову няня, и тут, между прочим, я имела удовольствие узнать, что мною «антересуется» этот молодой богач Игин. Дорогою мать запела. Пела, пела и допелась опять до Игина. Злость меня просто душила. Входим: в дверях встречают Канивцов и Игин. Канивцов за Софи, а тот берется за меня. Мне стало скверно, я ему сказала какую-то дерзость. Он отошел. Зовет меня танцевать — я не пошла. Мать выговор. Я увидала, что в одной зале дамы играют в лото, и уселась с ними, чтобы избавиться от всевозможных приглашений. Мать совсем надулась. «Иди, говорит, порезвись, потанцуй». Я поблагодарила и говорю, что я в выигрыше, что мне очень везет, что я хочу испытать мое счастье. Мать еще более надулась. Перед ужином я отошла с Зининым мужем к окну; стоим за занавескою и болтаем. Он рассказывал, как дворяне сговаривались забаллотировать предводителя, и вдруг все единогласно его выбрали снова, посадили на кресла, подняли, понесли по зале и, остановясь перед этой дурой, предводительшей, которая сидела на хорах, ни с того ни с сего там что-то заорали, ура, или рады стараться.

— Ты сошлась с Зининым мужем? — спросила Женни.

— Да. Он совсем не дурной человек и поумнее многих. Ну, — продолжала она после этого отступления, болтаем мы стоя, а за колонной, совсем почти возле нас, начинается разговор, и слышу то мое, то твое имя. Это ораторствовал тот белобрысый губернаторский адъютант: «Я, говорит, ее еще летом видел, как она только из института ехала. С нею тогда была еще приятельница, дочь какого-то смотрителя. Прелесть, батюшка, рассказывает, что такое. Белая, стройная, коса, говорит, такая, глаза такие, шея такая, а плечи, плечи...»

Женни вспыхнула и прошептала:

— Какой дурак!

— Ну, словом, точно лошадь тебя описывает, и вдобавок, та, говорит, совсем не то, что эта; та (то есть ты-то) совсем глупенькая... Фу, черт возьми! — думаю себе, что же это за наглец. А Игин его и спрашивает (он все это Игину рассказывал): «А какого вы мнения о Бахаревой?» — «Так, говорит, девочка ничего, смазливенькая, годится». Слышишь, годится? Годится! Ну, знаешь, что это у них значит, на их скотском языке... Это подлость... «А об уме ее, о характере что вы думаете?» — опять спрашивает Игин. Ничего; она, говорит, не дура, только только избалована, много о себе думает, первой умницей себя, кажется, считает». — И сейчас же рассуждает: «Но ведь это, говорит, пройдет; это там, в институте, да дома легко прослыть умницею-то, а в свете, как раз да два щелкнуть хорошенько по курносому носику-то, так и опустит хохол». Можешь ты себе вообразить мое положение! Но стою, молчу, а он еще далее разъезжает: «Я, говорит, если бы она мне нравилась, однако, не побоялся бы на ней жениться. Я умею их школить. Им только не надо давать потачки, так они шелковые станут. Я бы ее скоро молчать заставил. Я бы ее то, да я бы ее то заставил делать» — только и слышно... Ну, ничего. — За ужином я села между Зиной и ее мужем и ни с кем посторонним не говорила. И простилась, и вышло все это прекрасно, благополучно. Но уж в передней, стали мы надевать шубы и сапоги, — вдруг возле нас вырастают Игин и адъютант. Народу ужас сколько; ничего не допросишься и не доищешься. Этот болванчик с своими услугами. Приносит шубы и сапоги. Я взяла у него шубу и подаю ее своему человеку: «Подержи, говорю, Алексей, пожалуйста», и сама надеваю. «Отчего ж вы мне не позволили иметь эту честь?» — вдруг обращается ко мне эта мразь. «Какую, говорю, честь?» — «Подать вам шубу». Я совершенно холодно отвечала, что лакейские обязанности, по моему мнению, никому не могут доставить особенной чести. — Нет-таки, неймется! «Зато, говорит, в иных случаях они могут доставить очень большое удовольствие», — и сам осклабляется. Даже жалок он мне тут стал, и я так-таки, совсем без всякой злости, ему буркнула, что это дело вкуса и натуры. А он, вообрази ты себе, верно тут свою теорию насчет укрощения нравов вспомнил; вдруг принял на себя этакой какой-то смешной, даже вовсе не свойственный ему, серьезный вид и этаким, знаешь, внушающим тоном и так, что всем слышно, говорит: «Извините, mademoiselle, я вам скажу франшеман, что вы слишком резки». Мне припомнился в эту секунду весь его пошлый разговор и хвастовство. Вся кровь моя бросилась в лицо, и я ему также громко ответила: «Извините меня, monsieur, я тоже скажу вам франшеман, что вы дурак».

И слушательница и рассказчица разом расхохотались.

— Ай-ай-ай! — протянула Гловацкая, качая головой.

— Да, айкай сколько угодно.

— Да как же это ты, Лиза?

— А что же мне было делать? — раздражительно и с гримасой спросила Бахарева.

— Могла бы ты иначе его остановить.

— Так лучше: один прием, и все кончено, и приставать более не будет.

Женни опять покачала головой и спросила:

— Ну, а дальше что же было?

— А дальше дома были обмороки, стенания, крики «опозорила», «осрамила», «обесчестила» и тому подобное. Даже отец закричал и даже...

Лиза вспыхнула и добавила дрожащим голосом:

— Даже — толкнул меня в плечо. Потом я целую ночь проплакала в своей комнате; утром рано оделась и пошла пешком в монастырь посоветоваться с теткой. Думала упросить тетку взять меня к себе, — там мне все-таки с нею было бы лучше. Но потом опять пришло мне на мысль, что и там сахар, хоть и в другом роде, да и отец, пожалуй, упрется, не пустит, а тут покачаловский мужик Сергей едет.

— Овес, что ли, провозил. — Я села в сани да вот и приехала сюда. Только чуть не замерзла дорогой, — даже оттирали в Покачалове. Одета была скверно. Но ничего, — это все пройдет, а уж зато теперь меня отсюда не возьмут.

— Ты здесь решила жить?

— Решила.

— Одна?

— Да, до лета, пока наши в городе, буду жить одна.

— Что ж это такое, мой милый доктор, значит? — выслав всех вон из комнаты, расспрашивала у Розанова камергерша Мерева.

— А ничего, матушка, ваше превосходительство, не значит, — отвечал Розанов. — Семейное что-нибудь, разумеется, во что и входить-то со стороны, я думаю, нельзя. Пословица говорится: «свои собаки грызутся, а чужие под стол». О здоровье своем не извольте беспокоиться: начнется изжога — магнезии кусочек скушайте, и пройдет, а нам туда прикажите теперь прислать бульонцу да кусочек мяса.

— Как же, как же, я уж распорядилась.

— Вот русская-то натура и в аристократке, а все свое берет! Прежде напой и накорми, а тогда и спрашивай.

— Ну, уж ты льстец, ты наговоришь, — весело шутила задобренная камергерша.

## Глава двадцать третья.
## Из большой тучи маленький гром

Вечером, когда сумрак сливает покрытые снегом поля с небом, по направлению от Мерева к уездному городу ехали двое небольших пошевней. В передних санях сидели Лиза и Гловацкая, а в задних доктор в огромной волчьей шубе и Помада в вытертом котиковом тулупчике, который по милости своего странного фасона назывался «халатиком».

Дорога была очень тяжелая, снежная, и сверху опять порошил

снежок.

— Хорошие девушки, — проговорил Помада, как бы отвечая на свою долгую думу.

— Да, хорошие, — отвечал молчаливый до сих пор доктор.

Можно было полагать, что и его думы бродили по тому же тракту, по которому путались мысли Помады.

— А которая из них, по-твоему, лучше? — спросил шепотом Помада, обернувшись лицом к воротнику докторской шубы.

— А по-твоему, какая? — спросил, смеясь, доктор.

— Я, брат, не знаю; не могу решить. Я их просто боюсь.

Доктор рассмеялся.

— Ну, которой же ты больше боишься?

— Обеих, братец ты мой, боюсь.

— Ну, а которой больше-то? Все же ты которой-нибудь больше боишься.

— Нет, равно боюсь. Эта просто бедовая; говори с ней, да оглядывайся; а та еще хуже.

Доктор опять рассмеялся самым веселым смехом.

— Ну, а в которую ты сильнее влюблен? — спросил он шепотом.

— Ну-ну! Черт знает что болтаешь! — отвечал

Помада, толкнув доктора локтем, и, подумав, прибавил: — как их полюбить-то?

— Отчего же?

— Да так. Перед этой, как перед грозным ангелом, стоишь, а та такая чистая, что где ты ей человека найдешь. Как к ней с нашими-то грязными руками прикоснуться.

Доктор задумался.

— Вы это что о нас с Лизой распускаете, Юстин Феликсович? — спрашивала на другой день Гловацкая входящего Помаду.

Это было вечером за чайным столом. Помада покраснел до ушей и уронил свою студенческую фуражку. Все сидевшие за столом рассмеялись. А за столом сидели: Лиза, Гловацкий, Вязмитинов (сделавшийся давно ежедневным гостем Гловацких), доктор и сама Женни, глядевшая из-за самовара на сконфуженного Помаду.

— Оправься, — скомандовал доктор. — Не о чем ином идет речь, как о твоей боязни пред Лизаветой Егоровной и Евгенией Петровной. Проболтался, сердце мое, — прости.

— Да, да, Юстин Феликсович, чего ж это вы нас боитесь-то?

— Я не говорил.

— А так вы, доктор, и сочинять умеете!

— Помада! и ты, честный гражданин Помада, не говорил? Трус ты, — самообличения в тебе нет.

— Чем же мы такие страшные? — приставала Женни, развеселившаяся сегодня более обыкновенного.

— Чистотой! — решительно ответил Помада.

— Че-ем?

— Чистотой.

Опять все засмеялись.

— Так нас и любить нельзя? — спросила Женни.

— «Страшно вас любить», — проговорил Помада, оправляясь и воспоминая песенку, некогда слышанную им от цыганок в Харькове.

— И отлично, Помада. Бойтесь нас, а то в самом деле долго ли до греха, — влюбитесь. Я ведь, говорят, недурна, а Женни красавица; вы же, по общему отзыву, Сердечкин.

— Кто это вам врет, Лизавета Егоровна? — ожесточенно и в то же время сильно обиженно крикнул Помада.

— А-а! разве можно так говорить с девушками?

— Подлость какая! — воскликнул Помада опять таким оскорбленным голосом, что доктор счел нужным скорее переменить разговор и спросил:

— А в самом деле, что же это, однако, с вашими глазами, Лизавета Егоровна?

— Да болят.

— Так это нс с холоду только?

— Нет, давно болят.

— Ну, вы смотрите: это не шутка. Шутя этак, можно и ослепнуть.

— Я очень много читаю и не могу не читать. Это у меня какой-то запой. Что же мне делать?

— Я вам буду читать, — чистым и радостным голосом вдруг вызвался Помада.

И так счастливо, так преданно и так честно глядел Помада на Лизу, высказав свою просьбу заслонить ее больные глаза своими, что никто не улыбнулся. Все только случайно взглянули на него, совсем с хорошими чувствами, и лишь одна Лиза вовсе на него не взглянула, а небрежно проронила:

— Хорошо, — читайте.

— Дома все? — крикнул из передней голос, заставивший вздрогнуть целую компанию.

— Дома, и милости просим, — отвечал Гловацкий, вставая, и, взяв со стола одну из двух свечек, пошел навстречу гостю.

Лиза молча встала и пошла за Гловацким.

В передней был Егор Николаевич Бахарев и Марина Абрамовна.

Когда Гловацкий осветил до сих пор темную переднюю, Бахарев стоял, нагнув свою голову к Абрамовне, а она обивала своими белыми шерстяными вязенками с синей надвязкой густой слой снега, насевшего в воротник господской медвежьей шубы.

— Снежно, видно, стало? — спросил Гловацкий.

— Занесло, брат, совсем, — отвечал Бахарев самым веселым тоном.

«Ого!» — подумал Петр Лукич.

«Ого!» — подумали прочие, и все повеселели.

— Здравствуйте! — говорил Бахарев, целуя по ряду всех. — Здравствуй, Лизок! — добавил он, обняв, наконец, стоявшую Лизу, поцеловал ее три раза и потом поцеловал ее руку.

Возобновили чай. Разговор шел веселый и нимало не касался Лизы. Только Абрамовна поздоровалась с нею несколько сухо, тогда как Женни она расцеловала и огладила ее головку.

— Кушай, нянечка, — сказала Женни, подавая Абрамовне в свою спальню стакан чаю со сливками и большим ломтем домашней булки.

— Спасибо тебе, моя красавица, — отвечала Абрамовна и поцеловала в лоб Женни.

— Кушай, няня, еще, — сказала Лиза, подавая Абрамовне другой стакан.

— Не беспокойся, умница, — отвечала Абрамовна, отворачиваясь искать чего-то неположенного. А Егор Николаевич рассказывал о выборах, шутил и вообще был весел, но избегал разговора с дочерью. Только выходя из-за ужина, когда уже не было ни Розанова, ни Вязмитинова, он сам запер за ними дверь и ласково сказал:

— Я тебе, Лиза, привез Марину. Тебе с нею будет лучше… Книги твои тоже привез… и есть тебе какая-то записочка от тетки Агнесы. Куда это я ее сунул?.. Не знаю, что она тебе там пишет.

Старик вынул из бумажника письмо и подал его Лизе.

«Я на тебя сердита, Лиза, — писала мать Агния племяннице. — Таких штук выкидывать нельзя, легкое ли дело, что мы передумали? Разве это хорошо? Посмотри ты на своего отца, который хотел тебя избранить и связать, а потом, как ребенок, рад лететь к тебе на старости лет. Я тебя нимало не защищала и теперь говорю с тобою как с женщиною, одаренною умом и великодушием. Я говорю с тобою как с Бахаревою (в этом месте Лиза сделала гримаску, которую нельзя было истолковать в пользу родовых аргументаций матери Агнии). Посмотри ты на старика! Он ведь весь осунулся. Разве это можно так поступать, дитя мое? Он не только твой отец, но он еще старик, целую жизнь честно исполнявший то, что ему казалось его человеческим долгом. Ты боишься людской черноты и пошлости, бойся же, друг мой, гадчайшего порока в жизни, — бойся пренебрежительности и нетерпимости, и верь или не верь в Бога, а верь, что даже в этой жизни есть неотразимый закон возмездия, помни, что проклято то сердце, которое за любовь не умеет заплатить даже состраданием.

Твоя тетка инокиня Агния».

«P.S. Никакого насилия, никаких резкостей против тебя употреблено не будет, только не бунтуйся ты сама, Бога ради».

Прочитав это письмо, Лиза тщательно сложила его, сунула в карман, потом встала, подошла к отцу, поцеловала его самого и поцеловала его руку.

— Что? что, мой котенок? — спросил совсем расцветший старик.

— Я очень виновата перед вами, папа.

— Да, кажется, — отвечал старик, смаргивая нервную слезу и притворяясь, что ему попал в глаза дым.

— Но я не могла поступить иначе, — заметила Лиза.

— Ну, Бог с тобой, если не могла.

Лиза опять обезоружилась.

— Но все-таки я виновата, — простите меня. Бахарев нагнул дочь к себе и поцеловал ее.

— Тетя пишет, что вы не будете меня принуждать... Позвольте мне жить зиму в деревне.

— Да живи, живи! Я тебе нарочно Марину привез, и книги тебе твои привез. Живи, Бог с тобой, если тебе нравится.

Лиза снова расцеловала отца, и семья с гостями разошлась по своим комнатам. Бахарев пошел с Гловацким в его кабинет, а Лиза пошла к Женни.

Скоро все улеглось и заснуло. Легко было всем засыпать, глядя вслед беспокоившей их огромной туче, из которой вышел такой маленький гром. Только один старик Бахарев часто вздыхал и ворочался, лежа на мягком диване в кабинете Гловацкого. Наконец, далеко за полночь, тоска его одолела: он встал, отыскал впотьмах свою трубку с черешневым чубуком, раскурил ее и, тяжело вздохнув старою грудью, в одном белье присел в ногах у Гловацкого.

— Что ты не спишь? — спросил его пробудившийся Петр Лукич.

— Не спится, Петруха, — растерянно отвечал старик.

— Перестань думать-то.

— Не могу, брат. Жаль мне ее, а никак ничего не пойму.

— Оставь времени делать свое дело.

— Да что оставлять, когда ничего не пойму! Вижу, что не права она, а жаль. И что это такое? что это такое в ней?

— Нрав, брат, такой! стремления...

— Да какие же стремления?

— То-то: век, идеи, — все это...

— Да что это за идеи-то, ты мне разъясни?

— Пытливость разума, ну, беспокойство... пройдет все.

Бахарев затянулся, осветил комнату разгоревшимся табаком, потом, спустив трубку с колен, лениво, но с особенным тщанием и ловкостью осадил большим пальцем правой ноги поднявшийся из нее пепел и, тяжело вздохнув, побрел неслышными шагами на диван.

— Я, Лизок, оставил Николаю Степановичу деньжонок. Если тебе книги какие понадобятся, он тебе выпишет, — говорил Бахарев, прощаясь на другой день с дочерью.

— Очень благодарю вас, папа.

— Да. Я заеду в Мерево, обряжу тебе залу и мой кабинет, а ты тут погости дня два-три, пока дом отойдет.

— Хорошо-с.

— Ну, будь здорова. А к нам побываешь? Побывай: я лошадей тебе оставлю. Будь же здорова; Христос с тобою.

Бахарев перекрестил дочь и уехал, а Лиза осталась одна, самостоятельною госпожою своих поступков.

## Глава двадцать четвертая.
## В пустом доме

Вся наша знакомая уездная молодежь немного размышляла о положении Лизы, но все были очень рады ее переселению в Мерево. Надеялись беспрестанно видеть ее у Гловацких, рассчитывали вместе читать, гулять, спорить и вообще разгонять, чем Бог пошлет, утомительное semper idem уездной жизни.

А дело вышло совсем иначе.

Лиза как уехала в Мерево, так там и засела. Правда, в два месяца она навестила Гловацкую раза четыре, но и то, как говорится, приезжала словно жару хватить. Приедет утречком, посидит, вытребует к себе Вязмитинова, сообщит ему свои желания насчет книг и домой собирается.

— Что это с тобой делается, Лиза? — спрашивала ее Гловацкая: — я просто не узнаю тебя. Сердишься ты на меня, что ли.

— За что же мне на тебя сердиться, — я нимало к тебе не изменяюсь.

— Чего же ты от нас скрываешься?

— Я не скрываюсь.

— То, бывало, жалуешься, что нельзя к нам ездить, а теперь едва в две недели раз глаза покажешь, да и то на одну минуту. Что этому за причина?

— Какая же тут причина нужна? Мне очень хорошо теперь у себя дома; я занимаюсь — вот и вся причина.

Женни и спрашивать ее перестала, а если, бывало, скажет ей, прощаясь: «приезжай скорее, Лиза», то та ответит «приеду», да и только.

— Что же Лизавета Егоровна? — спрашивали Гловацкую доктор, Вязмитинов и Зарницын. Женни краснела при этом вопросе. Ей было досадно, что Лиза так странно ставит дело.

— Уж не поссорились ли вы? — спрашивал ее несколько раз отец.

— Фуй, папа! что вам за мысль пришла? — отвечала, вся вспыхнув, Женни.

— То-то, я думаю, что бы это сделалось: были такие друзья, а тут вдруг и охладели.

Женни становилось обидно за свое чувство, беспричинно заподозриваемое по милости странного поведения Лизы. Это была первая неприятность, которую Женни испытала в отцовском доме. Она попробовала съездить к Лизе. Та встретила ее очень приветливо и радушно, но Женни казалось, что и в этой приветливости нет прежней теплоты и задушевности, которая их связывала целые годы ранней юности.

Женни старалась уверить себя, что это в ней говорит предубеждение, что Лиза точно та же, как и прежде, что это только в силу предубеждения ей кажется, будто даже и Помада изменился. Она не видала его почти два месяца. Только раз он прискакал в город, точно курьер, с запискою Лизы к Вязмитинову, переменил книги и опять улетел. Даже не присел и не разделся.

— Некогда, некогда, — отвечал он на приглашение Женни хоть съесть что-нибудь и обогреться. Даже к доктору не зашел.

«В самом деле, может быть, что-нибудь спешное», — подумала Женни и не обратила на это никакого внимания.

Зато теперь, встретив Помаду у одинокой Лизы, она нашла, что он как-то будто вышел из своей всегдашней колеи. Во всех его движениях замечалась при Лизе какая-то живость и несколько смешная суетливость. Взошел смелой, но тревожной поступью, поздоровался с Женни и сейчас же начал доклад, что он прочел Милля и сделал отметки.

— Вот место замечательное, — начал он, положив перед Лизою книжку, и, указывая костяным ножом на открытую страницу, заслонив ладонью рот, читал через Лизино плечо: «В каждой цивилизованной стране число людей, занятых убыточными производствами или ничем не занятых, составляет, конечно, пропорцию более чем в двадцать процентов сравнительно с числом хлебопашцев». Четыреста двадцать четвертая страница, — закончил он, закрывая книгу, которую Лиза тотчас же взяла у него и стала молча перелистывать.

Помада опять бросился к кучке принесенных им книг и, открыв «Русский вестник», говорил:

— А тут вот...

Помада тревожно взглянул на не обращавшую на него никакого внимания Лизу и затих. Потом, дождавшись, как она отбросила перелистываемую ею книгу, опять начал:

— А тут вот в «Русском вестнике» какой драгоценный вывод в одной статье. «Статистика в Англии доказывает, что пьяниц женщин в пять раз менее, чем мужчин. Вообще так приходится: Один пьяница на семьдесят четыре мужчины. Одна на четыреста тридцать четыре женщины. Один на сто сорок пять жителей обоего пола».

— Преинтересный вывод! — воскликнул Помада и продолжал читать далее: «Отношение, замечательно совпадающее с отношением, существующим между преступниками обоих полов, по которому мужеских преступников ровно в пять раз более женских».

— Замечательный вывод! — опять воскликнул Помада, окинув

взором всех присутствовавших и остановив его на Лизе.

— Отложите мне, я это буду читать, — небрежно проговорила Лиза.

— Все-то уж, прости Господи, пересчитали: оттого-то, видно, уже скоро и считать нечего станет, — произнесла кропотливо Абрамовна, убирая свою работу и отправляясь накрывать на стол.

За обед Помада сел как семьянин. И за столом и после стола до самой ночи он чего-то постоянно тревожился, бросался и суетливо оглядывался, чем бы и как услужить Лизе. То он наливал ей воды, то подавал скамейку или, как только она сходила с одного места и садилась на другое, он переносил за нею ее платок, книгу и костяной ножик.

Женни несколько раз хотелось улыбнуться, глядя на это пажеское служение Помады, но эта охота у нее пропадала тотчас, как только она взглядывала на серьезное лицо Лизы и болезненно тревожную внимательность кандидата к каждому движению ее сдвинутых бровей. Женни осталась ночевать. Вечером все спокойно уселись на оттоманах в бахаревском кабинете. Тут же сидела и Абрамовна. Убрав чай, она надела себе на нос большие очки, достала из шкафа толстый моток ниток и, надев его на свои старческие колени, начала разматывать. Моток беспрестанно соскакивал, как только старуха чуть-чуть неловко дергала нитку.

— О, прах тебя побери! — восклицала Абрамовна каждый раз после такого казуса.

— Тебе неловко, няня? — спросила Женни.

— Какая тут ловкость, моя красавица! — отвечала, сердясь, старуха, — ничего нет, ни моталки, ничего, ничего. Заехали в вир-болото, да и куликуем.

— Дай я тебе подержу.

— Ну, что, вздор! И так размотаю. Не к спеху дело, не к смерти грех.

— Полно, няня, церемониться, давай, — перебила Женни, чувствуя, что ей самой нечего делать, и, севши против старухи, взяла моток на свои руки.

В одиннадцать часов Лиза сказала:

— Поесть бы нужно, няня.

Няня молча вышла и принесла два очищенные копченые рыбца и масленку со сливочным маслом.

— Огурца нет, няня?

— Нету, сударыня, не принесла.

— А нельзя принести?

— Будить-то теперь бабу, да в погреб-то посылать.

Помада вскочил и взялся за свою неизменную фуражку.

— Куда вы? — спросила, надвинув брови, Лиза.

— К себе; я сейчас от себя принесу.

— Сделайте одолжение, успокойтесь; никто вас не просит о такой любезности.

Помада сконфузился, но беспрекословно повиновался и положил фуражку. Тотчас после закуски он стал прощаться. Женни подала Помаде руку, а Лиза на его поклон только сухо ответила:

— Прощайте.

Помада вышел. В эти минуты в нем было что-то страдальческое, и Женни очень не понравилось, как Лиза с ним обращается.

— Что, ты им недовольна за что-нибудь? — спросила она.

— Нисколько. Отчего это тебе показалось?

— Да что за пренебрежение такое в обращении?

— Никакого пренебрежения нет: обращаюсь просто, как со всеми. Ты меня извинишь, Женни, я хочу дочитать книгу, чтобы завтра ее с тобой отправить к Вязмитинову, а то нарочно посылать придется, — сказала Лиза, укладываясь спать и ставя возле себя стул со свечкой и книгой.

— Пожалуйста, читай, — отвечала спокойно Женни, но в душе ей это показалось очень обидно. Девушки легли на одной оттоманке, голова к голове, а старуха напротив, на другом оттомане. Она долго молилась перед образом. Женни лежала молча и думала; Лиза читала. Абрамовна стояла на коленях. В комнате было только слышно, как шелестили листы.

— Чего это, матушка! опять за свои книжечки по ночам берешься? Видно таки хочется ослепнуть, — заворчала на Лизу старуха, окончив свою долгую вечернюю молитву. — Спать не хочешь, — продолжала она, — так хоть бы подруги-то постыдилась! В кои-то века она к тебе приехала, а ты при ней чтением занимаешься.

— Перестань, няня: я у Женни просила извинения. Мне надо кончить книгу.

— Ну, как не надо! Очень надобность большая, — к спеху ведь. Не все еще переглодала. Еще поищи по углам; не завалилась ли еще где какая... Ни дать ни взять фараонская мышь, — что ни попадет — все сгложет.

— Ах, как это, наконец, скучно! Терпенья нет! — сказала Лиза, сделав движение и швырнув на колени книгу; но тотчас же взяла ее снова и продолжала читать.

Далеко за полночь читала Лиза; няня крепко спала; Женни, подложив розовый локоток под голову, думала о Лизе, о матери, об отце, о детских годах, и опять о Лизе, и о теперешней перемене в ее характере.

«Неужто она не добрая, — думала Женни, — неужто я в ней ошиблась?»

И Женни сейчас же гнала от себя прочь эту мысль.

«Нет, — решила она, — это случайность; она все такая же и любит меня... А странно, — размышляла Женни далее: — разве можно забыть человека для книги? Нельзя. Я бы этого никак не могла». — «Не для книги, не для бумажной книги, а для живой, всемогущей, творческой мысли, для неугасимой жажды света и правды; для них уне есть человеку погибнути», — говорил ей другой голос. «Да, но разве это необходимо? разве это даже нужно? Разве искание света и правды становится труднее с сердцем, согретым животворною теплотою взаимности и сочувствия?..»

— Что, наш «прах» спит? — прошептала Лиза.

Веселое, что-то прежнее звучало Женни в этом шепоте.

Словацкая вскинула головку, а Лиза, облокотясь на подушку, держит у рта пальчик и другою рукою грозит ей, указывая на спящую старуху.

— Спит, думаешь? — еще тише спросила Лиза.

— Да, наверно.

— Давай покурим.

— Я уже совсем отвыкла, но давай покурю.

Лиза встала в одной рубашке, подошла неслышными шагами к висевшему на гвозде платью, вынула оттуда пачку с папиросами и зажгла себе одну, а другую подала Женни.

— Зачем ты не куришь при ней? — прошептала Женни.

— Помилуй! начнет прибирать, «прах» да «распрах», и конца нет.

— А добрая старуха.

— Добрейшая, но чудиха ужасная. Я ее иногда злю.

— Зачем ты это делаешь? Нехорошо.

— Ведь она не сердится, — прахов мне насулит, и только.

Лиза весело засмеялась тем беззвучным смехом, которым женщины умеют смеяться, обманывая ворчливую мать или ревнивого мужа.

Девушки лежали, облокотясь на подушки друг против друга, и докуривали папироски. Женни внимательно глядела в умненькие глаза Лизы, смотревшие теперь как глаза ручной птицы, и в ее веселенькое личико, беспрестанно складывавшееся в невинную улыбку над обманутой старушкой.

Наконец оба лица стали серьезнее, и девушки долго смотрели друг на друга.

— Что ты так смотришь, Женька? — спросила, вздохнув, Лиза.

«Я хотела тебя спросить, зачем ты стала меня чуждаться»? — собиралась было сказать Словацкая, обрадованная добрым расположением Лизы, но прежде чем она успела выговорить вопрос, возникший в ее голове, Лиза погасила о подсвечник докуренную папироску и молча опустила глаза в книгу.

Перед Словацкой уже опять не было прежней Лизы, перед нею снова была Лиза, уязвившая ее чистое сердце впервые отверженным без всякой вины чувством. Женни молча опустилась на подушку.

«Говорят, — думала она, стараясь уснуть, — говорят, нельзя

определить момента, когда и отчего чувство зарождается, — а можно ли определить, когда и отчего оно гаснет? Приходит... уходит. Дружба придет, а потом уйдет. Всякая привязанность также: придет... уйдет... Не удержишь. Одна любовь!.. та уж...» — «придет и уйдет», — отвечал утомленный мозг, решая последний вопрос вовсе не так, как его хотело решить девичье сердце Женни.

Но сердце ее не слыхало этого решения и тихо билось в груди, обещавшей кому-то много-много хорошего, прочного счастья.

### Глава двадцать пятая.
### Два внутренних мира

#### 1

Как всегда бывает в жизни, что смиренными и тихими людьми занимаются меньше, чем людьми, смело заявляющими о своем существовании, так, кажется, идет и в нашем романе. Мы до сих пор только слегка занимались Женни и гораздо невнимательнее входили в ее жизнь, чем в жизнь Лизы Бахаревой, тогда как она, по плану романа, имеет не меньшее право на наше внимание. Мы должны были в последних главах показать ее обстановку для того, чтобы не возвращаться к прошлому и, не рисуя читателю мелких и неинтересных сцен однообразной уездной жизни, выяснить, при каких декорациях и мотивах спокойная головка Женни доходила до составления себе ясных и совершенно самостоятельных понятий о людях и их деятельности, о себе, о своих силах, о своем призвании и обязанностях, налагаемых на нее долгом в действительном размере ее сил. Наконец мы должны теперь, хотя на несколько минут, еще ближе подойти к этой нашей героине, потому что, едва знакомые с нею, мы скоро потеряем ее из виду надолго и встретимся с нею уже в иных местах и при иных обстоятельствах.

В своей чересчур скромной обстановке Женни, одна-одинешенька, додумалась до многого. В ней она решила, что ее отец простой, очень честный и очень добрый человек, но не герой, точно так же как не злодей; что она для него дороже всего на свете и что потому она станет жить только таким образом, чтобы заплатить старику самой теплой любовью за его любовь и осветить его закатывающуюся жизнь. «Все другое на втором плане», — думала Женни.

Уездное общество было ей положительно гадко, и она весьма тщательно старалась избегать всякого с ним сближения, но делала это чрезвычайно осторожно, во-первых, чтобы не огорчить отца, прожившего в этом обществе свой век, а во-вторых, и потому, что терпимость и мягкость были преобладающими чертами ее доброго нрава. Кружок своих близких людей она тоже понимала. Зарницын ей представлялся добрым, простодушным парнем, с которым можно легко жить в добрых отношениях, но она его находила немножко фразером, немножко лгуном, немножко человеком смешным и до крайности флюгерным. Он ей ни разу не приснился ночью, и она никогда не подумала, какое впечатление он произвел бы на нее, сидя с ней tete-a-tete за ее утренним чаем. Дьякона Александровского и его хорошенькую жену Женни считала очень добрыми людьми, и ей было бы больно всякое их несчастие. Доктора она отличала от многих. Никто из близких уездных знакомых не рисовался так часто над туманной пеленою луга. Говорят, подлость есть сила. Надо прибавить: скандал тоже есть сила. Особенно скандал известного рода есть сила у женщин, и притом у самых лучших, у самых теплых женщин. Доктор был кругом оскандализирован. В него метали грязью и плуты и дураки, среди которых он грызся с судьбою. Его не упрекали темными деяниями по службе. Он постоянно сам рассказывал, что ему без взяток прожить нельзя, но не из этих взяток свивался кнут, которым хлестала его уездная мораль. Напротив, и исправник, и судья, и городничий, и эскадронный командир находили, что Розанов «тонер», что выражало некоторую, так сказать, пренебрежительность доктора к благам мира сего и неприятную для многих его разборчивость на род взятки. Доктор брал десятую часть того, что он мог бы взять на своем месте, и не шел в стачки там, где другим было нужно покрыть его медицинскою подписью свою юридически-административную неправду. Мстили ему более собственно за эту строптивую черту его характера, но поставить ее в прямую вину доктору и ею бить его по чем ни попало было невозможно. Один чиновный чудак повел семью голодать на литературном запощеванье и изобразил «Полицию вне полиции»; надворный советник Щедрин начал рассказывать такие вещи, что снова прошел слух, будто бы народился антихрист и «действует в советницком чине». По газетам и другим журналам закопошились обличители. Неловко было старым взяточникам и обиралам в такое время открыто говорить доктору, что ты подлец за то, что ты не с нами, и мы тебе дадим почувствовать. Нужно было стегать доктора другим кнутом, и кнут этот не замедлили свить нежные женские ручки слабонервных уездных барынь и барышень, а тонкие, гнуткие ремешки для него выкроила не менее нежная ручка нимфообразной дочери купца Тихонина. Эта слабонервная девица, возложившая в первый же год по приезде доктора в город честный венец на главу его, на третий день после свадьбы пожаловалась на него своему отцу, на четвертый — замужней сестре, а на пятый — жене уездного казначея, оделявшего каждое первое число пенсионом всех чиновных вдовушек города, и пономарю Ефиму, раскачивавшему каждое воскресенье железный язык громогласного соборного колокола.

Дивное было творение Божие эта Оля Тихонина.

Дивно оно для нас тем более, что все ее видали в последнее время в Москве, Сумах, Петербурге, Белеве и Одессе, но никто, даже сам Островский, катаясь по темному царству, не заприметил Оли Тихониной и не срисовал ее в свой бесценный, мастерской альбом.

Во время благопотребное, тоже не здесь и не при здешней обстановке, мы встретимся с этим простодушно-подлым типом нашей цивилизации, а теперь не станем на нем останавливаться и пойдем далее.

Женни знала, что доктор очень несчастен в своей семейной жизни. Она знала, что его винят только в двух пороках: в склонности к разгулу и в каком-то неделикатном обращении с женою. Она знала также, что все это идет о нем из его же спальни. Она знала, наконец, что доктор страстно, нежно и беспредельно любит свою пятилетнюю дочь и по первому мягкому слову все прощает своей жене, забывая всю дрянь и нечисть, которую она подняла на него. Женни видела, что он умен, горяч сердцем, искренен до дерзости, и она его искренно жалела.

«Может ли быть, — думала она, глядя на поле, засеянное чечевицей, — чтобы добрая, разумная женщина не сделала его на целый век таким, каким он сидит передо мною? Не может быть этого. — А пьянство?.. Да другие еще более его пьют... И разве женщина, если захочет, не заменит собою вина? Хмель — забвение: около женщины еще легче забываться».

Иголка все щелкала и щелкала в руках Женни, когда она, размышляя о докторе, решала, что ей более всего жаль его, что такого человека воскресить и приподнять для более трезвой жизни было бы отличной целью для женщины.

И Женни дружилась с доктором и искренно сожалела о его печальной судьбе, которой, по ее мнению, помочь уж было невозможно.

«И зачем он женился?» — с неудовольствием и упреком думала Женни, быстро дергая вверх и вниз свою стальную иголку. Вязмитинова она очень уважала и не видела в нем ни одной слабости, ни одного порока. В ее глазах это был человек, каким, по ее мнению, следовало быть человеку. Ее пленяли и Гретхен, и пушкинская Татьяна, и мать Гракхов, и та женщина, кормящая своею грудью отца, для которой она могла служить едва ли не лучшей натурщицей в целом мире.

Она не умела мыслить политически, хотя и сочувствовала Корде и брала в идеалы мать Гракхов. Ей хотелось, чтобы всем было хорошо.

«Пусть всем хорошо будет».

Вот был ее идеал. Ну, а как достичь этого скромного желания?

«Жить каждому в своем домике», — решила Женни, не заходя далеко и не спрашивая, как бы это отучить род людской от чересчур корыстных притязаний и дать друг другу собственные домики.

А уездные дамы все-таки лгали, называя ее дурочкой.

Она только не знала, что нельзя всем построить собственные домики и безмятежно жить в них, пока двужильный старик Захват Иванович сидит на большой коробье да похваливается, а свободная человечья душа ему молится: научи, мол, меня, батюшка Захват Иванович, как самому мне Захватом стать!

Не говоря о докторе, Вязмитинов больше всех прочих отвечал симпатиям Женни. В нем ей нравилась скромность, спокойствие воззрений на жизнь и сердечное сожаление о людях, лишних на пиру жизни, и о людях, ворующих пироги с жизненного пира.

«Скромен, разумен и трудолюбив»... — думала Женни.

«Не красавец и не урод», — договаривало ей женское чувство.

А что она думала о Лизе? То есть, что она стала думать в последнее время?

«Лиза умница, — говорила себе Женни, смотря на колыхающийся початник. — Она героиня, она выйдет силой, а я… Я…»

Тут мешались Вязмитинов, отец, даже иногда доктор, и вдруг ни с того ни с сего Татьяна и мать Гракхов, Корде и Пелагея с вопросом о соусе, который особенно любил Петр Лукич.

«Вязмитинов много знает, трудится, он живой человек, кругозор его шире, чем кругозор моего отца, и вернее осмотрен, чем кругозор Зарницына», — рассуждала Женни.

А доктор?

«Да ему уж помочь нельзя», — думала она и шла к Пелагее заправлять соус, который особенно любил Петр Лукич, всегда возвращающийся мучеником из своей смотрительской камеры.

«Лиза что! — размышляла Женни, заправив соус и снова сев под своим окошком, — Лизе все бы это ни на что не годилось, и ничто ее не остановило бы. Она только напрасно думала когда-то, что моя жизнь на что-нибудь ей пригодилась бы».

«Эта жизнь ничем ее не удовлетворила бы и ни от чего ее не избавила бы», — подумала Женни, глядя после своей поездки к Лизе на просвирнину гусыню, тянувшую из поседелого початника последнего растительного гренадера.

## 2

Внутренний мир Лизы совершенно не похож был на мир Женни. Не было мира в этой душе. Рвалась она на волю, томилась предчувствиями, изнывала в темных шарадах своего и чужого разума.

Мертва казалась ей книга природы; на ее вопросы не давали ей ответа темные люди темного царства.

Она страдала и искала повсюду разгадки для живых, ноющих вопросов, неумолчно взывавших о скорейшем решении.

Ей тоже хотелось правды. Но этой правды она искала не так, как искала ее Женни.

Она искала мира, когда мира не было в ее костях.

Семья не поняла ее чистых порывов; люди их перетолковывали; друзья старались их усыпить; мать кошек чесала; отец младенчествовал. Все обрывалось, некуда было деться.

Женни не взяла ее к себе, по искренней, детской просьбе. «Нельзя», говорила. Мать Агния тоже говорила: «опомнись», а опомниться нужно было там же, в том вертепе, где кошек чешут и злят регулярными приемами через час по ложке.

Нельзя в таких местах опомниться. Живых людей по мысли не находилось, и началось беспорядочное чтение. Выбор недовольных всегда падает на книги протестующие, и чем сдержаннее, темнее выражается протест, тем он кажется серьезнее и даже справедливее.

Лиза, от природы нежная, пытливая и впечатлительная, не нашла дома ничего, таки ровно ничего, кроме странной, почти детской ласки отца, аристократического внимания тетки и мягкого бичевания от всех прочих членов своей семьи. Врожденные симпатии еще влекли ее в семью Гловацких, но куда же годились эти мечтания? Ей хотелось много понимать, учиться. Ее повезли на балы. Все это шло против ее желаний. Она искала сочувствия и нашла это сочувствие в книгах, где личность отвергалась во имя общества и во имя общества освобождалась личность.

И стали смешны ей прежние плачевные сцены, и сентиментально-глупа показалась собственная просьба к Женни — увезти ее отсюда. Застыдившись своего невинного прошлого, она застыдилась и памятников этого прошлого. Все близкие к ней по своему положению люди стояли памятниками прошедших привязанностей. Они были ясны, и в них нечего было доискиваться; а темные намеки манили неведомым счастьем, шириною свободной деятельности. Привязанности были принесены в жертву стремлениям.

Живые люди казались мразью. Дух витал в мире иных людей, в мире, износившем вещие глаголы, в среде людей чести, бескорыстия и свободы. Все живые связи с прошедшим мелькали и рвались. Беспечальное будущее народов рисовалось в лучезарном свете. Недомолвки расширяли эти лучи, и простые человеческие чувства становились буржуазны, мелки, недостойны.

Лиза порешила, что окружающие ее люди — «мразь», и определила, что настоящие ее дни есть приготовительный термин ко вступлению в жизнь с настоящими представителями бескорыстного человечества, живущего единственно для водворения общей высокой правды.

Иногда ей бывало жалко Женни и вообще даже жалко всего этого простенького мирка; но что же был этот мирок перед миром, который где-то носился перед нею, мир обаятельный, свободный и правдивый?

Лизе самой было смешно, что она еще так недавно могла

выходить из себя за вздоры и биться из-за ничтожных уступок в своем семейном быту.

## Глава двадцать шестая.
## Что на русской земле бывает

В понедельник на четвертой неделе великого поста, когда во всех церквах города зазвонили к часам, Вязмитинов, по обыкновению, зашел на минуточку к Женни. Женни сидела на своем всегдашнем месте и работала.

— Знаете, какую новость я вам могу сообщить? — спросила она Вязмитинова, когда тот присел за ее столиком, и, не дождавшись его ответа, тотчас же добавила: — Сегодня к нам Лиза будет.

— Вот как!

— Да, и еще на целую неделю.

— Что за благодать такая?

— Няня непременно хочет говеть на этой неделе.

— И Лизавета Егоровна тоже?

— Да уж, верно, и она будет вместе говеть; там ведь у них церковь далеко, да и холодная.

— И вы, пожалуй, тоже?

— Я хотела на страстной говеть, но уж тоже отговею с ними.

— Значит, теперь к вам и глаз не показывай.

— Отчего же это?

— Да спасаться будете.

— Это одно другому нимало не мешает. Напротив, приходите почаще, чтоб Лиза не скучала. Она сегодня приедет к вечеру, вы вечером и приходите и Зарницыну скажите, чтобы пришел.

— Хорошо-с, — сказал Вязмитинов, — теперь пора в классы, — добавил он, взглянув на часы.

— До свидания.

— До свидания, Евгения Петровна.

— Вы не знаете, доктор в городе?

— Нет, кажется нет; а зайти разве за ним?

— Да, если это вас не затруднит, зайдите, пожалуйста.

В три часа Женни увидала из своего окна бахаревские сани, на которых сидела Лиза и старуха Абрамовна. Лиза смеялась и, заметив в окне Женни, весело кивнула ей головой. Гловацкая тотчас встала и вышла на крыльцо в ту же минуту, как перед ним остановились сани.

— Ну же, ну, вылезай, няня, вытаскивай свой прах-то, — говорила, смеясь, Лиза. Абрамовна медленно высвобождалась из саней и ничего не отвечала.

— Чего ты, Лиза, смеешься? — спросила Женни.

— Да вот няня всю дорогу смешит.

Няня молча вынимала подушки. Она была очень недовольна, а молодой садовник, отряженный состоять Лизиным зимним кучером, поглядывая на барышню, лукаво улыбался.

— Что вы няню обижаете, право, — ласково заметила Гловацкая.

— Да что им, матушка, делать-то, как не зубоскалить, — отвечала рассерженная старуха.

— Я вот хочу, Женни, веру переменить, чтобы не говеть никогда, — подмигнув глазом, сказала Лиза. Правда, что и ты это одобришь? Борис вот тоже согласен со мною: хотим в немцы идти.

Абрамовна плюнула и полезла на крыльцо: Лиза и ее кучер засмеялись, и даже Женни не могла удержаться от улыбки, глядя на смешной гнев старухи.

Прошло пять дней. Женни, Лиза и няня отговели. В эти дни их навещали Вязмитинов и Зарницын. Доктора не было в городе. Лиза была весела, спокойна, охотно рассуждала о самых обыденных вещах и даже нередко шутила и смеялась.

Женни опять казалось, что Лиза словно та же самая, что и была до отъезда на зиму в город.

— Как вам кажется Лиза? — спрашивала она отца.

— Ничего. Я не знаю, что вы о ней сочинили себе: она такая же — как была. Посолиднела только, и больше ничего. Вязмитинов на такой же вопрос отвечал, что Лиза ужасно продвинулась вперед в познаниях, но что все это у нее как-то мешается. Видно, что читает что попало, — заключил он свое мнение.

Ни с кем другим Женни не говорила о Лизе. В субботу говельщицы причащались за ранней обедней. В этот день они рано встали к заутрене, уморились и, возвратясь домой, тотчас после чаю заснули, потом пообедали и пошли к вечерне. Зарницын и Вязмитинов зашли в церковь, чтобы поздравить причастниц и проводить их, кстати, оттуда домой.

Погода была теплая и немножко сырая. Дул южный ветерок, с крыш капали капели, дорожки по улицам чернели и маслились, но запад неба окрашивался холодным розовым светом и маленькие облачка с розовыми окраинами, спеша, обгоняли друг друга.

— Будет морозец, — говорили люди, выходя от вечерни.

— И с ветром, — добавляли другие.

Посреди улицы, по мягкой, но довольно скользкой от санного натора дорожке шли Женни и Лиза. Возле них с обеих сторон шли Вязмитинов и Зарницын. Няня шла сзади. Несмотря на бесцеремонность и короткость своего обхождения с барышнями, она никогда не позволяла себе идти с ними рядом по улице. У поворота на набережную компания лицом к лицу встретилась с доктором.

Он вел за руку свою дочку.

— Доктор! доктор! здравствуйте! — заговорили почти все разом.

— Здравствуйте, здравствуйте, — проговорил доктор с

радостью, но как будто отчего-то растерявшись.

Около них прошла довольно стройная молодая дама в песцовом салопе. Она вскользь, но внимательно взглянула на Женни и на Лизу, с более чем вежливой улыбкою ответила на поклон учителей и, прищурив глаза, пошла своею дорогою.

Это была докторова жена, которую он поджидал, тащась с ноги на ногу с своим ребенком.

— К нам, доктор, сегодня, — приглашала Розанова Женни. — Мы вот все идем к нам; приходите и вы.

— Хорошо, постараюсь.

— Нет, непременно приходите; мы будем вас ждать.

— Ну, хорошо.

— Придете?

— Приду, приду непременно; вот только заведу домой дочку. Пойдем, Варюшка, — отнесся он к ребенку, и они расстались.

— Так вот это его жена? — спросила Лиза.

— Эта, — отвечал Зарницын.

— Не нравится она мне.

— Вы ее не рассмотрели: она еще недавно была очень недурна.

— Я не о том говорю, а что-то нехорошо у нее лицо: эти разлетающиеся брови... собраный ротик, дерзкие глазки... что-то фальшивое, эгоистическое есть в этом лице. Нет, не нравится, — а тебе, Женни?

— Что ж, я одну минуту ее видела, пока мы дали ей дорогу, но мне ее лицо тоже не понравилось.

В передней их встретили Петр Лукич и дьякон с женою.

— Как это мы вас обогнали? — спрашивал дьякон, снимая с Женни салоп, между тем как его жена целовала девиц своими пунцовыми губками.

— Мы тихо шли и по большой улице, — ответила Женни.

В комнате были приятные сумерки. Девицы и дьяконица вышли в Женнину комнату; дьякон открыл фортепиано, нащупал октаву и, взяв дваакорда, прогяжно запел довольно приятным басом:

Ах, о чем ты проливаешь
Слезы горькие тайком
И украдкой утираешь
Их кисейным рукавом?

Подали свечи и самовар. Все уселись за столом в зале. Доктора долго ждали, но он не приходил. Отпивши чай, все перешли в гостиную: девушки и дьяконица сели на диване, а мужчины на стульях, около стола, на котором горела довольно хорошая, но очень старинная лампа.

— Нет, в самом деле, Василий Иванович, будто вашего нового

секретаря фамилия Дюмафис? — спрашивал Зарницын.

— Уверяю вас, что Дюмафис, — серьезно отвечал дьякон.

— Что это такое? Этого не может быть.

— А почему бы это, по-вашему, не может быть?

— Да как же, помилуйте; какой из духовного звания может быть Дюмафис?

— Стало быть, может, когда есть уже.

Вошел доктор и Помада.

— A! exellintissime, illustrissime, atque sapientissime doctor!— приветствовал Александровский Розанова.

Доктор со всеми поздоровался радушно, но довольно сухо. Женни с Лизою посмотрели на его лицо, плохо скрывающее душевное расстройство, и в одно и то же время подумали о его жене.

— О чем вы это спорили? — спросил доктор.

— Да, вот и кстати! Доктор, может ли быть у секретаря консистории фамилия Дюмафис? — спросил Зарницын.

— Это в православной консистории или в католической?

— В православной.

— Отчего же? В православной очень может.

— А, что! — поддразнил дьякон.

— Тут нет ничего удивительного.

— Разумеется. Я ведь вот вам сейчас могу рассказать, как у нас происходят фамилии, так вы и поймете, что это может быть. У нас это на шесть категорий подразделяется. Первое, теперь фамилии по праздникам: Рождественский, Благовещенский, Богоявленский; второе, по высоким свойствам духа: Любомудров, Остромысленский; третье, по древним мужам: Демосфенов, Мильтиадский, Платонов; четвертое, по латинским качествам: Сапиентов, Аморов; пятое, по помещикам: помещик села, положим, Говоров, дьячок сына назовет Говоровский; помещик будет Красин, ну дьячков сын Красинский. Вот наша помещица была Александрова, я, в честь ее, Александровский. А то, шестое, уж по владычней милости: Мольеров, Расинов, Мильтонов, Боссюэтов. Так и Дюмафис. Ничего тут нет удивительного. Просто по владычней милости фамилия, в честь французскому писателю, да и все тут.

Доктору и Помаде подали чай.

— Что вы, будто как невеселы, наш милый доктор? — с участием спросил, проходя к столу, Петр Лукич.

Розанов провел рукой по лбу и, вздохнув, сказал:

— Ничего, Петр Лукич, устал очень, не так-то здоровится.

— Медику стыдно жаловаться на нездоровье, — заметила дьяконица.

Доктор взглянул на нее и ничего не ответил. Женни с Лизою опять переглянулись, и опять почему-то обе подумали о докторше.

— Вы где это побывали целую недельку-то?

— Сегодня утром вернулся из Коробьина.

— Что там, Катерина Ивановна нездорова?

— Что ей делается! Нет, там ужасное происшествие.

— Что такое?

— Да жена мужа убила.

— Крестьянка?

— Да, молоденькая бабочка, всего другой год замужем.

— Как же это она его?

— Да не одного его, а двоих.

— Двоих?

— Ах ты, Боже мой!

— Сссс! — раздалось с разных сторон.

— Ну-с, расскажите, доктор.

— Да бабочка была такая, молоденькая и хорошенькая, другой год, как говорю вам, всего замужем еще. Стал муж к ней с полгода неласков, бивал ее. Соседки стали запримечать, что он там за одной солдаткой молодой ухаживает, ну и рассказали ей. Она все плакала, грустила, а он ее, как водится, все еще усерднее да усерднее за эти слезы поколачивать стал. Была ярмарка; люди видели, как он платок купил. Баба ждет, что вот, мол, муж сжалился надо мною, платок купил, а платок в воскресенье у солдатки на голове очутился. Она опять плакать; он ее опять колотить. На прошлой неделе пошел он в половень копылья тесать, а топор позабыл дома. Жена видит топор, да и думает: что же он так пошел, должно быть забыл; взяла топор, да и несет мужу. Приходит в половень — мужа нет; туда, сюда глянула — нет нигде. А тут в половне так есть плетнева загородочка для ухаботья. Там всего в пояс вышины или даже ниже. Она подошла к этой перегородке, да только глянула через нее, а муж-то там с солдаткой притаившись и лежит. Как она их увидала, ни одной секунды не думала. Топор раз, раз, и пошла валять.

— Ах!

— Га!

— Фуй!

— Боже ты мой! — раздались восклицания.

— Обоих и убила?

— Только мозг с ухаботьем перемешанный остался.

— Ужасное дело.

— Вот драма-то, — заметил Вязмитинов.

— Да. Но, вот видите, — вот старый наш спор и на сцену, — вещь ужасная, борьба страстей, любовь, ревность, убийство, все есть, а драмы нет, — с многозначительной миной проговорил Зарницын.

— А отчего же драмы нет?

— Да какая ж драма? Что ж, вы на сцене изобразите, как он жену бил, как та выла, глядючи на красный платок солдатки, а потом головы им разнесла? Как же это ставить на сцену! Да и борьбы-то нравственной здесь не представите, потому что все грубо, коротко. Все не борется, а... решается. В таком быту народа у него нет своей драмы, да и быть не может: у него есть уголовные дела, но уж никак не драмы.

— Ну, это еще старуха надвое гадала, — заметил сквозь зубы доктор.

— По-вашему, что ж, есть драма?

— Да, по-моему, есть их собственная драма. Поверьте, бабы коробьинские отлично входят в борьбу убийцы, а мы в нее не можем войти.

— Да, но искусство не того требует: у искусства есть свои условия.

— А им очень нужно ваше искусство и его условия. Вы говорите, что пришлось бы допустить побои на сцене, что ж, если таково дело, так и допускайте. Только если увидят, что актер не больно бьет, так расхохочутся. А о борьбе-то не беспокойтесь; борьба есть, только рассказать мы про эту борьбу не сумеем.

— А они сами умеют?

— Себе они это разъясняют толково, а нам груба их борьба, — вот и все.

— Да ведь преступление последний шаг, пятый акт. Явление-то ведь стоит не на своих ногах, имеет основание не в самом себе, а в другом. Происхождение явлений совершается при беспрерывном и бесконечном посредстве самобытного элемента, — проговорил Вязмитинов.

Доктор посмотрел на него и опять ничего не сказал.

— А по-моему, снова повторяю, в народной жизни нет драмы, — настаивал Зарницын.

— Да, удобной для воспроизведения на сцене, пожалуй; но ведь вон Островский и Писемский нашли же драму.

— Все уголовные дела.

— Например, в «Грозе»-то?

— Везде.

— А по-вашему, что же, так у нас нет уж и самобытных драматических элементов?

— Конечно; цивилизация равняет страсти, нивелирует стремления.

— Нивелирует стремления?

— Разумеется.

— О да! Всемерно так: все стушуемся, сгладимся и будем одного поля ягода. Не знаю, Николай Степанович, что на это ответит Гегель, а по-моему, нелепо это, не меньше теории крайнего национального обособления.

— Однако же вы не станете отвергать общечеловеческого драматизма в сочинениях Шекспира?

— Нет-с, не стану. Зачем же мне его отвергать?

— У всех людей натуры больше или меньше одинаковы. Воспитывайте их одинаково, и будет солидарность в стремлениях.

— Вот вам и шишка на носу тунисского бея!

— Да, это уж парадокс, — подтвердил Вязмитинов.

— Что ж, стало быть, так и у каждого народа своя философия?

— Ну, что еще выдумаете! Что тут о философии. Говоря о философии-то, я уж тоже позайму у Николая Степановича гегелевской ереси да гегелевскими словами отвечу вам, что философия невозможна там, где жизнь поглощена вседневными нуждами. Зри речь ученого мужа Гегеля, произнесенную в Берлине, если не ошибаюсь, осенью тысяча восемьсот двадцать восьмого года. Так, Николай Степанович?

Вязмитинов качнул утвердительно головою.

— Это по философии, — продолжал доктор, — а я вот вам еще докажу это своей методой. Может быть, c'est quelque chose de moujique, ну да и я ведь не имею времени заниматься гуманными науками, а так, сырыми мозгами размышляю. Вы вот говорите, что у необразованных людей драматической борьбы нет. А я вам доложу, что она есть, и есть она у каждого такого народа своя, с своим складом, хоть ее на театре представлять, эту борьбу, и неловко. Возьмите, например, орловскую мещаночку Матрешу или Гашу в том положении, когда на их сестру шляпу надевают, и возьмите Мину, Иду или Берту из Митавы в соответственном же положении. Милочка сейчас свою комнатку уберет, распятие повесит и Гете в золотообрезном переплете на полку поставит, да станет опускать деньги в бронзовую копилочку. И воровством или другими мастерствами она пренебрегает, а ее положение ей не претит. А наша пить станет, сторублевыми платьями со стола пролитое вино стирает, материнский образок к стене лицом завернет или совсем вынесет и умрет голодная и холодная, потому что душа ее ни на одну минуту не успокоивается, ни на одну минуту не смиряется, и драматическая борьба-то идет в ней целый век. Это черта или нет?

— Давно указанная и вовсе не нужная.

Зарницын был шокирован темами докторского рассказа, и всем было неловко выслушивать это при девицах. Один доктор, увлеченный пылкостью своей желчной натуры, не обращал на это никакого внимания.

— Вы все драматических этюдов отыскиваете, — продолжал он. — Влезьте вон в сердце наемщику-рекруту, да и посмотрите, что там порою делается. В простой, несложной жизни, разумеется, борьба проста, и видны только одни конечные проявления, входящие в область уголовного дела, но это совсем не значит, что в жизни вовсе нет драмы.

— Я готов перестать спорить, — отвечал Зарницын, — я утверждаю только, что у образованных людей всех наций драматическое в жизни общее, и это верно.

— И это неверно, и сто тысяч раз неверно. «Гроза» не случится у француженки; ну, да это из того слоя, которому вы еще, по его невежеству, позволяете иметь некоторые национальные особенности характера, а я вот вам возьму драму из того слоя, который сравнен цивилизациею-то с Парижем и, пожалуй, с Лондоном. Я пять лет знаю эту драму и теперь, когда последнего ее актера, по достоверным сведениям, гложут черви, я ее расскажу. Если б я был писатель, я показал бы не вам одним, как происходят у нас дикие, вероятно у нас одних только и возможные драмы, да еще в кружке, который и по-русски-то не больно хорошо знает. А я вам уступаю это задаром: в десяти словах расскажу. Была барыня, молодая, умная, красавица, богатая; жила эта барыня не так далеко отсюда. Была у нее мать-старушка, аристократка коренная, женщина отличнейшая, несмотря на свой аристократизм. Был у молодой барыни муж, уж такой был человек, что и сказать не могу, — просто прелесть что за барин. Поженилась эта парочка по любви, и жили они душа в душу. Барыня была женщина преданная, самоотверженная, но кипучая, огневая была натура. Приехала к ней по соседству кузина из этих московских, с строгими правилами: что все о морали разговаривают. Муж у нее мышей не топтал; восемьдесят лет, что ли, ему было, из ума уже выжил совсем. Ну, она и приласкала кузининого муженька, а тот, как водится, растаял. Пошли у них шуры да муры. Жена плакать, он клясться, что все клевета да неправда, ничего, говорит, нет. Жена говорит: «сознайся и перестань, я тебе все прощу», — не признается. «Ну, смотри, — говорит барыня, — если ты мне лжешь и я убеждусь, что ты меня обманываешь, я себя не пощажу, но я тебя накажу так, что у тебя в жизни минуты покойной не будет». — А прошу вас ни на минуту не забывать, что она его любит до безумия; готова на крест за него взойти. — Жил у них отставной пехотный капитан, так, вроде придворного шута его муж содержал. Дурак, солдафон, гадкий, ну, одним словом, мерзость. Он ухаживал за барыней: цветы полевые ей приносил, записки любовные писал. Все это все знали и дурачились, потешались над ним. Назначила кузина барину rendez-vous ночью. Жена это узнала и ни слова никому. Муж лег в кабинете, да как все в доме уснуло, он тягу. Жена услыхала, как скрипнула дверь, и входит со свечою в кабинет. Никого. Пустая кровать. Она села и зарыдала. Рыдала, рыдала до истерики. Никто не входит. Вдруг капитан этот проснулся и является. Брызгает ее, утешает. Она смотрит на эту гадину и вдруг перестала плакать. Да что было-то? Муж вором лезет в дверь да тишком укладывается в кровать, а жена в одном белье со свечой из капитановой комнаты выходит. «Теперь, говорит, мы квиты. Я вам говорила, что я себя не пощажу, вот вам и исполнение», да и упала тут же замертво.

— Это французская мелодрама, — заметил Зарницын.

— Да как не мелодрама. Французская мелодрама на берегах Саванки. По-вашему ведь, вон в духовном ведомстве человек с фамилиею Дюмафис невозможен, что же с вами делать. Я не виноват, что происшествие, которое какой-нибудь Сарду из своего мозга не выколупал бы, на моих глазах разыгралось. Да-с, на моих глазах. Вот эти руки кровь пускали из несчастных рук, налегших на собственную жизнь из-за любви, мне сдается. Я сумасшедшую три года навещал, когда она в темной комнате безвыходно сидела; я ополоумевшую мать учил выговорить хоть одно слово, кроме «дочь моя!» да «дочь моя!» Я всю эту драму просмотрел, — так уж это вышло тогда. Я видел этого несчастного в последнюю минуту в своем доме. Как он молил жену хоть солгать ему, что ничего не было. Вы знаете, что она сказала: «было все», и захохотала тем хохотом, после которого людей в матрацы сажают, чтоб головы себе не расшибли. Вот вам и мелодрама!

Все смотрели в пол или на свои ногти. Женни была красна до ушей: в ней говорила девичья стыдливость, и только няня молча глядела на доктора, стоя у притолоки. Она очень любила и самого его и его рассказы. Да Лиза, положив на ладонь подбородок, прямо и твердо смотрела в глаза рассказчику.

— Это ужасно, — проговорил, наконец, Гловацкий. — Ужасный рассказ ваш, доктор! Чтобы переменить впечатление, не запить ли его водочкой? Женичка, распорядись, мой друг!

— Пейте, а я ко двору.

— Что ж это, доктор!

— Да нет, уж не удерживайте, пожалуйста; я этого не выношу в некоторые минуты.

— Ну, Бог с вами.

— Да, прощайте.

— Послезавтра Лиза уезжает; я надеюсь, вы завтра придете к нам, — сказала, прощаясь с доктором, Женни.

— Приду, — отвечал доктор.


### Глава двадцать седьмая.
### Кадриль в две пары


Лиза крепко пожала докторову руку, встретив его на другой день при входе в залу Гловацких. Это было воскресенье и двунадесятый праздник с разрешением рыбы, елея, вина и прочих житейских льгот.

— Доктор! — сказала Лиза, став после чаю у одного окна. — Какие выводы делаете вы из вашей вчерашней истории и вообще из всего того, что вы встречаете в вашей жизни, кажется очень богатой самыми разнообразными столкновениями? Я все думала об этом и желаю, чтобы вы мне ответили, потому что меня это очень занимает.

— Да какие ж выводы, Лизавета Егоровна? Если б я изобрел мазь для ращения волос, — употребляю слово мазь для того, чтобы не изобресть помаду при Помаде, — то я был бы богаче Ротшильда; а если бы я знал, как людям выйти из ужасных положений бескровной драмы, мое имя поставили бы на челе человечества.

— Да, но у вас есть же какая-нибудь теория жизни?

— Нет, Лизавета Егоровна, и не хочу я иметь ее. Теории-то эти, по моему мнению, погубили и губят людей.

— Как же, ведь есть теории правильные, верные.

— Не знаю таких и смею дерзостно думать, что до сих пор нет их.

Лиза задумалась.

— Нынешняя теория не гарантирует счастья?

— Не гарантирует, Лизавета Егоровна.

— А есть другие?

— И те не гарантируют.

— Значит, теории неверны?

— Выходит, так.

— А может быть, только люди слишком неспособны жить умнее?

— Вот это всего вернее. Кто умеет жить, тот уставится во всякой рамке, а если б побольше было умелых, так и неумелые поняли бы, что им делать.

— Это так.

— Так мне кажется. Мы ведь все неумелые.

Лиза пристально на негто посмотрела.

— Ну, а ваша теория? — спросила она.

— Я вам сказал: моя теория — жить независимо от теорий, только не ходить по ногам людям.

— А это не вразлад с жизнью?

— Напротив, никогда так не легко ладить с жизнью, как слушаясь ее и присматриваясь к ней. Хотите непременно иметь знамя, ну, напишите на нем «испытуй и виждь», да и живите.

— Что ж, по-вашему выйдет, что все заблуждаются?

— Бедлам, Лизавета Егоровна. Давно сказано, что свет бедлам.

— Так и мы ведь в этом бедламе, — смеясь заметила Лиза.

— И мы тоже.

— Значит, чем же вернее ваша теория?

— Вы слыхали, Лизавета Егоровна, про разбойника Прокрусту?

— Нет, не слыхала.

— Ну, так я вам расскажу. У Прокрусты была кровать. Кого бы он ни поймал, он клал на эту кровать. Если человек выходил как раз в меру этой кровати, то его спускали с нее и отпускали; если же короток, то вытягивали как раз в ее меру, а длинен, так обрубали, тоже как раз в ее меру. Разумеется, и выходило, что всякого либо повытянут, либо обрубят. Вот и эти теории-то то же самое прокрустово ложе. Они надоедят всем; поверьте, придет время, когда они всем надоедят, и как бы теоретики ни украшали свои кровати, люди от них бегать станут. Это уж теперь видно. Мужчины еще туда и сюда. У них дела выдуманного очень много. А женщины, которым главные, простые-то интересы в жизни ближе, посмотрите, в какой они омут их загонят. Либо уж те соскочут да сами такую еще теорию отхватают, что только ахнем.

— Ну... постойте же еще. Я хотела бы знать, как вы смотрите на поступок этой женщины, о которой вы вчера рассказывали?

— Это какое-то дикое, противоестественное исступление, которое, однако, у наших женщин прорывается. Бог их знает, как у них там выходит, а выходит. Ухаживает парень за девкой, а она на него не смотрит, другого любит. Вдруг тот ее обманул, она плачет, плачет, да разом в ноги другому. «Отколошмать, просит, ты его, моего лиходея; вымажь ей, разлучнице, дегтем ворота — я тебя ей-Богу, любить стану». И ведь станет любить. На зло ли это делается или как иначе, а уж черта своеобычная, как хотите. — Я на вчерашнюю историю так и смотрю, Лизавета Егоровна, как на несчастье. Потому-то я предпочитаю мою теорию, что в ней нет ни шарлатанства, ни самоуверенности. Мне одно понятно, что все эти теории или вытягивают чувства, или обрубают разум, а я верю, что человечество не будет счастливо, пока не открыто будет средство жить по чистому разуму, не подавляя присущего нашей натуре чувства. Вот почему, что бы со мною ни сталось в жизни, я никогда не стану укладывать ее на прокрустово ложе и надеюсь, что зато мне не от чего станет ни бежать, ни пятиться.

— Доктор! мы все на вас в претензии, — сказала, подходя к ним, Женни, — вы философствуете здесь с Лизой, а мы хотели бы обоих вас видеть там.

— Повинуюсь, — отвечал доктор и пошел в гостиную.

Через несколько минут туда вошла и Лиза. Дьякон встал, обнял жену и сказал:

— Ну-ка, мать дьяконица, побренчи мне для праздника на фортоплясе.

Духовная чета вышла, и через минуту в зале раздался довольно смелый аккомпанемент, под который дьякон запел:

Прихожу к тому ручью,
С милой где гулял я.
Он бежит, я слезы лью,
Счастье убежало.

Томно ручеек журчит,
Делит грусть со мною,
И как будто говорит:
Нет ее с тобою.

— «Нет ее с тобою», — дребезжащим голосом подтянул Петр

Лукич, подходя к старому фортепьяно, над которым висел портрет, подтверждавший, что игуменья была совершенно права, находя Женни живым подобием своей матери.

Дьяконица переменила музыку и взяла другой, веселый аккорд, под который дьякон тотчас запел:

> В зале жарко, в зале тесно,
> Невозможно там дышать;
> А в саду теперь прелестно
> Пить, гулять и танцевать.

— Да, теперь там очень прелестно пить, гулять и особенно танцевать по колено в снегу, — острил Зарницын, выходя в залу. За ним вышла Женни и Вязмитинов. Дьяконица заиграла вальс.

Дьякон подал руку Евгении Петровне, все посторонились, и пара замелькала по зале.

— Позвольте просить вас, — отнесся Зарницын, входя в гостиную, где оставалась в раздумье Бахарева. Лиза тихо поднялась с места и молча подала свою руку Зарницыну. По зале замелькала вторая пара.

— Папа! — кадриль с вами, — сказала Женни.

— Что ты, матушка, Бог с тобой. У меня уж ноги не ходят, а она в кадриль меня тянет. Вон бери молодых.

— Доктор, с вами?

— Помилуйте, Евгения Петровна, я сто лет уж не танцевал.

— Пожалуйста!

— Сделайте милость, увольте.

— Фуй! девушка вас просит, а вы отказываетесь.

— Юстин Феликсович, вы?

— Извольте, — отвечал Помада.

— Лиза, а ты бери Николая Степановича.

— Нет-с, нет, я, как доктор, забыл уж, как и танцуют.

— Тем лучше, тем лучше. Смешнее будет.

— В самом деле, нуте-ка их, пару неумелых, доктора с Николаем Степановичем в кадриль. Так и будет кадриль неспособных, — шутил Петр Лукич.

— Бери, Лиза. Играйте, душка Александра Васильевна! Женни расшалилась.

Дьяконица сыграла ритурнель.

— Ангажируйте же, господа! — крикнул Зарницын.

— Нет, позвольте, позвольте! Это вот как нужно сделать, — заговорил дьякон, — вот мой платок, завязываю на одном уголке узелочек; теперь, господа, извольте тянуть, кто кому достанется. Узелочек будет хоть Лизавета Егоровна. Ну-с, смелее тяните, доктор: кто кому достанется?

Девушки стояли рядом. Отступление было невозможно, всем хотелось веселиться. Доктор взял за уголок платка и потянул. На уголке был узелочек.

— Господа! — весело крикнул дьякон. — По мудрому решению самой судьбы, доктору Розанову достается Лизавета Егоровна Бахарева, а Николаю Степановичу Вязмитинову Евгения Петровна Гловацкая.

Обе пары стали на места. У дверей показались Абрамовна, Паланя и Яковлевич.

«Черт знает, что это такое!» — размышлял оставшийся за штатом Помада, укладывая в карман чистый платок, которым намеревался обернуть руку. Случайности не забывали кандидата.

— Шэн, шэн! вырабатывайте шэн, Николай Степанович, — кричал Вязмитинову доктор, отплясывая с Лизой. Кадриль часто путалась, и, наконец, по милости шэнов, танцоры совсем спутались и стали. Все смеялись; всем было весело.

Женни вспомнила о дьяконице и сказала:

— Господа, составляйте другую кадриль, я буду играть.

— Нет, пусти, я, а ты танцуй, — возразила Лиза и села за фортепьяно. Зарницын танцевал с Женни, Помада, обернув платком вечно потевшие руки, с дьяконицей. Окончив кадриль, Лиза заиграла вальс. Зарницын понесся с дьяконицей, а Помада с Женни.

Доктор подошел к Абрамовне, нагнулся к ее уху, как бы желая шепнуть ей что-то по секрету, и, неожиданно схватив старуху за талию, начал вертеть ее по зале, напевая: «О мейн либер Августен, Августен, Августен!»

Лиза едва могла играть. Обернувшись лицом к оригинальной паре, она помирала со смеха, так же как и вся остальная компания. Дьякон, выбивая ладонями такт, совсем спустился на пол и как-то пищал от хохота. У Лизы от смеха глаза были полны слез, и она кричала:

— Прах, прах танцует, вот он настоящий-то прах!

К довершению сцены доктор, таская упирающуюся старуху, споткнулся на Помаду, сбил ее с ног, и все втроем полетели на пол.

Музыка прекратилась. Лиза легла на клавиши, и в целом доме несколько минут раздавалось:

— Ох! ха, ха, ха! ох, ха, ха, ха!

Няня была слишком умна, чтобы сердиться, но и не хотела не заявить, хоть шутя, своего неудовольствия доктору. Поднимаясь, она сказала:

— Вот тебе, вертопрах ты этакой!

И дала весьма изрядную затрещину подвернувшемуся Юстину Помаде.

— О, черт возьми, однако что же это такое в самом деле? — вскрикнул Помада, выходя из роли комического лица в балете.

Общий хохот возобновился.

— Прости, батюшка, я ведь совсем не тебя хотела, — говорила старуха, обнимая и целуя ни в чем не повинного Помаду.

За полночь, уже с шапкою в руке, дьякон, проходя мимо фортепьяно, не вытерпел, еще присел и запел, сам себе аккомпанируя:

Сижу на бекете,
Вижу все на свете.
О Зевес! Помилуй меня и ее!

— О Зевес! Помилуй меня и ее! — подхватили все хором. Дьякон допел всю эту песенку с моральным припевом и, при последнем куплете изменив этот припев в слова: «О Зевес! Помилуй Сашеньку мою!», поцеловал у жены руку и решительно закрыл фортепьяно.

— Полно, набесились, — сказал он. Все стали прощаться.

— Прощайте, — сказал доктор, протягивая руку Бахаревой.

Лиза ответила:

— До свидания, доктор, — и пожала его руку так, как женщины умеют это делать, когда хотят рукою сказать: будем друзьями.

Никто никогда не видал Лизы такою оживленною и детски веселою, как она была в этот вечер.

## Глава двадцать восьмая.
## Глава без названия

Пост кончался, была страстная неделя. Погода стояла прекрасная: дни светлые, тихие и теплые. Снег весь подернулся черным тюлем, и местами показались большие прогалины, особенно по взлобочкам. Проходные дорожки, с которых зимою изредка сгребали лишний снег, совсем почернели и лежали черными лентами. Но зато шаг со двора — окунешься в воду, которою взялся снег. Ездить можно было только по шоссе. Мужички копались на дворах, ладя бороны до сохи, ребятишки пропускали ручейки, которыми стекали в речку все плодотворные соки из наваленных посреди двора навозных куч. Запах навоза стоял над деревнями. Сред дня казалось, что дворы топятся, — так густы были поднимавшиеся с них испарения. Но это никому не вредило, ни людям, ни животным, а петухи, стоя на самом верху куч теплого, дымящегося навоза, воображали себя какими-то жрецами. Они важно топорщили свои перья, потряхивали красными гребнями и, важно закинув головы, возглашали: «Да здравствует весна, да здравствуют куры!»

— Из этого кочета прок будет; ты его, этого кочета, береги, — опираясь на вилы, говорил жене мужик, показывая на гуляющего по парному навозу петуха. — Это настоящая птица, ласковая к курам, а того, рябенького-то, беспременно надыть его зарезать к празднику:

как есть он пустой петух совсем, все по углам один слоняется. И мужик, плюнув на руки, снова ковырял вилами; баба, пошевеливая плечами и понявой, шла в сени, а обреченный в лапшу стоик поправлял свои бурды.

Отлично чувствуешь себя в эту пору в деревне, хотя и живешь, зная, что за ворота двора ступить некуда. Природа облегает человека зажорами и, по народному выражению, не река уже топит, а лужа.

Была такая пора в Мереве. Река Саванка поднялась, вспучилась, но лед еще не трогался. Все ставни в бахаревском доме были открыты, и в некоторых окнах отворены форточки. На дворе вечерело. Няня отправилась ставить самовар. Лиза стояла у окна. Заложив назад свои ручки, она глядела на покрывавшееся вечерним румянцем небо и о чем-то думала; а кругом тишь ненарушимая.

Бахаревский кабинет, в котором обитала Лиза послесвоего бегства, теперь снова не напоминал жилого покоя. В нем среди пола стоял уложенный чемодан, дорожный сак и несколько узелочков. Подушки, всегда покоившиеся на оттоманках, скинули свои белые рубашечки и, надев ситцевые капоты песочного цвета с лиловым горошком, лежали, как толстые барыни. Они своим глупо-важным видом говорили: «Прощайте; мы теперь путешественницы. На нас завтра сядут, и мы будем вояжировать, будем любоваться природой и дышать чистым воздухом».

— Здравствуйте, Лизавета Егоровна! — сказал кто-то сзади погруженной в себя Лизы.

Девушка вздрогнула от нечаянности и оглянулась: перед нею стоял доктор.

— Вот сюрприз-то! — сказала она приветливо, протягивая ему свою руку.

— Что, вы уезжаете?

— Да, завтра еду к своим.

— Надолго?

— Я думаю, уж с ними вместе возвращусь. Как это вы догадались заехать?

— Ехал мимо из Лужков.

— Что, опять людей резали?

— Да, опять одного человечка порезал и зашил.

Доктор и Лиза рассмеялись.

— Как вы поедете? Дорог нет совсем. Я верхом на своей пристяжной, да и то совсем было и себя и лошадь утопил в зажоре за вашим садом.

— Да мне ведь по шоссе.

— И то правда. — Вы меня чайком напоите, Лизавета Егоровна?

— Как же, как же! Няня сейчас принесет самовар.

— Что это на вас за странный наряд?

— Как странный?

— Вы точно турчанка.

Лиза была в темном марселиновом платье, без кринолина и в домашней длинной меховой шубке с горностаевым воротником и горностаевой опушкой. Этот наряд очень шел к Лизе.

Она оглянула себя и сказала:

— Я завтра еду, все уложено: это мой дорожный наряд. Сегодня открыли дом, день был такой хороший, я все ходила по пустым комнатам, так славно. Вы знаете весь наш дом?

— Нет, всего не знаю.

— Хотите, пойдемте, пока еще светло. Я вам покажу свою комнату.

Солнце, совсем спускаясь к закату, слабо освещало бледно-оранжевым светом окна и трепетно отражалось на противоположных стенах. Одни комнаты были совершенно пусты, в других оставалась кое-какая мебель, закрытая или простынями, или просто рогожами. Только одни кровати не были ничем покрыты и производили неприятное впечатление своими пустыми досками.

— Вот и моя комната, — сказала Лиза.

— Хорошенькая комнатка.

— Да, прежде я жила вот в этой; тут гадко, и затвориться даже нельзя было. Я тут очень много плакала.

— Оттого что комната нехороша?

— Нет, оттого что глупа была.

Доктор с Лизой обошли весь дом и возвратились в залу, где Абрамовна уже наливала чай. Старуха в шутку избранила доктора за вертопрашество, а потом сказала:

— Ты вот дай мне, а не то хоть пропиши в аптеку какой-нибудь масти, чтобы можно мне промеж крыл себе ею мазать. Смерть как у меня промежду вот этих вот крыл-то, смерть как ломит с вечера.

И доктор и Лиза были очень в духе. Напившись чаю, Розанов стал прощаться.

— Посидите еще, — сказала Лиза.

— Нет, не могу, Лизавета Егоровна. Если б мог, я бы и сам от вас не торопился.

Совсем свечерело, и бледная луна осветила голубую великолепную ночь. Был легонький вешний морозец, покрывший прогалины тонкою, хрупкою слюдой. Гость и хозяйка вышли на крыльцо. Доктор взял у садовника повод своей лошади и протянул руку Лизе.

— Хотите, я вас провожу до околицы? — спросила Лиза, кладя свою ручку в протянутую ей руку доктора.

— Отказываться от такого милого внимания не смею, но чтоб вы не простудились!

— Ничего, тут дорожка вся оттаяла, земля одна, да и я же сейчас надену калоши.

Не дожидаясь ответа, Лиза порхнула за дверь и через минуту вышла на крыльцо в калошах и большом мериносовом платке.

Они пошли рядом; сзади их, опустя голову, потягивая ноздрями воздух, шла на поводу оседланная розановская лошадь. Какие этой порой бывают ночи прелестные, нельзя рассказать тому, кто не видал их или, видевши, не чувствовал крепкого, могучего и обаятельного их влияния. В эти ночи, когда под ногою хрустит беленькая слюда, раскинутая по черным талинам, нельзя размышлять ни о грозном часе последнего расчета с жизнью, ни о ловком обходе подводных камней моря житейского. Даже сама досужая старушка-нужда забывается легким сном, и не слышно ее ворчливых соображений насчет завтрашнего дня. Надежд! надежд! сколько темных и неясных, но благотворных и здоровых надежд слетают к человеку, когда он дышит воздухом голубой, светлой ночи, наступающей после теплого дня в конце марта. «Август теплее марта», говорит пословица. Точно, жарки и сладострастны немые ночи августа, но нет у них того таинственного могущества, которым мартовская ночь каждого смертного хотя на несколько мгновений обращает в кандидата прав Юстина Помаду.

— Какая чудесная ночь! — невольно воскликнула Лиза, выходя с доктором за угол сада.

— Поэтическая ночь! — заметил доктор, дыша полною грудью.

— А вы верите, доктор, в поэзию?

— Как же, Лизавета Егоровна, не верить в то, что существует?

— Странно! доктора все материалисты. По крайней мере мне они всегда такими представлялись.

— Это обнаруживает в вас большую наблюдательность. Больше или меньше мы действительно все материалисты, да вряд ли можно идеальничать, возясь с скальпелем в разлагающейся махине, именуемой человеком.

— То-то я и удивляюсь, что вы восторгаетесь ночью, точно как Юстин Феликсович.

Доктор засмеялся.

— Странны, право, бывают в обществе многие понятия, но уж страннее того, которое досталось этому несчастному материализму, и придумать нельзя. Думаю, материализм — это уж могила всем радостям земным, а наипаче радостям чистым, возвышающим и укрепляющим душу. Да, я говорю: душу. Вы не забудьте, Лизавета Егоровна, что в ряду медицинских наук есть психиатрия — наука, может быть, самая поэтическая и имеющая дело исключительно с тем, что отличает нас от ближних и дальних кузенов нашей общей родственницы Юлии Пастраны. Странно, право, — продолжал он, помолчав, — будто уж за то, что я понимаю, как действуют на меня некоторые внешние условия, я уж не могу чувствовать прекрасного. Положим, Юстину Помаде сдается, что он в такую ночь вот беспричинно хорошо себя чувствует, а еще кому-нибудь кажется, что там вон по проталинкам сидят этакие гномики, обязанные веселить его сердце; а я думаю, что мне хорошо потому, что этот здоровый воздух сильнее гонит мою кровь, и все мы все-таки чувствуем эту прелесть. А поэзию как же я стану отвергать, когда я чувствую ее и в природе и в сочетании звуков. Как отвергать, что

Есть сила благодатная
В созвучье слов живых.

Вот ночь, этот льющийся воздух, трепетный, робкий свет, искренний разговор с молодой, чуткой женщиной, — тут поэзия, а там вон проза.

— Где это?

— В городе.

Лиза задумалась и потом спросила:

— Вам, я думаю, тяжело иногда жить, доктор?

— Да, нелегко иногда бывает, Лизавета Егоровна.

— Что вы не вырветесь из вашего положения?

— Да как же из него вырваться? Тут нужно и вырываться, и прорываться, и надрываться, и разрываться, и все что хотите.

— Ну, и что ж такое?

— А то, что сил у меня на это не хватит, да и, откровенно скажу вам, думаю я, что изгаженного вконец уж не склеишь и не поправишь.

— Какой вздор! Вы ведь еще очень молоды, я думаю.

— Да, мне немного лет.

— И при ваших-то дарованиях, в этом возрасте, вы считаете себя уже погибшим и отпетым!

— Да, считаю, Лизавета Егоровна, и уверен, что это на самом деле. Я не могу ничего сделать хорошего: сил нет. Я ведь с детства в каком-то разладе с жизнью. Мать при мне отца поедом ела за то, что тот не умел низко кланяться; молодость моя прошла у моего дяди, такого нравственного развратителя, что и нет ему подобного. Еще тогда все мои чистые порывы повытоптали. Попробовал полюбить всем сердцем... совсем черт знает что вышло. Вся смелость меня оставила.

— Уезжайте отсюда в столицу, ищите кафедры, — проговорила Лиза после небольшой паузы.

— А семья?

— Да, брак ужасное дело! — тихо проговорила Лиза.

— Для мужчины дело страшное.

— Я думаю, и для женщины.

— Ну, с известной точки зрения, женщина все-таки меньшим рискует.

— Это как?

— Так, например, в экономическом отношении женщина

приобретает себе работника, и потом, даже в случае неудачи, у женщины, хотя мало-мальски достойной чувства, все-таки еще остается надежда встретиться с новой привязанностью и отдохнуть в ней.

— А у мужчины разве не то же самое?

— Нет-с, далеко не то самое. Женщину ее несчастие в браке делает еще гораздо интереснее, а для женатого мужчины, если он несчастлив, что остается? Связишки, интрижки и всякая такая гадость, — а любви нет.

— Отчего же?

— Оттого, что порядочная женщина не видит себе места в такой любви.

— Странно! Я думаю совсем напротив. Порядочная-то, то есть настоящая женщина, всегда найдет себе место в такой любви.

— Это по теории.

— Но разве и эта теория неверна?

— Нет, кажется, верна, да на практике только не оправдывается.

— Помилуйте: разве может быть что-нибудь приятнее для женщины, как поднять человека на честную работу?

— Да только как-то не бывает этого. Это для нас, должно быть, философия будущего. Теперь же мужчина: повесился — мотайся, оторвался — катайся... А вон катит и Помада. Прощайте, Лизавета Егоровна.

Подъехал в саночках Помада, возвратившийся из города. Доктор повидался с ним и вспрыгнул на лошадь.

— Прощайте, — сказала ему Лиза. — Только вы обдумайте наш разговор. Вы, кажется, очень ошибаетесь на этот раз. По-моему, безысходных положений нет.

— Хорошо, Лизавета Егоровна, буду думать, — шутливо ответил доктор и поехал крупной рысью в город, а Лиза с Помадою пошли к дому.

## Глава двадцать девятая.
## В одном поле разные ягоды

Вязмитинов был сын писца из губернского правления; воспитывался в училище детей канцелярских служителей, потом в числе двух лучших учеников был определен в четвертый класс гимназии, оттуда в университет и, наконец, попал на место учителя истории и географии при знакомом нам трехклассном уездном училище. Раннее сиротство, бедность и крутая суровость воспитания в заведении, устроенном для детей канцелярских служителей, положили на Вязмитинова неизгладимые следы. Он был постоянно задумчив, кроток в обхождении со всеми, немножко застенчив, скрытен и даже лукав, но с довольно положительным умом и постоянством в преследовании того, к чему он раз решился стремиться.

О наружности Вязмитинова распространяться нечего: он имел довольно приятную наружность, хотя с того самого дня, когда его семилетним мальчиком привезли в суровое училище, он приобрел странную манеру часто пожиматься и моргать глазами. Первая из этих привычек была усвоена ребенком вследствие неловкости, ощущенной им в новой куртке из толстого сукна, с натирающим докрасна воротником, а вторая получена от беспрерывного опасения ежеминутных колотушек, затрещин, взвошек, взъефантуливанья и пришпандориванья. Но ни одна из этих привычек не делала Вязмитинова смешным и не отнимала у него права на звание молодого человека с приятною наружностью.

Жил он скромно, в двух комнатах у вдовы дьяконицы, неподалеку от уездного училища, и платил за свой стол, квартиру, содержание и прислугу двенадцать рублей серебром в месяц. Таким образом проживал он с самого поступления в должность.

В подобных городках и теперь еще живут с такими средствами, с которыми в Петербурге надо бы умереть с голоду, живя даже на Малой Охте, а несколько лет назад еще как безнуждно жилось-то с ними в какой-нибудь Обояни, Тиму или Карачеве, где за пятьсот рублей становился целый дом, дававший своему владельцу право, по испитии третьей косушечки, творить:

— Я, братец ты мой, теперь, слава те Господи, городской обыватель.

Дьяконицыны знакомые даже находили, что ей уж, кто ее знает за что, в этом учителе счастье такое Создатель посылает.

— Ну пусть, положим, теперича, — рассуждали между собою приятельницы, — двадцать пять рублей за харчи. Какие уж там она ему дает харчи, ну только уж там будем считать: ну, двадцать пять рублей. Ну, десять с половиной за комнаты: ну, тридцать пять с полтиной. А ведь она сорок два рубля берет! За что она шесть с полтиной берет? Шесть с полтиной деньги: ведь это без пятиалтынного два целковых.

Собственные труды и беспокойства при этих сметах обыкновенно вовсе не принимаются в соображения, потому что время и руки ничего не стоят.

При такой дешевизне, бережливости и ограниченности своих потребностей Вязмитинов умел жить так, что бедность из него не глядела ни в одну прореху. Он был всегда отлично одет, в квартире у него было чисто и уютно, всегда он мог выписать себе журнал и несколько книг, и даже под случай у него можно было позаимствоваться деньжонками, включительно от трех до двадцати пяти рублей серебром.

Зарницын, единственный сын мелкопоместной дворянской

вдовы, был человек другого сорта. Он жил в одной просторной комнате с самым странным убранством, которое всячески давало посетителю чувствовать, что квартирант вчера приехал, а завтра непременно очень далеко выедет. Даже большой стенной ковер, составлявший одну из непоследних «шикозностей» Зарницына, висел микось-накось, как будто его здесь не стоило прибивать поровнее и покрепче, потому что владелец его скоро вон выедет.

Каков был Зарницын в своей домашней обстановке, таков он был и во всем. Доктор Розанов его напрасно обзывал Рудиным: он гораздо более был Хлестаковым, чем Рудиным, а может быть, и это сравнение не совсем идет ему. Зарницын, находясь в положении Хлестакова, при тогдашней среде сильно тяготел бы и к хлестаковщине и к репетиловщине. В эпоху, описываемую в нашем романе, тоже нельзя сказать, чтобы он не тяготел к ним. Но в эту эпоху ни Репетилов не хвастался бы тем, что «шумим, братец шумим», ни Иван Александрович Хлестаков не рассказывал бы о тридцати тысячах скачущих курьерах и неудержимой чиновничьей дрожке, начинающейся непосредственно с его появлением в департамент. Позволительно думать, что они могли хлестаковствовать и репетиловствовать совсем иначе, изобличая известную солидарность натур с натурою несметного числа Зарницыных (которых нисколько не должно оскорблять такое сопоставление, ибо они никаким образом не могут быть почитаемы наихудшими людьми земли русской).

Зарницын не любил заниматься по-вязмитиновски, серьезно. Он брал все кое-как, налетом, и все у него сходило. Новая весна его застала в положении очень скучном. Ему как-то все принадоело. Он не знал, чем заняться, и начал обличительную повесть с самыми картинными намеками и с неисчерпаемым морем гражданского чувства. Но повесть на первых же порах запуталась в массе этого нового чувства — и стала. Зарницын тревожно тосковал, суетился, заговаривал о темных предчувствиях, о борьбе с собою, наконец, прочитав несколько народных сцен, появившихся в это время в печати, уж задумал было коробейничать. Но милосердному року угодно было указать ему на иной путь, а на этом пути и развлечение.

В одно очень погожее утро одного погожего дня Зарницын получил с почты письмо, служившее довольно ясным доказательством, что местный уездный почтмейстер вовсе не имел слабости Шпекина к чужой переписке. Получив такое письмо, Зарницын вырос на два вершка.

Он прочел его раз, прочел другой, наконец третий и побежал к Вязмитинову.

— Что, ты на днях ничего не получал? — спросил он, входя и кладя фуражку.

— Ничего, — отвечал Вязмитинов.

— Ниоткуда?

— Ниоткуда.

— А что такое?

— Так.

Зарницын зашагал по комнате, то улыбаясь, то приставляя ко лбу палец. Вязмитинов, зная Зарницына, дал ему порисоваться. Походив, Зарницын остановился перед Вязмитиновым и спросил:

— Ты помнишь этих двух господ?

— Каких? — спокойно спросил Вязмитинов, моргнув при этом каким-то экстраординарным образом.

— Ну, Боже мой! Что были прошлой осенью на бале у Бахарева.

— Да там много было.

— Ну, этот, как его, иностранец... Райнер?

— Помню, — с невозмутимым спокойствием отвечал Вязмитинов.

— С ним был молодой человек Пархоменко.

— И этого помню.

— Вот его письмо.

— Что ж это такое? — спросил Вязмитинов, безучастно глядя на положенное перед ним письмо.

— Читай!

Вязмитинов медленно развернул письмо.

— Вот отсюда читай, — указал Зарницын.

«Нужны люди, способные действовать, вести скорую подземную работу. Я был слишком занят, находясь в вашем городе, но слышал о вас мельком, и, по тем невыгодным отзывам, которые доходили до меня на ваш счет, вы должны быть наш человек и на вас можно рассчитывать. Надо приготовлять всех. На днях вы получите посылку: книги. Старайтесь их распространять везде, особенно между раскольниками: они все наши, и ими должно воспользоваться. В других местах дело идет уже очень далеко и идет отлично.

Пусть моя полная подпись служит вам знаком моего к вам доверия.

Ваш Пархоменко

P.S. Надеюсь, что вы также не забудете писать все, что совершают ваши безобразники. У нас теперь это отлично устроено: опасаться нечего и на четвертый день там.

Еще P.S. Не стесняйтесь сообщать сведения всякие, там после разберемся, а если случится ошибка, то каждый м может оправдаться».

Вязмитинов перечел все письмо второй раз и, оканчивая, произнес вслух: «А если случится ошибка, то каждый может оправдаться».

— Где же это оправдаться-то? — спросил он, возвращая Зарницыну письмо.

— Да, разумеется, там же!

— А кто же знает туда дорогу?

— Да вот дорога — произнес Зарницын, ударив рукою по Пархоменкову письму.

— Да ведь это ты знаешь, а другие почем ее знают?

— Передам.

Вязмитинову все это казалось очень глупо, и он не стал спорить.

— Ну что же? — спросил его Зарницын.

— Что?

— Ты готов содействовать?

— Я?

Вязмитинов собирался сказать самое решительное «нет», но, подумав, сказал:

— Да, пожалуй.

— Нет, не пожалуй; это надо делать не в виде уступки, а нужно действовать с энергией.

— Да то-то, как действовать? что делать нужно?

— Подогревать, подготовлять, волновать умы.

— На подпись, что ли, склонять? что же вы полагаете-то?

— Мы... — Зарницыну очень приятно прозвучало это мы. — Мы намерены пользоваться всем. Ты видишь, в письме и раскольники, и помещики, и крестьяне. Одни пусть подписывают коллективную бумагу, другие требуют свободы, третьи земли... понимаешь?

— Понимаю, землю-то требовать будут мужики?

— Ну да.

— От тех самых помещиков, которых нужно склонять подписывать коллективную бумагу?

— Ну да, ну да, разумеется. Неужто ты не понимаешь?

— Нет, теперь я понимаю: я это только сначала.

— А вот ведь я помню, как вы с доктором утверждали, что этот Пархоменко глуп.

— Да, это правда.

— А видишь, какой он человек.

— Да.

— Как ты думаешь: доктору сообщить? — шепотом спросил Зарницын.

— На что путать лишних людей!

— И то правда.

Приятели расстались. Тотчас по уходе Зарницына Вязмитинов оделся и, идучи в училище, зашел к доктору, с которым они поговорили в кабинете, и, расставаясь, Вязмитинов сказал:

— Смотрите же, Дмитрий Петрович, держите себя так же, как я, будто ничего знать не знаем, ведать не ведаем.

— Добре, — отвечал доктор.

— Да Помаду надрессируйте.

— Добре, добре, — опять отвечал, запирая двери, доктор.

Вечером Вязмитинов писал очень длинное письмо, в котором,

между прочим, было следующее место: «Вы, я полагаю, сами согласитесь, что мы и с вами вели себя слишком легкомысленно, позволив себе обещать вам свое содействие в деле столь щекотливом. Будем говорить откровенно. За личность вашу нам никто и ничто не ручается. Лицо, с которым вы, по вашим словам, были так близки, — не снабдило вас ни одной рекомендательной строчкой, а в уполномочии, данном вами такому человеку, как П-ко, мы не можем не видеть или крайнейшей бестактности и недальновидности, или просто плана гораздо худшего. Вы нас извините, мы не подозреваем вас в злонамеренности. Спаси нас Боже! Мы вам верим, но служить делу, начинаемому по вашей инициативе, с такими еще сотрудниками, мы не можем. Нам нужны старые люди; без них ничего в этом роде не сделаешь, а они прежде всего недоверчивы.

Письмо полковника Стопаненки для нас достаточное ручательство, а для них оно ничего не значит. Без их же участия делу не быть. При связях Роз-ва мы еще надеялись все кое-как подготовить исподволь и незаметно но теперь, когда вашему политическому другу вздумалось вверить наши планы людям, на скромность и выдержанность которых мы не рассчитываем, нам не остается ничего более, как жалеть об этой ошибке и посоветовать вам искать какие-нибудь другие средства для заявления умеренных желаний, которым будет сочувствовать вся страна.

Смею надеяться, что это не испортит наших добрых отношений друг к другу.

Ваш N.B.»

Письмо это было вложено в книгу, зашитую в холст и переданную через приказчиков Никона Родионовича его московскому поверенному, который должен был собственноручно вручить эту посылку иностранцу Райнеру, проживающему в доме купчихи Козодавлевой, вблизи Лефортовского дворца.

## Глава тридцатая.
## Half-Yearly Review

Бахаревская придворная швея Неонила Семеновна, сидя у открытого окна, пела:

Прошло лето, прошла осень,
Прошла теплая весна,
Наступило злое время,
То холодная зима.

Песня на этот раз выражала действительно то, что прошло и что наступило в природе.

Тонкие паутины плелись по темнеющему жнивью, по лиловым

мохрам репейника проступала почтенная седина, дикие утки сторожко смотрели, тихо двигаясь зарями по сонному пруду, и резвая стрекоза, пропев свою веселую пору, безнадежно ползла, скользя и обрываясь с каждого скошенного стебелечка, а по небу низко-низко тащились разорванные полы широкого шлафора, в котором разгуливал северный волшебник, ожидая, пока ему позволено будет раскрыть старые мехи с холодным ветром и развязать заиндевевший мешок с белоснежной зимой.

Две поры года прошли для некоторых из наших знакомых не бесследно, и мы в коротких словах опишем, что с кем случилось в это время. Бахаревы вскоре после святой недели всей семьей переехали из города в деревню, а Гловацкие жили, по обыкновению, безвыездно в своем домике.

Женни оставалась тем, чем она была постоянно. Она только с большим трудом перенесла известие, что брат Ипполит, которого и она и отец с нетерпением ожидали к каникулам, арестован и попал под следствие по делу студентов, расправившихся собственным судом с некоторым барином, оскорбившим одного из их товарищей. Это обстоятельство было страшным ударом для старика Гловацкого. Для Женни это было еще тяжелее, ибо она страдала и за брата и за отца, терзания которого ей не давали ни минуты покоя. Но, несмотря на все это, она крепилась и всячески старалась утешить страдающего старика.

Вязмитинов беспрестанно писал ко всем своим прежним университетским приятелям, прося их разъяснить Ипполитово дело и следить за его ходом. Ответы приходили редко и далеко не удовлетворительные, а старик и Женни дорожили каждым словом, касающимся арестанта. Самым радостным из всех известий, вымоленных Вязмитиновым во время этой томительной тревоги, был слух, что дело ожидает прибытия сильного лица, в благодушие и мягкосердечие которого крепко веровали.

Ни старик, ни Женни, ни Вязмитинов не осуждали Ипполита, но сильно скорбели об ожидавшей его участи. Зарницын потирал от радости руки и горой стоял за Ипполита.

— Молодец! молодец! — говорил он. — Время слов кончается, надо действовать и действовать. Да, надо действовать, надо. Век жертв очистительных просит; жертв век просит!

Старик и Женни не возражали, они чувствовали только неутешную скорбь. Доктора это обстоятельство тоже сильно поразило. Другое дело слышать об известном положении человека, которого мы лично не знали, и совсем другое, когда в этом положении представляется нам человек близкий, да еще столь молодой, что привычка все заставляет глядеть на него как на ребенка. Доктору было жаль Ипполита; он злился и молчал. Лиза относилась к этому делу весьма спокойно.

— Что ж делать! — сказала она, выслушав первый раз отчаянный рассказ Женни. — Береги отца, вот все, что ты можешь сделать, а горем уж ничему не поможешь.

Возвратясь в деревню с семьею после непродолжительного житья в городе, Лиза опять изменилась. Ее глаза совсем выздоровели; она теперь не раздражалась, не сердилась и даже много меньше читала, но, видимо, сосредоточилась в себе и не то чтобы примирилась со всем ее окружающим, а как бы не замечала его вовсе. В Лизе обнаружился тонкий житейский такт, которого до сих пор не было. Свои холодные, даже презрительные отношения к ежедневным хлопотам и интересам всех окружающих ее людей она выдерживала ровно, с невозмутимым спокойствием, никому ни в чем не попереча, никого ничем не задирая. Ольга Сергеевна находила, что Лиза упрыгалась и начинает браться за ум. Сестры тоже были ею очень довольны. Она равнодушно выслушивала все их заявления, ни в чем почти не возражала и давала на все самые терпимые ответы. К отцу Лиза была очень нежна и внимательна, к Женни тоже. Но как ни спокойна была собственная натура Женни, ее не удовлетворяла спокойная внимательность Лизы. Она ничего от нее не требовала, старалась избегать всяких рассуждений о ней, но чуяла сердцем, что происходит в подруге, и нимало не радовалась ее видимому спокойствию. Зина, Софи и Ольга Сергеевна были все те же. Зина не могла застегнуть лифа; ходила в широких блузах, необыкновенно шедших к ее высокой фигуре, и беспрестанно совещалась с докторами и акушерами. Она готовилась быть матерью, но снова уехала от мужа и проживала в Мереве.

Софи тосковала донельзя; гусары выступили, и в деревне шла жизнь, невыносимая для женщин, подобных этой барышне, безучастной ко всему, кроме болтовни и шума. Ольга Сергеевна Богу молилась, кошек чесала, иногда раскладывала гранпасьянс и в антрактах ныла. Чаще всего они ныли втроем: Ольга Сергеевна, Зина и Софи. Ныли они обо всем: о предстоящих родах Зины, о грубости Егора Николаевича, об отсутствии женихов для Сони, о тоске деревенской жизни и об ехидстве прислуги, за которою никак не усмотришь. Об Ипполите Гловацком они не заныли, но по два раза воскликнули:

— Боже мой! Боже мой! — и успокоились на его счет. Бахарев горячо принял к сердцу горе своего приятеля.

Он сперва полетел к нему, дергал усами, дымил без пощады, разводил врозь руки и говорил:

— Ты того, Петруха... Ты не этого... Не падай духом. Все, брат, надо переносить. У нас в полку тоже это случилось. У нас раз одного ротмистра разжаловали в солдаты. Разжаловали, пять лет был в солдатах, а потом отличился и опять пошел: теперь полициймейстером служит на Волге; женился на немке и два дома собственные купил. Ты не огорчайся: мало ли что в молодости бывает!

Петра Лукича все это нисколько не утешало. Бахарев поехал к сестре. Мать Агния с большим вниманием и участием выслушала всю историю и глубоко вздохнула.

— Что ты думаешь, сестра? — спросил Бахарев.

— Что ж тут думать: не минует, бедняжка, красной шапки да ранца.

— Как бы помочь?

— Ничем тут не поможешь.

— Написать бы кому-нибудь.

— Ну, и что ж выйдет?

— Да все-таки...

— Ничего не сделаешь, будет солдатом непременно.

— Старика жаль.

— Да и его самого не меньше жаль: парень молодой.

— Он-то выслужится!

— Хоть и выслужится, а лучшие годы пропали.

— Ты подумай, сестра, нельзя ли чего попробовать?

Игуменья скрестила на груди руки и задумалась.

— Там кто теперь генерал-губернатором? — спросила она после долгого размышления. Бахарев назвал фамилию.

— Я с его женой когда-то коротка была, да ведь это давно; она забыла уж, я думаю, что я и на свете-то существую.

Вышла пауза.

— Попробуй попроси, — сказал Бахарев.

— Да я сама думаю так. Что ж: спыток — не убыток.

Игуменья медленно встала, вынула из комода зеленый бархатный портфель, достала листок бумаги, аккуратно сравняла его края и, подумав с минутку, написала две заглавные строчки. Бахарев встал и начал ходить по комнате, стараясь ступать возможно тише, как волтижорский и дрессированный конь, беспрестанно смотря на задумчивое лицо пишущей сестры.

Подстерегши, когда мать Агния, дописав страничку, повертывала листок, опять тщательно сравнивая его уголышки и сглаживая сгиб длинным розовым ногтем, Бахарев остановился и сказал:

— Ведь что публично-то все это наделали, вот что гадко.

— Да не публично этих дел и не делают, — спокойно отвечала игуменья.

— Положим, ну вздуй его, каналью, на конюшне, ну, наконец, на улице; а то в таком здании!

Мать Агния обмакнула перо и, снимая с него приставшее волоконце, проговорила:

— Пословица есть, мой милый, что «дуракам и в алтаре не спускают», — и с этим начала новую страницу.

— Ну, вот тебе и письмо, — посылай. Посмотрим, что выйдет, —

говорила игуменья, подавая брату совсем готовый конверт.

— Хоть бы скорее один конец был.

— Будет и конец.

Помада кипел и весь расходовался на споры, находя средства поддерживать их даже с Зиной и Софи, не представлявшими ему никаких возражений.

— За идею, за идею, — шумел он. — Идею должно отстаивать. Ну что ж делать: ну, будет солдат! Что ж делать? За идею права нельзя не стоять; нельзя себя беречь, когда идея права попирается. Отсюда выходит индифферентизм: самое вреднейшее общественное явление. Я этого не допускаю. Прежде идея, потом я, а не я выше моей идеи. Отсюда я должен лечь за мою идею, отсюда героизм, общественная возбужденность, горячее служение идеалам, отсюда торжество идеалов, торжество идей, царство правды!

Помаде обыкновенно никто не возражал в Мереве. Роль Помады в доме камергерши несколько изменилась. Летнее его положение в доме Бахаревых не похоже было на его зимнее здешнее положение. Лизе не нравилось более его неотступное служение идее, которую кандидат воплотил для себя в Лизе, и она его поставила на позицию. Кандидат служил, когда его призывали к его службе, но уже не пажествовал за Лизой, как это было зимою, и опять несколько возвратился к более спокойному состоянию духа, которое в прежние времена не оставляло его во весь летний сезон, пока Бахаревы жили в деревне.

Новая встреча с давно знакомыми женскими лицами подействовала на него весьма успокоительно, но во сне он все-таки часто вздрагивал и отчаянно искал то костяной ножик Лизы, то ее носовой платок или подножную скамейку.

Многосторонние удобства Лизиной комнаты не совсем выручали один ее весьма неприятный недостаток. Летом в ней с девяти или даже с восьми часов до четырех было до такой степени жарко, что жара этого решительно невозможно было выносить.

Лиза в это время никак не могла оставаться в своей комнате. Каждое утро, напившись чаю, она усаживалась на легком плетеном стуле под окном залы, в которую до самого вечера не входило солнце. Здесь Лизе не было особенно приютно, потому что по зале часто проходили и сестры, и отец, и беспрестанно сновали слуги; но она привыкла к этой беготне и не обращала на нее ровно никакого внимания. Лиза обыкновенно спокойно шила у открытого окна, и ее никто не отвлекал от работы. Разве отец иногда придет и выкурит возле нее одну из своих бесчисленных трубок и при этом о чем-нибудь перемолвится; или няня подойдет да посмотрит на ее работу и что-нибудь расскажет, впрочем, более, для собственного удовольствия. Юстин Помада являлся к обеду.

Лизу теперь бросило на работу: благо глаза хорошо служили.

Она не покидала иголки целый день и только вечером гуляла и читала в постели. Не только трудно было найти швею прилежнее ее, но далеко не всякая из швей могла сравниться с нею и в искусстве.

От полотняной сорочки и батистовой кофты до скромного жаконетного платья и шелковой мантильи на ней все было сшито ее собственными руками. Лиза с жадностью училась работать у Неонилы Семеновны и работала, рук не покладывая и ни в чем уже не уступая своей учительнице.

— Мастерица ты такая! — говорила Марина Абрамовна, рассматривая чистую строчку, которую гнала Лиза на отцовской рубашке, бескорыстно помогая в этой работе Неониле Семеновне.

— Вы, барышня, у нас хлеб скоро отобьете, — добавляла, любуясь тою же мастерскою строчкою, Неонила Семеновна.

Лиза под окном в зале шила себе серенькое платье из сурового батиста; было утро знойного дня; со стола только что убрали завтрак, и в зале было совершенно тихо.

В воздухе стоял страшный зной, мигавший над полями трепещущею сеткою. Озими налились, и сочное зерно быстро крепло, распирая эластическую ячейку усатого колоса. С деревенского выгона, отчаянно вскидывая спутанными передними ногами, прыгали крестьянские лошади, отмахиваясь головами и хвостами от наседавших на них мух, оводов и слепней. Деревья, как расслабленные, тяжело дремали, опустив свои размягченные жаром листья, и колосистая рожь стояла неподвижным зелено-бурым морем, изнемогая под невыносимым дыханием летнего бога, наблюдающего своим жарким глазом за спешною химическою работою в его необъятной лаборатории. Только одни листья прибрежных водорослей, то многоугольные, как листья «мать-и-мачехи», то длинные и остроконечные, как у некоторых видов пустынной пальмы, лениво покачивались, роскошничая на мелкой ряби тихо бежавшей речки. Остальное все было утомлено, все потеряло всякую бодрость и, говоря языком поэтов: «просило вечера скорее у бога».

Лиза вшила одну кость в спину лифа и взглянула в открытое окно. В тени дома, лежавшей темным силуэтом на ярко освещенных кустах и клумбах палисадника, под самым окном, растянулась Никитушкина Розка. Собака тяжело дышала, высунув свой длинный язык, и беспрестанно отмахивалась от докучливой мухи.

— Что, Розонька? — ласково проговорила Лиза, взглянув на смотревшую ей в глаза собаку, — жарко тебе? Пойди искупайся.

Собака подобрала язык, потянулась и, зевая, ответила девушке протяжным «аиаай».

Лиза вметала другую кость и опять подняла голову.

Далеко-далеко за меревским садом по дороге завиднелась какая-то точка. Лиза опять поработала и опять взглянула на эту точку. Точка разрасталась во что-то вроде экипажа. Видна стала городская, затяжная дуга, и что-то белелось; очевидно, это была не крестьянская телега. Еще несколько минут, и все это скрылось за меревским садом, но зато вскоре выкатилось на спуск в форме дрожек, на которых сидела дама в белом кашемировом бурнусе и соломенной шляпке.

«Кто бы эта такая? — подумала Лиза. — Женни? Нет, это не Женни; и лошадь не их, и у Женни нет белого бурнуса. Охота же ехать в такую жару!» — подумала она и, не тревожа себя дальнейшими догадками, спокойно начала зашивать накрепко вметанную полоску китового уса.

За садовою решеткою послышался тяжелый топот лошади, аккомпанируемый сухим стуком колес, и дрожки остановились у крыльца бахаревского дома. Розка поднялась, залаяла, но тотчас же досадливо махнула головою, протянула «аиаай» и снова улеглась под свесившуюся травку клумбы.

В залу вошел лакей. Он с замешательством тщательно запер за собою дверь из передней и пошел на цыпочках к коридору, но потом вдруг повернул к Лизе и, остановясь, тихо произнес:

— Какая-то дама приехали.

— Какая дама? — спросила Лиза.

— Незнакомые совсем.

— Кто ж такая?

— Ничего не сказали; барина спрашивают-с, дело к ним имеют.

— Ну так чего же ты мне об этом говоришь? Папа в Зининой комнате, — иди и доложи.

Лакей на цыпочках снова отправился к коридору, а дверь из передней отворилась, в залу взошла приехавшая дама и села на ближайший стул. Ни Лиза, ни приезжая дама не сочли нужным раскланяться. Дама, усевшись, тотчас опустила свою голову на руку, а Лиза спокойно взглянула на нее при ее входе и снова принялась за иголку.

Приезжая дама была очень молода и недурна собою. Лизе казалось, что она ее когда-то видела и даже внимательно ее рассматривала, но где именно — этого она теперь никак не могла вспомнить. По коридору раздались скорые и тяжелые шаги Бахарева, и вслед за тем Егор Николаевич в белом кителе с пышным батистовым галстучком под шеею вступил в залу. Гостья приподнялась при его появлении. Экс-гусар подошел к ней, вежливо поклонился и ожидал, что она скажет. Лиза спокойно шила.

Дама сначала как будто немного потерялась и не знала, что ей говорить, но тотчас же бессвязно начала:

— Я к вам приехала как к предводителю... Меня некому защитить от оскорблений... У меня никого нет, и я все должна терпеть... Но я пойду всюду, а не позволю...

— В чем дело? в чем дело? — спросил с участием предводитель.

— Мой муж... Я его не осуждаю и не желаю ему вредить ни в

чьем мнении, но он подлец, я это всегда скажу... я это скажу всем, перед целым светом. Он, может быть, и хороший человек, но он подлец... И нигде нет защиты! нигде нет защиты!

Дама заплакала, удерживая платком рыдания.

— Успокойтесь; Бога ради, успокойтесь, — говорил мягкий старик. — Расскажите спокойно: кто вы, о ком вы говорите?

— Мой муж — Розанов, — произнесла, всхлипывая, дама.

— Наш доктор?

— Дддаа, — простонала дама снова. Лиза взглянула на гостью, и теперь ей хорошо припомнились расходившиеся из-за платка брови. Услыхав имя Розанова, Лиза быстро встала и начала проворно убирать свою работу.

— Что ж такое? — спрашивал между тем Бахарев.

— Он разбойник, у них вся семья такая, и мать его — все они разбойники.

— Но что я тут могу сделать?

— Он меня мучит; я вся исхудала... моя дитя... он развратник, он меня... убьет меня.

— Позвольте; Бога ради, успокойтесь прежде всего.

— Я не могу успокоиться.

Розанова опять закрылась и заплакала.

— Ну, сядьте, прошу вас, — уговаривал ее Бахарев.

— Это как же... это невозможно... Вы предводитель, ведь непременно должны быть разводы.

— Сядьте, прошу вас, — успокаивал Бахарев.

По гостиной зашелестело шелковое платье; Лиза быстро дернула стул и сказала по-французски:

— Папа! да просите же к себе в кабинет.

— Нет, это все равно, — отозвалась Розанова, — я никого не боюсь, мне нечего бояться, пусть все знают...

Лиза вышла и, встретив в гостиной Зину, сказала ей:

— Не ходи в залу: там папа занят.

— С кем?

— Там с дамой какой-то, — отвечала Лиза и прошла с работою в свою комнату.

Перед обедом к ней зашла Марина Абрамовна.

— Слышала ты, мать моя, камедь-то какая? — спросила старуха, опершись ладонями о Лизин рабочий столик.

— Какая?

— Докторша-то! Экая шальная бабешка: на мужа-то чи-чи-чи, так и стрекочит. А твоя маменька с сестрицами, вмест того чтоб содержать глупую, еще с нею финти-фанты рассуждают.

— Как, маменька с сестрами? — спросила удивленная Лиза.

— Да как же: ведь она у маменьки в постели лежит. Шнуровку ей распустили, лодеколоном брызгают.

166

— Гм!

Лиза незаметно улыбнулась.

— Камедь! — повторила нараспев старуха, обтирая полотенцем губы, и на ее умном старческом лице тоже мелькнула ироническая улыбка.

— Эдакая аларма, право! — произнесла старуха, направляясь к двери, и, вздохнув, добавила: — наслал же Господь на такого простодушного барина да этакого — прости Господи — черта с рогами.

Выйдя к обеду, Лиза застала в зале всю семью. Тут же была и Ольга Александровна Розанова и Юстин Помада. Розанова сидела под окном, окруженная Ольгой Сергеевной и Софи. Перед ними стоял, держа сзади фуражку, Помада, а Зина с многозначительной миной на лице тревожно ходила взад и вперед по зале.

— Лиза! madame Розанова, очень приятное знакомство, — проговорила Ольга Сергеевна вошедшей дочери. — Это моя младшая дочь, — отнеслась она к Ольге Александровне.

— Очень приятно познакомиться, — проговорила Розанова с сладкой улыбкой и тем самым тоном, которым, по нашему соображению, хорошая актриса должна исполнять главную роль в пьесе «В людях ангел — не жена».

Лиза поклонилась молча и, подав мимоходом руку Помаде, стала у другого окна. Все существо кандидата выражало полнейшую растерянность и смущение. Он никак не мог разгадать причину внезапного появления Розановой в бахаревском доме.

— Когда ж Дмитрий Петрович возвратился? — расспрашивал он Ольгу Александровну.

Третьего дня, — отвечала она тем же ласковым голосом из пьесы «В людях ангел».

— Как он только жив с его перелетами, — сочувственно отозвался Помада.

— О-о! он очень здоров, ему это ничего не значит, — отвечала Розанова тем же нежным голосом, но с особым оттенком. Лиза полуоборотом головы взглянула на собранный ротик и разлетающиеся бровки докторши и снова отвернулась.

— Ему, я думаю, еще веселее в разъездах, — простонала Ольга Сергеевна.

— Натура сносливая, — шутя заметил простодушный Помада. — Вода у них на Волге, — этакой все народ здоровый, крепкий, смышленый.

— Разбойники эти поволжцы, — проговорила Ольга Александровна с такой веселой и нежной улыбкой, как будто с ней ничего не было и как будто она высказывала какую-то ласку мужу и его землякам.

— Нет-с, — талантливый народ, преталантливый, народ: сколько оттуда у нас писателей, артистов, ученых! Преталантливый край! —

расписывал Помада.

Подали горячее и сели за стол. За обедом Ольга Александровна совсем развеселилась и подтрунивала вместе с Софи над Помадою, который, однако, очень находчиво защищался.

— Как приехала сюда Розанова? — спросил он, подойдя после обеда к Лизе.

— Не знаю, — ответила Лиза и ушла в свою комнату.

— Няня, расскажи ты мне, как к вам Розанова приехала? — отнесся Помада к Абрамовне.

— На мужа, батюшка, барину жалобу произносила. Что же хорошей даме и делать, как не на мужа жаловаться? — отвечала старуха.

— Ну, а с Ольгой Сергеевной как же она познакомилась?

— Дурноты да перхоты разные приключились у барина в кабинете, ну и сбежались все.

— И Лизавета Егоровна?

— Эта чох-мох-то не любит. Да она про то ж, спасибо, и не слыхала.

Немного спустя после обеда Лизу попросили в угольную кушать ягоды и дыню. Все общество здесь снова было в сборе, кроме Егора Николаевича, который по славянскому обычаю пошел к себе всхрапнуть на диване. Десерт стоял на большом столе, за которым на угольном диване сидела Ольга Сергеевна, выбирая булавкой зрелые ягоды малины; Зина, Софи и Розанова сидели в углу за маленьким столиком, на котором стояла чепечная подставка. Помада сидел поодаль, ближе к гостиной, и ел дыню.

Около Розановой стояла тарелка с фруктами, но она к ним не касалась. Ее пальцы быстро собирали рюш, ловко группировали его с мелкими цветочками и приметывали все это к висевшей на подставке наколке.

— Как мило! — стонала томно Ольга Сергеевна, глядя на работу Розановой и сминая в губах ягодку малины.

— Очень мило! — восклицала томно Зина.

— Все так сэмпль, это вам будет к лицу, maman, — утверждала Софи.

— Да, я люблю сэмпль.

— Теперь все делают сэмпль — это гораздо лучше, — заметила Ольга Александровна.

Лиза сидела против Помады и с напряженным вниманием смотрела через его плечо на неприятный рот докторши с беленькими, дробными мышиными зубками и на ее брови, разлетающиеся к вискам, как крылья кобчика, отчего этот лоб получал какую-то странную форму, не безобразную, но весьма неприятную для каждого привыкшего искать на лице человека черт, более или менее выражающих содержание внутреннего мира.

— Я вам говорю, что у меня тоже есть свой талант, — весело произнесла докторша.

Затем она встала и, подойдя к Ольге Сергеевне, начала примеривать на нее наколку.

— Очень мило!

— Очень мило! — раздавалось со всех сторон.

— Я думаю завести мастерскую.

— Что ж, прекрасно будет, — отвечала Ольга Сергеевна.

— Никакой труд не постыден.

— Разумеется.

— Кто ж будет покупать ваши произведения? — вмешался Помада.

— Кому нужно, — отвечала с веселой улыбкой Ольга Александровна.

— Все из губернского города выписывают.

— Я стану работать дешевле.

— Вставать надо рано.

— Буду вставать.

— Не будете.

— О, не беспокойтесь, буду. Работа займет.

— Чего ж вы теперь не встаете?

— Вы не понимаете, Юстин Феликсович; тогда у нее будет свое дело, она будет и знать, для чего трудиться. А теперь на что же Ольге Александровне?

— Разве доктор и дочь не ее дело? — спокойно, но резко заметил Помада.

Ему никто ничего не ответил, но Ольга Сергеевна, помолчав, протянула:

— Всякий труд почтенен, всякий труд заслуживает похвалы и поощрения и не унижает человека.

Ольга Сергеевна произнесла это, не ожидая ниоткуда никакого возражения, но, к величайшему удивлению, Помада вдруг, не в бровь, а прямо в глаз, бухнул:

— Это рассуждать, Ольга Сергеевна, так отлично, а сами вы модистку в гости не позовете и за стол не посадите.

Это возражение не понравилось матери, двум дочерям и гостье, но зато Лиза взглянула на Помаду ободряющим и удивленным взглядом, в котором в одно и то же время выражалось: «вот как ты нынче!» и «валяй, брат, валяй их смелее». Но этот взгляд был так быстр, что его не заметил ни Помада, ни кто другой.

— Мне пора ехать, — после некоторой паузы проговорила Розанова.

— Куда же вы? Напейтесь у нас чаю, — остановили ее Зина и Ольга Сергеевна.

— Нет, пора: меня ждет... — Ольга Александровна картинно

вздохнула и досказала: — меня ждет мой ребенок.

— А то остались бы. Мы поехали бы на озеро: там есть лодка, покатались бы.

— Ах, я очень люблю воду! — воскликнула Ольга Александровна.

В конце концов Розанова уступила милым просьбам, и на конюшню послали приказание готовить долгуши. Лиза тихо вышла и, пройдя через гостиную и залу, вошла в кабинет отца.

— Вы спите, папа! Пора вставать, — сказала она, направляясь поднять стору.

Бахарев спал в одном жилете, закрыв свое лицо от мух синим фуляром.

— Что, мой друг? — спросил он, сбрасывая с лица платок.

— Я хочу вас о чем-то просить, папа.

— О чем, Лизочка?

— Не вмешивайтесь вы в это дело.

— В какое дело?

— Да вот в эту жалобу.

— Ох, и не говори? Самому мне смерть это неприятно.

— И не мешайтесь.

— Он такой милый; все мы его любим; всегда он готов на всякую услугу, и за тобой он ухаживал, а тут вдруг налетела та-та-та, и вот тебе целая вещь.

— Не мешайтесь, папа, не мешайтесь.

— Разумеется. Семейное дело, вспышка женская. Она какая-то взбалмошная.

— Она дрянь, — сказала Лиза с презрительной гримаской.

— Ну-у уж ты — вторая тетушка Агнесса Николаевна! Где она, Розанова-то?

— В рощу едет, по озеру кататься.

— В рощу-у?

— Да.

Старик расхохотался неудержимым хохотом и закашлялся. Лиза не поехала на озеро, и Бахарев тоже. Ездили одни дамы с Помадой и возвратились очень скоро. Сумерками Розанова, уезжая, перецеловала всех совершенно фамильярно. С тою же теплотою она обратилась было и к Лизе, но та холодно ответила ей: «Прощайте» и сделала два шага в сторону. Прощаясь с Бахаревым, Розанова не возобновила никакой просьбы, а старик, шаркнув ей у двери, сказал:

— Кланяйтесь, пожалуйста, от меня вашему мужу, — и, возвратясь в зал, опять залился веселым хохотом.

— Чего это? чего это? — с недовольной миной спрашивала Ольга Сергеевна, а Бахарев так и закатывался. Лиза понимала этот хохот.

— Бедный Дмитрий Петрович! — говорил Помада, ходя с Лизою перед ужином по палисаднику. — Каково ему это выносить! Каково это выносить, Лизавета Егоровна! Скандал! срам! сплетни! Жена родная, жена жалуется! Каково! ведь это надо иметь медный лоб, чтобы еще жить на свете.

— И чего она хотела!

— Да вот пожаловаться хотела. Она завтра проспит до полудня, и все с нее как с гуся вода. А он? Он ведь теперь...

— Что он сделает?

— Запьет! — произнес Помада, отворачиваясь и смигивая слезу, предательски выбежавшую на его серые совиные веки.

Лиза откинула пальцем свои кудри и ничего не отвечала.

— Туда же, к государю! Всякую этакую шушвару-то так тебе пред государя и представят, — ворчала Абрамовна, раздевая Лизу и непомерно раздражаясь на докторшу. — Ведь этакая прыть! «К самому царю доступлю». Только ему, царю-то нашему, и дела, что вас, пигалиц этаких, с мужьями разбирать.

Лиза рассмеялась.

— Коза драная; право, что коза, — бормотала старуха, крестя барышню и уходя за двери.

Дня через четыре после описанного происшествия Помада нашел случай съездить в город.

— Все это так и есть, как я предполагал, — рассказывал он, вспрыгнув на фундамент перед окном, у которого работала Лиза, — эта сумасшедшая орала, бесновалась, хотела бежать в одной рубашке по городу к отцу, а он ее удержал. Она выбежала на двор кричать, — а он ей зажал рукой рот да впихнул назад в комнаты, чтобы люди у ворот не останавливались; только всего и было.

— Почему ж это вы сочли долгом тотчас же сообщить мне эти подробности? — спросила холодно Лиза.

— Я так рассказал, — отвечал, сконфузясь, Помада и, спрыгнув с фундамента, исчез за кустами палисадника.

— Папа! дайте мне лошадку съездить к Женни, — сказала Лиза через неделю после Помадиного доклада.

Ей запрягли кабриолет, она села в него с Помадою вместо грума и доехала.

На дворе был в начале десятый час утра. День стоял суровый: ни грозою, ни дождем не пахло, и туч на небе не было, но кругом все было серо и тянуло холодом. Народ говорил, что непременно где-де-нибудь недалеко град выпал.

На хорошей лошади от Мерева до уездного города было всего час езды, особенно холодком, когда лошадь не донимает ни муха, ни расслабляющий припек солнца.

Лиза проехала всю дорогу, не сказав с Помадою ни одного слова. Она вообще не была в расположении духа, и в сером воздухе, нагнетенном низко ползущим небом, было много чего-то такого, что неприятно действовало на окисление крови и делало человека способным легко тревожиться и раздражаться.

С пьяными людьми часто случается, что, идучи домой, единым Божиим милосердием хранимы, в одном каком-нибудь расположении духа они помнят, откуда они идут, а взявшись за ручку двери, неожиданно впадают в совершенно другое настроение или вовсе теряют понятие о всем, что было с ними прежде, чем они оперлись на знакомую дверную ручку. С трезвыми людьми происходит тоже что-то вроде этого. До двери идет один человек, а в дверь ни с того ни с сего войдет другой.

Въехав на училищный двор и бросив Помаде вожжи, Лиза бодро вбежала на крылечко, которым входили в кухню Гловацких. Лиза с первого визита всегда входила к Гловацким через эти двери, и теперь она отперла их без всякого расположения молчать и супиться, как во время всей дороги. Переступив через порог небольших, но очень чистых и очень светлых дощатых сеней, Лиза остановилась в недоумении.

Посреди сеней, между двух окон, стояла Женни, одетая в мундир штатного смотрителя. Довольно полинявший голубой бархатный воротник сидел хомутом на ее беленькой шейке, а слежавшиеся от долгого неупотребления фалды далеко разбегались спереди и пресмешно растягивались сзади на довольно полной юбке платья. В руках Женни держала треугольную шляпу и тщательно водила по ней горячим утюгом, а возле нее, на доске, закрывавшей кадку с водою, лежала шпага.

— Что это такое? — спросила, смеясь, Лиза.

— Ах, Лиза, душка моя! Вот кстати-то приехала, — вскрикнула Женни и, обняв подругу, придавила ей ухо медною пуговицею мундирного обшлага.

— Что это такое? — переспросила снова Лиза, осматривая Гловацкую.

— Что?

— Да зачем ты в мундире? На службу, что ли, поступаешь?

— Ах, об этом-то! Я держу Пелагее мундир, чтоб ей было ловчее чистить.

Тут Лиза увидела Пелагею, которая, стоя на коленях сзади Гловацкой, ревностно отскребала ногтем какое-то пятно, лет пять тому назад попавшее на конец фалды мундира Петра Лукича.

— Ты ведь не знаешь, какая у нас тревога! — продолжала Гловацкая, стоя по-прежнему в отцовском мундире и снова принявшись за утюг и шляпу, положенные на время при встрече с Лизой. Сегодня, всего с час назад, приехал чиновник из округа от попечителя, — ревизовать будет. И папа и учителя все в такой суматохе, а Яковлевича взяли на парадном подъезде стоять. Говорят, скоро будет в училище. Папа там все хлопочет и болен еще… так неприятно, право.

— А-у, — так вот это что!

В сени вошел Помада.

— Евгения Петровна! Что это?! — воскликнул он; но прежде, чем ему кто-нибудь ответил, из кухни выбежал Петр Лукич в белом жилете с торчавшею сбоку рыжею портупеею.

— Мундир! мундир! давай, давай, Женюшка, уж некогда чиститься. Ах, Лизанька, извините, друг мой, что я в таком виде. Бегаю по дому, а вы вон куда зашли... поди тут. Эх, Женни, да давай, матушка, что ли!

Пока Женни сняла с себя мундир, отец надел треуголку и засунул шпагу, но, надев мундир, почувствовал, что эфесу шпаги неудобно находиться под полою, снова выдернул это смертоносное орудие и, держа его в левой руке, побежал в училище.

— Пойдем, Лиза, я тебя напою шоколадом: я давно берегу для тебя палочку; у меня нынче есть отличные сливки, — сказала Женни, и они пошли в ее комнату, между тем как Помада юркнул за двери и исчез за ними.

Через пять минут он явился в комнату Евгении Петровны, где сидела одна Лиза, и, наклоняясь к ней, прошептал:

— Статский советник Сафьянос.

— Что такое-е? — с ударением и наморщив бровки, спросила Лиза своим обыкновенным голосом.

— Статский советник Сафьянос, — опять еще тише прошептал Помада.

— Что же это такое? Пароль или лозунг такой?

Помада откашлялся, закрыв ладонью рот, и отвечал:

— Это ревизор.

— Фу, Боже мой, какой вы шут, Помада!

Кандидат опять кашлянул, заслоняя ладонью рот, и, увидя Евгению Петровну, входящую с чашкою шоколада в руках, произнес гораздо громче:

— Статский советник Сафьянос.

— Кто это? — спросила, остановясь, Женни.

— Этот чиновник: он только проездом здесь; он будет ревизовать гимназию, а здесь так, только проездом посмотрит, — отвечал Помада.

Гловацкая, подав Лизе сухари, исправлявшие должность бисквитов, принесла шоколаду себе и Помаде. В комнате началась беседа сперва о том, о сем и ни о чем, а потом о докторе. Но лишь только Женни успела сказать Лизе: «да, это очень гадкая история!» — в комнату вбежал Петр Лукич, по-прежнему держа в одной руке шпагу, а в другой шляпу.

— Женни, обед, обед! — сказал он, запыхавшись.

— Еще не готов обед, папа; рано еще, — отвечала Женни, ставя торопливо свою чашку.

— Ах Боже мой! Что ты это, на смех, что ли, Женни? Я тебе

говорю, чтоб был хороший обед, что ревизор у нас будет обедать, а ты толкуешь, что не готов обед. Эх, право!

— Хорошо, хорошо, папа, я не поняла.

— То-то не поняла. Есть когда рассказывать. Смотритель опрометью бросился из дома.

— Боже мой! что я дам им обедать? Когда теперь готовить? — говорила Женни, находясь в затруднительном положении дочери, желающей угодить отцу, и хозяйки, обязанной не ударить лицом в грязь.

— Женни! Женни! — кричал снова вернувшийся с крыльца смотритель. — Пошли кого-нибудь... да и послать-то некого... Ну, сама сходи скорее к Никону Родивонычу в лавку, возьми вина... разного вина и получше: каркавелло, хересу, кагору бутылочки две и того... полушампанского... Или, черт знает уж, возьми шампанского. Да сыру, сыру, пожалуйста, возьми. Они сыр любят. Возьми швейцарского, а не голландского, хорошего, поноздреватее который бери, да чтобы слезы в ноздрях-то были. С слезой, непременно с слезой.

— Хорошо, папа, сейчас пойду. Вы только не беспокойтесь.

— Да... Да того... что это, бишь, я хотел сказать?.. Да! из приходского-то училища учителя вели позвать, только чтобы оделся он.

— Он рыбу пошел удить, я его встретил, — проговорил Помада.

— Рыбу удить! О Господи! что это за человек такой! Ну, хоть отца дьякона: он все-таки еще законоучитель. Сбегайте к нему, Юстин Феликсович.

— А того... Что, бишь, я тоже хотел?.. Да! Женичка! А Зарницын-то хорош? Нету, всякий понедельник его нету, с самой весны зарядил. О Боже мой! что это за люди!

Петр Лукич бросился в залу, заправляя в десятый раз свою шпагу в портупею. Шпага не лезла в свернувшуюся мочку. Петр Лукич сделал усилие, и кожаная мочка портупеи шлепнулась на пол. Смотритель отчаянно крикнул:

— Эх, Женни! тоже осматривала!.. — швырнул на пол шпагу и выбежал за двери без оружия.

Как только смотритель вышел за двери, Лиза расхохоталась и сказала:

— Проклятый купчишка Абдулин! Не видит, что у городничего старая шпага. Женни тоже было засмеялась, но при этом сравнении, хотя сказанном без злого умысла, но не совсем кстати, сделалась серьезною и незаметно подавила тихий девичий вздох.

Лиза прочитала более десяти печатных листов журнала, прежде чем раскрасневшаяся от стояния у плиты Женни вошла и сказала:

— Ну, слава Богу: все будет в порядке.

Помада объявил, что будет и дьякон и доктор, которого он пригласил по желанию Женни.

В четыре часа в передней послышался шум. Это входили Гловацкий, Саренко, Вязмитинов и Сафьянос.

— Пузаносто, пузаносто, не беспокойтесь, пузаносто, — раздался из передней незнакомый голос.

Женни вышла в залу и стала как хозяйка.

Входил невысокий толстенький человек лет пятидесяти, с орлиным носом, черными глазами и кухмистерской рожей. Вообще грек по всем правилам греческой механики и архитектуры. Одет он был в мундирный фрак министерства народного просвещения.

Это был ревизор, статский советник Апостол Асигкритович Сафьянос. За ним шел сам хозяин, потом Вязмитинов, потом дьякон Александровский в новой рясе с необъятными рукавами и потом уже сзади всех учитель Саренко.

Саренке было на вид за пятьдесят лет; он был какая-то глыба грязного снега, в которой ничего нельзя было разобрать. Сам он был велик и толст, но лицо у него казалось еще более всего туловища. С пол-аршина длины было это лицо при столь же соразмерной ширине, но не было на нем ни следа мысли, ни знака жизни. Свиные глазки тонули в нем, ничего не выражая, и самою замечательною особенностию этой головы была ее странная растительность.

Ни на висках, ни на темени у Саренки не было ни одной волосинки, и только из-под воротника по затылку откуда-то выползала довольно черная косица, которую педагог расстилал по всей голове и в виде лаврового венка соединял ее концы над низеньким лбом. Кто-то распустил слух, что эта косица вовсе не имеет начала на голове Саренки, но что у него есть очень хороший, густой хвост, который педагог укладывает кверху вдоль своей спины и конец его выпускает под воротник и расстилает по черепу. Многие очень серьезно верили этому довольно сомнительному сказанию и расспрашивали цирюльника Козлова о всех подробностях Саренкиного хвоста.

Итак, гости вошли, и Петр Лукич представил Сафьяносу дочь, причем тот не по чину съежился и, взглянув на роскошный бюст Женни, сжал кулаки и засосал по-гречески губу.

— Оцэнь рад, цто случай позволяет мнэ иметь такое знакомство, — заговорил Сафьянос.

Женни вскоре вышла, и вслед за тем подали холодную закуску, состоявшую из полотка, ветчины, редиски и сыра со слезами в ноздрях.

— Пожалуйте, ваше превосходительство! — просил Гловацкий.

— Мозно! мозно, адмиральтэйский цас ударил.

— Давно ударил, ваше превосходительство, — бойко отвечал своим бархатным басом развязный Александровский.

— Вы какую кушаете, ваше превосходительство? — спрашивал тихим, покорным голосом Саренко, держа в руках графинчик.

— Зтуо это такое?

— Это рябиновая, — так же отвечал Саренко.

— Нэт, я не пью рябиновая.

— Нехороша, ваше превосходительство, — еще покорнее рассуждал Саренко, — точно, водка она безвредная, но не во всякое время, — и, поставив графин с рябиновой, взялся за другой.

— Рябиновая слабит, — заметил басом Александровский, — а вот мятная, та крепит, и калгановка тоже крепит.

— Это справедливо, — точно высказывая государственный секрет, заметил опять Саренко, наливая рюмку его превосходительству.

Когда Лиза с Женни вышли к парадно накрытому в зале столу, мужчины уже значительно повеселели.

Кроме лиц, вошедших в дом Гловацкого вслед за Сафьяносом, теперь в зале был Розанов. Он был в довольно поношенном, но ловко сшитом форменном фраке, тщательно выбритый и причесанный, но очень странный. Смирно и потерянно, как семинарист в помещичьем доме, стоял он, скрестив на груди руки, у одного окна залы, и по лицу его то там, то сям беспрестанно проступали пятна.

Женни подошла к нему и с участием протянула свою руку. Доктор неловко схватил и крепко пожал ее руку, еще неловче поклонился ей перед самым носом, и красные пятна еще сильнее забегали по его лицу. Лиза ему очень сухо поклонилась, держа перед собою стул. Отвечая на этот сухой поклон, доктор побагровел всплошную.

Сели за стол.

Женни села в конце стола, Петр Лукич на другом. С правой стороны Женни поместился Сафьянос, а за ним Лиза.

— Между двух прекрасных роз, — проговорил Сафьянос, расстилая на коленях салфетку и стараясь определить приятность своего положения между девушками.

Женни, наливая тарелку супу, струсила, чтобы Лиза не отозвалась на эту любезность словом, не отвечающим обстоятельствам, и взглянула на нее со страхом, но опасения ее были совершенно напрасны.

Лиза с веселой улыбкой приняла из рук Сафьяноса переданную ей тарелку и ласково сказала:

— Merci..

— Я много слисал о васем папиньке, — начал, обращаясь к ней, Сафьянос, — они много заботятся о просвисении, и завтра непременно хоцу к ним визит сделать.

— Папа теперь дома, — отвечала Лиза, и разговор несколько времени шел в этом тоне.

Однако Сафьянос, сидя между двумя розами, не забыл удостоить своим вниманием и подчиненных.

— Оцэнь созалею, оцень созалею, отец дьякон, цто вы оставляете уцилиссе, — отнесся он к Александровскому. — Хуць мина некогда било смотреть самому, ну, нас поцтенный хозяин рекомэндует вас с самой лестной стороны.

— Да, покидаю, покидаю. Линия такая подошла, ваше превосходительство, — отвечал дьякон с развязностью русского человека перед сильным лицом, которое вследствие особых обстоятельств отныне уже не может попробовать на нем свои силы.

— Мозет бить, там тозэ захоцете заняться?

— Преподаванием? О нет! Там уже некогда. То неделю нужно править, а там архиерейское служение. Нет, там уж не до того.

— Да, да: это тоцно.

— В гору пошел наш отец дьякон, — заметил, относясь к Сафьяносу, Саренко.

— Да цто з! Талант усигда найдет дорогу.

— И чудесно это как случилось, заговорил Александровский, — за первенствующего после смерти протодьякона Павла Дмитриевича ездил по епархии Савва Благостынский. Ну и все говорили, что он будет настоящим протодьяконом. Так все и думали и полагали на него. А тут приехали владыко к нам, литургисают в соборе; меня регент Омофоров вторствующим назначил. Ну, я и действовал; при облачении еще даже довольно, могу сказать, себя показал, а апостол я стал чести, Благостынский и совсем оробел. — Александровский рассмеялся и потом серьезно добавил: — Регент Омофоров тут же на закуске у Никона Родивоновича сказал: «Нет, говорит, ты, Благостынский, швах». А тут и владычнее предписание пришло, что быть мне протодьяконом на месте покойного Павла Дмитриевича.

— Тссссс, сказытэ пузаноста! — воскликнул Сафьянос, качая головою.

— Лестно! — произнес Саренко.

— Да! — да ведь что приятно-то? — вопрошал Александровский, — то приятно, что без всяких это протекций. Конечно, регенту нужно что-нибудь, презентик какой-нибудь этакой, а все же ведь прямо могу сказать, что не по искательству, а по заслугам отличен и почтен.

— Ну, конецно, конецно, — подтвердил Сафьянос.

Уже доедали жаркое, и Женни уже волновалась, не подожгла бы Пелагея «кудри», которые должны были явиться на стол под малиновым вареньем, как в окно залы со вздохом просунулась лошадиная морда, а с седла веселый голос крикнул: «Хлеб да соль».

Все оглянулись и увидели Зарницына.

Он сидел на прекрасной, смелой лошади и держал у козырька руку в красно-желтой лайковой перчатке. Увидя чужого человека, Зарницын догадался, что происходит что-то особенное, и отъехал. Через минуту он картинно вошел в залу в коротенькой жакетке и с изящным хлыстиком в огненной перчатке.

Кроме дьякона и Лизы, все почувствовали себя очень неловко при входе Зарницына, который в передней успел мимоходом спросить о госте, но, нимало не стесняясь своей подчиненностью, бойко подошел к Женни, потом пожал руку Лизе и, наконец, изящно и развязно поклонился Сафьяносу.

— Оцень рад, — произнес Сафьянос торопливо, протягивая свою руку.

— Зарницын, учитель математики, — счел нужным отрекомендовать его Гловацкий. Сафьянос хотел принять начальственный вид, даже думал потянуть назад свою пухлую греческую руку, но эту руку Зарницын уже успел пожать, а в начальственную форму лицо Сафьяноса никак не складывалось по милости двух роз, любезно поздоровавшихся с учителем.

— Мне очень мило, — начал Зарницын, — мне очень мило, хоть теперь, когда я уже намерен оставить род моей службы, засвидетельствовать вам мое сочувствие за те реформы, которые хотя слегка, но начинают уже чувствоваться по нашему учебному округу.

«Церт возьми, — думал Сафьянос, — еще он мне социувствия изъявляет!» — Но сказал только: — Я сам оцень рад сближаться с насыми сотовариссами.

— Да, настала пора взаимнодействия, пора, когда и голова и сердце понимают, что для правильности их отправлений нужно, чтобы правильно действовал желудок. Именно, чтобы правильно действовал желудок, чтобы был здоров желудок.

— Желудок всему голова, — подтвердил дьякон.

— Я пока служил, всегда говорил это всем, что верхние без нижних ничего не сделают. Ничего не сделают верхние без нижних; и я теперь, расставаясь с службой, утверждаю, что без нижних верхние ничего не сделают.

Зарницын ловко закинул руку за спинку стула, поставленного несколько в стороне от Сафьяноса, и щелкнул себя по сапогу хлыстиком.

— Стуо з, вы разви увольняетесь? — спросил Сафьянос.

— Я сегодня буду иметь честь представить вам прошение о своем увольнении, — грациозно кланяясь, ответил Зарницын.

Саренко тихо кашлянул и смял в боковом кармане тщательно сложенный листик, на котором было кое-что написано про учителя математики, и разгладил по темени концы своего хлыста.

— Стуо з, типэрь карьеры отлицные, — уже совсем либерально заметил Сафьянос.

— Я не ищу карьеры. Теперь каждому человеку много деятельности открывается и вне службы.

— Да, эти компании.

— И без компаний.

— Стуо з вы хотите?

Зарницын пожал многозначительно плечами, еще многозначительнее улыбнулся и произнес:

— Дело у каждого из нас на всяком месте, возле нас самих, — и, вздохнув гражданским вздохом, добавил: — именно возле нас самих, дело повсюду, повсюду, повсюду дело ждет рук, доброй воли и уменья.

— Это тоцно, — ответил Сафьянос, не понимающий, что он говорит и что за странное такое обращение допускает с собою.

— Но нужны, ваше превосходительство, и учители, и учители тоже нужны: это факт. Я был бы очень счастлив, если бы вы мне позволили рекомендовать вам на мое место очень достойного и способного молодого человека.

— Я усигда готов помочь молодым людям, ну только это полозено типэрь с согласием близайсаго нацальства делать.

— Ближайшее начальство вот — Петр Лукич Гловацкий. Петр Лукич! вы желали бы, чтобы мое место было отдано Юстину Феликсовичу?

— Да, я буду очень рад.

— И я буду рада, — весело сказала Лиза.

— И вы? — оскалив зубы, спросил Сафьянос.

— И я тоже, — сказала с другой стороны, закрасневшись, Женни.

— И вы? — оскаблияясь в другую сторону, спросил ревизор и, тотчас же мотнув головою, как уж, в обе стороны, произнес: — Ну, поздравьте васего протязе с местом.

— Поздравляю! — сказала Лиза, указывая пальцем на Помаду.

В шкафе была еще бутылка шампанского, и ее сейчас же роспили за новое место Помады. Сафьянос первый поднял бокал и проговорил:

— Поздравляю вас, господин Помада, — чокнулся с ним и с обеими розами, также державшими в своих руках по бокалу.

— Вот случай! — шептал кандидат, толкая Розанова. — Выпей же хоть бокал за меня.

— Отстань, не могу я пить ничего, — отвечал Розанов.

В числе различных практических и непрактических странностей, придуманных англичанами, нельзя совершенно отрицать целесообразность обычая, предписывающего дамам после стола удаляться от мужчин.

Наши девицы очень умно поступили, отправившись тотчас после обеда в укромную голубую комнату Женни, ибо даже сам Петр Лукич через час после обеда вошел к ним с неестественными розовыми пятнышками на щеках и до крайности умильно восхищался простотою обхождения Сафьяноса.

— Не узнаю начальственных лиц: простота и благодушие. — восклицал он.

Было уже около шести часов вечера, на дворе потеплело, и показалось солнце. Ученое общество продолжало благодушествовать в зале. С каждым новым стаканом Сафьянос все более и более вовлекался в свою либеральную роль, и им овладевал хвастливый бес многоречия, любящий все пьяные головы вообще, а греческие в особенности. Сафьянос уже вволю наврал об Одессе, о греческом клубе, о предполагаемых реформах по министерству, о стремлении начальства сблизиться с подчиненными и о своих собственных многосторонних занятиях по округу и по ученым обществам, которые избрали его своим членом.

Все благоговейно слушали и молчали. Изредка только Зарницын или Саренко вставляли какое-нибудь словечко.

Выбрав удобную минуту, Зарницын встал и, отведя в сторону Вязмитинова, сказал:

— Добрые вести.

— Что такое?

Зарницын вынул листок почтовой бумаги и показал несколько строчек, в которых было сказано: «У нас уж на фабриках и в казармах везде поют эту песню. Посылаю вам ее сто экземпляров и сто программ адреса. Распространяйте, и. т. д.».

— И это все опять по почте?

— По почте, — отвечал Зарницын и рассмеялся.

— Что ж ты будешь делать?

— Пускать, пускать надо.

— Ведь это одно против другого пойдет.

— Ничего, теперь все во всем согласны.

— Ты сегодня совсем весь толк потерял.

— Рассказывай, — отвечал Зарницын.

— Хоть с Сафьяносом-то будь поосторожнее.

— Э! вздор! Теперь их уж нечего бояться: их надо шевелить, шевелить надо.

Между тем из-за угла показался высокий отставной солдат. Он был босиком, в прежней солдатской фуражке тарелочкой, в синей пестрядинной рубашке навыпуск и в мокрых холщовых портах, закатанных выше колен. На плече солдат нес три длинные, гнуткие удилища с правильно раскачивавшимися на волосяных лесах поплавками и бечевку с нанизанными на ней карасями, подъязками и плотвой.

— Стуо, у вас много рыбы? — осведомился Сафьянос, взглянув на солдата.

— Есть-с рыба, — таинственно ответил Саренко.

— И как она... то есть, я хоцу это знать... для русского географицеского обсества. Это оцэн вазно, оцэн вазно в географицеском отношении.

— И в статистическом, — подсказал Зарницын.

— Да и в статистическом. Я бы дазэ хотел сам порасспросить этого рыбаря.

— Служба! служба! — поманул в окно угодливый Саренко.

Солдат подошел.

— Стань, милый, поближе; тебя генерал хочет спросить.

Услыхав слово «генерал», солдат положил на траву удилища, снял фуражку и вытянулся.

— Стуо, ты поньмаес рыба? — спросил Сафьянос.

— Понимаю, ваше превосходительство! — твердо отвечал воин.

— Какую ты больсе поньмаес рыбу?

— Всякую рыбу понимаю, ваше превосходительство!

— И стерлядь поньмаес?

— И стерлить могу понимать, ваше превосходительство.

— Будто и стерлядь поньмаес?

— Понимаю, ваше превосходительство: длинная этакая рыба и с носом, — шиловатая вся. Скусная самая рыба.

— Гм! Ну, а когда ты болсе поньмаесь?

Солдат, растопырив врозь пальцы и подумав, отвечал:

— Всегда равно понимаю, ваше превосходительство!

— Гм! И зимою дозэ поньмаес?

Солдат вовсе потерялся и, выставив вперед ладони, как будто держит на них перед собою рыбу, нерешительно произнес:

— Нам, ваше превосходительство, так показывается, что все единственно рыба, что летом, что зимой, и завсегда мы ее одинаково понимать можем.

Сафьянос дал солдату за это статистическое сведение двугривенный и тотчас же занотовал в своей записной книге, что по реке Саванке во всякое время года в изобилии ловится всякая рыба и даже стерлядь.

— Это все оцен вазно, — заметил он и изъявил желание взглянуть на самые рыбные затоны. Затонов на Саванке никаких не было, и удильщики ловили рыбу по колдобинкам, но все-таки тотчас достали двувесельную лодку и всем обществом поехали вверх по Саванке.

Доктор и Вязмитинов понимали, что Сафьянос и глуп и хвастун; остальные не осуждали начальство, а Зарницын слушал только самого себя. Лодка доехала до самого Разинского оврага, откуда пугач, сидя над черной расселиной, приветствовал ее криком: «шуты, шуты!» Отсюда лодка поворотила. На дворе стояла ночь.

По отъезде ученой экспедиции Пелагея стала мести залу и готовить к чаю, а Лиза села у окна и, глядя на речную луговину, крепко задумалась. Она не слыхала, как Женни поставила перед нею глубокую тарелку с лесными орехами и ушла в кухню готовить новую кормежку.

Лиза все сидела, как истукан. Можно было поручиться, что она не видала ни одного предмета, бывшего перед ее глазами, и если бы судорожное подергиванье бровей по временам не нарушало мертвой неподвижности ее безжизненно бледного лица, то можно было бы подумать, что ее хватил столбняк или она так застыла.

— Аах! — простонала она, выведенная из своего состояния донесшимся до нее из Разинского оврага зловещим криком пугача, и, смахнув со лба тяжелую думу, машинально разгрызла один орех и столь же машинально перегрызла целую тарелку, прежде чем цапля, испуганная подъезжающей лодкой, поднялась из осоки и тяжело замахала своими длинными крыльями по синему ночному небу.

— И это люди называются! И это называется жизнь, это среда! — прошептала Лиза при приближении лодки и, хрустнув пальцами, пошла в комнату Женни.

Пили чай; затем Сафьянос, Петр Лукич, Александровский и Вязмитинов уселись за пульку. Зарницын явился к Евгении Петровне в кухню, где в это время сидела и Лиза. За ним вскоре явился Помада, и еще через несколько минут тихонько вошел доктор. Странно было видеть нынешнюю застенчивость и робость Розанова в доме, где он был всегда милым гостем и держался без церемонии.

— Не мешаем мы вам, Евгения Петровна? — застенчиво спросил он.

— Вы — нет, доктор, а вот Алексей Павлович тут толчется, и никак его выжить нельзя.

— Погодите, Евгения Петровна, погодите! будет время, что и обо мне заскучаете! — шутил Зарницын.

— Да, в самом деле, куда это вы от нас уходите?

— Землю пахать, пахать землю, Евгения Петровна. Надо дело делать.

— Где ж это вы будете пахать? Мы приедем посмотреть, если позволите.

— Пожалуйста, пожалуйста.

— Вы в перчатках будете пахать? — спросила Лиза.

— Зачем? Он чужими руками все вспашет, — проронил Розанов.

— А ты, Гамлет, весь день молчал и то заговорил.

— Да уж очень ты занят нынче.

— Погоди, брат, погоди, — будет время, когда ты перестанешь смеяться; а теперь прощайте, я нарочно фуражку в кармане вынес, чтобы уйти незамеченным.

Женни удерживала Зарницына, но он не остался ни за что.

— Дело есть, не могу, ни за что не могу.

— Чья это у тебя лошадь? — спросил его, прощаясь, доктор.

— А что?

— Так, ничего.

— Хороший конь. Это я у Катерины Ивановны взял.

— У Кожуховой?

— Да.

— Купил?

— Н... Нет, так... пока взял.

Зарницын вышел, и через несколько минут по двору

послышался легкий топот его быстрой арабской лошади.

— Что это он за странности делает сегодня? — спросила Женни.

— Он женится, — спокойно отвечал доктор.

— Как женится?

— Да вы разве не видите? Посмотрите, он скоро женится на Кожуховой.

— На Кожуховой! — переспросила, расширив удивленные глаза, Женни. — Этого не может быть, доктор.

— Ну, вот увидите: она его недаром выпускает на своей лошади. А то где ж ему землю-то пахать.

— Ей сорок лет.

— Потому-то она и женит его на себе.

— Любви все возрасты послушны, — проговорил Помада.

Женни и Лиза иронически улыбнулись, но эти улыбки нимало не относились к словам Помады.

«Экая все мразь!» — подумала, закусив губы, Лиза и гораздо ласковее взглянула на Розанова, который при всей своей распущенности все-таки более всех подходил в ее понятиях к человеку. В его натуре сохранилось много простоты, искренности, задушевности, бесхитростности и в то же время живой русской сметки, которую он сам называл мошенническою философиею. Правда, у него не было недостатка в некоторой резкости, доходящей иногда до nec plus ultra, но о бок с этим у него порою шла нежнейшая деликатность. Он был неуступчив и неспособен обидеть первый никого. Вязмитинов давно не нравился Лизе. Она не знала о нем ничего дурного, но во всех его движениях, в его сосредоточенности и сдержанности для нее было что-то неприятное. Она говорила себе, что никто никогда не узнает, что этот человек когда сделает. Глядя теперь на покрывавшееся пятнами лицо доктора, ей стало жаль его, едва ли не так же нежно жаль, как жалела его Женни, и докторше нельзя было бы посоветовать заговорить в эти минуты с Лизою.

— Где эта лодка, на которой ездили? — спросила Лиза.

— Тут у берега, — отвечал доктор.

— Я хотела бы проехаться. Вы умеете грести?

— Умею.

— И я умею, — вызвался Помада. Лиза встала и пошла к двери. За нею вышли доктор и Помада. У самого берега Лиза остановилась и, обратясь к кандидату, сказала:

— Ах, Юстин Феликсович, вернитесь, пожалуйста, попросите мне у Женни большой платок, — сыро что-то на воде.

Помада пустился бегом в калитку, а Лиза, вспрыгнув в лодку, сказала:

— Гребите.

— А Помада?

— Гребите, — отвечала Лиза.

Доктор ударил веслами, и лодочка быстро понеслась по течению, беспрестанно шурша выпуклыми бортами о прибрежный тростник извилистой Саванки.

— Гу-гу-гу-у-ой-иой-иой! — далеко уже за лодкою простонал овражный пугач, а лодка все неслась по течению, и тишина окружающей ее ночи не нарушалась ни одним звуком, кроме мерных ударов весел и тонкого серебряного плеска от падающих вслед за ударом брызгов.

Доехав до леса, Лиза сказала:

— Вернемтесь.

Доктор залаптил левым веслом и, повернув лодку, стал грести против воды с удвоенною силою.

На небе уже довольно высоко проглянула луна. Она играла по мелкой ряби бегущей речки и сквозь воду эффектно освещала бесчисленные мели, то покрытые водорослями, то теневыми наслоениями струистого ила.

Лицо доктора было в тени, лицо же Лизы было ярко освещено полною луною.

— Доктор! — позвала Лиза после долгого молчания.

— Что прикажете, Лизавета Егоровна? — отозвался Розанов.

— Я хочу с вами поговорить.

Розанов греб и ничего не ответил.

— Я хочу говорить с вами о вас самих, — пояснила Лиза.

Ответа снова не было, но усиленный удар гребца сказал за него: «да, я так и думал».

— Вы слушаете по крайней мере? — спросила Лиза.

— Я все слышал.

— Что, вам очень хочется пропасть тут? Ведь так жить нельзя, как вы живете...

— Я это знаю.

— Или по-вашему выходит, что еще можно?

— Нет, я знаю, да только...

— Что только?

— Деться некуда.

— Ну, это другой вопрос. Прежде всего вы глубоко убеждены в том, что так жить, как вы живете, при вашей обстановке и при вашем характере, жить невозможно?

— Позвольте, Лизавета Егоровна... — после короткой паузы начал было доктор; но Лиза его прервала.

— Вы хотите потребовать от меня отчета, по какому праву я завела с вами этот разговор? По такому же точно праву, по какому вы помешали мне когда-то ночевать в нетопленном доме.

— Да нет, напрасно вы об этом говорите. Я совсем не о том хотел спросить вас.

— О чем же?

— О том, что если вы намерены коснуться в ваших словах известного вам скандального события, то, умоляю вас, имейте ко мне жалость — оставьте это намерение.

— Фуй! С чего это вы взяли? Как будто это пошлое событие само по себе имеет такую важность...

— Скандал.

— Дело не в скандале, а в том, что вы пропадаете, тогда как, мне кажется... я, может быть, и ошибаюсь, но во всяком случае мне кажется, что вы еще можете быть очень полезны.

— Я разбит совсем.

— Для этого-то и нужно, чтобы вы были несколько в лучшем положении; чтобы вы были спокойнее, счастливее; чтобы ваша жизнь наполнялась чем-нибудь годным.

— Моя жизнь прошла.

— Ну, это хандра и ничего более.

— Нет уж... Энергия вся пропала.

— Тем настоятельнее нужно спасаться.

— Как? где спасаться? от кого? От домашних врагов спасенья нет.

— Какой вы вздор говорите, доктор! Вы сами себе первый враг.

— А от себя не уйдешь, Лизавета Егоровна.

— Ну, значит, и говорить не о чем, — вспыльчиво сказала Лиза, и на ее эффектно освещенном луною молодом личике по местам наметились черты матери Агнии.

«Черт знает, что это в самом деле за проклятие лежит над людьми этой благословенной страны!» — проговорила она сама к себе после некоторого раздумья.

Она сердилась на неловкий оборот, данный разговору, и насупилась. Доктор, не раз опускавший весла при разговоре, стал грести с удвоенным старанием.

Проехав овраг, Лиза сказала совсем другим тоном:

— Мне все равно, что вы сделаете из моих слов, но я хочу сказать вам, что вы непременно и как можно скорее должны уехать отсюда. Ступайте в Москву, в Петербург, в Париж, куда хотите, но не оставайтесь здесь. Вы здесь скоро... потеряете даже способность сближаться.

— Я не могу никуда уехать.

— Отчего это?

— Мне жаль ребенка.

— А при вас хорошо ребенку?

— Все-таки лучше.

— Старайтесь устроить ребенка, ищите кафедры, защищайте диссертацию.

— Мне ее жаль.

— Кого?

— Ее... жену.

Лиза сделала презрительную гримасу и сказала:

— Это даже смешно, Дмитрий Петрович.

— Да, я знаю, что смешно и даже, может быть, глупо.

— Может быть, — отвечала Лиза.

— Что ж делать?

— Уехать, работать, оставить ее в покое, заботиться о девочке. Другой мир, другие люди, другая обстановка, все это вас оживит. Стыдитесь, Дмитрий Петрович! Вы хуже Помады, которого вы распекаете. Вместо того чтобы выбиваться, вы грязнете, тонете, пьете водку... Фуй!

Доктор опустил весла и закрыл лицо.

— Вы, кажется, плачете? — спросила Лиза.

— Плачу, — спокойно отвечал доктор.

— Это уж из рук вон! Что, наконец, вас так мучает? Доктор! доктор! неужели и вы уже стали ничтожеством, и в вас заглохло все человеческое?

Розанов долго молчал и разом спокойно поднял голову.

— Что? — спросила глядевшая на него Лиза.

— Вы правы.

— Так ступайте же, и чем скорее, тем лучше.

— У меня нет денег.

— Это вздор. У меня есть около двухсот рублей моих собственных, и вы меня обидите, если не возьмете их у меня взаймы.

— Нет, не возьму.

— Я вам сказала, что вы меня обидите и лишите права принять со временем от вас, может быть, большую услугу. — Так уедете? — спросила она, вставая, когда лодка причаливала к берегу.

— Уеду, — решительно отвечал Розанов.

— Ваше слово.

— Да.

На берегу показался Помада, сидящий с свернутым большим платком на коленях.

— И еще... — сказала Лиза тихо и не смотря на доктора, — еще... Не пейте, Розанов. Работайте над собой, и вы об этом не пожалеете: все будет, все придет, и новая жизнь, и чистые заботы, и новое счастье. Я меньше вас живу, но удивляюсь, как это вы можете не видеть ничего впереди.

Сказав это, Лиза оперлась на руку Помады и, дойдя с ним молча до крыльца, прошла тихонько в комнату Женни. Доктор отправился было домой, но Вязмитинов и Гловацкий, высунувшись из окна, упросили его зайти. В зале опять был Зарницын, неожиданно возвратившийся с несколькими бутылками шампанского, которые просил у Гловацкого позволения распить.

Общество было навеселе, и продолжалась картежная игра.

Сафьянос либеральничал с Зарницыным и, по временам обращаясь к Помаде, говорил:

— Вы, господин Помада, подумайте о васем слузэнии. Я вам вверяю пост, господин Помада, вы долзны руководить детей к цести: тэпэрь такое время.

— Именно такое время, — подтверждал Зарницын.

Доктор сел у стола, и семинарист философского класса, взглянув на Розанова, мог бы написать отличную задачку о внутреннем и внешнем человеке. Здесь был только зоологический Розанов, а был еще где-то другой, бесплотный Розанов, который летал то около детской кроватки с голубым ситцевым занавесом, то около постели, на которой спала женщина с расходящимися бровями, дерзостью и эгоизмом на недурном, но искаженном злостью лице, то бродил по необъятной пустыне, ловя какой-то неясный женский образ, возле которого ему хотелось упасть, зарыдать, выплакать свое горе и, вставши по одному слову на ноги, начать наново жизнь сознательную, с бестрепетным концом в пятом акте драмы.

А зоологический Розанов машинально наливал себе пятый стакан хересу и молча сидел, держа на руках свою отяжелевшую голову.

Когда далеко летавший Розанов возвратился в себя, он не узнал своего жилища: там был чад, сквозь который все представлялось как-то безобразно, и чувствовалась неудержимая потребность лично вмешаться в это безобразие и сделать еще безобразнее.

— Стуо мне! стуо мне моздно сделать! — восклицал Сафьянос, многозначительно засосав губу, — у мэнэ есть свой король, свое правительство. Я всегда могу писать король Оттон. Стуо мнэ! Наса сторона — хоросая сторона.

— У вас маслины все едят, — заметил Розанов.

— Да. У нас усе, усе растет. У нас рыба усякая, камбола такая, с изюмом.

— Больше все одни маслины жрут с прованским маслом.

— Да, и барабанское масло и мазулины, усе у нас, в насей стороне. Я сицас могу туда ехать. Я слузыл в балаклавская баталион, но сицас могу ехать. Я имею цин и мундир, но сицас могу ехать.

— Там на тебя юбку наденут, — вставил Розанов и засмеялся.

Сафьянос обиделся, хозяин и гости стеснились от этой неожиданной фамильярности.

— У нас каздый целовек усигда мозэт...

— Юбка носить, ха-ха-ха. Вот, господа, хорош он будет в юбке! Пузаноста, поезжай, брат, в своя сторона. Пузаносто, ха-ха-ха.

Доктор совсем опьянел. Вязмитинов встал, взял его под руку и тихо вышел с ним в библиотеку Петра Лукича, где Розанов скоро и заснул на одном из диванов. Сафьянос понял, что сближение, сделанное им экспромтом, может его компрометировать, и, понюхав табаку, стал сбираться в гостиницу. Петр Лукич все извинялся и намерен был идти извиняться завтра, но сконфуженный Сафьянос тотчас же, придя домой, послал за лошадьми и уехал, забыл даже о своем намерении повидаться с Бахаревым. К конфузу, полученному им по милости Розанова, присоединился новый конфуз. Снимая с себя мундирный фрак, Сафьянос нашел в левом заднем кармане пачку литографированной песни, пять тоненьких брошюрочек и проект адреса о даровании прав самоуправления и проч. Сафьянос обомлел от этой находки. Сначала он хотел все это тотчас же уничтожить, но потом, раздумав, сунул все в чемодан и уехал, размышляя: откуда бы это взялось в его кармане? Ревизор не пришел ни к какой определенной догадке, потому что он не надевал мундира со дня своего выезда из университетского города и в день своего отъезда таскался в этом мундире по самым различным местам. Но более всех его подозрения все-таки вертелись около Саренки, который держал себя так таинственно и очень близко к нему подсаживался. Саренко, нашедши точно такой же клад в своем кармане, решил, что это ему сунул ревизор и что, значит, веет другой ветер и приходит пора запевать другие песни. Он изменился к Зарницыну и по задумчивости Петра Лукича отгадал, что и тот после ухода Сафьяноса вернулся в свою комнату не с пустым карманом. Саренко тщательно спрятал свою находку и хранил строгое молчание. Петр Лукич тоже ни о чем подобном не говорил, но из губернского города дошли слухи, что на пикнике всем гостям в карманы наклали запрещенных сочинений и даже сунули их несколько экземпляров приезжему ученому чиновнику. Сафьянос роздал все свои экземпляры губернскому бомонду.

— Стоуо-то такое дазе в воздухе носится, — заключал он, потягивая своим греческим носом.

Вслед за ним в городе началось списыванье и толки о густой сети революционных агентов.

Вязмитинов, проводя Сафьяноса, вернулся за доктором. Розанов встал, пошатнулся, потом постоял немножко, закрыл глаза и, бесцеремонно отбросив руку Вязмитинова, твердо пошел домой по пыльной улице.

— Боже мой! никогда нет покоя от этого негодяя! — пронеслось у него над ухом, когда он проходил на цыпочках мимо спальни жены.

«Вы даже скоро дойдете до того, что обижаться перестанете», — прозвучал ему другой голос, и доктор, вздохнув, повалился на свой продавленный диван.

Лиза в это время еще лежала с открытыми глазами и думала: «Нет, так нельзя. Где же нибудь да есть люди!»

Через два дня она опять заехала к Женни и сказала, что ей нездоровится, позвала Розанова, поговорила с ним несколько минут и опять уехала.

А затем начинается пробел, который объяснится следующею

главою.

## Глава тридцать первая.
## Великое переселение народов и вообще глава, резюмирующая первую книгу

Обширная пойма, на которую выходили два окна залы Гловацких, снова была покрыта белым пушистым снегом, и просвирнина гусыня снова растаскивала за ноги поседевших гренадеров. В доме смотрителя все ходили на цыпочках и говорили вполголоса. Петр Лукич был очень трудно болен. Стоял сумрачный декабрьский день, и порошил снег; на дворе было два часа.

Женни по обыкновению сидела и работала у окна. Глаза у нее были наплаканы докрасна и даже несколько припухли.

В дверь, запертую изнутри передней, послышался легкий, осторожный стук. Женни встала, утерла глаза и отперла переднюю. Вошел Вязмитинов.

— Что? — спросил он, снимая пальто.

— Ничего: все то же самое, — отвечала Женни и тихо пошла к своему столику.

— Папа не спал всю ночь и теперь уснул очень крепко, — сказала Женни, не поднимая глаз от работы.

— Это хорошо. А доктор был сегодня?

— Нет, не был; да что, он, кажется…

— Ничего не понимает, вы хотите сказать?

— Не знаю, и вообще он как-то не внушает к себе доверия. Папа тоже на него не полагается. Вчера с вечера он все бредил, звал Розанова.

— Да, теперь Розанова поневоле вспомнишь.

— Его всегда вспомнишь, не только теперь. Вы давно не получали от него известия?

— Давно. Я всего только два письма имел от него из Москвы; одно вскоре после его отъезда, так в конце сентября, а другое в октябре; он на мое имя выслал дочери какие-то безделушки.

— А вы ему давно писали?

— Тоже давно.

— Зачем же вы не пишете?

— Да о чем писать-то, Евгения Петровна?

Разговор на несколько минут прекратился.

— Я тоже давно не имею о нем никакого известия: Лиза и о себе почти ничего не пишет.

— Что она в самом деле там делает? Ведь наверное же доктор у них бывает.

— Бог их знает. Я знаю только одно, что мне очень жаль Лизу.

— И кто бы мог думать?.. — проговорила про себя Женни после

некоторой паузы. — Кто бы мог думать, что все пойдет так как-то... Странно как идет нынче жизнь!

— Каждому, Евгения Петровна, его жизнь кажется и странною и трудною.

— Ну нет. Все говорят, что нынче как-то все пошло скорее, что ли, или тревожнее.

— Старым людям всегда представляется, что в их время все было как-то умнее и лучше. Конечно, у всякого времени свои стремления и свои заботы: климат, и тот меняется. Но только во всем, что произошло около нас с тех пор, как вы дома, я не вижу ничего, что было бы из ряда вон. Зарницын женился на Кожуховой — это дело самое обыкновенное. Муж ее умер, она стала увядать, история с князем стала ей надоедать, а Зарницын молод, хорош, говорить умеет, отчего ж ей было не женить его на себе? Бахаревы уехали в Москву, да отчего ж им было не ехать туда, имея деньги и дочерей невест? Розанов уехал потому, что тут уж его совсем дошли.

— То-то все и странно. Зарницын все толковал о свободе действий, о труде и женился так как-то...

— Не беспокойтесь о нем: он очень счастлив и либерал еще более, чем когда-нибудь. Что ж ему. Кожухова еще и теперь очень мила, деньги есть, везде приняты. Бахаревы...

— Я о них не говорю, — осторожно предупредила Женни.

— Ну, а доктору нельзя было оставаться.

— Отчего же нельзя? разве, думаете, ему там лучше?

— Конечно, в этом не может быть никакого сомнения. Тут было все: и недостатки, и необходимость пользоваться источниками доходов, которые ему всегда были гадки, и вражда вне дома, и вражда в доме: ведь это каторга! Я не знаю, как он до сих пор терпел.

— Странная его барыня, — проговорила Женни.

— Да-с, это звездочка! Сколько она скандалов наделала, Боже ты мой! То убежит к отцу, то к сестре; перевозит да переносит по городу свои вещи. То расходится, то сходится. Люди, которым Розанов сапог бы своих не дал чистить, вон, например, как Саренке, благодаря ей хозяйничали в его домашней жизни, давали советы, читали ему нотации. Разве это можно вынести?

— Да что, она не любит, что ли?

— А Бог ее ведает! Ее никак разобрать нельзя. Ее ведь если расспросить по совести, так она и сама не знает, из-за чего у нее сыр-бор горит.

— Не хотят уступить друг другу. Ему бы уж поравнодушней смотреть на нее, что ли?

— Да ведь нельзя же, Евгения Петровна, чтобы он одобрял ее чудотворства. Чужим людям это случай свои гуманные словеса в ход пустить, а ведь ему они больны.

— Да, это правда, — проронила с сожалением Женни после

короткой паузы: — а все-таки она жалка.

— Ни капли она мне не жалка.

Женни покачала неодобрительно головою.

— Право, — подтвердил Вязмитинов, — что тут жалеть палача. Скверная должность, да ведь сама такую выбрала.

— Вы думаете — она злая?

— Прежде я этого не думал, а теперь утверждаю, что она женщина злая.

— И как же он ее именно выбрал?

— Что выбрал, Евгения Петровна! Русский человек зачастую сапоги покупает осмотрительнее, чем женится. А вы то скажите, что ведь Розанов молод и для него возможны небезнадежные привязанности, а вот сколько лет его знаем, в этом роде ничего похожего у него не было.

Женни промолчала.

— Вы не припомните, Николай Степанович, когда доктор стал собираться в Москву? — спросила Женни после долгой паузы.

— Не помню, право. Да он и не собирался, а как-то разом в один день уехал.

— Это было после того, как приезжала сюда Лиза и говорила, что брат Ольги Сергеевны выписывает их в Москву.

— Не помню, право. У меня плохая память, да я и не видал никакой связи в этих событиях.

— И я тоже… Я только так спросила.

— Я не заметил, как это все рассыпалось и мы с вами остались одни.

— Да, — задумчиво произнесла Женни.

— Вам говорил Помада, что и он собирается в Москву?

— Говорил, — отвечала спокойно Женни.

— Сидел, сидел сиднем в Мереве, а тут разошелся, — заметил Вязмитинов.

Гловацкий кашлянул в своем кабинете.

Женни встала, подошла на цыпочках к его двери, послушала и через пять минут возвратилась и снова села на свое место. В комнате было совершенно тихо. Женни дошила нитку, вдернула другую и, взглянув на Вязмитинова, стала шить снова. Вязмитинов долго сидел и молчал, не сводя глаз с Женни.

— В самом деле, я как-то ничего не замечал, — начал он, как бы разговаривая сам с собою. — Я видел только себя, и ни до кого остальных мне не было дела.

Женни спокойно шила.

— В жизни каждого человека хоть раз бывает такая пора, когда он бывает эгоистом, — продолжал Вязмитинов тем же тоном, несколько сконфуженно и робко.

— Не должно быть такой поры, — заметила Женни.

— Когда человек... когда человеку... одно существо начинает заменять весь мир, в его голове и сердце нет места для этого мира.

— Это очень дурно.

— Но это всегда так бывает.

— Может быть, и не всегда. Почему вы можете знать, что происходит в чужом сердце? Вы можете говорить только за себя.

Вязмитинов порывисто встал и хотел ходить по комнате. Женни остановила его среди залы, сказав:

— Сядьте, пожалуйста, Николай Степанович; папа очень чутко спит, его могут разбудить ваши шаги, а это ему вредно.

— Простите, Бога ради, — сказал Вязмитинов и снова сел против хозяйки.

— Евгения Петровна! — начал он, помолчав.

— Что? — спросила, взглянув на него, Женни.

— Я давно хотел спросить...

— Спрашивайте.

— Вы мне будете отвечать искренно, откровенно?

— Franchement? — спросила Женни с легкой улыбкой, которая мелькнула по ее лицу и тотчас же уступила место прежнему грустному выражению.

— Нет, вы не смейтесь. То, о чем я хочу спросить вас, для меня вовсе не смешно, Евгения Петровна. Здесь дело идет о счастье целой жизни.

Женни слегка смутилась и сказала:

— Говорите.

А сама нагнулась к работе.

— Я хотел вам сказать... и я не вижу, зачем мне молчать далее... Вы сами видите, что... я вас люблю.

Женни покраснела как маков цвет, еще пристальнее потупила глаза в работу, и игла быстро мелькала в ее ручке.

— Я люблю вас, Евгения Петровна, — повторил Вязмитинов, — я хотел бы быть вашим другом и слугою на целую жизнь... Скажите же, скажите одно слово!

— Какое вы странное время выбрали! — могла только выговорить совершенно смущенная Женни.

— Разве не все равно время?

— Нет, не все равно; мой отец болен, может быть опасен, и вы в такую минуту вызываете меня на ответ о... личных чувствах. Я теперь должна заботиться об отце, а не... о чем другом.

— Но разве я не заботился бы с вами о вашем отце и о вас? Ваш отец давно знает меня, вы тоже знаете, что я люблю вас.

Гловацкая не отвечала.

— Евгения Петровна! — начал опять еще покорнее Вязмитинов. — Я ведь ничего не прошу: я только хотел бы услышать из ваших уст одно, одно слово, что вы не оттолкнете моего чувства.

— Я вас не отталкиваю, — прошептала Женни, и на ее шитье скатились две чистые слезки.

— Так вы любите меня? — счастливо спросил Вязмитинов.

— Как вам нужны слова! — прошептала Женни и, закрыв платком глаза, быстро ушла в свою комнату.

Петру Лукичу после покойного сна было гораздо лучше. Он сидел в постели, обложенный подушками, и пил потихоньку воду с малиновым сиропом. Женни сидела возле его кровати; на столике горела свеча под зеленым абажуром.

В восемь часов вечера пришел Вязмитинов.

— Вот, Евгения Петровна, — начал он после первого приветствия, — Розанов-то наш легок на помине. Только поговорили о нем сегодня, прихожу домой, а от него письмо.

— Что ж он пишет вам? — спросила Женни, несколько конфузясь того, о чем сегодня говорили.

— Ему прекрасно: он определился ординатором в очень хорошую больницу, работает, готовит диссертацию и там в больнице и живет. Кроме того, перезнакомился там с разными знаменитостями, с литераторами, с артистами. Его очень обласкала известная маркиза де Бараль: она очень известная, очень просвещенная женщина. Ну, и другие около нее, все уж так сгруппировано, конечно. И в других кружках, говорит, встретил отличных людей, честных, энергических. Удивляюсь, говорит, как я мог так долго вязнуть и гнить в этом болоте.

— Ну, это для нас, куликов-то, небольшой комплимент, — проговорил слабым голосом больной старик.

— А о Лизе он ничего не пишет? — спросила уже смелее Женни.

— Пишет, что виделся с нею и со всеми, но далеко, говорит, живу, и дела много.

— Что ж это за маркиза де Бараль?

— Это известность.

— Молодая она женщина?

— Нет, судя по тому, сколько лет ее знают все, она должна быть очень немолодая: ей, я думаю, лет около пятидесяти.

Прошли святки, и время уже подходило к масленице.

Был опять вечер. Гловацкий обмогался; он сидел в постели и перебирал деревянною ложечкою свой нюхательный табак на синем чайном блюдце, а Женни сидела у свечки с зеленым абажуром и читала вслух книгу. Вязмитинов вошел, поздоровался и сказал:

— Знаете, какая новость? Едучи к вам, встретился с Розановой, и она мне возвестила, что едет на днях к мужу.

— В Москву? — спросили в одно слово смотритель и его дочь.

— Что ж это будет? — спросила Женни, поднеся к губам тоненький мизинец своей ручки.

— Да, любопытен бы я был, как выражается Саренко, видеть, что там теперь сотворится в Москве? — произнес с улыбкою Вязмитинов.

По мнению Женни, шутливый тон не должен был иметь места при этом разговоре, и она, подвинув к себе свечки, начала вслух прерванное чтение нового тома русской истории Соловьева.

В Москву, читатель.

# Книга вторая
# В Москве

### Глава первая.
### Дальнее место

Даже в такие зимы, когда овес в Москве бывал по два с полтиной за куль, наверно никому не удавалось нанять извозчика в Лефортово дешевле, как за тридцать копеек. В Москве уж как-то укрепилось такое убеждение, что Лефортово есть самое дальнее место отовсюду.

Автор «Капризов и Раздумья» позволяет себе настаивать на том, что на земле нет ни одного далекого места, которое не было бы откуда-нибудь близко. Можно полагать, что вывод этот не лишен своей доли основательности, потому что если бы его можно было опровергнуть на основании общих данных, то уж это давно не преминули бы сделать наши ученые. Но в рассуждении Лефортова вывод этот перестает иметь общее значение. По крайней мере он не может иметь этого значения для непосредственной Москвы, в которой до Лефортова решительно отовсюду далеко.

В одно погожее августовское утро по улицам, прилегающим к самому Лефортовскому дворцу, шел наш знакомый доктор Розанов. По медленности, с которою он рассматривал оригинальный фасад старого дворца и читал некоторые надписи на воротах домов, можно бы подумать, что он гуляет от нечего делать или ищет квартиры.

Постояв перед дворцом, он повернул в длинную улицу налево и опять стал читать приклеенные у ворот бумажки. Одною из них объявлялось, что «здесь отдаюца чистые, сухие углы с жильцами», другою, что «отдаеца большая кухня в виде комнаты у Авдотьи Аликсевны, спросить у прачку» и т.п. Наконец над одною калиткой доктор прочел: «Следственный пристав».

Доктор вынул из кармана записную книжку, взглянул на сделанную там заметку, потом посмотрел на дом, на табличку и вошел во двор.

Дом это был похож на многие домы Лефортовской части. Он был деревянный, на каменном полуэтаже. По улице он выходил в пять окон, во двор в четыре, с подъездом сбоку. Каменный полуэтаж был густо выделен мелом, а деревянный верх выкрашен грязновато-желтою охрой. Над дверью деревянного подъезда опять была дощечка с надписью: «Следственный пристав»; в нижний этаж вело особое крылечко, устроенное посредине задней части фасада. Налево был низенький флигелек в три окна, но с двумя крыльцами. По ушатам, стоявшим на этих крыльцах, можно было догадаться, что это кухни. Далее шел длинный дровяной сарайчик, примкнутый к соседскому забору, и собачья конура с круглым лазом.

Тощая цепная собака, завидя Розанова, громыхнула цепью, выскочила и залаяла.

Доктор дернул за веревочку у подъезда с надписью: «Следственный пристав».

Через минуту крючок упал, и в растворенной двери Розанов увидел очень хорошенькую и очень чисто одетую семилетнюю девочку с кудрявой русой головкой и с ямками на розовых щечках.

— Что вам надо? — шепелявя, спросил ребенок.

— Пристава мне нужно видеть, — отвечал доктор.

— Папа одеваются.

— Пожалуйте, пожалуйте. Евграф Федорович сейчас выйдут, — крикнул сверху веселый женский голос из разряда свойственных молодым москвичкам приятных, хотя и довольно резких контральтов.

Доктор взглянул наверх. Над лестницею, в светлой стеклянной галерее, стояла довольно миловидная молодая белокурая женщина, одетая в голубую холстинковую блузу. Перед нею на гвоздике висел форменный вицмундир, а в руках она держала тонкий широкий веник из зеленого клоповника.

«Что бы это за особа такая»? — подумал Розанов, но женщина тотчас же помогла его раздумью.

— Муж сейчас выйдет, пожалуйте пока в залу, — сказала она своим звонким контральтом, указывая веником на двери, выкрашенные серою масляною краскою.

«А ничего, миленькая», — подумал Розанов и, поклонясь хозяйке, вошел в довольно темную переднюю, из которой были открыты двери в светленькую зальцу.

В зале было довольно чисто. В углу стояло фортепьяно, по стенам ясеневые стулья с плетенками, вязаные занавески на окнах и две клетки с веселыми канарейками.

Доктор не успел осмотреться, как в одну из боковых дверей мужской полос крикнул:

— Даша! что ж вицмундир-то?

— Сейчас, Евграф Федорович, сейчас, — ответил контральт из галереи.

— Да, где твоя Устинья?

— В лавку побежала. Все мурашки у соловья вышли: послала мурашек купить.

Дверь приотворилась, и на пороге в залу показался еще довольно молодой человек с южнорусским лицом. Он был в одном жилете и, выглянув, тотчас спрятался назад и проговорил:

— Извините.

— Ничего, ничего, Евграф, выходи, пожалуйста, поскорее, — произнес Розанов, направляясь к двери.

Пристав выглянул, посмотрел несколько мгновений на доктора и, крикнув:

— Розанов! дружище! ты ли это? — бросился ему на шею.

Следственный пристав, Евграф Федорович Нечай, был университетский товарищ Розанова. Хотя они шли по разным факультетам, но жили вместе и были большие приятели.

— Откуда ты взялся? — спрашивал Нечай, вводя Розанова в свой незатейливый кабинет.

— Места приехал искать, — отвечал Розанов, чувствуя самую неприятную боль в сердце.

— Ох, эти места, места! — проговорил Нечай, почесывая в затылке.

— И не говори.

— А протэкцыи маешь?

Нечай имел общую многим малороссам черту.

Несмотря на долгое пребывание в Москве, он любил мешать свою русскую речь с малороссийскою, а если с кем мог, то и совсем говорил по-малороссийски. Доктор же свободно понимал это наречие и кое-как мог на нем объясняться по нужде или шутки ради.

— Ни, братику, жаднои не маю, — отвечал доктор.

— Это кепсько.

— Ну, як зауважишь.

— А со всей фамилией придрапав?

— Нет, семья дома осталась.

— Ну, это еще байдуже; а вот як бы у купи, то вай, вай, вай, лягай, та и помри, то шкоды только ж.

— Нет, я один здесь, — невесело проронил доктор.

— И давно?

— Вот уж другая неделя.

— Что ж ты дося ховався?

— Да так. То в университет ходил, то адреса твоего не знал. Да и вообще как-то…

— Ты, коллежка, не спеши нос-то вешать: живы будем и хлиба добудем. А ты с моей бабой ведь незнаком?

— Нет; когда ж я тебя видел? Я даже не знал, что ты и женился.

— Даша! — крикнул Нечай.

Вошла молодая женщина, встретившая Розанова на лестнице.

— Вот тебе моя московка: баба добрая, жалеет меня: поздоров ее Боже за это. Это мой старый товарищ, Даша, — отнесся Нечай к жене.

— Очень рада, — произнесла приветливо жена Нечая. — Вы где остановились?

— Я у Челышева.

— Это возле театра, знаю; дорого там?

— Да… так себе.

— Ты что платишь?

— Да по рублю в сутки.

— Фю, фю, фю! Этак, брат, тебе накладно будет.

— Вы бы искали квартирку постоянную.

— Да не знаю еще, зачем искать-то? — ответил доктор. — Может быть, в Петербург придется ехать.

— А вы как тут: по делам?

Розанов рассказал в коротких словах цель своего появления в Москве.

— Да, так, конечно, пока что будет, устраиваться нельзя, — заметила жена Нечая и сейчас же добавила: — Евграф Федорович! да что вы к нам-то их, пока что будет, не пригласите? Пока что будет, пожили бы у нас, — обратилась она приветливо к Розанову.

Такой это был простой и искренний привет, что не смешал он доктора и не сконфузил, а только с самого его приезда в Москву от этих слов ему впервые сделалось веселее и отраднее.

— И до правди! Ай да Дарья Афанасьевна, что ты у меня за умница. Чего в самом деле: переезжай, Розанов; часом с тобою в шахи заграем, часом старину вспомним.

Доктор отговаривался, а потом согласился, выговорил себе только, однако, право платить за стол.

В существе, он плохо и отговаривался. Простая теплота этих людей манила его в их тихий уголок из грязного челышевского номера.

— А вот тебе мое потомство, — рекомендовал Нечай, подводя к Розанову кудрявую девочку и коротко остриженного мальчика лет пяти. — Это Милочка, первая наследница, а это Грицко Голопупенко, второй экземпляр, а там, в спальне, есть третий, а четвертого Дарья Афанасьевна еще не показывает.

— Ого, брат! — проговорил Розанов.

— Да, братику, Господь памятует, — отвечал Нечай, крякнув и отпуская детей.

— А гроши есть?

— Черт ма. Ничего нет.

— Как же живешь?

— А от и живу, як горох при дорози.

— И место у тебя неприятное такое.

— И не кажи лучше. Сказываю тебе: живу, як горох при дорози: кто йда, то и скубне. Э! Бодай она неладна була, ся жисть проклятая, як о ней думать. От пожалел еще Господь, что жену дал добрую; а то бы просто хоть повеситься.

— Доходов нет?

— Бывает иной раз, да что это!..

— Погано, брат, знаю, что погано.

— А нельзя и без того.

— Знаю.

Приятели оба вздохнули.

— У тебя жена здешняя? — спросил Розанов.

— Здешняя; дьяконская дочь с Арбата. А ты, Дмитрий, счастлив в семье?

— Да, ничего, — отвечал доктор, стараясь смотреть в сторону.

В тот же день Розанов перед вечером переехал из челышевских номеров к Нечаю и поселился в его кабинете, где Дарья Афанасьевна поставила железную кровать, ширмы и маленький комодец.

Доктор был очень тронут этим теплым вниманием и, прощаясь после ужина, крепко пожал хозяевам руку.

— А этот ваш приятель, Евграф Федорович, очень несчастлив чем-то, — говорила, раздеваясь, Дарья Афанасьевна.

— Почему ты так думаешь, Даша?

— Да так, я уж это вижу. Как он вечером стал ласкать нашу Милочку, я сейчас увидала, что у него в жизни есть большое несчастье.

## Глава вторая.
## Первые дни и первые знакомства

Нечай только напрасно рассчитывал вспоминать с Розановым на свободе старину или играть с ним в шахи. Ни для того, ни для другого у него не было свободного времени. Утро выгоняло его из дома, и поздний вечер не всегда заставал его дома.

Тяжелая, неблагодарная, беспокойная и многоответственная служба поглощала все время пристава. Она не дозволяла ему даже налюбоваться семьею, для которой он был и слугой и кормильцем. Даже, возвратясь домой, он не имел свободного времени. Все корпел он над своими запутанными и перепутанными следственными делами.

Дарью Афанасьевну очень огорчала такая каторжная жизнь мужа. Она часто любила помечтать, как бы им выбиться из этой проклятой должности, а сам Нечай даже ни о чем не мечтал. Он вез как ломовая лошадь, которая, шатаясь и дрожа, вытягивает воз из одного весеннего зажора, для того чтобы попасть с ним в другой, потому что свернуть в сторону некуда.

Благодаря строгой бережливости Дарьи Афанасьевны в доме Нечая не было видно грязной, неряшливой нужды, но концы едва-едва сходились с концами, и чистенькая бедность была видна каждому, кто умел бы повсмотреться в детские платьица и перештопанные холстинковые капотики самой Дарьи Афанасьевны.

Сравнивая по временам здешнюю жизнь с своею уездною, Розанов находил, что тут живется гораздо потруднее, и переполнялся еще большим почтением и благодарностью к Нечаю и особенно к его простодушной жене. С ней они с первого же дня стали совершенно своими людьми и доверчиво болтали друг с другом обо всем, что брело на ум.

В конце второй недели после переезда к Нечаям доктор, рывшийся каждый день в своих книгах и записках, сшил из бумаги большую тетрадь и стал писать психиатрическую диссертацию. Наверху, под заглавием, Розанов выставил очень красивое место из апофтегм Гиппократа:

«Quod medicamenta non sanat ignis sanat, quod ignis non sanat ferrum sanat, quod ferrum non sanat mors sanat». Hippokrates: Apophthegmata. То есть: «Чего не вылечивают лекарства — вылечивает огонь; чего не вылечивает огонь — вылечивает железо; чего не вылечивает железо — вылечивает смерть».

Но на этом и стала докторская диссертация лекаря cum euxima laude Дмитрия Розанова. Скоро ему стало не до диссертации.

В том каменном полуэтаже, над которым находилась квартира Нечая, было также пять жилых комнат. Три из них занимала хозяйка дома, штабс-капитанша Давыдовская, а две нанимал корректор одной большой московской типографии, Ардалион Михайлович Арапов. Давыдовская была дородная, белокурая барыня с пробором на боку, с победоносным взором, веселым лицом, полным подбородком и обилием всяких телес. Она была природная дедичка своего дома и распоряжалась им полновластною госпожою.

Все знали, что у Давыдовской был некогда муж, маленький черненький человечек, ходивший по праздникам в мундире с узенькими фалдочками и в треугольной шляпе с черным пером. Но с давних пор это маленькое существо перестало показываться в своем мундирчике со шляпою на голове, и о нем все позабыли. Никуда не уезжал муж Давыдовской, и не выносили его на кладбище, а так не стало его видно, да и только. И никто о нем не толковал. Если, бывало, кому-нибудь из соседок доводилось, проходя мимо дома Давыдовской, увидать, как она стоит с длинным чубуком в одной руке, а другою рукою обирает сухие листья с волкомерии, то соседка столько замечала: «а ведь Давыдовчихин муж-то, должно что, еще жив», и всякая совершенно довольствовалась этим положением. А дело было в том, что всеми позабытый штабс-капитан Давыдовский восьмой год преспокойно валялся без рук и ног в параличе и любовался, как полнела и добрела во всю мочь его грозная половина, с утра до ночи курившая трубку с длинным черешневым чубуком и кропотавшаяся на семнадцатилетнюю девочку Липку, имевшую нарочитую склонность к истреблению зажигательных спичек, которые вдова Давыдовская имела другую слабость тщательно хранить на своем образнике как некую особенную драгоценность или святыню.

Кроме этой слабости, штабс-капитанша имела две другие: она терпеть не могла всякое начальство в огуле и рабски обожала всех молодых людей. Начальство она ненавидела искони: всех начальствующих лиц, какого бы они сана и возраста ни были, называла почему-то «Моркобрунами» и готова была всегда устроить им какую-нибудь пакость. Эта ненависть штабс-капитанши особенно проявлялась в разговорах о пенсиях и в сопротивлении всяким объявлениям, доходящим до нее через полицейского хожалого. Она, например, не позволяла дворнику мести тротуаров, когда это требовалось полициею; не зажигала в положенные дни плошек; не красила труб и вообще демонстрировала. Причина такого озлобления штабс-капитанши против начальства лежала в отказе, полученном на ее просьбу о полном пенсионе за службу мужа. Раболепная же любовь к молодежи имела, разумеется, другие причины, до которых нам столько же дела, сколько разбитому параличом и недвижимому капитану. Люди толковали разное; но люди, как известно, бывают иногда чересчур подозрительны. Дворник Антроп Иванович, и Липка, и нечаевская кухарка Устинья даже порешили себе кое-что насчет тесной приязни Давыдовчихи с ее жильцом Араповым, но достоверно, что в этом случае они совершенно ошибались. Тут дело было совершенно чистое. Давыдовская любила Арапова просто потому, что он молод, что с ним можно врать всякую скоромь и, сидя у него, можно встречаться с разными молодыми людьми. Арапов нанимал у Давыдовской две комнаты, в которые вход был, однако, из общей передней. В первой комнате с диваном и двумя большими зеркалами у него был гостиный покой, а во второй он устроил себе кабинет и спальню. Кроме того, при этой задней, совершенно удаленной от всякого соседства комнатке, в стене, была маленькая дверь в небольшой чуланчик с каменным погребом, в котором у Арапова сидел на цепи злющий барсук.

Арапову было лет тридцать от роду. Это был плотный, довольно сильный человек с сверкающими черными глазами во впалых орбитах, с черными как смоль волосами, густою окладистою бородою и смуглым цыганским лицом. Он был неглуп, очень легкомыслен, по началу предприимчив, упрям и падок на риск. Воспитывался он в одной из гимназий серединной губернии, приехал в Москву искать счастья и, добыв после долгих скитальчеств место корректора, доставлявшее ему около шестидесяти рублей в месяц, проводил жизнь довольно беспечную и о будущем нимало не заботился.

По своим средствам он давно бы мог перенестись из Лефортова в другую, более удобную часть Москвы, но ему никогда и в голову не приходило расстаться с Давыдовскою и вытаскивать из погреба прикованного там барсука. Кроме того, у Арапова в окрестностях Лефортовского дворца и в самом дворце было очень большое знакомство.

В других частях города у него тоже было очень много знакомых. По должности корректора он знал многих московских литераторов, особенно второй руки; водился с музыкантами и вообще с самою разнородною московскою публикою. У некоторых дам он слыл за очень умного человека и перед ними обыкновенно печоринствовал.

И Давыдовская и ее постоялец были ежедневными посетителями Нечаев. Даже мало сказать, что они были ежедневными посетителями, — они вертелись там постоянно, когда им некуда было деться, когда у себя им было скучно или когда никуда не хотелось идти из дома.

Таким образом Розанову пришлось познакомиться с этими лицами в первый же день своего переезда к Нечаю, потом он стал встречаться с ними по нескольку раз каждый день, и они-то серьезно помешали ему приняться вплотную за свою диссертацию.

Не успеет Розанов усесться и вчитаться, вдуматься, как по лестнице идет Давыдовская, то будто бы покричать на нечаевских детей, рискующих сломать себе на дворе шею, то поругать местного квартального надзирателя или квартирную комиссию, то сообщить Дарье Афанасьевне новую сплетню на ее мужа. Придет, да и сядет, и курит трубку за трубкою.

После двух часов возвращался домой Арапов. Он с первого же своего знакомства с доктором удостоивал его своего особенного внимания и, с своей стороны, успел очень сильно заинтересовать Розанова собою, Розанов хотя был человек достаточно умный и достаточно опытный для того, чтобы не поддаваться излишним увлечениям, но все-таки он был провинциал. Арапов стоял перед ним как новый тип и казался ему существом в высшей степени загадочным. То Арапов ругает на чем свет стоит все существующее, но ругает не так, как ругал иногда Зарницын, по-фатски, и не так, как ругал сам Розанов, с сознанием какой-то неотразимой необходимости оставаться весь век в пассивной роли, — Арапов ругался яростно, с пеною у рта, с сжатыми кулаками и с искрами неумолимой мести в глазах, наливавшихся кровью; то он ходит по целым дням, понурив голову, и только по временам у него вырываются бессвязные, но грозные слова, за которыми слышатся таинственные планы мировых переворотов; то он начнет расспрашивать Розанова о провинции, о духе народа, о настроении высшего общества, и расспрашивает придирчиво, до мельчайших подробностей, внимательно вслушиваясь в каждое слово и стараясь всему придать смысл и значение. А то отправятся доктор с Араповым гулять ночью и долго бродят Бог знает где, по пустынным улицам, не боясь ни ночных воров, ни усталости. Арапов все идет тихо и вдруг, ни с того ни с сего, сделает доктору такой вопрос, что тот не знает, что и ответить, и еще более убеждается, что правленье корректур не составляет главной заботы Арапова.

В одну прелестную лунную ночь, так в конце августа или в начале сентября, они вышли из дома погулять и шаг за шагом, молча дошли до Театральной площади. Кто знает Москву, тот может себе представить, какой это был сломан путь.

Доктор не заметил, как он прошел это расстояние, на котором могла утомиться добрая почтовая лошадь. Он был далеко; ему рисовался покинутый им ребенок, рисовалось нерадостное будущее дитяти с полусумасшедшею от природы матерью. Не заметил он, как чрез Никольские ворота вступили они в Кремль, обошли Ивана Великого и остановились над кремлевским рвом, где тонула в тени маленькая церковь, а вокруг извивалась зубчатая стена с оригинальными азиатскими башнями, а там тихая Москва-река с перекинутым через нее Москворецким мостом, а еще дальше облитое лунным светом Замоскворечье и сияющий купол Симонова монастыря.

О чем думал Арапов — неизвестно, но, остановясь здесь, он вздохнул, окинул взором широкую картину и, взяв Розанова за руку, сказал:

— Нравится вам этот видик?

Доктор, выйдя из своего забытья, молча взглянул кругом и отвечал:

— Да, очень хорошо...

— А что, — начал тихо Арапов, крепко сжимая руку Розанова, — что, если бы все это осветить другим светом? Если бы все это в темную ночь залить огнем? Набат, кровь, зарево!..

— Было б ужасно!

— Пришла пора!..

Во весь обратный путь они не сказали друг с другом ни слова.

Доктор никак не мог сообразить, для каких целей необходимо залить Москву кровью и заревом пожара, но страшное выражение лица Арапова, когда он высказывал мысль, и его загадочная таинственность в эту ночь еще более усилили обаятельное влияние корректора на Розанова.

«Что это за человек?» — думал, засыпая на зорьке, доктор, и ему снилось Бог знает что. То по кремлевским стенам гуляли молодцы Стеньки Разина, то в огне стонали какие-то слабые голоса, гудел царь-колокол, стреляла царь-пушка, где-то пели по-французски марсельезу. Все это был какой-то хаос. «Зачем это все?» — обращался доктор к проходившим людям, и люди ему ничего не отвечали. Они останавливались, снимали шапки, крестились перед Спасскими воротами, и над Кремлем по-прежнему сияло солнце, башенные часы играли «Коль славен наш Господь в Сионе», бронзовый Минин поднимал под руку бронзового Пожарского, купцы Ножевой линии, поспешно крестясь, отпирали лавки. Все было тихо; все жило тою жизнью, которою оно умело жить и которою хотело жить. Розанов спал спокойно до полудня. Его разбудила через дверь Дарья Афанасьевна.

— Вставайте, доктор! — кричала ему она, стуча рукою, — стыдно валяться. Кофейку напьемтесь. У меня что-то маленькая куксится; натерла ей животик бабковою мазью, все не помогает, опять куксится. Вставайте, посмотрите ее, пожалуйста: может быть, лекарства какого-нибудь нужно.

— Сейчас, Дарья Афанасьевна, — ответил доктор и через пять минут, совсем одетый, пришел в спальню, где куксилась маленькая.

— Что с нею?

— Ничего; дайте ревеньку, и ничего больше не надо.

— Где это вы всю ночь проходили, Дмитрий Петрович? А! Вот жене-то написать надо! — шутливо и ласково проговорила Дарья Афанасьевна.

— Мы так с Араповым проходили, — отвечал доктор.

Дарья Афанасьевна покачала головкою.

— Что вы? — спросил, улыбаясь, Розанов.

— Да охота вам с ним возиться.

— Да так.

— Разве он нехороший человек?

— Н... Нет, я о нем ничего дурного не знаю, только не люблю я его.

— Не любите! А мне казалось, что вы с ним всегда так ласковы.

— Да я ничего, только...

— Только не любите? — смеясь, договорил Розанов.

— Да, — коротко ответила Дарья Афанасьевна.

— За что ж вы его не любите-то?

— Так, — актер он большой. Все только комедии из себя представляет.

Прошло два дня. Арапов несколько раз заходил к доктору мрачный и таинственный, но не заводил никаких загадочных речей, а только держался как-то трагически.

— Что ты думаешь об Арапове? — спросил однажды Розанов Нечая, перебиравшего на своем столе бумаги.

— О ком? — наморщив брови, переспросил пристав.

— Об Арапове? — повторил доктор.

— А бодай уси воны поиздыхали, — с нетерпением отозвался Нечай.

— Нет, серьезно?

— Так соби ледащица, як и уси.

— Ну, врешь, брат, он парень серьезный, — возразил доктор.

Нечай посмотрел на него и, засмеявшись, спросил:

— Это он тебе не про революцию ли про свою нагородыв? Слухай его! Ему только и дела, что побрехеньки свои распускать. Знаю я сию революцию-то с московьскими паничами: пугу покажи им, так геть, геть — наче зайцы драпнут. Ты, можэ, чому и справди повирив? Плюнь да перекрестись. Се мара. Нехай воны на сели дурят, где люди просты, а мы бачимо на чем свинья хвост носит. Это, можэ, у вас там на провинцыи так зараз и виру дают...

— Ну нет, брат, у нас-то не очень. Поговорить — так, а что другое, так нет...

— Ну, о то ж само и тут. А ты думаешь, что як воны що скажут, так и вже и Бог зна що поробыться! Черт ма! Ничего не буде з московьскими паничами. Як ту письню спивают у них: «Ножки тонки, бочка звонки, хвостик закорючкой». Хиба ты их за людей уважаешь?

Хиба от цэ люди? Ца крувчены панычи, та й годи.

Доктор имел в своей жизни много доводов в пользу практического смысла Нечая и взял его слова, как говоря в Малороссии, «в думку», но не усвоил себе нечаевского взгляда на дела и на личность Арапова, а продолжал в него всматриваться внимательнее.

На той же неделе Розанов перед вечером зашел к Арапову. День был жаркий, и Арапов в одних панталонах валялся в своей спальне на клеенчатом диване. Напротив его сидела Давыдовская в широчайшей холстинковой блузе, с волосами, зачесанными по-детски, сбоку, и курила свою неизменную трубку.

И хозяйка и жилец были в духе и вели оживленную беседу. Давыдовская повторяла свой любимый рассказ, как один важный московский генерал приезжал к ней несколько раз в гости и по три графина холодной воды выпивал, да так ни с чем и отошел.

— Ну ты! Зачем ты сюда пришел? — смеясь, спросила Розанова штабс-капитанша.

Нужно заметить, что она всем мужчинам после самого непродолжительного знакомства говорила ты и звала их полуименем.

— А что? помешал, что ли, чему? — спросил Розанов.

— Да нечего тебе здесь делать: ты ведь женатый, — отвечала, смеясь, Давыдовская.

— Ничего, Прасковья Ивановна: он ведь уж три реки переехал, — примирительно заметил Арапов.

— О! В самом деле переехал! Ну так ты, Митька, теперь холостой, — садись, брат. Наш еси, воспляшем с нами.

— О чем дело-то? — спросил, садяся, доктор.

— Да вот про людей говорим, — отвечал Арапов.

— Ничего не понимаю, — отвечал доктор.

— О, толкушка бестолковая! Ты, Арапка, куда его по ночам водишь? — перебила хозяйка.

— Куда знаю, туда и вожу.

— Кто-то там без него к его жене ходит? — спросила Давыдовская, смеясь и подмаргивая Арапову. Доктора неприятно кольнула эта наглая шутка: в нем шевельнулись и сожаление о жене, и оскорбленная гордость, и унизительное чувство ревности, пережившей любовь.

Дорого дал бы доктор, чтобы видеть в эту минуту горько досадившую ему жену и избавить ее от малейшей возможности подобного намека.

— Моя жена не таковская, — проговорил он, чтобы сказать что-нибудь и скрыть чувство едкой боли, произведенное в нем наглым намеком.

— А почем знаешь? Ребята, что ли, говорили? — смеясь, продолжала Давыдовская. — Нет, брат Митюша, люди говорят: кто верит жене в доме, а лошади в поле, тот дурак.

— Мало ли сколько глупостей говорят люди!

— Да, люди глупы…

Доктора совсем передернуло, но он сохранил все наружное спокойствие и, чтобы переменить разговор, сказал:

— Не пройдемтесь ли немножко, Арапов?

— Пожалуй, — отвечал корректор и стал одеваться. Давыдовская вышла, размахивая трубкой, которая у нее неудачно закурилась с одной стороны.

Розанов с Араповым вошли за Лефортовский дворец, в поле. Вечер стоял тихий, безоблачный, по мостовой от Сокольников изредка трещали дрожки, а то все было невозмутимо кругом.

Доктор лег на землю, Арапов последовал его примеру и, опустясь, запел из Руслана:

Поле, поле! кто тебя усеял мертвыми костями?

— Какая у вас всегда мрачная фантазия, Арапов, — заметил сквозь зубы доктор.

— Каково, батюшка, на сердце, такова и песня.

— Да что у вас такое на сердце?

— Горе людское, неправда человеческая — вот что! Проклят человек, который спокойно смотрит на все, что происходит вокруг нас в наше время. Надо помогать, а не сидеть сложа руки. Настает грозный час кровавого расчета.

— Зачем же кровавого?

— Нет-с, дудки! Кровавого-с, кровавого…

— Не понимаю я, чего вы хотите.

— Правды хотим.

— Какая это правда, — кровью! В силе нет правды.

— Клин клином-с выбивают, — пожав плечами, отвечал Арапов.

— Да какой же клин-то вы будете выбивать?

— Враждебную нам силу, силу, давящую свободные стремления лучших людей страны.

— Эх, Арапов! Это все мечтания.

— Нет-с, не мечтания.

— Нет, мечтания. Я знаю Русь не по-писаному. Она живет сама по себе, и ничего вы с нею не поделаете. Если что делать еще, так надо ладом делать, а не на грудцы лезть. Никто с вами не пойдет, и что вы мне ни говорите, у вас у самих-то нет людей.

— А может быть, и есть! Почем вы это знаете?

— Так, знаю, что нет. Я в этом случае Фома неверный.

— А если вам покажут людей?

— Что ж покажут! Покажут словесников, так я их и дома видывал.

— Нет, вы таких дома не видали…

— Ну, это будет новость, а я себе такого современного русского

<hr />

человека как-то не могу представить.

— Какие вы все, господа, странные, — воскликнул Арапов. — Зачем же вам непременно русского?

— Как же? Кому же до нас дело, как не нам самим?

— Отечество человеческое безгранично.

Доктору вдруг почему-то припомнился Райнер.

— Кто ж это будет нашим спасителем? Чужой человек, стало быть?

— Да, если хотите смотреть с своей узкой, патриотической точки зрения, это будет, может статься, чужой человек.

— И вы его знаете?

— И я его знаю, — самодовольно ответил Арапов.

«Языня ты, брат, в самом деле», — подумал доктор.

— И вы его можете узнать, — продолжал Арапов, — если только захотите и дадите слово быть скромным.

— Я болтлив никогда не был, — отвечал доктор.

— Ну, так вы его увидите. В следующий четверг вечером пойдемте, я вас введу в одно общество, где будут все свои.

— И там будет этот чужой человек?

— И там будет этот чужой человек, — отвечал с ударением Арапов.


## Глава третья.
## Чужой человек

В одну темную и чрезвычайно бурную ночь 1800 года через озеро Четырех Кантонов переплыла небольшая черная лодка. Отчаянный гребец держался направления от кантона Швица к Люцерну. Казалось, что в такую пору ни один смертный не решился бы переплыть обыкновенно спокойное озеро Четырех Кантонов, но оно было переплыто. Швицкий смельчак за полночь причалил к одной деревушке кантона Ури, привязал к дереву наполненный до половины водою челнок и постучал в двери небольшого скромного домика. В одном окне домика мелькнул огонь, и к стеклу прислонилось испуганное женское лицо. Приезжий из Швица постучал еще раз. Смелый мужской голос из-за двери спросил:

— Кто там?

— Из Швица, от ландсмана, — отвечал приезжий.

Ему отперли дверь и вслед за тем снова тщательно заперли ее крепким засовом. Республика была полна французов, и в окрестностях стояли гренадеры Серрюрье.

Посланец вынул из-за пазухи довольно большой конверт с огромною официальною печатью и подал хозяину. Конверт был весь мокрый, как и одежда человека, который его доставил, но расплывшиеся чернила еще позволяли прочесть содержание сложенного вчетверо квадратного листа толстой бумаги.

На нем было написано:

«Любезный союзник!

Утеснители швейцарской свободы не знают пределов своей дерзости. Ко всем оскорблениям, принесенным ими на нашу родину, они придумали еще новое. Они покрывают нас бесчестием и требуют выдачи нашего незапятнанного штандарта. В ту минуту, как я пишу к тебе, союзник, пастор Фриц уезжает в Берн, чтобы отклонить врагов республики от унизительного для нас требования; но если он не успеет в своем предприятии до полудня, то нам, как и другим нашим союзникам, остается умереть, отстаивая наши штандарты. Во имя республики призываю тебя, союзник, соверши молитву в нашей церкви вместо пастора Фрица и укрепи народ твоею проповедью».

— Где моя библия? — спросил пастор, сожигая на свече записку.

— Ты едешь? — отчаянно проговорила слабая женщина по-французски.

— Где моя библия? — переспросил пастор.

— Боже всемогущий! Но твое дитя, Губерт! Пощади нас! — опять проговорила пасторша.

— Ульрих! — крикнул пастор, слегка толкая спавшего на кровати пятилетнего ребенка.

— Боже мой! Что ты хочешь, Губерт?

— Я хочу взять моего сына.

— Губерт! Куда? Пощади его! Я его не дам тебе: ты его не возьмешь; я мать, я не дам! — повторяла жена.

— Я отец, и возьму его — отвечал спокойно пастор, бросая ребенку его штаны и камзольчик.

— Мама, не плачь, я сам хочу ехать, — утешал ребенок, выходя за двери с своим отцом и швицким посланным.

Пастор молча поцеловал жену в голову.

— Зачем ты везешь с собою ребенка? — спросил гребец, усаживаясь в лодку.

— Лодочники не спрашивали рыбака Телля, зачем он ведет с собою своего сына, — сурово отвечал пастор, и лодка отчалила от Люцерна к Швицу.

Еще задолго до рассвета лодка причалила к кантону Швиц.

Высокий суровый пастор, высокий, гибкий швейцарец и среди их маленький карапузик встали из лодки и пешком пошли к дому швицкого ландсмана. Ребенок дрожал в платье, насквозь пробитом озерными волнами, но глядел бодро. Ландсман погладил его по голове, а жена ландсмана напоила его теплым вином и уложила в постель своего мужа. Она знала, что муж ее не ляжет спать в эту ночь. Люцернский пастор говорил удивительную проповедь.

Честь четырех кантонов для слушателей этой проповеди была воплощена в куске белого полотна с красным крестом. Люди дрожали от ненависти к французам. Шайноха говорит, что современники видят только факты и не прозирают на результаты.

Ни ландсман, ни пастор, ни прихожане Люцерна не видели, что консульские войска Франции в существе несли более свободы, чем хранили ее консерваторы старой швейцарской республики.

На сцене были французские штыки, пьяные офицеры и распущенные солдаты, помнящие времена либерального конвента.

В роковой час полудня взвод французских гренадер вынес из дома ландсмана шест с куском белого полотна, на котором был нашит красный крест. Это был штандарт четырех кантонов, взятый силою, несмотря на геройское сопротивление люцернцев. За стандартом четыре гренадера несли высокого человека с круглою рыжею головою английского склада. По его обуви струилась кровь.

За раненым вели ребенка, с руками, связанными назади очень тонким шнурочком.

— Ну, что, bourgre allemand, попался? — шутил с ребенком гренадер.

— Я иду с моим отцом, — отвечал на чистом французском языке ребенок.

— Tien! Ты говоришь по-французски?

— Да, моя мать не умеет говорить иначе, — отвечало дитя.

Через два дня после этого происшествия из дома, в котором квартировал sous-lieutenant, вынесли длинную тростниковую корзину, в каких обыкновенно возят уголья. Это грубая корзина в три аршина длины и полтора глубины, сверху довольно широкая, книзу совсем почти сходила на нет.

За такой корзиной, покрытой сверху зеленым полотном с походной фуры, шли девять гренадер с карабинами; затем в трех шагах следовал полувзвод, предводимый sous-lieutenant'ом.

В хвосте этого взвода старый гренадер нес на руках пятилетнего ребенка.

Дитя расспрашивало конвентинца, скоро ли оно увидит своего отца, и беспечно перебирало пухлою ручкою узорчатую плетенку кутаса и красивую шишку помпона.

Процессия остановилась у деревни, на берегу, с которого видна была гигантская гора, царственно возвышающаяся над четырьмя кантонами своею блестящею белоснежною короною, а влево за нею зеленая Рютли. Здесь, у извилистой горной дорожки, был врыт тонкий белый столб и возле него выкопана могила. Это было очень хорошее место для всех, кроме того, кого теперь принесли сюда в угольной корзине.

Гренадеры опустили корзину и вынули из нее пастора с проколотыми ногами.

Он жестоко страдал от ран, и испачканное угольною пылью лицо его судорожно подергивалось, но глаза смотрели смело и гордо. Пастор одною рукою оперся о плечо гренадера, а другою взял за руку сына.

Sous-lieutenant достал из кармана четвертушку бумаги и прочел приговор, по которому пастор Губерт Райнер за возмутительное неповиновение был осужден на расстреляние, — «а в пример прочим, — добавил sous-lieutenant своим французско-страсбургским наречием, — с этим горным козлом мы расстреляем и его козленка. Капрал! Привяжите их к столбу.»

Обстоятельства делали sous-lieutenant'a владыкою жизни и смерти в местности, занятой его отрядом. Он сам составил и сам конфирмовал смертный приговор пастора Райнера и мог в один день безответственно расстрелять без всякого приговора еще двадцать человек с тою короткою формальностью, с которою осудил на смерть молодого козленка.

Пастор твердо, насколько ему позволяли раненые ноги, подошел и стал у столба.

— Вы имеете предсмертную просьбу? — спросил пастора капрал.

— Имею.

— Что вы хотите?

— Чтоб мне не завязывали рук и глаз и чтоб меня расстреляли на той стороне озера: я хочу лежать ближе к Рютли.

Капрал передал просьбу sous-lieutenant'y и через минуту сообщил осужденному, что первая половина его просьбы будет исполнена, а на Рютли он может смотреть отсюда.

Пастор взглянул на блестящую, алмазную митру горы, сжал ручонку сына и, опершись другою рукою о плечо гренадера, спокойно стал у столба над выкопанною у него ямою.

— Подвяжите меня только под плечи: этого совершенно довольно, — сказал он капралу. Просьбу его исполнили.

— Теперь хорошо, — сказал пастор, поддерживаемый веревкой. — Теперь подайте мне сына.

Ему подали ребенка.

Пастор взял сына на руки, прижал его к своей груди и, обернув дитя задом к выступившим из полувзвода вперед десяти гренадерам, сказал:

— Смотри, Ульрих, на Рютли. Ты видишь, вон она там, наша гордая Рютли, вон там — за этою белою горою. Там, в той долине, давно-давно, сошлись наши рыбаки и поклялись умереть за свободу...

До ушей пастора долетел неистовый вопль. Он ждал выстрела, но не этих раздирающих звуков знакомого голоса. Пастор боялся, что ребенок также вслушается в этот голос и заплачет. Пастор этого очень боялся и, чтобы отвлечь детское внимание от материнских стонов, говорил:

— Они поклялись умереть за то... чтобы по чистой Рютли не ходили подлые ноги имперских фогтов.

— Пали! — послышался пастору сердитый крик sous-lieutenant'a.

— Смотри на Рютли, — шепнул сыну пастор.

Дитя было спокойно, но выстрела не раздавалось.

«Боже, подкрепи меня!» — молился в душе пастор. А в четырнадцати шагах перед ним происходила другая драма.

— Мы не будем стрелять в ребенка: эта женщина — француженка. Мы не будем убивать французское дитя! — вполголоса произнесли плохо державшие дисциплину солдаты консульской республики.

— Что это! бунт! — крикнул sous-lieutenant и, толкнув замершую у его ног женщину, громко крикнул то самое «пали», которое заставило пастора указать сыну в последний раз на Рютли.

Солдаты молча опустили к ноге заряженные ружья.

— Der Teufel! — произнес страсбургский sous-lieutenant и велел взять ребенка.

— Прощай! — сказал пастор, отдавая капралу сына. — Будь честен и люби мать.

Через пять минут в деревне всем послышалось, как будто на стол их была сброшена горсть орехов, и тот же звук, хотя гораздо слабее, пронесся по озеру и тихо отозвался стонущим эхом на Рютли.

Пастора Губерта Райнера не стало.

Его жена пришла в себя, когда все уже было кончено. Увидев маленького Райнера в живых, она думала, что видит привидение: она ничего не слыхала после сердитого крика: «пали».

Вдова Райнера покинула прелестную Рютли и переехала с сыном из Швица в Женеву. Здесь, отказывая себе в самом необходимом, она старалась дать Ульриху Райнеру возможно лучшее воспитание. В двадцать один год Ульрих Райнер стал платить матери свой денежный долг. Он давал уроки и переменил с матерью мансарду на довольно чистую комнату, и у них всякий день кипела кастрюлька вкусного бульона. Но Ульрих Райнер не был доволен этим. Ему было мало одного бульона, и тесна ему казалась Женева. Одни и те же виды, несмотря на все свое великолепие, приглядываются, как женина красота, и подстрекают любопытное влечение приподнять завесу других красот, отдохнуть на другой груди, послушать, как бьется иное сердце.

В это время Европа поклонялась пред могуществом России и полна была рассказов о славе, великодушии и просвещении Александра I.

Ульрих Райнер с великим трудом скопил небольшую сумму денег, обеспечил на год мать и, оплаканный ею, уехал в Россию. Это было в 1816 году.

Ульрих Райнер приехал в Россию статным, прекрасным юношею. Он был похож на своего могучего отца, но выражение его лица смягчилось некоторыми тонкими чертами матери. С этого лица постоянно не сходило серьезное выражение Губерта Райнера, но на нем не было Губертовой холодности и спокойной флегмы: вместо них лицо это дышало французскою живостью характера. Оно было вместе и серьезно и живо.

В то время иностранцам было много хода в России, и Ульрих Райнер не остался долго без места и без дела. Тотчас же после приезда в Москву он поступил гувернером в один пансион, а оттуда через два года уехал в Калужскую губернию наставником к детям богатого князя Тотемского.

Здесь Ульрих Райнер провел семь лет, скопил малую толику капитальца и в исходе седьмого года женился на русской девушке, служившей вместе с ним около трех лет гувернанткой в том же доме князей Тотемских. Жена Ульриха Райнера была прелестное создание. В ней могло пленять человека все, начиная с ее ангельской русой головки до ангельской души, смотревшей сквозь кроткие голубые глаза.

Это была русская женщина, поэтически восполняющая прелестные типы женщин Бертольда Ауэрбаха. Она не была второю Женни, и здесь не место говорить о ней много; но автор, находясь под неотразимым влиянием этого типа, будет очень жалеть, если у него не достанет сил и уменья когда-нибудь в другом месте рассказать, что за лицо была Марья Михайловна Райнер, и напомнить ею один из наших улетающих и всеми позабываемых женских типов.

Женясь на Марье Михайловне, Ульрих Райнер переехал в Петербург и открыл с женою частный пансион, в котором сам был и начальником и учил языкам воспитанников старших классов. Затрудняясь говорить по-русски, Райнер довольствовался скромным званием учителя языков и в истории литературы читал своим ученикам историю народов.

Дела Райнера шли отлично. Капитал его рос, здоровье служило, врожденной энергии было много, женою был счастлив без меры, — чего же более? Но Райнер не был из числа людей, довольных одним материальным благосостоянием.

Через два года после его женитьбы у него родился сын, опять представивший в себе самое счастливое и гармоническое сочетание наружных черт своего твердого отца с женственными чертами матери.

Рождение этого мальчика было поводом к тяжелым семейным сценам, дорого обошедшимся и Райнеру, и его жене, и самому ребенку. Ульрих Райнер хотел, чтобы сын его был назван Робертом, в честь его старого университетского друга, кельнского пивовара Блюма, отца прославившегося в 1848 году немецкого демократа Роберта Блюма.

Этого нельзя было сделать: сын швейцарца Райнера и его русской жены не мог быть лютеранином. Ульрих Райнер решил никак не крестить сына, и ему это удалось. Ребенок, пососав несколько дней материнское молоко, отравленное материнским горем, зачах, покорчился и умер.

Мария Райнер целые годы неутешно горевала о своем некрещеном ребенке и оставалась бездетною. Только весною 1840 года она сказала мужу: «Бог услышал мою молитву: я не одна».

Четвертого ноября 1840 года у Райнера родился второй сын. Ульрих Райнер был теперь гораздо старше, чем при рождении первого ребенка, и не сумасшествовал. Ребенка при св. крещении назвали Васильем.

Отец звал его Вильгельм-Роберт. Мать, лаская дитя у своей груди, звала его Васей, а прислуга Вильгельмом Ивановичем, так как Ульрих Райнер в России именовался, для простоты речи, Иваном Ивановичем. Вскоре после похорон первого сына, в декабре 1825 года, Ульрих Райнер решительно объявил, что он ни за что не останется в России и совсем переселился в Швейцарию.

Этот план очень огорчал Марью Михайловну Райнер и, несмотря на то, что крутой Ульрих, видя страдания жены, год от году откладывал свое переселение, но тем не менее все это терзало Марью Михайловну. Она была далеко не прочь съездить в Швейцарию и познакомиться с родными мужа, но совсем туда переселиться, с тем чтобы уже никогда более не видать России, она ни за что не хотела. Одна мысль об этом повергала ее в отчаяние. Марья Михайловна любила родину так горячо и просто.

В таком состоянии была душа Марьи Михайловны Райнер, когда она дождалась второго сына, по ее словам, вымоленного и выпрошенного у неба. Марья Михайловна вся отдалась сыну. Она пользовалась первыми проявлениями умственных способностей ребенка, — старалась выучить его молиться по-русски Богу, спешила выучить его читать и писать по-русски и никогда не говорила с ним ни на каком другом языке.

Предчувствуя, что рано или поздно ее Вася очутится в среде иного народа, она всеми силами старалась как можно более посеять и взрастить в его душе русских семян и укоренить в нем любовь к материнской родине. Одна мысль, что ее Вася будет иностранцем в России, заставляла ее млеть от ужаса, и, падая ночью у детской кровати перед освященным образом Спасителя, она шептала: «Господи! ими же веси путями спаси его; но пусть не моя совершится воля, а Твоя».

Отец не мешал матери воспитывать сына в духе ее симпатий, но не оставлял его вне всякого знакомства и с своими симпатиями. Пламенно восторгаясь, он читал ему Вильгельма Телля, избранные места из Орлеанской Девы и заставлял наизусть заучивать огненные стихи Фрейлиграта, подготовлявшего германские умы к великому пожару 1848 года. Мать Василья Райнера это ужасно пугало, но она не смела противоречить мужу и только старалась усилить на сына свое кроткое влияние.

Так рос ребенок до своего семилетнего возраста в Петербурге. Он безмерно горячо любил мать, но питал глубокое уважение к каждому слову отца и благоговел перед его строгим взглядом.

Ребенок был очень благонравен, добр и искренен. Он с почтением стоял возле матери за долгими всенощными в церкви Всех Скорбящих; молча и со страхом вслушивался в громовые проклятия, которые его отец в кругу приятелей слал Наполеону Первому и всем роялистам; каждый вечер повторял перед образом: «но не моя, а Твоя да совершится воля», и засыпал, носясь в нарисованном ему мире швейцарских рыбаков и пастухов, сломавших несокрушимою волею железные цепи несносного рабства.

Собою осьмилетний Райнер был очаровательно хорош. Он был высок не по летам, крепко сложен, имел русые кудри, тонкий, правильный нос, с кроткими синими глазами матери и решительным подбородком отца. Лучшего мальчика вообразить было трудно.

Приближался 1847 год. В Европе становилось неспокойно: опытные люди предвидели бурю, которая и не замедлила разразиться. В конце 1847 вода Ульрих Райнер имел несколько неприятностей по пансиону. Это его меньше огорчало, чем сердило.

Наконец, возвратясь в один день с довольно долгого объяснения, он громко запретил детям играть в республику и объявил, что более не будет держать пансиона. Марья Михайловна, бледная и трепещущая, выслушала мужа, запершись в его кабинете, и уже не плакала, а тихо объявила: «Мы, Васенька, должны ехать с отцом в Швейцарию».

Пансион был распущен, деньги собраны, Марья Михайловна съездила с сыном в Москву поклониться русским святыням, и Райнеры оставили Россию. На границе Марья Михайловна с сыном стали на колени, поклонились до земли востоку и заплакали; а старый Райнер сжал губы и сделал нетерпеливое движение. Он стыдился уронить слезу. Они ехали на Кельн.

Ульрих Райнер, как молодой, нетерпеливый любовник, считал минуты, когда он увидит старика Блюма. Наконец предстал и Блюм, и его пивной завод, и его сын Роберт Блюм. Это было очень хорошее свидание. Я таких свиданий не умею описывать. В доме старого пивовара всем было хорошо. Даже Марья Михайловна вошла в очень хорошее состояние духа и была очень благодарна молодому Роберту Блюму, который водил ее сына по историческому Кельну, объяснял ему каждую достопримечательность города и напоминал его историю. Марья Михайловна и сама сходила в неподражаемую кафедру, но для ее религиозного настроения здесь было тяжело. Причудливость и грандиозность стиля только напоминали ей об удалении от темного уголка в Чудовом монастыре и боковом приделе Всех Скорбящих.

Зато с сыном ее было совсем другое.

По целым часам он стоял перед «Снятием со креста»,

вглядываясь в каждую черту гениальной картины, а Роберт Блюм тихим, симпатичным голосом рассказывал ему историю этой картины и рядом с нею историю самого гениального Рубенса, его безалаберность, пьянство, его унижение и возвышение. Ребенок стоит, пораженный величием общей картины кельнского Дома, а Роберт Блюм опять говорит ему хватающие за душу речи по поводу недоконченного собора.

Ульрих Райнер оставил семью у Блюма и уехал в Швейцарию. С помощью старых приятелей он скоро нашел очень хорошенькую ферму под одною из гор, вблизи боготворимой им долины Рютли, и перевез сюда жену и сына. Домик Райнера, как и все почти швейцарские домики, был построен в два этажа и местился у самого подножия высокой горы, на небольшом зеленом уступе, выходившем плоскою косою в один из неглубоких заливцев Фирвальдштетского озера. Нижний этаж, сложенный из серого камня, был занят службами, и тут же было помещение для скота; во втором этаже, обшитом вычурною тесовою резьбою, были жилые комнаты, и наверху местился еще небольшой мезонин в два окна, обнесенный узорчатою галереею.

Марья Михайловна поселилась с сыном в этом мезонине, и по этой галерее бегал кроткий, но резвый Вильгельм-Роберт Райнер, засматриваясь то на блестящие снеговые шапки гор, окружающих со всех сторон долину, то следя за тихим, медлительным шагом коров, переходивших вброд озерной заливец. Иногда ребенок взбирался с галереи на заросшую травою крышу и, усевшись на одном из лежащих здесь камней, целые вечера смотрел на картины, согреваемые красным, горячим закатом солнца. Теплы, сильны и своеобычны эти вечерние швейцарские картины. По мере того как одна сторона зеленого дуба темнеет и впадает в коричневый тон, другая согревается, краснеет; иглистые ели и сосны становятся синими, в воде вырастает другой, опрокинутый лес; босые мальчики загоняют дойных коров с мелодическими звонками на шеях; пробегают крестьянки в черных спензерах и яркоцветных юбочках, а на решетчатой скамейке в высокой швейцарской шляпе и серой куртке сидит отец и ведет горячие споры с соседом или заезжим гостем из Люцерна или Женевы.

Германская революция была во всем разгаре. Старик Райнер оставался дома и не принимал в ней, по-видимому, никакого непосредственного участия, но к нему беспрестанно заезжали какие-то новые люди. Он всегда говорил с этими людьми, запершись в своем кабинете, давал импроводников, лошадей и денег и сам находился в постоянном волнении.

Пришло известие, что Роберт Блюм расстрелян. Семья Райнеров впала в ужас. Старушка мать Ульриха Райнера, переехавшая было к сыну, отпросилась у него опять в тихую иезуитскую Женеву. Старая француженка везде ждала гренадеров Серрюрье и просила отпустить с нею и внука в ее безмятежно-молитвенный город.

Отцу было не до сына в это время, и он согласился, а мать была рада, что бабушка увезет ее сокровище из дома, который с часу на час более и более наполнялся революционерами.

Бабушка определила молодого Райнера в женевскую гимназию и водила его по воскресеньям в дом к Джемсу Фази, но, несмотря на то, он через год вернулся к отцу ультраклерикальным ребенком. А между тем революция кончилась; Марис и Фрейлиграт сидели за конторками у лондонских банкиров; Роберта Блюма уже не было на свете, и старческие пререкания одряхлевшей немецкой Европы успокоились под усмиряющие песни публицистов и философов 1850 года. Все было тихо, и германские владельцы думали, что сделать с скудной складчиной, собранной на отстройку кельнской кафедры?

Предсказания Роберта Блюма исполнились: недостало цемента, чтобы спаять им со стеною церкви камень, оставленный без заливки подневольным каменщиком старой империи. Старик Райнер, разбитый в своих упованиях, сидел один, гнулся и, как ощипанный петух, прятал свой обдерганный хвост.

— Эге, любезный сынок; да ты совсем женевский пиэтист стал у меня! — воскликнул, наконец, ощипанный старик и, решив схоронить в глубине души свои разбитые надежды, взялся сам за воспитание сына.

Это воспитание продолжалось более шести лет. Добрый германский народ, пошумев о единой Германии, спокойно спал, пробуждаясь только для юристен-вальса, отвлеченных словопрений и вполне достигнутого права на единое дешевое пиво. За ледяными горами Швейцарии не так жарки казались вести, долетавшие из Франции, и старик Райнер оставался при своем деле. Он учил сына; пел гортанные рулады к республиканским песням, насвистывая арии из Телля, и, к ужасу своей жены, каждый обед разражался адскими ругательствами над наполеонистами, ожидая от них всеобщего зла повсюду.

А время все шло.

На пятнадцатом году молодой Райнер лишился своей матери. Это был ужасный удар для юноши. Он вообще не видал своей матери счастливою и веселою со дня переселения на озеро Четырех Кантонов. Марья Михайловна постоянно грустила между чужими людьми, рвалась на родину и, покоряясь необходимости, смирялась и молилась перед образом в русской золоченой ризе. Она только один раз была весела и счастлива. Это было вскоре после сорок осьмого года, по случаю приезда к Райнеру одного русского, с которым бедная женщина ожила, припоминая то белокаменную Москву, то калужские леса, живописные чащобы и волнообразные нивы с ленивой Окой. Этот русский был очень чуткий, мягкий и талантливый человек. Он не превосходил себя в дарованиях, будя в душе Марии Райнер томительно сладкие воспоминания. Уйдя с Ульрихом Райнером после ужина в его комнату, он еще убедительнее и жарче говорил с ним о других сторонах русской жизни, далеко забрасывал за уши свою буйную гриву, дрожащим, нервным голосом, с искрящимися глазами развивал старику свои молодые думы и жаркие упования.

Старик Райнер все слушал молча, положив на руки свою серебристую голову. Кончилась огненная, живая речь, приправленная всеми едкими остротами красивого и горячего ума. Рассказчик сел в сильном волнении и опустил голову. Старый Райнер все не сводил с него глаз, и оба они долго молчали. Из-за гор показался серый утренний свет и стал наполнять незатейливый кабинет Райнера, а собеседники все сидели молча и далеко носились своими думами. Наконец Райнер приподнялся, вздохнул и сказал ломаным русским языком:

— Ню, а слушайте, што я вам будет сказать: это, што вы мне сказал, никогда будет.

— Это будет! — крикнул русский.

— Поверьте, мой друк, как это никогда будет.

— Вы не знаете России.

— О, о-о! Я ошень карашо знает Россия. Вы это никогда говорить. Я ошень карашо... Moi, je connais la Russie parfaitement. Это совсем не приходило время. Для России ... C'est trop tot pour la Russie; cela n'est pas dans son esprit national. Cela ne lui porterait pas de bonheur. Oh! je la connais bien, la Russie.... Я никому буду верил, как этот план рекомендовать, я знаю, как он не придить теперь.

— Я это доказал в моей брошюре.

— И ви это никогда будете доказать на практика. Vous ne saurez jamais appliquer! jamais!.

У нас der binen mus..

Bravo!.

— Eh bien! qui vivra, verra!.

Жена Райнера, разумеется, не слыхала этого разговора.

— Как странно, — сказала она мужу, проводив гостя, — мне этот человек всегда представлялся таким желчным, насмешливым и сердитым, а он такой милый и простой.

— Это всего чаще случается, — отвечал Райнер.

— Право, я желала бы, чтобы мой Вася походил на него, — проговорила Марья Михайловна, глядя с нежностью на сына.

— А я не желал бы этого, — отвечал муж.

— Отчего же? Такой ум, такая задушевность, прямота...

— Очень много говорит. Очень большие планы задумывает, фантазер и поэт.

— Не понимаю, что ты говоришь.

— Говорю, что Вильгельм должен быть похож прежде всего сам

на себя.

Мать опять взглянула на сына, который молча стоял у окна, глядя своим взором на пастуха, прыгавшего по обрывистой тропинке скалы. Она любовалась стройною фигурой сына и чувствовала, что он скоро будет хорош тою прелестною красотою, которая долго остается в памяти.

Это, как сказано, был лучший день в швейцарской жизни Марьи Михайловны.

К гробу она сходила тихо и кротко, как жила на свете. Не болела, не горела, как говорит народ, а таяла, таяла и умерла. За три дня до смерти муж привез ей русского священника из посольства. Она была чрезвычайно рада этому, благодарила мужа, причастилась и три последние дня жизни все говорила с сыном. Много она говорила ему обо всем, стараясь прозреть в его будущность. Благодарила его за почтение к ней, говорила об обязанностях человека к Богу, к обществу, к семье и к женщине. Последний пункт особенно занимал умирающую.

— От жены зависит твое счастие, Вася. Выбирай жену осмотрительно. Слушай отцовского совета. Он опытен и умен, — заключила она долгий разговор и потом, подумав и взяв сына за руку, добавила: — И вот еще что, Вася. Ты уж не маленький, все понимаешь. Исполни еще одну мою предсмертную просьбу; я из-за могилы буду тебя благодарить и буду тобой гордиться. Храни ты, Вася, себя чистым. Это не так трудно, как говорят. Подумай опять, как это гадко… и как честно, как приятно сберечь себя. Берегись, друг мой, и чистым веди к алтарю женщину в союз, определенный Богом. Я не хочу тебя обязывать словом, но мне было бы очень отрадно умирать, надеясь, что ты, Вася, не забудешь моей просьбы.

— Я ее исполню, матушка, — отвечал молодой Райнер, становясь на колени и целуя материну руку.

Так умерла madame Райнер вдалеке от нежно любимой родины и схоронена на приходском кладбище близ долины Рютли.

Был опять русский священник с дьячком, который пел над гробом Марьи Михайловны о мире, где нет печали и воздыхания, но жизнь бесконечная. Оба Райнера плакали, слушая эту поэтическую песнь о бесконечной жизни, в которую так крепко и так тепло верила незлобивая покойница.

После этих похорон в жизни Райнеров произошла большая перемена. Старик как-то осунулся и неохотно занимался с сыном. В дом переехала старушка бабушка, забывшая счет своим годам, но отсутствие Марьи Михайловны чувствовалось на каждом шагу. Более всех отдавалось оно в сердце молодого Райнера.

Он был очень тщательно обучен многому, между прочим, и был замечательный лингвист. Теперь он уже мог и сам продолжать свое домашнее образование без руководителя! Он мог даже и так поступить в любой университет, но разбитый старик об этом пока не думал.

Молодому Райнеру после смерти матери часто тяжел был вид опустевшего дома, и он нередко уходил из него на целые дни. С книгою в руках ложился он на живописный обрыв какой-нибудь скалы и читал, читал или думал, пока усталость сжимала его глаза.

Молодой человек засыпал, начитавшись Тацита или биографий Плутарха, и горячо настроенное воображение принималось рисовать перед ним могучие образы, высокие, вдохновляющие картины. То видит он перепуганное лицо, которое молит рыбака перевезти его через озеро из Люцерна в Швиц. «Я убил цезарского фогта за то, что он хотел оскорбить мою жену», — говорит испуганный человек, бледнея и озираясь во все стороны. А озеро бушует, высокие черные валы ходят и воют. «Никто не поедет теперь через озеро», — говорит рыбак испуганному человеку. «Спасите, умоляю вас, за мною гонятся, спасите, у меня есть жена и дети», — молит убийца фогта. «Что делать! Мы оба погибнем, — отвечал рыбак, — а у меня тоже есть жена и дети». Райнер слышит отчаянные мольбы и видит сердитое озеро, грозящее смертью за дерзкие покушения переехать его в такую пору. Сердце его замирает от жалости и негодования, а он не знает, что делать. Но вот из-за горы выходит рослый человек самого кроткого вида. За спиною у него сильный охотничий лук. Стрелок строго расспрашивает убийцу о всех обстоятельствах убийства и потом вскакивает в лодку. «Посмотри на озеро, Телль, — говорит ему рыбак. — Сегодня день Симеона и Иуды, и Фирвальдштет требует своей жертвы. Не искушай Бога безумством; у тебя жена и дети». — «Честный человек после всего думает о себе: уповай на Бога твоего и спасай твоего брата», — отвечал стрелок, отвязывая лодку. «Телль, не искушай Бога безумством, — говорит ему рыбак. — Посмотри на озеро и вспомни, что сегодня день Симеона и день Иуды, в который непременно кто-нибудь должен погибнуть в этих волнах». — «Озеро еще может смилостивиться, а цезарский фогт никогда не смилуется», — отвечает охотник, отталкивая лодку, и челнок с двумя седоками то нырнет на свинцовых волнах озера, то снова мелькнет на белом гребне. Райнер узнает в гребце лучшего стрелка из Бюрглена в кантоне Ури; он всматривается в его одушевленное лицо, и в ушах его звучат простые, евангельские слова Вильгельма Телля: «Честный человек после всего думает сам о себе». После всего сам о себе думает в эти минуты сонный Райнер и находит, что именно так только и можно думать человеку, который хочет называться честным. А воображение рисует новую картину. За неумолимыми волнами озера показываются грозные всадники еще более неумолимого фогта, слышны их проклятия и тяжелые удары по оставшимся на берегу беззащитным людям. Потом виднеется площадь в Альторфе. Люди работают себе темницу и постыдно шутят над своей неволей. «Кто поселится в этом подземелье, о том и петух не запоет» — говорит каменщик, сгибаясь под тяжелой ношей. «Что руками состроено, то руки и разобрать могут», — отвечал прохожий. Этот прохожий опять Телль. Вот с кровли тюрьмы падает человек и убивается на месте; кто-то расскажет, что у него отняли волов цезарские солдаты; кто-то говорит о старике, ослепленном пытальщиками. «Смерть фогтам за ослепление моего отца. Пора положить конец нашим угнетениям!» — восклицает молодой голос. «Фогт живет в недоступном Заринге», — говорит другой голос. «Хоть бы он жил выше того места, где вечная Юнгфрау сидит в своем туманном покрывале, — я найду его», — отвечает молодой голос.

И опять все тихо; шепот совсем не слышен, и Райнер только отличает тихий голос Телля: «Я не пойду на Рютли. Рассуждайте сами, а если вам понадобится дело, тогда зовите меня».

Райнеру видится его дед, стоящий у столба над выкопанной могилой. «Смотри, там Рютли», — говорит он ребенку, заслоняя с одной стороны его детские глаза. «Я не люблю много слов. Пусть Вильгельм будет похож сам на себя», — звучит ему отцовский голос. «Что я сделаю, чтоб походить самому на себя? — спрашивает сонный юноша. — Они сделали уже все, что им нужно было сделать для этих гор».

«Рютли! Прекрасная Рютли! Было время, когда ты была так же прекрасна и трава твоя щедро поливалась слезами», — думает Райнер, забываясь новым сном. И другое время встает перед ним. Стоит знойный полдень. По зеленой долине и по горным откосам шныряют фогтские сыщики. По лестницам, скользя и обрываясь, торопливо взбираются на скалы испуганные люди, и слышатся свистящие удары ремней. Потом ночь, темная швейцарская ночь.

Озеро спит спокойным зеркалом, отражая редкие звезды, взошедшие на небо. По скалам, со стороны Унтервальдена, осторожно, без малейшего звука, опускаются десять человек и становятся в темной Рютли. Стража прокричала два, из Швица слышен тонкий, замирающий звук монастырского колокола. «Зажгите кучу хвороста, а то они не найдут нас», — говорит молодой голос. Красным пламенем вспыхивает хворост и освещает еще десять человек, идущих со стороны Швица. Из-за гор, над озером, восходят две луны. Это старая пора, это тысяча триста шестой год. Только в этот год над озером Четырех Кантонов всходила двойная луна. «Где же люди из Ури?» — спрашивают, оглядываясь, швиццы. Кто-то отвечает, что «им нужно обходить собак фогта». Со стороны Ури пробираются тридцать три человека. Урийцы отыскали верных людей более, чем было условлено. Мелихталь рассказывает. Его рассказ ужасен. «Я был везде, — говорит он, — я видел моего слепого отца, лежащего на чужой соломе и... я не заплакал. Любовь отворила мне двери фогта, и я его видел, и я... его не убил. Но я высосал из кровавых глаз моего отца месть и отмщу нашим злодеям». — «Мы не должны мстить за старое, — мы имеем право только не допускать зла в будущем», — произнес симпатичный голос.

И Райнер видит два воткнутые в землю меча и слышит

взаимные клятвы не храбриться напрасно, не гибнуть бесследно порознь. Слышит рассказы о равнодушии германского императора к жалобам швейцарцев и грозный обет собирать людей и отстоять свою свободу. Все предписывает осторожность. «Даже излишняя ревность к делу будет преступлением, ибо кто осмелится самовольно вступаться в общее дело, тот грабит общее достояние», — решает ночное рютлийское собрание, расходясь в виду зари, заигравшей на девственном снесу окружных гор...

— «Кто осмелится самовластно вступиться в общее дело, тот грабит чужое достояние», — пробудясь, повторяет Райнер.

И еще раз засыпает и видит шест, а на шесте пустая шляпа, и возле нее стоят два часовых. Издали идет Телль с сыном. Они не замечают шляпы и разговаривают. «Отец! Правда ли, что тот лес заколдован и из его листьев сочится кровь?» — спрашивает ребенок. «Да, — говорит Телль, — лес заколдован, чтоб сдерживать лавины; но, дитя мое, для каждой страны страшны не заколдованные леса и лавины, а люди, не имеющие веры друг к другу». — «Он не оказал почтения к шляпе!» — кричат солдаты, хватаясь за Телля. Выскакивают из домов лучшие граждане Альторфа, просят, молят за Телля — все напрасно. «У двух солдат не мудрено взять и насильно», — говорит кто-то из толпы. «Бунт!» — кричат солдаты, и на плане картины показывается кавалькада. Фогт Геслер на коне и с соколом, а с ним красавица швейцарка Берта, впереди прочих. Фогт судит Телля.

Ребенка ставят у тополя и кладут яблоко на его голову. «Меня не нужно привязывать», — говорит дитя и стоит твердо. Телль поднимает лук, все дрожат и закрывают глаза. — И видит потом Райнер кроткого Телля, натягивающего лук из ущелья, видит мертвого Геслера... шум, кровь, смерть, стоны! Наступает роковая минута при Моргартене: цезарские латники сдвинулись, их закованные груди невредимы; Винкельрид бросается вперед... втыкает себе в грудь пук вражеских копий и тем открывает своим дорогу.

Ужасная картина! Когда она приснилась Райнеру, он проснулся и, увидав мирную Рютли и тихие окрестности, подумал: «Как хорошо, что это уже прошло и наверно никогда да не возвратится снова. Ты теперь спокойная, счастливая сторона, на тебе не лежит чужеземное иго».

— Дайте мне напиться, — просит юноша у крестьянки, сгибающейся под тяжелыми кувшинами и тянущей за собою четырехлетнее дитя.

«Странное дело! — думает он, глотая свежую воду: — этот ребенок так тощ и бледен, как мучной червяк, посаженный на пробку. И его мать... Эта яркая юбка ветха и покрыта прорехами; этот спензер висит на ее тощей груди, как на палке, ноги ее босы и исцарапаны, а издали это было так хорошо и живописно!»

— Отчего так худ твой ребенок? — спрашивает Райнер.

— Плохая пища, фермер. У меня нет дома. Я вдова, я работаю

людям из хлеба. Мне некуда идти с моим дитятей, я кормлю его тем, чего не съедят хозяйские дети.

«Плохая пища! — думает Райнер. — Этот мучной червяк скоро умрет, сидя на пробке. Зачем люди не умеют жить иначе?.. Пусть хоть не так тесно межуют землю. Зачем они теснятся? Затем, чтобы расходиться на поиски хлеба, потешать голодными песнями сытый разврат. Твои свободные сыны, Швейцария, служили наемными солдатами у деспотов; твои дочери едут в Петербург, Париж, Вену за таким хлебом, который становится поперек горла, пока его не смочат горючие слезы. Тесно людям! Мало им места на широком свете!.. »

И вот Райнеру рисуется простор, необъятный простор, не загроможденный скалами, не угрожаемый лавинами. По этому широкому раздолью тянутся широкие голубые ленты рек, стоят местами дремучие леса, колышутся буйные нивы, и в воздухе носится сильный, немножко удушливый запах головастой конопли и пустоцветных замашек. Изредка только по этому простору сидят убогие деревеньки, в которых живут люди, не знакомые почти ни с какими удобствами жизни; еще реже видны бедные церкви, куда народ вносит свое горе, свою радость. Все здесь делается не спеша, тихо, опустя голову. Протяжно и уныло звучит из-за горки караульный колокол ближайшей церкви, и еще протяжнее, еще унылее замирает в воздухе песня, весь смысл которой меньше заключается в словах, чем в надрывающих душу аханьях и оханьях, которыми эти слова пересыпаны. — А там серебряная лампада, слабо мерцающая над серебряной ракой, мать, Роберт Блюм и отец, заказывающий не многоречить и походить самому на себя...

Таково было детство и ранняя юность Вильгельма Райнера.

— Тебе надо ехать в университет, Вильгельм, — сказал старый Райнер после этого грустного, поэтического лета снов и мечтаний сына. — В Женеве теперь пиэтисты, в Лозанне и Фрейбурге иезуиты. Надо быть подальше от этих католических пауков. Я тебя посылаю в Германию. Сначала поучись в Берлине, а потом можешь перейти в Гейдельберг и Бонн.

Вильгельм Райнер уехал. Полтора года он слушал лекции в Берлине и подружился здесь с Оскаром Бекером, сделавшим себе впоследствии такую печальную известность. Потом сходился на лекциях в Бонне с молодыми владетельными принцами в Германии и, наконец, попал в Гейдельберг. Теперь он был совершенным красавцем. Прелестные русые кудри вились и густыми локонами падали на плечи, открывая только с боков античную белую шею; по лицу проступал легкий пушок, обозначалась небольшая раздваивающаяся бородка, и над верхней губою вились тоненькие усики. Сентиментальные немочки Гейдельберга, любуясь очаровательною головою Райнера, в шутку прозвали его Christuskopf, и скоро эта кличка заменила для него его настоящее имя. Гедвига и Ида из Bier-Halle, около которых всегда толпилась целая куча студентов, делали глазки Райнеру и весьма недвусмысленно улыбались, подавая ему кружку пива; но Райнер не замечал этого, как он не замечал и всех остальных женщин со стороны их притягательного влияния на мужчину.

В Гейдельберге Райнер ближе всех держался славянского кружка и преимущественно сходился с русскими и поляками. Чехов здесь было немного, но зато из среды их Райнер выбрал себе крепкого друга. Это был Иосиф Коляр, поэт, энтузиаст и славянский федералист, родом из окрестностей Карлова Тына.

На двадцать втором году Вильгельм Райнер возвратился домой, погостил у отца и с его рекомендательными письмами поехал в Лондон. Отец рекомендовал сына Марису, Фрейлиграту и своему русскому знакомому, прося их помочь молодому человеку пристроиться к хорошему торговому дому и войти в общество.

Просьба старика была выполнена самым удовлетворительным образом. Через месяц после приезда в Лондон молодой Райнер был подручным клерком у Джемса Смита и имел вход в несколько семейных домов самых разных слоев.

Более Райнер держался континентального революционного кружка и знакомился со всеми, кто мало-мальски примыкал к этому кружку. Отсюда через год у Райнера составилось весьма обширное знакомство, и кое-кто из революционных эмигрантов стали поглядывать на него с надеждами и упованиями, что он будет отличный слуга делу.

Личные симпатии Райнера влекли его к социалистам. Их теория сильно отвечала его поэтическим стремлениям. Поборников национальной независимости он уважал за проявляемые ими силу и настойчивость и даже желал им успеха; но к их планам не лежало его сердце. Никакого обособления он не признавал нужным при разделе естественных прав человеческого рода. Строгая английская семья с чинными, благовоспитанными женщинами имела на Райнера свое влияние. Он перестал избегать и бояться женщин и держался истым джентльменом, но природная застенчивость его не оставляла. Большого удовольствия в этом обществе он не находил с самого начала, и к концу первого же года оно ему совершенно опротивело своею чопорностью, мелочностью и искусственностью. Его возмущало, что и хозяйка и ее дочери, и их кузины могут смертельно побледнеть оттого, например, что неосторожный гость свалит головою плетеный бумажный «макассар» с кресла или совершит другое, столь же возмутительное преступление против общественного благоприличия. Он был в семьях квакеров и ирвингитов; говорил с их «ангелами» и ел ростбиф с их «серафимами». Он всматривался в женщин этого оригинального кружка, и они ему тоже не нравились. А между тем Райнер стал подумывать о женщинах, удаляя, впрочем, всякий сладострастный помысел и стремясь к отысканию какого-то чистого, сильного, героического, но весьма туманного идеала.

В это время Райнеру совершенно опротивел Лондон. Он уехал в Париж, и через полтора года ему стаж гадок и Париж с его императорскими бульварами, зуавами, галереями, с его сонными cochers, важными sergents de ville, голодными и раскрашенными raccrocheuse, ложью в семье и утопленницами на выставке сенного морга. Революционные парижские кружки тоже не нравились Райнеру. Еще он мог симпатизировать федеративным стремлениям чехов, но участие католического духовенства и аристократии в делах польской национальности отворачивало его от этих дел. Брошенные отцом семена презрения к папизму крепко разрослись в молодом Райнере, и он не мог вообразить себе никакой роли в каком бы то ни было участии с католическим попом. К тому же, как уже сказано, Райнер не был почитателем принципа национальностей.

И тут-то ему вспомнились опоэтизированные рассказы о русской общине, о прирожденных наклонностях русского народа к социализму; припомнились русские люди, которые заявили свою решительность, и люди, приезжавшие из России с рассказами о своей решительности и об удобстве настоящей поры для коренного социального переворота, к которому общество созрело, а народ готов искони и все ждет только опытных вождей и смелых застрельщиков.

Вильгельм Райнер вернулся в Англию. Долго не раздумывая и вовсе не списываясь с отцом, он спешно покончил свои дела с конторою, обвертел себя листами русской лондонской печати и весною того года, в который начинается наш роман, явился в Петербург.

По соображениям Райнера, самым логическим образом выведенным из слышанных рассказов русских либералов-туристов, раздумывать было некогда: в России каждую минуту могла вспыхнуть революция в пользу дела, которое Райнер считал законнейшим из всех дел человеческих и за которое давно решил положить свою голову.

Таков был Райнер, с которым мы мельком встретились в первой книге романа и с которым нам не раз еще придется встретиться.

### Глава четвертая.
### Свои люди

Наступил вечер великого дня, в который Арапов должен был ввести Розанова к своим людям и при этом случае показать чужого человека.

Это был тяжелый, серый день, без утреннего рассвета и вечерних сумерек; день, непосредственно сменяющий замешкавшуюся ночь и торопливо сгоняемый другою ночью.

Арапов был не в духе. Его что-то расстроило с самого утра, и к тому же он, как человек очень нервный, был весьма чувствителен к атмосферным влияниям.

— Идемте, — сухо сказал он Розанову, взойдя к нему в семь часов вечера.

И они пошли.

Выйдя за ворота, Розанов хотел взять извозчика, но Арапов сказал, что не надо. Они держали путь прямо к старому казенному зданию.

— Здесь нам надо повидать одного человека, — говорил Арапов, входя под темную арку старого здания.

«Юлия, или подземелья замка Мадзини» и все картинные ужасы эффектных романов лэди Редклиф вставали в памяти Розанова, когда они шли по темным коридорам оригинального дворца. Взошли в какую-то круглую комнату, ощупью добрались до одной двери — и опять коридор, опять шаги раздаются как-то страшно и торжественно, а навстречу никого не попадается. Потом пошли какие-то завороты, лесенки и опять снова коридор. В темноте, да для человека непривычного — точные катакомбы. Наконец впереди мелькнуло серое пятно: это была выходная дверь на какой-то дворик.

Приближаясь к этому выходу, Розанов стал примечать, что по сторонам коридора есть тоже двери, и у одной из них Арапов остановился и стукнул три раза палкой. В ответ на этот стук послышались вначале очень глухие шаги, потом они раздались близко, и, наконец, дверь отворилась.

Перед посетителями стоял солдат с сальною свечою в руках.

— Дома? — спросил Арапов, бесцеремонно проходя мимо солдата.

— Никак нет, ваше благородие, — ответил денщик.

Ну, все равно: дай мне, Трошка, огня, я напишу ему записочку.

Солдатик пошел на цыпочках, освещая сальною свечкою длиннейшую комнату, в окна которой светил огонь изпротивоположного флигеля. За первою комнатою начиналась вторая, немного меньшая и, наконец, опять большая, в которой были растянуты длинные ширмы, оклеенные обойною бумагою. Везде было очень пусто, даже почти совсем пусто, и только поразительнейший беспорядок последнего покоя придавал ему несколько жилой вид.

— Господин Райнер был у вас нынче? — спросил Арапов.

— Это француз?

— Француз.

— Были-с.

— А черт дома? — спросил еще Арапов, садясь за стол, который столько же мог называться письменным, сколько игорным, обеденным и даже швальным.

Здесь в беспорядке валялись книги, бумага, недошитый сапог, разбитые игорные карты и тут же стояла тарелка с сухарями и кровяной колбасой, бутылки с пивом и чернильница. Арапов велел позвать к себе «черта» и оторвал кусок бумаги от какой-то тетради; а Розанов присел было на придвинутое к столу кресло, но тотчас же вместе с ним полетел на пол.

— Садитесь на диван; оно без ножки, — проговорил, засмеявшись, Арапов и опять стал писать.

Из двери, в которую исчез денщик, сопя и покачиваясь, выступила тяжелая, массивная фигура в замасленном дубленом полушубке.

— Это ты, черт? — спросил, не оборачиваясь, Арапов.

— Я-с, — произнесла сиплым голосом фигура.

— Отыщи ты сейчас капитана.

— Слушаю-с.

— Ты знаешь, где он?

— Нет, не знаю-с.

— Ну, разыщи.

Арапов стал складывать записку, а доктор рассматривал стоящего у двери «черта». Бог знает, что это было такое: роста огромного, ручищи длинные, ниже колен, голова как малый пивной котел, говорит сиплым басом, рот до ушей и такой неприятный, и подлый, и чувственный, и холодно-жестокий.

— На, и иди, — сказал Арапов, подавая «черту» записку, после чего тот сейчас же исчез за дверью.

— У кого это мы были? — спрашивал Арапова Розанов, выходя из-под темной арки на улицу.

— Узнаете, — нехотя ответил Арапов.

— А что это за черт?

— А это, батюшка, артист: иконописанием занимался и бурлаком был, и черт его знает, чем он не был.

— А теперь что он тут делает?

— Ничего, — папиросы нам делает, да паспорта себе ожидает с того света, — отвечал, улыбнувшись, Арапов.

Розанов видел, что «черт» одна из тех многочисленных личностей, которые обитают в Москве, целый век таясь и пресмыкаясь, и понимал, что этому созданию с вероятностью можно ожидать паспорта только на тот свет; но как могли эти ручищи свертывать и подклеивать тонкую папиросную гильзу — Розанов никак не мог себе вообразить, однако же ничего не сказал угрюмому Арапову.

По трехпогибельному тротуару одной из недальних улиц Розанов вместе с Араповым дошли до парадного подъезда одного очень опрятного домика и по чистенькой лесенке, освещенной медною лампочкою, вошли в тепленькую и опрятную квартиру.

Пока человек брал их верхнее платье, в довольно ярко освещенном зальце показался весьма миловидный молодой офицер в несколько длинноватом сюртуке. В то время некоторое удлинение пол против форменного покроя в известных военных кружках считалось признаком благовоспитанности, солидного либерализма и порядочности.

— Хозяин дома, Казимир Викентьевич Рациборский, — сказал Розанову Арапов, — имею честь рекомендовать Дмитрия Петровича Розанова, — добавил он, обращаясь к хозяину.

Рациборский очень любезно пожал руку Розанова и поблагодарил его за знакомство.

— Что ж, никого еще нет? — спросил Арапов, когда они перешли из маленького зальца в столь же маленькую и уютную гостиную.

— Нет, кое-кто есть, — отвечал Рациборский.

— До «швахов» еще долго?

— Да, теперь в начале восьмой; раньше восьми никто не будет, — отвечал скромно хозяин.

Вообще все его слова и манеры были как нельзя более под стать его сюртуку, красноречиво говорили о его благовоспитанности и с первого же раза располагали в его пользу.

— Так время дорого, — заметил Арапов.

— Да, — произнес, улыбаясь, Рациборский, — оно всегда дорого, — и не спеша добавил: — Позвольте попросить вас, господин Розанов, в мою рабочую комнату.

Все втроем они перешли по мягкому ковру в третью комнатку, где стояла кровать хозяина и хорошенькая спальная мебель. Рациборский подошел к приставленному у стены шкафу красного дерева и не повернул, а подавил внутрь вложенный в двери ключ. Шкаф открылся и показал другую дверь, которую Рациборский отпер, потянув ключ на себя. За второю дверью висело толстое зеленое сукно. Рациборский отдернул за шнурок эту плотную занавеску, и они вошли в большую, ярко освещенную комнату, застланную во весь пол толстым плетеным ковром и с окнами, закрытыми тяжелыми шерстяными занавесками.

Убранство этой комнаты было также весьма мило и изящно, но придавало покою какой-то двойственный характер. Вдоль всей стены, под окнами, стоял длинный некрашеный стол, в котором были в ряд четыре выдвижные ящика с медными ручками. На этом столе помещалось несколько картонных коробок для бумаг, небольшая гальваническая батарея, две модели нарезных пушек, две чертежные доски с натянутыми на них листами ватманской бумаги, доска с закрытым чертежом, роскошная чернильница, портрет Лелевеля, портрет Герцена и художественно исполненная свинцовым карандашом женская головка с подписью:

To Litwinka dziewica bohater, Wodz Powstancow: Emilia Plater..

Над столом висел еще портретик прекрасной молодой женщины, под которым из того же поэта можно было бы написать:

I nie potrzeba tlumaczyc. Co chec sluszec, co zobaczyc..

Стол освещался большою солнечною лампою.Далее, в углублении комнаты, стояли мягкий полукруглый диван и несколько таких же мягких кресел, обитых зеленым трипом. Перед диваном стоял небольшой ореховый столик с двумя свечами. К стене, выходившей к спальне Рациборского, примыкала длинная оттоманка, на которой свободно могли улечься два человека, ноги к ногам. У четвертой стены, прямо против дивана и орехового столика, были два шкафа с книгами и между ними опять тяжелая занавеска из зеленого сукна, ходившая на кольцах по медной проволоке.

— Господа! Позвольте мне представить вам новое лицо, которое вы должны принять по-братски, — произнес Рациборский, подводя Розанова за руку к столику, перед которым сидели четыре человека.

Гости встали и вежливо поклонились вошедшим.

— Студент Каетан Слободзиньский с Волыня, — рекомендовал Розанову Рациборский, — капитан Тарас Никитич Барилочка, — продолжал он, указывая на огромного офицера, — иностранец Вильгельм Райнер и мой дядя, старый офицер бывших польских войск, Владислав Фомич Ярошиньский. С последним и вы, Арапов, незнакомы: позвольте вас познакомить, — добавил Рациборский и тотчас же пояснил: — Мой дядя соскучился обо мне, не вытерпел, пока я возьму отпуск, и вчера приехал на короткое время в Москву, чтобы повидаться со мною.

— Да, давно юж не виделись, захотел повидеться, — проговорил бывший офицер польских войск, пожав руки Арапову и Розанову.

Райнер поклонился Розанову, как совершенно незнакомому человеку, и, отойдя, стал у рабочего стола Рациборского. Арапов сказал Барилочке, что они сейчас заходили к нему и послали за ним «черта», и тотчас же завязал разговор с Ярошиньским, стараясь держаться как-то таинственно, и решительно, и ловко.

Розанов присел на конце длинной оттоманки и стал рассматривать комнату и лиц, в ней находящихся.

Из неодушевленной обстановки он заметил то, что мы упомянули, описывая физиономию рабочего покоя Рациборского. Розанов знал, в какую сферу его вводит новое знакомство, и обратил свое внимание на живых людей, которые здесь присутствовали.

Капитан Барилочка был хохол нехитрой расы, но тип, прямо объясняющий, «звиткиля вон узявся». Если бы Барилочку привезти на полтавскую или на роменскую ярмарку, то непременно бы наговорили: «Дывись, дывись от цэ, як вырядився Фонфачки сынок, що з Козельце».

Капитан был человек крупный, телесный, нрава на вид мягкого, веселого и тоже на вид откровенного. Голос имел громкий, бакенбарды густейшие, нос толстый, глазки слащавые и что в его местности называется «очи пивные». Усы, закрывавшие его длинную верхнюю губу, не позволяли видеть самую характерную черту его весьма незлого, но до крайности ненадежного лица. Лет ему было под сорок.

Студент Слободзиньский был на вид весьма кроткий юноша — высокий, довольно стройный, с несколько ксендзовским, острым носом, серыми умными глазами и очень сдержанными манерами. Ему было двадцать два, много двадцать три года.

Офицер польских войск была фигура показная. Это был тип старопольского пана средней руки. Он имел на вид лет за пятьдесят, но на голове у него была густая шапка седых, буйно разметанных волос. Подбородок его и щеки были тщательно выбриты, а рот совсем закрывался седыми усиками, спускавшимися с углов губ длинными концами ниже челюстей. Высокий, умный, но холодный лоб Ярошиньского был правильно подлиневан двумя почти сходившимися бровями, из которых еще не совсем исчез черный волос молодости, но еще более молодости было в черных, тоже умных его глазах. Манеры Ярошиньского были вкрадчивые, но приятные. Одет он был в суконную венгерку со шнурами и руки почти постоянно держал в широких шароварах со сборками.

Не успел доктор осмотреть эти лица, на что было истрачено гораздо менее времени, сколько израсходовал читатель, пробежав сделанное мною описание, как над суконною занавескою против дивана раздался очень тихий звонок.

— Швахи наступают, — произнес, обращаясь к Рациборскому, Арапов. Рациборский ничего не ответил, но тотчас же вышел в дверь через свою спальню. Райнер все стоял, прислонясь к столу и скрестя на груди свои сильные руки; студент и Барилочка сидели молча, и только один Арапов спорил с Ярошиньским.

— Нет-с, — говорил он Ярошиньскому в то время, когда вышел Рациборский и когда Розанов перестал смотреть, а начал вслушиваться. — Нет-с, вы не знаете, в какую мы вступаем эпоху. Наша молодежь теперь не прежняя, везде есть движение и есть люди на все готовые.

— Оповядал мне Казя, оповядал, и шкода мне этих людзей, если они есть такие.

— Как же вы жалеете их? Нужно же кому-нибудь гибнуть за общее дело. Вы же сами сражались ведь за свободу.

— О да! Мы стары люди: мы не терезнейших... Мы не тэперешнейшего веку, — снисходительно говорил Ярошиньский.

— Да ведь вот то-то и есть несчастье Польши, что она России не знает и не понимает.

— Вот это что правда, то правда, — подтвердил поляк, зная, что уста его надежно декорированы усами, сквозь которые ничей глаз не заметит презрительно насмешливой улыбки.

— А вот перед вами сколько человек? Один, два, три... Ну четвертый, положим, поляк... и все одного мнения, и все пойдем и ляжем...

Под седыми усами, вероятно, опять что-то шевельнулось, потому что Ярошиньский не сразу заговорил:

— Обронь вас Боже, панове. Я и Казю просил и тебе говору, Каетанцю, — обратился он к студенту, — не руштесь вы. Хиба еще мало и польской и российской шляхетной крови пролялось. Седьте тихо, посядайте науки, да молите пана Бога. Остружность, велика остружность потребна в такей поре. Народ злый стал. Цо я тутай слышал от Кази и что вы мне говорите, я разумею за дзецинады... за детинство, — пояснил Ярошиньский, очень затрудняясь набором русских слов. — Али як вы можете так зврацать увагу на иньших людзей! Який кольвек блазень, який кольвек лекай, хлоп, а наигоржей хлоп тыле людзей може загубить, же сам и сотки од них не варт.

— О нет-с! Уж этого вы не говорите. Наш народ не таков, да ему не из-за чего нас выдавать. Наше начало тем и верно, тем несомненно верно, что мы стремимся к революции на совершенно ином принципе.

В комнату снова вошел Рациборский и, подойдя к Арапову, подал сложенную бумажку.

— Что это?

— Верно, ваше письмо.

— Какое?

— «Черт» принес, Тараса Никитича отыскивал.

— Вы сказали, что его нет?

— Да, сказал, что нет.

— А там кто у вас?

— Никого еще пока: это «черт» звонил.

— Co to za nazwisko ciekawe? Powiedz mnie, Kaziu, prosze ciebie, — произнес удивленный старик, обращаясь к племяннику. — Co to jest takiego: chyba juz doprawdy wy I z diablami tutaj poznajomiliscie? — добавил он, смеючись..

— Да это вот они, мужики, одного «чертом» зовут, — отвечал по-русски Рациборский.

— То-то, а я, як провинцыял, думаю, что может тутейшая наука млодых юж и дьябла до услуг себе забрала, — проговорил, отнять играя, старик.

Над занавескою снова раздался мелодический звон, и Рациборский опять ушел через свою спальню.

— Гости? — спросил старик Арапова.

— Верно, гости.

— Все такие, як и вы?

— Нет, там всякие бывают: мы их зовем «швахами».

— Ну, так я к ним: беседуйте себе, — я мое сделал, лучше волю не слышать, ежели не хотите меня послухать, — проговорил шутя старик и поднялся.

Проходя мимо Арапова, он потрепал его, на старческом праве, по плечу и тихо проронил со вздохом:

— Ох глова, глова горячая, не даром тебе згинуты.

Совершив свою манипуляцию и пророческое предсказание над головою Арапова, Ярошиньский ушел в ту же дверь, в которую перед тем вышел его племянник. Над занавескою опять позвонило, и вслед за тем голос Рациборского произнес в комнате:

— Идите кто-нибудь, много чужих.

Розанов с изумлением оглядел комнату: Рациборского здесь не было, а голос его раздавался у них над самым ухом. Арапов и Барилочка расхохотались.

— Механика, батюшка, — произнес Арапов с видом авторитетного старейшинства, — камения глаголят.

В двери, которою до сих пор входили, показался Рациборский и сказал:

— Идите, господа, понемножку; идите вы, Тарас Никитич.

Барилочка встал и исчез за занавескою, над которой по временам раздавался тоненький звон серебряного колокольчика.

— Чего вы смеетесь, Арапов? — спросил Рациборский. Арапов рассказал в смешном виде розановское удивление при звонках и таинственном зове и вышел из этой комнаты.

— Это простая вещь, я виноват, что не рассказал вам ранее, — любезно проговорил Рациборский. — Я живу один с человеком, часто усылаю его куда-нибудь, а сам сижу постоянно за работою в этой комнате, так должен был позаботиться о некоторых ее удобствах. Отсюда ничего не слышно; этот ковер и мебель удивительно скрадывают звуки, да я и сам заботился, чтобы мне ничто не мешало заниматься; поэтому звонок, который вы здесь слышите, просто соединен, на случай выхода слуги, с наружным колокольчиком. А голос... это просто... видите, — Рациборский подошел к открытому медному отдушнику и пояснил: — это не в печке, а в деревянной стене, печка вот где. Это я сделал, чтобы знать, кто приходит, потому что иногда нет покоя от посетителей. Когда тот конец открыт, здесь все слышно, что говорится в передней. Вы извините, пожалуйста, что я не предупредил вас, здесь нет никаких тайн, — проговорил Рациборский и, пригласив гостей идти в общие комнаты, вышел.

За Рациборским тотчас же ушел за занавеску под звонком Слободзиньский. Розанов остался один с Райнером.

— Как вам живется, Райнер? — осведомился доктор.

— Благодарю. Какими вы здесь судьбами?

Розанов наскоро сообщил цель своего приезда в Москву и спросил:

— Зачем вы меня не узнали?

— Так, я не сообразил, как мне держаться с вами: вы вошли так неожиданно. Но мы можем сделать вид, что слегка знакомы. Секрет не годится: Пархоменко все сболтнет.

— Да и здесь, может быть, стены слышат, что мы говорим с вами,

— прошептал ему на ухо Розанов.

— Идемте однако, — сказал Райнер.

— Пойдемте.

— Нет, не вместе; идите вы вперед, вот в эту дверь: она ведет в буфет, и вас там встретит человек.

Розанов отодвинул занавеску, потом отворил дверь, за нею другую дверь и вышел из шкафа в чистенькую коморочку, где стояла опрятная постель слуги и буфетный шкаф.

Его встретил слуга и через дверь, сделанную в дощатой перегородке, отделявшей переднюю от буфета, проводил до залы.

По зале ходили два господина. Один высокий, стройный брюнет, лет двадцати пяти; другой маленький блондинчик, щупленький и как бы сжатый в комочек. Брюнет был очень хорош собою, но в его фигуре и манерах было очень много изысканности и чего-то говорящего: «не тронь меня». Черты лица его были тонки и правильны, но холодны и дышали эгоизмом и безучастностью. Вообще физиономия этого красивого господина тоже говорила «не тронь меня»; в ней, видимо, преобладали цинизм и половая чувственность, мелкая завистливость и злобная мстительность исподтишка. Красавец был одет безукоризненно и не снимал с рук тонких лайковых перчаток бледнозеленого цвета.

Блондинчик, напротив, был грязноват. Его сухие, изжелта-серые, несколько волнистые волосы лежали весьма некрасиво; белье его не отличалось такою чистотою, как у брюнета; одет он был в пальто без талии, сшитое из коричневого трико с какою-то малиновою искрой. Маленькие серые глазки его беспрестанно щурились и смотрели умно, но изменчиво. Минутою в них глядела самонадеянность и заносчивость, а потом вдруг это выражение быстро падало и уступало место какой-то робости, самоуничижению и задавленности. Маленькие серые ручки и сморщенное серое личико блондина придавали всему ему какой-то неотмываемо грязный и неприятный вид. Словно сквозь кожистые покровы проступала внутренняя грязь.

Розанов, проходя, слегка поклонился этим господам, и в ответ на его поклон брюнет отвечал самым вежливым и изысканным поклоном, а блондин только прищурил глазки.

В гостиной сидели пан Ярошиньский, Арапов, хозяин дома и какой-то рыжий растрепанный коренастый субъект. Арапов продолжал беседу с Ярошиньским, а Рациборский разговаривал с рыжим.

При входе Розанова Рациборский встал, пожал ему руку и потом отрекомендовал его Ярошиньскому и рыжему, назвав при этом рыжего Петром Николаевичем Бычковым, а Розанова — приятелем Арапова.

При вторичном представлении Розанова Ярошиньскому поляк держал себя так, как будто он до сих пор ни разу нигде его не видел.

Не успел Розанов занять место в укромной гостиной, как в зале послышался веселый, громкий говор, и вслед за тем в гостиную вошли три человека: блондин и брюнет, которых мы видели в зале, и Пархоменко.

Пархоменко был черномазенький хлопчик, лет весьма молодых, с широкими скулами, непропорционально узким лбом и еще более непропорционально узким подбородком, на котором, по вычислению приятелей, с одной стороны росло семнадцать коротеньких волосинок, а с другой — двадцать четыре. Держал себя Пархоменко весьма развязным и весьма нескладным развихляем, питал национальное предубеждение против носовых платков и в силу того беспрестанно дергал левою щекою и носом, а в минуты размышления с особенным тщанием и ловкостью выдавливал пальцем свой правый глаз. Лиза нимало не ошиблась, назвав его дурачком после меревского бала, на котором Пархоменко впервые показался в нашем романе. Пархоменко был так себе, шальной, дурашливый петербургский хохлик, что называется «безглуздая ледащица».

При входе Пархоменко опять началась рекомендация.

— Прохор Матвеевич Пархоменко, — сказал Рациборский, представив его разом всей компании, и потом поочередно назвал ему Ярошиньского и Розанова.

— А мы давно знакомы! — воскликнул Пархоменко при имени Розанова и протянул ему по-приятельски руку.

— Где же вы были знакомы?

— Мы познакомились нынешним летом в провинции, когда я ездил с Райнером.

— Так и вы, Райнер, старые знакомые с доктором?

— Да, я мельком видел господина Розанова и, виноват, не узнал его с первого раза, — отвечал Райнер.

Рациборский познакомил Розанова с блондином и брюнетом. Брюнета он назвал Петром Сергеевичем Белоярцевым, а блондина Иваном Семеновичем Завулоновым.

«Так и есть, что из семиовчинных утроб», — подумал Розанов, принимая крохотную, костлявую ручку серенького Завулонова, который тотчас же крякнул, зашелестил ладонью по своей желтенькой гривке и, взяв за локоть Белоярцева, потянул его опять в залу.

— Ну, что, Пархом удобоносительный, что нового? — спросил шутливо Арапов Пархоменку.

Пархоменко, значительно улыбнувшись, вытащил из кармана несколько вчетверо свернутых листиков печатной бумаги, ударил ими шутя по голове Арапова и сказал:

— Семь дней всего как из Лондона.

— Что это: «Колокол»?

— А то что же еще? — с улыбкой ответил Пархоменко и, сев с некоторою, так сказать, либеральною важностию на кресло, тотчас же засунул указательный палец правой руки в глаз и выпятил его из орбиты.

Арапов стал читать новый номер лондонского журнала и прочел его от первой строчки до последней. Все слушали, кроме Белоярцева и Завулонова, которые, разговаривая между собой полушепотом, продолжали по-прежнему ходить по зале.

Начался либеральный разговор, в котором Ярошиньский мастерски облагал сомнениями всякую мысль о возможности революционного успеха, оставляя, однако, всегда незагороженным один какой-нибудь выход. Но зато выход этот после высказанных сомнений Ярошиньского во всем прочем становился таким ясным, что Арапов и Бычков вне себя хватались за него и начинали именно его отстаивать, уносясь, однако, каждый раз опрометчиво далее, чем следовало, и открывая вновь другие слабые стороны.

Ярошиньский неподражаемо мягко брал их за эти нагие бока и, слегка пощекочивая своим скептицизмом, начал обоих разом доводить до некоторого бешенства.

— Все так, все так, — сказал он, наконец, после двухчасового спора, в котором никто не принимал участия, кроме его, Бычкова и Арапова, — только шкода людей, да и нима людей. Что ж эта газета, этих мыслей еще никто в России не понимает.

— Что! что! Этих мыслей мы не понимаем? — закричал Бычков, давно уже оравший во всю глотку. — Это мысль наша родная: мы с ней родились; ее сосали в материнском молоке. У нас правда по закону свята, принесли ту правду наши деды через три реки на нашу землю. Еще Гагстгаузен это видел в нашем народе. Вы думаете там, в Польше, что он нам образец?.. Он нам тьфу! — Бычков плюнул и добавил: — вот что он нам теперь значит.

Ярошиньский тихо и внимательно глядел молча на Бычкова, как будто видя его насквозь и только соображая, как идут и чем смазаны в нем разные, то без пардона бегущие, то заскакивающие колесца и пружинки; а Бычков входил все в больший азарт.

Так прошло еще с час. Говорил уж решительно один Бычков; даже араповским словам не было места.

«Что за черт такой!» — думал Розанов, слушая страшные угрозы Бычкова. Это не были нероновские желанияАрапова полюбоваться пылающей Москвою и слушать стон и плач des boyards moskovites.

Араповские стремления были нежнейшая сентиментальность перед тем, чего желал Бычков. Этот брал шире:

— Залить кровью Россию, перерезать все, что к штанам карман пришило. Ну, пятьсот тысяч, ну, миллион, ну, пять миллионов, — говорил он. — Ну что же такое? Пять миллионов вырезать, зато пятьсот пять останется и будут счастливы.

— Пятьдесят пять не останется, — заметил Ярошиньский.

— Отчего так?

— Так. Вот мы, например, первые такей революции не

потршебуем: не в нашем характере. У нас земя купиона, альбо тож унаследована. Найден повинен удовольниться тим, цо ему пан Бог дал, и благодарить его.

— Ну, это у вас... Впрочем, что ж: отделяйтесь. Мы вас держать не станем.

— И Литва теж такей революции не прагнет.

— И Литва пусть идет.

— И козаччина.

— И она тоже. Пусть все отделяются, кому с нами не угодно. Мы старого, какого-то мнимого права собственности признавать не станем; а кто не хочет с нами — живи сам себе. Пусть и финны, и лифляндские немцы, пусть все идут себе доживать свое право.

— Запомнил пан мордву и цыган, — заметил, улыбаясь, Ярошиньский.

— Все, все пусть идут, мы с своим народом все сделаем.

— А ваш народ собственности не любит?

Бычков несколько затруднился, но тотчас же вместо ответа сказал:

— Читайте Гагстгаузена: народ наш исповедует естественное право аграрного коммунизма. Он гнушается правом поземельной собственности.

— Правда так, панове? — спросил Ярошиньский, обращаясь к Розанову, Райнеру, Барилочке, Рациборскому, Пархоменке и Арапову.

— Да, правда, — твердо ответил Арапов.

— Да, — произнес так же утвердительно и с сознанием Пархоменко.

— Мое дело — «скачи, враже, як мир каже», — шутливо сказал Барилочка, изменяя одним русским словом значение грустной пословицы: «Скачи, враже, як пан каже», выработавшейся в дни польского панованья. — А что до революции, то я и душой и телом за революцию.

Оба молодые поляка ничего не сказали, и к тому же Рациборский встал и вышел в залу, а оттуда в буфет.

— Ну, а вы, пане Розанов? — вопросил Ярошиньский.

— Для меня, право, это все ново.

— Ну, однако, як вы уважаете на то?

— Я знаю одно, что такой революции не будет. Утверждаю, что она невозможна в России.

— От чловек, так чловек! — радостно подхватил Ярошиньский: — Россия повинна седзець и чакаць.

— А отчего-с это она невозможна? — сердито вмешался Бычков.

— Оттого, что народ не захочет ее.

— А вы знаете народ?

— Мне кажется, что знаю.

— Вы знаете его как чиновник, — ядовито заметил Пархоменко.

235

— А! Так бы вы и сказали: я бы с вами спорить не стал, — отозвался Бычков. — Народ с служащими русскими не говорит, а вы послушайте, что народ говорит с нами. Вот расспросите Белоярцева или Завулонова: они ходили по России, говорили с народом и знают, что народ думает.

— Ничего, значит, народ не думает, — ответил Белоярцев, который незадолго перед этим вошел с Завулоновым и сел в гостиной, потому что в зале человек начал приготовлять закуску. — Думает теперича он, как ему что ни в самом что ни есть наилучшем виде соседа поприжать.

— По-душевному, милый человек, по-душевному, по-божинному, — подсказал в тон Белоярцеву Завулонов.

Оба они чрезвычайно искусно подражали народному говору и этими короткими фразами заставили всех рассмеяться.

— Закусить, господа, — пригласил Рациборский.

Господа проходили в залу группами и доканчивали свои разговоры.

— Конечно, мы ему за прежнее благодарны, — говорил Ярошиньскому Бычков, — но для теперешнего нашего направления он отстал; он слаб, сентиментален; слишком церемонлив. Размягчение мозга уж чувствуется... Уж такой возраст... Разумеется, мы его вызовем, но только с тем, чтобы уж он нас слушал.

— Да, — говорил Райнеру Пархоменко, — это необходимо для однообразия. Теперь в тамошних школах будут читать и в здешних. Я двум распорядителям уж роздал по четыре экземпляра «звезд» и Фейербаха на школу, а то через вас вышлю.

— Да вы еще останьтесь здесь на несколько дней.

— Не могу; то-то и есть, что не могу. Птицын пишет, чтобы я немедленно ехал: они там без меня не знают, где что пораспахано.

— Так или нет? — раболепно спрашивал, проходя в двери, Завулонов Белоярцева.

— Я постараюсь, Иван Семенович, — отвечал приятным баском Белоярцев.

— Пожалуйста, — приставал молитвенно Завулонов, — мне только бы с нею развязаться, и черт с ней совсем. А то я сейчас сяду, изображу этакую штучку в листик или в полтора. Только бы хоть двадцать пять рубликов вперед.

— Да уж я постараюсь, — отвечал Белоярцев, а Завулонов только крякнул селезнем и сделал движение, в котором было что-то говорившее: «Знаем мы, как ты, подлец, постараешься! Еще нарочно отсоветуешь».

Как только все выпили водки, Ярошиньский ударил себя в лоб ладонью и проговорил:

— О до сту дзяблов; и запомнил потрактовать панов моей старопольской водкой; не пейте, панове, я зараз, — и Ярошиньский выбежал.

Но предостережение последовало поздно: паны уже выпили по рюмке. Однако, когда Ярошиньский появился с дородною фляжкою в руках и с серебряною кружечкою с изображением Косцюшки, все еще попробовали и «польской старки».

Первого Ярошиньский попотчевал Розанова и обманул его, выпив сам рюмку, которую держал в руках. Райнер и Рациборский не пили «польской старки», а все прочие, кроме Розанова, во время закуски два раза приложились к мягкой, маслянистой водке, без всякого сивушного запаха. Розанов не повторил, потому что ему показалось, будто и первая рюмка как-то уж очень сильно ударила в голову. Ярошиньский выпил две рюмки и за каждою из них проглотил по маленькой сахарной лепешечке. Он ничего не ел; жаловался на слабость старого желудка. А гости сильно опьянели, и опьянели сразу: языки развязались и болтали вздор.

— Пейте, Райнер, — приставал Арапов.

— Я никогда не пью и не могу пить, — спокойно отвечал Райнер.

— Эх вы, немец!

— Что немец, — немец еще пьет, а он баба, — подсказал Бычков. — Немец говорит: Wer liebt nicht Wein, Weib und Gesang, der bleibt ein Narr sein Leben lang!.

Райнер покраснел.

— А пан Райнер и женщин не любит? — спросил Ярошиньский.

— И песен тоже не люблю, — ответил, мешаясь, застенчивый в подобных случаях Райнер.

— Ну да. Пословица как раз по шерсти, — заметил неспособный стесняться Бычков.

Райнера эта новая наглость бросила из краски в мертвенную бледность, но он не сказал ни слова.

Ярошиньский всех наблюдал внимательно и не давал застыть живым темам. Разговор о женщинах, вероятно, представлялся ему очень удобным, потому что он его поддерживал во время всего ужина и, начав полушутя, полусерьезно говорить об эротическом значении женщины, перешел к значению ее как матери и, наконец, как патриотки и гражданки.

Райнер весь обращался в слух и внимание, а Ярошиньский все более и более распространялся о значении женщин в истории, цитировал целые латинские места из Тацита, изобличая познания, нисколько не отвечающие званию простого офицера бывших войск польских, и, наконец, свел как-то все на необходимость женского участия во всяком прогрессивном движении страны.

— Да, у нас есть женщины, — у нас была Марфа Посадница новгородская! — воскликнул Арапов.

— А что было, то не есть и не пишется в реестр, — ответил Ярошиньский.

Между тем со стола убрали тарелки, и оставалось одно вино.

— Цели Марфы Посадницы узки, — крикнул Бычков. — Что ж, она стояла за вольности новгородские, ну и что ж такое? Что ж такое государство? — фикция. Аристократическая выдумка и ничего больше, а свобода отношений есть факт естественной жизни. Наша задача и задача наших женщин шире. Мы прежде всех разовьем свободу отношений. Какое право неразделимости? Женщина не может быть собственностью. Она родится свободною: с каких же пор она делается собственностью другого?

Розанов улыбнулся и сказал:

— Это напоминает старый анекдот из римского права: когда яблоко становится собственностью человека: когда он его сорвал, когда съел или еще позже?

— Что нам ваше римское право! — еще пренебрежительнее крикнул Бычков. — У нас свое право. Наша правда по закону свята, принесли ту правду наши деды через три реки на нашу землю.

— У нас такое право: запер покрепче в коробью, так вот и мое, — произнес Завулонов.

— Мы брак долой.

— Так зачем же наши женщины замуж идут? — спросил Ярошиньский.

— Оттого, что еще неурядица пока во всем стоит; а устроим общественное воспитание детей, и будут свободные отношения.

— Маткам шкода будет детей покидать.

— Это вздор: родительская любовь предрассудок — и только. Связь есть потребность, закон природы, а остальное должно лежать на обязанностях общества. Отца и матери, в известном смысле слова, ведь нет же в естественной жизни. Животные, вырастая, не соображают своих родословных.

У Райнера набежали на глаза слезы, и он, выйдя из-за стола, прислонился лбом к окну в гостиной.

— У женщины, с которой я живу, есть ребенок, но что это до меня касается?..

Становилось уже не одному Райнеру гадко.

Ярошиньский встал, взял из-за угла очень хорошую гитару Рациборского и, сыграв несколько аккордов, запел:

Kwarta da polkwarty,
To poltory kwarty,
A jeszcze polkwarty,
To bedzie dwie qwarty.
O la! o la!
To bedzie dwie qwarty.

Белоярцев и Завулонов вполголоса попробовали подтянуть

refrain.

Ярошиньский сыграл маленькую вариацийку и продолжал:

Terazniejsze chlopcy,
To co wietrzne mlyny,
Lataja od iednei
Do drugiej dziewczyny.
O la! o la!
Do drugiej dziewczyny.

Белоярцев и Завулонов хватили:

О ля! о ля!
До другой девчины.

Песенка пропета.
Ярошиньский заиграл другую и запел:

Wypil Kuba,
Do Jakoba,
Pawel do Michala
Cupu, lupy
Lupu, cupu,
Kompanja cala.

— Нуте, российскую, — попросил Ярошиньский. Белоярцев взял гитару и заиграл «Ночь осеннюю». Спели хором.

— Вот еще, как это поется: «Ты помнишь ли, товарищ славы бранной!» — спросил Ярошиньский.

— Э, нет, черт с ними, эти патриотические гимны! — возразил опьяневший Бычков и запел, пародируя известную арию из оперы Глинки:

Славься, свобода и честный наш труд!

— О, сильные эти российские спевы! Поментаю, как их поют на Волге, — проговорил Ярошиньский.

Гитара заныла, застонала в руках Белоярцева каким-то широким, разметистым стоном, а Завулонов, зажав рукою ухо, запел:

Эх, что ж вы, ребята, призауныли;
Иль у вас, робята, денег нету?

Арапов и Бычков были вне себя от восторга. Арапов мычал, а Бычков выбивал такт и при последних стихах запел вразлад:

Разводите, братцы, огнь пожарчее,
Кладите в огонь вы мого дядю с теткой.
Тут-то дядя скажет: «денег много»!
А тетушка скажет: «сметы нету».

У Бычкова даже рот до ушей растянулся от удовольствия, возбужденного словами песни. Выражение его рыжей физиономии до отвращения верно напоминало морду борзой собаки, лижущей в окровавленные уста молодую лань, загнанную и загрызенную ради бесчеловечной человеческой потехи.

Русская публика становилась очень пьяна: хозяин и Ярошиньский пили мало; Слободзиньский пил, но молчал, а Розанов почти ничего не пил. У него все ужасно кружилась голова от рюмки польской старки. Белоярцев начал скоромить. Он сделал гримасу и запел несколько в нос солдатским отхватом:

Ты куды, куды, еж, ползешь?
Ты куды, куды, собачий сын, идешь?
Я иду, иду на барский двор,
К Акулини Степановне,
К Лизавети Богдановне.

— «Стук, стук у ворот», — произнес театрально Завулонов.
— «Кто там?» — спросил Белоярцев.
Завулонов отвечал:
— «Еж».
— «Куда, еж, ползешь?»
— «Попить, погулять, с красными девушками поиграть».
— «Много ли денег несешь?»
— «Грош»
— «Ступай к черту, не гож».

Пьяный хор подхватил припевом, в котором «еж» жаловался на жестокость красных девушек, старух и молодушек. То была такая грязь, такое сало, такой цинизм и насмешка над чувством, что даже Розанов не утерпел, встал и подошел к Райнеру.

Через несколько минут к ним подошел Ярошиньский.

— Какое знание народности! — сказал он по-французски, восхищаясь удалью певцов.

— Только на что оно употребляется, это знание, — ответил Розанов.

— Ну, молодежь... Что ее осуждать строго, — проговорил снисходительно Ярошиньский.

А певцы все пели одну гадость за другою и потом вдруг заспорили. Вспоминали разные женские и мужские имена, делали из них грязнейшие комбинации и, наконец, остановясь на одной из таких пошлых и совершенно нелепых комбинаций, разделились на голоса. Одни утверждали, что да, а другие, что нет.

На сцене было имя маркизы: Розанов, Ярошиньский и Райнер это хорошо слышали.

— Что там спорить, — воскликнул Белоярцев: — дело всем известное, коли про то уж песня поется; из песни слова не выкинешь, — и, дернув рукою по струнам гитары, Белоярцев запел в голос «Ивушки»:

> Ты Баралиха, Баралиха,
> Шальная голова,
> Что ж ты, Баралиха,
> Невесела сидишь?
> — Что ж ты, Баралиха,
> Невесела сидишь?

подхватывал хор и, продолжая пародию, пропел подлейшее предположение о причинах невеселого сиденья «Баралихи».

Розанов пожал плечами и сказал:

— Это уж из рук вон подло.

Но Райнер совсем не совладел собой. Бледный, дрожа всем телом, со слезами, брызнувшими на щеки, он скоро вошел в залу и сказал:

— Господа, объявляю вам, что это низость.

— Что такое? — спросили остановившиеся певцы.

— Низость, это низость — ходить в дом к честной женщине и петь на ее счет такие гнусные песни. Здесь нет ее детей, и я отвечаю за нее каждому, кто еще скажет на ее счет хоть одно непристойное слово.

Вмешательством Розанова, Ярошиньского и Рациборского сцена эта прекращена без дальнейших последствий. Райнера увели в спальню Рациборского; веселой компании откупорили новую бутылку. Но у певцов уже не заваривалось новое веселье. Они полушепотом подтрунивали над Райнером и пробовали было запеть что-то, чтобы не изобличать своей трусости и конфуза, но уж все это не удавалось, и они стали собираться домой. Только не могли никак уговорить идти Барилочку и Арапова. Эти упорно отказывались, говоря, что у них здесь еще дело. Бычков, Пархоменко, Слободзиньский, Белоярцев и Завулонов стали прощаться.

— Вы не сердитесь, Райнер, — увещательно сказал Белоярцев.

— Я и не сердился, — отвечал тот вежливо.

— То-то, это ведь смешно.

— Ну, это мое дело, — проговорил Райнер, высвобождая слегка свою руку из руки Белоярцева. Переходя через залу, компания застала Арапова и Барилочку за музыкальными занятиями.Барилочка щипал без толку гитару и пел:

> Попереду иде Согайдачный,
> Що проминяв жинку
> На тютюн да люльку,
> Необачный.

А Арапов дурел:

> Славься, свобода и честный наш труд!

Как их ни звали, чем ни соблазняли «в ночной тишине», — «дело есть», — отвечал коротко Арапов и опять, хлопнув себя ладонями по коленям, задувал:

> Славься, свобода и честный наш труд!

А Барилочка в ответ на приглашение махал головой и ревел:

> Эй, вирныся, Согайдачный,
> Возьми свою женку,
> Подай мою люльку,
> Необачный.

Бычков пошел просить Розанова, чтобы он взял Арапова. Когда он вошел в спальню Рациборского, Райнер и Розанов уже прощались.

— Вот то-то я и мувю, — говорил Ярошиньский, держа в своей руке руку Розанова.

— Да. Надо ждать; все же теперь не то, что было. «Сила есть и в терпенье». Надо испытать все мирные средства, а не подводить народ под страдания.

— Так, так, — утверждал Ярошиньский.

— По крайней мере верно, что задача не в том, чтобы мстить, — тихо сказал Райнер.

— Народ и не помышляет ни о каких революциях.

— Так, так, — хлопы всегда хлопы.

— Нет, не то, а они благодарны теперь, — вот что.

— Так, так, — опять подтвердил Ярошиньский, — як это от разу видать, что пан Розанов знает свою краину.

— К черту этакое знание! — крикнул Бычков. — Народ нужно знать по его духу, а в вицмундире его не узнают.

Райнер и Розанов пошли вон, ничего не отвечая на эту выходку.

— Ой, шкода людей, шкода таких отважных людей, як вы, — говорил Ярошиньский, идучи сзади их с Бычковым. — Цалый край еще дикий.

— Мы на то идем, — отвечал Бычков. — Отомстим за вековое порабощение и ляжем.

— Жалую вас, вельми жалую.

— На наше место вырастет поколение: мы удобрим ему почву, мы польем ее кровью, — яростно сказал Бычков и захохотал.

Ярошиньский только пожал ему сочувственно руку.

Прощаясь, гости спрашивали Ярошиньского, увидятся ли они с ним снова.

— Я мыслю, я мыслю, — это як мой племянник. Як не выгонит, так я поседю еще дней кильки. Do jutra, — сказал он, прощаясь с Слободзиньским.

— Do jutra, — ответил Слободзиньский, и компания, топоча и шумя, вышла на улицу.

У ворот дома капитанши Давыдовской компания приглашала Розанова и Арапова ехать провести повеселее ночку. Розанов наотрез отказался, а Райнера и не просили.

— Отчего вы не едете? — приставал Арапов к Розанову.

— Полноте, у меня семья есть.

— Что ж такое, семья? И у Белоярцева есть жена, и у Барилочки есть жена и дети, да ведь едут же.

— А я не поеду — устал и завтра буду работать.

Компания села. Суетившийся Завулонов занял у Розанова три рубля и тоже поехал. По улице раздавался пьяный голос Барилочки, кричавшего:

Мени с жинкою не возыться,
А тютюн да люлька
Казаку в дорози
Знадобится.

Чтоб отвязаться от веселого товарищества, Райнер зашел ночевать к Розанову, в кабинет Нечая.

## Глава пятая.
## Патер Роден и аббат д'Егриньи

Как только орава гостей хлынула за двери квартиры Рациборского, Ярошиньский быстро повернулся на каблуках и, пройдя молча через зал, гостиную и спальню, вошел в уединенную рабочую хозяина. Ласковое и внимательное выражение с лица Ярошиньского совершенно исчезло: он был серьезен и сух. Проходя по гостиной, он остановился и, указав Рациборскому на кучу пепла и сора, сказал:

— Велите убрать эту мерзость.

Рациборский поклонился и вернулся к человеку, а Ярошиньский вошел в рабочую. Через десять минут Рациборский два раза стукнул в дверь этой комнаты.

— Войдите, — отвечал изнутри голос Ярошиньского по-польски.

Но Ярошиньского здесь не было. Не было здесь добродушного седого офицера бывших войск польских. По комнате быстрыми шагами ходил высокий сухой человек лет тридцати пяти или сорока. Его черные как смоль и блестящие волосы изредка начинали покрываться раннею серебряною искрой. Судя по живому огню глаз и живости движений, седина очень торопилась сходить на эту, под бритву остриженную, голову. Лицо незнакомца дышало энергией. Его далеко выдававшийся вперед широкий подбородок говорил о воле, прямые и тонкие бледные губы — о холодности и хитрости, а прекрасный, гордый польский лоб с ранними, характерно ломавшимися над тонким носом морщинами — о сильном уме и искушенном тяжелыми опытами прошлом.

Теперь на том, кого мы до сих пор называли Ярошиньским, был надет длинный черный сюртук. Толсто настеганная венгерка, в которой он сидел до этого времени, лежала на диване, а на столе, возле лампы, был брошен артистически устроенный седой клочковатый парик и длинные польские усы.

Рациборский, взойдя, переложил ключ и запер за собою дверь. Он дернул было занавеску другой двери, что вела в буфет, но Ярошиньский сказал:

— Здесь уже заперто.

Рациборский подошел к печке и, заложив назад руки, стал молча.

— Велите ложиться спать лакею, — сказал Ярошиньский, продолжая быстро ходить по комнате и смотря в пол.

— Михаль! ложись спать, — крикнул по-польски Рациборский в фальшивый отдушник и, тотчас же закрыв его войлочным колпачком, лежавшим на шкафе, стал снова у печки.

С минуты выхода гостей здесь все говорили по-польски.

Прошло более часа, как загадочный человек сделал последнее домашнее распоряжение, а он все ходил по комнате, опустив на грудь свою умную голову и смотря на схваченные спереди кисти белых рук. Он был необыкновенно интересен: его длинная черная фигура с широко раздувающимися длинными полами тонкого матерчатого сюртука придавала ему вид какого-то мрачного духа, а мрачная печать, лежавшая на его белом лбу, и неслышные шаги по мягкому ковру еще более увеличивали это сходство. Он не ходил, а точно летал над полом на своих черных, крылообразно раздувающихся фалдах.

Рациборский стоял молча. Столовые часы методически прозвонили три раза.

— Это все, что я видел? — спросил незнакомец, продолжая ходить и смотреть на свои опущенные к коленям руки.

— Это все, пан каноник, — отвечал тихо, но с достоинством Рациборский.

— Странно.

— Это так есть.

Опять началось долгое молчание.

— И другого ничего?

— Ксендз каноник может мне верить.

— Я верю, — отвечал каноник и после долгой паузы сказал: — Я желаю, чтобы вы мне изложили, почему вы так действовали, как действуете.

— Я сходился и наблюдал; более я ничего не мог делать.

— Почему вы уверены, что, кроме этих господ, нет других удобных людей?

— Я с ними сходился: здешние почти все в этом роде.

— В этих родах скажите: они все разно мыслят.

— Таковы все; у них что ни человек, то партия.

По тонким губам каноника пробежала презрительная улыбка.

— Нужно выбрать что-нибудь поэффектнее и поглупее. Эти скоты ко всему пристанут.

Каноник опять походил и добавил:

— Арапов и рыжий весьма удобные люди.

— Фразеры.

— А что вам до этого? — сказал каноник, остановясь и быстро вскинув голову.

— С ними ничего нельзя сделать.

— Отчего?

— Пустые люди: всех выдадут и все испортят.

— А вам что за дело?

— Общество очень скоро поймет их.

— А пока поймет?

— Они попадутся.

— А вам что за дело?

— И перегубят других.

— Вам что за дело? Что вам за дело? — спрашивал с ударением каноник.

Рациборский молчал.

— Ваше дело не рассуждать, а повиноваться: законы ордена вам известны.

— Я прошу позволения...

— Вы должны слушать, молчать.

— Ксендз каноник Кракувка! — вспыльчиво вскрикнул Рациборский.

— Что, пан поручик московской службы? — с презрительной гримасой произнес Кракувка, оглянувшись через плечо на Рациборского.

Рациборский вздохнул, медленно провел рукою по лбу и, сделав шаг на середину комнаты, спокойно сказал:

— Я прошу извинения.

— Прощения, а не извинения, — сухо заметил каноник, не обращая никакого внимания на Рациборского.

— Я прошу прощения, — выговорил молодой человек.

Каноник не ответил ни слова и продолжал ходить молча.

— Принесите мне стакан воды с сиропом, — проговорил он через несколько минут.

Рациборский вышел, и пока он возвратился, Кракувка что-то черкнул карандашом в своем бумажнике.

— Вы дурно действовали, — начал Кракувка, выпив воды и поставив стакан на стол.

— Здесь ничего нельзя делать.

— Неправда; дураков можно заставлять плясать, как кукол. Зачем они у вас собираются?

— Они любят сходиться.

— Бездельники! Что ж, они думают, зачем они собираются у вас?

— Им кажется, что они делают революцию.

— Только и умно, что вы тешите их этой обстановкой. Но что они ничего не делают — это ваша вина.

— Ксендз каноник многого от меня требует.

— Многого? — с презрением спросил Кракувка. — Они бредят коммунизмом своего народа, да?

— Да.

— Так я им завтра дам, что делать, — сказал с придыханием Кракувка.

— Но и это не все; лучшие, умнейшие из них не пойдут на это.

— А зачем вам лучшие? Зачем вам этот лекарь?

— Мне его рекомендовал Арапов.

— Это очень глупо: он только может мешать.

— Он знает страну.

— Надо держать крепче тех, которые меньше знают. У вас есть Арапов, рыжий, этот Пархоменко и капитан, да Райнер, — помилуйте, чего ж вам? А что эти Белоярцев и Завулонов?

— Трусы.

— Совсем трусы?

— Совсем трусы и не глупы.

— Гм! Ну, этих можно бросить, а тех можно употребить в дело. При первой возможности, при первом случае пустить их. Каждый дурак имеет себе подобных.

— Райнер не дурак.

— Энтузиаст и неоплатоник, — это все равно, что и дурак: материал лепкий.

— Розанов тоже умен.

— Одолжить его. В чем он нуждается?

— Он ищет места.

— Дать ему место. Послезавтра вышли мне в Петербург его бумаги, — и он может пригодиться. Ваше дело, чтоб он только знал, что он нам обязан. А что это за маркиза?

— Женщина очень пылкая и благородная.

— А, это прекрасно.

— Она «белая».

— Это все равно.

— Она ни к чему не годна: только суетится.

— Надо ее уверить, что она действует.

— Она это и так думает.

— И прекрасно. Спутать их как можно больше.

— Ксендз каноник...

— Пан поручик!

— Между ними есть честнейшие люди. Я не смею возражать ничего против всех, но Розанова, Райнера и маркизу... за что же их? Они еще могут пригодиться.

— Кому? кому? — опять с придыханием спросил каноник. — Этой шизме вы бережете людей. Ей вы их сберегаете?

— Я не могу не уважать человеческих достоинств во всяком.

— Кто хвалит чужое, тот уменьшает достоинства своего.

— Они также могут содействовать человеческому счастью.

Каноник остановился посреди комнаты, заложил назад руки и, закинув голову, спросил:

— Вы веруете в чистоту и благость стремлений общества Иисусова?

— Свято верую, — отвечал с искренним убеждением Рациборский.

— Так помните же, — подлетая на своих черных крыльях к Рациборскому, начал каноник, — помните, что со времен Поссевина нам нет здесь места, и мы пресмыкаемся здесь или в этом шутовском маскараде (ксендз указал на свой парик и венгерку), или в этом московском мундире, который хуже всякого маскарада. Помните это!

— Я помню.

— Австрия, эта проклятая ракушанка, дает нам приют, а в нашей хваленой России мы хуже жидов.

— Они не понимают святых забот общества.

— Так надо, чтоб они их поняли, — произнес, захохотав, Кракувка. — Первый случай, и в ход всех этих дураков. А пока приобретайте их доверие.

— Это, ксендз каноник, не стоит труда: эти готовы верить всякому и никем не пренебрегают — даже «чертом».

— И отлично; нет ли еще где жида крещеного?

— Может быть, найдут.

— И отлично. Чего же вам? С таким-то материалом не заложить постройки!

— Я искал других людей.

— Лучше этих не надо. Полезнее дураков и энтузиастов нет. Их можно заставить делать все.

— Глупое, — сказал Рациборский.

— Ничего умного и не надо нам; поручик не стоит au courantc интересами отечества.

Рациборский грустно молчал. Кракувка остановился, посмотрел на него и, медленно подойдя к висевшему над столом женскому портрету, сказал с расстановкой:

— Урсула слишком поторопилась дать свое слово: она не может быть и никогда не будет женою нерешительного человека.

Рациборский встрепенулся и взглянул на ксендза умоляющим взором.

— Дайте мне еще воды, и простимся, — день наступает, — тихо произнес Кракувка.

Если читатель вообразит, что весь описанный нами разговор шел с бесконечными паузами, не встречающимися в разговорах обыкновенных людей, то ему станет понятно, что при этих словах сквозь густые шторы Рациборского на иезуитов взглянуло осеннее московское утро.

В десять часов Ярошиньский давал аудиенцию некоему Доленговскому, пожилому человеку, занимающемуся в Москве стряпческими делами. Главным предметом разговора было внушение Доленговскому строгой обязанности неуклонно наблюдать за каждым шагом Рациборского и сообщать обо всем Ярошиньскому, адресуя в Вену, poste-restante, на имя сеньора Марцикани.

Потом дана была аудиенция Слободзиньскому, на которой молодому человеку, между прочим, было велено следить за его университетскими товарищами и обо всем писать в Париж патеру Кракувке, rue St.—Sulpice, N 6, для передачи Ярошиньскому. При этом Слободзиньскому оставлена некоторая сумма на безнуждное житье в университете.

В двенадцать часов Рациборский проводил Ярошиньского на петербургскую железную дорогу, постоял у барьера, пока тронулся поезд, и, кивнув друг другу, иезуит подчиненный расстался с иезуитом начальником. Едучи с Рациборским на железную дорогу, Кракувка объявил, что он должен брать отпуск за границу и готовиться в Париж, где он получит обязанности более сообразные с его характером, а на его место в Москву будет назначено другое лицо.

Эту ночь не спали еще Розанов и Райнер.

Райнер говорил, что в Москве все ненадежные люди, что он ни в ком не видит серьезной преданности и что, наконец, не знает даже, с чего начинать. Он рассказывал, что был у многих из известных людей, но что все его приняли холодно и даже подозрительно.

— Это же, — добавлял Райнер, — все деморализовало до конца.

Райнер очень жалел, что он сошелся с Пархоменко; говорил, что Пархоменко непременно напутает чего-нибудь скверного, и сетовал, что он никому ни здесь, ни в Петербурге, ни в других местах не может открыть глаз на этого человека. Вообще Райнер казался как-то разбитым, и при ночном разговоре с Розановым на него будто находили порою столбняки. Розанов решительно говорил, что надо все бросить и не возиться; что никаких элементов для революции нет. Райнер слушал терпеливо все, что Розанов сообщал ему о настроении народа и провинциального общества, но не мог отказаться от своей любимой идеи произвести социально-демократический переворот, начав его с России.

— Все это так, но мы ведь не знаем, что народ думает, — говорил он.

— Отчего ж не знаем?

— Да так. Мы слышим, что он говорит, а не знаем, что он думает.

О партии московских умеренных Райнер отозвался с сострадательной улыбкой, что на них вовсе нечего рассчитывать.

— Или кабинетные мумии, или шуты, — говорил он: — та же фраза, та же рисовка, и ничего более. Вот поедемте в воскресенье к маркизе — там разный народ бывает, — увидите сами.

— Как она так рискует, принимая людей, за которыми, наверное, уже смотрят?

— Ах, ничем она не рискует: там ничего не делают, только болтают.

— Она, говорят, всегда была близка с передовыми людьми.

— Лжет, как мавзолей, — ничему верить нельзя.

— Так из-за чего же она бьется?

— Все эти эффекты, и ничего более. Да вот присмотритесь, сами увидите, — добавил он и, закрыв глаза, задремал в кресле в то самое время, когда Рациборский подал Кракувке второй стакан воды с морсом.

На следующее утро Розанов познакомил Райнера с Нечаем и его женою. Райнер им очень понравился, а Нечай тоже произвел на него хорошее впечатление. Рациборский отдал Розанову визит на другой день после отъезда Кракувки. Он был необыкновенно мил, любезен и так деликатно вызвался помочь Розанову в получении пока ординаторского места, что тот и не заметил, как отдал Рациборскому свои бумаги, немедленно уехавшие в Петербург к галицийскому помещику Ярошиньскому. Рациборский между слов узнал, что Розанов скоро познакомится с маркизой, и сказал, что ему будет очень приятно с ним там встречаться, что это дом очень почтенный.

# Глава шестая.
## Углекислые феи Чистых Прудов

На Чистых Прудах все дома имеют какую-то пытливую физиономию. Все они точно к чему-то прислушиваются и спрашивают: «что там такое?» Между этими домами самую любопытную физиономию имел дом полковника Стецкого. Этот дом не только спрашивал: «что там такое?», но он говорил: «ах, будьте милосердны, скажите, пожалуйста, что там такое?»

Дом этот состоял из главного двухэтажного корпуса, выходившего на Чистые Пруды, и множества самых странных флигелей, настроенных в середине двора. В бельэтаже главного дома обитала маркиза Ксения Григорьевна де Бараль с сыном, девятнадцатилетним маркизом, и двумя взрослыми дочерьми, девицами. В нижнем этаже жил либеральный московский архитектор, Истукарий Михайлович Брюхачев, с молоденькою женою и недавно произошедшим от сего союза приплодом.

Во флигелях местилось множество самых разнородных людей, но самый большой из этих флигелей занимали пять сестер Ярославцевых: Серафима Романовна, Рогнеда Романовна, Ариадна Романовна, Раиса Романовна и Зоя Романовна. Все сестры Ярославцевы жили в девстве, а маркиза вдовствовала.

Эти-то шесть женщин, т.е. пять сестер Ярославцевых и маркиза де Бараль, назывались в некоторых московских кружках углекислыми феями Чистых Прудов, а дом, в котором они обитали, был известен под именем вдовьего загона.

Мы непременно должны познакомиться и с углекислыми феями Чистых Прудов, и с законами вдовьего загона. Старшею феею, по званию, состоянию и общественному положению, была маркиза де Бараль. У нее был соединенный герб. В одной стороне щита были изображены колчан со стрелами и накрест татарская нагайка, а в другой вертел. Первая половина щита свидетельствовала о какой-то услуге, оказанной предком маркизы, казанским татарином Маймуловым, отцу Ивана IV, а вторая должна была символически напоминать, что какой-то предок маркизиного мужа накормил сбившегося с дороги короля Людовика Святого.

Маркизе было под пятьдесят лет. Теперь о ее красоте, конечно, уже никто и не говорил; а смолоду, рассказывали, она была очень неавантажна. Маленькая, вертлявая и сухая, с необыкновенно подвижным лицом, она была весьма непрезентабельна. Рассуждала она решительно обо всем, о чем вы хотите, но более всего любила говорить о том, какое значение могут иметь просвещенное содействие или просвещенная оппозиция просвещенных людей, стоящих на челе общественной лестницы. Маркиза не могла рассуждать спокойно и последовательно; она не могла, так сказать, рассуждать рассудительно.

Она, как говорят поляки, «miała zająca w głowie», и этот заяц до такой степени беспутно шнырял под ее черепом, что догнать его не было никакой возможности. Даже никогда нельзя было видеть ни его задних лопаток, ни его куцого, поджатого хвостика. Беспокойное шнырянье этого торопливого зверка чувствовалось только потому, что из-под его ножек вылетали: «чела общественной лестницы» и прочие умные слова, спутанные в самые беспутные фразы.

Однако, несмотря на то что маркиза была персона не видная и что у нее шнырял в голове очень беспокойный заяц, были в Москве люди, которые очень долго этого вовсе не замечали. По уставу, царицею углекислых фей непременно должна быть девица, и притом настоящая, совершенно непорочная девица, но для маркизы, даже в этом случае, было сделано исключение: в описываемую нами эпоху она была их царицею. Феи оперлись на то, что маркизе совершенно безопасно можно было вверить огонь, и вручили ей все знаки старшинства.

Приняв во внимание возраст, которого достигла маркиза, на Чистых Прудах никто не думал упрекать фей в легкомыслии. Все одобряли ее избрание. К тому же маркиза была поэт: ее любила погребальная муза. У маркизы хранилось шесть больших стихотворений: на смерть Пушкина, который во время ее детства посадил ее однажды к себе на колени; на смерть Лермонтова, который однажды, во время ее детства, подарил ей бонбоньерку; на смерть двух-трех московских ученых, которых она знала и считала своими друзьями, и на смерть Шарлоты Кордай, Марии-Антуанеты и madame Ролан, которых она хотя лично не знала, но тоже считала своими друзьями. Кроме того, у маркизы было заготовлено стихотворение на смерть Мирабо, но оно было написано только до половины и остановлено без окончания до тех пор, пока будет некоторое основание опровергнуть весьма распространенный слух о политической продажности этого умеренного либерала. Далее было у нее несколько стихотворений только начатых. В них маркиза намерена была оплакивать кончину своих живущих друзей. Углекислые феи каждая имела себе по отдельному стихотворению, и самое большое из них назначалось Рогнеде Романовне. Это прекрасное стихотворение было уже совсем отделано и даже переписано на почтовую бумагу. Оно называлось «Песнь женщины над гробом чистейшего создания» и начиналось так:

Дружбе венок бескорыстный
Женскою, слабой рукою, и т. д.

Стихи были белые, и белизна их доходила до такой степени, что когда маркиз случайно зажег ими свою трубку, то самая бумага, на которой они были написаны, сгорела совершенно бесцветным пламенем.

Это печальное обстоятельство случилось на третью весну после бракосочетания маркиза, а после этой весны маркиза уже видела двадцать два раза, как тает зимний лед на Чистых Прудах.

Несмотря на то что маркиза никогда не была оценена по достоинству своим мужем и рано осталась одна с двумя дочерьми и двумя сыновьями, она все-таки была замечательно счастливою женщиною. У нее всегда была хорошенькая квартирка, попугай, лошадь с дрожками, лакей в нитяных белых перчатках, канарейка в клетке и множество друзей. Главнейшим образом счастье маркизы заключалось во множестве друзей. Они ей были решительно необходимы, и у нее в них никогда не было никакого недостатка. У нее были друзья всякие: были друзья, которые ей льстили; были друзья, которые ее злили, как кошку; были друзья, которые считали ее набитою дурою и сумасшедшею; но зато у нее был один истинный друг, имевший все нужные свойства, чтобы назваться истинным другом. Он был бескорыстен, мягкосердечен, благодарен и глуп. Вдобавок этот друг был женщина, потерявшая всякую надежду вкусить сладости любви. Звали эту женщину Рогнедой Романовной. Словом, это была вторая углекислая фея Чистых Прудов.

Конечно, не всякий может похвалиться, что он имел в жизни такого друга, каким была для маркизы Рогнеда Романовна, но маркиза была еще счастливее. Ей казалось, что у нее очень много людей, которые ее нежно любят и готовы за нею на край света. Положим, что маркиза в этом случае очень сильно ошибалась, но тем не менее она все-таки была очень счастлива, заблуждаясь таким приятным образом. Это сильно поддерживало ее духовные силы и давало ей то, что в Москве называется «форсом».

У маркизы был сын Орест, который долго назывался «Оничкой», дочь Антонина, девица взрослая, дочь Сусанна, девица на возрасте, и сын Вениамин, молодой человек еще в самой зеленой поре. Маркиза относилась к своему Вениамину совсем не так, как относился к своему Вениамину патриарх Иаков. Она боготворила Оничку. Одни уверяли, что это идолослужение Оничке основано на том якобы, что известная Ленорман, посмотрев на этого мальчика, закричала: «Viconte! — Marquis! — Ministre! — Poete! — Homme celebre»; другие же просто говорили, что маркиза любила Оничку более всех потому, что он был ее первенец, и этому можно верить, потому что родительская нежность маркизы к Оничке нимало не пострадала даже после того, когда московский пророк Иван Яковлевич назвал его «ослицей вааловой».

Дочерей маркиза тоже любила не ровно. Антонина пользовалась у нее несравненно большим фавором, чем Сусанна, и зато Антонина любила свою мать на маковое зерно более, чем Сусанна, которая не любила ее вовсе. Сусанна росла недовольною Коринной у одной своей тетки, а Вениамин, отличавший в своем характере некоторую весьма раннюю нетерпимость, получал от родительницы каждое первое число по двадцати рублей и жил с некоторыми военными людьми в одном казенном заведении. Он оттуда каким-то образом умел приходить на университетские лекции, но к матери являлся только раз в месяц. Да, впрочем, и сама мать стеснялась его посещениями.

— Он как-то огрубел и опустился, — говорила Рогнеда Романовна болтливым людям, удивлявшимся, что у маркизы никогда не видно ее Вениамина. Рогнеда Романовна от природы была очень правдива, и, может быть, она не лгала даже и в настоящем случае, но все-таки ей нельзя было во всем верить на слово, потому что она была женщина «политичная». — Давно известно, что в русском обществе недостаток людей политических всегда щедро вознаграждался обилием людей политичных, и Рогнеда Романовна была одним из лучших экземпляров этого завода.

Вообще было много оснований с большою обстоятельностью утверждать, что политичность Рогнеды Романовны, всех ее сестер и самой маркизы много выигрывала от того, что они не знали ничего такого, что стоило бы скрывать особенно ловкими приемами, но умели жить как-то так, что как-то всем о них хотелось расспросить. Маркизин зайчик тут больше всех работал, и, нужно ему отдать справедливость, он был самый первый политикан во всем вдовьем загоне.

Кроме того, этот маленький зверек обладал непомерным самолюбием. Он никогда не занимался обыкновенными, недальновидными людьми и предоставлял им полное право верить в маркизин ум, предполагать в ней обширные способности и даже благоговеть перед ее фразами. Но зато он вволю потешался над людьми умными.

Когда умным людям случалось заходить к маркизе, а уходя от нее, размышлять о том, что она при них наговорила, умные люди обыкновенно спрашивали себя:

«Однако, черт меня возьми совсем, если можно понять, что у нее сидит в мозгу!»

«Черт возьми, что же это у нее сидит в мозгу?» — спрашивал себя умный человек, даже задувая дома свечку и оборачиваясь к стенке; но ни одного раза ни один умный человек не отгадал, что в мозгу у маркизы просто сидит заяц.

Это открытие принадлежит к самым позднейшим открытиям, и оно совершилось гораздо позже избрания маркизы царицею углекислых фей на Чистых Прудах.

По праведливости, это сан гораздо более шел к Ариадне Романовне, чем к маркизе, он более шел бы даже к Серафиме Романовне, но они его не получили.

Рогнеда Романовна не могла претендовать ни на какое первенство, потому что в ней надо всем преобладало чувство преданности, а Раиса Романовна и Зоя Романовна были особы без речей. Судьба их некоторым образом имела нечто трагическое и общее с судьбою Тристрама Шанди. Когда они только что появились близнецами на свет, повивальная бабушка, растерявшись, взяла вместо пеленки пустой мешочек и обтерла им головки новорожденных. С той же минуты младенцы сделались совершенно глупыми и остались такими на целую жизнь.

Таковы были в общих чертах углекислые феи, которые в свое время играли некоторые роли на Чистых Прудах и не могут пройти совсем незаметными для снисходительных читателей этого романа.

## Глава седьмая.
## Красные, белые, пестрые и буланые

Прекрасным осенним вечером, когда румяная заря ярким полымем догорала на золоченых кремлевских вышках, Розанов с Райнером выехали из одного переулка в Чистые Пруды и остановились у ворот дома полковника Стецкого. Углекислые феи нынешний год немножко замешкались в Кунцове и только около двух недель перенеслись в свои зимовые обиталища.

Тотчас за воротами были два подъезда: направо к маркизе, налево к Ярославцевым. Маркиза жила в бельэтаже, начинавшемся с парадного подъезда не совсем чистою переднею. Розанова и Райнера встретил высокий смуглый лакей в сером казинетовом сюртуке не по сезону и в белых бумажных перчатках. Он не пошел о них докладывать, а только отворил им двери в залу.

По зале прогуливались: молодая девушка весьма развязного вида, часто встряхивавшая черные кудри своей совершенно круглой головки, некрасивой, но весьма оригинальной; высокая худая фея с черными вороньими глазами, длинным мертвенно-синим носом и с чернобурыми веснушками. Этих двух особ сопровождали: с одной стороны низенький офицер в темно-зеленом сюртуке с белыми аксельбантами и молодой человек весь в черном. Офицер был с виду очень невзрачный, желтенький и плюгавенький, с бурым войлоком вместо волос на голове. Молодой же человек в черном не мог нравиться ни одной женщине, достигшей известного возраста, но его непременно должны были обожать институтки. Он был похож на всех Малек-Аделей, которых «кафушки» начинают рисовать карандашами, а выпускные иллюминуют красками и видят во сне крадущимися из-за штор полутемного дортуара.

Смугленький, чистенький, с черными лоснящимися и слегка вьющимися волосами, черными продолговатыми глазками, тоненькими черными же усиками, слегка выпушающеюся бородкою и маленьким ротиком с остренькими пунцовыми губками, в виде выпуклой пуговочки. Совсем, так-таки совсем был институтский

Малек-Адель: вот сейчас поцелует, завернется красным плащом и, улегшись в мусульманскую гробницу, скажет: «плачь обо мне, прекрасная христианка, и умри на моем гробе».

Райнер подошел к этой группе, поздоровался со всеми и потом отрекомендовал Малек-Аделю Розанова. Малек-Адель был старший сын маркизы, над которым madame Ленорман и Иван Яковлевич сделали два разноречивые предсказания.

Малек-Адель поздоровался с Розановым вежливо, но холодно, с тем особым оттенком, который умеют придавать своим приветствиям министры и вообще люди, живущие открытым домом и равнодушно смотрящие на всякого нового посетителя.

— Maman у себя в гостиной, — сказал он Райнеру, и молодой маркиз пристал опять к разгуливающей тройке.

Во время этого короткого церемониала Розанов слышал, как из гостиной несся шумный говор, из которого выдавался восторженный женский голос. Розанов только мог разобрать, что этот голос произносил: «Звонок дзинь, влетает один: il est mort; опять дзынь, — другой: il est mort, и еще, и еще. Полноте, говорю, господа, вы мне звонок оборвете».

В довольно хорошенькой гостиной была куча народа, располагавшегося и группами и взразбивку. Здесь было человек более двадцати пяти обоего пола. Самая живая группа, из семи особ, располагалась у одного угольного окна, на котором сидел белый попугай, а возле него, на довольно высоком кресле, сама маркиза в черном чепце, черном кашемировом платье без кринолина и в яркой полосатой турецкой шали.

Около нее помещались рыжий Бычков, Пархоменко, Ариадна Романовна — фея собой довольно полная и приятная, но все-таки с вороньим выражением в глазах и в очертании губ и носа, Серафима Романовна — фея мечтательная, Раиса Романовна и Зоя Романовна — феи прихлопнутые. Воронье выражение было у всех углекислых.

Исключение составляла Серафима Романовна, в которой было что-то даже приятное. Тут же помещался Белоярцев и некий господин Сахаров. Последний очень смахивал на большого выращенного и откормленного кантониста, отпущенного для пропитания родителей. Его солдатское лицо хранило выражение завистливое, искательное, злое и, так сказать, человеконенавистное; но он мог быть человеком способным всегда «стать на точку вида» и спрятать в карман доверчивого ближнего. Белоярцев был нынче выхолен, как показной конь на вывод, и держался показно, позволяя любоваться собою со всех сторон. Он сидел, как куколка, не прислоняясь к стенке, но выдвигаясь вперед, — образец мирской скромности, своего рода московской изящности и благовоспитанности; гладко вычищенную шляпочку он держал на коленях, а на ее полях держал свои правильные руки в туго натянутых лайковых перчатках.

Райнер представил маркизе Розанова. Она сердечно обрадовалась, с радушием встала, потрясла ему руку и усадила в свой кружок.

— Я, мой милый Райнер, — начала она, оживляясь и слегка дергаясь на стуле, — только что рассказывала, как мне приносили весть. Только что я встала и еще не была одета, как вдруг «дзынь», входит один: «il est mort»; потом другой...

— Вы мне это говорили.

— Говорила? Да, это ужасно было, — обратилась она к Розанову. — Только один взойдет, другой «дзынь», — il est mort, а по улицам люди, люди, люди...

— Маркиза! — произнес у двери гармонический женский голос.

Все оглянулись на дверь, а лицо маркизы одушевилось артистическим восторгом, и слезка блеснула на ее черных глазках. На пороге, опустясь на колени, сложив на груди руки и склонив очаровательную головку, стояла прелестная молодая женщина в легком черном платье и черной тюлевой наколке. Над этой изящной, коленопреклоненной фигурой рисовалась широкая грудь, на которой сидела большая русая голова с русою же окладистою бородою и голубыми глазами. Задняя фигура могла быть очень удобна в живой картине, где был бы нужен тип известного русского человека, торгующего своим братом, скотом.

— Мареичка! — воскликнула маркиза. — Икар, поднимите ее и подведите ко мне.

Русая головища нагнулась, бесцеремонно подняла за локти красивую даму и подвела ее к маркизе. Все встали и дали даме место преклониться пред маркизой, а маркизе обнять и облобызать даму.

— Маркиза, я преступница! — шутливо, но с сознанием тяжкой вины начала дама, не вставая с колоней и обнимая маркизу за талию.

— Что такое? в чем это?

— Нет, прежде простите меня: до тех пор не скажу.

— Ну, прощаю, прощаю, — шутила маркиза.

— Браслет, — проговорила дама, наморщив брови, но не скрывая внутреннего смеха.

— Что браслет, моя милясюсинька?

— Потеряла, маркиза.

— Потеряла?

— Да, я знаю, что это фамильная вещь, что вы ею дорожите, и хотела умереть, чтоб уж не сказать вам этого горя.

— О, моя миля, миля, что ж делать, — произнесла маркиза, поцеловала взасос поднявшуюся даму и, посадив ее против, стала любоваться ею, оглаживая ее головку и роскошные черные волосы.

Это были заброшенный сирота, приемыш маркизы (ныне архитектор) Брюхачев и его жена Марья Николаевна, окрещенная маркизою по страсти к переделке имен в ласкательные клички из

Марьи в Мареичку. Марья Николаевна Брюхачева была очень красива, изящна, грациозна и все, что вы хотите, но полюбить ее мог только Брюхачев, волочиться за нею могли только пламенные кавалеристы до штаб-офицерского чина. Но зато, если бы ее девственная юность была обставлена повальяжней, на ней смело мог бы жениться кто-нибудь пофигурнее.

Потесненный новым наплывом кружок маркизы раздвинулся, разбился и заговорил на разные темы.

— Какая сласть, — сказал Бычков Белоярцеву, глядя на Мареичку.

— Марья Маревна, Киперская королевна-то? — спросил Белоярцев и сейчас же добавил: — недурна, должно быть, в натуральном виде.

А между тем гости снова оглядывались и ворошились. По гостиной с таинственным, мрачным видом проходил Арапов. Он не дал первого, обычного приветствия хозяйке, но проходил, пожимая руки всем по ряду и не смотря на тех, кого удостоивал своего рукопожатия. К маркизе он тоже отнесся с рядовым приветствием, но что-то ей буркнул такое, что она, эффектно улыбнувшись, сказала:

— Ну, батюшка, неисправим, хоть брось.

— Красный, совершенно красный, яростный, — шепнула маркиза с серьезной миною стоявшему возле нее Розанову и сейчас же снова обратилась к Мареичке. А Арапов, обойдя знакомых, взял за руку Бычкова и отвел его в угол.

— Конвент в малом виде, — опять проговорила маркиза, кивнув с улыбкой на Бычкова и Арапова. — А смотрите, какая фигура у него, — продолжала она, глядя на Арапова, — какие глаза-то, глаза — страсть. А тот-то, тот-то — просто Марат. — Маркиза засмеялась и злорадно сказала: — Будет им, будет, как эти до них доберутся да начнут их трепать.

А судя по портрету, надо полагать, что маркиза не обидела Бычкова, сравнивая его с Маратом. В зверском сорокалетнем лице Марата не было по крайней мере низкой чванливости и преступного легкомыслия, лежавших между всякой всячины на лице Бычкова.

— И они это напечатали? — спрашивал Бычков рассказывавшего ему что-то Арапова.

— Как же: я хочу вздуть их, вздуть.

— Подлецы!

— Они там этак фигурничают, «с точки зрения справедливости», да то, да другое, а все-таки не честно об этом говорить.

— Разумеется; вы напишите, что это подло, растолкуйте им, что смертная казнь должна быть, но она должна быть только в странах республиканских...

— Батюшка! батюшка мой, пожалуйте-ка сюда! — говорил Арапов, подзывая к себе Сахарова. — Что ж это у вас печатается?

— Отстаньте, Бога ради, ничего я этого не знаю, — отвечал, смеясь, кантонист, пущенный для пропитания родителей.

— Как не знаете?

— Так, не знаю: «мы люди скромные, не строим баррикад и преспокойнейше гнием в своем болоте».

— Да гадости копаете?

— Да гадости копаем, — отвечал так же шутливо кантонист. — Нет, вот вам, Бычков, спасибо: пробрали вы нас. Я сейчас узнал по статейке, что это ваша. Терпеть не могу этого белого либерализма: то есть черт знает, что за гадость.

— Они все говорить будут, когда нужно дело. Вон в Петербурге уж делают.

— Что ж, что там делают? — впился Сахаров.

— Помилуйте, там уж аресты идут. Неделю назад, говорят, двадцать человек в одну ночь арестовали.

К товарищам подошел высокий благообразный юноша лет двадцати двух.

— Вот, Персиянцев, людей уж арестовывают десятками: видно, идет дело.

— Ах, когда бы, когда бы дело какое-нибудь! — тоскливо проговорил Персиянцев, смотря своими чистыми, но тоскливо скучающими детскими глазами.

— Мой милый! мой милый! — звала кантониста маркиза: — вы там с ними не очень сближайтесь: вы еще доверчивы, они вас увлекут.

— Да-с, увлечем, — ответил, глядя исподлобья, Арапов.

— Любви никакой нет-с, это иллюзия и только, — гортанил Пархоменко, выпячивая колени к платью Мареички.

— Как нет любви? Как нет любви? — вскипела маркиза. — Гггааа! это их петербургский материализм: радуйтесь. Вы материалист? Вы материалист? — пристала она к Пархоменке.

Пархоменко сробел и сказал, что он не материалист.

— Я только против брака. Я рассуждаю по разуму, — говорил он, стараясь поправиться от конфуза.

— Ну и что ж такое? Ну и что ж такое вы рассуждаете против брака? — взъелась на него опять маркиза.

— Что брака не должно быть в наше время.

— А что ж должно быть? Разврат?

— Гм!.. что вы еще называете развратом, надо знать...

— А я называю развратом вот этакую пошлую болтовню при молодой женщине, которая только что вышла замуж и, следовательно, уважает брак.

Пархоменко заковыривал все глубже глаз и, видя, что к нему подходят Бычков и Арапов, воодушевлялся.

— Да мало ли что в Москве могут уважать! — произнес он, засмеявшись и храknув носом.

Маркиза закусила поводья, зайчик нырнул ей в самый затылок, и мозги у нее запрыгали:

— Гггааа! Что вы этим хотите сказать? То, что Москва сберегла свою физиономию; то, что по ней можно читать историю народа; то, что она строена не по плану присяжного архитектора и взведена не на человеческих костях; то, что в ней живы памятники великого прошлого; то, что...

Маркиза понеслась зря. Все ее слушали, кто удерживая смех, кто с изумлением, и только одна Рогнеда Романовна, по долгу дружбы, с восторгом, да Малек-Адель — с спокойною важностью, точно барышня вырезала его из картинки и приставила дыбки постоять у стенки. А Белоярцев, смиренно пригнувшись к уху Арапова, слегка отпрукивал маркизу, произнося с расстановкой: «тпру, тпру, тпрусь, милочка, тпрусь».

Заяц швырял и ногами, и ушами: неоценимые заслуги Москвы и богопротивные мерзости Петербурга так и летели, закидывая с головы до ног ледащинького Пархоменку, который все силился насмешливо и ядовито улыбаться, но вместо того только мялся и не знал, как подостойнее выйти из своего положения.

Он ухватился за казармы и сказал:

— Наши казармы по крайней мере менее вредны.

— Да, в них воздух чище, — насмешливо возразила, вглядываясь по сторонам, маркиза.

— Именно воздух чище; в них меньше все прокурено ладаном, как в ваших палатках. И еще в Москве нет разума: он потерян. Здесь идет жизнь не по разуму, а по предрассудкам. Свободомыслящих людей нет в Москве, — говорил ободренный Пархоменко.

— Как нет?

— Нет.

— Это вы серьезно говорите?

— Серьезно.

— Господин Арапов! я решительно не могу вас благодарить за доставление мне знакомства с господином Пархоменко.

Маркиза дернулась и отворотилась лицом к окну. Арапов сделал поклон, который можно было истолковать различно, а Белоярцев опять прошептал у него под ухом: «тпрюсь, милая, тпрю».

Ново было впечатление, произведенное этою сценою на Розанова и Райнера, но все другие оставались совершенно покойны, будто этому всему непременно так и надо быть. Никто даже не удивился, что маркиза после сделанного ею реприманда Пархоменке не усидела долго, оборотясь к окну, и вдруг, дернувшись снова, обратилась к нему с словами:

— А у вас что? Что там у вас? Гггааа! ни одного человека путного не было, нет и не будет. Не будет, не будет! — кричала она, доходя до истерики. — Не будет потому, что ваш воздух и болота не годятся для русской груди... И вы... (маркиза задохнулась) вы смеете говорить о наших людях, и мы вас слушаем, а у вас нет терпимости к чужим мнениям; у вас Марат — бог; золото, чины, золото, золото да разврат — вот ваши боги.

— Все же это положительное, — возразил Пархоменко.

— Да что ж это положительное-то?

— Все. А ваши ученые, что они сделали? Что ваш Грановский?

— Гггааа!

Маркиза закатилась.

— Ma chere, — шепнула сзади Рогнеда Романовна.

— Ну, ну, что Грановский?

— Ma chere! — щелкнула опять Рогнеда Романовна, тронувшись за плечо маркизы.

— Постой, Нэда, — отвечала маркиза и пристала: — ну что, что наш Грановский? Не честный человек был, что ли? Не светлые и высокие имел понятия?..

— Какие же понятия? Известное дело, что он верил в бессмертие души.

— Ну так что ж?

— И только.

— И только?

— И этого довольно. Одной только пошлости довольно.

— Да, уж вашей к этому прибавить нельзя, — прошептала, совсем вскипев, маркиза и, встав а la Ristori, с протянутою к дверям рукою, произнесла: — Господин Пархоменко! Прошу вас выйти отсюда и более сюда никогда не входить.

Выговорив это, маркиза схватила с окна белый платок и побежала на балкон.

Видно было, что она душит рыдания.

За нею вышли три феи, Мареичка, Брюхачев, который мимоходом наступил на ногу одиноко сидевшему Завулонову, и попугай, который имел страсть исподтишка долбить людей в ноги и теперь мимоходом прорвал сапог и пустил слегка кровь Сахарову.

— Сапогом его, черта, — сказал Бычков. Но Сахаров не ударил попугая сапогом, а только всем показывал дырку.

Как праотец, изгнанный из рая, вышел из ворот маркизиного дома Пархоменко на улицу и, увидев на балконе маркизино общество, самым твердым голосом сторговал за пятиалтынный извозчика в гостиницу Шевалдышева.

Когда успокоившаяся маркиза возвратилась и села на свой пружинный трон, Бычков ткнул человек трех в ребра и подступил к ней с словами:

— Однако хороша и ваша терпимость мнений! За что вы человека выгнали вон?

— Я не могу слушать мерзостей, — отвечала маркиза, снова уже кипятясь и кусая кончик носового платка.

— Значит, то же самое.

— Я не за мнение, а за честную память вступилась.

— За память мертвого обижать живого?

— Память таких людей священна.

— С памятью известных людей связано почтение к известной идее, — произнес тихо, но твердо Персиянцев.

Розанов оглянулся: ему почудилось, будто он Помаду слышит.

— Ерундища какая-то, — произнес Бычков. — Мертвые берегут идеи для живых, вместо привета — вон, и толковать еще о какой-то своей терпимости.

— А у вас, что ли, у вас, что ли, терпимость? — забарабанила маркиза. — Гггааа! у вас нож, а не слово, вот ваша терпимость.

И пошло. Только порою можно было слышать:

— Так всех, что ли, порежете?

— Всех, — решал Бычков.

— А с кем сами останетесь.

— Кто уцелеет, тот останется, — вмешивался Арапов.

— Ггаа! — гоготала, всплескивая руками, маркиза.

— Ггаа! — гоготали и каркали за нею углекислые феи. Брюхачев стоял за женою и по временам целовал ее ручки, а Белоярцев, стоя рядом с Брюхачевым, не целовал рук его жены, но далеко запускал свои черные глаза под ажурную косынку, закрывавшую трепещущие, еще почти девственные груди Марьи Маревны, Киперской королевы.

Сахаров все старался залепить вырванный попугаем клочок сапога, в то время как Завулонов, ударяя себя в грудь, говорил ему:

— Сделайте милость, Сергей Сергеевич, выхлопочите мне хоть рублей бы так с восемь или десять: очень нужно, ей-Богу, очень нужно. Настасья больна, и гроша нет.

— Да что вы с ней не развяжетесь? — шутливо и язвительно замечал Сахаров. Завулонов кряхтел и уверял, что непременно развяжется, только бы деньжонок.

— Вон просил этого буланого, — говорил он, указывая на Белоярцева, — так что ж, разве он скажет за кого слово: ад холодный.

Персиянцев вздыхал около Райнера и, смотря на него скучающими, детскими глазками, говорил:

— Ах, Боже мой, Боже мой! хоть бы какое-нибудь дело.

Райнер молча слушал спор маркизы с Бычковым и дослушал его как раз до тех пор, пока маркиза стала спрашивать:

— Так, по-вашему, и Робеспьер в самом деле был хороший человек?

— Робеспьер дурак.

— Насилу-то!

— Он даже, подлец, не умел резать в то время, когда надо было все вырезать до конца.

— Марат, значит, лучше?

— Еще бы! Не будь этой мерзавки, он бы спас человечество.

— Это кого же, кого назвали мерзавкой?

— Корде. Не угодно ли вам и меня выгнать вон!

— Нет, зачем же; вы еще зарежете, — пошутила маркиза.

— Да я и так зарежу.

— И нас всех зарежете?

— Еще бы! Всех.

Картина действительно выходила живенькая и характерная: Бычков сидит, точно лупоглазый ночной филин, а около него стрекочут и каркают денные вороны.

— Гаа! гаа! гаа! — каркают все встревоженные феи, а он сидит, да словно и в самом деле думает: «дайте-ка вот еще понадвинет потемнее, так я вас перещелкаю».

— Общество краснеет! краснеет общество! — восклицала маркиза, отбирая от всех показание, кто красный, кто белый.

Искренно ответили только Арапов и Бычков, назвавшие себя прямо красными. Остальные, даже не исключая Райнера, играли словами и выходили какими-то пестрыми. Неприкосновенную белизну сохранили одни феи, да еще Брюхачев с Белоярцевым не солгали. Первый ничего не ответил и целовал женину руку, а Белоярцев сказал, что он в жизни понимает только одно прекрасное и никогда не будет принадлежать ни к какой партии.

Впрочем, Белоярцев тем и отличался, что никогда не вмешивался ни в какой разговор, ни в какой серьезный спор, вечно отходя от них своим художественным направлением. Он с мужчинами или сквернословил, или пел, и только иногда развязывал язык с женщинами, да и то там, где над его словами не предвиделось серьезного контроля.

— Да, я и забыла, что вы поэт и художник, — отозвалась маркиза.

Час был поздний, и стали прощаться. Кажется, уж не из чего бы начаться новым спорам, но маркиза в два слова дошла с Бычковым до того, что вместо прощанья Бычков кричал:

— Да уж не жирондисты с Чистых Прудов что-нибудь сделают.

— И не монтаньяры со Вшивой Горки, — отвечала в экстазе маркиза.

— Да уж не жирондисты.

— Да уж и не монтаньяры.

— И не жирондисты.

— И не монтаньяры.

Розанов и Райнер оставались еще несколько минут, послушали, как маркиза поносила монтаньяров со Вшивой Горки и говорила о печальной необходимости принимать этих неотесов, свидетельствуясь в этом без всякой нужды примером madame Ролан, которая пускала в свой салон некоторых якобинцев.

Черт знает, что делалось с Райнером и Розановым от этих столкновений с особенным выделением московского люда. Розанов только чувствовал, что и здесь опять как-то все гадко и неумно будто. Но иногда, так же как Райнер размышлял о народе, он размышлял об этих людях: это они кажутся такими, а черт их знает, что они думают и что могут сделать.

Он еще завернул раза три к маркизе и всякий раз заставал у нее Сахарова. Маркиза ему искала места. Розанову она тоже взялась протежировать и отдала ему самому письмо для отправления в Петербург к одному важному лицу. Розанов отправил это письмо, а через две недели к нему заехал Рациборский и привез известие, что Розанов определен ординатором при одной гражданской больнице; сообщая Розанову это известие, Рациборский ни одним словом не дал почувствовать Розанову, кому он обязан за это определение.

Розанов благодарил и Рациборского и маркизу, которая была серьезно уверена, что это она его устроила. Розанов ей пока очень нравился умеренностью своих воззрений, что маркиза принимала за чистый жирондизм. Так наш Розанов и сделался временным московским гражданином. При больнице были холостые помещения для четырех ординаторов, и одно из них теперь доставалось Розанову. Дмитрий Петрович был очень обрадован, со слезами благодарил за радушие Нечаев, надарил на последние деньги платьев и рубашечек их детям, простился с Лефортовом и, переехав в больницу, занялся службой.

## Глава восьмая.
## Люди древнего письма

Доктору Розанову очень нравилось его новое место. Он уютно устроился в двух комнатах казенного флигеля и решился немедленно же приняться за диссертацию. Отличное пошло житье, и полное, и довольно стройное. Утром, только что Розанов проснется, а иногда еще прежде, чем он проснется, к нему является его новый товарищ, молодой ординатор Лобачевский, необыкновенно трудящийся, симпатичный, светлый человек и хороший медик. Всегда они пили утренний чай вместе, поспоривая кое о чем, кое о чем советуясь, кое над чем подтрунивая. Лобачевский был лет на пять моложе Розанова, но в нем обнаруживалось больше зрелости и спокойного отношения к жизни, чем в Розанове. Лобачевский только третий год окончил курс, но уже напал на торную дорогу. Он неусыпно занимался женскими и детскими болезнями и успел составить себе репутацию хорошего специалиста. В это же время он отделывал свою докторскую диссертацию и мечтал о заведении собственной частной лечебницы. Лобачевский был не охотник до знакомств и сидел почти безвыходно дома или в последнее время у Розанова, с которым они жили дверь обо дверь и с первой же встречи как-то стали очень коротки.

После утра, проведенного вместе, врачи отправлялись на ранние визитации по своим палатам. Это брало около трех часов времени, особенно у Розанова, получившего себе сыпную палату, где требовались беспрестанные ванны да промыванья и обтиранья. В два часа Розанов с Лобачевским съедали вместе обед, за который каждый из них платил эконому по семи рублей в месяц. Затем Лобачевский начинал читать тот или другой иностранный клинический или медицинский журнал, а Розанов слушал, лежа на диване. В пять часов снова нужно было идти на вечерние визитации, которые хотя были короче утренних, но все-таки брали около получаса времени. А уж попозже Розанова подмывало или в Лефортово, или на Чистые Пруды, и он исчезал до полуночи или даже и за полночь; Лобачевский же читал у себя тоже до полуночи или и за полночь.

Лобачевский никогда не осведомлялся, где бывает Розанов, и, встречая его выходящим из квартиры в пальто и с палочкой в руке, только говорил, улыбаясь:

— Во поход пошли гусары.

— Во поход, — улыбаясь, отвечал Розанов и уходил.

«А странно, — несколько раз думал доктор, — всегда на меня неприятно действуют этот вопрос и эта улыбка».

Так шло время месяца с полтора. Розанов все входил в больший фавор и доверие и в Лефортове и на Чистых Прудах, но круг его знакомства не разнообразился.

В один погожий день медики после обеда занимались чтением, когда в дверь просунулась русая голова с волосами, подстриженными на лбу, и спросила:

— Можно войти?

— Можно, можно, Пармен Семенович, — отозвался Лобачевский.

В комнату Розанова вступил человек, остриженный по-купечески, в длиннополом коричневом сюртуке, с цепочкой гранатного бисера по жилету и в узких шароварах, заправленных в козловые сапоги. Лицо гостя напоминало лица охотников в княжеской охоте киевского Ярославова собора.

— Рекомендую вам, Розанов: Пармен Семенович Канунников, главноуправляющий делами нашего подрядчика, древнего обычая поборник, — проговорил Лобачевский.

— Просим быть знакомыми, — произнес Канунников, протягивая свою руку плашмя к Розанову.

Они познакомились.

— Ты говори о древнем-то, — начал Канунников, усаживаясь против Лобачевского и пригладив подстриженные надо лбом волосы, — а какое теперича скудоумие, я тебе скажу, я слышал.

— Ну?

— Слышал, сударь ты мой, я такие речи, что уж ни старого, ни нового, никакого закона не надо.

— Да.

— Скудоумие, — говорю.

— Где ж это ты слышал, Пармен Семенович?

— Да так, у нашего частного маиора именинишки были, так там его сынок рассуждал. «Никакой, говорит, веры не надо. Еще, говорит, лютареву ересь одну кое время можно потерпеть, а то, говорит, не надыть никакой». Так вот ты и говори: не то нашу, а и вашу-то, новую, и тое под сокрытие хотят, — добавил, смеясь, Канунников. — Под лютареву ересь теперича всех произведут.

— Что ты их, молокососов, слушаешь? — шутя произнес Лобачевский.

— О! исправди не слушать их? — лукаво улыбаясь, спросил Канунников. — Ну, будь по-твоему: будь они неладны, не стану их слушать. Спасибо, научил. Так я, брат, и хлеба-соли им теперь не дам, а тебя с товарищем попотчую. Послезавтра моя баба именины справляет; приезжайте вечером пирога поесть.

— Если можно будет.

— Вечером-то?

— А, вечером; я не расслышал. Вечером буду.

— А вы, новый барин? — отнесся Канунников к Розанову.

— Покорно вас благодарю, и я буду.

— Ну вот. Вы, милостивый государь, с нами познакомьтесь. Мы хоша и мужики пишемся, ну мы людей понимаем, какой сорт к чему относится. Мы тебя не обидим... только нас не обидь, — опять усмехнувшись, докончил Канунников.

— Приезжай, — продолжал он. — У нас тоже барышни наши будут; позабавитесь, на фортепьяне сыграют. Имеем эти забавки-то. Хоть и не достоит было, да что ты с ними, с бабами-то, поделаешь! В мире живя, греха мирского огребатися по всяк час не можно.

— Только вот, Розанов, если вас Пармен Семенович позовет лечить у себя кого-нибудь, так уж, предупреждаю вас, не ездите, — сказал Лобачевский.

— Экой язвительный барин! Ты его не слушай, — отшучивался Канунников.

— Как же! Капустой больных кормит, у женщины молока нет, а он кормить ребенка велит, да и лечи, говорит.

— Ишь, ишь! Каково врет речисто, — опять улыбаясь и кивая на Лобачевского, произнес Пармен Семенович.

— А что ж, не правда? Согласился ты взять кормилицу?

— Барин! барин! что ты это поешь-то? Какие такие в нашем звании кормилицы полагаются? Это у вас кормилицы. В законе сказано: «сосцы матэрэ моея, ими же воспита мя». Ну, что ж ты можешь против закона.

— Ну вот и толкуйте с ним!

— «Толкуй больной с подлекарем», — проговорил, вставая, Канунников. — У меня еще делов и Боже мой. Прощайте. Прощай, лукавый рабе, — отнесся он к Лобачевскому. — Молокососов-то не одобряешь, а сам такой же, только потаенный. Потаенный, — пошутил он, тряся руку молодому медику. — Волки, все вы волки, отличные господа перед Господом. А ты, новый барин, древности тоже сопротивник?

— Я ни древней, ни новой не порочу, — отвечал Розанов.

— Значит, ты опытный, а те-то неиспытанные. Прощайте, — произнес он и до самых ворот больницы донес на лице насмешливую улыбку.

У Пармена Семеновича был собственный двухэтажный дом у Введенья в Барашах. Когда Розанов с Лобачевским подъехали к этому дому, из него во все окна глядел теплый, веселый свет.

Вечеринка уже началась.

Пармен Семенович встречал гостей в передней, жал им руки, приветливо кланялся и разводил, кого в зал и в гостиную, где был собран женский пол и несколько мужчин помоложе, а кого прямо на лестницу, в собственные покои Пармена Семеновича с его холостым сыном. Лобачевского и Розанова он провел в гостиную и представил своей сожительнице, толстой особе в повязочке, с черными зубами и добродушно-глупым лицом.

— Нюра! Нюрочка! Шаша! — позвал Пармен Семенович, подойдя к двери, и на этот зов предстали две весьма миловидные девушки, одна на вид весьма скромная, а другая с смелыми, лукавыми глазками, напоминающими глаза отца, но обе во вкусе так называемого «размое-мое».

— Позаймитесь вот с гостями-то, — указал им Пармен Семенович и опять побежал в переднюю.

Девушки смело подали руки Лобачевскому и сели с ним обе. Розанова здесь никто не знал, и он сидел молча, наблюдая новое общество. В двери ему было видно, как по зале, сплетясь руками, взад и вперед ходили длинною вереницею розовые, белые, палевые и голубые барышни, то прекоренастые и приземистые, то высокие и роскошные, а около них ходили два кавалера, один в панталонах навыпуск, другой по-законному, в сапоги. Девицы чаще заворачивали свои головки к господину в панталонах навыпуск и не без приятности с ним разговаривали.

В гостиной на диване и вдоль по стенам на стульях сидели дамы, лет по преимуществу почтенных; некоторые в повязочках, другие в наколках. Разговора общего не было. Розанову, наконец, наскучило сидеть молча, и он подошел к хозяйке.

— Славный домик у вас, — начал он, поместясь у дивана.

— М-м! Да, невелик только, — застенчиво отвечала хозяйка,

кашлянув и заслоняя рот рукою.

— Будто для вас здесь тесно?

— Семейство большое и сродники тоже есть: сестра Пармена Семеновича у нас живет. А вы не здешние?

— Нет, я недавно приехал.

— По какой части?

— Я лекарь.

— А, лекарь! А я думала так, что по нашей части, по торговой.

— Нет, я лекарь.

— У меня вот все гулька по спине катается, так и катается. Вот такая в орешек будет гуличка.

— Это ничего.

— О? А я все боюсь; говорят, как бы она на сердце не пала. Так-то сказывают, у одного полковника было: тоже гуличка, да кататься, да кататься, да кататься, кататься да на сердце пала — тут сейчас ему и конец сделался.

— Нет, не бойтесь, не упадет, — успокаивал Розанов.

— Всем бы вот, всем благодарю моего Господа, да вот эта страсть мучит все. Просто, не поверитс, покоя себе даже во сне не могу найти. Все мне кажется, как эта гулька к сердцу будто идет. Я вот теперь уж бользам такой достала, — дорогой бользам, сейчас покажу вам.

Хозяйка встала и принесла стклянку, завернутую в печатную бумажку. Розанов развернул бумажку и читал:

«Балсам иерусалимский из новых и старых рецептов. Сей балсам пользует салвомо оному Стомахе помогает ему к варению укрепляет сердце утоляет запор чрева полезный противо утеснения персей и старого кашля. Исцеляет внутренныя раны персей и лехна то (то суть велия нитгаины) дипзоет и прогоняет месячныя тови женски нанесонныя раны коликии стары толикие новыя например с ударениями меча или ножа и иные сечения употребляется с травом завомо лануонит исцеляет всякую фистулу и вся смрадния нужда киисти достиго долны чудно полезный есть и за текущею ухо капляучи у тодленаи три капли с гукно вином омодойною полагается и на ранения зубных десны и иснедает ю утверждает и колсыушияся и испасти хотяща зубы сохраняет от умори т.е. куги и помогает от всех скорбей душевных и вкупе телесных, внутреннее ево употребление да Будут Ю или Аъ до 15 капаиума а вина или воды вечер и заутра кто его употребит и самиам искуством чудное благодействие разумети Будет».

— Не все понимаем, — сказала хозяйка. — Это из Белой Криницы иноки, что по поповщине, принесли. Помогать, точно, во всем помогает, а не понимаем. Тови-то, это мы поняли; должно, что поняли; а стомаха, уж все спор идет. Что такое это стомаха?

— Желудок, — отвечал Розанов, продолжая рассматривать курьезную рекламу.

— Желудок? — Агафья Ивановна! а, Агафья Ивановна! — назвала

хозяйка.

— Слышите: стомаха-то, это желудок называется, а не то, что мы думали. А мы совсем ведь что другое думали, — пояснила она, обратясь к Розанову.

— Ну, впрочем, отличный бальзан. Нюрочка застудилась раз, так сейчас ей помогло.

— А есть бальзан Кир Аншид, знаете? Известен он вам? — таинственно спрашивала дама, к которой хозяйка отнеслась, разъясняя истинное значение стомахи. — Только настоящего этого бальзана нет, а все поддельный делают.

— Нет, вот, говорят, гаремские капли на ночь хорошо принимать.

— Вам не годятся гаарлемские капли: вы полны очень.

— То-то я и говорю, что мне, при моей полноте, совсем надобны особенные лекарства, потому я, как засну с вечера, очень крепко засну, а как к заутреням в колокол, сейчас у меня вступит против сердца, тут вот в горле меня сдушит и за спину хватает.

Розанову становилось скучно, и он шатался, подсаживаясь то к той, то к другой кучке, но нигде не мог встрять в беседу.

В чайной комнате заседали несколько старушек в темненьких платьицах и темненьких платочках. Доктор присел было к ним и заговорил с хозяйской сестрой: не пошло дело. Только одна старушка, держа ладонь на груди у другой старушки, стесняясь, шептала: «по розову песочку и алые веточки, — очень хороши пошли ситцы». Около самого чайного стола еще женская группа. Здесь все тоже слушают другую старушенцию, а старушенция рассказывает: «Мать хоть и приспит дитя, а все-таки душеньку его не приспит, и душа его жива будет и к Богу отъидет, а свинья, если ребенка съест, то она его совсем с душою пожирает, потому она и на небо не смотрит; очи горе не может возвести», — поясняла рассказчица, поднимая кверху ладони и глядя на потолок.

Пармен Семенович захватил Розанова наверх. Тут заседал один мужской пол. У доктора опять никого не оказалось знакомых. Хозяин ему назвал человек с десяток, но Розанов как-то не сумел никого запомнить и отличить; все древнее письмо: лобочки с подстриженным начесом, штанцы со скромностью в голенищи прячутся, сюртучки длинные, законные. Несколько человек новейшего фасона тоже стереотипны, как все рыцари Ножевой линии. Внимание Розанова еще удержалось на Илье Артамоновиче Нестерове, хозяине Пармена Семеновича, высоком, совершенно белом, как лунь, старике с очень умным и честным лицом; на кавалере древнего же письма, но имеющем одежду вкратце «еллинскую» и штаны навыпуск, да на какой-то тупоумнейшей голове.

Эта голова сидела во второй комнате, на самом почетном месте и неустанно молчала. Только нередко она тупо ухмылялась и кланялась подходившим к ней людям древнего письма и опять сидела, сложив на коленях руки.

А около нее шел оживленный и веселый разговор.

— Ну так, пускай есть науки, а что по тем наукам значится? — говорил пожилой человек господину, имеющему одежду вкратце и штаны навыпуск. — Ты вот книжки еретические читаешь, а изъясни ты нам, какого зверя в Ноевом ковчеге не было?

— Все звери там были: чистые по семи пар, а нечистые по паре, — отвечал щеголь.

— А какого зверя не было-то? — смеясь, допрашивал начетчик.

— Все звери были.

— Ан не все. Вот ты и умен называешься, а не знаешь... А рыба была в ковчеге?

Все рассмеялись над щеголем.

Розанов перешел к кружку, где раздавался голос Лобачевского. Здесь сидел Илья Артамонович, Пармен Семенович и еще несколько человек.

— Все это, сударь, не наше, не русское; все это эллинские забавы да блуду человеческому потворство, — говорил Илья Артамонович.

— Помилуйте, известное дело, что воспитательные домы до сих пор единственное средство остановить детоубийство, — возражал Лобачевский.

— Я против этого ничего-с. Пусть приют для младенцев будет, только при этих-то порядках это все грех один. Мы во грехе живем, во грехе и каемся, а тут будет все твердо. А что твердо-то? Теперь девка мальчика родила, несет его в воспитательный дом, принимают, и ни записи никакой, ничего, а через год она еще девочкой раздобылась и опять таким же манером несет. Те там через сколько лет подросли да побрались, да и вот тебе есть муж и жена. Блудом на землю потоп низведен был; блудом Данилова обитель разрушилась; блудом и весь свет окаянный зле погибнет, — что тут еще говорить!

Тут над Лобачевским смеялись.

— Или адресные билеты, — зачинал другой. — Что это за билеты? Склыка одна да беспокойство. Нет, это не так надо устроить! Это можно устроить в два слова по целой России, а не то что здесь да в Питере, только склыка одна. Деньги нужны — зачем не брать, только с чего ж бы и нас не спросить.

— Или опять пятипроцентные, — замечал третий. — С чего они упали? Как об этом ученые понимают? А мы просто это понимаем. Меняло скупает пятипроцентные: куда он девает? Ему деньги нужны, а он билеты скупает.

Дело-то видно, куда они идут: все в одни руки и идут и оттуда опять к цене выйдут, а казна в стороне. Пошли вниз к ужину.

Проходя мимо головы в коричневом парике, Розанов слышал, как молчаливые уста разверзлись и вещали:

«Вы об этом не стужайтесь. Есть бо и правда в пагубу человеком, а ложь во спасение. Апостол Петр и солгал, отрекаясь Христа, да спасся и ключи от царствии его держит, а Июда беззаконный и правду рек, яко аз вам предам его, да зле окаянный погибе, яко и струп его расседеся на полы».

Ужин был бесконечный. Розанов сидел между Лобачевским и щеголем в штанах навыпуск. Щеголь держался с достоинством, но весьма приветливо угощал медиков.

— Как вам наши старики показываются? — спросил он Розанова.

— Ничего, очень нравятся.

— Крепкие старики, — объяснял щеголь. — Упрямы бывают, но крепкие, настоящие люди, своему отечеству патриоты. Я, разумеется, человек центральный; я, можно сказать, в самом центре нахожусь: политику со всеми веду, потому что у меня все расчеты и отправки, и со всякими людьми я имею обращение, а только наши старики — крепкие люди: нельзя их ничем покорить.

— Вы с Парменом Семеновичем вместе дела ведете?

— Да-с. Мы служащие у Ильи Артамоновича Нестерова, только Пармен Семенович над всеми делами надзирают, вроде как директора, а я часть имею: рыбными промыслами заведую. Вы пожалуйте ко мне как-нибудь, вот вместе с господином Лобачевским пожалуйте. Я там же в нестеровском доме живу. В контору пожалуйте. Спросите Андрияна Николаева: это я и есть Андриян Николаев.

Розанов поблагодарил. После бесконечного ужина мужчины опять пошли наверх. При входе Розанов заметил, что голова в парике сидела в низеньком клобучке, из-под которого вились длинные черные волосы.

— Кто это такой? — спросил Розанов Андрияна Николаева.

— Инок из скитов, — шепотом ответил Андриян Николаев. — Ни рыбы, ни вина не вкушает и с мирскими не трапезует: ему сюда подавали на рабском столе.

На столе перед иноком действительно стояли две тарелки с остатками грибного соуса и отваренных плодов.

— Кушали, отец Разслоней? — внимательно спросил инока Пармен Семенович.

— Вкушая, вкусив мало и се отъиду, — отвечал инок, подобрав одним приемом волосы, и, надев снова парик, встал и начал прощаться.

— Даже чаю не употребляет, — опять шепотом заметил Розанову Андриян Николаев. Два молодца внесли в комнаты два огромные серебряные подноса, уставленные бутылками различного вина и стаканами. Старики, проводив отца Разслонея, возвратились, и началась попойка. Долго пили без толку и без толку же шумели. Розанов все сидел с Андрияном Николаевым у окошка, сменяли бутылочки и вели искреннюю беседу, стараясь говорить как можно тише.

Впрочем, большую осторожность наблюдал Розанов, а Андриян Николаев часто забывался и покрикивал:

— Мы ему за это весьма благодарны, весьма благодарны. Богато, богато пишет.

— Потише, — остерегал Розанов.

— Ничего-с, у нас насчет этого будьте покойны. Мы все свои, — но Андриян Николаев начинал говорить тише. Однако это было ненадолго; он опять восклицал:

— Богато, одно слово богато; честь мужу сему. Мне эти все штучки исправно доставляют, — добавил он с значительной улыбкой. — Приятель есть военный офицер, шкипером в морской флотилии служит: все через него имеем.

Пармен Семенович, проходя несколько раз мимо Андрияна Николаева и Розанова, лукаво на них посматривал и лукаво улыбался в свою русую бороду.

В третьей комнате что-то зарыдало и заплакало разрывающим душу тихим рыданием. Из двух первых комнат все встали и пошли к дверям, откуда несся мерный плач.

— Что это? — спросил Розанов.

— Э, глупости, это Финогешка поет.

— Что он поет?

— Заставили его, верно. Стих поет; плач иосифовский называется стих, — отвечал Андриян Николаев. — Илья Артамоныч его любят.

— Пойдемте, пожалуйста, — сказал Розанов; и они встали.

Третья комната была полна гостей; Илья Артамонович сидел на диване, возле него сидел Пармен Семеныч, потом, стоя и сидя, местились другие, а из уголка несся плач, собравший сюда всю компанию.

В уголке стоял худенький, маленький человек с белокурою головою и жиденькой бородкой. Длинный сюртук висел на нем, как на вешалке, маленькие его голубые глазки, сверкающие фанатическим воодушевлением, были постоянно подняты к небу, а руки сложены крестом на груди, из которой с певучим рыданием летел плач Иосифа, едущего на верблюдах в неволю и видящего гроб своей матери среди пустыни, покинутой их родом.

Когда Розанов смешался со слушателями, Финогешка пел:

Кто бы мне дал источник слез,
Я плакал бы и день и нощь.
Рыдал бы я о грехах своих.
Проливал бы я слезы от очию.
Реки, реки эдемские,
Погасите огни геенские!

Илья Артамонович выбивал слегка такт, все внимательно слушали, два старика плакали.

> Кто бы мне дал голубицу,
> Вещающу беседами,

продолжал Финогешка:

> Возвестила бы Израилю,
> Отцу моему Иакову:
> Отче, отче Иакове!
> Пролей слезы ко Господу.
> Твои дети, мои братия,
> Продаше мя во ину землю.
> Исчезнуша мои слезы
> О моем с тобой разлучении.

К двум плачущим старикам присоединилось еще несколько, а Финогешка взывал и выплакивал:

> Земле! земле, возопившая
> За Авеля ко Господу!
> Возопий ныне к Иакову,
> Отцу моему Израилю.
> Видев я гроб моей матере
> Рахили, начал плач многий:
> Отверзи гроб, моя мати,
> Прими к себе чадо свое
> Любимое, во ину землю
> Ведомое погаными.
> Прими, мати, лишеннаго,
> От отца моего разлученнаго...

И рыдал, и рыдал приказчик Финогешка, тянучи долгий плач Иосифа, рассказывая по порядку, как:

> Злая жена Пантеферия
> Прельстить ему умыслила.
> Дерзни на мя, Иосифе,
> Иди ко мне, преспи со мной.
> Держит крепко Иосифа,
> Влечет к себе в ложницу...

И как Иаков:

Возопи с плачем и рыданием
И с горьким воздыханием:
Сия риза моего сына,
Козья несет от нея псина.
Почто не съел меня той зверь,
Токмо бы ты был, сыне, цел.

Розанов не заметил, как понемножку, один за другим, все стали подтягивать певцу и гнусящим хором доканчивали плачевный стих.

— Смотрите, смотрите, Илья Артамонович-то тоже плачет, — шепнул Розанову умилившийся духом Андриян Николаев. — Это они всегда, про сына вспомнят и заплачут. Сын у них Матвей с француженкой закороводился и пропал.

— Где же он?

— Бог его знает. Был в Петербурге, говорят, а теперь совсем пропал. Приезжал с нею как-то в Москву, да Илья Артамонович их на глаза не приняли. Совестно, знаете, против своих, что с французинкой, — и не приняли. Крепкий народ и опять дикий в рассуждении любви, — дикий, суровый нрав у стариков.

Внимательно смотрел Розанов на этих стариков, из которых в каждом сидел семейный тиран, способный прогнать свое дитя за своеволие сердца, и в каждом рыдал Израиль «о своем с сыном разлучении».

«Экая порода задалась! — думал Розанов, рассматривая начинавших расходиться гостей. — Пробей ее вот чем хочешь! Кремни, что называется, ни крестом, ни пестом их не проймешь».

— Идемте? — спросил Лобачевский, подойдя к Розанову.

— Пойдемте.

Они стали прощаться.

— Ну, спасибо, спасибо, что покучились, — говорил Канунников, тряся Розанову обе руки. — А еще спасибо, что бабам стомаху-то разобрал, — добавил он, смеючись. — У нас из-за этой стомахи столько, скажу тебе, споров было, что беда, а тут, наконец того, дело совсем другое выходит.

— Стомаха желудок означает, — вмешался Андриян Николаев.

— Дыть, чудак ты такой! Теперь, как доктор разъяснил, так и мы понимаем, что желудок.

— Это и без них можно было понять по писанию. У апостола же Павла в первом послании, глава пятая, читайте: «К тому не пий воды, но мало вина приемли стомаха ради твоего и частых недуг твоих»

— Тс! Ах ты, башка с кишкам! Экой дар у него к писанию! — воскликнул удивленный и восхищенный Пармен Семенович и обратился к другим отходящим гостям.

Розанов, Лобачевский и Андриян Николаев вышли вместе и переулочка два прошли пешком, пока нашли извозчиков.

— Нет, этакую штучку-то пустить бы этак в оборот, — рассуждал, прощаясь у угла, Андриян Николаев, — богато.

— Да как же пустить? — спросил Розанов.

— Как? Одно слово: взял да и пустил. Теперь, к примеру скажем я. Я небольшой человек, кто как разумеет, может и совсем человек маленький, а я центральный человек. У нас теперь по низовью рыбацкие артели: несколько сот артель одна, так что ж мне.

Розанов посмотрел ему в самые глаза.

— Вот слово-то, — произнес сквозь смех Андриян Николаев. — Чего только это стоит? — и, смеясь же, зашагал по переулку, увертываясь воротником лисьей шубы.

## Глава девятая.
## Два гриба в один борщ

— Evrica, Розанов, evrica!— восклицал Арапов, которого доктор застал у себя на другой день, возвратясь с ранней визитации.

— Что это такое обретено?

— Человек.

— Без фонаря нашли?

— Да, Диоген дурак был; ну их совсем, покойников… Нехай гниют.

> Великий цезарь ныне прах и тлен,
> И на поправку он истрачен стен,

— Ну их! Человек найден, и баста.

— Да, а какой человек, скажу вам…

— «Великий Цезарь прах и…»

— «Тлен», — нетерпеливо подсказал Арапов и, надвинув таинственно брови, избоченился и стал эффектно выкладывать по пальцам, приговаривая: без рода и племени — раз; еврей, угнетенная национальность, — это два; полон ненависти и злобы — это три; смел, как черт, — четыре; изворотлив и хитер, пылает мщением, ищет дела и литограф-с? — Что скажете? — произнес, отходя и становясь в позу, Арапов.

— Где вы такого зверя нашли?

— Уж это, батюшка, секрет.

Розанов промолчал.

— Теперь сборам конец, начнем действовать, — продолжал Арапов.

Розанов опять промолчал и стал доставать из шкафа холодный завтрак.

— Что ж вы молчите? — спросил Арапов.

— Не нравится мне это.

— Почему же-с?

— Так: что это за жидок, откуда он, что у него в носу? — черт его знает. Я и дел-то не вижу, да если б они и были, то это дела не жидовские.

— Как средство! как орудие! Как орудие все хорошо.

Мы будем играть на его национальных стремлениях.

— Помилуйте, какие у жидка стремления!

— Что это вы говорите, Розанов! А Гейне не жид? А Берне не жид?

— Да и Маккавеи и Гедеон были жиды, — были жиды еще и почище их.

— Так что ж вы говорите!

— Я то говорю, что оставьте вы вашего жидка. Жид, ктурый пршивык тарговаць цибулько, гужалькем, ходзить в ляпсардаку, попиратьця пальккем, — так жидом всегда и будет.

— Пошел рефлекторствовать!

— Ну, как хотите.

— Хотите сегодня вечером к маркизе? — спросил Арапов, переменя разговор.

— Нет, я сегодня буду спать: я всю ночь не спал, — отвечал Розанов.

— Где ж это вы были?

Розанов рассказал свое вчерашнее пированье у Канунникова, привел несколько разговоров, описал личности и особенно распространился насчет Андрияна Николаева и его речей. Арапов так и впился в Розанова.

— Как хотите, познакомьте. Вы должны познакомить меня с ним. Не ради любопытства вас прошу, а это нужно. У нас ни одного раскольника еще нет, а они сила. Давайте мне этого.

— Да вы увлекаетесь, Арапов. Я ведь вам говорю, с какой точки он на все смотрит.

— Это все равно-с, — возражал Арапов, — надо всем пользоваться. Можно что-нибудь такое и в их духе. Ну благочестие, ну и благочестие, а там черт с ними. Лишь бы на первый раз деньги и содействие.

«Зарницын нумер второй», — подумал Розанов, замкнув за Араповым дверь и ложась соснуть до обеда.

Дня через три Розанов перед вечерком мимоездом забежал к Арапову и застал у него молодого толстоносого еврейчика в довольно оборванном сюртучке.

— Нафтула Соловейчик, — отрекомендовал Розанову своего нового гостя Арапов.

Еврей неловко съежился.

— Вы из каких стран? — спросил доктор Соловейчика.

— Я из Курлянд.

Розанов заговорил с Араповым о каких-то пустяках и, неожиданно обратясь к Соловейчику, спросил его по-польски:

— Вы давно в Москве?

— Juz kilka mies...— начал было Нафтула Соловейчик, но спохватился и добавил: — Я совсем мало понимаю по-польски.

Розанов еще поддержал общий разговор, и у Соловейчика еще два раза вырвалось польское со? Русская же речь его была преисполнена полонизмов.

— Он из Бердичева или вообще из заднепровской Украины, — сказал Розанов, прощаясь на крыльце с Араповым.

— Это вы почему думаете?

— По разговору.

— Разве он в Митаве не мог научиться по-польски?

— Нет, это польский жид.

— Э, полноте; ну а, наконец, польский и пусть будет польский: что нам до этого за дело? А вы вот меня с тем-то, с раскольником-то, сведите.

— Да постойте, я сам еще его не знаю: всего раз один видел. Вот, дайте срок, побываю, тогда и улажу как-нибудь.

— Позовите его к себе.

Доктор обещал на днях съездить к Андрияну Николаеву и как-нибудь попросить его к себе.

— Нет-с, не на днях, а ступайте завтра, — настаивал Арапов.

— Ну ладно, ладно, поеду завтра, — ответил Розанов.

Трясясь от Лефортова до своей больницы, Розанов все ломал голову, что бы эта за птица такая этот либеральный Соловейчик. А человек, которого Арапов называет Нафтулою Соловейчиком, и сам бы не ответил, что он такое за птица. Родился он в Бердичеве; до двух лет пил козье молоко и ел селедочную утробку, которая валялась по грязному полу; трех лет стоял, выпялив пузо, на пороге отцовской закуты; с четырех до восьми, в ермолке и широком отцовском ляпсярдаке, обучался бердическим специальностям: воровству-краже и воровству-мошенничеству, а девяти сдан в рекруты под видом двенадцатилетнего на основании присяжного свидетельства двенадцати добросовестных евреев, утверждавших за полкарбованца, что мальчику уже сполна минуло двенадцать лет и он может поступить в рекруты за свое чадолюбивое общество.

Тут жизнь отделенного члена бердичевской общины пошла скачками да прыжками. Во-первых, он излечился в военном госпитале от паршей и золотухи, потом совершил длинное путешествие на северо-восток, потом окрестился в православие, выучился читать, писать и спускать бабам за четвертаки натертые ртутью копейки. Потом он сделал себе паспортик, бежал с ним, окрестился второй раз, получил сто рублей от крестной матери и тридцать из казначейства, поступил в откупную контору, присмотрелся между делом, как литографируют ярлыки к штофам, отлитографировал себе новый паспорт и, обокрав кассу, очутился в Одессе. Здесь восточная чувственность, располагавшая теперь не копейками, натертыми ртутью, а почтенною тысячною суммою, свела его с черноокой гречанкой, с которою они, страшась ревнивых угроз прежнего ее любовника, за неимением заграничного паспорта, умчались в Гапсаль.

Счастливое лето шло в Гапсале быстро; в вокзале показался статный итальянский граф, засматривающийся на жгучую красоту гречанки; толстоносый Иоська становился ей все противнее и противнее, и в одно прекрасное утро гречанка исчезла вместе с значительным еще остатком украденной в откупе кассы, а с этого же дня никто более не встречал в Гапсале и итальянского графа — поехали в тот край, где апельсины зреют и явворы шумят.

Человек, которого нынче называют Нафтулою Соловейчиком, закручинился.

Младая, но вероломная гречанка в шкатулке захватила и его перстни, и паспорт, и ничего не заплатила даже за квартиру. Без паспорта и без гроша денег в кармане иерусалимский дворянин явился в древней русской столице и потерялся в ней, среди изобилия всего съестного, среди дребезги, трескотни, шума карет и сиплого голоса голодного разврата.

Первая мысль была еще раз окреститься и взять вспомоществование, но негде было достать еврейского паспорта, не из чего было сделать печати, даже русского паспорта приобрести не на что. Да и что в нем проку. Жить? Так прожить-то в Москве, с умом живучи, и без паспорта можно хоть до второго пришествия.

А все-таки худо было бедному страннику, и Бог весть, что бы он предпринял, если бы случай не столкнул его с Араповым. Чуткое ухо еврея давно слышало о каких-то особенных людях; тонкое еврейское понимание тотчас связало эти слухи с одесской торговлей запрещенными газетами, и Нафтула Соловейчик, раскусив сразу Арапова, выдаивал у него четвертаки и вторил его словесам, выдавая себя за озлобленного представителя непризнанной нации.

«Черт их знает, знакомить ли их с Андрияном Николаевым?» — размышлял Розанов, вертясь из переулка в переулок.

«Все это как-то... Нелепо очень... А впрочем, — приходило ему опять в голову, — что ж такое? Тот такой человек, что его не оплетешь, а как знать, чего не знаешь. По началу конец точно виден, ну да и иначе бывает».

«Нет, поеду завтра к Андрияну Николаеву», — решил Розанов, рассчитываясь с извозчиком.

А случилось так, что решение это и не исполнилось.

## Глава десятая.
## Бахаревы в Москве

Розанов хотел побывать у Андрияна Николаева в конторе между своими утренними визитациями и обедом.

Обойдя отделение и вымыв руки, он зашел домой, чтобы переменить платье и ехать к Введению, что в Барышах, но, отворив свою дверь, изумился. На крайнем стульце его приемной комнаты сидел бахаревский казачок Гриша.

— Гриша! — воскликнул Розанов, протягивая руки к румяному мальчику с размасленной головой и ватными патронами на синем казакине.

— Я-с, Дмитрий Петрович, — отвечал мальчик.

Они обнялись и три раза поцеловались, а потом Гриша поймал Розанова руку и поцеловал ее.

— С господами?

— Точно так-с, Дмитрий Петрович.

— Где же вы стоите?

— У барыниного братца пока пристамши.

— У Богатырева?

— Да-с, только, должно, квартеру будем искать.

— Когда же вы приехали?

— Шестой день уж, Дмитрий Петрович.

— Что ж ты, сверчок этакой, до сии пор не прибежал?

— Некогда, Дмитрий Петрович. Непорядки все. Я ведь да няня, повар Сергей да швея Ненила, только всего и людей. Нынче вот барышня Лизавета Егоровна пожаловали на извозчика и приказали разыскать вас и просить. Я уж с полчаса места дожидаюсь.

— Ну, на тебе еще на извозчика и валяй домой, а я тоже сейчас буду.

Менее чем через час доктор остановился у подъезда довольно большого дома, в приходе Николы Явленного. На медной дощечке, довольно неряшливо прибитой гвоздиками к двери, значилось: «Сенатор Алексей Сергеевич Богатырев».

Розанов позвонил, и ему отпер дверь лакей в довольно грязном коричневом сюртуке, но в жилете с гербовыми пуговицами и в гороховых штиблетах.

Вход, передняя и зал также подходили к лакею. В передней помещалась массивная ясеневая вешалка и мизерное зеркальце с фольговой лирой в верху черной рамки; в углу стояла ширма, сверх которой виднелись вбитые в стенку гвозди и развешанная на них простыня. Зал ничем не изобличал сенаторского жилья. В нем стояли только два большие зеркала с хорошими подзеркальниками. Остальное все было грязновато и ветхо, далее была видна гостиная поопрятнее, а еще далее — довольно роскошный женский будуар.

Из темной передней шли двери направо и налево, но рассмотреть их, за темнотою, было невозможно.

— Батюшки! батюшки! Русью дух пахнет, и сам Гуфеланд наш здесь! — закричал знакомый голос, прежде чем Розанов успел снять калоши, и вслед за тем старик Бахарев обнял Розанова и стал тыкать его в лицо своими прокопченными усищами. — Ай да Дмитрий Петрович! Вот уважил, голубчик, так уважил; пойдемте же к нам наверх. Мы тут, на антресолях.

По коридорчику да по узенькой лестничке Розанов с Бахаревым взошли на антресоли, состоящие из трех довольно просторных, но весьма низеньких комнаток.

— Сюда, сюда, — звал Бахарев, указывая на маленькую дверцу. — Ну, что вы? как? — расспрашивал Бахарев Розанова.

— Ну, а вы как? — расспрашивал в свою очередь Розанов Бахарева.

Известны уж эти разговоры. Кто спрашивает — спрашивает без толку, и кто отвечает — тоже не гонится за толковостью. Не скоро или по крайней мере уж никак не сразу на дорогу выйдут.

— И таки ничего вам здесь?

— Ничего, Егор Николаевич.

— Хорошо?

— Пока я всем очень доволен.

— Ну, и хвалите Бога, благодарите его.

— А как же это вы-то?

— Да вот, видите, приехали.

— И надолго?

— Да как Бог грехам потерпит. Зимку бы надо прожить. Ведь уж засиделись, батюшка.

— А выборы?

— Да Бог с ними. Я уж стар, — пора и костям на место.

— Ну, а ваши ж где? — спросил, осматриваясь, Розанов.

— Да Лиза с матерью пошли квартирку тут одну посмотреть, а Соня сейчас только поехала. Я думал, вы ее встретили.

— Я встретил какую-то незнакомую даму на лестнице.

— А, это брата Ольги Сергеевниного, Алексея Сергеевича Богатырева жена, Варвара Ивановна. Модница, батюшка, и щеголиха: в большом свете стоит.

Дамы не возвращались, но минут через пять после этого разговора в комнатку Бахарева просунулась маленькая, под гребенку остриженная, седенькая головка с кротчайшими голубыми глазками. Головка эта сидела на крошечном, худеньком туловище, получавшем некоторую представительность единственно лишь от высокого атласного галстука, довольно грациозно возносившего головку над узенькими плечиками. Общее выражение лица этого старичка было самое добродушное, приветливое и весьма симпатичное. Несмотря на

279

далеко запавший рот и на ямки в щеках, закрывающих беззубые челюсти, лицо это исключало всякую необходимость осведомиться: не брат ли это Ольги Сергеевны? Всякий с первого взгляда видел, что это ее брат.

Бахарев познакомил Розанова с Алексеем Сергеевичем, который тотчас же внимательно пожал Розанову руку, расспросил, где он служит, каково ему живется, какие у них в больнице порядки и проч.

— Алексей Сергеевич у нас ведь сам полуврач, — заметил Бахарев, — он никогда не лечится у докторов.

— И прекрасно делаете, — сказал Розанов.

— Да-с, я все сам.

— Гомеопатией, — подсказал Бахарев.

— Вы верите в гомеопатию?

— Да как же не верить-то-с? Шестой десяток с нею живу, как не верить? Жена не верит, а сам я, люди, прислуга, крестьяне, когда я бываю в деревне: все из моей аптечки пользуются. Вот вы не знаете ли, где хорошей оспы на лето достать? Не понимаю, что это значит! В прошлом году пятьдесят стеклышек взял, как ехал. Вы сами посудите, пятьдесят стеклышек — ведь это не безделица, а царапал, царапал все лето, ни у одного ребенка не принялась.

— Алексей Сергеевич! — позвал снизу повелительный женский голос.

— Сейчас, Варинька, — отвечал, вскочив, старичок, пожал Розанову руку и торопливо побежал к двери.

— Смерть боится жены, — прошептал Бахарев, — а сам отличных правил и горячий родной.

Вся эта рекомендация была как нельзя более справедлива. Несмотря на свою поразительную кротость, сенатор Богатырев не умел шутя смотреть на свои гражданские обязанности. По натуре он был более поэт, рыболов, садовод и охотник; вообще мирный помещик, равнодушный ко всем приманкам почести и тщеславия, но служил весь свой век, был прокурором в столице, потом губернатором в провинции, потом сенатором в несравненной Москве, и на всяком месте он стремился быть человеком и был им, насколько позволяли обстоятельства. Повсюду он неуклонно следовал идее справедливости, не увлекаясь, однако, неумытною строгостию, не считая грехом снисхождение человеческим слабостям и не ставя кару главною задачею правосудия. Добрые голубые глаза Алексея Сергеевича смотрели прямо и бестрепетно, когда он отстаивал чужое право и писал под протоколом «остаюсь при особом мнении». Только собственного своего права дома он никогда отстоять не умел. Варвара Ивановна до такой степени поработила и обесправила Богатырева, что он уж отрекся даже и от всякой мечты о какой бы то ни было домашней самостоятельности. Все служебное время года он читал дела, обрабатывал свои «мнения» да исподтишка любовался сыном

Сержем, только что перешедшим во второй курс университета, а летом подбивал дорожки в саду своей подмосковной, лечил гомеопатиею баб и мужиков да прививал оспу ребяткам, опять издали любуясь сыном, поставленным матерью в положение совершенно независимое от семейства. В поэтической душе старичка, правда, было и нечто маниловское, но это маниловское выходило как-то так мило, что чувствующему человеку над этим никак нельзя было засмеяться ядовито и злобно. Сенатор очень любил родню. Если бы воля ему была от Варвары Ивановны, он бы пособрал около себя всех племянников, племянниц, всех внучатных и четвероюродных, искал бы их, как Фамусов, «на дне морском» и всем бы им порадел. Варвара Ивановна терпеть не могла этого радетельства, и Алексей Сергеевич смирялся. Он давно не видался с сестрою Ольгою Сергеевною и выписал Бахаревых погостить к себе. Только Лиза, да даже и сама Ольга Сергеевна с первого же дня своего пребывания увидели, что им жить в доме Алексея Сергеевича неудобно, и решились поселиться отдельно от него, где-нибудь по соседству.

— Егор Николаевич, мы еще с Лизой квартирку нашли, — произнесла, входя в шляпке, Ольга Сергеевна и, увидев Розанова, тотчас добавила: — Ах, Дмитрий Петрович! Вот сюрприз-то! Ну, как вы? что с вами?

— Ничего; покорно вас благодарю, Ольга Сергеевна, — живу, — отвечал, вставая, Розанов. — Как вас Бог милует?

— Слава Богу. Ну, а семейство ваше? Гловацкие вам кланяются, Вязмитинов, Зарницын. Он женился.

— На Кожуховой?

— Да. А вы почем знаете? Писали вам? Да, да-с, женился, перед самым нашим отъездом свадьба была. Гловацкие ездили, и нас звали, да мы не были... Егор Николаевич, впрочем, был.

— Доктор, здравствуйте! — весело произнесла Лиза, несколько раскрасневшись не то от усталости, не то от чего другого.

Розанов крепко пожал ее руку.

— Ну? — спросила она, глядя ему в глаза.

— Живу, Лизавета Егоровна.

— Очень рада, очень рада! — ответила она и еще раз пожала ему руку.

Взошла и Софи, сказала несколько казенных радостей по поводу свидания.

Потом вошла Варвара Ивановна — крупная, довольно еще свежая и красивая барыня с высоким греческим профилем и низким замоскворецким бюстом.

Ей представили Розанова как старого друга; она сказала «очень приятно» и обратилась к Ольге Сергеевне.

Взошел молодой, довольно рыхлый студент, с гривкой; Бахарев назвал его Розанову Сергеем Алексеевичем Богатыревым. Молодой человек поклонился Розанову и, тряхнув гривкой, отошел греть у печки себе спину.

Старичок Богатырев пришел известить, что обед подан, и пригласил Розанова остаться обедать.

«Отчего же и не остаться?» — подумал Розанов и пошел со всеми в столовую. Ему очень хотелось поговорить наедине с Лизой, но это ему не удалось.

За обедом все шли толки о квартире или держался другой общий разговор о предметах, весьма интересных. Розанов сидел между Бахаревым и Сержем Богатыревым.

— Ты давно, Серж, вернулся с лекций? — спросила между разговором Варвара Ивановна.

— Я не был сегодня на лекциях, — отвечал юноша с прежним строгим достоинством.

— Разве нынче не было лекций?

— Нет, были, да мне было некогда.

— Чем же ты был занят? — допрашивала ласковым голосом мать.

Старик молча смотрел на сына.

— Я был у маркиза.

— Что он, болен?

— Нет-с. Дело было.

— Ох, Серж, что тебе до этих сходок? Положим, маркиз очень милый молодой человек, но что это за сборища у вас заводятся?

— Нельзя же, maman, не собираться, когда дело касается бедных товарищей.

— Полно, пожалуйста: ты меня этим тревожишь. Я не знаю, как на это смотрит маркиза, зачем она все это позволяет сыну. На нее самое, я думаю, во сто глаз смотрят, а она еще позволяет сыну.

Молодой Богатырев презрительно улыбнулся и сказал:

— Маркиза не такая женщина, чтобы стала растлевать натуру сына и учить его эгоизму.

— Все это вздоры вы выдумываете. О бедных студентах заботятся правительство и общество, дают в их пользу вечера, концерты, а это все ваши пустые выдумки.

Студент улыбнулся еще презрительнее и проговорил:

— Конечно, что же может быть пустее, как выдумка жить круговою порукою и стоять друг за друга.

— Друг о друге, а Бог обо всех, — произнес Алексей Сергеевич и, не заметив брошенного на него женою холодного взгляда, продолжал спокойно кушать.

После обеда Бахарев отправился, по деревенской привычке, всхрапнуть; старик Богатырев, извинившись, также ушел подремать; Ольга Сергеевна с Варварой Ивановной ушли в ее будуар, а Софи села за фортепиано. Она играла, что у нас называется, «с чувством», т.е.

значит играла не про господ, а про свой расход, играла, как играют девицы, которым не дано ни музыкальной руки, ни музыкального уха и игра которых отличается чувством оскорбительной дерзости перевирать великие творения, не видя ни в пасторальной симфонии Бетховена, ни в великой оратории Гайдна ничего, кроме значков, написанных на чистой бумаге.

Лиза зажгла папироску и села у окна; Розанов тотчас поместился возле нее, а Серж Богатырев молча ходил по зале.

— Ну, и как же, Дмитрий Петрович? — начала Лиза. — Прежде всего, спокойны ли вы?

— Да, мне хорошо, Лизавета Егоровна.

— Там тоже все хорошо; вам тревожиться нечего.

Теперь скажите, как называется ваше место и какие у вас виды на будущее?

— Я служу ординатором, а виды какие же? Надо служить.

— Да, надо служить. А диссертация?.. Пишете?

— Начал, — отвечал сквозь зубы доктор.

— Вот и прекрасно.

— Кузина! — произнес, остановясь перед ними, Серж Богатырев. — А ведь дело решили.

— Решили?

— Да.

— Ну и что же?

— Будет все.

— Будет! Это очень похвально. Вы знаете, Дмитрий Петрович, что затевается в университете? — спросила Лиза, обратясь к Розанову.

— Нет, — отвечал он, взглянув на Богатырева. — Я ничего особенно не слышал.

— Они все хотят идти на кладбище и отслужить там панихиду.

— По ком?.. Ах да! Это-то я слышал как-то. Что ж, действительно прекрасное дело.

— В этом есть огромный смысл, — торжественно произнес студент.

— Конечно, есть свой смысл. В стране, где не умеют ценить и помнить заслуг, никогда не мешает напоминать о них.

Студент улыбнулся.

— Нет-с, это имеет несравненно большее значение, чем вы думаете, — проговорил он.

— Панихида?

— По ком панихида-с? Все это от того зависит — по ком?

— Ну да, я это понимаю; только что ж — эта панихида будет по самом мирном и честном гражданине.

— А то-то и дело, что у нас этого и не дозволят.

— Ну, я думаю, вам никто мешать не станет.

— Почем знать? — пожав плечами, произнес студент. — Мы

готовы на все. Другие могут поступать как хотят, а мы от своего не отступим: мы это сегодня решили. Я, маркиз и еще двое, мы пойдем и отслужим.

— Да и все пойдут.

— Как кому угодно.

— Пойдемте и мы, Лизавета Егоровна.

— Я непременно пойду, — ответила Лиза.

— Не советую, кузина.

— Да чего же вы опасаетесь за вашу кузину?

— Кто знает, что может случиться?

— Помилуйте! Я маркиза хорошо знаю. Если не ошибаюсь, вы говорите о маркизе де Бараль?

— Да.

— О, пойдемте, Лизавета Егоровна!

— Да, я непременно пойду.

— А теперь мне пора; мне еще нужно обойти свою палату.

Розанов стал прощаться. Он поклонился Варваре Ивановне и пожал руки Ольге Сергеевне, Софи, Лизе и Сержу Богатыреву. Стариков здесь не было.

— Вы хорошо знакомы с маркизой? — спросила его Лиза.

— Да.

— Настолько, что можете познакомить с нею другое лицо?

— Да.

— Я о ней уж очень много слышу интересного.

— Хотите, я ей скажу?

— Да я уж вам говорил, кузина, — вмешался Серж, — что это и я могу сделать.

— Как, ты берешься, Серж! — заметила Богатырева.

— Отчего же не браться-с?

— Она не чванлива, — примирительно сказал доктор.

— Да, может быть; но у ней столько серьезных занятий, что я не думаю, чтоб ей доставало времени на мимолетные знакомства. Да и Лизанька ничего не найдет в ней для своих лет.

— Отчего же? — опять примирительно произнес Розанов.

— Нет, оставьте, Дмитрий Петрович, не надо, — спокойно ответила Лиза, не глядя на тетку, и Розанов ушел, давши Бахаревым слово навещать их часто.

Только что Розанов зашел за угол, как нос к носу встретился с Белоярцевым.

— Куда это вы? — спрашивает его.

— К вам, в морельницу.

— Что у вас там за дело?

— Барышню знакомую навестить.

— Какую барышню?

— Есть там, в седьмой палате, весьма приятная барышня.

— А, в седьмой! Навестите, навестите. Сзади бросишь, впереди найдешь.

— Беспременно так, — отвечал, смеясь, Белоярцев.

Они взяли извозчика и поехали вместе. Было довольно холодно, и Белоярцев высоко поднял воротник своего барашкового пальто.

— Что, вы Райнера давно не видали? — спросил Розанов.

— Давно. Он, сказывал, совсем собрался было в Петербург и вдруг опять вчера остался.

— Вчера?

— Да, вчера Персиянцев видел его у маркизы.

— Доктор! доктор! — позвал женский голос.

— Вот она на помине-то легка, — произнес Белоярцев, еще глубже вдвигая в воротник свой подбородок.

Розанов встал и прошел к маркизе, которая остановила своего кучера.

— Мой милый! — начала она торопливее обыкновенного, по-французски: — заходите ко мне послезавтра, непременно. В четверг на той неделе чтоб все собрались на кладбище. Все будут, Оничка и все, все. Пусть их лопаются. Только держите это в секрете.

— Да что же здесь за секрет, маркиза?

— Гггааа! Как можно? Могут предупредить, и выйдет фиаско.

— Во второй раз слышу и никак в толк не возьму. Что ж тут такого? Ведь речей неудобных, конечно, никто не скажет.

— О, конечно! Зачем рисковать попусту; но, понимаете, ведь это протест. Ведь это, милый, протест!

— Не понимаю.

— Гггааа! Приходите, я вам многое сообщу.

— Что она вам рассказывала? — спросил Белоярцев.

— Черт знает, что это такое. Вы не слыхали ни о какой панихиде?

— Слышал.

— Ну вот в секрете держать, говорит, дело важное.

Белоярцев вместо ответа проговорил:

Черная галка,
Чистая полянка,
Ты же, Марусенька
Черноброва,
Врать всегда здорова.

— Что вы думаете, это неправда?

— Кто же их знает.

— Да какое же это может иметь политическое-то значение?

— Ничего я в политике не понимаю.

— Опять увертываться.

— Чем? Надоедаете вы мне, право, господа, вашими

преследованиями. Я просто, со всею откровенностью говорю, что я художник и никаких этих ни жирондистов, ни социалистов не знаю и знать не хочу. Не мое это дело. Вот барышни, — добавил он шутя, — это наше дело.

— Экая натура счастливая! — сказал Розанов, прощаясь с Белоярцевым у дверей своей палаты.

— Что, вы слышали новость-то? — спросил Розанов, зайдя по окончании визитации к Лобачевскому.

Лобачевский в своей комнате писал, лежа на полу. От беспрерывной работы он давно не мог писать сидя и уставал стоять.

— Слышал, — отвечал он, пожав плечами и бросив препарат, который держал левой рукою.

— Ну, и какого вы мнения?

— Мнения скорбного, Розанов.

— А я думаю, что это вздор.

— Вздор! Нет, покорно вас благодарю. Когда гибнет дело, так хорошо начатое, так это не вздор. По крайней мере для меня это не вздор. Я положительно уверен, что какой-нибудь негодяй нарочно подстраивает. Помилуйте, — продолжал он, вставая, — сегодня еще перед утром зашел, как нарочно, и все три были здоровехоньки, а теперь вдруг приходит и говорит: «пуздыхалы воны».

— Да вы о чем это говорите? — спросил удивленный Розанов.

— А вы о чем?

Розанов рассказал свои разговоры с маркизою и молодым Богатыревым. Лобачевский плюнул и рассмеялся.

— Что?

— Слышал я это; ну, да что нам за дело до этих глупостей.

— А вы о чем же говорили?

— Кролицы мои издохли.

Теперь Розанов плюнул, и оба расхохотались.

— Экой вздор какой вышел, — произнес Розанов.

— Да еще бы вы с таким вздором приехали. Ведь охота же, право, вам, Розанов, Бог знает с кем якшаться. Дело бы делали. Я вот вас запречь хочу.

— Нуте?

— Да вот. Давайте людей учить.

— Чему учить?

— А вот чему: я ведь от своего не отстану. Если не умру еще пятнадцать лет, так в России хоть три женщины будут знать медицину. А вы мне помогите начать. Я сегодня уж начал слегка с Беком. Он нам позволит по воскресеньям читать в секционной. Поеду к Пармену Семенову, к Лучкову, к Тришину, уговорю пускать к нам ребят; вы человек народный, рассказывайте им попонятнее гигиенические законы, говорите о лечении шарлатанов и все такое. Вы это отлично можете делать; а я девушек уж найду таких, что захотят дальше учиться.

— Пожалуй, только что из этого выйдет?

— Уж вреда не выйдет, а у меня из двадцати хотя пять, хоть две найдутся способные идти далее. Терпение уж необходимое.

— А чем они жить будут?

— Найдем, чем жить.

— Не лучше ли бы, уж если так, то примкнуть к воскресным школам, — сказал Розанов.

— К воскресным школам! Нет, нам надо дело делать, а они частенько там... Нет, мы сами по себе. Вы только идите со мною к Беку, чтоб не заподозрил, что это я один варганю. А со временем я вам дам за то кафедру судебной медицины в моей академии. Только нет, — продолжал он, махнув весело рукою, — вы неисправимы. Бегучий господин. Долго не посидите на одном месте. Провинция да идеализм загубили вас.

— Меня идеализм загубил? — смеясь, переспросил Розанов.

— Да как же? Водитесь с какими-то химеристами, ко всему этому химерному провинциально доверчивы, все ведь это что? Провинциальная доверчивость сама собою, а прежде всего идеализм.

— Ну, это первое такое обвинение слышу, что я идеалист.

— Пламеннейший!

— Нельзя же, мой милый Лобачевский, всем быть только специалистами.

— Зачем? и не надо; только зачем попусту разбрасываться.

— А может быть, человечеству полезнее будет, чтоб мы были помногостороннее, так сказать, увлекались бы немножко.

— Ну как же!

В это же время в доме Богатырева на антресолях горела свечечка, за которою Лиза строчила шестую записочку. Пять мелко изорванных листков почтовой бумаги свидетельствовали, что записка, составляемая Лизою, выходила из ряда ее обычной корреспонденции. Наконец записка была кончена, надписана, запечатана и положена в карман платья.

На другой день казачок Гриша отдал ее на городскую почту, а еще через день он подал Лизе элегантный конвертик, с штемпелем московской городской почты.

Вот что было написано в полученном Лизою письме:

«Вы меня пленили прелестью вашего милого письма, и я очень благодарна вам за желание со мною познакомиться. Никакие занятия не должны мешать сходиться сочувствующим людям, — особенно в наше живое время. Я встаю в десять часов и пью чай в постели. Так я принимаю иногда некоторых друзей, между которыми одна женщина, с которою я вас познакомлю, есть неотступная тень моя. Мы с ней дружны скоро двадцать лет и вместе жили везде, и за границею, и в Ницце, и в России. Потом я беру холодную ванну в 8 R. и только в это время никого из посторонних не принимаю, а затем ем мой завтрак и работаю. В час я еду кататься на своей Люси: так называется моя лошадь. К трем бываю дома. В это время всего лучше меня видеть. После обеда я сижу у себя с моими друзьями; а вечером приходит разный народ, но преимущественно свои, хорошие знакомые и мои друзья. В двенадцать часов я ложусь спать, а иногда засиживаемся и до белого утра. Так вы можете сами выбрать время, когда мы свидимся, я всегда к вашим услугам.

Кс. де Бараль».

— От кого это, Лизочка, ты получила письмо? — спросила Ольга Сергеевна.

— От маркизы, — спокойно ответила Лиза.

— Что ж она вам пишет? — осведомилась Варвара Ивановна.

— Она зовет меня к себе; я хочу с ней познакомиться.

Лиза купила себе дешевой ценой первого врага в Москве, в лице своей тетушки Варвары Ивановны.

Розанов был у маркизы на минуточку и застал ее в страшной ажитации. Она сидела калачиком на оттоманке, крутила полосочку пахитосной соломинки и вся дергалась, как в родимце. Перед нею молча сидел Персиянцев. Она ни о чем не могла говорить складно и все стояла на панихиде.

— Где Орест Григорьевич? — спросил ее Розанов.

— Что?

Розанов повторил вопрос.

— Гггааа! — воскликнула маркиза. — Оничка там. Он час один спал во всю ночь и не завтракал.

— Что ж так?

— Нельзя же, мой милый: взялись, так уж надо делать.

— Да что там так много хлопот?

— Гггааа! Как же? Цветы будут и все.

Персиянцев поднялся и, вынув из кармана коротенькую германскую трубочку и бумажку с кнастером, пошел в залу. Розанов смотрел на маркизу. Она сидела молча и судорожно щипала соломинку, на глазах у нее были слезы, и она старалась сморгнуть их, глядя в сторону.

Доктору стало жаль ее.

— Чего вы так беспокоитесь? — сказал он успокоительно.

— За Оничку страшно мне, — отвечала маркиза голосом, в котором слышна была наша простоволосая русская мать, питательница, безучастная ко всякой политике.

— Да успокойтесь, ему ничто не угрожает.

— Ба! как вы это говорите, мой милый доктор.

— Ведь это не заговор, ничто, а самая простая вещь, панихида по почтенном человеке и только.

— Да, да, только эти монтаньяры со Вшивой Горки чтоб не

наделали каких-нибудь гадостей.

— Они, я думаю, совсем к этому равнодушны.

— Да, помилуй Бог! Надо все сделать тихо, смирно. Одно слово глупое, один жест, и сейчас придерутся. Вы, мой милый, идите возле него, пожалуйста; пожалуйста, будьте с ним, — упрашивала маркиза, как будто сыну ее угрожала опасность, при которой нужна была скорая медицинская помощь.

«Эк натолковала себе!» — подумал Розанов, прощаясь с маркизою, которую все более оставляла храбрость.

— Через два дня увидимся? — спросила она, отирая глаза.

— Увидимся, маркиза.

— Что будет через эти два дня… Боже мой!.. А я вас познакомлю с одной замечательной девушкой. В ней виден положительный талант и чувство, — добавила маркиза, вставая и впадая в свою обычную колею.

— Кто это такая?

— Весьма замечательная девушка. Я теперь еще о ней не хочу говорить. Мне нужно прежде хорошенько поэкзаменовать ее, и если она стоит, то мы должны ею заняться.

Розанов чуть было не заикнулся о Лизе, но ничего не сказал и уехал, думая: «Может быть, и к лучшему, что Лизавета Егоровна отказалась от своего намерения. Кто знает, что выйдет, если они познакомятся?»

## Глава одиннадцатая.
## Развороженный муравейник

Предсказания Розанова сбылись вполне: никто не помешал панихиде, тревожившей маркизу. Радость на Чистых Прудах была большая; но в этой радости было что-то еще более странное, чем в том непонятном унынии, в которое здесь приходили в ожидании этого торжественного обстоятельства. Все как-то неимоверно высоко задрали носы и подняли головы. Точно была одержана блистательнейшая победа и победители праздновали свой триумф, влача за своими колесницами надменных вождей вражьего стана. Маркиза совсем уж, как говорят в Москве, даже в мыслях расстроилась: сидит да прядет между пальцев обрывочки пахитосок и вся издергалась, словно окунь на удочке. Что ни вечер, — да что вечер! — что ни час, то у нее экстраординарное собрание. Madame Ролан уже совсем позабыта. Страсти славянской натуры увлекли маркизу. Собственно, чему она радовалась — сам черт не знал этого. У народа есть пословица: «Рад зайка, что железце нашел». Неведомо, на что было зайке это железце, точно так как неведомо, что приводило теперь в высокоторжественное настроение маркизу. Было дело совсем простое, и прошло оно совсем попросту, никем не отмеченное ни в одной летописи, а маркиза всклохталась, как строившаяся пчелиная матка.

— Слышали вы? — спрашивала она, встречая Розанова.

— Я сам был, — отвечал Розанов, догадавшись, о чем идет дело.

— Гггааа! это ужасно! Оничка шел и все... Пусть лопаются.

«Фу ты, дьявол возьми, что это такое! — думал Розанов, — из-за чего это у нее сыр-бор горит?»

— Ужасно, — рассказывала маркиза другим. — Народ идет, и Оничка идет, и все это идет, идет...

«Эк, черт возьми, фантазирует», — думали другие.

— Теперь уж не удержать, — радостно смеясь, замечала маркиза, — общество краснеет.

Некоторые, точно, краснели, в числе краснеющих был Розанов, Райнер и Рациборский.

В тот вечер, когда происходил этот разговор, было и еще одно существо, которое было бы очень способно покраснеть от здешних ораторств, но оно здесь было еще ново и не успело осмотреться.

Маркиза возвещала об этом существе необыкновенно торжественно.

— Какую я, батюшка, девочку приобрела! — говорила она Розанову, целуя кончики своих пальцев, — материял. Мы за нее возьмемся.

— Какую я, батюшка, девочку приобрела! — говорила она Рациборскому, целуя кончики своих пальцев, — материял. Мы за нее возьмемся.

То же самое она сказала и Бычкову, и Белоярцеву, и Брюхачеву. Белоярцев сейчас же усики по губке расправил и ножки засучил, как зеленый кузнечик: «мы, дескать, насчет девочки всегда как должно; потому женский пол наипаче перед всем принадлежит свободному художеству».

Этим временем в гостиную из задних комнат вошли три девушки. Одна из них была Рогнеда Романовна, другая — дочь маркизы, а третья — Лиза. Лиза-то и была тот материал, о котором говорилось.

Пренеприятно было маркизе, что Розанов оказался старым знакомым Лизы. Она о нем уж слишком много ей наговорила.

— Материял, — говорила она. — Неглуп, связи имеет и практичен! Мы за него возьмемся.

— Кто же это такой? — пытала Лиза.

— Увидите, мое дитя, — отвечала таинственно маркиза.

А тут вышло, что и глядеть им друг на друга нечего. Другим Лиза не понравилась, Брюхачев сказал о ней, что это сверчок, а Белоярцев буркнул: «карандаш». Так она в этот вечер и звалась «карандашом». Лизу теребили нарасхват и не давали Розанову сказать с нею ни одного слова. Розанов только знал, что Лиза попала сюда «сама», но как это она сама сюда попала — он не мог добраться.

От маркизы честная компания зашла в Барсов трактир и, угощаясь пивом и прочими назидательностями, слушала белоярцевские предположения насчет «карандаша» в натуре.

Райнера здесь не было, а Розанов все мог слушать, и его способность слушать все насчет Лизы через несколько страниц, может быть, и объяснится. По привычке возиться в грязи и тине Розанов не замечал некоторой особенной теплоты в участии Лизы и, не будучи сам циником, без особого возмущения мог слушать о ней такие разговоры, которых Лиза не могла слышать на губернаторском бале о Женни. То прекрасное качество, которое благовоспитанные люди называют «терпимостью», в некоторых случаях было усвоено Розановым в весьма достаточном количестве. Он не вытерпел бы, если бы Лизу злословили, ну а цинически разбирать женщину? — Это что же? Это не вредит. Остановить — в другом месте заговорят еще хуже.

Прошло некоторое время. Бахаревы переехали на собственную квартиру; Лиза еще побывала раза три у маркизы; доктор досконально разузнал, как совершилось это знакомство, и тоже наведывался.

Победный дух маркизы все еще торжествовал, но торжество это начинало приедаться. С неимоверною быстротою сведения о городских со студентами событиях облетели Москву, и Розанов с яростнейшим негодованием бросился к маркизе. Он весь дрожал от бессильной злобы. Маркиза сидела на стуле в передней и вертела пахитосную соломинку. Перед нею стоял Брюхачев и Мареичка. Брюхачев доказывал, что студенты поступают глупо, а маркиза слушала: она никак не могла определить, какую роль в подобном деле приняла бы madame Ролан.

Розанов рыкнул на Брюхачева и сказал:

— Все это вздор; надо стоять там, где людей бьют, а не ораторствовать.

Это было в четвертом часу пополудни.

Лобачевский посмеялся над подбитым носом Розанова и сказал:

— Так вам и следовало.

— За что же это? — спросил Розанов.

— Так, чтоб не болтались попусту.

Розанов немножко рассердился и пошел в свою комнату.

— Я у вас одну барышню велел дегтем помазать, — крикнул вслед ему Лобачевский.

— Какую это?

— Там увидите, — на пятой койке лежит.

— А вы были в моей палате?

— Надобно ж было кому-нибудь посмотреть на больных, — отвечал Лобачевский.

Тем этот день и покончился, а через три дня наших московских знакомых уж и узнать нельзя было. Только одно усиленное старание Лобачевского работать по больнице за себя и Розанова избавляло последнего от дурных последствий его крайней неглижировки службой. Он исчезал по целым суткам и пропадал без вести. Квартира Арапова сделалась местом сходок всех наших знакомых. Там кипела деятельность. По другим местам тоже часто бывали собрания: у маркизы были «эписпастики» — как Арапов называл собрания, продолжавшиеся у ней.

На этих собраниях бывали: Розанов, Арапов, Райнер, Слободзиньский, Рациборский и многие другие. Теперь маркиза уже не начинала разговора с «il est mort» или «толпа идет, и он идет». Она теперь говорила преимущественно о жандармах, постоянно окружающих ее дом.

Романовны также каркали об опасном положении маркизы, но отставали в сторону; Брюхачев отзывался недосугами; Бычков вел какое-то особенное дело и не показывался; Сахаров ничего не делал; Белоярцев и Завулонов исчезли с горизонта.

Лиза слушала, жадно слушала и забывала весь мир. Маркиза росла в ее глазах, и жандармы, которых ждала маркиза, не тронулись бы до нее иначе как через Лизу.

Персиянцева тоже некоторое время не было видно. Наконец по городской почте в доме маркизы получилась пустая и ничтожная литографированная записочка, относящаяся к происходящим обстоятельствам. Маркиза взбеленилась; показывала ее всем по секрету и всех просила молчать. Решено было, что в Москве уже сложилась оппозиционная сила. Все было болезненно встревожено этою запискою; каждый звонок заставлял маркизу бледнеть и вздрагивать. Только Арапов, Райнер и Розанов оставались спокойными.

Выходя от маркизы, Арапов много смеялся, Райнер упрямо молчал, а Розанов как-то словно расслабел, раскис и один уехал в свою больницу.

С тех пор Розанов, по выражению Арапова, начал отлынивать, и Арапов стал поговаривать, что Розанов тоже «швах».

Лобачевский только сказал:

— Это хорошо, что вы, Розанов, возвратились из бегов: а то Бек уж сильно стал на вас коситься.

Так прошло недели с две. Розанов только и отлучался, что к Бахаревым. Он ввел к ним в это время Райнера и изредка попадал на студенческие сходки, к которым неведомо каким образом примыкали весьма различные люди.

Лиза то и дело была у маркизы, даже во время ванн, причем в прежние времена обыкновенно вовсе не было допускаемо ничье присутствие.

Между Розановым и Лизою не последовало ни одного сердечного разговора; все поглотила из ничего возникшая суматоха, оставившая вдалеке за собою университетское дело, с которого все это распочалось.

Общество было неспокойно; в городе шли разные слухи.

## Глава двенадцатая.
## Que femme veut, Dieu le veut

Варвара Ивановна Богатырева, возвратясь один раз домой в первом часу ночи, была до крайности изумлена кучею навешанного в ее передней платья и длинною шеренгою различных калош.

Прежде чем лакей успел объяснить ей, что это значит, слух ее был поражен многоголосным криком из комнаты сына.

— Кто у молодого барина? — спросила она человека.

— Студенты-с.

Варвара Ивановна бросилась в залу.

— Где Алексей Сергеевич? — спросила Варвара Ивановна, остановясь посреди комнаты в чрезвычайной ажитации.

— Они там-с.

— Где?

— С господами. Там двери от молодого барина в кабинет открыли.

— Боже мой! — простонала Варвара Ивановна и опустилась на стул.

— Чего стоишь? Позови ко мне барина! — крикнула она через несколько минут человеку.

— Ну не глупец ли вы? Не враг ли вы семейному благополучию? — начала она, как только Алексей Сергеевич показался на пороге комнаты. — Затворите по крайней мере двери.

Богатырев затворил двери в переднюю.

— Что это такое? — спросила его с грозным придыханием Варвара Ивановна.

— Что? — робко переспросил Богатырев.

— Сходка? Да? Отвечайте же: сходка у них, да? Что ж вы, онемели, что ли?

— Да никакой нет сходки. Ничего там законопротивного нет. Так, сошлись у Сережи, и больше ничего. Я сам там был все время.

— Сам был все время! О Создатель! Он сам там был все время! И еще признается! Колпак вы, батюшка, колпак. Вот как сына упекут, а вас пошлют с женою гусей стеречь в Рязанскую губернию, так вы и узнаете, как «я сам там был».

— Но уж нет, извините меня, Фалилей Трифонович! — начала она с декламацией. — Вас пусть посылают куда угодно, а уж себя с сыном я спасу. Нет, извините. Сами можете отправляться куда вам угодно, а я нет. Извините...

— Да чем же я виноват? — казанскою сиротою произнес Алексей Сергеевич.

— Чем? И вы смеете спрашивать, чем? Двух молодых людей только что наказали, а вы потихоньку от жены учреждаете у себя сходки и еще смеете спрашивать, чем вы виноваты.

— Да это не я, а Сергей. Я с какой же стати… Это его знакомые.

— А! а! Вот вам и отец! Головою сына выдаю, мол: извольте его вам, только меня, седого дурака, не трогайте. Прекрасно! Прекрасно! Вот отец так отец!

— Да что вы путаете? Кого наказали, и какая тут сходка?

— А о чем там говорят? — спросила Варвара Ивановна с придыханием и указывая большим пальцем руки в сторону, откуда долетали студенческие голоса.

— Об университетских порядках говорят.

— Как калоши ставить в швейцарской или что другое?

— Нет, о начальстве.

— Как его не слушаться?

— Нет, только о деньгах говорят.

— Ну да, то-то, чтоб денег не платить?

— Да.

— Это оборвыши эти рассуждают?

— Все говорят.

— А вы слушали?

— Да что же тут такого, право? Они рассуждают резонно.

Варвара Ивановна отодвинулась от мужа один шаг назад, окинула его взором неописанного презрения и, плюнув ему в самый нос, шибко выбежала из залы.

Оставив в зале совершенно потерявшегося мужа, madame Богатырева перебежала гостиную, вскочила в свой будуар и, затворив за собою дверь, щелкнула два раза ключом.

Алексей Сергеевич постоял в зале, на том самом месте, на котором давал отчет своей супруге, потом подошел к зеркалу, приподнял с подзеркального столика свечу и, внимательно осмотрев свое лицо, тщательно вытер белым платком глаза и переносицу.

Затем он потихоньку подошел к жениному будуару и взялся за ручку замка.

Дверь была заперта наглухо.

— Варвара Ивановна! — произнес, откашлянувшись, Богатырев.

Ответа не было.

—Варинька! — повторил Алексей Сергеевич.

— Что вам нужно здесь? — сердито крикнула из-за двери Варвара Ивановна.

— Я на минуточку.

— Нечего вам здесь делать.

— Да я хочу только посоветоваться, — умолял Богатырев, поспешно прикладывая ухо к створу дверей.

— Не о чем.

— Да что же делать? Я не знаю, что делать.

— Так я знаю, что нужно делать, — ответила Варвара Ивановна.

И Алексей Сергеевич слышал, как она перешла из будуара в спальню и затворила за собой другую дверь. В это же время в передней послышался топот и гомон. Сходка расходилась. Последние из комнаты Сержа Богатырева ушли Розанов и Райнер. Для них еще подали закусить, и они ушли уж в третьем часу утра. Сергей Богатырев сам запер за ними дверь и, возвратясь, лег спать.

Варвара Ивановна на другой день встала ранее обыкновенного. Она не позвала к себе ни мужа, ни сына и страшно волновалась, беспрестанно посматривая на часы. В одиннадцать часов она велела закладывать для себя карету и к двенадцати выехала из дома.

Глаза у Варвары Ивановны были сильно наплаканы, и лицо немножко подергивалось, но дышало решимостью и притом такою решимостью, какая нисходит на лицо людей, изобретших гениальный путь к своему спасению и стремящихся осуществить его во что бы то ни стало.

Карета Варвары Ивановны остановилась сначала у одного большого дома неподалеку от университета. Варвара Ивановна вошла в круглый, строго меблированный зал и сказала свою фамилию дежурному чиновнику. Через две минуты ее попросили в кабинет.

Варвара Ивановна начала плачевную речь, в которой призывалось великодушное вмешательство начальства, упоминалось что-то об обязанностях старших к молодости, о высоком посте лица, с которым шло объяснение, и, наконец, об общественном суде и слезах бедных матерей.

— Но что же я могу сделать, сударыня? Ваш сын, слава Богу, еще даже ни в чем не замешан, — возражал ей хозяин.

— Да, это правда; но он может быть замешан; его могут увлечь.

— Удержите его.

— Я вас прошу об этом. Я вас прошу защитить его.

— Да от чего же защитить? Помилуйте, я вас уверяю, его ни в чем не подозревают.

— Это все равно: он ходит... или может ходить на сходки.

— Уговорите его, чтоб не ходил.

— Разве они слушают?

— Вы мать, — он вас скорее всех послушается.

— Ах, разве они слушают.

— Но что же я-то могу для вас сделать?

— Вы начальник.

— Да уж если матери не слушают, то как же вы надеетесь, чтобы начальника послушались.

— Запретите им собираться на сходки.

— Их давно об этом просили.

— Что просить? Запретите просто.

— Мы не можем ходить за ними в каждый дом. Москва велика, — они везде собираются.

— Прекратить как-нибудь все эти беспорядки.

— Только об этом и заботимся; но это вовсе не так легко, как некоторые думают; нужно время, чтобы все пришло в порядок.

— О Боже мой! ну, выслать их вон из города, ну, закрыть университет.

Хозяин пожал плечами и сказал:

— Сударыня, это от нас не зависит, и желательно, чтобы этого не случилось.

«Баба! я всегда говорила, что ты баба, — баба ты и есть», — подумала Варвара Ивановна, усевшись в карету и велев ехать вверх по Тверской.

В другом официальном доме объяснения Богатыревой были не удачнее первых. Здесь также успокоивали ее от всяких тревог за сына, но все-таки она опять выслушала такой же решительный отказ от всякого вмешательства, способного оградить Сержа на случай от всяких его увлечений.

— Ну, наконец, арестуйте его, пока это все кончится! — воскликнула Богатырева, выведенная из всякого терпения спокойным тоном хозяина.

— Что такое? — переспросил тот, полагая, что ослышался.

— Арестуйте его, — повторила Богатырева. — Я мать, я имею право на моего сына, и если вы не хотите сделать ничего в удовлетворение моей справедливой просьбы, то я, мать, сама мать, прошу вас, арестуйте его, чтоб он только ни во что не попался.

Хозяин посмотрел на Богатыреву и нетерпеливо ответил:

— Я вам уже имел честь доложить, что у нас нет в виду ни одного обстоятельства, обвиняющего вашего сына в поступке, за который мы могли бы взять его под арест. Может быть, вы желаете обвинить его в чем-нибудь, тогда, разумеется, другое дело: мы к вашим услугам. А без всякой вины у нас людей не лишают свободы.

— Нет, я не обвиняю, но я прошу вас арестовать его, чтоб вперед чего не случилось… я прошу вас…

— Извините, сударыня: у меня много дела. Я вам сказал, что людей, которых ни в чем не обвиняют, нельзя сажать под арест. Это, наконец, запрещено законом, а я вне закона не в праве поступать. Вперед мало ли кто что может сделать: не посажать же под арест всех. Повторяю вам, это запрещено законом.

— И это запрещено законом! И это запрещено законом! — воскликнула отчаянная мать.

Начальник, взглянув еще раз на Богатыреву, удерживая улыбку, подтвердил:

— Да-с, это запрещено законом, — а затем обратился к другим просителям.

— Это запрещено законом! когда ж это было запрещено законом? Знаем мы вас, законников. Небось, своего сына ты бы так упрятал, что никто бы его и не нашел, а к чужим так ты законы подбираешь, — ворчала Варвара Ивановна, возвращаясь домой с самым растерзанным и замирающим сердцем.

Но материнский инстинкт велик и силен. У поворота к бульварам Варвара Ивановна велела кучеру ехать назад, проехала Тверскую, потом взяла налево Софийской и, наконец, остановилась у маленького деревянного домика в одном из переулков, прилегающих к Лубянской площади. Здесь жил частный стряпчий, заведовавший делами Богатыревых.

На счастье Варвары Ивановны, стряпчий был дома. Он выслушал ее рассказ, предложил ей воды и затем расспросил, чего ей хочется.

— Удалить его хоть из Москвы, — отвечала Богатырева.

— Так пошлите его в Рязанскую губернию.

— Да не едет. Ведь не связанного же его отправить!

Стряпчий подумал минуту и потом ответил:

— Мы это уладим.

Через полчаса богатыревская карета остановилась в одном из переулков Арбата. Из кареты сначала вышел стряпчий и вошел в дверь, над которою была табличка, гласившая: «Квартира надзирателя такого-то квартала». Варвара Ивановна осталась в карете. Спустя десять минут пришла и ее очередь вступить в «квартиру надзирателя квартала».

В очень хорошо и со вкусом меблированной комнате ее встретил военный господин с немецким лицом и очень страшными усами. В его фигуре и лице было что-то весьма сложное, так сказать, немецко-вахмистровски-полицейско-гусарское. Видно было, однако, что он умен, ловок, не разборчив на средства и с известной стороны хороший знаток человеческого сердца.

Он внимательно усадил Варвару Ивановну в кресло, терпеливо выслушал ее отчаянный рассказ, соболезновал ей и, наконец, сказал, что он тоже не в праве для нее сделать много, но, видя ее беспомощное положение, готов сделать что может.

— Бога ради! — умоляла его Варвара Ивановна.

— Будьте спокойны, сударыня.

— Я вас прошу принять от меня эту безделицу, — проговорила самым сладким голосом Варвара Ивановна, подавая надзирателю сторублевую бумажку.

Надзиратель сказал:

— Напрасно беспокоитесь, — и спрятал бумажку. Богатырева встала и, разинтимничавшись, порицала нерешительное, по ее мнению, начальство.

— Какое это начальство! — восклицала она. — Удалить такое начальство нужно, а не давать ему людьми распоряжаться.

Надзиратель посмотрел на нее при этом приговоре и подумал:

«Вот тебя бы, дуру, так сейчас можно спрятать даже и без всякой благодарности», — но не сказал ни слова и спокойно проводил ее с лестницы.

Варвара Ивановна уехала совершенно спокойная. Перед вечером она пожаловалась на головную боль, попросила сына быть дома и затем ушла к себе в спальню. У Сережи были два товарища: сосед Бахарева — Ступин, и сын одесского купца, Иона Кацен.

Молодые люди уснули, и, кажется, весь дом заснул до полуночи. Но это только так казалось, потому что Варвара Ивановна быстро припрыгнула на постели, когда в четвертом часу ночи в передней послышался смелый и громкий звонок.

Прежде чем сонный лакей успел повернуть ключ в двери, звонок раздался еще два раза и с такою силою, что завод, на котором тянули проволоку, соединявшую звонок с ручкою, имел бы полное право хлопотать о привилегии. Наконец дверь отворили, и в переднюю, брязгая шпорами и саблей, вошел квартальный немецко-вахмистровски-полицейско-гусарского вида. Лакей зажег свечу и побежал за шкаф надеть что-нибудь сверх белья.

Из-за разных дверей высунулись и тотчас же спрятались назад разные встревоженные мужские и женские лица. Квартальный стоял, подперши руки фертом, и ожидал, пока лакей снова появится из-за шкафа. В это время Варвара Ивановна успела накинуть на себя платье и, выйдя в залу, сама пригласила надзирателя.

— Бога ради скорее все кончите, — говорила она, ломая руки.

— Не беспокойтесь, — отвечал надзиратель. — Я только боюсь одного.

— Ничего не бойтесь.

— Я боюсь, чтобы ваш муж не наделал завтра тревоги.

— О, за это я вам даю мое слово.

— Что это такое? — тихо спросил входящий Алексей Сергеевич.

— За Сергеем, — вздохнув, отвечала Варвара Ивановна, не глядя на мужа.

— Сережу арестуют?

— Ведь видите; что же тут еще спрашивать?

— Наша печальная обязанность... — начал было надзиратель, но в залу вошел Сергей Богатырев. Он дрожал как в лихорадке и старался держать себя как можно смелее.

— За мной? — спросил он.

— За вами.

— Что ж, я готов.

У него стукнули зубы.

— Лошади внизу, — спокойно отвечал надзиратель, — но мне для порядка нужно взглянуть на вашу комнату. Там, конечно, ничего нет?

— Не знаю, может быть, что-нибудь и есть, — отвечал бледный студент.

— Сережа! Сережа! что ты говоришь? — простонала с упреком Варвара Ивановна.

— Я верю на слово вашей матушке, — с достоинством сказал надзиратель, — и прошу вас собраться.

Варвара Ивановна взяла сына в спальню, дала ему пачку ассигнаций, заплакала, долго-долго его крестила и, наконец, вывела в залу. Здесь арестант простился еще раз с матерью, с отцом, с лакеем и дрожащими ногами вышел из дома. Долго они ехали молча в открытых дрожках надзирателя, наконец тому надоело это.

— Послушайте, — сказал он, — мне жаль вашу мать: я сам имею детей. Если вы можете скрыться из Москвы, я пущу вас и скажу, что не нашел вас дома. А между тем все это кончится и вы возвратитесь.

— Вы! вы меня пустите?

— Да, пущу. Со мной не было понятых. Если вы дадите слово удирать отсюда подальше, я пущу вас.

— О, клянусь вам.

— Не клянитесь, я и так поверю.

— Я уеду в Рязань.

— Ступайте.

— Только нет подорожной.

— Какой вздор. Были бы деньги. Возьмите вольных у Рогожской.

Сергей Богатырев предложил надзирателю ассигнацию, от которой тот благодарно отказался, потом спрыгнул с дрожек, взял первого ваньку и запрыгал к Рогожской.

— Что? — спросила Варвара Ивановна мужа, когда надзиратель вышел с Сережей за двери.

— Пропадет теперь.

— Не, теперь нюни: «пропадет», — передразнила Варвара Ивановна.

— Господа! — крикнула она студентам, войдя в комнату сына. — Вы видели, что было с Сережей? За это я вам обязана: вчера была сходка, а сегодня арестант. Прошу вас оставить мой дом.

Студенты только этого теперь и желали.

— А вы у меня ни во что не смейте мешаться, — пригрозила она стоявшему посреди залы мужу, — не смейте ничего рассказывать: Серж через три дня будет в Богатыревке.

— Ка-а-к?

— Т-а-а-к, как вы не знаете, — проговорила Варвара Ивановна, отходя в свою комнату. И Алексей Сергеевич до самого рассвета простоял в зале. Обстоятельства совершенно смутили его.

Вечером в этот же день были три сходки, на которых толковали о внезапном аресте Сергея Богатырева и всячески допытывались, кто бы мог донести о богатыревской сходке.

— Из наших никто; за это можно ручаться головою! — кричали несколько молодых голосов.

— Так кто же? Кто? Нужно знать доносчика.

Кто-то громче других произнес имя Райнера?

— А в самом деле, кто он? Кто этот Райнер?

— Что он?

— Зачем он здесь?

— Зачем он на сходках?

Ни на один этот вопрос никто не умел дать ответа.

— Кто ввел его?

— Доктор Розанов, — отвечал кто-то.

— А что такое сам Розанов?

— Он знакомый маркизы, его многие знают.

— Вытребовать Розанова, вытребовать Розанова! — закричало несколько голосов.

— И судить его.

— За что судить? Пусть объяснится.

— У маркиза, послезавтра, у маркиза.

— А завтра там?

— Ну да, только одни свои.

Завтра уже во всех либеральных кружках Москвы заговорили о бывшей у Богатыревых сходке и о последовавшем затем внезапном аресте молодого Богатырева. Не очень чуткое ухо могло легко слышать, как при этих рассказах вполголоса поминалось имя Райнера.

Содержание этих полголосных рассказов, вероятно, было довольно замысловато, потому что доктор, услыхав один такой разговор, прямо объявил, что кто позволяет себе распускать такие слухи, тот человек нечестный. Теперь доктор догадывался, каких от него потребуют объяснений, и собирался говорить круто и узловато.

А в эту ночь была еще сходка, после которой, перед утром дня, назначенного для допроса Розанова, было арестовано несколько студентов. Из этих арестантов уже ни один не соскочил с полицейских дрожек и не уехал на вольных в свою Богатыревку.

## Глава тринадцатая.
## Delirium tremens

Новые трепетания не успокаивались. Москва ждала скандала и чуть не дождалась его.

Утром одного дня Арапов вышел из своего дома с Персиянцевым, взяли извозчика и поехали ко Введению в Барашах.

Они остановились у нестеровского дома.

— Ступайте, — сказал Арапов, тревожно оглядываясь и подавая Персиянцеву из-под своей шинели тючок, обшитый холстом.

— А вы? — спросил Персиянцев.

— Я подожду здесь: всюду надо смотреть.

Персиянцев вошел на чистый купеческий двор и, отыскав двери с надписью «контора», поднялся по лестнице. Посланный им артельщик возвратился с Андрияном Николаевым.

— От Розанова, — сказал Персиянцев.

— А! милости прошу, пожалуйте, — воскликнул центральный человек. — Как они, в своем здоровье?

— Ничего, — отвечал, краснея, непривычный ко лжи Персиянцев.

— Давно вы их видели?

— Вчера, — отвечал, еще более краснея, Персиянцев. — Вы получили вчера его письмо?

— Получили-с, получили. А это что: товар?

— Да.

— Сколько же тут?

— Триста.

— Что ж, поскупились, али недостача? — шутил центральный человек и, взяв тючок из рук Персиянцева, пригласил войти далее.

Проходя третью комнату конторы, Персиянцев увидел Пармена Семеновича, любезно беседовавшего с частным приставом.

— Андрияша! чайку не колешь ли? — спросил Пармен Семенович.

— Нет, Пармен Семенович, только что пил, — ответил, проходя, центральный человек.

— Дей Митрев! — крикнул он, сев за конторку и усадив Персиянцева, несколько растерявшегося при виде частного пристава.

Показался артельщик самого древнего письма.

— Положь-ка эту штучку, да завтра ее в низовой посылке отправь Жилину.

— Слушаю, — ответил Дей Митрев и унес с собою тючок в кладовую почетного гражданина и 1-й гильдии купца Нестерова.

— Будет исполнено, — сказал Персиянцеву центральный человек, и они простились.

Проходя мимо Пармена Семеновича, Персиянцев раскланялся с ним и с частным приставом.

— Кланяйтесь господину доктору, — сказал опять Андриян Николаев Персиянцеву у порога. Арапова не было у ворот. Персиянцев глянул туда, сюда — нету. Он пошел один.

Но не успел Персиянцев сделать несколько шагов, его нагнал Арапов.

— Что? — спросил он мрачно.

Персиянцев ему рассказал все, что мы знаем.

— А где это вы были? Я вас не видал за воротами.

— Я сидел в трактире, оттуда виднее. Я видел, как вы вышли.

— Ну, — говорил Арапов, усевшись дома перед Персиянцевым и

Соловейчиком, — теперь за новую работу, ребята.

День целый Арапов строчил, потом бегал к Райнеру, к Рациборскому. Правили, переправляли и, наконец, сочинили что-то.

— Теперь черти, Соловейчик, — сказал Арапов.

И Соловейчик стал чертить.

За полночь Соловейчик кончил свое ковырянье на литографическом камне, сделал вальком пару пробных оттисков и ушел из квартиры Арапова.

На Чистых Прудах становилось скучновато. Новостей эффектных не было. Маркиз жаловался, что сходка топчет в его комнате полы и раздавила зубную щеточку накладного серебра.

Самым приятным занятием маркизы было воспитание Лизы. Ей внушался белый либерализм и изъяснялись его превосходство перед монтаньярством. Маркиза сидела, как Калипсо в своем гроте; около нее феи, а перед ними Лиза, и они дудели ей об образцах, приводя для контраста женщин из времени упадка нравов в Риме, женщин развратнейших дней Франции и некую московскую девицу Бертольди, возмущающую своим присутствием чистоту охраняемых феями нравственных принципов.

## Глава четырнадцатая.
## Московские мизерабли

В ряду московских особенностей не последнее место должны занимать пустые домы. Такие домы еще в наше время изредка встречаются в некоторых старых губернских городах. В Петербурге таких домов вовсе не видно, но в Москве они есть, и их хорошо знают многие, а особенно люди известного закала.

Пустой дом в губернии исключительно бывает дом или спорный, или выморочный, или за бесценок взятый в залог одуревшим скрягою. Встречаются такие домы преимущественно в городах, где требование на помещения относительно не велико, доход с домов не верен, а обыватель не охотник ни до каких затрат на ремонт здания. Но страннее всегда, что встречаются такие домы и в нашей оригинальной столице, и даже нередко стоят они среди самой густонаселенной местности. Кругом битком набито всякого народа, а тут вдруг стоит дом: никогда в его окнах не видно света, никогда не отворяются его ворота, и никто им, по-видимому, не интересуется. Словно никому этот дом не принадлежит и никому он не нужен.

Иногда в таком доме обитает какой-нибудь солдат, занимающийся починкою старой обуви, и солдатка, ходящая на повой. Платит им жалованье какой-то опекун, и живут они так десятки лет, сами не задавая себе никакого вопроса о судьбах обитаемого ими дома. Сидят в укромной теплой коморке, а по хоромам ветер свищет, да бегают рослые крысы и бархатные мышки.

Один такой дом стоял невдалеке от московской Сухаревой башни. Дом этот был довольно большой, двухэтажный, в один корпус, без всяких флигелей. Дом стоял посреди большого двора, некогда вымощенного камнем, а ныне заросшего шелковистою муравкою. На улицу выходила одна каменная ограда с давно не отворявшимися воротами и ветхой калиткой. В кухне дома жил дворник, какой и должен находиться в таком доме. Это был отставной солдат, промышлявший теркою и продажею особенного нюхательного табаку, а в сожительстве он имел солдатку, не свою, а чужую солдатку, гадавшую соседям пустого дома на картах. В конуре у калитки еще жила старая цепная собака, и более, казалось, никто не обитал в этом доме.

Но это только так казалось.

По вечерам в калитку дома входили три личности. Первая из этих личностей был высокий рыжий атлет в полушубке, человек свирепого и решительного вида; вторая, его товарищ, был прекоренастый черный мужик с волосами, нависшими на лоб. Он был слеп, угрюм и молчалив.

Далее сюда входил еще молодой паренек, которого звали Андреем Тихоновичем.

Все это были люди беспаспортные и никому из ближних соседей ни с какой стороны не известные.

Слепец и его рыжий товарищ жили в большой пустой комнате второго этажа и платили сторожу по три четвертака в месяц, а молодой жидок, которого здесь звали Андреем Тихоновичем, жил в продолговатой узенькой комнате за ними.

Обе эти комнаты были совершенно пусты, так же как и остальные покои пустого дома.

У мужиков на полу лежали два войлока, по одной засаленной подушке в набойчатых наволочках, синий глиняный кувшин с водою, деревянная чашка, две ложки и мешочек с хлебом; у Андрея же Тихоновича в покое не было совсем ничего, кроме пузыречка с чернилами, засохшего гусиного пера и трех или четырех четвертушек измаранной бумаги. Бумага, чернила и перья скрывались на полу в одном уголке, а Андрей Тихонович ночлеговал, сворачиваясь на окне, без всякой подстилки и без всякого возглавия.

Андрей Тихонович тоже был беспаспортный и проживал здесь с половины лета, платя сторожу в месяц по полтине серебра.

Теперь и Андрею Тихоновичу и рыжему с слепым приходилось плохо. Сторож не выгонял их; но холода, доходившие до восьми градусов, делали дальнейшее пребывание в пустом, нетопленном доме довольно затруднительным.

Перелетным птицам приходилось искать нового, более или менее теплого и притом опять дешевого и безопасного приюта; а по этому случаю жильцы пустого дома желчны и беспокойны.

В ночь, когда Арапов поручил Нафтуле Соловейчику последнюю литографскую работу и когда Соловейчик, окончив ее, сделал два пробные оттиска, он, дойдя до забора пустого дома, перескочил его за собачьей конурою и, так сказать, перекинувшись Андреем Тихоновичем, прошел в свою пустую казарму.

Час был поздний, но соседи жидка еще не спали: они ругались с холода. Андрей Тихонович постоял одну минутку, послушал и потом начал ходить, беспрестанно останавливаясь и приставляя палец ко лбу.

По гримасам и ужимкам жидовского лица видно было, что в душе Нафтулы Соловейчика кипит какой-то смелый, опасный план, заставляющий его не слыхать ругательств соседей и не чувствовать немилосердного холода пустой горницы.

— Да, так, так, — проговорил к полуночи Соловейчик и, вынув из кармана бумажный сверточек, достал оттуда стеариновый огарочек. Из другого кармана он вынул спичку и, добыв ею огня, стал моститься в уголышке. Сначала Соловейчик капнул несколько раз на пол стеарином и приставил к не застывшим еще каплям огарок. Потом подошел к двери соседей, послушал и, отойдя опять на цыпочках, прилег к огарку, достал из кармана сверточек чистой бумаги, разложил его перед собою и, вынув ломаный перочинный ножик, стал поправлять перо.

Через пять минут жидок, скосоротившись, вывел титул должностного лица, которому назначалась бумага, и остановился. Потом покусал верхушку пера, пососал губы и начал: «Хотя и находясь в настоящую время в противозаконном положении без усякий письменный вид, но по долгу цести и совести свяссенною обязанностию за долг себе всегда поставляю донести, что...» и т.д. Соловейчик все писал, словно историю сочинял или новое поминанье заводил. Имен, имен в его сочинении было, как блох в собачьей шкуре: никого не забыл и всем нашел местечко. Прошло более часа, прежде чем Соловейчик окончил свое сочинение строками: «а посему, если благоугодно будет дозволить мне жительство и снабдить приказаниями, то я надеюсь в сей должности еще полнее оправдать доверие начальства».

— Нет, брешешь! Семь пачек я сам знаю, что есть, да что в них, в семи-то пачках? Черт ты! Антихрист ты, дьявол ты этакой; ты меня извести хочешь; ты думаешь, я не вижу, чего ты хочешь, ворище ты треанафемский! — ругался в соседстве слепой.

— Молчи! — прошипел рыжий.

— Молчи! Нет, не замолчу, не замолчу, а я тебя в Сибирь сошлю.

— Молчи, чтоб тебе высадило.

— Не стану молчать: ты подай мне свою подушку, а мою возьми. Ты меня обворовал: бумажек мне навязал, а деньги себе взял.

— Молчи! — прошипел рыжий.

— Не замолчу, я до государя доведу. Я виноват, я и повинюсь, что я виноват, — казните, милуйте; загубил христианскую душу. Тебя просил: не греши, Антошка; дели как по-божински. Вместе били почтальона, вместе нам и казна пополам, а ты теперь, видя мое калечество, что мне напхал в подушку?

— Молчи, черт, в подушке твои деньги.

— Врешь: ты деньги вытащил, а напхал бумажек. Я вчера достал одну, всем показывал: вот, говорю, барин один мне сигнацию подарил; говорят: чайная бумажка. Это ты, разбойник, это твое дело.

Соловейчик обезумел.

— Подай мне свою подушку, — кричал разъяренный слепец.

— Молчи, дьявол! — шипел рыжий.

— Подай.

— Убью, молчи.

— А, убьешь! — проревел слепой, и вслед за тем рыжий вскрикнул.

Соловейчик толкнул дверь и увидал, что слепой сидит на рыжем и душит его за горло, а тот одною рукою слабо защищается, а другой держит набойчатую подушку.

Еврей в одно мгновение сообразился: он схватил свой перочинный ножик, подскочил с ним к борющимся, ловко воткнул лезвие ножа в левый глаз рыжего и, в то же мгновение схватив выпущенную нищим подушку, слетел с лестницы и, перебросившись с своим приобретением через забор, ударился по улице.

На дворе был холод, звонили к заутреням, и из переулков выныривали темные личности, направлявшиеся с промышленным ночью товарцем к Сухаревой, Лубянке и Смоленскому рынку. Соловейчик, разумеется, никому не продал своей подушки и теперь уже не думал о забытом на прежней квартире сочинении со множеством знакомых и незнакомых нам имен.

Сочинение это, в числе прочих бумаг бежавшего Соловейчика, через некоторое время было взято сторожем пустого дома и поступило на конические заверточки при мелочной продаже нюхательного табаку.

Дальнейшая судьба этого сочинения достоверно не известна. Но если в это время у сторожа никто не купил табаку полфунта разом, то вряд ли сочинение Соловейчика сохранится для потомка, который задумает вполне изобразить своим современникам все многоразличные чудеса нашего достославного времени.

## Глава пятнадцатая.
### Генерал Стрепетов

Вскоре после описанных последних событий Розанов с Райнером спешно проходили по одному разметанному и усыпанному песком московскому бульвару. Стоял ясный осенний день, и бульвар был усеян

305

народом. На Спасской башне пробило два часа. Райнер с Розановым шли довольно скоро и не обращали внимания на бульварную толпу.

На одной лавочке, в конце бульвара, сидел высокий сутуловатый человек с большою головою, покрытою совершенно белыми волосами, и с сильным выражением непреклонной воли во всех чертах умного лица. Он был одет в ватную военную шинель старой формы с капюшоном и в широкодонной военной фуражке с бархатным околышем и красными кантами.

Рядом с этим человеком сидел Илья Артамонович Нестеров.

Оба эти лица вели между собою спокойный разговор, который, однако, не тек плавным потоком, а шел лаконически, отдельными замечаниями, насмешечками и сдержанными улыбками, дополнявшими лаконические недомолвки устной речи.

Из толпы людей, проходивших мимо этой пары, многие отвешивали ей низкие поклоны. Кланялись и старики, и кремлевские псаломщики, и проходивший казанский протопоп, и щеголеватый комми с Кузнецкого моста, и толстый хозяин трех лавок из Охотного ряда, и университетский студент в ветхих панталонах с обитыми низками и в зимнем пальто, подбитом весенним ветром.

Военный старик спокойно снимал свою фуражку и совершенно с одинаковым вниманием отвечал на каждый поклон. С ним вместе откланивался и Илья Артамонович. Иногда военный старик останавливал кого-нибудь из известных ему людей и предлагал один-два короткие вопроса и затем опять делал своему соседу короткие односложные указания, после которых они улыбались едва заметною улыбкою и задумывались.

Поравнявшись с этою парою, Розанов, несмотря на свою сосредоточенность, заметил ее и поклонился.

— Кому это вы кланялись? — спросил, оглядываясь, Райнер.

— Вон тому старику.

— Кто ж это такой?

— Генерал Стрепетов, — с некоторою национальною гордостью отвечал доктор.

— Вот это-то Стрепетов! — воскликнул Райнер.

— Будто вы его не узнали?

— Я его никогда не видал. Какая голова львиная!

— Да, это голова.

— Вы с ним знакомы?

— Нет: ему здесь все кланяются.

— С кем же это он сидит?

— А это купец Нестеров, правовед.

Доктор с Райнером повернули с бульвара направо и исчезли в одном переулке. Можно было предположить, что доктор только отвел куда-то Райнера, где не требовалось его собственного присутствия, ибо он вскоре снова появился на бульваре и так же торопливо шел в обратную сторону. Генерал и старовер еще сидели на той же лавочке. Толпа стала редеть.

— Господину доктору, — произнес Нестеров, кланяясь во второй раз Розанову.

— Здравствуйте, Илья Артамонович, — ответил Розанов, откланиваясь и не останавливая своего шага.

— Здравствуйте, господин доктор! — вдруг неожиданно произнес генерал Стрепетов.

Доктора очень удивило это неожиданное приветствие, и он, остановясь, сделал почтительный поклон генералу.

— Не хотите ли присесть? — спросил его Стрепетов, показывая рукою на свободную половину скамейки.

Розанов поблагодарил.

— Присядьте, прошу, — повторил генерал.

Розанов сел.

— Устали? — начал Стрепетов, внимательно глядя в лицо доктора.

— Нет, не особенно устал.

— Что, вы давно в Москве?

— Нет, очень недавно.

— Здешнего университета?

— Нет, я был в киевском университете.

— Значит, пан муви по-польску: «бардзо добжэ».

— Я говорил когда-то по-польски.

— Ну, а что у вас в университете?

— Кажется, ничего теперь.

— Депутация вернулась?

— Да, они возвратились.

— Не солоно хлебавши, — досказал генерал с ядовитою улыбкой, в которой, впрочем, не было ничего особенно обидного для депутатов, о которых шла речь.

Генерал еще пошутил с Розановым и простился с ним и Нестеровым у конца бульвара. Вечером в этот день доктор зашел к маркизе; она сидела запершись в своем кабинете с полковником Степаненко. Доктор ушел к себе, взял книгу и завалился на диван.

Около полуночи к нему зашел Райнер.

— Что это у нашей маркизы? — спросил он на первом шагу, входя в кабинет Розанова.

— А что?

— Такая таинственность. Шторы спущены, двери кругом заперты, и никого не принимает.

— Она с Степаненко сидит.

— То-то, что же это там за секреты вдруг?

— Да так, друг друга на выгонки пугают.

Райнер засмеялся.

— Комедия, право, — весело вставил доктор, — трус труса пугает. Вот, Райнер, нет у нас знакомого полицейского, надеть бы мундир да в дверь. Только дух бы сильный пошел.

Райнер опять засмеялся.

— А что на сходке? — спросил доктор.

— Ах, тоже бестолковщина. Начнут о деле, а свернут опять на шпионов.

— Вы заходили к Бахаревым?

— Да, на минутку был, — ответил Райнер довольно сухо и как бы вовсе нехотя. Доктор перестал спрашивать и продолжал чтение. Райнер остался у него ночевать, разделся и тотчас же уснул. Утром Райнер с доктором собирались выйти вместе и, снаряжаясь, пошучивали над вчерашним экстренным заседанием у маркизы. Райнер говорил, что ему надо ехать в Петербург, что его вызывают.

В это время в воротах двора показался высокий человек в волчьей шубе с капюшоном и в киверообразной фуражке. Он докликался дворника, постоял с ним с минуту и пошел прямо в квартиру Розанова. Розанов все это видел из окна и никак не мог понять, что бы это за посетитель такой?

Через минуту это объяснилось: это был лакей генерала Стрепетова, объявивший, что генерал приказали кланяться и просят побывать у них сегодня вечером. Лакей ничего не сказал больше.

Доктор обещался прийти. Целый день он ломал себе голову, отыскивая причину этого приглашения и путаясь в разных догадках. Райнера тоже это занимало. Вечером, в половине восьмого часа, Розанов выпил наскоро стакан чаю, вышел из дома, сторговал извозчика на Мясницкую и поехал.

На Мясницкой доктор остановился у невысокого каменного дома с мезонином и вошел в калитку. Вечер был темный, как вообще осенние вечера в серединной России, и дом, выкрашенный грязножелтою краскою, смотрел нелюдимо и неприветливо. В двух окнах ближе к старинному крыльцу светилось, а далее в окнах было совсем черно, и только в одном из них вырезалась слабая полоска света, падавшего из какого-то другого помещения. В передней на желтом конике сидел довольно пожилой лакей и сладко клевал носом. Около него, облокотясь руками на стол, спал казачок. В передней было чисто: стояла ясеневая вешалка с военными шинелями, пальто и тулупчиком, маленький столик, зеркало и коник, а на стене висел жестяной подсвечник с зеркальным рефлектором, такой подсвечник, какой в Москве почему-то называется «передней лампой».

При входе доктора старый лакей проснулся и толкнул казачка, который встал, потянулся и опять опустился на коник.

Розанову вся эта обстановка несколько напоминала губернские нравы.

— Дома генерал? — спросил он лакея.

— У себя-с, — ответил старик.

— Могу я его видеть?

— Вы чиновник?

— Нет, не чиновник, — ответил доктор.

— Пожалуйте, — ласково пригласил старик, вешая докторское пальто.

— Кто же доложит обо мне? — спросил доктор. — Надо доложить, что Розанов, за которым Александр Павлович присылал нынче утром.

— Пожалуйте, пожалуйте, докладывать не надо. Я вот только посвечу вам: генерал в своем кабинете, в мезонине.

Доктор, следуя за лакеем, прошел через залу, которая при минутном освещении обратила на себя его внимание крайнею простотою убранства; затем они повернули в коридор и стали подниматься по деревянной лестнице.

Дойдя до поворота, где лестница образовывала небольшую площадку, лакей со свечою остановился и, сделав доктору знак, пропустил его вперед. Доктор один, без провожатого, поднялся на вторую половину лестницы и очутился в довольно большой комнате, где за столом сидел весьма почтенный человек и читал газету.

При появлении доктора человек встал, окинул его с ног до головы спокойным, умным взглядом и, взявшись за ручку одной из боковых дверей, произнес вполголоса:

— Пожалуйте.

В отворенную дверь Розанов увидел еще большую комнату с диванами и большим письменным столом посредине. На этом столе горели две свечи и ярко освещали величественную фигуру колоссального седого орла. Этот орел был генерал Стрепетов.

Генерал Стрепетов сидел на кресле по самой середине стола и, положив на руки большую белую голову, читал толстую латинскую книжку. Он был одет в серый тулупчик на лисьем меху, синие суконные шаровары со сборками на животе и без галстука. Ноги мощного старика, обутые в узорчатые азиатские сапоги, покоились на раскинутой под столом медвежьей шкуре.

При входе доктора генерал поднял голову, покрыл ладонью глаза и, всмотревшись в гостя, произнес:

— Прошу покорно.

Доктор поклонился.

— Очень благодарен, что пожаловали, — сказал опять Стрепетов и, указывая на стул, стоявший сбоку стола, добавил: — прошу садиться.

Доктор ничего не ответил и молча сел на указанный ему стул.

Стрепетов вынул из кармана синий фуляр с белыми кольцами, осмотрел его и, громко высморкавшись, спросил:

— Вы ведь из революционеров?

Розанов смешался. Стрепетов, свертывая платок, взглядывал исподлобья на Розанова.

— Это нехорошо отрекаться от своего звания, — заметил Стрепетов после довольно долгой паузы.

— Я не знаю, что вы хотите сказать этим? — проговорил смущенный Розанов.

Стрепетов посмотрел на него и, не сводя своего орлиного взгляда, сверкавшего из-под белых волос, начал:

— Я вас сконфузил. Это утешительно: значит, вы действительно еще русский человек, своего смысла не утратили. Чувствуете, что затевают дело неладное.

Доктор выжидал, что будет далее.

— Р-е-в-о-л-ю-ц-и-я! — произнес с большою расстановкою Стрепетов. — Это какое слово? Слышите будто что-то как нерусское, а? С кем же вы хотите делать революцию на Руси?

— Вы мне, Александр Павлович, уже раз заметили, что я отрекаюсь от своего звания, а мне и еще раз придется отречься. Я никакой революции не затеваю.

— Верю. Ну, а другие?

— Почем же мне знать, что думают другие! «У всякого барона своя фантазия».

— У всякого есть свой царь в голове, говорится по-русски — заметил Стрепетов. — Ну, а я с вами говорю о тех, у которых свой царь-то в отпуске. Вы ведь их знаете, а Стрепетов старый солдат, а не сыщик, и ему, кроме плутов и воров, все верят.

— И я вам верю, — произнес Розанов, смело и откровенно глядя в грозное лицо старика.

Теперешний Стрепетов был не похож на Стрепетова, сидевшего вчера на лавочке бульвара. Он был суров и гневен. Умный лоб его морщился, брови сдвигались, он шевелил своими большими губами и грозно смотрел в сторону из-под нависших бровей. Даже белый стог волос на его голове как будто двигался и шевелился.

«Недаром тобой детей-то пугали», — подумал Розанов, сидя спокойно и храня мертвое молчание.

Это тянулось несколько минут.

— Асессор! — крикнул наконец Стрепетов, ударяя два раза в ладоши.

По лестнице раздались шаги спускающегося человека, потом по ней кто-то быстро взбежал, и в комнату вошел казачок.

— Прикажи подать чаю, — велел Стрепетов, и опять водворилось молчание.

Через десять минут подали генералу большую чайную чашку чаю, а Розанову стакан.

— Вы и должны мне верить, — раздражительно произнес Стрепетов, проглотив два глотка чаю.

— Я вам и верю, — ответил Розанов.

— Со мной нечего бояться откровенности. Откровенничаете же с кем попало, лишь бы вам потакали по вас. — Я с вами готов быть совершенно откровенным, — спокойно произнес Розанов.

Генерал взглянул на него и потребовал себе другую чашку чаю.

Он, видимо, обезоруживался, но оставался чрезвычайно возбужденным и серьезным.

— Кто ж это у вас коноводом? Кто этим делом коноводит?

— Я хочу ответить вам, Александр Павлович, совершенно откровенно, а мой ответ опять вам может показаться уверткой: никакого коновода я не знаю, и никто, мне кажется, ничем не коноводит.

Стрепетов взглянул на доктора, потом хлебнул чаю и проговорил:

— Ну, это значит еще умнее.

— Так оно и есть, как я говорю.

— А какой это иностранец тут у вас сидит?

— Верно, вы изволили слышать о Райнере?

— Может быть, Что ж оно такое этот, как вы его называете, Райнер?

— Очень честный и умный человек.

— Отзыв завидный. Вы его хорошо знаете?

— Утвердительно на этот вопрос отвечать не могу; но мы приятели.

— А-а?

— Да.

— Откуда ж у вас началось с ним знакомство?

Доктор рассказал в общих чертах все, что мы знаем.

— И вам не пришло в голову ничего разузнать, чего он сидит здесь, в России?

— Он очень скрытен.

— Значит, один за всех молчит. Ну-с, а если он?..

— Это клевета, Александр Павлович, это невозможно: я головою отвечаю, что он честный человек.

— Ну, с головою-то, батюшка, не торопитесь: она ведь пока одна у вас. Ведь не за деньгами же он приехал?

— Нет.

— Значит, что же он такое?

— Если вам угодно… пожалуй, революционер.

— Ну да, социалист, конечно. Другого-то ведь ничего быть не может.

Доктор промолчал.

— Ну вот. А говорите: умный человек он; какой уж тут ум.

— Эх-ма-хма! — протянул, немного помолчав и глубоко вздохнув, Стрепетов. — Какие-то социалисты да клубисты! Бедная ты, наша матушка Русь. — С такими опекунами да помощниками не скоро ты свою муштру отмуштруешь. — Ну, а эти мокроногие у вас при каких же должностях?

— Вы говорите о...

— Ну, о ваших француженках-то.

— Ни при каких, мне кажется. Болтают и только.

— Экие сороки! Нет, ей-ей, право, это начальство совсем без сердца. Ну что бы такое хоть одну из них попугать; взять бы да попугать блох-то.

— Да взять-то не за что.

— Да так, из вежливости, а то бьются, бьются бабы, и никакого им поощрения нет.

Доктор улыбнулся, и сам генерал не выдержал, рассмеялся.

— Зачем же вы, господа, раскольников-то путаете? — начал Стрепетов. — Ну, помилуйте, скажите: есть ли тут смысл? Ну что общего, например скажем, хоть с этими вашими сойгами у русского человека?

— Мне кажется, их не мешают.

— А книжки на Волгу через кого посылали?

Доктор недоумевал.

— Вы полагаете, что я этого не знаю. Слухом, батюшка, земля полнится. Я с диву дался, узнавши это. Вчера их мужики только отколотили при всем честном народе, а они опять с ними заигрывают.

— Я ни о чем таком не имею никакого понятия, — проговорил Розанов.

Стрепетов зорко посмотрел на него исподлобья и проговорил:

— Как же-с, как же! Илья Артамонович всю эту кладь в воду спустил.

— Бросил книжки в воду?

— Бросил-с.

— В обществе полагали, что раскольники недовольный элемент.

— А вы как полагаете, господин доктор?

— И я так же думаю.

— И думаете, что они пойдут войною против царя?

— Нет, я этого не думаю.

— То-то и есть: вы ведь живали в народе, вам стыдно не знать его; ну какой же он революционер? Эх, господа! господа!

— Мне будет странно говорить вам, Александр Павлович, что я ведь сам опальный. Я без мала почти то же самое часто рассказываю. До студенческой истории я верил в общественное сочувствие; а с тех пор я вижу, что все это сочувствие есть одна модная фраза.

— И умно делаете. Затем-то я вас и позвал к себе. Я старый солдат; мне, может быть, извините меня, с революционерами и говорить бы, пожалуй, не следовало. Но пусть каждый думает, кто как хочет, а я по-своему всегда думал и буду думать. Молодежь есть наше упование и надежда России. К такому положению нельзя оставаться равнодушным. Их жалко. Я не говорю об университетских историях. Тут что ж говорить! Тут говорить нечего. А есть, говорят, другие затеи...

Генерал вдруг остановился и проницательно посмотрел в глаза доктору. Тот выдержал этот взгляд спокойно.

— Ведь все вздоры какие-то.

— Это ясно, — проговорил доктор.

— Да как же не ясно? Надо из ума выжить, чтоб не видать, что все это безумие. Из раскольников, смирнейших людей в мире, которым дай только право молиться свободно да верить по-своему, революционеров посочинили. Тут... вон... общину в коммуну перетолковали: сумасшествие, да и только! Недостает, чтоб еще в храме Божием манифестацию сделали: разные этакие афиши, что ли, бросили... так народ-то еще один раз кулаки почешет.

Генерал опять воззрился в глаза доктора. Тому очень трудно было сохранить спокойствие, но он сохранил его, тоже как человек, который решил, что он будет делать.

— Дети! — произнес генерал и после некоторой паузы начал опять: — А вы вот что, господин доктор! Вы их там более или менее знаете и всех их поопытнее, так вы должны вести себя честно, а не хромать на оба колена. Говорите им прямо в глаза правду, пользуйтесь вашим положением... На вашей совести будет, если вы им не воспользуетесь.

— Я принимаю ваш совет и что могу сделаю, — отвечал, подумав, Розанов.

— Ну, давайте руку. Я очень рад, что я в вас не ошибся. Теперь прощайте. Мы все переговорили, и я устал; силы плохи.

Доктор поднялся.

— Прощайте, — ласково сказал Стрепетов. — Бог даст еще, может быть, увидимся, не на этом свете, так на том.

Доктор пожал протянутую ему стариком руку.

«Так вот вы какие гуси! Кротами под землей роетесь, а наружу щепки летят. Нечего сказать, ловко действуете!» — подумал Розанов и, не возвращаясь домой, нанял извозчика в Лефортово.

## Глава шестнадцатая.
### Измена

Было уже близко к полуночи, когда Розанов остановился в Лефортове у дома, где жил следственный пристав Нечай и Арапов. Долго доктор дергал за веревку, прежде чем заспанный Антроп Иванович вышел и отпер ему калитку. Розанов не зашел к Нечаю, а прямо постучался в квартиру Арапова. Босая Липка откинула дверной крючок и, впустив Розанова без всякого опроса, бросилась опрометью на свой блошливый войлок.

Розанов потрогал дверь араповского ложемента, — она была заперта. Не поднимая никакого шума, доктор отпер дверь своим ключом и, войдя, тотчас запер за собою двери и не вынул ключа, так чтобы уже еще никто не мог отпереть ее, а должен был бы постучаться.

В комнате Арапова было тихо и темно. Только чуть-чуть на этой темноте намечались туманные пятна, обозначавшие места окон. Доктор, пройдя первую комнату, кликнул вполголоса Арапова и Персиянцева; никто не отзывался. Он нащупал араповскую кровать и диван, — тоже никого нет. Розанов толкнул дверь в узенький чуланчик. Из-за пола показалась светлая линия. Наклонясь к этой линии, Розанов взялся за железное кольцо и приподнял люк погреба. Из творила на него пахнуло сыростью, а трепетный свет из ямы в одно мгновение погас, и доктора окружила совершенная тьма и сверху, и снизу, и со всех сторон.

— Арапов! — крикнул доктор, наклонясь над открытым творилом.

Ответа не было.

— Арапов! — произнес он во второй раз. — Это я, Розанов, и больше никого нет.

— Это вы, Дмитрий Петрович? — отозвался из ямы голос Персиянцева.

— Да я же, я, — откликнулся доктор. Вслед за тем в погребе чиркнула фосфорная спичка, и опять осветилась и яма и творило. Доктор полез в яму.

Подземная картина была очень оригинальна.

Она помещалась в узеньком, но довольно глубоком погребе, какие московское купечество весьма часто устраивает в отдаленных комнатах своих домов для хранения вин, мариновки, варенья и прочих вещей, до которых не положено касаться наемной руке, а за которыми ходит сама хозяйка, или ее дочь, или свояченица, или падчерица.

В дальнем углу, на кирпичном полу этого кирпичного погреба стоял на коленях Персиянцев. Перед Персиянцевым лежал весьма небольшой литографический камень, черепок с типографской краской, кожаный валик, полоскательная чашка с водою, губка и огромная грязная тряпка. На одной из прилаженных по стенам полок можно было заметить кучку бумажных листов маленького формата, так, менее чем в осьмушку. С краев полок свешивалось и торчало много-много таких же клочков. На полу, в углу, шагах в трех от Персиянцева, свернувшись, лежал барсук.

Все это слабо освещалось одною стеариновою свечкою, стоявшею перед литографическим камнем, за которым на корточках сидел Персиянцев. При этом слабом освещении, совершенно исчезавшем на темных стенах погреба и только с грехом пополам озарявшем камень и работника, молодой энтузиаст как нельзя более напоминал собою швабского поэта, обращенного хитростью Ураки в мопса и обязанного кипятить горшок у ведьмы до тех пор, пока его не размопсит совершенно непорочная девица.

При входе Розанова он разогнулся, поправил поясницу и сказал:

— Ух! работаю.

— А много ли сделали?

— Да вот четвертую сотню качаем. Бумага паскудная такая, что мочи нет. Красная и желтая ничего еще, а эта синяя — черт ее знает — вся под вальком крутится. Или опять и зеленая; вот и глядите, ни черта на ней не выходит.

Персиянцев прокатил вальком.

— Мастер вы, видно, плохой, — сказал Розанов.

— И у Арапова так точно выходило.

— А где Арапов?

— Он в городе должен быть.

— Что ж, вы еще много будете печатать?

— Да, до пятисот надо добить. Только спать, мочи нет, хочется. Две ночи не спал.

— То-то я и зашел: ложитесь, а я поработаю.

Персиянцев встал и зажег папироску.

Доктор сел на его место, внимательно осмотрел камень, стер губкой, намазал его, потом положил листок и тиснул.

— Это пятно уж на всех есть? — спросил он Персиянцева, показывая оттиск.

— На всех. Никак его нельзя было обойти на камне.

— Ну идите, спите спокойно. Ключ там в двери; вы его не вынимайте. Я не лягу спать и, если Арапов вернется, услышу.

Персиянцев вышел из погреба и повалился на диван. Он был очень утомлен и заснул в ту же минуту.

По выходе Персиянцева Розанов, сидя на корточках, опустил руки на колени и тяжело задумался. В погреб уже более часа долетали рулады, которые вырабатывал носом и горлом сонный Персиянцев; приготовленные бумажки стали вянуть и с уголков закручиваться; стеариновая свечка стала много ниже ростом, а Розанов все находился в своем столбняковом состоянии.

Это продолжалось еще и другой час, и третий. Свечи уж совсем оставались намале: ночь проходила.

Доктор, наконец, очнулся и тихо сказал сам себе:

— Нет, ничего все это не стоит.

Затем он спокойно встал, потер ладонями пересиженные колени, собрал все отпечатанные литографии и приготовленные листки, сложил их вместе с губкою и вальком в большую тряпку и пронес мимо Персиянцева в большую комнату. Здесь доктор открыл осторожно трубу, сунул в печку все принесенное им из погреба и, набив туда еще несколько старых араповских корректур, сжег все это и самым тщательным образом перемешал пепел с печною золою. После этой операции Розанов вернулся в погреб, подобрал окурки папирос и всякий сор, выкинул все это наверх, потом взял камень, вынес его наружу, опустил люк и опять, пройдя мимо крепко спавшего Персиянцева, осторожно вышел из араповской квартиры с литографским камнем под полою.

Двор уже был отперт, и Антроп Иванович привязывал спущенную на ночь Алегру. Доктор долго шел пешком, потом взял извозчика и поехал за Москву-реку. На небе чуть серело, и по улицам уже встречались люди, но было еще темно.

У Москворецкого моста Розанов отпустил извозчика и пошел пешком. Через две минуты что-то бухнуло в воду и потонуло. Два проходившие мещанина оглянулись на доктора: он оглянулся на них, и каждый пошел своею дорогою. С моста доктор взял переулком налево и, встретив другого извозчика, порядил его домой и поехал. На дворе все еще не было настоящего света, а так только — серелось.

## Главы семнадцатая и восемнадцатая

На столе в своей приемной комнате Розанов нашел записку Арапова.

«Я, Бычков и Персиянцев были у вас и все втроем будем снова в 12-ть часов. Надеюсь, что в это время вы будете дома и потрудитесь на несколько минут оставить свою постель. Мы имеем к вам дело».

Подписано: «А.А.»

По тону записки и торжественности разъездов в трех лицах Розанов догадался, за каким объяснением явятся Бычков, Персиянцев и Арапов. Он посмотрел на свои часы, было четверть двенадцатого.

Розанов сел и распечатал конверт, лежавший возле записки Арапова. Это было письмо от его жены. Ольга Александровна в своем письме и лгала, и ползала, и бесилась. Розанов все читал равнодушно, но при последних строках вскочил и побледнел. Письмо вдруг переходило в тон исключительно нежный и заключалось выражением решительнейшего намерения Ольги Александровны в самом непродолжительном времени прибыть в Москву для совместного сожительства с мужем, на том основании, что он ей муж и что она еще надеется на его исправление.

— Еще мало! — произнес, опускаясь на стул, Розанов, и действительно этого было еще мало, даже на сегодня этого было мало.

У дверей Розанова послышался лошадиный топот. Это вваливали Арапов, Бычков и Персиянцев. Впереди всех шел Арапов.

Огонь горел в его очах,
И шерсть на нем щетиной зрилась.

За ним с простодушно кровожадным рылом двигался вразвал Бычков в огромных ботиках и спущенной с плеч шинели, а за ними девственный Персиянцев. Вошедшие не поклонились Розанову и не протянули ему рук, а остановились молча у стола, за которым его застали.

— Господин Розанов, вы уничтожили в самом начале общее дело, вы злоупотребляли нашим доверием.

— Да, я это сделал.

— Зачем же вы это сделали?

— Затем, чтобы всех вас не послали понапрасну в каторгу.

Арапов постоял молча и потом, обратясь к Бычкову и Персиянцеву, произнес:

— Разговаривать более нечего; господин Розанов враг наш и человек, достойный всякого презрения. Господин Розанов! — добавил он, обратясь к нему, — вы человек, с которым мы отныне не желаем иметь ничего общего.

— Сердечно радуюсь, — ответил Розанов.

Арапов завернулся и пошел к двери. За ним следовали Бычков и воздыхающий Персиянцев.

— Что это за таинственные посетители? — спросил, входя к Розанову, Лобачевский, из комнаты которого через двери был слышен этот разговор.

— Это мои знакомые, — ответил сквозь зубы Розанов.

— С которыми вы строили планы? — самым серьезным тоном спросил Лобачевский. Розанову стало очень совестно; все его московские похождения представились ему как на ладони.

«Где же ум был? — спрашивал он себя, шагая по комнате. — Бросил одну прорву, попал в другую, и все это даже не жалко, а только смешно и для моих лет непростительно глупо. Вон диссертация валяется... а дома Варинька...»

Тут опять ему припоминался труженик Нечай с его нескончаемою работою и спокойным презрением к либеральному шутовству, а потом этот спокойно следящий за ним глазами Лобачевский, весь сколоченный из трудолюбия, любознательности и настойчивости; Лобачевский, не удостоивающий эту суету даже и нечаевского презрительного отзыва, а просто игнорирующий ее, не дающий Араповым, Баралям, Бычковым и tutti frutti даже никакого места и значения в общей экономии общественной жизни.

Лобачевский долго следил за Розановым, и в его спокойных серых глазах даже засветилось какое-то сожаление к Розанову, душевные терзания которого ясно отражались на его подвижном лице.

Наконец Лобачевский встал, молча зажег свою свечку и, молча протянув Розанову свою руку, отправился в свою комнату. А Розанов проходил почти целую зимнюю ночь и только перед рассветом забылся неприятным, тревожным сном, нисходящим к человеку после сильного потрясения его оскорблениями и мучительным сознанием собственных промахов, отнимающих у очень нервных и нетерпеливых людей веру в себя и в собственный свой ум.

Розанову сдавалось, что Лобачевский, выходя от него, проговорил в себе: «пустой вы человек, мой милый», и это очень щипало его за сердце.

## Глава девятнадцатая.
## Различные последствия тяжелого дня

Арапов с Бычковым и Персиянцевым, несмотря на поздний ночной час, не поехали от Розанова домой, а отправились к маркизе. Они хорошо знали, что там обыкновенно засиживаются далеко за полночь и позднее их прибытие никого не потревожит, а к тому же бурный водоворот признаваемых этим кружком политических событий разрешал всех членов этого кружка от многих стеснений. Маркиза еще не спала; у нее была Лиза и все пять углекислых фей.

Арапов, торопливо поздоровавшись со всеми, тотчас же попросил маркизу в сторону. Здесь он эффектно сообщил ей по секрету, что Розанов и Райнер шпионы, что их нужно остерегаться и что теперь, когда они открыты и разоблачены, от них можно ожидать всего. Маркиза вскудахталась; взяла Рогнеду Романовну и ей пошептала; потом Серафиму Романовну, — той пошептала; потом третьей, четвертой и так далее, всем по секрету, и, наконец, вышло, что уж секретничать нечего.

— Га! га-аа! ггааха! — раздавалось по комнате.

Лиза вспыхнула; она жарко вступилась за Розанова и смело настаивала, что этого не может быть. Ей не очень верили, но все-таки она в значительной мере противодействовала безапелляционному обвинению Райнера и Розанова в шпионстве.

Маркиза уж колебалась. Ей очень нравилась «опасность», но она была слишком честна для того, чтобы играть чужим именем из одной прихоти.

— Вы, мой друг, не знаете, как они хитры, — только говорила она, обобщая факт. — Они меня какими людьми окружали?.. Ггга! Я это знаю... а потом оказалось, что это все их шпионы. Вон Корней, человек, или Оничкин Прохор, кто их знает — пожалуй, все шпионы, — я даже уверена, что они шпионы.

— Да вы знаете, уж если на то пошло, то Розанов с Райнером сегодня осуждены нами, — произнес торжественно Арапов.

— Каааак! — вспрыгнула маркиза.

— Так-с; они ни больше ни меньше, как выдали студента Богатырева, которого увезли в Петербург в крепость; передавали все, что слышали на сходках и в домах, и, наконец, Розанов украл, да-с, украл у меня вещи, которые, вероятно, сведут меня, Персиянцева и еще кого-нибудь в каторжную работу. Но тут дело не о нас. Мы люди, давно обреченные на гибель, а он убил этим все дело.

— Гггггааа! и такие люди были у меня! И я в моем доме принимала таких людей! — вопила маркиза, закрывая рукою свой лоб. — Где Оничка?

Оказалось, что Онички нет дома. У маркизы сделалась лихорадка; феи уложили ее в постель, укутали и сели по сторонам кровати; Лиза поехала домой, Арапов пошел ночевать к Бычкову, а Персиянцева упросил слетать завтра утром в Лефортово и привезти ему, Арапову, оставленные им на столе корректуры.

Маркиза всю ночь вскрикивала:

— Обыск? а! Идут? Ну так что ж такое?

При этом она дергалась и стучала зубами.

— Это убьет ее! — говорили феи.

Лиза возвратилась домой, села в ногах своей кровати и так просидела до самого утра: в ней шла сильная нравственная ломка. Утром выйдя к чаю, Лиза чувствовала, что большая часть разрушительной работы в ней кончена, и когда ей подали письмо Женни, в котором та с своим всегдашним добродушием осведомлялась о Розанове, Лиза почувствовала что-то гадкое, вроде неприятного напоминания о прошлой глупости.

Так кончилось прежде начала то чувство, которое могло бы, может быть, во что-нибудь сформироваться, если бы внутренний мир Лизы не раздвигался, ослабляя прежнюю почву, в которой держалось некоторое внимание к Розанову, начавшееся на провинциальном безлюдье.

Маркизин кружок не был для Лизы тем высоким миром, к которому она стремилась, гадя людьми к ней близкими со дня ее выхода из института, но все-таки этот мир заинтересовал ее, и она многого от него ожидала.

«Шпион! — думала Лиза. — Ну, это, наверно, какой-нибудь вздор; но он трус, мелкий и пустой, робкий, ничтожный человек, — это ясно».

Персиянцев на другой день утром приехал к Бычкову без лица. Никаких корректур на столе Арапова он не нашел, но привез ему вальяжную новость.

— У вас ночью был обыск, — сказал он Арапову, который при этом известии привскочил на диване и побледнел пуще Персиянцева.

— Ну? — произнес он робко.

— Ну и ничего.

— Ничего не нашли?

— Ничего; да что ж было находить!

Арапов смотрел то на Бычкова, то на Персиянцева.

— И что же еще? — спросил он, совсем теряясь.

— Только всего: вас спрашивали.

— Спрашивали?

— Спрашивали.

— Меня? меня?

— Ну да, вас.

— А вас?

— А меня не спрашивали.

— А его? — Арапов указал на Бычкова.

— И его не спрашивали, — отвечал Персиянцев.

— Да меня с какой же стати? — как-то отчуждающимся тоном произнес Бычков.

— Эко, брат, «с какой стати»! «с какой стати»! будут они тебе стать разбирать, — совершенно другим, каким-то привлекающим тоном возразил Арапов.

— Ну как же! Так и чирий не сядет, а все почесать прежде надо, — отрекался Бычков.

— А Розанова спрашивали? — отнесся Арапов к Персиянцеву.

— Зачем же Розанова? Нет, никого, кроме вас, не спрашивали.

— Возьмут? — произнес Арапов, глядя на Бычкова и на Персиянцева.

— Вероятно, — отвечал Бычков.

— Теперь мне отсюда и выйти нельзя.

— Да уж не отсидишься. А по-моему, иди лучше сам.

— Как сам? Черт знает, что ты выдумываешь! С какой стати я пойду сам? Ни за что я сам не пойду.

— Так поведут.

— Ну уж пусть ведут, а сам я не пойду. Лучше вот что, — начал он, — лучше слетайте вы, милый Персиянцев...

— Куда? — спросил тот, пыхнув своей трубочкой.

— В Лефортово опять, спросите там Нечая, знаете, полицейского, что живет наверху.

— Ну, знаю.

— Попросите его разведать обо мне и приезжайте скорее сюда.

Персиянцев ушел.

Арапов посмотрел на Бычкова, который спокойно стоял у окна, раздувая свои щеки и подрезывая перочинным ножичком застывшее на рукаве халата пятнышко стеарина.

«У! у! скотина жестокая!» — подумал Арапов, глядя на тщательную работу Бычкова, а тот как-будто услыхал это, тотчас же вышел за двери и, взяв в другой комнате своего ребенка, запел с ним:

Цыпки, цыпки, цыпки, цыпки,
Цыпки, цыпки, цыпки.

а потом

Та-та-ри, та-та-ри,
Та-та-ри-ри.

Арапов завернулся, поскреб себя ногтями по левому боку и жалостно охнул.

Более полутора часа пролежал в таком положении один-одинешенек бедный корректор. Никто к нему не входил в комнату, никто о нем не понаведался: хозяина и слуха и духа не было. Наконец дверь отворилась; Арапов судорожно приподнялся и увидел Персиянцева.

— Ну что? — спросил он в одно и то же время робко и торопливо.

— Ничего, — все хорошо.

— Ну! — вскрикнул, привскочив, обрадованный Арапов.

— У вас ничего подозрительного не нашли, и на том дело и кончено. Только одно подозрение было.

Арапов встал и начал скоро одеваться.

— Ничего! — радостно произнес он навстречу входившему Бычкову, с которым они только что наблюдали друг друга без масок. — Подозрение было, и теперь все кончено. Хорошо, что я дома не ночевал, а то, черт возьми, напрасно бы сцена могла выйти: я бы их всех в шею.

— Поблагодари лучше Розанова, — заметил Бычков.

— Да, — но, впрочем, нет. При мне бы ничего; я бы не допустил.

— В погребе были. Прямо туда и пошли, — произнес Персиянцев.

Арапов опять отупел.

— Однако указаньица верные были, — проронил, помолчав, Бычков.

Арапов с Персиянцевым вышли и расстались за воротами: Арапов уехал в Лефортово; Персиянцев пошел к себе.

— Арапка! — крикнула Давыдовская, входя вслед за корректором в его комнаты. — А у тебя ночью гости были.

— Знаю-с, — мрачно отвечал Арапка.

— Целое маркобрунство.

— Знаю-с, знаю. А вы бы, Прасковья Ивановна, могли не допустить до обыска; без хозяина квартиры обыскивать не позволено.

— Ах, батюшка Аника-воин, не ширись так, сделай свое одолжение! Ты прежде расскажи, мало ли я тут с ними стражения имела: я, может быть, горло все надсадила. Го-го-го! не бойся, будут помнить. Я, говорю, знаю таких лиц, к которым вас и в переднюю-то не пустят. Ко мне, говорю, сам князь езжал, по три графина холодной воды выпивал, возле меня сидя. — А то я их, маркобрунов, бояться стану! Но ведь ничего нельзя сделать — нахрапом лезут: позвали Нечая, соседа Ларивонова, дворника Антропа Иванова и пошли шарить.

— Чего они искали?

— Не сказали; я спрашивала — не сказали. Ревизию, говорят, имеем предписание произвести. Ну, да уж зато, скажу тебе, Арапка, и смеху ж было! Только спустились двое хожалых в погреб, смотрим, летят оба. «Ай! ай! там черт, говорят, сидит». Смотрю, у одного все штаны так и располосованы. Впотьмах-то, дурак, на твоего барсука налез. Много хохотали после.

— Гм! — крякнул Арапов. — А вы вот что, Прасковья Ивановна, вы велите Антропу, если ко мне покажется этот маленький жидок, что у меня перепиской занимался, так в шею его. Понимаете: от ворот прямо в шею.

— Хорошо.

— И других тоже.

— Всех гнать?

— В шею, от ворот и в шею. Никого ко мне не пускать.

Оставшись один, Арапов покусал губы, пожал лоб, потом вошел в чуланчик, взял с полки какую-то ничтожную бумажку и разорвал ее; наконец, снял со стены висевший над кроватью револьвер и остановился, смотря то на окно комнаты, то на дуло пистолета.

В таком колебании прошло несколько минут: в глазах Арапова выражалась совершенная потерянность.

Однако он, наконец, сделал решительный шаг, вошел в чуланчик, открыл погреб, стал на самый край черного квадрата, обозначавшего поднятое творило, и взял пистолет в правую руку. Через несколько секунд раздался выстрел, после которого в погребе послышался отчаянный визг боли и испуга. Цепь громыхнула, дернулась, и в это же время послышался крик Арапова, опять визг; еще пять — один за другим в мгновение ока последовавших выстрелов, и Арапов, бледный и растрепанный, с левою ладонью у сердца и с теплым пистолетом в правой руке выбежал из чулана. Он напоминал собою Макбета более, чем все современные актеры, терзающие Шекспира, и это ему было тем легче, что тут он не «играл из себя комедии», как говорила жена Нечая, а действительно был объят страшным ужасом и, выронив пистолет, тяжело рухнул на пол в сильном обмороке, закончившем его безумство.

Барсук был убит наповал, и очнувшийся к вечеру Арапов сам не понимал, зачем он убил бедного зверя. Хожалый был отомщен. Барсук был облит кровью, а сам Арапов заставлял жалеть, что в течение этих трех или четырех часов его жизни не мог наблюдать хоть Розанов для своей психиатрической диссертации или великий драматический талант для типического создания героя современной комедии.

Розанов писал свою диссертацию. Неделя шла за неделей, и уже приближались рождественские праздники, а Розанов не делал ни шагу за ворота больницы. Он очень хорошо знал, что слухи о его «подлости» и «шпионстве» непременно достигли до всех его знакомых, и сначала не хотел идти никуда, чтоб и людей не волновать своим появлением, и себя не подвергать еще длинному ряду незаслуженных оскорблений. Оправдываться же он не мог.

Во-первых, все это было ему до такой степени больно, что он не находил в себе силы с должным хладнокровием опровергать взведенные на него обвинения, а во-вторых, что же он и мог сказать? Одни обвинения были просто голословные клеветы или подозрения, для опровержения которых нельзя было подыскать никаких доказательств, а других нельзя было опровергать, не подводя некоторых людей прямо к неминуемой тяжелой ответственности. Доктор не хотел купить этою ценою восстановление своей репутации и молчал, сидя безвыходно дома и трудясь над своей диссертацией. Единственным отдыхом ему была беседа с Лобачевским, который оставался с Розановым в прежних, неизменно хороших, не то что приятельских, а товарищеских отношениях. Но, несмотря на то, что в этих отношениях не было ни особенной теплоты, ни знаков нежного сочувствия, они действовали на Розанова чрезвычайно успокоительно и до такой степени благотворно, что ему стало казаться, будто он еще никогда не был так хорошо пристроен, как нынче. В этаком-то положении он работал, забыв о всей Москве и сам забытый, по видимому, всею Москвою.

Мало-помалу Розанов так освоился с своим положением, что уж и не думал о возобновлении своих знакомств и даже находил это окончательно неудобным.

Диссертация подвигалась довольно успешно, и Лобачевский был ею очень доволен, хотя несколько и подтрунивал над Розановым, утверждая, что его диссертация более художественное произведение, чем диссертация. «Она, так сказать, приятная диссертация», — говорил он, добавляя, что «впрочем, ничего; для медицинского поэта весьма одобрительна».

Розанов шел скоро и написал более половины.

Кроме Лобачевского, его два или три раза посещал Пармен Семенович, вообразивший, что у него либо восса, либо волос в пятке.

— Свербит, мочи нет, — говорил он. — Бабка выливала, и волос шел по воде, а опять точит.

Лобачевский с Розановым лечили Пармена Семеновича для его утехи, а сами для своей потехи все втроем травили друг друга. Пармен Семенович в это время вообще глумился над медициной. В это время его супруга нашла магнетизера.

— Щупает, — говорил Пармен Семенович, — ни сам ничем не действует, ни из аптек не прописывает, а только все ее щупает, просто руками щупает и, хвалить Бога, — зримым веществом идет помощь.

Был и Андриян Николаев; навестить заехал и с различными ужимками говорил Розанову, чтоб он был покоен, что все пошло в порядке.

— Что такое пошло? — спросил удивленный Розанов.

Центральный человек рассказал о бумагах, полученных для отсылки на Волгу.

— Батюшка мой! я и сном и духом не ведаю! — отвечал Розанов.

Андриян Николаев успоковал его, что это ничего, и, наконец, перестал спорить и возымел о Розанове сугубо выгодное понятие, как о человеке «остром», осторожном.

Розанов никак не мог додумать, что это за штука, и теперь ему стали понятны слова Стрепетова; но как дело уже было кончено, то Розанов так это и бросил. Ему ужасно тяжело и неприятно было возвращаться к памятникам прошедшего кипучего периода его московской жизни.

О том, что делалось в кружке его прежних знакомых, он не имел ни малейшего понятия: все связи его с людьми этого кружка были разорваны: но тем не менее Розанову иногда сдавалось, что там, вероятно, что-нибудь чудотворят и суетят суету.

Розанов в этом ошибался; наш знакомый кружок вдруг не разошелся, а просто как-то рассыпался. Люди не узнавали себя. Сам Розанов, вызывавший некогда Илью Муромца с булавой стопудовою не замечал, как он перешел далеко за свой радикализм, но оправдывал себя только тем, что именно нужен был Илья Муромец, а без Ильи Муромца и делать нечего. Фиаско, погрозившее опрометчивым попыткам сделать что-то без ясно определенного плана, без средств и без общественного сочувствия, вдруг отрезвило большинство людей этого кружка.

Все это не объяснялось, не разошлось вследствие формального разлада, а так, бросило то, что еще так недавно считало своим главным делом, и сидело по своим норам. Некоторые, впрочем, сидели и не в своих норах, но из наших знакомых эта доля выпала только Персиянцеву, который был взят тотчас по возвращении домой, в тот день, когда Арапов расстрелял своего барсука, а Бычков увлекся впервые родительскою нежностью к отрасли своего естественного брака.

В Лизе эта возбужденность не ослабевала ни на минуту. Она, напротив, только укреплялась в своих убеждениях о необходимости радикального перелома и, не заходя в вопрос глубоко и практически, ждала разрешения его горстью людей, не похожих на все те личности, которые утомляли и в провинции, и на те, которые сначала обошли ее либеральными фразами в Москве, открыв всю внутреннюю пустоту и бессодержательность своих натур. После смиренства, налегшего на этот кружок с арестом кроткого Персиянцева, взявшего на себя грехи сумасбродства своего кружка, и несколько скандального возвращения Сережи Богатырева из рязанской деревни, перед Лизою как-то вдруг обнажилась вся комическая сторона этого дела. Но, несмотря на это, Лиза все-таки продолжала навещать маркизу, ожидая, что не может же быть, чтобы столь либеральный кружок так-таки выходил совсем ничего. Дни шли за днями; дом маркизин заметно пустел, феи хотя продолжали презрительно говорить об одной партии, но столь же презрительно и даже еще более презрительно отзывались и о другой. Особенно часто был терзаем Бычков и некая девица Бертольди. Эта «стриженая девка», как ее называла маркиза в своих бурнопламенных очистительных критиках, выходила каким-то чертом, какие-то вредным общественным наростом, каким-то полипом, который непременно надо взять и с корнем вырвать из общественного организма и выжечь раскаленным железом самое место, на которое этот полип гнездится.

— Иначе, — говорила маркиза, — эта монтаньярская гидра рассадится по лицу земли русской и погубит нас в России, как она погубила нас во Франции.

А как собственно феи ничего не делали и даже не умели сказать, что бы такое именно, по их соображениям, следовало обществу начать делать, то Лиза, слушая в сотый раз их анафематство над девицей Бертольди, подумала: «Ну, это, однако, было бы не совсем худо, если бы в числе прочей мелочи могли смести и вас». И Бертольди стала занимать Лизу. «Это совсем новый закал, должно быть, — думала она, — очень интересно бы посмотреть, что это такое».

Лиза даже как-то постарела и пожелтела: ее мучили тоска, бездействие и безлюдье. Розанов оправдался, не произнося ни одного слова в свое оправдание. Его оправдал Персиянцев, который, идучи домой от Бычкова в последний день своей свободы, встретил Рогнеду Романовну и рассказал ей историю с Араповым, прибавив, что «нас всех спас Розанов».

Его только, бедняжку, не спасло розановское благоразумие. Чистый и фанатически преданный делу, Персиянцев нес на себе всю опасность предприятия и так неловко обставился в своей маленькой комнате, что ему, застигнутому врасплох, не было никакого спасения. Он и не спасся.

Но еще более оправдало Розанова возвращение Сережи Богатырева из деревни. Это было так смешно, что уж никто не позволял себе и заикнуться насчет Розанова. Шпионом остался один Райнер.

Углекислый либерализм поступал иначе. Дорожа правом говорить о своем беспристрастии и других качествах, отличающих людей высшего развития, он торжественно восстановил доброе имя Розанова, и напрасно тот избегал встреч с углекислыми: здесь ему готовы были честь и место.

Но мнения углекислых не уходили дальше своей сферы, и если бы они даже вышли за пределы ее, то не принесли бы этим никакой пользы для Розанова, а только были бы новым поводом к вящим для него обвинениям. Белые были в это время жертвами искупления общей глупости.

На Лизу, впрочем, все это очень мало влияло. Она знала и без того, что обвинения, взводимые на Розанова, чистый вздор, но Розанов ей был совсем чужой человек и жалкая, досадившая ей «посредственность». И потому она не понимала, как этот человек, бывший в уездной глуши радикалом, здесь стал вдруг удерживать других от крушительной работы Ильи Муромца. Когда один раз Розанов прислал ей с сторожем деньги, занятые им у нее пред отъездом в Москву, она равнодушно прочла его вежливую записочку, надписала на своей карточке «получила и благодарю», и только.

Старик Бахарев не выезжал: у него обнаружились признаки каменной болезни; у Софи наклевывались женишки, но как-то все только наклевывались, а из скорлупы не вылезали. Лиза желтела и становилась чрезвычайно раздражительна. Она сама это замечала, большую часть дня сидела в своей комнате и только пред обедом выходила гулять неподалеку от дома.

Из Петербурга получилось известие, что Пархоменко также нашел себе казенную квартиру, о Райнере не было ни слуха ни духа. Одни утверждали, что он в Петербурге, но что его нельзя узнать, потому что он ходит переодетый, в синих очках и с выкрашенными волосами; другие утверждали, что видели Райнера в Париже, где он слоняется между русскими и всякий день ходит то в парижскую префектуру, то в наше посольство. Наконец, прошел слух, что Райнер вовсе не Райнер, а польский жид Ренарский.

Несколько приятелей получали письма, пришедшие на имя Райнера во время его отсутствия, распечатали их и ничего в них не нашли, хотя тем не менее все-таки остались о нем при своем мнении. А Райнер между тем был на Рютли и обкладывал зеленым швейцарским дерном свежую могилу своего отца. Затем он, собрав окрестных пауперов, сдал им свою ферму, выговорил себе только одни проценты на капитал, и стал спешно собираться в Россию, к своим политическим друзьям, требовавшим здесь его письма.

### Глава двадцатая.
### Скоропостижная дама

Неудачи в это время падали на наших знакомых, как периодические дожди: даже Лобачевский не ушел от них. Главный доктор больницы решительно отказал ему в дозволении устроить при заведении приватную медицинскую школу для женщин. Сколько Лобачевский его ни убеждал, сколько ни упрашивал, немец стал на своем — и баста. Это ужасно огорчило Лобачевского, вообще неспособного отставать от того, за что он раз взялся и что положил себе непременною обязанностью во что бы то ни стало сделать.

Он, не долго думая, объяснился с Беком в том роде, что так как он, Бек, не может позволить ему, Лобачевскому, завести приватную медицинскую школу для женщин, которая никому и ничему мешать не может, то в силу своего непреодолимого влечения к этому делу он, Лобачевский, не может более служить вместе с ним, Беком, и просит отпуска. Беку жаль было хорошего ординатора, но еще более жаль было бы ему своего хорошего места, и Лобачевский получил отпуск.

Проводив Лобачевского на две недели в Петербург, Розанов сидел один-одинешенек и часто раздумывал о своем давно прошедшем и недавно прошедшем. Из этих дум невольно вытекали и вопросы о будущем. Розанов никак не мог сделать ни одного более или менее вероятного предположения о том, что будет далее с ним самим и с его семейством? Сначала неопределенность собственного положения, потом хлопотливая суета и ожидания, вытекавшие из временной политической возбужденности кружка, удаляли Розанова от этих размышлений; но теперь, с возвращением в самого себя, он крепко задумывался.

«Ну что ж, — думал он, — ну я здесь, а они там; что ж тут прочного и хорошего. Конечно, все это лучше, чем быть вместе и жить черт знает как, а все же и так мало проку. Все кругом пустота какая-то... Несносная пустота. Ничего, таки решительно ничего впереди, кроме труда, труда и труда из-за одного насущного хлеба. Ребенок?.. Да Бог его знает, что и из него выйдет при такой обстановке», — думал доктор, засыпая.

Часу в четвертом его разбудили и подали ему телеграфную депешу: Ольга Александровна извещала его из ближайшего губернского города, что она едет и завтра будет в Москве.

Розанов привскочил с постели, протер глаза и опять взял брошенную на столе депешу: ясно и четко синим карандашом было написано: «Мы едем к вам с попутчиками и завтра будем в Москве. Встретьте нас на Солянке, дом Репина».

— Вот тебе и орех с маслом! — произнес Розанов и стал поспешно одеваться.

Надо было куда-нибудь приютить едущих, а в тесной казенной квартирке это было решительно невозможно. С одной стороны, здесь очень тесно, а с другой... Ольга Александровна... Как за нее поручиться? А тут Лобачевский, которому Розанов даже никогда не говорил, что он женат. Не годится это. Розанов вспомнил Нечаев, но это опять не подходило: там теснота и дети, да и снова Ольга Александровна может сразу выкинуть колено, которое развернет перед чужими людьми то, что Розанов всегда старался тщательно скрывать и маскировать. Пойти к Бахаревым! Эти уж более или менее все знают, и от них скрываться нечего. Розанов, дождавшись утра, взял извозчика и поехал к Бахаревым.

Дорогою Розанов все смотрел на бумажки, означавшие свободные квартиры, и думал, как бы это так устроиться, чтобы подальше от людей; чтобы никто не видал никаких сцен.

— А может быть, теперь и сцен никаких не будет: она пожила, упрыгалась, едет сама, без зова... а я буду поравнодушнее, стану учить Варюшку...

Розанову даже становилось весело, и он, забывая все тревоги, радовался, что через несколько часов он снова будет с семьею, и потом пойдет тихая, осмысленная жизнь на пользу ребенка, и т. п.

Розанову это представлялось совершенно возможным.

Бахаревых доктор застал за утренним чаем и заметил, что все они, кроме Лизы, были необыкновенно веселы. Это объяснилось тем, что маркиза сделала визит Ольге Сергеевне и, встретясь здесь с Варварой Ивановной Богатыревой, очень много говорила о себе, о людях, которых она знала, о преследованиях, которые терпела от правительства в течение всей своей жизни, и, наконец, об обществе, в котором она трудится на пользу просвещения народа. В конце концов маркиза завербовала Богатыреву в это полезное общество, сказав: «У меня все-таки будет на моей стороне лишний голос», — и уехала.

Визит этот был сделан в тех соображениях, что нехорошо быть знакомой с дочерью и не знать семейства. За окончанием всего этого маркиза снова делалась дамой, чтущей законы света, и спешила обставить свои зады сообразно всем требованиям этих законов. Первого же шага она не боялась, во-первых, по своей доброте и взбалмошности, а во-вторых, и потому, что считала себя достаточно высоко поставленною для того, чтобы не подвергнуться обвинениям в искательстве.

Лизе от этого визита не было ни жарко, ни холодно, но он ей был почему-то неприятен. К тому же ветреная маркиза во время полуторачасового пребывания у Бахаревых, как нарочно, не удостоивала Лизу никакого внимания и исключительно занималась с Богатыревой, которая ей очень понравилась своим светским видом и положением.

Ольга Сергеевна не замечала этого, но Варвара Ивановна это заметила и порешила, что маркиза сразу отличила ее как женщину, стоящую всем выше здешних хозяев.

— А у нас вчера была гостья! — начала, встретив Розанова, Ольга Сергеевна, — а какая — не отгадаете.

— А у меня завтра будут две, — отвечал Розанов.

— Кто ж такие?

— Тоже не отгадаете.

Наконец Ольга Сергеевна похвалилась своею вчерашнею гостьею, похвалился и Розанов своими завтрашними гостями.

— Умница Ольга Александровна, — сказала Ольга Сергеевна.

— Да куда мне их деть-то-с?

— Ну... разве мало квартир.

Лиза, выслушавшая весь этот разговор без всякого участия,

встала из-за стола и вышла в гостиную. Розанов торопился и стал тотчас же прощаться.

— Прощайте, Лизавета Егоровна, — сказал он, входя с фуражкою в гостиную, где никого не было, кроме Лизы.

— Прощайте, — отвечала она, кладя книгу. — Скажите, как же это случилось?

Розанов рассказал о неожиданной депеше.

— Удивительно! — произнесла Лиза. — Что же вы теперь думаете делать?

— Что же делать: надо устроиваться и жить.

— Вместе! — воскликнула Лиза.

— Да как же иначе?

— Вместе! Вместе с женщиной, с которой вы доходили до таких сцен?

— Да что же делать, Лизавета Егоровна?

— Что, вы думаете, этого здесь не повторится?

— Да уж теперь я могу смотреть на это равнодушнее.

— Нет, Дмитрий Петрович, извините, я в хроническое равнодушие не верю.

— Да ведь нечего делать: что же делать-то, скажите?

Лиза отвечала:

— Ну, уж это вам больше знать, что должно делать.

Розанов пожал плечами и простился.

Выходя, он думал: «только надо подальше от всех», — и мимоходом нанял первую попавшуюся ему квартиру в четыре комнаты; купил у Сухаревой подержанную мебель, нанял девушку и заказал топить, а на другой день, перед вечером, встретил на дворе купца Репина на Солянке дорожный возок, из которого вылезли три незнакомые барыни, а потом и Ольга Александровна с дочкой. Ну, были и радости, и поцелуи, и объятия, и даже слезы раскаяния и сожаления о прошлом.

Началась у Розанова семейная жизнь в Москве, жизнь весьма тяжелая, в которой концы трудно связывались с концами. Не замедлили к этим трудностям поспешить и другие. Ольга Александровна не ссорилась и старалась быть всем довольною. Только квартира ей не совсем нравилась: сыровата оказалась, да Ольге Александровне хотелось иметь при жилье разные хозяйственные удобства, которых Розанов не имел в виду при спешном найме. Еще Ольге Александровне очень не понравилась купленная мужем тяжелая мебель из красного дерева, но она и в этом случае ограничилась только тем, что почасту называла эту мебель то дровами, то убоищем. Кто знает, как бы это шло далее месяца, но случай не дал делу затянуться и так долго.

Маркиза в это время за отсутствием всякой гражданской деятельности страдала необузданным стремлением благодетельствовать.

— Как-таки держать молодую бабочку взаперти? — говорила она всем и каждому при расспросах о приезде Розановой. Лиза при этих разговорах обыкновенно молчала; да она и довольно редко виделась теперь со всем углекислым гнездом. Маркиза один раз осведомилась у Лизы, знает ли она madame Розанову, но Лиза коротко отвечала, что не знает.

— Как же это, он, стало быть, и там ее никому не показывал? — крикнула в исступлении маркиза. — Гаааа! Нэда! что ж это такое? Это какой-то уездный Отелло: слышишь, он и там никуда не пускал жену.

Репутация Розанова в других отношениях, однако, еще держалась, и в силу того с ним еще пока церемонились. Положено было только подрессировать его; мягким образом заставить его дать жене свободу и жизнь.

Но пока это ходило в предположениях, к которым к тому же никто, кроме Рогнеды Романовны, не изъявлял горячего сочувствия, маркиза столкнулась у Богатыревой с Ольгою Сергеевной Бахаревой, наслушалась от той, как несчастная женщина бегала просить о защите, додумала три короба собственных слов сильного значения, и над Розановым грянул суд, ошельмовавший его заочно до степеней самых невозможных. Даже самый его либерализм ставился ему в вину. Маркиза сопела, говоря:

— Либераль! ведь тоже либераль! жену тиранить и либераль.

Непонятно было, из-за чего так кипятилась маркиза, а ей случалось так кипятиться не в редкость. Словно муха злая ее укусит, так и лезет, как ветряная опухоль. Но, несмотря на все беснование, положено было все-таки действовать на Розанова осторожно: высвободить жертву тонко, так, чтобы тиран этого и не заметил. Даже предполагалось, что тиран еще может до известной степени исправиться.

— Ведь он не глуп, — говорила маркиза. — Нужно ближе взять его в наше общество; он увидит, как живут другие, как живет Икар с Мареичкой, и изменится.

Между тем к Розанову, как он только попадался на глаза, приставали, чтобы он привел свою жену и дочку. Думал, думал Розанов и понимал, что худая для него игра начинается, и повел Ольгу Александровну к маркизе.

После первого знакомства с маркизою и феями Ольга Александровна начала к ним учащать и учащать. Ее там нежили и ласкали, и она успела уж рассказать там все свои несчастия. Маркиза и феи, слушая ее, только дивились, как можно было столько лет прожить с таким человеком, как Розанов.

Ольга Александровна тоже стала этому удивляться, и дома опять началась старая песня, затевавшаяся по поводу тяжелых стульев-«убоищ» и оканчивавшаяся тем, как добрые люди «женам все доставляют, а есть подлецы, которые…». Выходило обыкновенно, что все подлецы всегда живут именно так, как живет Розанов. Розанов наш засмутился: чуял он, что дело плохо.

Впрочем, Ольга Александровна иногда бывала и довольно благодушна; но в ней зато начали обнаруживаться самовластие и упрямство. Раз приходит Розанов домой, а Ольга Александровна тихо и мирно ему объявляет, что они переходят на другую квартиру.

— Как на другую квартиру? Куда? — осведомился Розанов.

— В доме, где живет маркиза, я наняла квартиру и лучше и дешевле, — отвечала Ольга Александровна.

Розанов хотел было поудержать жену от этого перехода, но квартира действительно была и лучше и дешевле. Ольга Александровна с видом крайней покорности сообщила маркизе, что муж ее не хочет брать этой квартиры, пошли толки, и Розанов уступил.

Через несколько дней он жил на новой квартире, а еще через несколько дней увидал, что он спеленут по всем членам и ему остается работать, смотреть, слушать и молчать. Работы у него было много, а смотреть тоже было на что: Ольга Александровна делала разные чудеса и стала брать у Рогнеды Романовны какие-то уроки.

Феи дружно заботились о ее развитии. Одна только Серафима Романовна стояла в сторонке, и хотя не одобряла Розанова, но не любила его и порицать в глаза жене. Розанов и не оглянулся, как его смяли и стигостили. Он снова увидел себя в переплете крепче прежнего; но молчал.

Лобачевский, возвратясь из Петербурга, с удивлением расспрашивал:

— Когда же это вы, Розанов, женились?

— Да уж было такое время, — отвечал Розанов, стараясь сохранять видимое спокойствие и даже некоторую веселость.

Впрочем, раз он прорвался при Лобачевском и, помогая ему укладывать книги и препараты, которые тот перевозил в Петербург, где получил новое место, сказал:

— Грустно мне будет без вас, Лобачевский.

— Работайте, Розанов.

— Да что работать?

— Всего лучше: полно вам лошачком-то скакать. У вас жена.

Поговорили на эту тему и договорились до того, что Лобачевский сказал:

— Я видел, что ваша жена с душком, ну да что ж такое, женщины ведь все сумасшедшие. А вы себе табакерку купите: она капризничать, а вы табачку понюхайте да свое дело делайте.

Лобачевский уехал в Петербург: прощались они с Розановым по-дружески. Розанов даже заплакал, целуясь с ним на дебаркадере: иначе он не умел проститься с человеком, который ему стал мил и близок. Лобачевский тоже поцеловал Розанова теплыми устами.

По отъезде Лобачевского для Розанова опустела даже и больница. Ему даже нередко становилось жаль и своего уездного захолустья. Там, бывало, по крайней мире все его знали; там был Вязмитинов, веселый Зарницын, кроткий Петр Лукич, приветливая, добрая Женни. Все там было свое как-то: нажгут дома, на происшествие поедешь, лошадки фыркают, обдавая тонким облаком взметенного снега, ночь в избе, на соломе, спор с исправником, курьезные извороты прикосновенных к делу крестьян, или езда теплою вешнею ночью, проталины, жаворонки так и замирают, рея в воздухе, или, наконец, еще позже, едешь и думаешь… тарантасик подкидывает, а поле как посеребренное, и по нем ходят то тяжелые драхвы, то стальнокрылые стрепеты… А тут… служба, потом дома игра в молчанку или задиранье. Уйти? да и уйти некуда; в театр — часом денег нет; в трактир — подло, да и скучно одному и, наконец, совестно. Ну, а пойдешь, попьешь чаю, и опять скучно. Маркиза и феи разжеваны до мякоти. Ребенок? Но он и занимался ребенком, да и на этот раз не умел всецело отдаться одному делу. Табакерки он тоже не купил. О диссертации забыл и думать. Что ж ему оставалось? Лиза?.. Лиза совсем стала холодная: она имела на это свои причины. Ей жаль было Розанова, да больше всего все это ей гадко не в меру стало. — «Ну что это за люди?» — спрашивала она себя. Ей тоже было нестерпимо скучно.

Бахаревское Мерево, переехав в Москву, осталось тем же Меревом. Только дворне да Софи стало повеселее: у них общества поприбыло и разговоров поприбавилось, а Егору Николаевичу, Ольге Сергеевне и Лизе все было то же. Егор Николаевич даже еще более скучал в Москве, чем в своем городе или в Мереве. Он не сделался ни членом, ни постоянным гостем никакого клуба, а сидел почти безвыходно дома и беседовал только с Богатыревым, который заходил к нему по субботам и воскресеньям. Ольга Сергеевна обменяла мать попадью на странницу Елену Лукьяновну; Софи женихалась и выезжала с Варварою Ивановною, которая для выездов была сто раз удобнее Ольги Сергеевны, а Лиза… она опять читать начала и читала.

Зато ей и был ниспослан старый сюрприз: она слепла. Хуже этой муки Лизе трудно было изобрести; исчезло последнее утешение — нельзя было читать. Сидит она, сидит в своей комнате, заставляя горничную читать чуть не по складам, бросит и сама возьмется; прочитает полчаса, глаза болят, она и сойдет вниз.

А внизу, в трех парадных, вечно пустых комнатах тоже тошно. Лиза пойдет в столовую и видит Елену Лукьяновну и слушает все один разговор Елены Лукьяновны о волшебстве да о чудах.

— Чудо, мать моя, — говорит Елена Лукьяновна: — в Казанской губернии разбойник объявился. Объявился и стал он народ смущать. «Идите, говорит, я поведу в златые обители». Стали его расстригивать, а он под землю. Как только офицер по-своему скомандовал, а он под землю.

— Все влашебство, — говорила Елена Лукьяновна. — Мужик был и на дух хаживал, а тут его расстригнули, а он под землю. Офицер: «пали», а он под землю. Ольга Сергеевна удивляется.

— Теперь, — продолжает Елена Лукьяновна, — теперь два отрока сидели в темнице, в подводной, не забудь ты, темнице.

Слышит Лиза, как рассказчица сахарочку откусила.

— Ну и сидели, и отлично они сидели. Крепость подводная со всех сторон; никуда им выйти невозможно.

— Да! — говорит Ольга Сергеевна.

— Все отлично, так что же, ты думаешь, выдумали? «Дайте, — говорят начальнику своему, — дайте нам свечечки кусочек». Доложили сейчас генералу, генерал и спрашивает: «На что вам свечечки кусочек?»

— Это в подводной крепости? — спрашивает Ольга Сергеевна.

— Там, — отвечает странница. — «Священную Библию, говорят, почитать». Ведь, разумей, что выдумать надо было. Ну и дали. Утром приходят, а они ушли.

— Ушли?

— Ушли.

— Как же так?

— Так под водою и прошли.

— С огарочком?

— Так с огарочком и прошли.

Слушает все это Лиза равнодушно; все ей скучнее и скучнее становится.

«Где же эти люди? — спрашивает она нередко себя. — Что это за Бертольди такая еще? что это за чудовище? — думает Лиза. — Верно, это лицо смелое и оригинальное».

А тут Елена Лукьяновна сидит, да и рассказывает:

— Ну уж, мать, был киятер. Были мы в Суконных банях. Вспарились, сели в передбанник, да и говорим: «Как его солдаты-то из ружьев расстригнули, а он под землю». Странница одна и говорит: «Он, говорит, опять по земле ходит». — «Как, говорим, по земле ходит?» — «Ходит», говорит. А тут бабочка одна в баню пошла, да как, мать моя, выскочит оттуда, да как гаркнет без ума без разума: «Мужик в бане». Глянули, исправна он. Так и стоит так, то есть так и стоит.

— Боже мой! — простонала Ольга Сергеевна.

— Да. Как женщины увидали, сичас вразброд. Банчик сичас ворота. Мы под ворота. Ну, опять нас загнали, — трясемся. «Чего, говорит, спужались?» Говорим: «Влашебник ходит». Глядим, а она женскую рубашку одевает в предбаннике. Ну, барышня вышла. Вот греха-то набрались! Смерть. Ей-богу, смерть что было: стриженая, ловкая, как есть мужчина, Бертолева барышня называется.

— Экая мерзавка, — замечала Ольга Сергеевна.

— Стриженая.

— Фуй.

## Глава двадцать первая.
## Девица Бертольди

Лиза гуляла. Был одиннадцатый час очень погожего и довольно теплого дня. Лиза обошла Патриаршие пруды и хотела уже идти домой, как из ворот одного деревянного дома вышла молодая девушка в драповом бурнусе и черном атласном капоре, из-под которого спереди выглядывали клочки подстриженных в кружок золотистых волос. Девушка шла довольно скоро, несколько вразвал. В руках у нее были две книги, пачка папиросных гильз, стклянка с бесцветной жидкостью.

Поравнявшись с Лизой, девушка хотела ее обойти, но поскользнулась, уронила папиросные гильзы и сткляку, которая тотчас же разбилась и пролилась. Лиза инстинктивно нагнулась, чтобы поднять разбитую сткляку и гильзы.

— Не трогайте, — спокойно произнесла тонким дискантом девица.

— Я хотела поднять ваши гильзы.

— Нет, это уж ни на что не годится. Они облиты едким веществом, их теперь нельзя набивать. Какая досада! — окончила девушка, отряхивая марселиновую юбку. — Это все прогорит теперь, — продолжала она, указывая на брызги.

— Что ж это было в этой сткляке?

— Это была кислота для опытов.

— Скажите, пожалуйста, вы не mademoiselle Бертольди? — спросила, несколько конфузясь, Лиза.

— Допустим-с, что это так.

— Я слыхала о вас.

— Бранят меня?

— Да... Некоторые.

— А вас как зовут?

— Бахарева, — отвечала Лиза.

— Слыхала, Бычков говорил о вас. Вы где живете?

— Я далеко.

— Зачем же вы идете сюда на Бронную? А впрочем, я не знаю, зачем я об этом вас спрашиваю.

— Я гуляю, — отвечала Лиза.

— Вы работаете над чем-нибудь?

Лиза затруднилась ответом.

— Я читаю, — отвечала она.

— Я теперь работаю над Прудоном. Он часто завирается, и над ним надо работать да работать, а то сейчас загородит вздор. Вы знакомы с Прудоном?

— Только по журнальным рецензиям.

— О! Наша специальность — доведение мысли до состояния непроизводительности. Это факт.

— Ну, не все же пропадает, — возразила Лиза.

— Факт.

— Я, впрочем, не читала Прудона.

— Зайдите ко мне, я вам дам.

Лиза поблагодарила.

— Только работайте над ним, а не берите ничего на веру: у него тоже есть подлая жилка.

— У Прудона?

— Факт, — зарешила Бертольди и, остановясь у калитки одного грязного двора в Малой Бронной, сказала: — Входите.

Лиза вошла во двор, за нею перешагнула Бертольди.

— Прямо! — сказала она, направляясь к флигелю с мезонином.

Лиза пошла за Бертольди на деревянное крылечко, с которого они поднялись по покосившейся деревянной лестнице в мезонин.

Бертольди отворила дверь и опять сказала:

— Входите.

Лиза очутилась в довольно темной передней, из которой шло несколько тонких дощатых дверей, оклеенных обоями. Одна дверь была отворена, и в ней виднелась кухня.

— Акулина Ивановна дома? — крикнула, ни к кому не обращаясь, Бертольди.

— Нетути, ушедчи, с полчаса будет, как ушедчи, — отвечал женский голос из кухни.

— Досадно, — проговорила Бертольди и сейчас же добавила: — поставьте, Алена, мне самовар, я есть хочу.

Бертольди отворила дверь, которой Лиза до сих пор вовсе не замечала, и ввела гостью в маленькую, довольно грязную комнатку с полукруглым окном, задернутым до половины полинялою ситцевою занавескою.

— Коренев! — крикнула она, стукнув рукою в соседнюю дверь.

— Асиньки! — отозвался мужской голос.

— Есть у вас гильзы?

— Имеем.

— Доставьте некоторое количество.

— Гут.

Между тем Лиза огляделась.

Комната Бертольди была непредставительна и не отличалась убранством.

В углу, между соседнею дверью и круглою железною печкою стояла узкая деревянная кроватка, закрытая стеганым бумажным одеялом; развернутый ломберный стол, на котором валялись книги, листы бумаги, высыпанный на бумагу табак, половина булки и тарелка колотого сахару со сверточком чаю; три стула, одно кресло с засаленной спинкой и ветхая этажерка, на которой опять были книги, бумаги, картузик табаку, человеческий череп, акушерские щипцы, колба, стеклянный сифон и лакированный пояс с бронзовою пряжкой.

Гардероба у Бертольди было вовсе не заметно. В уголку, на деревянной вешалке, висело что-то вроде люстринового платья и полотенца, но ни запасной юбки, ничего прочего, по-видимому, не имелось. Бурнус свой и капор Бертольди, как вошла, так и бросила на кровать и не трогала их оттуда.

— А у меня какая досада, — начала она, встречая отворившего дверь рослого студента, — пролила acidum nitricum, что дал Суровцов.

— Ну! — восклицал студент, не затворяя за собою двери.

— Факт, вот и свидетельница. Да! знакомьтесь: студент Коренев, естественник, и девица Бахарева.

Студент и Лиза холодно поклонились друг другу.

— В Прудона безусловно верит, — произнесла Бертольди, показывая на Лизу и уходя из комнаты.

Студент дунул в гильзу и начал набивать себе папиросу.

Бертольди возвратилась с бутылкою молока и ломтем хлеба.

— Хотите? — спросила она Лизу.

Та поблагодарила.

— А вы? — отнеслась она к Кореневу.

Тот тоже отказался.

— А что сходка? — спросила студента Бертольди.

— Что сходка? — переспросил студент.

— Когда будет?

— Не знаю.

— Да ведь третьего дня оповещали.

— Ну она и была вчера.

— Какая подлость! Зачем же вы мне не сказали?

— Так не сказал, — отвечал спокойно студент.

— Вы, может быть, так же поступите, когда состоится опыт?

— Нет, не поступлю.

— Вы имеете понятие об искусственном оплодотворении? — отнеслась Бертольди к Лизе, жуя и прихлебывая из бутылки.

— Нет, — отвечала Лиза.

— Это очень интересный опыт. Он у нас будет производиться на одной частной квартире над кроликами. Ни одного ученого генерала не будет. Хотите видеть?

Лиза не знала, что отвечать.

— Я думаю, что это для меня будет бесполезно: я ведь не имею нужных сведений для того, чтобы судить об этом опыте, — проговорила она, скрывая застенчивость.

— Это пустяки. Вы заходите к нам как-нибудь в это время; у

Коренева есть отличный препарат; он вам расскажет все обстоятельно и объяснит, что нужно знать при опытах.

Студент и Лиза не сказали при этом ни слова.

— Или вы работаете исключительно над гуманными науками? — продолжала Бертольди. — Гуманные науки сами по себе одни ничего не значат. Всему корень материя. В наш век нельзя быть узким специалистом. Я недавно работала над Прудоном, а теперь занимаюсь органической химией, переводами и акушерством.

— Вы что переводили из Прудона? — спросила Лиза.

— Я не переводила Прудона. Я перевожу тут для одного пошляка-редактора кое-что в газету, из насущного хлеба. А, кстати, чтоб не забыть о Прудоне, — вот он под табаком.

Лиза поблагодарила и взяла книгу.

— Вы заходите, мы вами займемся, — сказала, прощаясь с нею, Бертольди. — Бычков говорил, что у вас есть способности. Вам для вашего развития нужно близко познакомиться с Бычковым; он не откажется содействовать вашему развитию. Он талант. Его теперешнюю жену нельзя узнать, что он из нее сделал в четыре месяца, а была совсем весталка.

Лиза ушла домой с Прудоном и через пять дней понесла его назад Бертольди.

Скоро они близко познакомились, и чем усерднее углекислые феи порицали стриженую барышню, тем быстрее шло ее сближение с Лизой, которой в существе Бертольди вовсе не нравилась.

## Глава двадцать вторая.
## Независимая пора

Так жили наши знакомые, невесело и разъединенно, до самой весны, а весна пришла хорошая и ранняя. Еще как только солнышко стало нагревать и начались просовы — пошли толки и предположения насчет лета. Сергей Сергеевич Богатырев Христом Богом умолял сестру и Егора Николаевича не возвращаться домой, а прожить лето у него в подмосковной и потом на зиму остаться опять в Москве. Егор Николаевич поупрямился было, но его дружным нападением сбили с пункта: согласился. Лиза оставалась в Москве, потому что ее глаза требовали лечения и потому что она терпеть не могла своей тетки, точно так как та не любила ее. Сонюшку же Варвара Ивановна непременно обещалась выдать замуж за богатого соседа.

Феи тоже уезжали на лето в свою небольшую деревушку в Калужской губернии и брали с собою Ольгу Александровну с ребенком. Розанов был ко всему этому совершенно равнодушен; он даже радовался, что останется на некоторое время один. Ярославцевы с Ольгой Александровной отъехали в первых числах мая, а пятнадцатого мая уехали и Богатыревы с Бахаревыми. Лиза осталась одна с девушкой.

В опустевших домах теперь пошла новая жизнь. Розанов, проводив Бахаревых, в тот же день вечером зашел к Лизе и просидел долго за полночь. Говорили о многом и по-прежнему приятельски, но не касались в этих разговорах друг друга.

На другой день Розанов, зайдя к Лизе, застал у нее Бертольди, с которой они познакомились без всяких церемоний, и знакомство это скоро сблизило их до весьма коротких приятельских отношений, так что Розанов, шутя, подтрунивал над Бертольди, как она перепугала баб в бане, и даже называл ее в шутку злосчастной Бертольдинькой. Бертольди не умела держать себя постоянно в роли и открывала много довольно смешных сторон, над которыми Розанов и даже Лиза позволяли себе подсмеиваться.

Прошла еще неделька, и Лизин кружок увеличился еще одним новым лицом. Лиза случайно встретилась с одним своим старым институтским другом, Полинькой Режневой, которая двумя годами ранее Лизы окончила курс и уже успела выйти замуж за некоего отставного корнета Калистратова. Особа эта была молода и не столько хороша собою, сколько изящна своею грациозною простотою. Она была высокая, очень тоненькая блондинка с черными глазами, розовым прозрачным лицом, гибкою талиею и необыкновенно мягкими белыми ручками. В лице Полиньки Калистратовой, как называла ее Лиза, преобладало перед всем выражение не грустное, а какое-то несчастное. Впечатление, производимое ее лицом, еще более поддерживалось звуком Полинькиного голоса. Она говорила мягким, разбитым голосом, таким голосом, каким люди начинают говорить, обмогаясь после острого воспаления легких.

Полинька Калистратова в самом деле была женщина очень несчастная. Довольно богатая сирота, она, выйдя из института, очутилась в доме своего опекуна и дяди; прожила там с полгода и совершенно немыслимо вышла замуж за корнета Калистратова, которому приглянулась на коренской ярмарке и которому была очень удобна для поправления его до крайности расстроенного состояния.

Полинька сама не знала, любила ли она своего мужа, но ей было его жаль, когда вскоре после свадьбы она стала слышать о нем самые дурные отзывы. Полинька более всех слышала такие отзывы от тех самых своих дядей, которые общими усилиями устраивали ее свадьбу с Калистратовым, и приписывала большинство дурных толков о муже злобе дядей, у которых Калистратов, наступя на горло, отбирал каждую порошинку, принадлежавшую Полиньке. Но вскоре ей самой стало очень не нравиться поведение мужа: он все водился с какими-то странными героями; в доме у них никто почти не показывался, а сам муж нисколько не заботился восполнить одиночество Полиньки и летал Бог знает где, исчезая на целые недели. Наконец на дом их стали целою оравою наезжать владельцы троек удалых и покровители цыганок; пошла игра, попойки, ночной разврат, дневное спанье, и дом превратился в балаган коренской ярмарки.

Полинька долго плакала молча и скрывала от мужа свое страдание. В одну ночь муж подошел к ее постели со свечой и листком бумаги и заставил ее подписать свое имя под его подписью.

— Что это такое? — спросила трепещущая Полинька, принимая перо из рук мужа.

— Подписывай скорее, — это пустое.

— Да что же такое?

— Ну, что ты за меня ручаешься.

Полинька вздохнула и подписала. Это было за два месяца перед тем, как Полинька сделалась матерью. С появлением ребенка Полинька стала смелее и несколько раз пыталась остановить мужа, но это уже не имело никакого значения. Калистратов давно вел большую игру и, спустив все свое состояние, ухнул более половины Полинькиного. Полиньке написал дядя, чтобы она береглась, что она скоро будет нищею. Она попробовала отказаться от подписи новых векселей; Калистратов взбесился, открыл окно и сказал, что сейчас выкинет ребенка. Полинька подписала вексель на все свое состояние и к утру была нищая.

С тех пор муж обращался с нею зверем. Вечно пьяный, он выгонял ее ночью из дома, грозился раздавить голову ребенку, обзавелся солдаткой, но никуда не выезжал.

Жизнь Полиньки была невыносима: ум ее словно присох, и она жила, не видя никакого выхода из своего печального положения. Между тем муж ее вдруг поправился: отрезвился, стал снова разъезжать, привозя каждый раз довольно ценные подарки жене и ребенку.

Полинька не понимала, что это значит, и не смела ни о чем спросить мужа.

Наконец все разрешилось: в одно прелестное утро все имение Полиньки описали в удовлетворение кредиторов, представивших векселя Калистратова с поручительною подписью его жены. Полинька сознала свою подпись, долги мужа превышали ее состояние, и ее выгнали из ее имения. Они переехали в город, но не успела Полинька здесь осмотреться, как мужа ее взяли в острог за составление и выдачу фальшивых векселей. Полинька осталась одна с ребенком. К дядям она не хотела возвращаться и быть им обязанной. Оставались у нее еще маленькие деньжонки и вещицы. Полинька подумала, погадала и открыла маленькую гостиницу для приезжающих.

Дело у нее кое-как пошло и при ее неутомимых стараниях обещало ей сделаться делом очень выгодным. Но в это же время окончился суд над мужем. Калистратов по недостатку доказательств был освобожден из острога и оставлен в сильном подозрении. Оставаясь в городе, он стал осаждать Полиньку беспрерывными требованиями вспомоществования, приходил к ней, заводил дебош и, наконец, обратился к полиции с требованием обязать жену к совместному с ним сожительству.

В Полиньке некоторые губернские власти приняли участие, наскоро свертели передачу ее гостиницы другому лицу, а ее самое с ребенком выпроводили из города. Корнету же Калистратову было объявлено, что если он хоть мало-мальски будет беспокоить свою жену, то немедленно будет начато дело о его жестоком обращении с нею и о неоднократном его покушении на жизнь ребенка. Корнет утихомирился и куда-то исчез, так что и слуха о нем не было, а Полинька явилась с своим сыном в Москву, придумывая, за что бы взяться и чем жить. У нее теперь оставались уж самые ничтожные деньги.

С наступлением весны Полинька приютилась в одной комнате в Сокольниках и стала работать чепчики на одну лавочку в Ножевой линии. Работа эта была мелéда, игра, не стоящая свеч; но Полинька все-таки работала и жила нуждно и одиноко, не имея в виду ничего лучшего. Знакомых у нее не было; ребенок часто хворал.

В таком-то положении Полинька Калистратова встретилась с Лизой и очень ей обрадовалась.

— Тебя нельзя узнать, Полинька! — говорила ей Лиза.

— Ах, мой друг! Поживи с мое, так и сама себя не узнаешь! — отвечала Полинька.

— Да много ли ты меня старше? Три, четыре года какие-нибудь!

— Горе, друг мой, а не годы считать надо.

— Ты очень несчастлива?

— Я очень несчастлива.

— Где же твой муж?

— Не знаю: может быть в остроге, может быть в кабаке, может быть в каторге, — ничего я о нем не знаю и на все готова.

Рассказывать о своем несчастии Полинька не любила и уклонялась от всякого разговора, имеющего что-нибудь общее с ее судьбою. Поэтому, познакомясь с Розановым, она тщательно избегала всякой речи о его положении и не говорила о себе ничего никому, кроме Лизы, да и той сказала только то, что мы слышали, что невольно сорвалось при первом свидании.

Полинька была довольно умна и еще более благоразумна, горда и несловоохотлива.

Таково прошлое и таков в общих чертах характер этого нового лица. Лиза познакомила Полиньку и с Бертольди, и Полинька пришлась по нраву Бертольди, которой она нравилась более как лицо, подлежащее развитию. Они навестили раз Полиньку в Сокольниках и вздумали сами переехать на дачу.

Не успел Розанов услыхать об этом предположении, которое он вполне одобрял, как узнал, что Бертольди уже слетала и наняла две комнаты в Богородицком. Дача была отвратительная, на голом косогоре, под вечным солнечным припеком.

Городской квартиры Бахаревых нельзя было оставить совсем пустою, и Лиза переехала на дачу с одною Бертольди.

Отношения Лизы к Бертольди были таковы, что хотя Бертольди при ней была совершенно свободна и ничем не стеснялась, но она не получила не только никакого влияния на Лизу, а, напротив, даже сама на нее посматривала. Может быть, это в значительной степени происходило и оттого, что у Лизы были деньги и Бертольди чувствовала, что живет на ее счет.

Как только переехали Лиза с Бертольди, Розанов немедленно отправился навестить их и остался очень недоволен их дачею. Лиза тоже была ею недовольна, но молчала, а Розанов раскорил ее ни к стру, ни к смотру. Действительно, дача была из рук вон гадкая.

Бертольди никак не хотела с этим согласиться, надулась на Розанова и ушла за дощатую переборку.

— Бертолина! где вы скрылись? — позвал Розанов, вовсе не подозревая, что она обиделась.

Бертольди не отвечала.

— Прощайте, Бертольдинька, — сказал Розанов, уходя вместе с Калистратовою, которую вызвался проводить до Сокольников.

— Я вас прошу не фамильярничать со мною, — резко отозвалась Бертольди.

Лиза улыбнулась и проводила своих гостей.

— Что это, она рассердилась, кажется? — спросил Калистратову Розанов, когда они вышли.

— Разумеется.

— За что же?

— Не знаю; она ведь смешная.

Для Калистратовой Бертольди была только смешная. О Розанове она думала хорошо: ей нравилось, что он говорит большею частию дело и знает людей не по писаному.

Навестив еще раза два дачниц, Розанов прельстился их жизнью и решил сам перебраться из города. Он раздобылся за недорогую цену на все лето незавидною верховою лошадкой, чтобы ездить в больницу, и поселился в Сокольниках, неподалеку от Полиньки.

Доктор ожидал, что они своим маленьким кружочком превесело проведут лето и наберутся силы на повторение пережитой зимней скуки, суши и дрязг.

Отчего ж было на это и не надеяться?

Но, однако, это не так вышло. Лиза жила, отдыхая довольно спокойно, и Бог знает, что она думала. Она была порою очень весела, порою довольно зла и презрительно начала выражаться о чрезвычайно большом числе людей, и даже нередко подтрунивала и над общим человеческим смыслом. Вообще, возобновив прежнее близкое знакомство с Лизой, Розанов стал замечать в ней какие-то странные противоречия самой себе. То она твердо отстаивала то, в чем сама сомневалась; то находила удовольствие оставлять под сомнением то, чему верила; читала много и жаловалась, что все книги глупы; задумывалась и долго смотрела в пустое поле, смотрела так, что не было сомнения, как ей жаль кого-то, как ей хотелось бы что-то облегчить, поправить, — и сейчас же на языке насмешка, часто холодная и неприятная, насмешка над чувством и над людьми чувствительными. Потом в Лизе было равнодушие, такое равнодушие, что ей все равно, что около нее ни происходит; но вдруг она во что-нибудь вслушается, в что-нибудь всмотрится и ни с того ни с сего примет в этом горячее участие, тогда как, собственно, дело ее нимало не интересует и она ему более не сочувствует, чем сочувствует.

Так она, например, вовсе не имела определенного плана, какой характер придать своему летнему житью в Богородицком, но ей положительно хотелось прожить потише, без тревог, — просто отдохнуть хотелось. Бертольди же не искала такой жизни и подбивала Лизу познакомиться с ее знакомыми. Она настаивала позвать к себе на первый раз хоть Бычкова, с которым Лиза встречалась у маркизы и у Бертольди.

Настаивала Бертольди на этом до тех пор, пока Лиза, думая о чем-то другом, проговорила: «Да делайте, Бертольди, как знаете». Бертольди тотчас села к столу и начала писать. Сочинение у нее не ладилось, и она разорвала несколько записок.

В это время к Лизе зашли Калистратова и Розанов, который обыкновенно провожал Полиньку в Богородицкое.

Бертольди кивнула головою пришедшим и спешно докончила свою записку. Последняя редакция ей нравилась.

— Слушайте, Бахарева, что я написала, — сказала она, вставши, и прочла вслух следующее: «Мы живем самостоятельною жизнью и, к великому скандалу всех маменек и папенек, набираем себе знакомых порядочных людей. Мы знаем, что их немного, но мы надеемся сформировать настоящее общество. Мы войдем в сношения с Красиным, который живет в Петербурге и о котором вы знаете: он даст нам письма. Метя на вас только как на порядочного человека, мы предлагаем быть у нас в Богородицком, с того угла в доме Шуркина». Хорошо?

— Что это такое? — спросил Розанов.

— Письмо, — отвечала, не обращая на него внимания, Бертольди.

— Знаю, что письмо, да к кому же это такое торжественное письмо?

— Вам оно не нравится?

— Нет, напротив, это в своем роде совершенство, но к кому же это?

— К Бычкову.

Розанов засмеялся.

— Дайте-ка письмо, — сказала Лиза.

Бертольди подала ей листок.

— Да, письмо очень хорошо написано, — сказала Лиза, возвращая листок Бертольди.

— Помилуйте, Лизавета Егоровна, что за охота давать на себя такие документы! — возразил Розанов.

— Какие документы? Что это такое документы? — с гримаской спросила Бертольди. — Кого это может компрометировать? Нам надоела шваль, мы ищем порядочных людей — и только. Что ж, пусть все это знают: не генерала же мы к себе приглашаем.

— Да не то-с, а зачем это — «к скандалу всех маменек и папенек», зачем этот Красин?..

— Так.

— Да зачем же? Вы ведь с Бычковым давно знакомы: можете просто пригласить его, и только. К чему же тут все это путать? И то, что вы его приглашаете «только как порядочного человека», совсем лишнее. Неужто он так глуп, что истолкует ваше приглашение как-нибудь иначе, а это письмо просто вас компрометирует своею...

— Глупостью, вы хотите сказать? — перебила его Бертольди.

— Нет, письмо очень хорошо, — спокойно произнесла Лиза, — пошлите его завтра или запечатайте, Дмитрий Петрович бросит его завтра в ящик.

Розанов перестал возражать; но ему это было неприятно, ему казалось, что начнутся разные знакомства, один по одному найдет народу, из сообщества которого едва ли выйдет что-нибудь хорошее, а Лизе это не обойдется без больших неприятностей от родства и свойства.

Розанов, спустя некоторое время, заметил это Лизе; но она сказала:

— Не беспокойтесь напрасно, Дмитрий Петрович; я так хочу и так сделаю.

— То-то и дело, Лизавета Егоровна, что вы этого даже и не хотите, а делаете.

— Это, однако, смешно, — отвечала иронически Лиза.

Розанов так и оставил.

Через несколько дней Розанов застал у Лизы Бычкова с его женою. Подруга Бычкова была вдвое его моложе: ей было лет девятнадцать. Это была простенькая, миловидная и добродушная московская швейка, благоговеющая перед его непонятными словами и не умеющая никак определить себе своего положения. Ее все звали просто Стешей, как звали ее, когда она училась в магазине.

В Бычкове после окончания московского революционного периода произошла весьма резкая перемена. Он теперь не свирепствовал, а все поучал всех, и тон крайне грозный изменил на тон крайне наглый.

— Я уж вас разовью непременно, — говорил он, косоротясь и развалившись против Лизы. — Вы только должны идти неуклонно по дороге, которую я вам буду показывать. Вы тут все равно ничем не рискуете: я ведь всех умных людей знаю. Ну, есть умнее меня два, ну три, ну четыре, наконец, человека, да и только. Да и то, где они? В Лондоне один, в Петербурге один, ну даже хоть два, да в Париже один, и тот завирается, да и все они завираются. А здесь и их нет. Здесь я один, и вы, стало быть, ничем не рискуете, вверяя мне свое развитие.

— Фу ты, черт возьми, что ж это за наглость? — говорил Розанов, идучи домой с Калистратовою после двухчасового наслаждения новым красноречием Бычкова.

— Очень смешно, — замечала Полинька.

Предчувствия Розанова сбылись. В две недели домика Лизы уж узнать было невозможно: Бычков любил полные аудитории, и у Лизы часто недоставало чайных стаканов.

Белоярцев, молодой маркиз, оставшийся единственною особою в Москве, студент Коренев, некий студент Незабитовский (из богородицких дачников) и вообще все уцелевшие особы рассыпавшегося кодла стали постоянно стекаться к Лизе на ее вечерние чаи и засиживались долго за полночь, препровождая время в прениях или чаще всего в безмолвном слушании бычковских лекций. Розанова это общество стало утомлять и становилось ему досадным, тем более что среди бычковских разглагольствований Розанову часто-часто случалось подмечать выражение несносной скуки и усталости на молодом, не живя отживающем личике Лизы.

К тому же Бертольди при всех рассказала Бычкову, что Розанов уговаривал Лизу не приглашать его.

Розанову это было очень неприятно, и он сделал Бертольди замечание, что это не годится.

— Отчего же? — возразила Бертольди. — Надо всегда жить так, чтобы не было секретов. Если вы считаете его дурным человеком, так говорите в глаза, а не интригуйте.

Розанов только порою сердился на Бертольди, а то более относился к ней весело и шутя; но она его уже очень недолюбливала и скоро вдруг совсем возненавидела.

Случилось это таким образом: Лиза возвратила Розанову одну книгу, которую брала у него за несколько времени. Розанов, придя домой, стал перелистывать книгу и нечаянно нашел в ней листок почтовой бумаги, на котором рукою Бертольди с особенным тщанием были написаны стишки. Розанов прочел сверху «Рай» и, не видя здесь ничего секретного, стал читать далее:

Как все небесное прекрасней,

*Мы уж привыкли отличать,*
*Так сладострастье сладострастней*
*В раю мы вправе ожидать,*
*И Магомет, пророк и гений,*
*Недаром эту мысль развил,*
*Для лучших рая наслаждений*
*Туда он гурий насадил.*


— Черт знает, что за гадость такая! — воскликнул, рассмеявшись, Розанов, — ведь она, верно, сама такую чепуху сочинила, — и Розанов, не посмотрев более на листок, спрятал его в свой бумажник, чтобы отдать Бертольди.

При первом же свидании Розанов вынул бумажку и подал Бертольди.

— Что это такое? — спросила она.

— Стишки, — отвечал Розанов.

— Вечные пошлости!

— Да возьмите, вам говорят: это ваши стихи.

Бертольди отвернулась.

— Нуте-ка, покажите, — произнес Бычков и бесцеремонно выдернул сложенный листок из рук Розанова, развернул и стал читать: «Рай православных и рай Магомета».

Все хохотали, а Бертольди хранила совершенное спокойствие; но когда Бычков перевернул бумажку и прочел: «А. Т. Кореневу на память, Елена Бертольди», Бертольди по женской логике рассердилась на Розанова до последней степени.

— То-то, Бертольдинька, надо всегда жить так, чтобы не было никаких секретов, — говорил ей Розанов, повторяя в шутку ее собственные слова.

Бертольди его возненавидела.


## Глава двадцать третья.
## Старый друг


По поводу открытой Бычковым приписки на «рае Магомета» у Лизы задался очень веселый вечер. Переходя от одного смешного предмета к другому, гости засиделись так долго, что когда Розанов, проводив до ворот Полиньку Калистратову, пришел к своей калитке, был уже второй час ночи. Входя в свою комнату, Розанов на самом пороге столкнулся в темноте с какою-то фигурою и, отскочив, крикнул:

— Кто это?

— Дмитрий! душа! здравствуй! — отозвался голос, которого Розанов никак не узнал сразу.

— Не узнаешь, не ждал, шельмец ты этакой! — продолжал гость, целуя Розанова и сминая его в своих объятиях.

— Помада! — крикнул Розанов.

— Он, он, брат, самый! — отвечал Помада.

— Как это ты?

— Так просто. Зажигай скорее огня.

— Что же ты-то сидишь в потемках?

— Да я, брат, давно; я еще засветло приехал: все жду тебя. Так все ходил; славно здесь. Ну, уж Москва ваша!

— Что?

— Отличный, братец, город. Ехал, ехал, да и черт возьми совсем: дома какие — фу ты, Господи! — Ну, что Бахаревы?

Розанов зажег свечку.

— Ну, а ел ты что-нибудь?

— Голоден, брат, как волк.

— Постой же, я расстараюсь чего-нибудь.

— И водочки, Дмитрий.

— Всего, если достану.

— Куда же ты пойдешь?

— Тут трактирчик есть: верно, отопрут сзади.

— Так пойдем вместе; что ж я один буду тут делать. Ну, Москва! — говорил Помада, надевая сапоги, которые он снял, чтобы дать отдохнуть ногам.

— Эк ты загорел-то как.

— Жар, брат, пыль.

— Чего ж ты это приехал?

— На каникулярное время, повидаться приехал.

— А это, что это такое Сокольники? Деревня, что ль, это такая? — спрашивал Помада, выйдя за ворота и оглянувшись назад по улице.

— Дача.

— Отлично, брат, — ну уж и город! Ивана Великого ямщик за пятнадцать верст показывал; непременно надо будет сходить. Как же-то... Ты мне и не сказал: как Лизавета Егоровна?

— Да ничего; вот завтра вечером пойдем к ней.

— Они в городе?

— Нет, тут на даче.

— Отлично, — ну я, брат, утром должен сходить; вечером нехорошо: целый день приехал, и вечером идти. Я утром.

Розанов проник задним ходом в заведение, набрал там посудину водочки, пару бутылок пива, бутебродов, закусок — вроде крутых яиц и огурцов.

Через пять минут Розанов и Помада были дома. Розанов, тотчас по приходе домой, стал открывать водку и пиво, а Помада бросился в угол к крошечному старенькому чемоданчику, из разряда тех «конвертиков», которые нередко покупают по три четвертака за штуку солдатики, отправляющиеся в отпуск.

— Тут, брат, я тебе привез письма, и подарок от Евгении

Петровны...

— О!

— Да, — и Лизавете Егоровне тоже... Ей, брат, еще что, — я ей еще вот что привез! — воскликнул Помада, вскакивая и ударяя рукою по большой связке бумаги.

— Что же это такое?

— Ага! Смотри.

Помада торопливо развязал снурочек и стал перебирать и показывать Розанову тетрадь за тетрадью.

— «Вопросы жизни» Пирогова, — сам списал из «Морского сборника»: она давно хотела их; Кант «О чувствах высокого и прекрасного», — с заграничного издания списал; «Русский народ и социализм», письмо к Мишле, — тоже списал у Зарницына.

— У нее это есть печатное.

— О!

— Право, есть; да ты оставь, а вот ешь-ка пока.

— Сейчас. А вот это: Милль «О свободе», этого нет?

— Этого, кажется, нет.

— Ну, вот и отлично. Я, брат, все, что у Зарницына мог достать, все списал.

Розанов со вниманием смотрел на счастливого Помаду.

— Добролюбова одна, две, три, четыре, пять статей вырвал из «Современника» и переплел.

— Это же зачем?

— Дивные, брат, статьи.

— Знаю; да ведь у нее есть это все.

— Есть? — досадно; ну да все равно. Шевченки «Сон», Огарева, тут много еще...

— Ешь прежде.

— Сейчас. Вид фотографический из ее окон в Мереве.

— Это ты как добыл?

— А-а! То-то вы Помаду не хвалите. Фотограф-жид приезжал; я ему пять целковых дал и работки кое у кого достал, — он и сделал.

— Сейчас и видно, что жидовская фотография.

— Ну, а это?

— Евгении Петровны портрет.

— Да, и тебе прислала: все здесь уложено. Ну, а это?

— Да полно, ешь, сделай милость.

— Нет, ты смотри.

— Нет, уж полно.

Розанов взял новый узелок из рук Помады и, сунув его назад, закрыл чемоданчик. Помада выпил рюмку водки и съел несколько яиц.

— Ну, как же там у вас живется? — спросил Розанов, когда гость его подкрепился и они принялись за пиво.

— Живем, брат. Евгения Петровна, знаешь, верно, — замуж идет.

— Знаю.

— За Вязмитинова: он, брат, в гору пойдет.

— Это как?

— Как же, — его статью везде расхваливали.

— Ну, это еще вилами писано.

— Нет, напечатано, и попечитель о нем директора спрашивал.

— А старик?

— Плох, кашляет все, а уж Евгения Петровна, я тебе скажу...

Помада поцеловал свои пальчики.

— И такая же добрая?

— Все такая ж. Ах!..

Помада вскочил, вынул из чемоданчика маленький сверточек и, подав Розанову, сказал:

— Это тебе.

В сверточке была вышитая картина для столового портфеля.

— Поцелуй, — это ее ручки шили.

— Спасибо ей, — сказал Розанов и в самом деле поцеловал картину, на которой долго лежали ручки Женни.

— О тебе, брат, часто, часто мы вспоминали: на твоем месте теперь такой лекаришка... гордый, интересан. Раз не заплати — другой не поедет.

— Вот это пуще всего, — сказал, смеясь, Розанов.

— Нет, таки дрянь. А Зарницын, брат! Вот барин какой стал: на лежачих рессорах дрожки, карета, арапа нанял.

— Ну-у!

— Право, арапа нанял. А скука у нас... уж скука. У вас-то какая прелесть!

— Да что тебе тут так нравится?

— Помилуй, брат: чувствуешь себя в большом городе. Жизнь кипит, а у нас ничего.

— Эх, брат, Юстин Феликсович: надо, милый, дело делать, надо трудиться, снискивать себе добрую репутацию, вот что надо делать. Никакими форсированными маршами тут идти некуда.

— Ну, однако...

— Поживи, брат, здесь, так и увидишь. Я все видел, и с опыта говорю: некуда метаться. Россия идет своей дорогой, и никому не свернуть ее.

— А Лизавета Егоровна?

— Что это ты о ней при этой стати вспомнил?

— Да так; что она теперь, как смотрит?

Розанов лег на постель и долго еще разговаривал с Помадой о Лизе, о себе и о своих новых знакомых.

— Ну, а как денег у тебя? — спросил Помада.

— А денег у меня никогда нет.

— И без прислуги живешь?

— Хозяин лошадь мою кормит, а хозяйка самовар ставит, вот и вся прислуга.

— А Ольга Александровна?

— Что?

— Такая ж, как была?

Розанов махнул рукой и отвернулся к стенке. Помада задул свечу и лег было на диван, но через несколько минут встал и начал все снова перекладывать в своем чемоданчике. Работа эта, видно, его очень занимала. Сидя в одном белье на полу, он тщательнейшим образом разобрал вещи, пересмотрел их, и когда уложил снова, то на дворе было уже светло.

Помада посмотрел с четверть часа в окна и, увидя прошедшего по улице человека, стал одеваться.

— Розанов! — побудил он доктора.

— Ну! — отозвался Розанов и, взглянув на Помаду, который стоял перед ним с фуражкой в руке и с чемоданчиком под мышкой, спросил: — куда это ты?

— Выпусти меня, мне не спится.

— Куда ж ты пойдешь?

— Так, погуляю.

— А чемодан-то зачем тащишь?

— Я погуляю и зайду прямо к Лизавете Егоровне.

— Ведь ты не найдешь один.

— Нет, найду; ты только встань, выпусти меня.

Розанов пожал плечами и проводил Помаду, запер за ним двери и лег досыпать свою ночь, а Помада самым торопливым шагом подрал по указанной ему дорожке к Богородицкому.

Частые свертки не сбили Помаду: звезда любви безошибочно привела его к пяти часам утра в Богородицкое и остановилась над крылечком дома крестьянина Шуркина, ярко освещенным ранним солнышком. Где стала звезда, тут под нею сел и Помада.

Солнышко погревало его, и сон стал его омаривать. Помада крепился, смотрел зорко в синеющую даль и видит, что идет оттуда Лиза, веселая такая, кричит: «Здравствуйте, Юстин Феликсович! здравствуйте, мой старый друг!»

Помада захотел что-то крикнуть, издал только какой-то звук и вскинул глазами.

Перед ним стояла баба с ведрами и коромыслом.

— Не скоро они встанут-то, молодец, — говорила она Помаде, — гости у них вчера долго были; не скоро теперь встанут.

— Ничего, я подожду.

— Ну жди; известно, коли тебе так приказано, надо ждать.

Баба проходила.

Помада смотрит на дымящиеся тонким парочком верхушки сокольницкого бора и видит, как по вершинкам сосен ползет туманная пелена, и все она редеет, редеет и, наконец, исчезает вовсе, оставляя во всей утренней красоте иглистую сосну, а из-за окраины леса опять выходит уже настоящая Лиза, такая, в самом деле, хорошая, в белом платье с голубым поясом. «Здравствуйте» — говорит. Помада ей кланяется. «Мы старые друзья, — говорит Лиза, — что нам так здороваться, давайте поцелуемся». Помада хотел дружески обнять Лизу, но она вдруг поскользнулась, покатилась в овраг. «Ай, ай, помогите!» — закричал Помада, бросаясь с обрыва за Лизою, но его удержала за плечо здоровая, сильная десница.

— Ах ты, парень, парень; как тебя омаривает-то! Ведь это долго ль, сейчас ты с этого крыльца можешь себе шею сломать, а нет, всю морду себе расквасить, — говорит Помаде стоящий возле него мужик в розовой ситцевой рубахе и синих китайчатых шароварах.

— Ранец-то свой подыми, — продолжал мужик, указывая на валяющийся под крылечком чемоданчик. Помада поднял чемоданчик и уселся снова.

— Поди холодною водою умойся, а то тебя морит.

Помада пошел умыться.

— Издалека? — спросил хозяин, подавая ему полотенце.

Помада назвал губернию.

— Стало, ихний, что ли, будешь?

— Ихний, — отвечал Помада.

— Дворовый, или как сродни доводишься?

— Нет, так, знакомый.

— А-а! — сказал мужик и, почесав спину на крылечке, пошел почесать ее в горнице.

Сон Помады был в руку. Как только хозяйка побудила Лизу и сказала, что ее, еще где тебе, давно ждет какой-то разносчик, Лиза встала и, выглянув немножко из окна, крикнула:

— Помада! Юстин Феликсович!

Через две минуты Лиза, в белом пеньюаре, встречала Помаду, взяла его за обе руки и сказала:

— Ну, мы старые друзья, что нам так здороваться; давайте поцелуемся.

И Лиза поцеловала Помаду. Много перевернул и порешил этот простой, дружеский поцелуй в жизни Помады. Нужно быть хорошим художником, чтобы передать благородное и полное, едва ли не преимущественно нашей русской женщине свойственное выражение лица Лизы, когда она, сидя у окна, принимала из рук Помады одну за другой ничтожные вещицы, которые он вез как некое бесценное сокровище, хранил их паче зеницы ока и теперь ликовал нетерпеливо, принося их в дар своему кумиру.

Лиза вся обложилась Помадиными подарками. Последними были ей поданы два письма и три затейливо вышитые воротничка работы Женни Гловацкой.

Когда Помада вынул из своего ранца последний сверток, в котором были эти воротнички, и затем, не поднимаясь от ног Лизы, скатал трубочкою свой чемоданчик, Лиза смотрела на него до такой степени тепло, что, казалось, одного движения со стороны Помады было бы достаточно, чтобы она его расцеловала не совсем только лишь дружеским поцелуем.

Лиза была тронута, видя, что Помада, живучи за сотни верст, помнил только одну ее.

### Глава двадцать четвертая.
### Самая маленькая главка

Помада устроился в Москве очень скоро. Лиза захотела, чтобы он жил к ним ближе, а он ничего иного и не хотел. Бертольди свела его с Незабитовским, и Помада поселился у Незабитовского, считая только для блезира, что он живет у Розанова.

При всей своей расположенности к Розанову Помада отошел от него далеко в первое же время, ибо в первое же время, чтобы долго не раздумывать, он послал просьбу об отставке.

Он сделал это потому, что Лиза сказала, что ей с ним лучше.

Между тем дружба Помады с Розановым в существе хранилась ненарушимо: Розанов очень мягко относился к увлечению Помады, и Помада ценил это. Мало-помалу Помада входил в самую суть новой жизни и привешивался к новым людям, но новые люди его мало понимали, и сама Бертольди, у которой сердца все-таки было больше, чем у иных многих, только считала его «монстром» и «дикобразом».

В эти дни у наших знакомых случилось маленькое происшествие, для короткого описания которого собственно и посвящена эта короткая главка.

Назвалась Лиза и Полинька к Розанову на чай.

Напились чаю, скушали по порции мороженого и задумали идти в лес. Бертольди хотела показать «монстру» сокольницкую террасу и общество. Желание вовсе не свойственное Бертольди, тем не менее оно пришло ей. Лизе очень не хотелось идти на террасу, а Полиньку просто страхом обдавало при мысли показаться на люди. У Полиньки Калистратовой, как говорят женщины, предчувствие было, что ей не должно идти к террасе, и предчувствие ее оправдалось.

Только что общество наше вышло на площадку, оно повстречалось с тремя ухарскими франтами, из которых средний, атлет страшного роста, косая сажень в плечах, с усами а la Napoleon III, выпятив вперед высоко поднятый локоть левой руки, сорвал с себя шляпу и, сделав Полиньке гримасу, сказал:

— Же ву салю, мадам.

Доктор, с которым Полинька и Лиза шли под руку, почувствовал, что Калистратова от этой встречи так и затрепетала, как подстреленная голубка. В эту же минуту голиаф, оставив товарищей и нагнувшись к Полинькиному ребенку, который шел впереди матери, схватил и понес его.

— Что это такое? — спросил Розанов бледнеющую и падающую Полиньку.

— Молчите, молчите, — отвечала она, стараясь удержаться за его руку. Розанов направился к скамейке и попросил для Полиньки места. Калистратова села, но, шатаясь, рвалась вперед и опять падала к спинке; дыханье у нее судорожно спиралось, и доктор ожидал, что вот-вот у нее начнется обморок.

Лиза, Бертольди и Розанов стали около Полиньки так, чтобы по возможности закрыть ее от бесчисленных глаз гуляющей толпы, но все-таки, разумеется, не могли достичь того, чтобы Полинька своим состоянием не обратила на себя неприятного внимания очень большого числа людей.

Прошла минута, две, пять. Розанов с Лизою перешепнулись и послали Помаду нанять первый экипаж, как в это же мгновение сияющий голиаф поставил перед Полинькой ребенка, опять высоко подняв локоть, сорвал с себя шляпу, опять сказал с насмешливою важностью: «же ву салю, мадам» и, закрутив ус, пошел по дорожке.

Полинька с минуту после прощанья голиафа молча смотрела ему вслед и потом вдруг схватила своего ребенка и зарыдала. У нее сделался сильный истерический припадок, которого ни остановить, ни скрыть среди толпы народа было невозможно, и наши знакомые провели пренеприятную четверть часа, прежде чем Полиньку посадили в карету, которую предложил какой-то старичок. Вместе с Полинькою сел Розанов, как медик, и Полинькин мальчик. В ручках у ребенка оказался довольно длинный кусок розового рагат-лукума и новенький серебряный гривенничек. Это были родительские подарки.

Полинька довольно долго не могла успокоиться и просила кого-нибудь из девиц переночевать у нее.

— Я боюсь теперь быть одна, — говорила Полинька.

— Чего ты боишься?

— Его, Лиза, его, моего мужа; вы не знаете, какой он человек. И Лиза и Бертольди охотно остались ночевать у Полиньки; а так как ни Лиза, ни Бертольди спать не ложились, а Полинька лежала в блузе, то и доктор с Помадою остались проводить эту страшную ночь вместе.

Когда все собрались к Полиньке вечером, на другой день после этого происшествия, она уже совсем поправилась, смеясь над своею вчерашнею истерикою и трусостью, говорила, что она теперь ничего не боится, что ее испугало не внезапное появление мужа, а то, что он схватил и унес дитя.

— Так вдруг мысль пришла, что он убьет ребенка, — говорила Полинька. Полинька, успокоившись, была веселее обыкновенного и несколько нарушила свое обычное молчание, скромно, но прехарактерно рассказав некоторые трагикомические случаи своей жизни.

Рассказы эти почти совсем не касались мужа и относились к тому, как Полинька переделывалась из богатой поместной барыни в бедненькую содержательницу провинциальной гостиницы с номерами, буфетом и биллиардом.

## Глава двадцать пятая.
## Новые наслоения в обществе и кое-что новое в романе

«Чтобы черт меня взял, — думал Розанов, — прекрасная эта бабочка, Полинька Калистратова! Вот если бы вместо Ольги-то Александровны была такая женщина, — и гром бы меня не отшиб. Да только уж, видно, так и шабаш».

— Розанов! — крикнул звонкий дискант.

— Что, Бертольдинька?

— Можно?

— Очень возможно, я в покровах.

— Идите со мною.

— Куда это? Вы меня, может быть, убить хотите?

— Не стоит рук марать. Я с вами не шутить пришла, а едемте к Полиньке Калистратовой: ее сын умирает.

Доктор взял шляпу и пошел с Бертольди.

Он первый раз шел в квартиру Калистратовой.

Полинька Калистратова жила в одной комнатке, выходившей окнами на дорожку, за которой начинался Сокольницкий лес. В комнатке было бедно, но заметно, что здесь живет молодая женщина со вкусом и привычкою к опрятности и даже к изяществу. Белый деревянный столик был обколот ловко собранной белой кисеей, на окнах тоже были чистые занавески, детская кроватка под зеленым ситцевым пологом, сундук, несколько игрушек на полу, пять стульев, крашеный столик, диван и на стене деревянная вешалка, закрытая белою простынею, — это было все убранство жилища Полины Петровны и ее ребенка.

Теперь это жилище было несколько в большем беспорядке. Не до порядков было его хозяйке. Когда доктор и Бертольди вошли к Полиньке Калистратовой, она стояла у детской кроватки. Волосы у нее были наскоро собраны пуком на затылке, и платье, видно, не снималось несколько суток.

Увидя Розанова и Бертольди, она кивнула им молча головою и не отошла от кроватки.

— Что с вашим ребенком? — произнес шепотом Розанов.

— Не знаю, доктор. Я ходила в Москву, в почтамт, и долго там прождала. Вернулась, он спал и с тех пор едва откроет глазки и опять заводит, опять спит. Послушайте, как он дышит... и ничего не просит.

Это ведь не простой же сон?

У ребенка была головная водянка. Розанов определил болезнь очень верно и стал лечить внимательно, почти не отходя от больного. Но что было лечить! Ребенок был в состоянии совершенно беспомощном, хотя для неопытного человека и в состоянии обманчивом. Казалось, ребенок вот отоспится, да и встанет розовый и веселенький.

Розанов третьи сутки почти безвыходно сидел у Калистратовой. Был вечер чрезмерно тихий и теплый, над Сокольницким лесом стояла полная луна. Ребенок лежал в забытье, Полиньку тоже доктор уговорил прилечь, и она, после многих бессонных ночей, крепко спала на диване. Розанов сидел у окна и, облокотясь на руку, совершенно забылся.

Думы его начались тем, как будет все, когда умрет этот ребенок, а умрет этот ребенок непременно очень скоро — не завтра, так послезавтра. Потом ему представлялась несчастная, разбитая Полинька с ее разбитым голосом и мягкими руками; потом ее медно-красный муж с циничными, дерзкими манерами и жестокостью; потом свой собственный ребенок и, наконец, жена. Но жена припомнилась как-то так холодно, как еще ни разу она не вспоминалась. Ни гнева, ни любви, ни ревности, ни досады — ничего не было в этом воспоминании. Так, промелькнул как-то ее капризный, сварливый образ и тотчас же исчез, не оставив даже за собою следа. Даже сострадание, обыкновенно неразлучное с этим воспоминанием, явилось каким-то таким жиденьким, что сам доктор его не заметил. К полуночи Полинька Калистратова проснулась, приподняла голову и осмотрелась. Дитя по-прежнему лежало тихо, доктор по-прежнему тихо сидел.

Полинька встала, поправила голову и села к окну. В комнате долго только раздавалось тяжелое детское дыхание.

Доктор с Калистратовою просидели молча целую ночь, и обоим им сдавалось, что всю эту ночь они вели самую задушевную, самую понятную беседу, которую только можно бы испортить всяким звуком голоса.

Утром ребенок тихо умер.

Прошли тяжелые сцены похорон, вынесли детскую кроватку из комнаты Полиньки Калистратовой.

— Пусто стало, — говорила дрожащим голосом Полинька, относя к комнате внутреннюю пустоту своей нежной натуры, у которой смерть отняла последний предмет необходимой живой привязанности.

Доктор ежедневно приходил к осиротелой Полиньке и, как умел, старался ее развлечь и успокоить. Часто они ходили вдвоем вечерком в Богородицкое к Лизе и вдвоем оттуда возвращались в Сокольники.

Так прошло с месяц после смерти ребенка. Раз Розанов получил неприятное известие от жены и, встревоженный, зашел в семь часов вечера к Калистратовой, чтобы идти к Лизе.

Лизу они застали за чтением. Она была не в духе и потому не очень приветлива. Помада стругал палочку.

— Что это ты сооружаешь? — спросил его доктор.

— Это мухоловка будет.

— Как же ты ее сделаешь?

Помада надел на рогульки мешок из кисеи и замахал им по комнате.

— Полноте, пожалуйста, вертеться, — остановила его Лиза.

— Видишь, сколько, — показывал Помада Розанову, держа жужжащих в мешке мух.

— Механик! — заметил, улыбаясь, Розанов. — А где ваша Бертольдинька?

— Она сейчас будет, — отвечал Помада, излавливая мух, летавших у порога, — она в город поехала.

— Вы ничего не слыхали, доктор, о Красине? — спросила Лиза.

— Нет, ничего не слыхал, Лизавета Егоровна.

— Его сейчас привезет Бертольди.

— Что ж это за Красин?

— Социалист.

— Из Петербурга?

— Да.

— Ну уж…

— Что такое?

— Знаем мы этих русских социалистов из Петербурга!

— Что вы знаете? Ничего вы не знаете.

— Нет, знаю-с кое-что.

— Зная кое-что, вы еще не имеете права чернить честных людей.

— Да Бог святой с ними; я их не черню и не белю. Что мне до них. Им одна дорога, а мне другая.

— Да, вам словами играть, а они дело делают.

— Какое такое они дело делают, Лизавета Егоровна?

— Какое бы ни делали, да они первые его делают.

— Да это что ж… А вот Бертольди.

Бертольди рассчитывалась с извозчиком; возле нее стоял высокий долгогривый человек с смуглым лицом, в гарибальдийской шляпе и широком мэк-ферлане.

— Вон какой! — произнес под ухом Розанова Помада.

— Да, и по рылу видать, что не из простых свиней, — заметил Розанов.

Лиза взглянула на Розанова молча, но с презрительным выражением в лице.

— Господин Красин, — произнесла Бертольди, входя и представляя Лизе гостя.

Красин поклонился довольно неловко и тотчас же сел.

Розанов во все глаза смотрел на петербуржца, а Бертольди во все глаза смотрела на доктора и с сияющим лицом набивала для Красина папироски.

— Что будут делать ваши? — спросила Лиза, единственное лицо, начавшее разговор с петербуржцем.

— Опровергать лжеучения идеалистов и экономистов, стремиться к уничтожению семейственного и общественного деспотизма, изменять понятия о нравственности и человеческом праве. Первое дело — разделить поровну хлеб по желудкам.

— Это нелегко.

— Трудное — не невозможно. Не нужно терять много слов, а нужно делать. Живой пример — самый лучший способ убеждения.

— Но что вы сделаете с деспотизмом семьи и общества?

— Откроем приют для угнетенных; сплотимся, дружно поможем общими силами частному горю и защитим личность от семьи и общества. Сильный поработает за бессильного: желудки не будут пугать, так и головы смелее станут. Дело простое.

Разговор все шел в этом роде часов до десяти. У Полиньки Калистратовой, вообще все еще расстроенной и не отдохнувшей, стала болеть голова. Розанов заметил это и предложил ей идти в Сокольники.

— Что вы сегодня такой молчаливый? — спросила Бертольди, прощаясь с Розановым и торжественно глядя на Красина.

— Вами, мой друг, любуюсь, — ответил ей на ухо Розанов.

— Вечные пошлости! — пропищала Бертольди, вырвав у него свою руку.

— Кто это такой? — спросил Красин по уходе Розанова и Калистратовой.

— Это врач одной больницы, — мой старый знакомый, — отвечала Лиза.

— Он медик?

— Да.

— И идеалист, — подсказала Бертольди.

— То есть как идеалист? Зачем клеветать? — заметила Лиза. — Он очень неглупый и честный человек, только тяжелый спорщик и пессимист.

— Что ж, это хорошо.

— Да вы что думаете, что он ничего не признает? Нет, он все стоит за какой-то непонятный правильный прогресс, — возразила Бертольди.

— Постепеновец, значит.

— Как вы назвали?

— Постепеновец.

— Вот, Бахарева! вот именно для Розанова слово: постепеновец.

— Ну, из этих господ прока не будет: они сто раз вреднее ретроградов, — заметил Красин.

— А! Бахарева, как это в самом деле идет к нему — постепеновец, — опять приставала Бертольди.

— А что, это очень умный человек? — спрашивала Розанова Полинька Калистратова, подходя к дому.

Розанов засмеялся и сказал:

— А вам как кажется?

— Я, право, не поняла.

— Я тоже, — отвечал доктор, пожав у ворот ее ручку.

На другой день Розанов с Калистратовой пришли к Лизе несколько позже и застали у нее целое общество. Был Помада, Незабитовский, Бычков с Стешей и с сынишком, маркиз, Белоярцев и Красин. Когда Розанов и Калистратова вошли, Лиза сидела на своем месте у окна, Бертольди насыпала папироски, а все остальные молча слушали Красина.

— Физиология все это объясняет, — говорил Красин при входе Розанова, — человек одинаково не имеет права насиловать свой организм. Каждое требование природы совершенно в равной степени заслуживает удовлетворения. Функция, и ничего более.

— Факт, — подтвердила Бертольди.

Маркиз косился и вертел нижнюю губу. Белоярцев рассматривал сердечко розы, остальные молча смотрели на Красина.

— Вот Розанов тоже должен с этим согласиться, — сказала Бертольди, чтобы втянуть в спор Розанова.

— С чем это я должен согласиться? — спросил Розанов, пожимая руки гостей и кланяясь Красину.

— С законами физиологии.

— Ну-с.

— Естественно ли признавать законность одних требований организма и противодействовать другим?

— Нет, не естественно.

— И вредно?

— Конечно, и вредно. Противодействие природе не может совершаться в интересах той же природы.

— А что же ваши разглагольствования о любви?

— Какие разглагольствования? Мы с вами об этом столько перетолковали, что всего и не припомнишь.

— О верности и ревности.

— Ну при чем же они тут?

— Как же, во имя верности вы должны жить сдержанно.

— Да.

— Ну, где же естественность?

— Право, не понимаю, о чем тут шла речь до моего прихода.

— О том, что никто не имеет права упрекать и осуждать

женщину за то, что она живет, как ей хочется.

— Совершенно справедливо.

— Ну и только.

— Факт, — смеясь, подтвердил доктор.

— А вы же рассказывали о нравственных обязательствах?

— Да, так что ж такое?

— А эти ваши нравственные обязательства не согласны с правилами физиологии. Они противоречат требованиям природы; их нет у существ, живущих естественною жизнью.

— Фу ты пропасть! Слов-то, слов-то сколько! В чем дело? Вы хотите сказать, что, любя человека, вы не признаете себя обязанною хранить к нему верность?

— Если...

— Если ваша природа этого потребует? Отлично. Вы имеете полнейшее право сделать что вам угодно, точно так же как он имеет право перестать вас любить.

— За это? Перестать любить за пользование своим правом?!

— Да, хоть и за это.

— На каких же это разумных началах? — иронически спросил Красин.

— На началах взаимного доверия и уважения, — отвечал Розанов.

— Да за что же вы перестанете уважать? Разве вы перестанете уважать вашу любовницу, если она напилась, когда ей пить хотелось? Функция.

— Но я не стану ее уважать, если она, сидя здесь вот, например, вздумает здесь же непременно отправлять все свои функции, а животные ведь ничьим сообществом не стесняются.

Мужчины засмеялись.

— И мы стесняемся только из предрассудков, — ответил Красин.

— Ну, покорно благодарю за такую свободу. Если я поберегу немножко чужие чувства, еще не произойдет никакого зла.

— Вы ведь медик?

— Да, я учился медицине.

— И вы отрицаете право природы?

— Нет-с. Я его не отрицаю, а я только понимаю любовь к женщине, а не к животному.

— Что же, вы — платонист?

— Я медик.

— Вы, значит, держитесь материалистических воззрений.

— Я не люблю идеальной философии.

— И соглашаетесь с шутами, что...

— «Если изба без запора, то и свинья в ней бродит», как говорит пословица. Соглашаюсь, и всегда буду с этим соглашаться. Я не стану осуждать женщину за то, что она дает широкий простор своим животным наклонностям. Какое мне дело? Это ее право над собою. Но не стану и любить эту женщину, потому что любить животное нельзя так, как любят человека.

— А вы медик?

— Я медик и все-таки позволю вам напомнить, что известная разнузданность в требованиях человеческого организма является вследствие разнузданности воли и фантазии. И наконец, скажу вам не как медик, а как человек, видевший и наблюдавший женщин: женщина с цельной натурой не полюбит человека только чувственно.

— У вас какая-то идеальная любовь. Мы допускаем, что женщина может жить гражданскою любовью к обществу и на все остальное смотреть разумно... так... Функция.

— И это называется разумно?

— Функция, — отвечал, пожав презрительно плечами, Красин.

Розанов глядел на него молча.

— Вы следите за тем, что вырабатывает мысль передовых людей? — спросил наставительно Красин.

— Стараюсь.

— Вы читаете этот журнал? — опять вопросил в том же тоне Красин, поднимая вверх лежавшую на столе книгу.

— Нет, этого я не читаю.

— Почему же-с, смею спросить?

— Да потому, что я всегда месяца за четыре вперед в оригиналах читаю все, о чем здесь пишут, и переводных извращений терпеть не могу.

— Напрасно. Если бы вы вникли, так увидели бы, что здесь есть особая мысль.

— Да я это и не читая вижу, — отвечал Розанов и, закурив сигару, вышел походить по садику.

— Каков, батюшка, разговор при девушках? — спрашивал его, колтыхая по дорожке, косолапый маркиз.

— Да.

— И вам-то охота поддерживать.

— Да уж тут нечего отмалчиваться, когда слушают во все уши: полезнее же разбивать, чем молчать.

— А до вас-то что было: ужас! ужас! Просто к свободно-переменному сожительству приглашал.

— Ну, вот видите. — Петр Сергеевич! — позвал доктор, остановясь у окна и толкнув Белоярцева.

Белоярцев оглянулся и высунулся в окно.

— Что вы там сидите? Гулять бы идти.

— Пожалуй.

— Или беседа не нравится?

— Мне вот цветок нравится, — отвечал, улыбаясь, Белоярцев. — Видите, как это расходится; видите, все из одной точки, а, а, а! —

восклицал он, указывая на лепестки розы, — все из одной точки.

— Бертольди! — крикнул слегка доктор, — гулять пойдемте.

Бертольди махнула отрицательно головою, как молящаяся женщина, у которой спрашивают, не брала ли она ключей от комода.

— Штучку скажу, право скажу, — соблазнял ее доктор, — хорошенькую штучку.

Бертольди молча отошла дальше.

В садик вышел Помада и Полинька Калистратова да Белоярцев, а прогулка до чаю так и не состоялась.

— Что, вы какого мнения о сих разговорах? — спрашивал Розанов Белоярцева; но всегда уклончивый Белоярцев отвечал, что он художник и вне сферы чистого художества его ничто не занимает, — так с тем и отошел. Помада говорил, что все это просто скотство ; косолапый маркиз делал ядовито-лукавые мины и изображал из себя крайнее внимание, а Полинька Калистратова сказала, что «это, Бог знает, что-то такое совсем неподобное».

За чаем Лиза вызвалась провожать сокольничан и москвичей.

Напились чаю и пошли, разбившись на две группы. Белоярцев шел с Бычковым, Лизой, Бертольди, Калистратовой и Незабитовским. Вторая группа шла, окружая Стешу, которая едва могла тащить свой живот и сонного полугодового ребенка. Дитятю у нее взяли; Розанов и Помада несли его на руках попеременно, а маркиз колтыхал рядом с переваливающейся уточкою Стешею и внимательно рассматривал ее лицо своими утомляющими круглыми глазами.

На поляне вошли на холмик и присели под тремя соснами.

Стеша села немножко поодаль от других, взяла у Помады своего ребенка и закрыла его платком.

— Холодно, — сказала она.

— Какой вздор! — возразил Бычков.

— Нам ничего, а ему холодно, — отвечала покорно Стеша, окутывая своего ребенка.

— А зачем таскаешь, — заметил Бычков.

— Вам лишь бы спорить, Розанов.

— Полноте, Лизавета Егоровна, что мне за радость препровождать свою жизнь в спорах.

— Однако вот препровождаете.

— Потому что не могу согласиться с тем, что часто слышу.

— Солидарности не видите?

— Да-с, солидарности не вижу.

— Как же это: ни с кем не видите в себе солидарности? — иронически спросил Красин.

— Да, ни с кем-с, — спокойно отвечал доктор.

— Особенный человек, — заметила Лиза, — с Чистыми Прудами был несогласен…

— Несогласен, — подсказал Розанов.

— С Лефортовом тоже несогласен.

— Несогласен.

— С студентами разошелся, — продолжала Лиза.

— Разошелся, — спокойно подтверждал доктор.

— С теориями петербургских молодых людей не согласен: готов даже за неразрешимый брак стоять.

— Ну это, Лизавета Егоровна, вы сами придумали, а мое мнение о теориях я еще сто лет назад вам высказывал. Не верю в теоретиков, что ж мне делать.

— Ну вот поляки уж не теоретики.

— О поляках говорить нечего. С ними у меня общего менее, чем с кем-нибудь.

— Отчего ж это? — перегинаясь, спросил Красин.

— Так. Оттого, что я их знаю.

— Отчего ж мы находим солидарность?

— Оттого, что, верно, не понимаете дела.

— Это интересно, — смеясь, сказала Бертольди.

— Очень даже интересно, — отвечал Розанов. — Вы, господин Красин, человек нелогичный. Я вам сейчас это докажу. Вы вчера говорили об узкости национальных интересов и о стремлении вашей секты дать человечеству широкие, равные права и уничтожить принципы семьи. Поляки этого не хотят. Поляки бьются за национальное обособление; они католики, следовательно не материалисты; они собственники, а ваш девиз — общность имущества; ваши женщины должны руководиться функциями, а у каждой польки сидит по три ксендза во лбу, и, наконец, инициатива нынешних стремлений поляков аристократически-католическая, а не социально-демократическая. Вы, господин Красин, заигрываете с Незабитовским, когда уверяете его в вашей солидарности с поляками. У вас нет этой солидарности, и я вызываю вас доказать мне, что я ошибаюсь.

— У нас один общий враг.

— Враг один у всего человечества. Это — его невежество и упадок нравов. Противодействуйте ему.

— Чем же-с?

— Чем хотите, только не насилием и не ксендзами.

— Полицией, — пропищала Бертольди. — Вот, Розанов, нет ли у вас с нею солидарности?

Многие засмеялись. Розанов помолчал и потом, обратясь к Бертольди, сказал:

— Я вам сто раз говорил, Бертольдинька, что вы выше закона и обращать внимание на ваши слова непозволительно.

— А о католичестве, пан Розанов, ошибаешься, — сказал по-польски Незабитовский.

— Не думаю, — по-польски же отвечал Розанов.

— Мы терпим ксендзов, пока они теперь нам нужны, а потом к черту их всех.

— Э! дудки это, панове! Ксендзы похитрее вас. У вас в каждом доме что ни женщина, то ксендзовский адвокат. Ксендзы да жиды крепче вас самих в Польше. Разоряйтесь понемножку, так жиды вас всех заберут в лапы, и будет новое еврейское царство.

— Если все так будут рассуждать только, — вмешался, поняв последние слова, Бычков, — то, разумеется, ничего не будет, а нужно делать.

— Да делайте, кто ж вам мешает, делайте. Идите в польские леса, ложитесь костьми.

— И пойдут.

— Кто?

— Люди пойдут.

— Может быть, кто-нибудь и пойдет, а уж вы не пойдете, за это я вам ручаюсь. Ну кто, господа, в повстанье? записывайте, Незабитовский.

— Полноте шуметь, — внушительно заметил Бычков.

— А, шуметь!

— Нет, вы серьезно несносны сделались, Розанов, с вашим резонерством, — проговорила, вставая, Лиза.

— Может быть, Лизавета Егоровна. Я не виноват, что в такие дни живу, когда люди ум теряют. А вот не угодно ли вам спросить поляка Незабитовского, что они думают о вашем либерализме? Они дорожат им, как прошлогодним снегом, и более готовы уважать резкое слово, чем бесплодные заигрывания. Наши либералы надули того, на кого сами молились; надуют и поляков, и вас, и себя, и всех, кто имеет слабость верить их заученным фразам. Самоотверженных людей столько сразу не родится, сколько их вдруг откликнулось в это время. Мы с вами видели одного самоотверженного человека-то, так он похож на наших, как колесо на уксус. Одно воспитание выделяет Бог знает как. А это что? Пустозвоны, да и только.

— Только и есть будто на свете людей, Розанов?

— Нет, еще одного знаю.

— Покажите же нам, — пропищала Бертольди.

— Не разглядите.

— Что это такое?

— Да так; не умели до них пор разглядеть, Лизавета Егоровна, так уж не разглядите.

— Это не вы ли? — спросила Бертольди.

— Нет, не я и не вы, Бертольдинька.

— А кто это был первый? — спросил Красин.

— Я думаю, он говорил о Райнере, — отвечала Лиза.

— О Райнере! — воскликнул изумленный Красин. — Помилуйте, Райнер шпион.

— Ну вот вам и поздравляю, — заметил Розанов.

И пошел спор о Райнере, закончившийся тем, что Райнер, точно, человек сомнительный.

— Да, шут гороховый этот Райнер, — произнес в конце спора Розанов, — несло его сюда к нам; говорил ему, упрашивал уехать, нет-таки, ну, упрямая овца волку ж корысть.

— Что ж это, по-вашему, мы такая уж дрянь, — начала было Бертольди, но Розанов перебил ее.

Давно все знали в Москве, что и в Петербурге политическая возбужденность совсем упала, в обществе начался критический разбор либерализма, но еще в Москве не знали хорошо, во что ударились рассеянные остатки петербургских псевдолибералов. Теперь это разом объяснилось Розанову; они не сложили рук, как московские, и не взялись за работу, а выдумали новый, совершенно безопасный и не вызывающий ничьего противодействия союз, придавая ему характер псевдосоциальной борьбы. Розанов понял это и, остановив Бертольди, сказал:

— Да, мы с вами уж такая дрянь, что и нет хуже. Говорить даже гадко: и в короб не лезем, и из короба не идем; дрянь, дрянь, ужасная дрянь.

А на дворе уж занималась зорька, оттеняя верхушки высоких сосен Сокольницкого леса. Общество рассталось довольно холодно; Розанов повел домой Калистратову.

— А вы большой спорщик, — говорила она, подходя к дому.

— Надоедают мне эти хлыщи, Полина Петровна. Это ведь что же? Был застой; потом люди проснулись, ну поддались несбыточным увлечениям, наделали глупостей, порастеряли даром людей, но все ведь это было человеческое, а это что же? Воевать с ветряными мельницами, воевать с обществом, злить понапрасну людей и покрывать это именем какого-то нового союза. Ну что это за союз? Вы посмотрите, что это такое: женщинок побольше посбивать с толку, пожить с ними до бесстыдства, до наглости, а потом будь что будет. Им ведь ничего, а те будут репку петь. О подлецы, подлецы неописуемые!

— Полноте браниться-то так, Дмитрий Петрович, — смеясь, проговорила Полинька. — Ну что вам до них?

— Как что-с? Они слабых людей сколько могут увлечь? Попробовали бороться с правительством, видят — кусается, ну так вот теперь другое выдумали. Дело точно безопасное. Что ж, разврат везде терпится под весьма различными формами, только зачем же из него делать какое-то общественное служение. Любви у нас и так нет; женщин мы всегда умели переменить; трудиться серьезно никогда не умели; детей тоже прикидывали на долю одной матери, либо на заботы опекунского совета; но зачем же опять все это формулировать в какую-то революцию? Честность, честность в отношении с женщинами! Чтоб любовь-то была, а не «волненье крови молодой», чтоб нравственные обязательства, вытекающие из союза с любимой женщиной, были крепки и святы, а не считались вздором. Я сам нищ и убог на всех пунктах, так мне бы нечего их оспаривать: пусть делят чертковский дом, авось и мне уголочек бы какой-нибудь достался; пусть.

— Что пусть?

— Ничего-с.

— Это, верно, насчет женщин?

— Да-с, насчет женщин.

— Что же это такое?

— Да что ж вы думаете, мне полюбить-то и быть любимым не хочется, что ли?

— Хочется?

— Еще бы! даже и очень.

— За чем же дело стало?

— Как за чем?

— Ведь вы были влюблены в Бахареву.

— Господи помилуй! и в помышлении никогда не было.

— Напрасно; а она не из тех, чтобы перед чем-нибудь остановилась.

— Да это что говорить, Полина Петровна!

— Что?

— Это не идет нам.

— Отчего это?

— Так; я человек с большими недостатками и слабостями, а она девушка сильная и фанатичка. Мы не можем ладить. Я ей благодарен за многое, но любить ее...

— Не можете?

— Не могу-с.

— Отчего же не можете любить сильной женщины?

— Да так; оттого, что лычко с ремешком не вяжется. Она меня не поддержит, а я человек разбитый: мне нужно много снисхождения. Я хотел бы хоть каплю простого, теплого участия.

— Какая сентиментальность.

— Нет-с, не сентиментальность. Любить человека в моем положении надо много смелости. Сентиментальная трусиха и эгоистка на такую любовь не годится.

— А какая же годится?

— Так вот, простая, здравомыслящая и добрая женщина.

— Простая, здравомыслящая и добрая: вы сущих пустяков желаете, Дмитрий Петрович.

— А что ж вы думаете?

— Ну поищите же ее до второго пришествия.

— Отчего? Да вон ваша же подруга, Женни Гловацкая ...

— Ну, не думаю; правда, я ее знала ребенком; может быть, теперь она очень переменилась, а когда я ее знала в институте, она не подавала таких надежд. Я ведь раньше их вышла за два года, но все-таки не думаю, чтобы Женни на такую штуку рискнула, — произнесла тоном опытной женщины Калистратова.

— А вы сами? Вы тоже не рискнули бы?

Калистратова слегка покраснела, но твердо сказала:

— Я еще об этом не думала.

— А вы ведь прелестная женщина!

— Будто?

— Право, прелестная. Ни при одной женщине так хорошо себя не чувствуешь, как при вас.

— Все это вы себе сочиняете, — проговорила Полина, и ее бледные щеки еще более зарумянились.

— Нет, это не сочинение, а...

— Полноте, — сказала, прервав его, серьезно Полина.

— Отчего же не сказать правды? Я очень часто о вас думаю.

— Полноте, — еще строже остановила Калистратова.

— Как хотите; а я рад, что, узнав вас, я еще почувствовал, что могу привязаться к женщине. Да...

— Розанов! я вас два раза просила перестать. Это мне, наконец, неприятно.

— Если это вас оскорбляет.

— Не оскорбляет, — оскорбляться нечем, а... зачем такие разговоры.

Они дошли молча.

— Вы сердитесь? — спросил Розанов у калитки.

— Я уж вам сказала, что сердиться мне не за что, — отвечала Полинька и спокойно дала ему поцеловать свою руку.

Черт знает, как гадко после такого разговора очутиться в пустой, одинокой комнате.


## Глава двадцать шестая.
## Разрыв


Розанов три вечера кряду ходил с Полинькой Калистратовой к Лизе и три раза не заставал дома ни Лизы, ни Бертольди, ни Помады. Спустя два дня он опять зашел после обеда к Калистратовой, чтоб идти с нею к Лизе.

— Да что ж ходить, Дмитрий Петрович, — отвечала Полинька, — пожалуй, опять не застанем.

— Попробуемте; все равно — вечер хороший, пройдемся.

— Пожалуй; где это они пропадают?

— Диковина.

— Эта Лизочка все суетится, бедная.

— Как это? Что вы думаете?

— Да, верно, все с этим Красиным возится.

— Ну Бог знает что!

— Да отчего же.

Полинька Калистратова ни духом, ни словом не давала Розанову заметить, что она помнит о его признании. Все шло так, как будто ничего не было. Лизу на этот раз они застали дома, и притом одну; Бертольди и Помады не было. Розанов осведомился о них и получил в ответ, что они поехали к Красину.

— А вы как же дома? — спросил он с притворным удивлением.

— Я делаю то, что я хочу, — отвечала Лиза.

Никак разговор не клеился.

— Вы больны сегодня, Лизавета Егоровна? — спросил Розанов.

— Нет, я здорова, — и сейчас же добавила: — Что ты, Полинька, как поживаешь, чем занимаешься?

— Ничем, мой друг; белье себе шью, понемножку поправляю кое-что.

— Этак твой капитал скоро иссякнет.

— Да, у меня остается пятьсот рублей.

— Гм! немного.

— Что делать.

Вышла довольно большая и довольно тяжелая пауза.

— Пойду на место, как оправлюсь немного.

— В гувернантки?

— Да, теперь я одна: везде могу быть.

— Все это очень непрочно.

— Да что ж делать, Лиза.

— И осуждает на вечное одиночество.

— Ну, уж об этом, душка, и говорить нечего, я давно с этим свыклась.

— Есть другие возможности устроиться независимо; например — самостоятельный труд.

— Надо иметь капитал, Лизавета Егоровна, чтоб было к чему приложить труд, а одними руками ничего не сделаешь.

— Нет, в Петербурге уже это устроивается.

— История! — крикнула, влетая, Бертольди.

— Что это вы? — сбросила ее Лиза.

— Красин поспорил с Бычковым о верности; мнения разделились, и Красин разбил всех наголову; фактами доказал, что должно противодействовать этому застарелому понятию.

— О верности? — спросил Розанов.

— Да-с, о верности в браке. Красин всем доказал, что женщина не имеет права быть верною отсутствующему человеку.

— Ибо?

— Ибо она лишает тем полноты жизни других ее окружающих.

— Экая скотина.

— Кто это: Красин?

— Да, разумеется.

— Дмитрий Петрович, мы с вами старые знакомые, это правда; но это не дает вам права оскорблять при мне моих новых знакомых, — вспыльчиво произнесла Лиза.

— Этот шальной Красин — ваш друг?

— Прошу вас так о нем не выражаться! — еще вспыльчивее проговорила Лиза.

— Человек, проповедующий такой цинизм, может быть вашим другом?

— Я вам сказала, и более нам говорить не о чем.

— Бертольди, куда вы послали Помаду?

— Я ему велела зайти купить для вас стакан. Он там тоже спорил.

— Отвергал верность?

— Нет, он с вами и со всеми отсталыми.

— Слава Богу, что не с вами. А вы позволите откровенно спросить, Лизавета Егоровна, вы тоже за красинское мнение?

— Разумеется, — поспешила сказать Бертольди. — предрассудки не должны останавливать женщину, желающую содействовать гражданскому успеху. Волокитством да любовью есть время заниматься только пустым идеалистам.

Розанов вдруг встал, посмотрел на Бертольди, потом на Лизу, хотел ее спросить что-то, но опять сел и стал смотреть в окно. Бертольди захохотала.

— А вы думали, что еще долго люди будут развлекаться любовью? — спросила она Розанова.

— Ну, извините, я уж не могу с вами говорить после того, что вы сказали при двух женщинах.

— А по-вашему, честнее обмануть женщину любовью? Зачем же ложь, — лучше поступать откровенно.

— Вы просто ничего не способны понимать.

— Факт.

— Что это факт?

— То, что я вам сказала.

— Нет, это уж выше сил. Я не знаю, как вы все это слушаете, Лизавета Егоровна.

— Я приучила себя все слушать; вы ведь тоже говорите не стесняясь, — отвечала сухо Лиза.

— Но я не оскорбляю человеческих чувств моими словами.

— В словах Бертольди есть свои основания.

— Вы этого не думаете, Лизавета Егоровна.

— Почем знать. Не думаете ли вы, что я согласна с вами, потому что я с вами с некоторого времени не спорю.

— Вы меня хотите обидеть, Лизавета Егоровна, или так это

говорите?

— Какой наивный вопрос! — воскликнула, засмеявшись, Бертольди.

— Что же, однако, это не идет Помада? — спрашивала Лиза.

— Он, верно, еще зайдет к прачке, я его посылала туда, да он не застал ее утром дома, — отозвалась Бертольди.

— Лизавета Егоровна, — начал после паузы Розанов, — я был бы очень рад, если бы вы мне позволили получить от вас прямой и откровенный ответ.

— Извольте, — спокойно отвечала Лиза.

— Мы с вами только натягиваем наши отношения.

— Это правда.

— Я это давно вижу.

— Еще бы, — буркнула Бертольди, набивая себе папироску.

— Мы стали во всем расходиться.

— Мы никогда и не сходились.

— Ну нет; было время, что мы находили о чем говорить.

— Да, я тогда принимала вас совсем за другого человека; а вы вовсе не то, что я о вас думала.

— То есть что же, я негодяй какой или предатель, враг чего-нибудь хорошего?

— Нет, но вы эгоист.

— Я! я эгоист!

— Да, в пространном смысле слова; вы все-таки больше всех любите себя.

— Лизавета Егоровна! это не вам бы говорить, не мне бы слушать.

— Отчего же-с: что вы любили когда-то свою жену и что любите, может быть, ребенка — это еще не велика заслуга перед человечеством. Вы себя в них любите.

— Лизавета Егоровна, это не так!

— А как же? человек любит семью для себя. Ведь вы же перестали любить жену, когда она стала делать вам гадости.

— Нет, не тогда я перестал ее любить.

— Ну, это все равно. Дело не в том, а вы равнодушны к человеческому горю; вы только пугаете людей и стараетесь при каждом, решительно при каждом случае отклонить людей от готовности служить человечеству. Вы портите дело, вы отстаиваете рутину, — вы, по-моему, человек решительно вредный. Это мое откровенное о вас мнение.

— Покорно вас благодарю за эту откровенность, — сказал, приподнимаясь, Розанов. — Что ж, после такого разговора, я полагаю, нет причины продолжать наше знакомство.

— Как хотите, Дмитрий Петрович, — спокойно отвечала Лиза. — Я на вас не сержусь, но общего между нами ничего нет, и вы действительно только разъединяете наше общество своим присутствием.

— Я этого более не буду делать, — отвечал, поднимаясь и берясь за шляпу, Розанов. — Но я тоже хотел бы заплатить вам, Лизавета Егоровна, за вашу откровенность откровенностью же. Вы мне наговорили много о моем эгоизме и равнодушии к ближним; позвольте же и мне указать вам на маленькое пятнышко в вашей гуманности, пятнышко, которое тоже очень давно заставляет меня сомневаться в этой гуманности.

— Какое пышное словоизвержение, — пропищала Бертольди.

Калистратова встала и начала надевать шляпку.

— Вы когда-нибудь останавливались в ваших размышлениях над положением человека, который весь одна любовь к вам?

— Это вы о ком говорите?

— Я говорю о Помаде.

— Что это такое? что такое о Помаде?

— Я говорю о Помаде, которого вы губите, вместо того чтобы быть ему полезною.

— Как вы смеете говорить мне это!

— Смею-с, смею, Лизавета Егоровна, потому что вы поступаете с ним жестоко, бесчеловечно, гадко. Вы ничего, таки ровно ничего для него не сделали; скажу еще раз: вы его погубили.

— Дмитрий Петрович!

— Ничего-с, положено быть откровенными. Помада...

— Помада никогда ничего не делал всю свою жизнь.

— Ну, как это сказать, было же время, что он учился и отлично учился, а это он уж после опустился и ошалел.

— Не я, надеюсь, в этом виновата.

— В этом не вы виноваты, а в том, что он совсем потерял голову теперь, — виноваты вы. Вы видели, что он влюбляется в вас, и держали его возле себя, позволяли ему еще более и более к вам привязываться. Я вас и в этом еще строго не осуждаю: этому способствовали и обстоятельства и его привязчивая натура; но вы должны были по крайней мере оценить эту преданность, а вы ее не оценили: вы только были с ним презрительно холодны. Вы могли, очень легко могли употребить его привязанность в его пользу, пробудить в нем вашим влиянием деятельность, гордость, энергию, — вы этого не сделали. Вы могли не любить его, если он вам не нравится, но вы должны были заплатить этому бедняку за все, что он вам отдал, самою теплою дружбою и вниманием. Он ведь не дурак, он даже, может быть, поумнее многих умников; он бы не полез на стену и удовольствовался бы вашей дружбой, он бы вас слушался, и вы бы смогли сделать из него человека, а вы что из него делаете? За посудой его посылаете; гоняете к прачке и равнодушно смеетесь над тем, что он ничего не делает и живет как птица небесная, только для того, чтобы служить вам?

— Это говорит в вас злоба, — заметила Бертольди.

— Какая злоба?

— Хотите выйти отсюда героем, защитником угнетенных и обиженных.

— Отчего вы не говорили мне прежде? — спросила Лиза.

— Стеснялся; не хотел вас смущать; ждал, что вы сжалитесь над ним; а теперь, когда мы с вами расстаемся, я вам это высказываю.

— Потрудитесь, пожалуйста, уж образумить и вашего Помаду.

— Какой же он мой? Он более ваш, чем мой.

— А мне до него с этих пор нет дела: я попрошу его оставить меня и делать, что ему там нужно и полезно.

— Вот и прекрасно: этого только недоставало. Вот ваша и гуманность: с рук долой — и кончено.

— Да чего же вы, наконец, от меня хотите? — запальчиво крикнула Лиза.

— Хочу? Ничего я от вас не хочу, а желаю, чтобы необъятная ширь ваших стремлений не мешала вам, любя человечество, жалеть людей, которые вас окружают, и быть к ним посниходительнее. Пока мы не будем считать для себя обязательным участие к каждому человеку, до тех пор все эти гуманные теории — вздор, ахинея и ложь, только вредящая делу. Вы вон Красина-то за человека считаете, а Красин сто раз хуже Арапова, хуже Зарницына, хуже всех. Вас отуманивает ваша горячая натура и честные стремления, и вы не видите, кого вы принимаете за людей. Это трусы, которым хочется прослыть деятелями и которые выдумали играть безопасную для себя комедию, расславляя, что это какое-то политическое дело. Отлично! За это в Сибирь не сошлют и даже под арест не посадят; а между тем некоторое время мы этак порисуемся. Но зато, вот помяните мое слово, проснется общественное сознание, очнутся некоторые из них самих, и не будет для них на русской земле людей, поганее этих Красиных; не будет ни одного из них, самими ими неразоблаченного и незаплеванного. Это не то увлечение, которое недавно прошло и которому редкий-редкий не поддавался, это даже не фанатизм; такой фанатизм вот может проявляться в вас, в других честных людях, а это просто игра человеческою глупостью и страстями, это эксплоатация людей, легко увлекающихся. Погодите: теперь они легко вербуют оттого, что люди еще гонятся за именем либерала, а вот они окажут отечеству иную услугу. Они устраивают так, что порядочный человек станет стыдиться названия русского либерала. Да-с, Лизавета Егоровна, стыдиться станут, и это устроят они, а не ретрограды, не рутинисты. Вы думаете, это что-нибудь новое? Ведь все это уж старо. В 1802 году деды наши читали «Естественный Закон» из сочинений господина Вольтера. Помилуйте, да и в наше университетское время тоже было стремление к радикализму; все мы более или менее были радикалы, и многие до сих пор ими остаются.

— Не вы ли, например? — спросила Бертольди.

— Я, например, да-с.

— А что же вы сделали? женились и скверно жили с женою?

— Да-с. Мы довели общество до того, что оно, ненавидя нас, все-таки начинало нас уважать и за нас пока еще нынче церемонится с вами, а вы его избавите и от этой церемонности.

— И лучше, — начистоту.

— Ну, увидим.

— Не думаете ли вы, что мы вашего общества побоимся.

— Да кто вы? Кто это вы? Много ли вас-то? Вас и пугать не станут, — сами попрячетесь, как мыши. Силачи какие! Вы посмотрите, ведь на это не надо ни воли, ни знаний, ни смелости; на это даже, я думаю, Белоярцев, и тот пойдет.

— Еще бы? да он наш. Что ж вы так рассуждаете о Белоярцеве?

— Милосердный Боже! и ты это видишь и терпишь! И Белоярцев во либералах! Еда и Саул во пророцех! — Лизавета Егоровна! Да я готов вас на коленях умолять, осмотритесь вы, прогоните вы от себя эту сволочь.

— Вы забыли, что отсюда прогоняют вас? — с презрительною улыбкой сказала Бертольди.

Лиза хранила мертвое молчание.

— Да, я это действительно забыл, — произнес Розанов и, поклонившись Лизе, пошел за двери.

— Подождите же меня, Дмитрий Петрович, — крикнула ему в окно Калистратова и, простясь с Лизой и Бертольди, тоже вышла вслед за Розановым.

Лиза все сидела и молча смотрела на пол.

— Какая свиньища, однако же, этот Розанов: его тоже непременно нужно будет похерить, — проговорила Бертольди, сделал несколько концов по комнате.

— Все очень хороши в своем роде, — тихо ответила Лиза и, перейдя на диван, прислонилась к подушке и завела веки.

На дворе отходил густой и необыкновенно теплый вечер, и надвигалась столь же теплая ночь. Розанов с Калистратовой, отойдя с полверсты, встретили Помаду. Он шел с большим узлом на плече и с палкой. Можно было догадаться, что Помада очень весел, потому что он задувал вразлад:

Nos habeeeebit huuuumus.
Nos habeeeebit huumus.

— Помада! — окликнул его доктор.

— Э! — отозвался Помада и соскочил с высокой окраины дорожки, которою шел.

— Откуда?

— Из разных мест, братец; здравствуйте, Полина Петровна, — добавил он, снимая свой неизменный блин с голубым околышем, и сейчас же продолжал: — взопрел, братец, как лошадь; такой узлище тяжелый, чтоб его черт взял совсем.

— Что это у тебя в узле-то?

— Белье от прачки несу Елизавете Егоровне.

Калистратова засмеялась, а Розанову было досадно.

— Слуга-личарда верный, — сказал он Помаде, — когда ты дело-то будешь делать?

— А мне, брат, уж место обещано.

— Какое ж место?

— Богатырев меня в сенат определяет.

— Писателем?

— Да пока; чудак ты: ведь нельзя же разом.

— Десять сребреников будешь получать в месяц?

— Нет, я думаю больше.

— Хорошо ж твое дело! Прощай, спеши с бельем.

— Или спать ложатся?

— Кажется.

— О черт меня возьми! — воскликнул Помада и, взвалив на плечо узел, замаршировал беглым шагом, даже забыв проститься.

Розанов с Калистратовой обернулись и молча смотрели на Помаду, пока белевшийся на его плече огромный узел с бельем исчез в темноте ночи.

— Это у него, значит, и на извозчика нету, — произнесла Полинька.

— Да нету же, нету.

И Розанов и Калистратова почти ничего не говорили во всю дорогу. Только у своей калитки Калистратова, пожав руку Розанову, сказала:

— Вы, Дмитрий Петрович, не огорчайтесь. Я очень жалею, что все это так вышло; но ведь это не нынче, так завтра должно было непременно случиться.

— Да я уж привык к таким встрепкам, только досадно подумать, за что это на мою долю их так много выпадает. Ведь вот всегда так, как видите. Ну чем я виноват сегодня?

— Вы сегодня совершенно правы и потому должны быть совсем спокойны.

— А между тем я же все сиротею и сиротею; даже жизнь иной раз становится постылой!

— Не вам одним так, — отвечала своим разбитым голоском Калистратова, дружески пожав его руку, и Розанов потянулся по пустым улицам Сокольников на свою квартиру.

## Глава двадцать седьмая.
## Осенняя Liebesfieber

После разрыва с Лизою Розанову некуда стало ходить, кроме Полиньки Калистратовой; а лето хотя уже и пришло к концу, но дни стояли прекрасные, теплые, и дачники еще не собирались в пыльный город. Даже Помада стал избегать Розанова. На другой день после описанного в предшедшей главе объяснения он рано прибежал к Розанову, взволнованный, обиженным тоном выговаривал ему за желание поссорить его с Лизою. Никакого средства не было урезонить его и доказать, что такое желание вовсе не существовало.

— На что тебе было говорить обо мне! на что мешать мое имя! хотел сам ссориться, ну и ссорься, а с какой стати мешать меня! Я очень дорожу ее вниманием, что тебе мешать меня! Я ведь не маленький, чтобы за меня заступаться, — частил Помада и с этих пор начал избегать встреч с Розановым.

Он не разошелся с Розановым и не разлюбил его, а стал его бояться, и к тому же в отчуждении от Розанова он полагал заслугу перед своим идолом. Калистратова навещала Лизу утрами, но гораздо реже, отговариваясь тем, что вечером ей не с кем ходить. Лиза никогда не спрашивала о Розанове и как рыба молчала при всяком разговоре, в котором с какой бы то ни было стороны касались его имени.

Розанов же в первый одинокий вечер опять было развернул свою диссертацию, но не усидел за столом и пошел к Калистратовой. С того дня он аккуратно каждый вечер являлся к ней, и они до поздней ночи бродили по Сокольницкому лесу.

В этих ночных беседах ни она, ни он никогда не говорили о своем будущем, но незаметно для них самих самым тщательным образом рассказали друг другу свое прошедшее. Перед Розановым все более и более раскрывалась нежная душа Полиньки, а в Полиньке укреплялось сожаление к доктору.

Дружба и теплота их взаимных отношений все заходили далее и далее. Часто целые короткие ночи просиживали они на холмике, говоря о своем прошедшем. О своем будущем они никогда не говорили, потому что они были люди без будущего.

Темная синева московского неба, истыканная серебряными звездами, бледнеет, роса засеребрится по сереющей в полумраке травке, потом поползет редкий седой туман и спокойно поднимается к небу, то ласкаясь на прощанье к дремлющим березкам, то расчесывая свою редкую бороду о колючие полы сосен; в стороне отчетисто и звучно застучат зубами лошади, чешущиеся по законам взаимного вспоможения; гудя пройдет тяжелым шагом убежавший бык, а люди без будущего все сидят. Розанов сидит, обхватив руками свои колени и уткнув в них свой подбородок, а Полинька, прислоня к щечке палец и облокотясь рукою на брошенное на траве розановское пальто.

Так проводили время наши сокольницкие пустынники, как московское небо стало хмуриться, и в одно прекрасное утро показался снежок. Снежок, конечно, был пустой, только выпал и сейчас же растаял; но тем не менее он оповестил дачников, что зима стоит недалеко за Валдайскими горами. Надо было переезжать в город.

Это обстоятельство очень неприятно напомнило Розанову о том страшном житье, которое, того и гляди, снова начнется с возвращением жены и углекислых фей. А Розанову, было, так хорошо стало, жизнь будто еще раз начиналась после всех досадных тревог и опостылевших сухих споров. Прощались они с Полинькою самым теплым, самым задушевным образом, даже давали друг другу советы, как жить в Москве. Розанов возвращался на Чистые Пруды, а Полинька переезжала в Грузины, к некоей благодетельнице Варваре Алексеевне, у которой приставали отыскивающие мест гувернантки и бонны.

У Варвары Алексеевны было десять или двенадцать коморочек, весьма небольших, но довольно чистеньких, сухих, теплых и светлых; да и сама Варвара Алексеевна была женщина весьма теплая и весьма честная: обращалась с своими квартирантками весьма ласково, охраняла их от всяких обид; брала с них по двенадцати рублей со всем: со столом, чаем и квартирой и вдобавок нередко еще «обжидала» деньжонки. Варвару Алексеевну очень любили ее разбитые и беспомощные жилицы, почти тою же самою любовью, которая очень надолго остается у некоторых женщин к их бывшим институтским наставницам и воспитательницам. Полинька ни за что не хотела возвращаться к дяде, не хотела жить одна или с незнакомыми людьми и возвращалась под крылышко Варвары Алексеевны, у которой жила она до переезда в Сокольники. В розановской квартире было все в беспорядке; навороченная мебель стояла грудами, — все глядело нехорошо как-то. Но Розанову недолго приходилось скучать беспорядком и одиночеством. За последними, запоздавшими журавлями поднялось и потащилось к городам русское дворянство, и в одно подлейшее утро Ольга Александровна приехала делать порядок в розановской жизни.

В первый день Ольга Александровна по обыкновению была не в меру нежна; во второй — не в меру чувствительна и придирчива, а там у нее во лбу сощелкивало, и она несла зря, что ни попало.

Нынешний раз процесс этот совершился даже гораздо быстрее: Ольга Александровна обругала мужа к вечеру же на второй день приезда и объявила, что она возвратилась к нему только для того, чтобы как должно устроиться и потом расстаться. Ольга Александровна не могла не торопиться отделкою своего мужа, ибо, во-первых, в течение целого лета он мог совсем отвыкнуть от проборок, мог, как она выражалась, «много о себе возмечтать»; а во-вторых, и удобный случай к этому представился. Ребенок, по мнению доктора, был дурно содержан в течение лета. Девочка вернулась, нимало не поправившись, такая же изнеженная, слабая, вдобавок с некоторыми, весьма нехорошими, по мнению Розанова, наклонностями.

С первого же указания на это Ольга Александровна поставила себя в отношении к мужу на военное положение. Ее всегдашняя бесцеремонность в обращении с мужем не только нимало не смягчилась от долговременного общения с углекислыми феями, но, напротив, стала еще резче. К тому же Ольга Александровна вообразила себе, что она в кого-то платонически влюблена и им платонически любима. При столь благоприятных шансах Ольга Александровна хотела быть нарочито решительною: — развод и кончено. Прошла неделя, другая — содом не унимался. Розанов стал серьезно в тупик. Скандал скандалом, но и ребенка жаль, да куда же деться? а жить порознь в Москве, в виду этого самого кружка, он ни за что бы не согласился.

Пока Розанов волновался такими тяжелыми раздумьями и с совершенным отчаянием видел погибшими все свои надежды довести жену до житья хоть не сладкого, но по крайней мере и не постыдного, Ольга Александровна шла forte-fortissime. Ей непременно нужно было «стать на ногу», а стоять на своей ноге, по ее соображениям, можно было, только начав сепаратные отношения с мужем.

Углекислые феи давно уже смотрели на Розанова как на человека скупого, грубого и неудобного для совместного жительства с «нежною женщиною». Давно они склонялись на сторону разъединения этой смешной и жалкой пары, но еще останавливались перед вопросом о девочке, которую Розанов, как отец, имел право требовать. Теперь же это все порешилось разом. На основании новых сведений, сообщенных Ольгою Александровною о грубости мужа, дошедшей до того, что он неодобрительно относится к воспитанию ребенка, в котором принимали участие сами феи, — все нашли несообразным тянуть это дело долее, и Дмитрий Петрович, возвратясь один раз из больницы, не застал дома ни жены, ни ребенка. В жениной спальне он увидал комод с выдвинутыми пустыми ящиками; образа из образника были вынуты; детский занавес снят; мелкие вещицы с комода куда-то убраны — вообще все как после отъезда.

«Что бы это такое?» — подумал Розанов, зная, что хорошего это предвещать не может.

Ничего хорошего и не было. По показанию кухарки и горничной, Ольга Александровна часов в одиннадцать вышла из дома с ребенком, через полчаса возвратилась без ребенка, но в сопровождении Рогнеды Романовны, на скорую руку собрала кое-что в узлы, остальное замкнула и ушла. Куда ушла Ольга Александровна — этого не могли Розанову сообщить ни горничная, ни кухарка, хотя обе эти женщины весьма сочувствовали Розанову и, как умели, старались его утешить. Главнейшим утешением они ставили то, что Ольга Александровна испорчена и что ее надо отчитывать. Впрочем, верила порче одна кухарка, женщина, недавно пришедшая из села; горничная же, девушка, давно обжившаяся в городе и насмотревшаяся на разные супружеские трагикомедии, только не спорила об этом при Розанове, но в кухне говорила: «Точно ее, барыню-то нашу, надо отчитывать: разложить, хорошенько пороть, да и отчитывать ей: живи, мол, с мужем, не срамничай, не бегай по чужим дворам. А больше всего, — резонировала горничная, — больше всего мне эти сороки длиннохвостые. Вместо того чтобы добру научить, они только с толку сбивают. Ух, уж я б их, буди я теперь на бариновом месте, как бы я их теперича отделала, только любо б два. Будь это моя жена, сейчас бы на его месте пошла бы и всех оттрепала.»

Между тем день стал склоняться к вечеру; на столе у Розанова все еще стоял нетронутый обед, а Розанов, мрачный и задумчивый, ходил по опустевшей квартире. Наконец и стемнело; горничная подала свечи и еще раз сказала:

— Да кушайте, барин.

Розанов отказался есть. Горничная убрала со стола и подала самовар. Розанов не стал пить и чаю. Внутреннее состояние его делалось с минуты на минуту тревожнее. «Где они странствуют? Где мычется это несчастное дитя»? — раздумывал он, чувствуя, что его оставляет не только внутренняя твердость, но даже и физические силы.

«И зачем ехала? — спрашивал он себя. — Чтобы еще раз согнать меня с приюта, который достался мне с такими трудами; чтобы и здесь обмарать меня и наделать скандалов. А дитя? дитя? что оно вынесет из всегда этого».

— Вы, Дмитрий Петрович, не убивайтесь, — говорила ему с участием горничная, — с ними ничего не случилось: они здесь-с.

— Где здесь? — спросил Розанов.

— Да известно где: у энтих сорок. Я, как они зажгли, все под окна смотрела. Там они… и барышня наша там, на полу сидят, с собачкой играют.

— С собачкой?

— Да-с, с собачкой с нашей играют. Там гости теперь; вы обождите, да и подите туда.

— Нет, Паша, не надо.

— Отчего? Вот глупости какие! Вы — супруг, возьмите за ручки, да домой.

— Нет, Паша.

— Гм! Ну записочку напишите.

Розанов подумал, потом встал и написал: «Перестаньте срамиться. Вас никто даже не обижает; возвращайтесь. Лучше же все это уладить мирно, с общего согласия, или по крайней мере отпустите ко мне ребенка».

Паша проходила с этой записочкой более получаса и

возвратилась ни с чем. Ольга Александровна не дала никакого ответа.

Розанов дал Паше денег и послал ее за Помадой. Это был единственный человек, на которого Розанов мог положиться и которому не больно было поверить свое горе. Помада довольно скоро явился с самым живым участием и готовностью на всякую услугу.

Девушка еще дорогой рассказала ему все, что у них произошло дома. Помада знал Ольгу Александровну так хорошо, что много о ней ему рассказывать было нечего.

— Что ж, брат, делать? — спросил он Розанова.

— Сходи ты к ней и попробуй ее обрезонить.

— Хорошо.

— Скажи, что я сам без всяких скандалов готов все сделать, только пусть она не делает срама. О Боже мой! Боже мой!

Помада пошел и через полчаса возвратился, объявив, что она совсем сошла с ума; сама не знает, чего хочет; ребенка ни за что не отпускает и собирается завтра ехать к генерал-губернатору.

— Чего же к генерал-губернатору?

— А вот спроси ее.

— А девочка моя?

— Спать ее при мне повели: просилась с тобою проститься.

— Просилась?

— Да.

— Господи! что ж это за мука?

В передней послышался звонок.

— Вот вовремя гости-то, — сказал Розанов, стараясь принять спокойный вид.

Вошел Сахаров, веселый, цветущий, с неизменною злорадною улыбкою на лице, раскланялся Розанову и осведомился о его здоровье. Доктор отвечал казенною фразою.

— А я к вам не своей охотою, — начал весело Сахаров, — я от барынь...

— Ну-с, — произнес Розанов.

— Вы, Дмитрий Петрович, оставьте все это: вам о ребенке нечего беспокоиться.

— Уж об этом предоставьте знать мне.

— Ну, как хотите, только его вам не отдадут.

— Как это не отдадут?

— Так-таки не отдадут. Для этого завтра будут приняты меры.

— А вы думаете, я не приму своих мер?

— Ну, вы свои, а мы — свои.

— Вы-то здесь что же такое?

— Я? я держу правую сторону.

— Кто ж вас сделал моим судьей?

Сахаров состроил обидную гримасу и отвечал:

— Я всегда буду заступаться за женщину, которую обижают.

— Уйдите, однако, от меня, — проговорил Розанов.

— Извольте, — весело отвечал Сахаров и, пожав руку Помаде, вышел.

— Пойдем ко мне ночевать, — сказал Помада, чувствуя, что Розанову особенно тяжел теперь вид его опустевшей квартиры.

Розанов подумал, оделся, и они вышли.

Долго шли они молча; зашли в какой-то трактирчик, попили там чайку, ни о чем не говоря друг с другом, и вышли.

На дворе был девятый час вечера. Дойдя до Помадиной квартиры, Розанов остановился и сказал:

— Нет, я не пойду к тебе.

— Отчего не пойдешь?

— Так, я домой пойду.

Сколько Помада ни уговаривал Розанова, тот настоял-таки на своем, и они расстались.

Помада в это время жил у одной хозяйки с Бертольди и несколькими студентами, а Розанов вовсе не хотел теперь встречаться ни с кем и тем более с Бертольди. Простившись с Помадою, он завернул за угол и остановился среди улицы. Улица, несмотря на ранний час, была совершенно пуста; подслеповатые московские фонари слабо светились, две цепные собаки хрипло лаяли в подворотни, да в окна одного большого купеческого дома тихо и безмятежно смотрели строгие лики окладных образов, ярко освещенных множеством теплящихся лампад. Розанов пошел зря. Ничего не понимая, дошел он до Театральной площади и забрел к Барсову.

Заведение уже было пусто; только за одним столиком сидели два человека, перед которыми стояла водка и ветчина с хреном.

— Можно чайку? — спросил Розанов знакомого полового.

— Еще можно-с, Дмитрий Петрович, — отвечал половой.

Розанов стал полоскать поданный ему стаканчик и от нечего делать всматривался в сидящую неподалеку от него пару с ветчиной и водкой.

Один из этих господ был толстый серый человек с маленьким носом и плутовскими, предательскими глазками: лицо его было бледно, а голова покрыта желто-серыми клочьями. Вообще это был тип мелкостатейного трактирного шулера на биллиарде, биксе и в трынке. Собеседник его был голиаф, смуглый, с быстрыми, чрезвычайно лживыми коричневыми глазами, гладко и довольно кокетливо причесанными наперед черными волосами и усами а la Napoleon III. Голиаф смотрел молодцом, но молодцом тоже темного разбора; это был не столько тонкий плут и пролаз, сколько беспутник и нахальный шулер, но, однако, шулер степенью покрупнее своего товарища. Это был, что называется, шулер воинствующий, шулер способный, сделав подлость, не ускользать, а обидеться за первое замечание и неотразимо стремиться расшибить мощным кулачищем всякую личность, которая посмела бы пикнуть не в его пользу. Лицо голиафа не было лишено даже своего рода благообразности — благообразности, напоминающей, например, лицо провинциальных актеров, когда они изображают «благородных отцов» в драмах, трагедиях и трагикомедиях. Глядя на него, вы чувствовали, что он не только трактирный завсегдатель, но и вне трактиров член известного общества; что он, сокрушив одну-две обобранные им белогубые рожи, мог не без приятности и не без надежды на успех пройтись между необъятными криолинами разрумяненных и подсурмленных дам жирного Замоскворечья, Рогожской, Таганки и Преображенского кладбища. Вы чувствовали, что дамы этих краев, узрев этого господина, весьма легко могли сказать своей или соседской кухарке: «вот, погляди, Акулинушка, какой чудесный мужчина ходит. Очень мне такие мужчины ндравятся».

Розанову показалось, что он когда-то видел эту особу, и действительно он ее мельком видел один раз на сокольницком гулянье и теперь узнал ее: это был муж Полиньки Калистратовой.

Розанов от нечего делать стал теперь всматриваться в Калистратова и старался открыть в нем хоть слабые внешние следы тех достоинств, которыми этот герой когда-то покорил себе Полиньку или расположил в свою пользу ее дядей.

Ничего этого в нем не было, и Розанов задумался над странною игрою, которая происходит при подтасовке пар, соединяемых по воле случая, расчета или собственных увлечений.

Между шулерами шла беседа.

— Видишь, — говорил Калистратов серому, поставив ребром ладонь своей руки на столе, — я иду так по тротуару, а она вот так из-за угла выезжает в карете (Калистратов взял столовый нож и положил его под прямым углом к своей ладони). Понимаешь?

Серый мотнул утвердительно головою.

— Лошади вдруг хватили, понимаешь?

Серый опять мотнул головою.

— У кучера возжа хлоп, перелетела... лошади на дыбы вынеслись. Она распахнула дверцы и кричит: «спасите! спасите!», а карета рррр-рррр из стороны в сторону. Она все кричит своим голоском: «спасите!», а народ разиня рот стоит. Понимаешь?

Серый еще кивнул.

— Я сейчас, — продолжал нараспев Калистратов, — раз, два, рукою за дверцу, а она ко мне на руки. Крохотная такая и вся разодетая, как херувимчик. «Вы, говорит, мой спаситель; я вам жизнью обязана. Примите, говорит, от меня это на память». Видишь, там ее портрет?

— Вижу, — отвечал серый, прищуривая глаза и поднося к свече дорогой браслет с женским портретом.

— Хороша? — спросил Калистратов.

— Худенькая должна быть.

— Ну, худенькая! тебе все ковриг бы купеческих; те уж надоели, а это субтиль-жантиль миньеночка: про праздники беречь будем.

Калистратов все врал: он не спасал никакой дамы, и никакая женская ручка не дарила ему этого браслета, а взял он его сам посредством четверки и сыпного туза у некоего другого корнета, приобретшего страстишку к картам и ключик к туалетному столику своей жены.

Серый отлично понимал это, но не разочаровывал голиафа, зная, что тот сейчас же заорет: «да я тебе, подлецу, всю рожу растворожу, щеку на щеку умножу, нос вычту, а зубы в дробь обращу».

Калистратов взял из рук серого браслет и, дохнув на него, сказал:

— Я, брат, раз тарантас за задний ход удержал.

— Тссс! — протянул, как бы изумляясь, серый.

— Я ехал из своей деревни жениться, — продолжал Калистратов, тщательно вытирая платком браслет. — Вещей со мною было на сто тысяч. Я сошел дорогой, а ямщик, ррракалья этакая, хвать по лошадям. Я догнал сзади и за колеса: тпру, и стой.

— А то ты знаешь, как я женился? — продолжал Калистратов, завертывая браслет в кусок «Полицейских ведомостей». — Дяди моей жены ррракальи были, хотели ее обобрать. Я встал и говорю: переломаю.

— И отдали? — спросил серый.

— Сполна целостию. Нет, говорю: она моя жена теперь, шабаш. У меня женщину трогать ни-ни. Я вот этой Колобихе говорю: дай пять тысяч на развод, сейчас разведусь и благородною тебя сделаю. Я уж не отопрусь. Я слово дал и не отопрусь.

Калистратов выпил водки и начал снова.

— Я даже как женюсь, так сейчас прежней жене пенсион: получай и живи. Только честно живи; где хочешь, но только честно, не марай моего имени. А теперь хочешь уехать, так расставайся. Дай тысячу рублей, я тебе сейчас свидетельство, и живи где хочешь; только опять честно живи, моего имени не марай.

— А Колобиха скряга!

— Ну, да скряжничай не скряжничай — не отвертится. Мое слово олово. Я сказал: вне брака более ничего не будет, ни-ни-ни... А перевенчаемся — уж я ей это припомню, как скряжничать.

— Тогда забудете.

— Увечить ее, стерву, буду, а не забуду! — воскликнул, ударив по столу, Калистратов.

Пара разошлась и вышла. Приходилось идти и Розанову. Некуда было ему идти, до такой степени некуда, что он, подозвав полового, спросил:

— Нельзя ли мне тут соснуть, Василий?

— Не позволено, сударь, — отвечал половой — Разве вам утром куда нужно рано-с?

— Да, тут поблизости нужно.

— Буфетчика спрошу, в диванной не дозволит ли?

Розанов посмотрел в отворенную дверь темной диванной, вообразил, как завтра рано утром купцы придут сюда парить свои слежавшиеся за ночь души, и сказал:

— Нет уж, не надо.

— Здесь почти рядом по семи гривен можно иметь номер, — говорил ему половой.

— Да, пойду туда, — отвечал Розанов.

И в больнице, и на Чистых Прудах головы потеряли, доискиваясь, куда бы это делся Розанов. Даже с Ольги Александровны разом соскочил весь форс, и она очутилась дома.

Розанов пропадал третий день: он не возвращался с тех пор, как вышел с Помадой. Отыскать Розанова было довольно трудно. Выйдя от Барсова, он постоял на улице, посмотрел на мигавшие фонари и, вздохнув, пошел в то отделение соседней гостиницы, в котором он стоял с приезда в Москву.

— Номерочек! спросил он знакомого коридорного.

— Пожалуйте, вы одни-с?

— Один, — отвечал Розанов.

— Пожалуйте.

Коридорный ввел гостя в чистенький номер с мягкою мебелью и чистою постелью, зажег две свечи и остановился.

— Иди, — сказал Розанов, садясь на диван.

— Ничего не прикажете?

— Нет, ничего.

— Закусить или чаю?

— Ну, дай уж закусить что-нибудь.

— И водочки?

— Пожалуй, дай и водочки.

Розанову подали котлетку и графинчик водочки, и с тех пор графинчика у него не снимали со стола, а только один на другой переменяли.

Помада ноги отходил, искавши Розанова, и наконец, напав на его след по рассказам барсовского полового, нашел Дмитрия Петровича одиноко сидящим в номере. Он снова запил мертвым запоем. Помада забежал на Чистые Пруды и сказал, чтобы о Розанове не беспокоились, что он цел и никуда не пропал.

Слух о розановском пьянстве разнесся по Чистым Прудам и произвел здесь дикий гогот, бури дыханью подобный. Бедная madame Розанова была оплакана, и ей уж не оставалось никаких средств спастись от опеки углекислых. Маркиза даже предложила ей чулан на антресолях, чтобы к ней как-нибудь ночью не ворвался пьяный муж и не задушил ее, но Ольга Александровна не воспользовалась этим приглашением. Ей надоел уже чуланчик, в котором она высидела двое суток у Рогнеды Романовны, и она очень хорошо знала, что муж ее не задушит. Она даже ждала его в эту ночь, но ждала совершенно напрасно. Розанов и на четвертую ночь домой не явился, даже не явился он и еще двое суток, и уж о месте пребывания его в течение двух суток никто не имел никаких сведений. Но мы можем посмотреть, где он побывал и что поделывал.

## Глава двадцать восьмая.
## Не знаешь, где найдешь, где потеряешь

Помада с горьким соболезнованием сообщил о пьянстве Розанова и Лизе. Он рассказал это при Полиньке Калистратовой, объяснив по порядку все, как это началось, как шло и чем кончилось или чем должно кончиться.

— Несчастный человек! — сказала Лиза с жалостью и с презрением. — Так он и пропадет.

— Как же, Лиза, надо бы что-нибудь сделать, — тихо сказала после Помадиного рассказа Полинька Калистратова.

— Что же с пьяным человеком делать?

— Остановить бы его как-нибудь.

— Как его остановить? Я уж пробовала это, — добавила, помолчав, Лиза. — Человек без воли и характера: ничего с ним не сделаешь.

Лиза была в это время в разладе с своими и не выходила за порог своей комнаты. Полинька Калистратова навещала ее аккуратно каждое утро и оставалась у ней до обеда. Бертольди Ольга Сергеевна ни за что не хотела позволить Лизе принимать в своем доме; из-за этого-то и произошла новая размолвка Лизы с матерью.

Полинька Калистратова обыкновенно уходила от Лизы домой около двух часов и нынче ушла от Лизы в это же самое время. Во всю дорогу и дома за обедом Розанов не выходил из головы у Полиньки. Жаль ей очень его было. Ей приходили на память его теплая расположенность к ней и хлопоты о ребенке, его одиночество и неуменье справиться с своим положением. «А впрочем, что можно и сделать из такого положения?» — думала Полинька и вышла немножко погулять.

Розанов опять был с Полинькой, и до такой степени неотвязчиво он ее преследовал, что она начала раздражаться. Искреннее сожаление о нем быстро сменялось пылким гневом и досадой. Полинька вдруг приходила в такое состояние, что, как женщины иногда выражаются, «вот просто взяла бы да побила его». И в эти-то минуты гнева она шла торопливыми шагами, точно она не гуляла, а спешила на трепетное роковое свидание, на котором ей нужно обличить и осыпать укорами человека, играющего какую-то серьезную роль в ее жизни. Да Полинька и сама не думала теперь, что она просто гуляет: она сердилась и спешила. На дворе начинался вечер.

В одиноком номерке тоже вечерело. Румяный свет заката через крышу соседнего дома весело и тепло смотрел между двух занавесок и освещал спокойно сидящего на диване Розанова. Доктор сидел в вицмундире, как возвратился четыре дня тому назад из больницы, и завивал в руках длинную полоску бумажки. В номере все было в порядке, и сам Розанов тоже казался в совершенном порядке: во всей его фигуре не было заметно ни следа четырехдневного пьянства, и лицо его смотрело одушевленно и опрятно. Даже оно было теперь свежее и счастливее, чем обыкновенно. Это бывает у некоторых людей, страдающих запоем, в первые дни их болезни.

Перед Розановым стоял графинчик с водкой, ломоть ржаного хлеба, солонка и рюмка. В комнате была совершенная тишина. Розанов вздохнул, приподнялся от стенки дивана, налил себе рюмку водки, проглотил ее и принял снова свое спокойное положение.

В это время дверь из коридора отворилась, и вошел коридорный лакей, а за ним высокая дама в длинном клетчатом плюшевом бурнусе, с густым вуалем на лице.

— Выйди отсюда, — сказала дама лакею, спокойно входя в номер, и сейчас же спросила Розанова:

— Вы это что делаете?

Розанов промолчал.

— Это что? — повторила дама, ударив рукою возле графина и рюмки. — Что это, я вас спрашиваю?

— Водка, — отвечал тихо Розанов.

— Водка! — произнесла презрительно дама и, открыв форточку, выбросила за нее графин и рюмку.

Розанов не противоречил ни словом.

— Вы узнаете меня? — спросила дама.

— Как же, узнаю: вы Калистратова.

— А я вас не узнаю.

— Я гадок: я это знаю.

— И пьянствуете? Где вы были все это время?

— Я все здесь сидел. Мне очень тяжело, Полина Петровна.

— Еще бы вы больше пили!

— Тяжело мне очень. Как Каин бесприютный… Я бы хотел поскорее… покончить все разом.

Полинька, не снимая шляпы, позвонила лакея и велела подать счет. Розанов пропил на водке, или на него насчитали на водке, шестнадцать рублей.

Он вынул портмоне и отдал деньги.

— Дайте мне ваши деньги, — потребовала Калистратова.

Розанов отдал. В портмоне было еще около восьмидесяти рублей. Полинька пересчитала деньги и положила их себе в карман.

— Теперь собирайтесь домой, — сказала она Розанову.

— Я не могу идти домой.

— Отчего это не можете?

— Не могу, — мне там скверно.

— Сударыня! они не спали совсем, вы им позвольте уснуть покрепче, — вмешался лакей, внесший таз и кувшин с свежей водой.

— Умывайтесь, — сказала Полинька, ничего не отвечая лакею.

Розанов стал подниматься, но тотчас же сел и начал отталкивать от себя что-то ногою.

— Пожалуйте, сударь, — позвал его лакей.

— Ты прежде выкинь это, — отвечал Розанов, указывая пальцем левой руки на пол.

— Что такое выкинуть? — с несколько нетерпеливою гримаскою спросила Калистратова, хорошо понимая, что у Розанова начинаются галлюцинации.

— Змейка, вон, на полу змейка зелененькая, — говорил Розанов, указывая лакею на пустое место.

— Не сочиняйте вздоров, — сказала Полинька, наморщив строго брови.

Розанов встал и пошел за занавеску. Полинька стала у окна и, глядя на бледнеющую закатную зорьку, вспомнила своего буйного пьяного мужа, вспомнила его дикие ругательства, которыми он угощал ее за ее участие; гнев Полинькин исчез при виде этого смирного, покорного Розанова.

Лакей раздел и уложил доктора в кровать. Полинька велела никого не пускать сюда и говорить, что Розанов уехал. Потом она сняла шляпу, бурнус и калоши, разорвала полотенце и, сделав компресс, положила его на голову больного. Розанов вздрогнул от холода и робко посмотрел на Полиньку. Часа полтора сряду она переменяла ему компрессы, и в это время больной не раз ловил и жадно целовал ее руки. Полинька смотрела теперь добро и снисходительно.

— Вам пора домой, — сказал Розанов, стуча зубами от лихорадки.

— Старайтесь заснуть, — отвечала Полинька.

— Поздно будет, — настаивал доктор.

— Спите, вам говорят, — тем же спокойным, но настойчивым тоном отвечала Калистратова.

Розанов даже и на этот раз оказался весьма послушным, и Калистратова, видя, что он забывается, перестала его беспокоить компрессами.

Розанов спал целые сутки и, проснувшись, ничего не мог вспомнить. Он не забыл только того, что произошло у него дома, но все последующее для него исчезало в каком-то диком чаду. Глядя в темный потолок комнаты, он старался припомнить хоть что-нибудь, хоть то, где он и как сюда попал? Но ничего этого Розанов припомнить не мог. Наконец, ему как-то мелькнула Полинька, будто как он ее недавно видел, вот тут где-то, близко, будто разговаривал с нею. Розанов вздохнул и, подумав: «Какой хороший сон», начал тихо одеваться в лежавшее возле него платье.

Одевшись, Розанов вышел за драпировку и остолбенел: он подумал, что у него продолжаются галлюцинации. Он протер глаза и, несмотря на стоявший в комнате густой сумрак, ясно отличил лежащую на диване женскую фигуру. «Боже мой! неужто это было не во сне? Неужто в самом деле здесь Полинька? И она видела меня здесь!.. Это гостиница!» — припомнил он, взглянув на номерную обстановку.

Спящая пошевелилась и приподнялась на одну руку.

— Это вы, Дмитрий Петрович? — спросила она чуть слышно.

— Я, — отвечал шепотом Розанов.

— Зажгите свечу, — здесь у зеркала спички.

Розанов очень долго зажигал свечу: ему было совестно взглянуть на Полиньку.

Но не такова была Полинька, чтобы человек не нашелся сказать слова в ее присутствии.

Через полчаса Розанов сидел против нее за столом, на котором кипел самовар, и толково рассуждал с нею о своем положении.

— Дмитрий Петрович, — говорила ему Полинька, — советовать в таких делах мудрено, но я не считаю грехом сказать вам, что вы непременно должны уехать отсюда. Это смешно: Лиза Бахарева присоветовала вам бежать из одного города, а я теперь советую бежать из другого, но уж делать нечего: при вашем несчастном характере и неуменье себя поставить вы должны отсюда бежать. Оставьте ее в покое, оставьте ей ребенка...

— Ни за что! — воскликнул Розанов.

— Позвольте. Оставьте ей ребенка: девочка еще мала; ей ничего очень дурного не могут сделать. Это вы уж так увлекаетесь. Подождите полгода, год, и вам отдадут дитя с руками и с ногами. А так что же будет: дойдет ведь до того, что очень может быть худо.

Долго приводила Полинька сильные и ясные доводы, доказывая Розанову неотразимую необходимость оставить Москву и искать себе нового приюта.

— Да не только нового приюта, а и новой жизни, Дмитрий Петрович, — говорила Полинька. — Теперь я ясно вижу, что это будет бесконечная глупая песенка, если вы не устроитесь как-нибудь умнее. Ребенка вам отдадут, в этом будьте уверены. Некуда им деть его: это ведь дело нелегкое; а жену обеспечьте: откупитесь, наконец.

Розанов не противоречил.

— Бог с ними, деньги: спокойны будете, так заработаете; а

тосковать глупо и не о чем.

— Ах, хорошо вы говорите, Полина Петровна, а все это не так легко, право. — Разве к Лобачевскому съездить в Петербург?

— А что ж? Съездите. Лучше уж вам в Петербурге чего-нибудь искать. Будем там видаться.

— Как будем видаться?

— Так; и я тоже еду на днях в Петербург.

— А ваши бумаги?

— Вот для них-то я и поеду.

— Это вам не поможет.

— Нет, я знаю; уж бывали примеры. Вот видите, Дмитрий Петрович, я женщина, и кругом связанная, да не боюсь, а вы трусите.

— Я слабый человек, никуда не годный.

— Нет, не то что никуда не годный, а слишком впечатлительный. Вам нужно отряхнуться, оправиться... да вот таких чудес более не выкидывать.

— Не говорите, пожалуйста...

— Да я вас не упрекаю, а советую вам, — сказала Полинька и стала надевать шляпку.

— Тоска ужасная! вот пока вы здесь были, было отлично, а теперь опять.

— Господи Боже мой! ну будем жить друзьями; ходите ко мне, если мое присутствие вам так полезно.

— Да, если бы... вы меня выслушали.

— Ничего я, Дмитрий Петрович, не буду слушать, — проговорила Полинька, краснея и отворачиваясь к зеркалу завязывать шляпку.

Розанов сидел молча.

— Пока... — начала Полинька и снова остановилась.

— Пока что? — спросил Розанов.

— Пока вы не устроите вашей жены, до тех пор вы мне не должны ни о чем говорить ни слова.

— А тогда? Я и без того готов сделать для нее все, что могу.

— Да все, все, что вы можете.

— А тогда? — опять спросил Розанов.

— Дмитрий Петрович! Я провела у вас сутки здесь: для вас должно быть довольно этого в доказательство моей дружбы, чего же вы меня спрашиваете?

Розанов сжал и поцеловал Полинькину руку, а другая его рука тронулась за ее талию, но Полинька тихо отвела эту руку.

— Если хотите быть счастливы, то будьте благоразумны — все зависит от вас; а теперь дайте мне мой бурнус.

Доктор подал Полиньке бурнус и надел свое пальто. Взявшись за ручку двери, Полинька остановилась, постояла молча и, обернувшись к Розанову лицом, тихо сказала:

— Ну.

Розанов верно понял этот звук и поцеловал Полиньку в розовые губки, или, лучше сказать, Полинька, не делая никакого движения, сама поцеловала его своими розовыми губками. Если любовь молоденьких девушек и страстных женщин бальзаковской поры имеет для своего изображения своих специалистов, то нельзя не пожалеть, что нет таких же специалистов для описания своеобычной, причудливой и в своем роде прелестной любви наших разбитых женщин, доживших до тридцатой весны без сочувствия и радостей. — А хороша эта прихотливая любовь, часто начинающаяся тем, чем другая кончается, но тем не менее любовь нежная и преданная. Если бы на Чистых Прудах знали, что Розанова поцеловала такая женщина, то даже и там бы не удивлялись резкой перемене в его поведении.

Розанов даже до сцены с собою не допустил Ольгу Александровну. Ровно и тепло сдержал он радостные восторги встретившей его прислуги; спокойно повидался с женою, которая сидела за чаем и находилась в тонах; ответил спокойным поклоном на холодный поклон сидевшей здесь Рогнеды Романовны и, осведомясь у девушки о здоровье ребенка, прошел в свою комнату.

Целую ночь Розанов не ложился спать. Ольга Александровна слышала, что муж все шуршал бумагами и часто открывал ящики своего письменного стола. Она придумала, как встретить каждое слово мужа, который, по ее соображениям, непременно не нынче, так завтра сдастся и пойдет на мировую; но дни шли за днями, а такого поползновения со стороны Розанова не обнаруживалось. Он казался очень озабоченным, но был ровен, спокоен и, по обыкновению, нежен с ребенком и ласков с прислугою. Ольга Александровна несколько раз пробовала заводить его, заговаривая с ребенком, какие бывают хорошие мужья и отцы и какие дурные, причем обыкновенно все дурные были похожи капля в каплю на Розанова; но Розанов точно не понимал этого и оставался невозмутимо спокойным.

Через пять или шесть дней после его возвращения одна из углекислых дев, провожая в Тверь другую углекислую деву, видела, как Розанов провожал в Петербург какую-то молоденькую даму, и представилось деве, что эта дама, проходя к вагонам, мимолетно поцеловала Розанова.

На другой день Дмитрий Петрович слушал разговор Ольги Александровны — какие на свете бывают подлецы и развратники, грубые с женами и нежные с метресками.

Но и это нимало не вывело Розанова из его спокойного положения. Он только побледнел немножко при слове метреска: не шло оно к Полиньке Калистратовой.

А Полинька Калистратова, преследуемая возобновившимися в последнее время нашествиями своего супруга, уехала в Петербург одна. Розанов всячески спешил управиться так, чтобы ехать с нею вместе, но не успел, да и сама Полинька говорила, что этого вовсе не нужно.

— Очень трогательно будет, — шутила она за день до своего отъезда. — Вы прежде успокойте всем, чем можете, жену, да тогда и приезжайте; я вас буду ждать.

— Будете ждать? — спросил ее Розанов.

Полинька как бы не слыхала этого и продолжала укладываться.

Прошла неделя. Розанов получил из Петербурга два письма, а из больницы отпуск. В этот же день, вечером, он спросил у девушки свой чемоданчик и начал собственноручно укладываться.

Ольга Александровна часу во втором ночи отворила дверь в его комнату и сказала:

— Вы бы позаботились о ребенке.

— Как прикажете позаботиться? — спросил ее Розанов, убирая свои бумаги.

— Вас ведь правительство заставит о нем заботиться.

— Да я не отказываюсь и без правительства.

— Я вашим словам не верю.

— Ну вот вам бумага.

— Что это? — спросила Ольга Александровна, принимая поданный ей мужем лист.

— Мое обязательство выдавать вам ежегодное вспоможение.

— Это мне; а на ребенка?

— Я вам даю сколько в силах. Вы сами очень хорошо знаете, что я более не могу.

— Не пьянствуйте с метресками, так будете в силах дать более.

Розанов промолчал.

— Вас заставит правительство, — задорно продолжала Ольга Александровна.

— Пусть заставляет.

— Я знаю закон.

— Вам же лучше.

— У вас будут вычитать из жалованья.

— Пусть вычитают: сто рублей получите.

— Что сто рублей! Не храбритесь, батюшка, и все возьмут. Я все опишу. Найдутся такие люди, что опишут, какое вы золото.

Розанов опять ничего не ответил.

Ольге Александровне надоело стоять, и она повернулась, говоря:

— Я завтра еще покажу эту бумагу маркизе, а от вас всякой подлости ожидаю.

— Показывайте хоть черту, — сказал Розанов и запер за женою дверь на ключ.

— Мерзавец! — послышалось ему из-за двери.

Отбирая бумаги, которые намеревался взять с собою, Розанов вынул из стола свою диссертацию, посмотрел на нее, прочел несколько страниц и, вздохнув, положил ее на прежнее место. На эту диссертацию легла лаконическая печатная программа диспута Лобачевского; потом должен был лечь какой-то литографированный листок, но доктор, пробежав его, поморщился, разорвал бумажку в клочки и с негодованием бросил эти кусочки в печку.

«До чего ты, жизнь моя, довела меня, домыкала!» — подумал он и, задвинув столовые ящики, лег уснуть до утра.

Перед отъездом доктору таки выпала нелегкая минутка: с дитятею ему тяжело было проститься; смущало оно его своими невинными речами.

— Ты ведь скоро вернешься, папочка?
— Скоро, дружок мой, — отвечал доктор.
— Мне скучно будет без тебя, — лепетал ребенок.
— Ну поедем со мной, — пошутил доктор.
— Мне будет без мамы скучно.
— Ну как же быть?
— Я хочу, чтоб вы были вместе. Я и тебя люблю и маму.
— Люби, мой друг, маму, — отвечал доктор, поцеловав ребенка и берясь за свой саквояж.
— А ты приедешь к нам?
— Приеду, приеду.

Ольга Александровна не прощалась с мужем. Он ее только спросил:

— Вы более не сомневаетесь в моем обязательстве?
— Маркиза покажет его юристам, — отвечала madame Розанова.
— А! Это прекрасно, — отвечал доктор и уехал на железную дорогу в сопровождении Юстина Помады.
— Что ж ты думаешь, Дмитрий? — спросил его дорогою Помада.
— Ничего я, брат, не думаю, — отвечал Розанов.
— Ну, а так-таки?
— Так-таки ничего и не думаю.
— Разойдитесь вы, наконец.
— Мы уже разошлись, — отвечал Розанов.
— А как она опять приедет?
— А ты ее не пускай.
— А я как ее не пущу?
— А я как?
— Ну, и что ж это будет?
— А черт его знает, что будет.
— Пропадешь ты, брат, совсем.
— Ну, это еще старуха надвое ворожила, — процедил сквозь зубы доктор.

Так они и расстались.

Розанов, выехав из Москвы, сверх всякого ожидания был в таком хорошем расположении духа всю дорогу до Петербурга, что этого расположения из него не выколотил даже переезд от Московского вокзала до Калинкина моста, где жил Лобачевский.

Лобачевского Розанов не застал дома, сложил у него свои вещи и улетучился.

Проснувшись утром, Лобачевский никак не мог понять, где бы это запропастился Розанов, а Розанов не мог сказать правды, где он был до утра.

Дела Розанова шли ни хорошо и ни дурно. Мест служебных не было, но Лобачевский обещал ему хорошую работу в одном из специальных изданий, — обещал и сделал. Слово Лобачевского имело вес в своем мире. Розанов прямо становился на полторы тысячи рублей годового заработка, и это ему казалось очень довольно.

Все это обделалось в три или четыре дня, и Розанов мог бы свободно возвращаться для окончательного расчета с Москвою, но он медлил. Отчего ж ему было и не помедлить?.. В первое же утро после его приезда Полинька так хорошо пустое вы сердечным ты ему, обмолвясь, заменила.

— У вас, Розанов, верно, есть здесь романчик? — шутил над ним Лобачевский.

— Ну, с какой стати?

— Да уж так: вы ведь ни на шаг без жизненных прикрас.

— А мы лучше о вас поговорим.

— Да обо мне что говорить.

— Хорошо вам?

— Ничего. — Мне кафедру предлагают.

— А вы что ж?

— А я не беру.

— Это отчего?

— Что ж в кафедре? На кафедре всякий свое дело делает, а я тут под рукой институтец заведу. Тут просвещенные монголы мне в этом деле помогают.

— Это опять о женщинах.

— Да, опять о них, все о них.

— У вас нет ли еще места ученице?

— Это ваш роман?

— Нет, какой роман!

— Ну, да это все равно.

Розанов свозил Лобачевского к Полиньке. Полинька получила бумагу, разрешавшую ей жить где угодно и ограждавшую ее личность от всяких притязаний человека, который владел правом называться ее мужем. Лобачевскому Полинька очень понравилась, и он взялся ее пристроить.

— Это у вас очень приятный роман, — говорил он Розанову, возвращаясь от Полиньки.

— Какой роман, с чего вы берете?

— Да так уж, сочиняю.

— Да вы читали ли хоть один роман отроду?

— Четыре читал.

— Удивительно; а больше уж не читаете?

— Нет; все одно во всех повторяется.

— Как же одно во всех?

— А так, влюбился да женился; влюбился да застрелился: скучно уж очень.

— А страдания?

— Страдания все от безделья.

Была такая длинная ночь, которую Полинька Калистратова целиком провела, читая Розанову длинную нотацию, а затем наступило утро, в которое она поила его кофеем и была необыкновенно тревожна, а затем был часок, когда она его раструнивала, говоря, что он в Москве снова растает, и, наконец, еще была одна минута, когда она ему шептала: «Приезжай скорей, я тебя ждать буду».

Розанов хорошо ехал и в Москву, только ему неприятно было, когда он вспоминал, как легко относился к его роману Лобачевский. «Я вовсе не хочу, чтоб это была интрижка, я хочу, чтоб это была любовь», — решал он настойчиво.

Москва стояла Москвою. Быстрые повышения в чины и не менее быстрые разжалования по-прежнему были свойственны углекислому кружочку. Розанов не мог понять, откуда вдруг взялась к нему крайняя ласка де Бараль. Маркиза прислала за ним тотчас после его приезда, радостно сжала его руку, заперлась с ним в кабинет и спросила:

— Ну что, мой милый, в Петербурге?

— Ничего, маркиза.

— Тихо?

— Не шелохнет.

— Гааа! И красные молчат?

— Может быть и говорят, только шепотом.

— Так там решительно тихо? Гааа! Нет, в этой сторонушке жить дольше невозможно.

«Да, — думал доктор, — в этой сторонушке на каких вздумаешь крыльях летать, летать просторно, только бывает, что сесть некуда».

— Ваш документ, мой милый, отлично сделан. Я его показывала юристам.

— Напрасно и беспокоились, я его писал, посоветовавшись с юристами, — отвечал Розанов.

— Я порешила с вашей женой: я возьму ее с девочкой на антресоли и буду...

— Оставьте, пожалуйста, маркиза: я этого не могу равнодушно слушать.

— Вашей девочке хорошо будет.

— Ну, тем лучше.

В последнюю ночь, проведенную Розановым в своей московской квартире, Ольга Александровна два раза приходила в комнату искать зажигательных спичек. Он видел это и продолжал читать. Перед утром она пришла взять свой платок, который будто забыла на том диване, где спал Розанов, но он не видал и не слыхал.

Прошел для Розанова один прелестный зимний месяц в холодном Петербурге, и он получил письмо, которым жена приглашала его возвратиться в Москву; прошел другой, и она приглашала его уже только взять от нее хоть ребенка.

— Ну вот! я была права, — сказала Полинька.

Розанов поехал и возвратился в Петербург с своей девочкой, а его жена уехала к отцу. Разлука их была весьма дружеская. Углекислота умаяла Ольгу Александровну, и, усаживаясь в холодное место дорожного экипажа, она грелась дружбою, на которую оставил ей право некогда горячо любивший ее муж. О Полиньке Ольга Александровна ничего не знала.

С Лизою Розанов в последний раз вовсе не видался. Они уж очень разбились, да к тому же и там шла своя семейная драма, пятый акт которой читатель увидит в следующей главе.

## Глава двадцать девятая.
## Последняя сцена из пятого акта семейной драмы

Собственные дела Лизы шли очень худо: всегдашние плохие лады в семье Бахаревых, по возвращении их в Москву от Богатыревых, сменились сплошным разладом. Первый повод к этому разладу подала Лиза, не перебиравшаяся из Богородицкого до самого приезда своей семьи в Москву. Это очень не понравилось отцу и матери, которые ожидали встретить ее дома. Пошли упреки с одной стороны, резкие ответы с другой, и кончилось тем, что Лиза, наконец, объявила желание вовсе не переходить домой и жить отдельно.

— Убей, убей отца, матушка; заплати ему за его любовь этим! — говорила Ольга Сергеевна после самой раздирающей сцены по поводу этого предположения.

Лиза попросила мать перестать, не говорить ничего отцу и в тот же день переехала в семью. Егор Николаевич ужасно быстро старел; Софи рыхлела; Ольга Сергеевна ни в чем не изменилась. Только к кошкам прибавила еще левретку.

Однако, несмотря на первую уступчивость Лизы, трудно было надеяться, что в семье Бахаревых удержится хоть какой-нибудь худой мир, который был бы лучше доброй ссоры. Так и вышло.

В один прекрасный день в передней Бахаревых показалась Бертольди: она спросила Лизу, и ее проводили к Лизе.

— Ma chere! Ma chere! — позвала Ольга Сергеевна, когда

Бертольди через полчаса вышла в сопровождении Лизы в переднюю.

Бертольди благоразумно не оглянулась и не отозвалась на этот оклик.

— Я вас зову, madame, — с провинциальною ядовитостью проговорила Ольга Сергеевна. — Госпожа Бертольди!

— Что-с? — спросила, глянув через плечо, Бертольди.

— Я вас прошу не удостоивать нас вашими посещениями.

— Я вас и не удостоиваю; я была у вашей дочери.

— Моя дочь пока еще вовсе не полновластная хозяйка в этом доме. В этом доме я хозяйка и ее мать, — отвечала Ольга Сергеевна, показывая пальцем на свою грудь. — Я хозяйка-с, и прошу вас не бывать здесь, потому что у меня дочери девушки и мне дорога их репутация.

— Я не съем ее.

— Бертольди! я никогда не забуду этого незаслуженного оскорбления, которое вы из-за меня перенесли сейчас, — с жаром произнесла Лиза.

— Я не сержусь на грубость. Прощайте, Лиза; приходите ко мне, — отвечала Бертольди, выходя в двери.

— Да, я буду приходить к вам.

— Нет, не будешь, — запальчиво крикнула Ольга Сергеевна.

— Нет, буду, — спокойно отвечала Лиза.

— Нет, не будешь, не будешь, не будешь!

— Отчего это не буду?

— Оттого, что я этого не хочу, оттого, что я пойду к генерал-губернатору: я мать, я имею всякое право, хоть бы ты была генеральша, а я имею право; слово скажу, и тебя выпорют, да, даже выпорют, выпорют.

— Полноте срамиться-то, — говорила Абрамовна Ольге Сергеевне, которая, забывшись, кричала свои угрозы во все горло по-русски.

— Я ее в смирительный дом, — кричала Ольга Сергеевна.

— Пожалуйста, пожалуйста, — проговорила шепотом молчавшая во все это время Лиза.

— Мне в этом никто не помешает: я мать.

— Пожалуйста, отправляйте, — опять шепотом и кивая головою, проговорила Лиза. У нее, как говорится, голос упал: очень уж все это на нее подействовало. Старик Бахарев вышел и спросил только:

— Что такое? что такое?

Ольга Сергеевна застрекотала; он не стал слушать, сейчас же замахал руками и ушел. Лиза ушла к себе совершенно разбитая нечаянностью всей этой сцены.

— Охота тебе так беспокоить maman, — сказала ей вечером Софи.

— Оставь, пожалуйста, Сонечка, — отвечала Лиза.

— Если ты убьешь мать, то ты будешь виновата.

— Я, я буду виновата, — отвечала Лиза.

Проходили сутки за сутками; Лиза не выходила из своей комнаты, и к ней никто не входил, кроме няни и Полиньки Калистратовой. Няня не читала Лизе никакой морали; она даже отнеслась в этом случае безразлично к обеим сторонам, махнув рукою и сказав:

— Ну вас совсем, срамниц этаких.

Горячая расположенность Абрамовны к Лизе выражалась только в жарких баталиях с людьми, распространявшими сплетни, что барыня поймала Лизу, остригла ее и заперла. Абрамовна отстаивала Лизину репутацию даже в глазах самых ничтожных людей, каковы для нее были дворник, кучер, соседские девушки и богатыревский поваренок.

— А то ничего; у нас по Москве в барышнях этого фальшу много бывает; у нас и в газетах как-то писали, что даже младенца... — начинал поваренок, но Абрамовна его сейчас сдерживала:

— То ваши московские; а мы не московские.

— Это точно; ну только ничего. В столице всякую сейчас могут обучить, — настаивал поваренок и получал от Абрамовны подзатыльник, от которого старухиной руке было очень больно, а праздной дворне весьма весело.

Полиньке Калистратовой Лиза никаких подробностей не рассказывала, а сказала только, что у нее дома опять большие неприятности. Полиньке это происшествие рассказала Бертольди, но она могла рассказать только то, что произошло до ее ухода, а остального и она никогда не узнала.

Кроме Полиньки Калистратовой, к Лизе допускался еще Юстин Помада, с которым Лиза в эту пору опять стала несравненно теплее и внимательнее. Заключение, которому Лиза сама себя подвергла, вообще не было слишком строго. Не говоря о том, что ее никто не удерживал в этом заключении, к ней несомненно свободно допустили бы всех, кроме Бертольди; но никто из ее знакомых не показывался. Маркиза, встретясь с Ольгой Сергеевной у Богатыревой, очень внимательно расспрашивала ее о Лизе и показала необыкновенную терпеливость в выслушивании жалостных материнских намеков. Маркиза вспомнила аристократический такт и разыграла, что она ничего не понимает. Но, однако, все-таки маркиза дала почувствовать, что с мнениями силою бороться неразумно.

А Варвара Ивановна Богатырева, напротив, говорила Ольге Сергеевне, что это очень разумно.

— Она очень умная женщина, — говорила Варвара Ивановна о маркизе, — но у нее уж ум за разум зашел; а мое правило просто: ты девушка, и повинуйся. А то нынче они очень уж совки, да не ловки.

— Да мы, бывало, как идет покойница мать... бывало, духу ее боимся: невестою уж была, а материнского слова трепетала; а нынче...

вон хоть ваш Серж наделал...

— Сын другое дело, ma chere, а дочь вся в зависимости от матери, и мать несет за нее ответственность перед обществом.

Пуще всего Ольге Сергеевне понравилось это новое открытие, что она несет за дочерей ответственность перед обществом: так она и стала смотреть на себя, как на лицо весьма ответственное.

Егор Николаевич, ко всеобщему удивлению, во всей этой передряге не принимал ровно никакого участия. Стар уж он становился, удушье его мучило, и к этому удушью присоединилась еще новая болезнь, которая очень пугала Егора Николаевича и отнимала у него последнюю энергию. Он только говорил:

— Не ссорьтесь вы, Бога ради не ссорьтесь.

— Что ты все сидишь тут, Лиза? — говорил он в другое время дочери.

— Что ж мне, папа, выходить? Выходить туда только для оскорблений.

— Какие уж оскорбления? Разве мать может оскорбить?

— Я думаю, папа.

— Чем? чем она тебя может оскорбить?

— Да maman хотела меня отправить в смирительный дом, что ж! Я ожидаю: отправляйте.

— Полно врать, — какой там еще смирительный дом?

— Я не знаю какой.

— Ну что там: в сердцах мать что-нибудь сказала, а ты уж и поднялась.

— Это, папа, может повторяться, потому что я так жить не могу.

— Э, полно вздор городить!

Тем это и кончилось; но Лиза ни на волос не изменила своего образа жизни.

В это время разыгралась известная нам история Розанова.

Маркиза и Романовны совсем оставили Лизу. Маркиза охладела к Лизе по крайней живости своей натуры, а Романовны охладели потому, что охладела маркиза. Но как бы там ни было, а о «молодом дичке», как некогда называли здесь Лизу, теперь не было и помина: маркиза устала от долгой политической деятельности.

С отъездом Полиньки Калистратовой круг Лизиных посетителей сократился решительно до одного Помады, через которого шла у Лизы жаркая переписка и делались кое-какие дела.

У Лизы шел заговор, в котором Помада принимал непосредственное участие, и заговор этот разразился в то время, когда мало способная к последовательному преследованию Ольга Сергеевна смягчилась до зела и начала сильно желать искреннего примирения с дочерью.

Шло обыкновенно так, как всегда шло все в семье Бахаревых и как многое идет в других русских семьях. Бесповодная или весьма малопричинная злоба сменялась столь же беспричинною снисходительностью и уступчивостью, готовою доходить до самых непонятных размеров.

Среди такого положения дел, в одно морозное февральское утро, Абрамовна с совершенно потерянным видом вошла в комнату Ольги Сергеевны и доложила, что Лиза куда-то собирается.

— Как собирается? — спросила, не совсем поняв дело, Ольга Сергеевна.

— Рано, где тебе, встала сегодня и укладывается.

Ольга Сергеевна побледнела и бросилась в комнату Лизы.

— Что это? — спросила она у стоявшей над чемоданом Лизы.

— Ничего-с, — отвечала спокойно Лиза.

— Зачем это ты укладываешься?

— Я сегодня уезжаю.

— Как уезжаешь? Как ты смеешь уезжать?

— Увидите.

— Ах ты, разбойница, — прохрипела мать и крикнула: — Егор Николаевич!

— Не поднимайте, maman, напрасно шуму, — проговорила Лиза.

— Егор Николаевич! — повторила еще громче Ольга Сергеевна и, покраснев как дурак, села, сложа на груди руки. Лиза продолжала соображать, как ей что удобнее разместить по чемодану.

— Как же это вы одни поедете, сударыня?

— Это для вас все равно, maman. Я у вас жить решительно не могу: вы меня лишаете общества, которое меня интересует, вы меня грозили посадить в смирительный дом, ну, сажайте. Я с вами не ссорюсь, но жить с вами не могу.

— Ах, ах, разбойница! ах, разбойница! она не может жить с родителями! Но я за тебя несу ответственность перед обществом.

— Перед обществом, maman, всякий отвечает сам за себя.

— Но я, милостивая государыня, наконец, ваша мать! — вскрикнула со стула Ольга Сергеевна. — Понимаете ли вы с вашими науками, что значит слово мать: мать отвечает за дочь перед обществом.

— Maman, если б вы меня знали…

— Где мне понимать такую умницу!

— Положим, и так.

— Философка, сочинения сочинять будет, а мать дура.

— Я этого не говорю.

— Еще бы! А я понимаю одно, что я слабая мать; что я с тобою церемонилась; не умела учить, когда поперек лавки укладывалась.

— Прошлого, maman, не воротишь; но если вас беспокоит ваша ответственность за меня перед обществом, то я вам ручаюсь…

— Гм! в чем это вы ручаетесь?

— Я потому и сказала, что вы меня не знаете…

— Да.

— Я неспособна..

— Вы только неспособны к благодарности, к хорошему вы неспособны; к остальному ко всему вы очень способны.

— Положим, и так, maman. Я только хочу успокоить вас, что вы никогда не будете компрометированы перед обществом.

— Как! как я не буду компрометирована? А это что?

Ольга Сергеевна указала на чемодан.

— Это ничего, maman: я уеду и буду жить честно; вы не будете краснеть за меня ни перед кем.

— Ах ты, разбойница этакая! — прошептала Ольга Сергеевна и порывисто бросилась к Лизе. Лиза осторожно отвела ее от себя и сказала:

— Успокойтесь, maman, успокойтесь.

— Вот, вынимай вон вещи.

По лестнице поднимался Егор Николаевич.

— Что это такое? — спрашивал он.

— Вот вам, батюшка-баловник, любуйтесь на свою балованную дочку! Ох! ох! воды мне, воды... воддды!

Ольга Сергеевна упала в обморок, продолжавшийся более часа. После этого припадка ее снесли в спальню, и по дому пошел шепот.

— Чтоб я этого не слыхал более! — строго сказал Лизе отец и вышел.

— Папа, я решилась, и меня ничто не удержит, — отвечала вслед ему Лиза.

— И слышать не хочу, — махнув рукой, крикнул Бахарев и ушел в свою комнату.

Лиза окончила свою работу и села над уложенным чемоданом. Вошла няня. Говорила, говорила, долго и много говорила старуха; Лиза ничего не слыхала.

Наконец ударило одиннадцать часов. Лиза встала, сослала вниз свои вещи и, одевшись, твердою поступью сошла в залу.

Егор Николаевич сидел и курил у окна.

— Прощайте, папа, — сказала, подойдя к нему, Лиза. Старик не взглянул на нее и ничего не ответил.

Лиза подошла к двери материной комнаты; сестра ее не пустила к Ольге Сергеевне.

— Ну, прощай, — сказала Лиза сестре.

Они холодно поцеловались.

— Папа, прощайте, я уезжаю, — сказала Лиза, подойдя снова к отцу.

— Иди от меня, — отвечал старик.

— Я вас ничем не огорчаю, папа; я не могу здесь жить: я хочу трудиться.

— Пошла, пошла от меня.

Лиза поймала и поцеловала его руку.

— Да что это, однако, за вздор в самом деле, — сказал со слезами на глазах старик. — Я тебе приказываю...

Лиза молчала.

— Я тебе приказываю, чтоб это все сейчас было кончено.

— Не могу, папа.

— С кем же ты едешь? Без бумаги, без денег едешь?

— У меня есть мой диплом и деньги.

— Ты врешь! Какие у тебя деньги? Что ты врешь!

— У меня есть деньги; я продала мой фермуар.

— Боже мой! фермуар, такой прелестный фермуар! — застонала, выходя из дверей гостиной, Ольга Сергеевна — Кто смел купить этот фермуар?

— Этот фермуар мой, maman; он принадлежит мне, и я имела право его продать. Его мне подарила тетка Агния.

— Фамильная вещь, Боже мой! наша фамильная вещь! — стонала Ольга Сергеевна.

Лизе становилось все тяжелее, а часовая стрелка безучастно заползала за половину двенадцатого.

— Прощай, — сказала Лиза няне. Абрамовна стояла молча, давая Лизе целовать себя в лицо, но сама ее не целовала.

— Оставаться! — крикнул Егор Николаевич, — иначе... я велю людям...

— Папа, насильно вы можете приказать делать со мною все, что вам угодно, но я здесь не останусь, — отвечала, сохраняя всю свою твердость, Лиза.

— Мы поедем в деревню.

— Туда я вовсе ни за что не поеду.

— Как не поедешь? Я тебе велю.

— Связанную меня можете везти всюду, но добровольно я не поеду. Прощайте, папа.

Лиза опять подошла к отцу, но старик отвернул от нее руку.

— Варварка! варварка! убийца! — вскрикнула, падая, Ольга Сергеевна.

Лиза, бледная как смерть, повернула к двери. Мимоходом она еще раз обняла и поцеловала Абрамовну. Старуха вынула из-под шейного платка припасенный ею на этот случай небольшой образочек в серебряной ризе и подняла его над Лизой.

— Дай сюда образ! — крикнул, сорвавшись с места, Егор Николаевич. — Дай я благословлю Лизавету Егоровну, — и, выдернув из рук старухи икону, он поднял ее над головой своею против Лизы и сказал:

— Именем всемогущего Бога да будешь ты от меня проклята, проклята, проклята; будь проклята в сей и в будущей жизни.

С этими словами старик уронил образ и упал на первый стул.

Лиза зажала уши и выбежала за двери.

Минут десять в зале была такая тишина, такое мертвое молчание, что, казалось, будто все лица этой живой картины окаменели и так будут стоять в этой комнате до скончания века. По полу только раздавались чокающие шаги бродившей левретки.

Наконец Егор Николаевич поднял голову и крикнул:

— Лошадь, скорее лошадь.

Через десять минут он почти вскачь несся к петербургской железной дороге. При повороте на площадь старик услышал свисток.

— Гони! — крикнул он кучеру. Лошадь понеслась вскачь.

Егор Николаевич бросился на крыльцо вокзала. В эту же минуту раздалось мерное пыхтенье локомотива, и из дебаркадера выскочило и понеслось густое облако серого пара.

Поезд ушел.

Егор Николаевич схватился руками за перила и закачался. Мимо его проходили люди, жандармы, носильщики, — он все стоял, и в глазах у него мутилось. Наконец мимо его прошел Юстин Помада, но Егор Николаевич никого не видал, а Помада, увидя его, свернул в сторону и быстро скрылся.

«Воротить!» — хотелось крикнуть Егору Николаевичу, но он понял, что это будет бесполезно, и тут только вспомнил, что он даже не знает, куда поехала Лиза. Ее никто не спросил об этом: кажется, все думали, что она только пугает их.

Из оставшихся в Москве людей, известных Бахаревым, все дело знал один Помада, но о нем в это время в целом доме никто не вспомнил, а сам он никак не желал туда показываться.

## Глава тридцатая.
### Ночь в Москве, ночь над рекой Саванкой и ночь в «Италии»

1

Я видел мать, только что проводившую в рекруты единственного сына, и видел кошку, возвращавшуюся в дом хозяина, закинувшего ее котят.

Мой дед был птичный охотник. Я спал у него в большой низенькой комнате, где висели соловьи. Наши соловьи признаются лучшими в целой России. Соловьи других мест не умеют так хорошо петь о любви, о разлуке, обо всем, о чем сложена соловьиная песня. Комната, в которой я спал с соловьями, выходила окнами в старый плодовитый сад, заросший густым вишенником, крыжовником и смородиною.

В хорошие ночи я спал в этой комнате с открытыми окнами, и в одну такую ночь в этой комнате произошел бунт, имевший весьма печальные последствия. Один соловей проснулся, ударился о зеленый коленкоровый подбой клетки и затем начал неистово метаться. За одним поднялись все, и начался бунт. Дед был в ужасе.

— Ему приснилось, что он на воле, и он умрет от этого, — говорил дед, указывая на клетку начавшего бунт соловья.

Птицы нещадно метались, и к утру три из них были мертвы. Я смотрел, как околевал соловей, которому приснилось, что он может лететь, куда ему хочется. Он не мог держаться на жердочке, и его круглые черные глазки беспрестанно закрывались, но он будил сам себя и до последнего зевка дергал ослабевшими крыльями.

У красивой, сильной львицы, сидящей в Jardin des plantes в Париже, раннею весною прошлого года родился львенок. Я не знаю, как его взяли от матери, но я его увидел первый раз, должно быть, так в конце февраля; он тогда лежал на крылечке большой галереи и грелся. Это была красивая грациозная крошка, и перед нею стояла куча всякого народа и особенно женщин. Львенок был привязан только на тоненькой цепочке и, катаясь по крылечку, обтирал свою мордочку бархатною лапкою, за которую его тормошили хорошенькие лапочки парижских львиц в лайковых перчатках.

Это было запрещено, и это всем очень нравилось.

Одна маленькая ручка очень надоела львенку, и он тряхнул головенкою, издал короткий звук, на который тотчас же раздался страшный рев.

В ту же минуту несколько служителей бросились к наружной части галереи и заставили отделение львицы широкими черными досками, а сзади в этом отделении послышались скрип и стук железной кочерги по железным полосам. Вскоре неистовый рев сменило тихое, глухое рычание.

Я дождался, пока снова отняли доски от клетки львицы. Львица казалась спокойною. Прижавшись в заднем углу, она лежала, пригнув голову к лапам; она только вздыхала и, не двигаясь ни одним членом, тревожно бросала во все стороны взоры, исполненные в одно и то же время и гордости и отчаяния.

Львенка увели с крыльца, и толпа, напутствуемая энергическими замечаниями служителей, разошлась. Перед галереей проходил служитель в синей куртке и робеспьеровском колпаке из красного сукна. Этот человек по виду не был так сердит, как его товарищи, и я подошел к нему.

— Monsieur, — спросил я, — сделайте милость, скажите, что это сделалось с львицей?

— Tiens? — отвечал француз, — elle reve qu'elle est libre.

Я еще подошел к клетке и долго смотрел сквозь железные полосы в страшные глаза львицы. Она хотела защитить свое дитя, и, поняв, что это для нее невозможно, она была велика в своем грозном молчании.

Егор Николаевич Бахарев теперь как-то напоминал собою всех: и мать, проводившую сына в рекруты, и кошку, возвращающуюся после поиска утопленных котят, и соловья, вспомнившего о минувших днях короткого счастия, и львицу, смирившуюся в железной клетке.

Возвратясь домой, он все молчал. До самого вечера он ни с кем не сказал ни слова.

— Что с тобою, Егор Николаевич? — спрашивала его Ольга Сергеевна.

Он только махал рукою. Не грозно махал, а как-то так, что, мол, «сил моих нет: отвяжитесь от меня ради Создателя».

В сумерки он прилег на диване в гостиной и задремал.

— Тсс! — командовала по задним комнатам Абрамовна. — Успокоился барин, не шумите.

Барин, точно, чуть не успокоился. Когда Ольга Сергеевна пришла со свечою, чтобы побудить его к чаю, он лежал с открытыми глазами, давал знак одною рукою и лепетал какой-то совершенно непонятный вздор заплетающимся языком.

В доме начался ад. Людей разослали за докторами. Ольга Сергеевна то выла, то обмирала, то целовала мужнины руки, согревая их своим дыханием. Остальные все зауряд потеряли головы и суетились. По дому только слышалось: «барина в гостиной паралич ударил», «переставляется барин».

Каждый посланец нашел по доктору, и через час Егора Николаевича, выдержавшего лошадиное кровопускание, отнесли в его спальню. К полуночи один доктор заехал еще раз навестить больного; посмотрел на часы, пощупал пульс, велел аккуратно переменять компрессы на голову и уехал.

Старик тяжело дышал и не смотрел глазами.

С Ольгой Сергеевной в гостиной поминутно делались дурноты; ее обтирали одеколоном и давали нюхать спирт. Софи ходила скорыми шагами и ломала руки.

К трем часам Бахареву не было лучше, ни крошечки лучше.

Абрамовна вышла из его комнаты с белым салатником, в котором растаял весь лед, приготовленный для компрессов. Возвращаясь с новым льдом через гостиную, она подошла к столу и задула догоравшую свечу. Свет был здесь не нужен. Он только мог мешать крепкому сну Ольги Сергеевны и Софи, приютившихся в теплых уголках мягкого плюшевого дивана.

Абрамовна опять уселась у изголовья больного и опять принялась за свою фельдшерскую работу.

Старческая кожа была не довольно чутка к температурным изменениям. Абрамовна положила один очень холодный компресс, от которого больной поморщился и, открыв глаза, остановил их на старухе.

— Что, батюшка? — прошептала с ласковым участием Абрамовна.

Больной только тяжко дышал.

— Трудно тебе? — спросила она, продолжая глядеть в те же глаза через полчаса. Старик кивнул головою: дескать «трудно».

— Где она? — пролепетал он через несколько минут, однако так невнятно, что ничего нельзя было разобрать.

— Что, батюшка, говоришь? — спросила Абрамовна.

— Где она? — с большим напряжением и расстановкою произнес явственнее Бахарев.

— Кто, родной мой? О ком ты спрашиваешь?

— О Лизе, — с тем же усилием и расстановкою выговорил Егор Николаевич.

Старуха хотела отмолчаться и стала выжимать смоченный компресс.

— Она умерла? — устремив глаза, спрашивал Бахарев.

— Нет, батюшка, Христос, царь небесный, с нею: она жива. Уехала. Вы, батюшка, успокойтесь; она вернется. Не тревожь себя, родной, понапрасну.

— У-е-х-а-л... — опять совсем уже невнятно прошептал больной.

Он как будто впал в забытье; но через четверть часа опять широко раскрыл глаза и скоро-скоро, как бы боясь, что ему не будет время высказать свое слово, залепетал:

— Я полковник, я старик, я израненный старик. Меня все знают... мои ордена... мои раны... она дочь моя... Где она? Где о-н-а? — произнес он, тупея до совершенной невнятности. — О-д-н-а!.. р-а-з-в-р-а-т... Разбойники! Не обижайте меня; отдайте мне мою дочь, — выговорил он вдруг с усилием, но довольно твердо и заплакал.

Серый свет зарождающегося утра заглянул из-за спущенных штор в комнату больного, но был еще слишком слаб и робок для того, чтобы сконфузить мигавшую под зеленым абажуром свечу. Бахарев снова лежал спокойно, а Абрамовна, опершись рукою о кресло, тихо, усыпляющим тоном, ворчала ему:

— Иная, батюшка, и при отце с матерью живет, да ведет себя так, что за стыд головушка гинет, а другая и сама по себе, да чиста и перед людьми и перед Господом. На это взирать нечего. К чистому поганое не пристанет.

— Ты по-ез-жай, — прошептал старик.

Старуха промолчала.

— Возь-ми де-нег и по-ез-жай, — повторял больной.

— Хорошо, сударь, поеду.

— Ддда, поезжай... а куда?

Старуха зачесала головной платок.

— К-у-д-а? — повторил больной.

Старуха пожала плечами и пошла потушить свечу. Тяжелая ночь прошла, и наступило еще более тяжелое утро.

Недавно публика любовалась картинкою, помещенною в одном

из остроумных сатирических изданий. Рисунок изображал отца, у которого дочь ушла. Отец был изображен на этом рисунке с ослиными ушами. Мы сомневаемся, что художник сам видел когда-нибудь отца, у которого ушла дочь. Художественная правда не позволила бы заглушить себя гражданской тенденции и заставила бы его, кроме ослиных ушей, увидать и отцовское сердце.

## 2

Во флигеле Гловацких ничего нельзя было узнать. Комнаты были ярко освещены и набиты различными гостями; под окнами стояла и мерзла толпа мещан и мещанок, кабинет Петра Лукича вовсе исчез из дома, а к девственной кроватке Женни была смело и твердо приставлена другая кровать.

Полтора часа назад Женни перевенчали с Николаем Степановичем Вязмитиновым, занявшим должность штатного смотрителя вместо Петра Лукича, который выслужил полный пансион и получил отставку.

Сегодня в четыре часа после обеда Петр Лукич отправил в дом покойной жены свой ветхий гардероб и книги. Сегодня же он проведет первую ночь вне училищного флигеля, уступая новому смотрителю вместе с местом и свою радость, свою красавицу Женни.

Между гостями, наполняющими флигель уездного училища, мы прежде всех узнаем Петра Лукича. Он постарел еще более, голова его совсем бела, и длинная фигура несколько горбится; он и весел, и озабочен, и задумчив. Потом на почетном месте сидит посаженый отец жениха, наш давний знакомый, Алексей Павлович Зарницын. Он пополнел, и в лице его много важности и самоуверенности. Он ораторствует и заставляет всех себя слушать. К нему часто подходит и благопристойно его ласкает немолодая, но еще очень красивая и изящная дама. Это Катерина Ивановна, бывшая вдова Кожухова (ныне madame Зарницына), владетельница богатого села Коробина. Она одета по-бальному, роскошно и несколько молодо; но этот наряд никому не бросается в глаза. Он даже заставляет всех чувствовать, что хотя сама невеста здесь, без сомнения, есть самая красивая женщина, но и эта барыня совсем не вздор в наш век болезненный и хилый. Катерина Ивановна здесь едва ли не самое видное лицо: она всем распоряжается, и на всем лежит ее инициатива. Благодаря ей пир великолепен и роскошен. Петр Лукич сам не знает, откуда у него что берется. Саренко, в высочайшем жабо, тоже здесь с своею Лурлеей и с половиной в желтой шали. Он сочиняет приличные, по его мнению, настоящему торжеству пошлости и, разглаживая по голове свой хвост, ищет случая их позаметнее высказать новобрачной паре.

О новобрачной паре говорят разно. Женни утомлена и задумчива. Мужчины находят ее красавицей, женщины говорят, что она тонирует. Из дам ласковее всех к ней madame Зарницына, и Женни это чувствует, но она действительно чересчур рассеяна; ей припоминается и Лиза, и лицо, отсутствие которого здесь в настоящую минуту очень заметно. Женни думает об умершей матери.

Вязмитинов нехорош. Ему не идет белый галстук с белым жилетом. Вырезаясь из черного фрака, они неприятно оттеняют гладко выбритое лицо и делают Вязмитинова как будто совсем без груди. Он сосредоточен и часто моргает. Вообще он всегда был несравненно лучше, чем сегодня.

В кучках гостей мужчины толкуют, что Вязмитинову будет трудно с женою на этом месте; что Алексей Павлович Зарницын пристроился гораздо умнее и что Катерина Ивановна не в эти выборы, так в другие непременно выведет его в предводители.

— А тут что? — добавляли к этим рассуждениям. — Любовь! Любовь, батюшка, — морковь: полежит и завянет.

— Она премилая девушка! — замечали девицы.

— Что, сударыня, милая! — возражала жена Саренки. — С лица-то не воду пить, а жизнь пережить — не поле перейти.

Из посторонних людей не злоязычили втихомолку только Зарницын с женою. Первому было некогда, да он и не был злым человеком, а жена его не имела никаких оснований в чем бы то ни было завидовать Женни и искренно желала ей добра в ее скромной доле.

Самое преданное Женни женское сердце не входило в пиршественные покои. Это сердце билось в груди сестры Феоктисты.

Еще при первом слухе о помолвке Женни мать Агния запретила Петру Лукичу готовить что бы то ни было к свадебному наряду дочери.

— Оставь это, батюшка, мне. Я хочу вместо матери сама все приготовить для Геши, и ты не вправе мне в этом препятствовать.

Петр Лукич и не препятствовал.

Вечером, под самый день свадьбы, из губернского города приехала сестра Феоктиста с длинным ящиком, до крайности стеснявшим ее на монастырских санях. В ящике, который привезла сестра Феоктиста, было целое приданое. Тут лежал великолепный подвенечный убор: платье, девичья фата, гирлянда и даже белые атласные ботинки. Далее здесь были четыре атласные розовые чехла на подушки с пышнейшими оборками, два великолепно выстеганные атласные одеяла, вышитая кофта, ночной чепец, маленькие женские туфли, вышитые золотом по масаковому бархату, и мужские туфли, вышитые золотом по черной замше, ковер под ноги и синий атласный халат на мягкой тафтяной подкладке, тоже с вышивками и с шнурками. Игуменья по-матерински справила к венцу Женни.

Даже между двух образов, которыми благословили новобрачных, стоял оригинальный образ св. Иулиании, княжны

Ольшанской. Образ этот был в дорогой золотой ризе, не кованой, но шитой, с несколькими яхонтами и изумрудами. А на фиолетовом бархате, покрывавшем заднюю часть доски, золотом же было вышито: «Сим образом св. девственницы, княжны Иулиании, благословила на брак Евгению Петровну Вязмитинову настоятельница Введенского Богородицкого девичьего монастыря смиренная инокиня Агния».

В брачный вечер Женни все эти вещи были распределены по местам, и Феоктиста, похаживая по спальне, то оправляла оборки подушек, то осматривала кофту, то передвигала мужские и женские туфли новобрачных. В два часа ночи Катерина Ивановна Зарницына вошла в эту спальню и открыла одеяла кроватей. Вслед за тем она вышла и ввела сюда за руку Женни.

В доме уже никого не было посторонних. Последний, крестясь и перхая, вышел Петр Лукич. Теперь и он был здесь лишний. Катерина Ивановна и Феоктиста раздели молодую и накинули на нее белый пеньюар, вышитый собственными руками игуменьи.

Феоктиста надела на ноги Женни туфли. Женни дрожала и безмолвно исполняла все, что ей говорили.

Облаченная во все белое, она от усталости и волнения робко присела на край кровати.

— Помолитесь заступнице, — шепнула ей Феоктиста. Женни стала на колени и перекрестилась.

Свечи погасли, и осталась одна лампада перед образами.

— Молитесь ей, да ниспошлет она вам брак честен и соблюдет ложе ваше нескверно, — опять учила Феоктиста, стоя в своей черной рясе над белою фигурою Женни.

Женни молилась.

Из бывшего кабинета Гловацкого Катерина Ивановна ввела за руку Вязмитинова в синем атласном халате. Феоктиста нагнулась к голове Женни, поцеловала ее в темя и вышла.

Женни еще жарче молилась.

Катерина Ивановна тоже вышла и села с Феоктистой в свою карету. Дальше мы не имеем права оставаться в этой комнате.

### 3

Поднимаем третью завесу.

Слуга взнес за Бертольди и Лизою их вещи в третий этаж, получил плату для кучера и вышел. Лиза осмотрелась в маленькой комнатке с довольно грязною обстановкою.

Здесь был пружинный диван, два кресла, четыре стула, комод и полинялая драпировка, за которою стояла женская кровать и разбитый по всем пазам умывальный столик. Лакей подал спрошенный у него Бертольди чай, повесил за драпировку чистое полотенце, чего-то поглазел на приехавших барышень, спросил их паспорты и вышел. Лиза как вошла — села на диван и не трогалась с места. Эта обстановка была для нее совершенно нова: она еще никогда не находилась в подобном положении.

Бертольди налила две чашки чаю и подала одну Лизе, а другую выпила сама и непосредственно затем налила другую.

— Пейте, Бахарева, — сказала она, показывая на чашку.

— Я выпью, — отвечала Лиза.

— Что вы повесили нос?

— Нет, я ничего, — отвечала Лиза и, вставши, подошла к окну.

Улица была ярко освещена газом, по тротуарам мелькали прохожие, посередине неслись большие и маленькие экипажи.

Допив свой чай, Бертольди взялась за бурнус и сказала:

— Ну, вы сидите тут, а я отправлюсь, разыщу кого-нибудь из наших и сейчас буду назад.

— Пожалуйста, поскорее возвращайтесь, — проговорила Лиза.

— Вы боитесь?

— Нет... а так, неприятно здесь одной.

— Романтичка!

— Это вовсе не романтизм, а кто знает, какие тут люди.

— Что ж они вам могут сделать? Вы тогда закричите.

— Очень приятно кричать.

— Да это в таком случае, если бы что случилось.

— Нет, лучше пусть ничего не случается, а вы возвращайтесь-ка поскорее. Тут есть в двери ключ?

— Непременно.

— Вы посмотрите, запирает ли он?

— Запирает, разумеется.

— Ну попробуйте.

Бертольди повернула в замке ключ, произнесла: «факт», и вышла за двери. Лиза встала и заперлась. Инстинктивно она выпила остывшую чашку чаю и начала ходить взад и вперед по комнате. Комната была длиною в двенадцать шагов.

Долго ходила Лиза.

На улице движение становилось заметно тише, прошел час, другой и третий. Бертольди не возвращалась. Кто-то постучал в двери. Лиза остановилась. Стук повторился.

— Что здесь нужно? — спросила Лиза через двери.

— Прибор.

— Какой прибор?

— Чайный прибор принять.

— Это можно после; я не отопру теперь, — ответила Лиза и снова стала ходить взад и вперед.

Прошло еще два часа.

«Где бы это запропала Бертольди?» — подумала Лиза, зевнув и остановясь против дивана. Она очень устала, и ей хотелось спать, но она постояла, взглянула на часы и села. Был третий час ночи.

Теперь только Лиза заметила, что этот час в здешнем месте не считается поздним.

За боковыми дверями с обеих сторон ее комнаты шла оживленная беседа, и по коридору беспрестанно слышались то тяжелые мужские шаги, то чокающий, приятный стук женских каблучков и раздражающий шорох платьев.

Лиза до сих пор как-то не замечала этого, ожидая Бертольди; но теперь, потеряв надежду на ее возвращение, она стала прислушиваться.

— Это какие ж порядки? — говорил за левою дверью пьяный бас.

— Какие порядки! — презрительно отзывалась столь же пьяная мужская фистула.

— Типерь опять же хучь ба, скажем так, гробовщики, — начинал бас. — Что с меня, что типерь с гробовщика — одна подать, потому в одном расчислении. Что я, значит, что гробовщик, все это в одном звании: я столарь, и он столарь. Ну, порядки ж это? Как теперь кто может нашу работу супроть гробовщиков равнять. Наше дело, ты вот хоть стол, — это я так, к примеру говорю, будем располагать к примеру, что вот этот стол взялся я представить. Что ж типерь должон я с ним сделать? Должон я его типерь сперва-наперво сичас в лучшем виде отделать, потом должон его сполировать, должон в него замок врезать, или резьбу там какую сичас приставить...

— Что говорить! — взвизгнула фистула. — Выпейте-ка, Петр Семенович.

Слышно, что выпили, и бас, хрустя зубами, опять начинает:

— А гробовщик теперь что? Гробовщика мебель тленная. Он посуду покупает оптом, а тут цвяшки да бляшки, да сто рублей. Это что? Это порядки называются?

— Что говорить, — отрицает фистула.

— Нет, я вас спрашиваю: это порядки или нет?

— Какие порядки!

— С гробовщиков-то и с столарей одну подать брать — порядки это?

— Как можно!

— А-а! Поняли типерь. Наш брат, будь я белодеревной, будь я краснодеревной, все я должон работу в своем виде сделать, а гробовщик мастер тленный. Верно я говорю или нет?

— Выпьемте, Петр Семенович.

— Нет, вы прежде объясните мне, как, верно я говорю или нет? Или неправильно я рассуждаю? А! Ну какое вы об этом имеете расположение? Пущай вы и приезжий человек, а я вот на вашу совесть пущаюсь. Ведь вы хоть и приезжий, а все же ведь вы можете же какое-нибудь рассуждение иметь.

За другою дверью, справа, шел разговор в другом роде.

— Прости́т, — сквозь свист и сап гнусил сильно пьяный мужчина.

— Нет, Баранов, не говори ты этого, — возражал довольно молодой, но тоже не совсем трезвый женский голос. — Нашей сестре никогда, Баранов, прощенья не будет.

— Врешь, будет.

— Нет, и не говори этого, Баранов.

— А впрочем, черт вас возьми совсем.

— Да, не говори этого, — продолжала, не расслушав, женщина.

Послышался храп.

— Баранов! — позвала женщина.

— М-м?

— Можно еще графинчик?

— Черт с тобою, пей.

Женщина отворила дверь в коридор и велела подать еще графинчик водочки. В конце коридора стукнула дверь, и по полу зазвенела кавалерийская сабля.

— Номер! — громко крикнул голос.

Лакей побежал и заговорил что-то на ходу.

— Какая такая приезжая? — спросил голос.

— Ей-Богу-с приезжая.

— Покажи нам ее!

— Нет-с, ей-Богу-с, настоящая приезжая, и паспорт вон у меня на шкафе лежит.

— Врешь.

— Нет, ей-Богу-с: вот посмотрите.

Лиза слышала, как развернули ее институтский диплом и прочитали вслух: «дочь полковника Егора Николаевича Бахарева, девица Елизавета Егоровна Бахарева, семнадцати лет».

— Одна? — спросил голос тише.

— Теперь одна-с, — отвечал лакей.

— А с кем приехала?

— Тоже, должно, с подругою, да та уехала куда-то с вечера.

— Ты завтра за ней помастери.

— Слушаю-с.

— Ну, а теперь черт с тобою, давай хоть тот номер.

Мимо Лизиных дверей прошли сапоги в шпорах, сапоги без шпор и шумливое шелковое платье. У Лизы голова ходила ходуном.

«Где я? Боже мой! Где я? Куда нас привезли!» — спрашивала она сама себя, боясь шевельнуться на диване.

А свечка уже совсем догорала.

— Так вот ты, Баранов, и сообрази, — говорил гораздо тише совсем опьяневший женский голос. — Что же она, Жанетка, только ведь что французинка называется, а что она против меня? Тьфу, вот что она. Где ж теперь, Баранов, правда!

— Нет, вы теперь объясните мне: согласны вы, чтобы гробовщики жили на одном правиле с столярами? — приставал бас с другой стороны Лизиной комнаты. — Согласны, — так так и скажите. А я на это ни в жизнь, ни за что не согласен. Я сам доступлю к князю Суворову и к министру и скажу: так и так и извольте это дело рассудить, потому как ваша на все это есть воля. Как вам угодно, так это дело и рассудите, но только моего на это согласия никакого нет.

Огарок догорел и потух, оставив Лизу в совершенной темноте. Несколько минут все было тихо, но вдруг одна дверь с шумом распахнулась настежь, кто-то вылетел в коридор и упал, тронувшись головою о Лизину дверь.

Лиза вскочила и бросилась к окну, но дверь устояла на замке и петлях.

В коридоре сделался шум. Отворилось еще несколько дверей. Лакей помогал подниматься человеку, упавшему к Лизиной комнате. Потом зашелестело шелковое платье, и женский голос стал кого-то успокоивать.

— Нет, это не шутка, — возражал плачевным тоном упавший. — Он если шутит, так он должен говорить, что он это шутя делает, а не бить прямо всерьез.

— Душенька штатский, ну полноте, ну помиритесь, ну что вам из-за этого обижаться, — уговаривало шелковое платье.

— Нет, я не обижаюсь, а только я после этого не хочу с ним быть в компании, если он дерется, — отвечал душенька штатский. — Согласитесь, это не всякому же может быть приятно, — добавил он и решительно отправился к выходу.

Шелковое платье вернулось в номер, щелкнуло за собою ключом, и все утихло. Трепещущая Лиза, ни жива ни мертва, стояла, прислонясь к холодному окну. Уличные фонари погасли, и по комнате засерелось. Лиза еще подождала с полчаса и дернула за сальную сонетку. Вошел заспанный коридорный в одном белье.

Лиза попросила себе самовар. Через час явился чайный прибор, но самовара все-таки не было. Вид растерзанного лакея в одном белье окончательно вывел Лизу из терпения. Она мысленно решила не пить чаю, а уйти куда-нибудь отсюда, хоть походить по улице. В этих соображениях она попросила дать ей адрес гостиницы и тихо опустилась в угол дивана. Усталость и молодость брали свое. Лизу клонил сон.

Чтобы не заснуть, она взяла выброшенную Бертольди из сака книжку. Это было Молешотово «Учение о пище». Лиза стала читать, ожидая, пока ей дадут адрес, без которого она, не зная города, боялась выйти на улицу.

«Ничто не подавляет до такой степени наши духовные силы, как голод. От голода голова и сердце пустеют. И хотя потребность в пище поразительно уменьшается при напряженной духовной деятельности, тем не менее ничего нет вреднее голода для спокойного мышления. Потому голодный во сто раз сильнее чувствует всякую несправедливость, и, стало быть, не прихоть породила идею о праве каждого на труд и хлеб. Мудрость и любовь требуют обсудить всякий взгляд, но мы считаем себя обязанными неотразимую убедительность фактов противопоставить той жестокой мысли, по которой право человеческое становится в зависимость от милости человеческой». — «Нельзя, нельзя мечтать, как Помада... — шепчет Лиза, откидывая от себя книгу. — Мне здесь холодно, я теперь одна, на всю жизнь одна, но Бог с ними со всеми. Что в их теплоте! Они вертятся вокруг своего вечного солнца, а мне не нужно этого солнца. Тяжело мне, и пусть...» — Лиза взяла маленький английский волюмчик «The poetical works of Longfellow» и прочла:

«В моей груди нет иного света, и, кроме холодного света звезд, я вверяю первую стражу ночи красной планете Марсу. Звезда,непобедимой воли, она восходит в моей груди: ясная, тихая и полная решимости, спокойная и самообладающая. И ты также, кто бы ни был ты, читающий эту короткую песню, если одна за другой уходят твои надежды, будь полон решимости и спокоен. Не пугайся этого ничтожного мира, и ты скоро узнаешь, какое высокое наслаждение страдать и быть крепким духом».

Лиза опять взяла Молешота, но он уже не читался, и видела Лиза сквозь опущенные веки, как по свалившемуся на пол «Учению о пище» шевелилась какая-то знакомая группа. Тут были: няня, Женни, Розанов и вдруг мартовская ночь, а не комната с сальной обстановкой. В небе поют жаворонки, Розанов говорит, что

    Есть сила благодатная
    В созвучье слов живых.

Потом Райнер. Где он? Он должен быть здесь... Отец клянет... Образ падает из его рук... Какая тяжкая сцена!.. Укор невежд, укор людей ... Отец! отец!

— Бахарева! что с вами? Чего вы рыдаете во сне, — спрашивает Лизу знакомый голос. Она подняла утомленную головку. В комнате светло. Перед ней Бертольди развязывает шляпку, на полу «Учение о пище», у двери двое незнакомых людей снимают свои пальто, на столе потухший самовар и карточка.

— Ревякин и Прорвич, — произнесла Бертольди, торжественно показывая на высокого рыжего угреватого господина и его замурзанного черненького товарища.

Заспавшаяся Лиза ничего не могла сообразить в одно мгновение. Она закрыла рукою глаза и, открыв их снова, случайно прежде всего прочла на лежащей у самовара карточке: «В С.—Петербурге, по

Караванной улице, № 7, гостиница для приезжающих с нумерами «Италия».

Прорвич и Ревякин протянули Лизе свои руки.

# Книга третья
# На Невских берегах

## Глава первая.
## Старые знакомые на новой почве

Прошло два года. На дворе стояла сырая, ненастная осень; серые петербургские дни сменялись темными холодными ночами: столица была неопрятна, и вид ее не способен был пленять ничьего воображения. Но как ни безотрадны были в это время картины людных мест города, они не могли дать и самого слабого понятия о впечатлениях, производимых на свежего человека видами пустырей и бесконечных заборов, огораживающих болотистые улицы одного из печальнейших углов Петербургской стороны.

По одной из таких пустынных улиц часу в двенадцатом самого ненастного дня, по ступицу в жидкой, болотистой грязи, плыли маленькие одноместные дрожечки, запряженные парою бойких рыженьких шведок. Толстенькие, крепкие лошадки с тщательно переваленными гривками и ловко подвязанными куколкою хвостами, хорошая упряжь и хороший кожаный армяк кучера давали чувствовать, что это собственные, хозяйские лошадки, а спокойное внимание, с которым седок глядел через пристяжную вперед и предостерегал кучера при объездах затопленных камней и водомоин, в одно и то же время позволяло догадываться, что этот седок есть сам владелец шведок и экипажа и что ему, как пять пальцев собственной руки, знакомы подводные камни и бездонные пучины этого угла Петербургской стороны. Лицо этого господина было неудобно рассмотреть, потому что, защищаясь от досадливо бьющей в лицо мги, он почти до самых глаз закрывал себя поднятым воротником камлотовой шинели; но по бодрости, с которою он держится на балансирующей эгоистке, видно, что он еще силен и молод. На нем, как выше сказано, непромокаемая камлотовая шинель, высокие юхтовые сапоги, какие часто носят студенты, и форменная фуражка с кокардою.

Прыгая с тряской взбуравленной мусорной насыпи в болотистые колдобины и потом тащась бесконечною полосою жидкой грязи, дрожки повернули из пустынной улицы в узенький кривой переулочек, потом не без опасности повернули за угол и остановились в начале довольно длинного пустого переулка. Далее невозможно было ехать по переулку, представлявшему сплошное болото, где пролегала только одна узенькая полоска жидкой грязи, обозначавшая проезжую дорожку, и на этой дорожке стояли три воза, наполненные диванчиками, стульями, ширмами и всяким домашним скарбом, плохо покрытым изодранными извозчичьими рогожами, не защищавшими мебель от всюду проникающей осенней мги.

Около остановившихся подвод вовсе не было видно ни одного человека. Только впереди слышались неистовые ругательства, хлопанье кнутьев и отчаянные возгласы, заглушавшие сердитые крики кучера, требовавшего дороги.

Человек, ехавший на дрожках, привстал, посмотрел вперед и, спрыгнув в грязь, пошел к тому, что на подобных улицах называется тротуарами. Сделав несколько шагов по тротуару, он увидел, что передняя лошадь обоза лежала, барахтаясь в глубокой грязи. Около несчастного животного, крича и ругаясь, суетились извозчики, а в сторонке, немножко впереди этой сцены, прислонясь к заборчику, сидела на корточках старческая женская фигура в ватошнике и с двумя узелками в белых носовых платках.

— Что ж теперь будем делать, ребята? — крикнул извозчикам проезжий.

Мужики оглянули его недовольным взглядом, крикнули, и кнутья опять засвистали.

Старушка, сидевшая под забором, встала, взяла свои узелки и, подойдя к проезжему, остановилась от него в двух шагах. Проезжий на мгновение обернулся к старушке, посмотрел на торчавший из узелка белый носик фарфорового чайника, сделал нетерпеливое движение плечами и опять обернулся к извозчикам, немилосердно лупившим захлебывающуюся в грязи клячу.

— Что я вас хочу спросить, батюшка, ваше высокоблагородие, — начала тихонько старушка, относясь к проезжему.

— Что, матушка, говорите? — отвечал тот, быстро обернувшись к старушке.

— Извините, пожалуйста, сударь, не Дмитрий ли Петрович Розанов вы будете?

— Няня! Абрамовна! — вскрикнул Розанов.

— Я же, батюшка; я, друг ты мой милый!

— Откуда ты?

Розанов обнял и радостно несколько раз поцеловал старуху в ее сморщенные и влажные от холодной мги щеки.

— Какими ты здесь судьбами? — расспрашивал Абрамовну Розанов.

— А вот, видишь, на квартиру, батюшка, переезжаем.

— Куда это?

— Да вот, вон видишь, вон в тот дом.

Старуха костлявою рукою указала на огромный, старый, весьма запущенный дом, одиноко стоящий среди тянущегося по переулку бесконечного забора.

— Кто ж тут из ваших?

— Одна барышня.

— Лизавета Егоровна?

— Да с нею я. Вот уж два года, как я здесь с нею. Господи, твоя воля! Вот радость-то Бог послал. Я уж про тебя спрашивала, спрашивала, да и спрашивать перестала.

— Что ж это вы одни здесь?

— Да то ж вот все, как и знаешь, как и прежде бывало: моркотно молоденькой, — нигде места не найдем.

— Ну, а Егор Николаевич?

— Приказал тебе, сударь, долго жить.

— Умер!

— Скончался; упокой его Господи! Его-то волю соблюдаючи только здесь и мычусь на старости лет.

Розанов внимательно поглядел в глаза старухи: видно было, что ей очень не по себе.

— Ну, а Софья Егоровна? — спросил он ее спокойно.

— Замуж вышла, — отвечала старуха, смаргивая набегающую на глаза слезу.

— За кого ж она вышла?

— За гацианта одного вышла, тут на своей даче жили, — тихо объяснила старуха, продолжая управляться с слезою.

— А Ольга Сергеевна?

— Все примерло: через полгодочка убралась за покойником. — Ну, а вы же как, Дмитрий Петрович?

— Вот живу, няня.

— Вы зайдите к моей-то, — зайдите. Она рада будет.

— Где же теперь Лизавета Егоровна?

— Да вот в этом же доме, — отвечала старуха, указывая на тот же угрюмо смотрящий дом. — Рада будет моя-то, — продолжала она убеждающим тоном. — Поминали мы с ней про тебя не раз; сбили ведь ее: ох, разум наш, разум наш женский! Зайди, батюшка, утешь ты меня, старуху, поговори ты с ней! Может, она тебя в чем и послушает.

— Что ты это, няня!

— Ох, так... и не говори лучше... что наша только за жизнь, — одурь возьмет в этой жизни.

Абрамовна тихо заплакала. Розанов тихо сжал старуху за плечо и, оставив ее на месте, пошел по тротуару к уединенному дому.

— Смотри же, зайди к моей-то, — крякнула ему вслед няня, поправляя выползавший из ее узелочка чайник.


### Глава вторая.
### Domus


Дом, к которому шел Розанов, несколько напоминал собою и покинутые барские хоромы, и острог, и складочный пакгауз, и богадельню. Сказано уже, что он один-одинешенек стоял среди пустынного, болотистого переулка и не то уныло, а как-то озлобленно смотрел на окружающую его грязь и серые заборы. Дом этот был построен в царствование императрицы Анны Иоанновны и правление приснопамятного России герцога Курляндского. Архитектура дома как нельзя более хранила характер своего времени.

Это было довольно длинное и несоразмерно высокое каменное строение, несмотря на то, что в нем было два этажа с подвалом и мезонином во фронтоне. Весь дом был когда-то густо выбелен мелом, но побелка на нем отстала и обнаружила огромные пятна желтобурой охры. Крыша на доме была из почерневших от времени черепиц. По низу, почти над самым тротуаром, в доме было прорезано девять узких параллелограммов без стекол, но с крепкими железными решетками, скрепленными кольчатою вязью. Над этим подвальным этажом аршина на два вверх начинался другой, уже жилой этаж с оконными рамами, до которых тоже нельзя было дотронуться иначе, как сквозь крепкие железные решетки. Опять вверх, гораздо выше первого жилого этажа, шел второй, в котором только в пяти окнах были железные решетки, а четыре остальные с гражданскою самоуверенностью смотрели на свет только одними мелкошибчатыми дубовыми рамами с зеленоватыми стеклами. Еще выше надо всем этим возвышался выступавший из крыши фронтон с одним полукруглым окном, в котором хотя и держалась дубовая рама с остатками разбитых зеленоватых отеков, но теперь единственное противодействие ветрам и непогодам представляла снова часто повторяющаяся с уличной стороны этого дома железная решетка. В самом нижнем, так сказать, в подземном этаже дома шли огромные подвалы, разветвлявшиеся под всем строением и представлявшие собою огромные удобства для всяких хозяйственных сбережений и для изучения неэкономности построек минувшего периода в архитектурном отношении. Здесь, кроме камер с дырами, выходившими на свет Божий, шел целый лабиринт, в который луч солнечного света не западал с тех пор, как последний кирпич заключил собою тяжелые своды этих подземных нор. В некоторых стенах этих вечно темных погребов были вделаны толстые железные кольца под впадинами, в половине которых выдавались каменные уступы. К этим кольцам древнее боярство присаживало когда-то подневольных ему холопей. Это были пытальные, которые человек, пишущий эти строки, видел назад тому лет около пяти, — пытальные, в которые не западал луч солнца. По мокрому, давно заплывшему грязью плитяному полу этого этажа давно не ступала ничья нога, и только одно холодное шлепанье медленно скачущих по нем пузатых жаб нарушало печальное безмолвие этого подземелья. Первый жилой этаж представлял несколько иное зрелище. Сюда вели два входа. Один, тотчас из ворот, по каменному безобразному крыльцу с далеко выдающимся навесом вел в большие комнаты, удобные скорее для солдатской швальни, чем для жилого помещения. С другого крылечка можно было входить в огромную низкую кухню, соединявшуюся с рядом меньших покоев первого этажа. Всех комнат здесь было восемь, и половина из них была темных. В двух комнатах, примыкавших к кухне, вовсе не было окон: это были не то кладовые, не то спальни. Этаж этот вообще производил тяжелое впечатление, свойственное виду пустых казарм.

Из просторных сеней этого этажа шла наверх каменная лестница без перил и с довольно выбитыми кирпичными ступенями. Наверху тоже было восемь комнат, представлявших гораздо более удобства для жилого помещения. Весь дом окружен был просторным заросшим травою двором, на заднем плане которого тянулась некогда окрашенная, но ныне совершенно полинявшая решетка, а за решеткой был старый, но весьма негустой сад.

Дом этот лет двенадцать был в спорном иске и стоял пустой, а потому на каждом кирпиче, на каждом куске штукатурки, на каждом вершке двора и сада здесь лежала печать враждебного запустения. Розанов, подойдя к калитке этого дома, поискал звонка, но никакого признака звонка не было. Доктор отошел немного в сторону и посмотрел в окно верхнего этажа. Сквозь давно не мытые стекла на некоторых окнах видны были какие-то узлы и подушки, а на одном можно было отличить две женские фигуры, сидевшие спиною к улице.

Розанов, постояв с минуту, опять вернулся к калитке и крепко толкнул ее ногою. Калитка быстро отскочила и открыла перед Розановым большой мокрый двор и серый мрачный подъезд с растворенными настежь желтыми дверями.

Розанов взошел на крыльцо, взглянул в отворенную дверь нижнего этажа и остановился. Все тихо. Он опять подумал на мгновение и с нарочитым стуком стал подниматься по лестнице.

Вверху лестницы была довольно широкая платформа, выстланная дурно отесанными плитами; одна узенькая дверь, выбеленная мелом, и другая, обитая войлоком и старою поспенною клеенкою.

Розанов отворил дверь, обитую поспенною клеенкою. Перед ним открылась довольно большая и довольно темная передняя, выкрашенная серою краскою. Прямо против входной двери виднелся длинный коридор, а влево была отворена дверь в большую залу. В зале лежало несколько огромных узлов, увязанных в простыни и ватные одеяла. На одном из окон этой комнаты сидели две молодые женщины, которых Розанов видел сквозь стекла с улицы; обе они курили папироски и болтали под платьями своими ногами; а третья женщина, тоже очень молодая, сидела в углу на полу над тростниковою корзиною и намазывала маслом ломоть хлеба стоящему возле нее пятилетнему мальчику в изорванной бархатной поддевке.

Сидевшие на окне женщины при появлении Розанова в открытой перед ними передней не сделали ни малейшего движения и не сказали ни слова. Розанов бросил на камин передней свою непромокаемую шинель и тихо вошел в залу.

— Извините, — начал он, обращаясь к сидевшим на окне дамам, — мне сказали, что в эту квартиру переезжает одна моя знакомая, и я хотел бы ее видеть.

Дама, приготовлявшая бутерброд для ребенка, молча оглянулась на Розанова, и сидящие на окне особы женского пола тоже смотрели на него самым равнодушным взглядом, но не сказали ни слова, давая этим чувствовать, что относящийся к ним вопрос недостаточно ясно формулирован и в такой редакции не обязывает их к ответу.

— Я желал бы видеть Лизавету Егоровну Бахареву, — пояснил, стоя в прежнем положении, Розанов.

— Пошлите сюда Бахареву, — крикнула в соседнюю дверь одна из сидящих на окне дам и, стряхнув мизинцем пепел своей папироски, опять замолчала. Розанов молча отошел к другому окну и стал смотреть на грязную улицу.

— Кто зовет Бахареву? — спросил новый голос.

Розанов оглянулся и на пороге дверей залы увидел Бертольди. Она почти нимало не изменилась: те же короткие волосы, то же неряшество наряда, только разве в глазах виднелось еще больше суетной самоуверенности, довольства собою и сознания достоинств окружающей ее среды.

— Здравствуй, Бертольди, — произнес доктор.

— Ах, Розанов! вот встреча!

— Неожиданная?

— Да. Вы хотите видеть Бахареву. Я скажу ей сейчас.

Бертольди повернулась и исчезла. Розанов видел, что Бертольди что-то как будто неловко, и, повернувшись опять к окну, стал опять смотреть на улицу.

Через две минуты в комнату вошла Лиза и сказала:

— Здравствуйте, Дмитрий Петрович!

Розанов радостно сжал ее руки и ничего ей не ответил.

— Как давно... — начала было Лиза.

— Очень давно, Лизавета Егоровна, — подтвердил доктор.

— Как это вы вспомнили...

— Я никогда не забывал, — отвечал Розанов, снова сжав ее руки.

— Ну пойдемте ко мне, в мою комнату; я нездорова и, кажется, совсем разболеюсь с этою перевозкою.

— Вы очень переменились, — заметил Розанов.

— Худею, старею?

— Не стану лгать, — и похудели и постарели.

— Часто хвораю, — отвечала спокойно Лиза и, еще раз позвав за собою Розанова, пошла впереди его через переднюю по коридору. Вдоль темного коридора Розанов заметил несколько дверей влево и, наконец, вошел за Лизою в довольно большую комнату, окрашенную желтою краскою.

В этой комнате стоял старенький, вероятно с какого-нибудь чердачка снесенный столик, за которым, стоя, ели из деревянной чашки три прехорошенькие горничные девушки. С ними вместе помещался на белой деревянной табуретке, обедал и, по-видимому, очень их смешил молодой человек в коричневом домашнем архалучке.

Проходя мимо трапезующих, Розанов взглянул на молодого господина и, остановясь, вскрикнул:

— Ба, Белоярцев!

Белоярцев положил на стол ложку, медленно приподнялся, обтер усики и, направляясь к Розанову, произнес с достоинством:

— Здравствуйте, Дмитрий Петрович.

— Какими вы судьбами здесь?

— И волей, и неволей, и своей охотой, батюшка Дмитрий Петрович, — отвечал Белоярцев шутя, но с тем же достоинством. — Вы к Лизавете Егоровне идете?

— Да, — отвечал Розанов.

— Ну, там мы увидимся, — произнес он, пожимая руку Розанова.

Доктор направился в дверь, которою вышла Лиза. Здесь опять ему представился новый коридор с четырьмя дверями, и в одной из этих дверей его ожидала Лиза.

— Что это, Лизавета Егоровна? — недоумевая, спросил шепотом Лизу Розанов.

— Что? — переспросила его она.

— Как эта... тут что же?.. Ваша комната?

— Да, это моя комната: входите, Дмитрий Петрович.

— Вы тут как же? нанимаете, что ли?

— Да, нанимаю.

— Со столом?

— Да...

— Что вы так далеко забрались?

— От чего же далеко?

— Ну, от города.

— А что мне город?

— И дорого платите здесь?

— Нет, очень дешево. Мы наняли весь этот дом за восемьсот рублей в год.

— На что же вам весь дом? — спросил с удивлением Розанов.

— Жить, — отвечала ему, улыбаясь, Лиза.

— Да; но кто же ваш хозяин?.. У кого вы здесь живете?

— Сами у себя. Что это вас так удивляет?

— Да кто же у вас хозяин?

— Ах, никто особенно не хозяин, и, если хотите, все хозяева. Будто уж без особенного антрепренера и жить нельзя!

— Лиза! — позвала, отворив дверь, Бертольди. — скажите, не у вас ли я оставила список вопросов?

— Не знаю, — в таком хаосе ничего не заметишь; поищите, — лениво проговорила, оглядываясь по комнате, Лиза.

Бертольди впорхнула в комнату и начала рыться на окне.

— Ну что, как вы нынче живете, mademoiselle Бертольди? — спросил ее Розанов.

— Весьма хорошо, — отвечала она.

— Над чем работаете?

— Над собою.

— Почтенное занятие.

— А вы давно в Петербурге? — обратился Розанов к Лизе.

— Да вот уже третий год.

— Удивительное дело; никогда и не встретились. Вы где же жили?

— В разных сторонах, Дмитрий Петрович.

— Папа ваш умер?

— Умер.

— Ну, а матушка, а сестра?

— Сестра вышла замуж и, кажется, здесь теперь.

— А вы не видаетесь?

— Нет, не видаемся.

— За кого же вышла Софья Егоровна?

— За какого-то австрийского барона Альтерзона.

— Хороший человек?

— Не видала я его.

— Ну, а мать Агния?

— Тетка жива.

— И более ничего о ней не знаете?

— Ничего не знаю.

— Кто это такая, Лиза, мать Агния? — спросила Бертольди.

— Сестра моего отца.

— Что она, монахиня?

— Да.

— Каких антиков у вас нет в родстве!

Лиза ничего не отвечала.

— Ну, а что же вы меня ни о чем не спросите, Лизавета Егоровна: я ведь вам о многом кое о чем могу рассказать.

— В самом деле, как же вы живете?

— Да я не о себе; я служу.

— При университете?

— Нет, при полиции; mademoiselle Бертольди когда-то предсказала мне сойтись с полицией, — судьба меня и свела с нею.

— Что же вы такое при полиции?

— Я полицейский врач этой счастливой части.

— Вот как!

— Да, Лизавета Егоровна, — достиг степеней известных. — А вы знаете, что Полина Петровна и Евгения Петровна с мужем тоже здесь в Петербурге?

— Нет, не знала, — равнодушно проговорила Лиза.

— Что это такое, Лизавета Егоровна? — произнес с тихим упреком Розанов. — Я думал, что обрадую вас, а вы…

— Я очень рада… Зачем же здесь Женни?

— Ее муж получил тут место очень видное.

— Вот как! — опять еще равнодушнее заметила Лиза.

— Да, он пойдет. Они уж около месяца здесь и тоже устраиваются. — Мы очень часто видимся, — добавил, помолчав, Розанов.

— А что Полинька?

— Она живет.

— С вами? — неожиданно спросила Бертольди. Розанов сначала немножко покраснел, но тотчас же поправился и, рассмеявшись, отвечал:

— Нет, не со мною. Я живу с моею дочерью и ее нянькою, а Полина Петровна живет одна. Вы не знаете — она ведь повивальная бабка.

— Полинька акушерка!

— Как же: у нее дела идут.

— Это не диковина, — вставила Бертольди.

— Ну, однако: не так-то легко устроиться в этом омуте.

— Если заботиться только о своей собственной особе, то везде можно отлично устроиться.

Розанов промолчал.

— Другое дело жить, преследуя общее благо, да еще имея на каждом шагу скотов и пошляков, которые всему вредят и все портят…

Прежде чем Бертольди могла окончить дальнейшее развитие своей мысли, в дверь раздались два легкие удара; Лиза крякнула: «войдите», и в комнате появился Белоярцев. Он вошел тихо, медленно опустился в кресло и, взяв с окна гипсовую статуэтку Гарибальди, длинным ногтем левого мизинца начал вычищать пыль, набившуюся в углубляющихся местах фигуры.

— У нее много практики? — равнодушно спросила Лиза.

— Есть, то есть, я хотел сказать, бывает; но у ней есть жалованье и квартира при заведении.

— Это у кого? — сквозь зубы спросил Белоярцев.

— У Полиньки Калистратовой, — ответила Бертольди. — Вы знаете: Розанов говорит, что она акушерка и отлично устроилась, а я говорю, что, заботясь только о самом себе, всякому очень легко устроиться. Права я?

— Разумеется, — ответил сквозь зубы Белоярцев.

— Ну, а вы, Белоярцев, что поделываете?

— Работаем, Дмитрий Петрович, работаем.

— Вы видели его последнюю работу? — спросила Бертольди, тряхнув кудрями. — Не видели?

— Не видел.

— И ничего о ней не знаете?

— Не знаю.

— Ничего не знаете об «Отце семейства»?

— Не знаю же, не знаю.

Бертольди захохотала.

— Что это за работа? — спросил Розанов.

— Так себе, картинка, — отвечал Белоярцев: — «Отец семейства», да и только.

— Посмотрите, так и поймете, что и искусство может служить не для одного искусства, — наставительно проговорила Бертольди. — Голодные дети и зеленая жена в лохмотьях повернут ваши понятия о семейном быте. Глядя на них, поймете, что семья есть безобразнейшая форма того, что дураки называют цивилизациею.

— Ну это еще вопрос, mademoiselle Бертольди.

— Вопрос-с, только вопрос, давно решенный отрицательно.

— Кем же это он так ясно решен?

— Светлыми и честными людьми.

— Отчего же это решение не всем ясно?

— Оттого, что человечество подло и глупо. Отрешитесь от своих предрассудков, и вы увидите, что семья только вредна.

— То-то я с этим вот не согласен.

— Нет, это так, — примирительно заметил Белоярцев. — Что семья — учреждение безнравственное, об этом спорить нельзя.

— Отчего же нельзя? Неужто вы находите, что и взаимная любовь, и отцовская забота о семье, и материнские попечения о детях безнравственны?

— Конечно, — горячо заметила Бертольди.

— Все это удаляет человека от общества и портит его натуру, — по-прежнему бесстрастным тоном произнес Белоярцев.

— Даже портит натуру! — воскликнул Розанов.

— Да, — расслабляет ее, извращает.

— Боже мой! Я не узнаю вас, Белоярцев. Вы, человек, живший в области чистого искусства, говорите такие вещи. Неужто вашему сердцу ничего не говорит мать, забывающая себя над колыбелью больного ребенка.

— Фю, фю, фю, какая идиллия, — произнесла Бертольди.

— Дело в том-с, Дмитрий Петрович, что какая же польза от этого материнского сиденья? По-моему, в тысячу раз лучше, если над этим ребенком сядет не мать с своею сентиментальною нежностью, а простая, опытная сиделка, умеющая ходить за больными.

— Еще бы! — воскликнула Бертольди.

— И материнские слезы, и материнские нежности, по-вашему,

что ж: тоже…

— Слезы — глупость, а нежности — разнузданное сладострастие. Мать, целуя ребенка, только удовлетворяет в известной мере своим чувственным стремлениям.

Розанов ничего не нашелся отвечать. Он только обвел глазами маленькое общество и остановил их на Лизе, которая сидела молча и, по-видимому, весьма спокойно.

— Мать, целуя своего ребенка, удовлетворяет своей чувственности! — повторил Розанов и спросил: — Как вы думаете об этом, Лизавета Егоровна?

— Это вам сказал Белоярцев, а не я, — спокойно отвечала Лиза, не изменяя своего положения и не поднимая даже глаз на Розанова.

— И это вам скажет всякий умный человек, понимающий жизнь, как ее следует понимать, — проговорила Бертольди. — От того, что матери станут лизать своих детей, дети не будут ни умнее, ни красивее.

— Тут все дело в узкости. Надо, чтоб не было узких забот только о себе или только о тех, кого сама родила. Наши силы — достояние общественное, и терпеться должно только то, что полезно, — опять поучал Белоярцев. — Задача в том, чтоб всем равно было хорошо, а не в том, чтобы некоторым было отлично.

— Высокая задача!

— И легкая.

— Но едва ли достижимая.

— Ну, вот мы посмотрим! — весело и многозначительно крикнула Бертольди.

Белоярцев и Лиза не сделали никакого движения, а Розанов, продолжая свою мысль, добавил:

— Трудно есть против рожна прати. Человечество живет приговаривая: мне своя рубашка ближе к телу, так что ж тут толковать.

— Не толковать, monsieur Розанов, а делать. Вы говорите о человечестве, о дикой толпе, а забываете, что в ней есть люди, и люди эти будут делать.

— То-то, где эти люди: не московский ли Бычков, не здешний ли Красин?

— Да, да, да, и Бычков, и Красин, и я, и она, — высчитывала Бертольди, показывая на себя, на Лизу и на Белоярцева, — и там вон еще есть люди, — добавила она, махнув рукой в сторону залы.

— Ну, слава Богу, что собралось вместе столько хороших людей, — отвечал, удерживаясь от улыбки, Розанов, — но ведь это один дом.

— Да, один дом и именно дом, а не семейная тюрьма. Этот один дом покажет, что нет нужды глодать свою плоть, что сильный и бессильный должны одинаково досыта наесться и вдоволь выспаться. Этот дом… это… дедушка осмысленного русского быта, это дом…

какими должны быть и какими непременно будут все дома в мире: здесь все равны, все понесут поровну, и никто судьбой не будет обижен.

— Давай Бог, давай Бог! — произнес Розанов полусерьезно, полушутливо и обернулся к двери, за которою послышалось шлепанье мокрых башмаков и старческий кашель Абрамовны.

Старуха вошла молча, с тем же узелочком, с которым Розанов ее увидел на улице, и молча зашлепала к окну, на которое и положила свой узелок.

— Что ты, няня, устала? — спросила ее, не оборачиваясь, Лиза.

— Где, сударыня, устать: всего верст десять прошла, да часа три по колени в грязи простояла. С чего ж тут устать? дождичек Божий, а косточки молодые, — помыл — хорошо.

— Хотите водочки, няня? — отозвался Белоярцев.

— Нет, покорно благодарю, батюшка, — отвечала старуха, развязывая платок.

— Выпейте немножко.

— С роду моего ее не пила и пить не стану.

— Да чудная вы: с холоду.

— Ни с холоду, сударь, ни с голоду.

— Для здоровья.

— Какое от дряни здоровье.

— Простудитесь.

— Простужусь — выздоровею, умру — жалеть некому.

Лиза поморщилась и прошептала:

— Ах, как это несносно!

Розанов встал и, протягивая руку Лизе, сказал:

— Ну, однако, у меня дело есть; прощайте, Лизавета Егоровна.

— Прощайте, — отвечала ему Лиза. — Простите, что я не пойду вас проводить: совсем разнемогаюсь.

— Крепитесь; а я, если позволите, заверну к вам: я ведь про всякий случай все-таки еще врач.

Лиза поблагодарила Розанова.

— Ну, а что прикажете сказать Евгении Петровне? — спросил он.

— Ах, пожалуйста, поклонитесь ей, — отвечала неловко Лиза.

Розанову тоже стало так неловко, что он, как бы растерявшись, простился со всеми и торопливо пошел за двери.

— Друг ты мой дорогой! что ты это сказал? — задыхаясь, спросил его в темном коридоре дрожащий голос Абрамовны, и старуха схватила его за руку. — Мне словно послышалось, как ты будто про Евгению Петровну вспомнил.

— Да, да: здесь она, няня, здесь!

— Как здесь, что ты это шутишь!

— Нет, право, приехали они сюда и с мужем и с детьми.

— И с детьми!

— Двое.

— Красотка ты моя! и дети у ней уж есть! Где ж она? Стой, ну на минутку, я тебе сейчас карандаш дам, адрес мне напиши.

Когда Розанов писал адрес Вязмитиновой, няня, увлекаясь, говорила:

— Пойду, пойду к ней. Ты ей только не сказывай обо мне, я так из изнависти к ней хочу. Чай, беспременно мне обрадуется.

## Глава третья.
## Гражданская семья и генерал без чина

После выхода Розанова из Лизиной комнаты общество сидело молча несколько минут; наконец Белоярцев поставил на окно статуэтку Гарибальди и, потянув носом, сказал:

— Оказывается, что в нынешнем собрании мы не можем ограничиться решением одних общих вопросов.

Бертольди отошла от окна и стала против его стула.

— Представляются новые вопросы, которые требуют экстренного решения.

Бертольди, тряхнув головою, пошла скорыми шагами к двери, и по коридору раздался ее звонкий голосок:

— Ступина! Петрова! Жимжикова! Каверина! Прорвич! — кричала она, направляясь к зале.

Белоярцев встал и тоже вслед за Бертольди вышел из Лизиной комнаты. Лиза оставалась неподвижною одна-одинешенька в своей комнате. Мертвая апатия, недовольство собою и всем окружающим, с усилием подавлять все это внутри себя, резко выражались на ее болезненном личике. Немного нужно было иметь проницательности, чтобы, глядя на нее теперь, сразу видеть, что она во многом обидно разочарована и ведет свою странную жизнь только потому, что твердо решилась не отставать от своих намерений — до последней возможности содействовать попытке избавиться от семейного деспотизма.

Лиза, давно отбившаяся от семьи и от прежнего общества, сделала из себя многое для практики того социального учения, в котором она искала исхода из лабиринта сложных жизненных условий, так или иначе спутавших ее вольную натуру с первого шага в свет и сделавших для нее эту жизнь невыносимою.

Лиза давно стала очень молчалива, давно заставляла себя стерпливать и сносить многое, чего бы она не стерпела прежде ни для кого и ни для чего. Своему идолу она приносила в жертву все свои страсти и, разочаровываясь в искренности жрецов, разделявших с нею одно кастовое служение, даже лгала себе, стараясь по возможности оправдывать их и в то же время не дать повода к первому ренегатству.

Лиза с самого приезда в Петербург поселилась с Бертольди на

небольшой квартирке. Их скоро со всех сторон обложили люди дела. Это была самая разнокалиберная орава. Тут встречались молодые журналисты, подрукавные литераторы, артисты, студенты и даже два приказчика.

Женская половина этого кружка была тоже не менее пестрого состава: жены, отлучившиеся от мужей; девицы, бежавшие от семейств; девицы, полюбившие всеми сердцами людей, не имевших никакого сердца и оставивших им живые залоги своих увлечений, и tutti quanti в этом роде.

Все это были особы того умственного пролетариата, о судьбе которого недавно перепугались у нас некоторые умные люди, прочитавшие печальные рассуждения и выводы Риля. Из всех этих пролетариев Лиза была самый богатый человек.

Егор Николаевич Бахарев, скончавшись на третий день после отъезда Лизы из Москвы, хотя и не сделал никакого основательного распоряжения в пользу Лизы, но, оставив все состояние во власть жены, он, однако, успел сунуть Абрамовне восемьсот рублей, с которыми старуха должна была ехать разыскивать бунтующуюся беглянку, а жену в самые последние минуты неожиданно прерванной жизни клятвенно обязал давать Лизе до ее выдела в год по тысяче рублей, где бы она ни жила и даже как бы ни вела себя. Лиза и жила постоянно с этими средствами с той самой поры, как старуха Абрамовна, схоронив старика Бахарева, отыскала ее в Петербурге. Другие из людей дела вовсе не имели никаких определенных средств и жили непонятным образом, паразитами на счет имущих, а имущие тоже были не Бог весть как сильны и притом же вели дела свои в последней степени безалаберно. Здесь не было заметно особенной хлопотливости о местах, которая может служить вряд ли не самою характерною чертою петербургского умственного пролетариата. Напротив, здесь преобладала полная беззаботливость о себе и равносильное равнодушие к имущественным сбережениям ближнего. Жизнь не только не исчезла в заботах о хлебе, но самые недостатки и лишения почитались необходимыми украшениями жизни. Неимущий считал себя вправе пожить за счет имущего, и это все не из одолжения, не из-за содействия, а по принципу, по гражданской обязанности. Таким образом, на долю каждого более или менее работающего человека приходилось по крайней мере по одному человеку, ничего не работающему, но постоянно собирающемуся работать. Лиза хотя и не жила своими трудами, но, как имущая, содержала Бертольди и снабжала чем могла кое-кого из прочей компании. Абрамовна жила постоянно с Лизой и постоянно старчески раздражала ее, восставая против непривычных для нее порядков. Здравый ум диктовал старухе ее горячие речи против этих людей, их образа жизни, взаимных отношений друг к другу. Несмотря на видную простоту и безыскусственность этих отношений, они сильно не нравились старухе, и она с ожесточением смотрела на связь Лизы с людьми, из которых, по мнению Абрамовны, одни были простаки и подаруи, а другие — дармоеды и объедалы. К разряду простодушных у нее относились ее собственная Лиза, одна ее из новых сверстниц, безмужняя жена Анна Львовна Ступина, и Райнер. Последний с полгода опять появился на петербургском горизонте. Симпатии молодого социалиста крепко гнули его к России и нимало не ослабели после минования угасшего политического раздражения; Райнер, владевший прекрасно почти всеми европейскими языками, нашел себе здесь очень хорошую работу при одном из ученых учреждений и не мог отбиться от весьма выгодных уроков в частных домах.

Вскоре по приезде его в Петербург он встретился случайно с Лизой, стал навещать ее вечерами, перезнакомился со всем кружком, к которому судьба примкнула Бахареву, и сам сделался одним из самых горячих членов этого кружка. Несколько наглая бесцеремонность отношений многих из этих господ и их образ жизни резко били по чувствительным струнам Райнерова сердца, но зато постоянно высказываемое ими презрение к формам старого общежития, их равнодушие к карьерам и небрежение о кошельках заставляли Райнера примиряться со всем, что его в них возмущало.

«Это и есть те полудикие, но не повихнутые цивилизациею люди, с которыми должно начинать дело», — подумал Райнер и с тех пор всю нравственную нечисть этих людей стал рассматривать как остатки дикости свободолюбивых, широких натур.

Проявления этой дикости нередко возмущали Райнера, но зато они никогда не приводили его в отчаяние, как английские мокассары, рассуждения немцев о национальном превосходстве или французских буржуа о слабости существующих полицейских законов. Словом, эти натуры более отвечали пламенным симпатиям энтузиаста, и, как мы увидим, он долго всеми неправдами старался отыскивать в их широком размахе силу для водворения в жизни тем или иным путем новых социальных положений.

В отношениях Райнера к этим людям было много солидарного с отношениями к ним Лизы.

Райнер получал очень хорошие деньги. Свою ферму в Швейцарии он сдал бедным работникам на самых невыгодных для себя условиях, но он личным трудом зарабатывал в Петербурге более трехсот рублей серебром в месяц. Это давало ему средство занимать в одной из лучших улиц города очень просторную квартиру, представлявшую с своей стороны полную возможность поместиться в ней часто изменяющемуся, но всегда весьма немалому числу широких натур, состоявших не у дел.

Таковые порядки вскоре не замедлили заявить свои некоторые неудобные стороны.

Разговоры о неестественности существующего распределения

труда и капитала, как и рассуждения о вреде семейного начала, начинали прискучивать: все давно были между собою согласны в этих вопросах. Многим чувствовалась потребность новых тем, а некоторым еще крепче чувствовалась потребность перейти от толков к делу.

У одних эта потребность вытекала из горячего желания основать образцовую общину на бескорыстных началах. Таких было немного, и к числу их принадлежала Лиза, Райнер, Ступина и Каверина. Другим просто хотелось суетиться; третьим, полагаю, хотелось и суетиться и половчее уйти от бесцеремонных приживальщиков, заставив и их что-нибудь да делать или по крайней мере не лежать всею тяжестию на одной чужой шее. Ко всему же этому все уже чувствовали необходимость переходить от слов к делу, ибо иначе духовный союз угрожал рушиться за недостатком материальных средств.

При таких обстоятельствах со стороны давно известного нам художника Белоярцева последовало заявление о возможности прекрасного выхода из тесного положения граждан путем еще большего их сближения и отождествления их частных интересов в интересе общем.

В последние два года, когда они перенесли свои силы и раздражение на общество и в его симпатиях и антипатиях открыли своего настоящего, давно искомого врага, дух противоречия обществу во всем сделался главным направлением этих сил. Но как противоречия эти никого не обязывали ни к каким рискованным предприятиям, а между тем представляли известную возможность действовать вне обыденной сферы и выделяться из общественной среды, то кружки недовольных и протестующих составлялись необыкновенно быстро и легко. В состав этих кружков попадали и Фальстафы, непобеждаемые в крике, и «воины смирные средь мечей». Даже не только они попадали в эти кружки, но нередко становились во главе их и делались их генералами.

Это было такое бесхитростное время, в которое изолировавшийся кружок, толковавший об общественных реформах, не видал ничего у себя под носом и легко подчинялся каждому, кто бы захотел подумать и, изловчившись, покрепче схватить его за нос.

Таким положением лучше всех успел воспользоваться наш почитатель отвлеченного искусства Белоярцев. Он также уже давненько переселился в Петербург и, фланируя, надумался несколько изменить свое служение искусству для искусства. Он понял счастливый оборот дел, при котором, служа только себе и ровно ничем не рискуя, можно было создать себе же самому амплуа несколько повлиятельнее, и пожелал этим воспользоваться. Для первого дебюта он написал картину «Отец семейства», о которой так эффективно объявляла Бертольди и которая, недуманно-негаданно для самого Белоярцева, сразу дала ему в своем кружке имя великого гражданского художника. Белоярцев приосанился, в самом деле стал показывать себя гражданином, надвинул брови и начал вздыхать гражданскими вздохами.

Продолжая фланировать в новой маске, он внимательно прислушивался к частым жалобам недовольных порочными наклонностями общества, болел перед ними гражданскою болезнью и сносил свои скорби к Райнеру, у которого тотчас же после его приезда в Петербург водворилась на жительстве целая импровизованная семья. По диванам и козеткам довольно обширной квартиры Райнера расселились: 1) студент Лукьян Прорвич, молодой человек, недовольный университетскими порядками и желавший утверждения в обществе коммунистических начал, безбрачия и вообще естественной жизни; 2) неофит Кусицын, студент, окончивший курс, — маленький, вострорыленький, гнусливый человек, лишенный средств совладать с своим самолюбием, также поставивший себе обязанностью написать свое имя в ряду первых поборников естественной жизни; 3) Феофан Котырло, то, что поляки характеристично называют wielke nic — человек, не умеющий ничего понимать иначе, как понимает Кусицын, а впрочем, тоже коммунист и естественник; 4) лекарь Сулима, человек без занятий и без определенного направления, но с непреодолимым влечением к бездействию и покою; лицом черен, глаза словно две маслины; 5) Никон Ревякин, уволенный из духовного ведомства иподиакон, умеющий везде пристроиться на чужой счет и почитаемый неповрежденным типом широкой русской натуры; искателен и не прочь действовать исподтишка против лучшего из своих благодетелей; 6) Емельян Бочаров, толстый белокурый студент, способный на все и ничего не делающий; из всех его способностей более других разрабатывается им способность противоречить себе на каждом шагу и не считаться деньгами, и 7) Авдотья Григорьевна Быстрова, двадцатилетняя девица, не знающая, что ей делать, но полная презрения к обыкновенному труду.

Шесть объедал Райнера, принадлежавшие к мужскому полу, как выше сказано, размещались по диванам его квартиры, а Авдотье Григорьевне Быстровой Райнер уступил свою последнюю комнату, а сам с тех пор помещался на ковре между диванами, занятыми Кусицыным и Ревякиным.

Кроме этих лиц, в квартире Райнера жила кухарка Афимья, московская баба, весьма добрая и безалаберная, но усердная и искренно преданная Райнеру. Афимья, с тех пор как поступила сюда в должность кухарки, еще ни разу не упражнялась в кулинарном искусстве и пребывала в нескончаемых посылках у приживальщиков.

Несмотря на собственную безалаберность, Афимья презрительно относилась к такой жизни и говорила:

— Так уж мы тут живем, так живем, что всем нам пропасть надо, да и давно следовает. Ни порядку у нас, ни распорядку — живем как испорченные.

Райнера Афимья любила, но считала его ребенком.

— Маломысленный совсем барин, — говорила она, рассказывая о его пропадающих вещах и деньгах. — А это, вот это оравище-то — это самые что есть черти. Жулики настоящие: так бы вот и взяла бы лопату да — вон! киш, дрянь вы этакая.

Из всех объедал один Белоярцев умел снискать расположение Афимьи, ибо он умел с нею разговориться по-любезному и на глаза ей не лез, счастливый около Райнера чистым метальцем, так что Афимья об этом не знала и не ведала.

В этом кодле Белоярцев был постоянным гостем. Сюда он приносил свои первые гражданские воздыхания и здесь же воспитывал в себе гражданскую болячку. За исключением Райнера, здесь никто ничего не делал, и толковать всегда было с кем вволю. Райнер рано утром, выпив наскоро стакан молока, убегал на свои уроки, а в квартире его только около полудня начиналось вставанье, или, правильнее, просыпанье и питье чая. Самовар ставился за самоваром, по мере того как один приживальщик продирал за другим свои глаза.

Целые дни шла бесконечная сутолка и неумолчные речи о том, при каких мерах возможно достижение общей гармонии житейских отношений? Обыкновенно выходило, что надо непременно жить совсем иначе. Это уж так велось и прилаживалось. Прямым последствием таких речей явилась мысль зажить на новых началах; создать, вместо вредной родовой семьи, семью разумную, соединяемую не родством, а единством интересов и стремлений, и таким образом защитить каждого общими силами от недостатков, притеснений и напастей. Словом, решено было основать тот «общественный дом», в котором Розанов встретил Лизу в начале третьей книги этого романа.

Белоярцев так часто толковал об этом «доме», так красно и горячо увлекал всех близких к своему кружку людей описанием всех прелестей общежительства, что, по мере того как эта мысль распространялась, никто не умел ни понять, ни выразить ее отдельно от имени Белоярцева.

Белоярцев, развлекаясь сладкими разговорами о сладком житье гражданской семьи, и сам не заметил, как это дело подвигалось к осуществлению и как сам он попадал в генералы зачинающегося братства. Несколько мужчин и несколько женщин (в числе последних и Лиза Бахарева) решились сойтись жить вместе, распределив между собою обязанности хозяйственные и соединивши усилия на добывание работ и составление общественной кассы, при которой станет возможно достижение высшей цели братства: ограждение работающего пролетариата от произвола, обид и насилий тучнеющего капитала и разубеждение слепотствующего общества живым примером в возможности правильной организации труда, без антрепренеров — капиталистов.

Случай помог скоро осуществиться этой великой мысли.

В числе разнородных лиц, посещавших открытую для всех квартиру Райнера, был молодой человек, Грабилин, сын одного из известных золотопромышленников. Грабилин, воспитанный в модном пансионе, гнушался торговыми занятиями и, гоняясь за репутацией современного молодого человека, очень дорожил знакомством таких либералов, какие собирались у Райнера.

Отношения Грабилина к Белоярцеву как нельзя более напоминали собою отношения подобных Грабилину личностей в уездных городах к соборному дьякону, в губернских к регенту архиерейского хора, а в столицах — к певцам и актерам. Грабилин с благопокорностью переносил от Белоярцева самые оскорбительные насмешки, улыбался прежде, чем тот собирался что-нибудь сказать, поил его шампанским и катал в своей коляске.

У этого-то Грабилина Белоярцев и предложил взять взаймы две тысячи рублей серебром под общею друг за друга порукою в уплате. Грабилин, дорожа знакомством столь высокого в его мнении либерального кружка, не посмел отказать Белоярцеву в его просьбе, и таким образом, посредством этого займа, образовался первый общественный фонд, поступивший тоже в руки Белоярцева. Белоярцев приобретал все более силы и значения.

Получив в свои руки деньги, он вдруг развернулся и стал распоряжаться энергически и самостоятельно. Он объездил город, осмотрел множество домов и, наконец, в один прекрасный день объявил, что им занято прекрасное и во всех отношениях удобное помещение. Это и был тот самый изолированный дом на Петербургской стороне, в котором мы встретили Лизу.

Произвольный выбор этого дома был очень неловким поступком со стороны Белоярцева. Дом был осмотрен всеми, собирающимися на новое жительство, и большинство было довольно его устройством, хотя многие и находили, что дальность расстояния его от людных мест города имеет много неудобств.

Белоярцеву, однако, не трудно было успокоить эти неудовольствия.

— Здесь далеко, да смело, — отвечал он. — Я удивляюсь, как вы, господа, не хотите сообразить, что мы только и безопасны, живя в такой местности, где за нами неудобно следить и мешать нам.

Труднее гораздо ему было сладить с другим нападением.

Лиза заметила, что все это прекрасно, что со всем можно помириться, но что она удивляется, какие образом Белоярцев мог позволить себе сделать выбор квартиры, не получив на этот выбор предварительно общего согласия всей собирающейся семьи.

Белоярцев смешался, убеждал Лизу, что в этом с его стороны нет никакого самовластия, что он просто дорожил случаем не упустить удобной квартиры и проч. Лиза находила, что все это не резон, что это опять смахивает на родительскую опеку, о которой Белоярцева никто не просил, и что он во всяком случае нарушил общественное равноправие на первом шагу.

Новые семьяне старались убедить Лизу, что это пустяки, вздор, на которые не стоит обращать так много внимания, но она оставалась при своем мнении и утверждала, что Белоярцев был не вправе так распоряжаться.

Это был первый удар, полученный Белоярцевым в его генеральском чине, и он его очень затруднял. Белоярцеву хотелось выйти с достоинством из этого спора и скорее затушевать его. Он подошел к Лизе и сказал:

— Ну, прекрасно, Лизавета Егоровна, ну, если я действительно, по вашему мнению, поступил опрометчиво, — простите меня, каюсь, только перестанемте об этом говорить.

Белоярцев мало знал Лизу и не понимал, какой новый и довольно решительный удар он наносил своему генеральству, прося у нее извинения.

Он понял свой промах только тогда, когда Лиза, вместо того чтобы пожать протянутую ей Белоярцевым в знак примирения руку, холодно ответила:

— Вы не меня обидели, а всех, и я не имею права извинять вам вашего самовольничанья.

Все, однако, были гораздо снисходительнее к Белоярцеву. Дело это замялось, и в тот ненастный день, когда мы встречаем Розанова в глухом переулке, начался переезд в общественный дом, который положено было вперед называть «Domus Concordiae».

## Глава четвертая.
## Вопросы дня

В большой, довольно темной и еще совсем не убранной зале «Дома Согласия», сохранявшей все следы утреннего переезда, в восемь часов вечера кипел на круглом столе самовар, за которым сидели новые семьянки: Ступина, Каверина, Жимжикова, Бертольди и Лиза. Бертольди наливала чай, Каверина шила детскую рубашечку, Лиза внимательно читала, пошевеливая свои волосы костяным книжным ножиком. Белоярцев в архалучке ходил вдоль стены, держа под руку маленького черненького Прорвича, некогда встретившего Лизу в гостинице «Италия» (Прорвич был пока единственное лицо, принятое сюда из райнеровской богадельни).

— Этого жизнь не может доказать, — толковал Белоярцев вполголоса и с важностью Прорвичу. — Вообще целое это положение есть глупость и притом глупость, сочиненная во вред нам. Спорьте смело, что если теория верна, то она оправдается. Что такое теория? — Ноты. Отчего же не петь по нотам, если умеешь?

У дам шел довольно оживленный разговор, в котором не принимала участия только одна Лиза, не покидавшая своей книги, но у них не было общего согласия.

— Белоярцев! — позвала Бертольди, — разрешите, пожалуйста, наш спор.

Белоярцев остановился у стола и выпустил руку Прорвича.

— Есть смысл в том, чтобы мужчина отворял мне двери?

— Куда? — спросил Белоярцев.

— Куда? ну, куда-нибудь. Если я иду с вами рядом и подхожу к двери, — разумно ли, чтобы вы ее передо мною растворяли, как будто у меня своих рук нет?

Белоярцев затянулся папироской.

— Это меня унижает как женщину; как человека меня унижает; напоминает мне о какой-то моей конфектности, — чекотала Бертольди.

— Да, ничтожные услуги в этом роде вредны, — проговорил Белоярцев.

— Ну, не правда ли! — подхватила Бертольди. — Ведь это все лицемерие, пошлость и ничего более. Ступина говорит, что это пустяки, что это так принято: тем-то и гадко, что принято. Они подают бурнусы, поднимают с полу носовые платки, а на каждом шагу, в серьезном деле, подставляют женщине ногу; не дают ей хода и свободы.

— Что ж тут, носовые платки мешают? — произнесла мягким и весьма приятным голосом та, которую называли Ступиной.

— А нет, Анна Львовна, этого нельзя говорить, — снисходительно заметил Белоярцев. — Это только так кажется, а в существе это и есть тот тонкий путь, которым разврат вводится в человеческое общество. Я вам подаю бурнус, я вам поднимаю платок, я перед вами растворяю двери, потому что это ничего не стоит, потому что это и вам самим легко было бы сделать без моей помощи.

— А если дверь трудно отворяется, тогда можно? — пошутила Ступина.

— Нет, вы не шутите. Вы сами вникните, вам самим же от этого плохо. Платок вам помогут поднять, а, например, обзаведись вы ребенком, так...

— Бросят, — подсказала Ступина.

— Ну, вот вам и следы такого отношения к женщине.

— А если не станете поднимать платков, так не будете бросать, что ли? — весело отвечала Ступина. — Хороши вы все, господа, пока не наигрались женщиной! А там и с глаз долой, по первому капризу. — Нет, уж кланяйтесь же по крайней мере; хоть платки поднимайте, —

добавила она, рассмеявшись, — больше с вас взять нечего.

— Ну, это хоть бы и в Москве такое рассуждение, — произнесла Бертольди.

— Нет, позвольте, mademoiselle Бертольди. Сердиться здесь не за что, — заметил Белоярцев. — Анна Львовна немножко односторонне смотрит на дело, но она имеет основание. При нынешнем устройстве общества это зло действительно неотвратимо. Люди злы по натуре.

— То-то и дело, — заметила Ступина. — Если бы вы были добрее, так и несчастий бы стольких не было, и мы бы вам верили.

— Да что это вы говорите, — вмешалась Бертольди. — Какое же дело кому-нибудь верить или не верить. На приобретение ребенка была ваша воля, что ж, вам за это деньги платить, что ли? Это, наконец, смешно! Ну, отдайте его в воспитательный дом. Удивительное требование: я рожу ребенка и в награду за это должна получать право на чужой труд.

— Не совсем чужой… — тихо произнесла Ступина.

— А, вы так смотрите! Ну, так считайтесь: подавайте просьбу; а по-моему, лучше ничьего содействия и ничьего вмешательства.

— Все это уладится гораздо умнее и справедливее, — тихо заметил Белоярцев.

— Да, должно быть, что уладится, — с легкой иронией отвечала Ступина и, встав из-за стола, вышла из залы.

— А эта барышня ненадежна, — проговорила по уходе Ступиной Бертольди. — Не понимаю, зачем она с нами сошлась.

— Да-с, оказывается, что нам нужно много придумать о том, кто с нами сходится и с кем нам сходиться. Я вот по этому именно поводу и хотел сегодня попросить вас посоветоваться.

Белоярцев откашлянулся и сел на табуретку.

— Как бы обдуманным ни казалось всякое новое дело, а всегда выходит, что что-нибудь не додумано и забыто, — начал он своим бархатным баском. — Мы решили, как нам жить и расширять свое дело, а вот сегодняшний случай показал, что это далеко не все. Сегодня вот у Лизаветы Егоровны был гость.

Лиза подняла свою головку от книги.

— Это показывает, что у каждого из нас, кроме гостей, известных нашему союзу, могут быть свои, особые, прежние знакомые, и эти знакомые, чуждые по своему направлению стремлениям нашей ассоциации, могут нас посещать: не здесь, — не так ли? — Рождается отсюда вопрос: как мы должны вести себя в отношении к таким гостям?

— Я думаю, как кому угодно, — отвечала Лиза.

— Я хотел сказать: принимать их или нет?

— Я своих буду принимать.

— Да; но позвольте, Лизавета Егоровна: ведь это дело общее. Ведь вы же мне делали выговор за мнимое самоволие.

— Это совсем другое дело: вы делали выбор, зависевший ото всех, а я распоряжаюсь сама собою. Мои гости касаются меня.

— Нет, позвольте: каждый входящий в дом ассоциации касается всех.

— Я не понимаю такой зависимости, — отвечала Лиза.

— Не зависимости, а безопасности, Лизавета Егоровна. Нас могут предать.

— Кому?

— Правительству.

— А мы что делаем правительству? Разве у нас заговор, — или прокламации печатаются?

— Да, положим, что не заговор и не прокламации, а все же мы не друзья существующего порядка, и нам могут помешать, могут расстроить наше дело.

Лиза подумала и сказала:

— Ну, хорошо, это будет видно.

— Так отложим это, — отвечал Белоярцев, — и обратимся к другому не менее важному вопросу. Нас должно быть четырнадцать членов, а теперь нас здесь пока всего шестеро, если прислугу не считать нашими сочленами, так как вопрос о ней до сих пор еще не совсем решен. Остальные наши члены должны перейти к нам на этих же днях. Большая часть этих членов должны присоединиться к нам вместе с Васильем Ивановичем Райнером, с которым они живут теперь. Обстоятельство, по поводу которого я заговорил о гостях, дает мне мысль заявить вам: не найдете ли нужным несколько поотложить переход Райнера и его товарищей в дом ассоциации? Конечно, нам от этого будет несколько тяжелее на один месяц, но зато мы себя оградим от больших опасностей. Райнер — человек, за которым смотрят.

— Ах! нет, возьмемте Райнера: он такой хороший человек, — вмешалась вошедшая Ступина.

— Хороший, Анна Львовна, да только все-таки лучше подождемте. Он может здесь бывать, но не жить пока… понимаете, пока мы не окрепли. А тогда всех, и его и всех, кто у него живет, всех примем. До тех пор вот Грабилину уступим три комнаты: он один может платить за три.

— Да Грабилин что же за член нашей ассоциации?

— Да так, пока.

— Смешно, — сказала, вставая, Лиза. — Розанова принимать опасно; Райнера опасно пустить жить, а принимать можно; людей, которые живут у Райнера, тоже нельзя пустить жить с нами, тогда как на них рассчитывали при устройстве этого жилья, а какого-то Грабилина, у которого только деньги заняли, надо пускать, чтобы комнаты не гуляли! Какое же это социальное общежительство! Это выходят chambres garnis Белоярцева с компаниею — и только.

— Ах, Лизавета Егоровна, как вы странно иногда понимаете

простые вещи! — воскликнул Белоярцев.

— Да-с, я их понимаю.

— Вот вы еще и сердитесь.

— Вам неприятно видеть Розанова, потому что он напоминает вам ваше прошлое и неловко уколол вас вашим бывшим художественным направлением.

Белоярцев сделал недоумевающую мину.

— Райнер, — продолжала Лиза, — представляет нам вашу совесть.

— Лизавета Егоровна! — позвольте, однако, если я человек с плохою совестью, то я...

— Позвольте, я знаю, что вы художник, можете сыграть всякую роль, но я вам говорю, что вы хитрите и с первого же дня оттираете людей, которые могут вам мешать.

— В чем-с, смею спросить?

— Рисоваться.

— Я стараюсь не обижаться и поставлю вам на вид, что я не одного Райнера прошу повременить, а всю его компанию. Неужели же я всех боюсь?

— Конечно. Вы их знали, пока они были вам нужны, а теперь... вы брататься с ними не хотите. Вам нравится первая роль.

— Вот и начало! — грустно произнес Белоярцев.

— Да, скверное начало: старайтесь поправить, — произнесла Лиза и, поклонившись всем, пошла к дверям коридора.

— Ну, характерец, — сказала ей вслед Бертольди.

Белоярцев покачал головой, другие не сказали ни слова.

«Выгнать ее или все бросить, — другого спасенья нет», — подумал Белоярцев и, подойдя к окну, с неудовольствием крикнул:

— Чей это образ тут на виду стоит?

— Моя, сударь, моя икона, — отозвалась вошедшая за Лизиным платком Абрамовна.

— Так уберите ее, — нервно отвечал Белоярцев.

Няня молча подошла к окну, перекрестясь взяла икону и, вынося ее из залы, вполголоса произнесла:

— Видно, мутит тебя лик-то Спасов, — не стерпишь.

— Ну, господа, а другие вопросы, — возгласила Бертольди и, вынув из кармана бумажку, начала читать: — «Вопрос первый: о прислуге, о ее правах и обязанностях в ассоциации, как ее сочленов». — Впрочем, я с ними уже говорила: они ничего не понимают и хотят платы. — «Вопрос второй: о днях отдохновения и собраний». Мнение Белоярцева, Красина, Прорвича и Ревякина — устранить христианский календарь и принять разделение на декады. Десятый день будет днем отдохновений и собраний. — К вопросу о прислуге, Белоярцев, вы говорили присоединить, где наши слуги должны обедать: особо или с нами? Вносить завтра этот вопрос?

— А? вносите что хотите, — порывисто ответил

Белоярцев и, ни с кем не простившись, пошел в свою комнату. Женщины посидели еще несколько минут в раздумье и тоже одна за другой тихо разошлись по своим комнатам.

## Глава пятая.
### Дуэнья

Ступина, проходя мимо двери Лизы, зашла к ней на одну минутку.

— Знаете, как, однако, что-то неприятно.

— Холодно в доме, — проронила Лиза.

— Нет, какая-то пустота, тоска... Право, мне, кажется, уж стало жаль своей квартирки.

— Ох, пожалеешь, матушка! еще и не раз один пожалеешь, — отозвалась ей няня, внося тюфячок и подушки.

— Тебе же, няня, поставлена постель в особой комнате, — заметила Лиза.

— А поставлена, пусть там и стоит.

— Где же ты тут будешь спать?

— А вот где стою, тут и лягу. Пора спать, матушка, — отнеслась она к Анне Львовне, расстилая тюфячок поперек двери.

— И охота вам, няня, здесь валяться.

— Охота, друг ты мой, охота. Боюсь одна спать в комнате. Непривычна к особым покоям.

Няня, проводив Ступину, затворила за нею дверь, не запиравшуюся на ключ, и легла на тюфячок, постланный поперек порога. Лиза читала в постели. По коридору два раза раздались шаги пробежавшей горничной, и в доме все стихло. Ночь стояла бурная. Ветер со взморья рвал и сердито гудел в трубах.

— Разбойники, — тихо, как бы во сне, проговорила няня.

— Так их и папенька покойный, отпуская свою душеньку честную, назвал разбойниками, — прошептала она еще через несколько минут.

— Господи! Господи, за что только я-то на старости лет гублю свою душу в этом вертепе анафемском, — начала она втретьи.

Лиза молча читала, не обращая никакого внимания на эти монологи.

— Сударыня! — воскликнула, наконец, старуха.

— Ну, — отозвалась Лиза.

— Я завтра рано уйду.

— Иди.

— Пойду к Евгении Петровне.

— Иди, иди, пожалуйста.

— Хоть посмотрю, как добрые люди на свете живут.

Лиза опять промолчала.

— А мой вот тебе сказ, — начала няня, — срам нам так жить. Что это?

— Что? — спросила Лиза.

— Это... распутные люди так живут.

Лиза вспыхнула.

— Где ты живешь? ну где? где? Этак разве девушки добрые живут? Ты со вставанья с голой шеей пройдешь, а на тебя двадцать человек смотреть будут.

— Оставь, няня, — серьезно произнесла Лиза.

— Не оставлю, не оставлю; пока я здесь, через кости мои старые разве кто перейдет. Лопнет мое терпенье, тогда что хочешь, то и твори. — Срамница!

Лизой овладело совершенное бешенство.

— Ты просто глупа, — сказала она резко Абрамовне.

— Глупа, мать моя, глупа, — повторила старуха, никогда не слыхавшая такого слова.

— Не глупа, а просто дура, набитая, старая дура, — повторила еще злее Лиза и, дунув на свечку, завернулась с головою в одеяло.

Обе женщины молчали, и обеим им было очень тяжело; но няня не умилялась над Лизой и не слыхала горьких слез, которыми до бела света проплакала под своим одеялом со всеми и со всем расходящаяся девушка.

Не спал в этом доме еще Белоярцев. Он проходил по своей комнате целую ночь в сильной тревоге. То он брал в руки один готовый слепок, то другой, потом опять он бросал их и тоже только перед утром совсем одетый упал на диван, не зная, как вести себя завтра.

«Черт меня дернул заварить всю эту кашу и взять на себя такую обузу, особенно еще и с этим чертенком в придачу», — думал он, стараясь заснуть и позабыть неприятности своего генеральского поста.

## Глава шестая.
## Тополь да березка

На рассвете следующего дня Абрамовна, приготовив все нужное ко вставанью своей барышни, перешла пустынный двор ассоциационного дома и поплелась в Измайловский полк. Долго она осведомлялась об адресе и, наконец, нашла его.

Абрамовна не пошла на указанный ей парадный подъезд, а отыскала черную лестницу и позвонила в дверь в третьем этаже. Старуха сказала девушке свое имя и присела на стульце, но не успела она вздохнуть, как за дверью ей послышался радостный восклик Женни, и в ту же минуту она почувствовала на своих щеках теплый поцелуй Вязмитиновой.

— Голубка моя, красавица моя! — лепетала старуха, ловя ручку Евгении Петровны. — Ручку-то, ручку-то мне свою пожалуй.

— Как это ты, няня? Откуда ты? — спрашивала ее между тем Женни, и ничего нельзя было разобрать, кто о чем спрашивал и кто что отвечал.

Евгения Петровна показала старухе детей, квартиру и, наконец, стала поить ее чаем. Через полчаса вышел Вязмитинов, тоже встретил старуху приветливо и скоро уехал.

После его отъезда Евгения Петровна в десятый раз принялась расспрашивать старуху о житье Лизы и все никак не брала в толк ее рассказа.

— Я и сама, друг мой, ничего не понимаю, что это они делают, — отвечала няня, покачивая на коленях двухлетнего сынишку Евгении Петровны.

— Поедем к ней, няня!

— Поедем, душа моя, пожалуйста, поедем!

Евгения Петровна накинула бурнус и вышла со старухой. Через час они остановили своего извозчика у дома ассоциации.

— Пойдем по черной лестнице, — сказала няня и, введя Евгению Петровну в узенький коридор, отворила перед нею дверь в комнату Лизы.

Лиза стояла спиною к двери и чесала сама свою голову. Услыхав, что отворяют дверь, она оглянулась.

— Бесстыдница, бесстыдница, — произнесла, покачивая головой, Вязмитинова и остановилась. — Не узнаешь? — спросила она, дрожа от нетерпения.

— Женни! — спокойно сказала Лиза.

— Я, душка моя, я, Лиза моя милая, злая, недобрая, я это — отвечала Евгения Петровна и, обняв Бахареву, целовала ее лицо.

— И не стыдно, — говорила она, прерывая свои поцелуи. — За что, про что разорвала детскую дружбу, пропала, не отвечала на письма и теперь не рада! Ну, скажи, ведь не рада совсем?

— Нет, очень рада. Как ты похорошела, Женни.

— Помилуй, двое детей, какое уж похорошеть! Ну, а ты?

— А я, вот как видишь.

— Одна все?

— Нет, с людьми, — отвечала Лиза, слегка улыбнувшись.

— Замуж нейдешь.

— Никто не берет.

— За капризы?

— Верно, так. Чаю, Женни, хочешь?

— Давай, будем пить.

— Вот прекрасно-то! — раздался из-за двери голос, который несколько удивил Лизу.

— Можно взойти? — спросил тот же голос.

— Это Розанов, — идите, идите! — крикнула Женни.

На пороге показался Розанов и с ним дама под густым черным вуалем. Лиза взглянула на этот сюрприз, насупив бровки. Дама откинула вуаль и, улыбнувшись, сказала:

— Здравствуйте, Лиза.

— Полинька! Вот гостиный день у меня неожиданно.

— А вы отшельницей живете, скрываетесь. Мы с Женни сейчас же отыскали друг друга, а вы!.. Целые годы в одном городе, и не дать о себе ни слуху ни духу. Делают так добрые люди?

— Господа! не браните меня, пожалуйста: я ведь одичала, отвыкла от вас. Садитесь лучше, дайте мне посмотреть на вас. Ну, что ты теперь, Полина?

— Я? — Бабушка, мой друг, бабушка-повитушка. Выходи замуж, принимать буду.

— Боже мой! что это тебя кинуло?

— А что? — я очень довольна.

— А ты, Женни?

— Мать двух детей.

— Чиновника?

— Да.

— И счастлива?

— Да, и муж не бьет, как ты когда-то предсказывала.

— Значит, счастлива?

— Значит, счастлива.

Кто-то постучал в двери.

— Войдите, — произнесла Лиза, и на пороге показался высокий, стройный Райнер. Он возмужал и даже немножко не по летам постарел. Розанов с Райнером встретились горячо, по-приятельски.

— Здравствуйте, шпион! — произнес Розанов при его появлении.

Райнер весело улыбнулся в ответ, и они поцеловались. В зале общество сидело нахмурившись: все по-вчерашнему еще было в беспорядке, окна плакали, затопленная печка гасла и забивала дымом. Белоярцев молча прохаживался по зале и, останавливаясь у окна, делал нетерпеливые движения при виде стоящих у подъезда двух дрожек.

— Бахарева наша уезжает куда-то, — сказала, входя в залу, Бертольди.

— Куда это? — буркнул Белоярцев.

— С своими друзьями.

— И отлично делает. Евгения Петровна упросила Лизу погостить у нее два-три дня, пока дом немножко отогреется и все приведется в порядке.

Лиза сдалась на общую просьбу и уезжала.

— А сегодняшнее заседание? — крикнула Бертольди проходившей через переднюю Лизе.

— Я не буду.

— Какое это у вас заседание? — спросил ее Розанов на лестнице.

— Э, вздор, — отвечала с неудовольствием Лиза.

У Вязмитиновых в Измайловском полку была прехорошенькая квартира. Она была не очень велика, всего состояла из шести комнат, но расположение этих комнат было обдумано с большим соображением и давало возможность расположиться необыкновенно удобно. Кроме очень изящной гостиной, зальца и совершенно уединенного кабинета Николая Степановича, влево от гостиной шла спальня Евгении Петровны, переделенная зеленой шелковой драпировкой, за которой стояла ее кровать, и тут же в стене была дверь в маленькую закрытую нишь, где стояла белая каменная ванна. Затем были еще две комнаты для стола и для детей, и, наконец, не в счет покоев, шли девичья с черного входа и передняя с парадной лестницы. У Вязмитиновых уже все было приведено в порядок, все глядело тепло и приятно.

— Рай у тебя, моя умница, — говорила, раздевшись в детской, няня.

— Действительно хорошо, — подтвердила Лиза.

Вязмитинов, возвратясь к обеду домой, был очень рад, застав у себя неожиданную гостью. Вечером приехал Розанов, и они посидели, вспоминая многое из своего прошлого. Лиза только тщательно уклонялась от пытливых вопросов Николая Степановича о ее настоящем житье. Они взаимно произвели друг на друга неприятное впечатление. Лиза сказала о Вязмитинове, что он стал неисправимым чиновником, а он отозвался о ней жене как о какой-то беспардонной либералке, которая непременно хочет переделать весь свет на какой-то свой особенный лад, о котором и сама она едва ли имеет какое-нибудь определенное понятие.

На ночь Евгения Петровна уложила Лизу на диване за драпри в своей спальне и несколько раз пыталась добиться у нее откровенного мнения о том, что она думает с собой сделать, живя таким странным и непонятным для нее образом.

— Мой друг, оставь меня самой себе, — тихо, но решительно отвечала ей Лиза.

На другой день Розанов привез к вечеру Райнера. Вязмитинову это очень не понравилось.

— Ведь ты же с ним был знаком, — убеждал его доктор.

— Да мало ли с кем я был знаком, — отвечал Вязмитинов.

— Чудно, брат, как ты так в генералы и лезешь.

— Да, Николая Степановича трудно иногда становится узнавать, — произнесла, краснея, Женни, при которой происходил этот разговор. — Ему как будто мешают теперь люди, которых он прежде любил и хвалил.

Вязмитинов замолчал и был очень вежлив и внимателен к Райнеру.

— Тебе, кажется, нравится Райнер? — спросила Лизу, укладываясь в постель, Женни.

— Да, он лучше всех, кого я до сих пор знала, — отвечала спокойно Лиза и тотчас же добавила: — чудо как хорошо спать у тебя на этом диване.

Бахарева прогостила у подруги четверо суток и стала собираться в Дом. В это время произошла сцена: няня расплакалась и Христом-Богом молила Лизу не возвращаться.

— Я здесь на лестнице две комнатки нашла, — говорила она со слезами. — Пятнадцать рублей на месяц всего. Отлично нам с тобою будет: кухмистер есть на дворе, по восьми рублей берет, стол, говорит, у меня всегда свежий. Останься, будь умница, утешь ты хоть раз меня, старуху.

Лиза сердилась.

— Матушка, Женюшка! умоли ж хоть ты ее, неумолимую, — приставала, рыдая, старушка.

Ничего не помогло: Лиза уехала.

### Глава седьмая.
### Мирское и гражданское житье

Прошло полгода. Зима кончилась, и начиналась гнилая петербургская весна. В положении наших знакомых произошло несколько незначительных перемен. Николай Степанович Вязмитинов получил еще одно повышение по службе и орден, который его директор привез ему сюрпризом во время его домашнего обеда. Николай Степанович, увидя на себе орден, растерялся, заплакал… Вязмитинов шел в гору. У него была толпа завистников, и ему предсказывали чины, кресты, деньги и блестящую карьеру. Вся эта перемена имела на бывшего уездного педагога свое влияние. Он много и усердно трудился и не задирал еще носа; не говорил ни «как-с?», ни «что-с», но уже видимо солиднел и не желал якшаться с невинными людьми, величавшими себя в эту пору громким именем партии прогресса. Николай Степанович твердым шагом шел вперед по простой дороге. Начав с отречения от людей и партии беспардонного прогресса, он в очень скором времени нашел случай вовсе отречься от всех молодых людей.

Ему предложили очень хорошее место начальника одного учебного заведения. Николай Степанович отказался, объявив, что «при его образе мыслей с теперешними молодыми людьми делать нечего». — Этот характерный отзыв дал Вязмитинову имя светского человека с «либерально-консервативным направлением», а вскоре затем и место, а с ним и дружеское расположение одного директора департамента — консервативного либерала и генерала Горностаева, некогда сотрудника-корреспондента заграничных русских публицистов, а ныне кстати и некстати повторяющего: «des reformes toujours, des outopies jamais». Вместе с этим Николай Степанович попал через Горностаева в члены нескольких ученых обществ и вошел в кружок чиновной аристократии с либерально-консервативным направлением, занимавшей в это время места в департаментской иерархии. Новому положению, новым стремлениям и симпатиям Николая Степановича только немножко не совсем отвечала его жена.

Все консервативные либералы разных ведомств, сошедшиеся с Николаем Степановичем, были очень внимательны и к Женни. Кроткая, простодушная и красивая Евгения Петровна производила на них самое выгодное впечатление, но сама она оставалась равнодушною к новым знакомым мужа, не сближалась ни с ними, ни с их женами и скоро успела прослыть нелюдимкою и даже дурочкой. Женни же, привыкшая к тишине и безмятежности своей уездной жизни, просто тяготилась новыми знакомствами в той же мере, в какой она дорожила юношеской дружбой Лизы и расположенностью своих старых знакомых. К тому же ее не занимали вопросы, интересовавшие ее мужа и кружок его новых знакомых. Вязмитинову это было очень неприятно. Сначала он жаловался жене на ее нелюдимство, вредное для его отношений, потом стал надеяться, что это пройдет, старался втянуть жену в новые интересы и с этою целью записал ее в члены комитета грамотности и общества для вспомоществования бедным. Но Женни в комитете грамотности заскучала о детях и уехала, не дождавшись конца заседания, а о благотворительном обществе, в которое ее записали членом, отозвалась, что она там сконфузится и скажет глупость.

Вязмитинов отказался от усилий дать жене видное положение и продолжал уравнивать себе дорогу. Только изредка он покашливался на Женни за ее внимание к Розанову, Лизе, Полиньке и Райнеру, тогда как он не мог от нее добиться такого же или даже меньшего внимания ко многим из своих новых знакомых.

Впрочем, они жили довольно дружно и согласно. Женни ни в чем не изменилась, ни в нраве, ни в привычках. Сделавшись матерью, она только еще более полюбила свой домашний угол и расставалась с ним лишь в крайней необходимости, и то весьма неохотно. Мужу она ни в чем не противоречила, но если бы всмотреться в жизнь Евгении Петровны внимательно, то можно бы заметить, что Николай Степанович в глазах своей жены не вырастает, а малится.

Между различными посетителями дома Вязмитиновых исключительными гостями Евгении Петровны были только ее прежние знакомые: Розанов, Лиза, Полинька Калистратова и Райнер.

Если эти лица заходили к Евгении Петровне в такое время, когда мужа ее не было дома и не случалось никого посторонних, то они обыкновенно проходили к ней через драпированную спальню в ее розовую чайную, и здесь заводились долгие задушевные беседы, напоминавшие былую простоту дома Гловацких. Обыкновенно эти гости набегали к Женни около одиннадцати или двенадцати часов и частехонько засиживались до звонка, возвещавшего в четыре часа возвращение Вязмитинова к обеду. Случалось, что Николай Степанович, входя в свою квартиру, в передней как раз сталкивался с уходящими приятелями своей жены и каждый раз после этого дулся.

Как многие люди, старающиеся изолировать себя от прежних знакомств, Николай Степанович раздражался, видя, что прежние знакомые понимают его и начинают сами от него удаляться и избегать с ним натянутых отношений. Вязмитинов не требовал, чтобы жена его не принимала в его отсутствие своих провинциальных друзей, но каждый раз, встретясь с кем-нибудь из них или со всеми вместе в передней, надувался на несколько дней на жену и тщательно хранил многознаменательное молчание. Иногда он заходил несколько далее и, наскучив молчанием, начинал за обедом разговор с того:

— А что, если бы вас спросили, как относится madame Калистратова к Розанову? Что бы вы на это ответили?

— Никто меня об этом не спросит, — обыкновенно очень спокойно отвечала в таких случаях Женни, подавая мужу тарелку, и тотчас же мягко переводила разговор на другую тему.

Или другой раз Николай Степанович начинал речь с вопроса о том, как записан Полинькин ребенок?

— Почем мне знать это, — отвечала Женни.

— А, однако, странно ее положение, — замечал Вязмитинов. Женни конфузилась.

Не менее оскорбительные и неприятные запросы Вязмитинов часто предлагал жене насчет Лизы и Райнера, но, впрочем, всех их даже сам иногда приглашал к себе на ужин или чашку чаю.

В отношении к Розанову он держался иной, не то более искренней, не то более осторожной политики. Розанов ему служил напоминанием прошлого и, не обращая внимания на перемену, происшедшую в положении Вязмитинова, держал себя с ним с прежнею короткостью, заставлявшею Вязмитинова хотя-нехотя жить по-старому. Розанов говорил ему по-прежнему ты; когда тот начинал топорщиться, он шутя называл его «царем Берендеем», подтрунивал над привычкою его носить постоянно орден в петлице фрака и даже с некоторым цинизмом отзывался о достоинствах консервативного либерализма. Но Вязмитинов все это сносил и не мог ни отбиться от Розанова, ни поставить его к себе в более почтительные отношения.

Старуха Абрамовна водворилась в доме Вязмитиновых вследствие несколько ошибочного расчета и жила здесь, выдерживая «карахтер». Погостив с Лизою у Женни во время приведения в порядок общественного Дома, старушка совершенно упилась мирными прелестями тихого семейного житья, к которому она привыкла, и не могла без трепета вспомнить о гражданском Доме и житье под командою Белоярцева, при новых, совершенно неприятных ей порядках. Она просила, умоляла Лизу позволить ей увезти оттуда все их вещи; плакала, бранилась и, наконец, объявила:

— Ну, когда так хочешь жить, так я тебе не слуга.

Старушка рассчитывала запугать Лизу и очень грустно ошиблась. Лиза спокойно отказалась от ее услуг и даже похвалила ее за это намерение.

— И что ж такое! И Бог с тобою совсем: я и останусь. Авось без куска хлеба не пропаду. Найдутся добрые люди, хоть из куска хлеба возьмут еще. На старости лет хоть болонок на двор выпущать гожусь.

Лиза не упрашивала, но предложила старухе на особое житье денег, от которых та с гордостью отказалась и осталась у Женни. Здесь она взялась вводить в детской патриархальные порядки и с болезненным нетерпением выжидала, когда Лиза придет и сознается, что ей без нее плохо.

Время шло; Лиза изредка навещала Вязмитинову, но речи о том, что ей плохо без Абрамовны, никогда не заходило. Абрамовна с своей стороны выдерживала характер. С каждым приходом Лизы она в ее присутствии удвоивала свои заботы о детях Вязмитиновой и вертелась с младшим около чайного стола, за которым обыкновенно шли беседы.

Только когда Лиза поднималась идти домой, старуха исчезала из комнаты и выползала в переднюю боковой дверью. Кропочаясь на прислугу, она с серьезной физиономией снимала с вешалки теплое пальто Лизы и, одевая ее, ворчала:

— Хоть бы вешалку-то, сударыня, приказала прикрепить своим фрелинам.

Полинька Калистратова жила в небольшой уютной квартирке у Египетского моста. Жилье ее состояло из двух удобных и хорошо меблированных комнат, кухни и передней. С нею жила опрятная кухарка немка и то маленькое, повитое существо, которое, по мнению Вязмитинова, ставило Полиньку Калистратову в весьма фальшивое положение. Полинька сама любила это существо со всею материнской горячностью, но еще не привыкла, когда Лиза или Женни осведомлялись у нее о ребенке. Одной Абрамовне, когда той случалось навестить Полиньку, она показывала ребенка с восторгом. Старушка ласкала дитя, ласкала мать и утешала их, говоря:

— Живите, други, живите. А-их-ма-хма, что делать-то! Бог грешников прощает.

Розанов был у Полиньки каждый день, и привязанность его к ней нимало не уменьшалась. Напротив, где бы он ни был, при первом удобном случае рвался сюда и отдыхал от всех трудов и неприятностей в уютной квартирке у Египетского моста.

Взглянем на житье граждан.

В мир из Дома доходило очень мало известий, и те, которые доходили до мирских ушей, были по большей части или слишком преувеличены, или совсем чудовищно извращены и носили самый грязный, циничный характер. В мире Дом представлялся прежде всего чем-то вроде турецкого гарема или такого жилища, где главною задачею стоит самое бесцеремонное отношение живущих там граждан с живущими гражданками. О нравах обитателей этого Дома рассказывались чудеса. В мире о нравах и жизни нового гражданского Дома имели гораздо меньше верных сведений, чем о жизни в старых католических монастырях, о которых когда-то любили рассуждать.

Где только миряне интересовались Домом, там они и сочиняли о нем разные небылицы самого решительного характера, не додумываясь до воспроизведения простых, обыденных, будничных явлений обитателей Дома. Копошась в бездне греховной, миряне, которых гражданский Дом интересовал своею оригинальностью и малодоступностью, судили о его жильцах по своим склонностям и побуждениям, упуская из виду, что «граждане Дома» старались ни в чем не походить на обыкновенных смертных, а стремились стать выше их; стремились быть для них нравственным образцом и выкройкою для повсеместного распространения в России нового социального устройства.

В Доме жилось сообразно особым уставам, беспрестанно обсуживавшимся, реформировавшимся и никогда ни на одну неделю не устанавливавшимися in statu quo. Комплект жильцов Дома до сих пор считался неполным. Не проходило дня, чтобы тот или другой член общей квартиры, или, как ее называл Белоярцев, «ассоциации», не предлагал нового кандидата или кандидатки, но Белоярцев всегда находил в предлагаемом лице тысячу разных дурных сторон, по которым оно никак не могло быть допущено в «ассоциацию». Безгласный сателлит Белоярцева, Прорвич, не мог сделать ему никакой оппозиции; других мужчин в Дом до сих пор еще не было допущено, женщины молчали, недоумевая, что с ними делают и что им делать, чтобы все шло иначе. Они уже ясно начинали чувствовать, что равноправия и равносилия в их ассоциации не существует, что вся сила и воля сосредоточивались в Белоярцеве. Так прошел первый и другой месяц совместного житья. В течение этих двух месяцев каждый день разбирались вопросы: можно ли брать за работу дороже, чем она стоит, хотя бы это и предлагали? Справедливо ли заставлять слуг открывать двери гостям, которые ходят не к ним, а к самим гражданам? Можно ли писать к своим родителям? Можно ли оставаться в гражданстве, обвенчавшись церковным браком? и т. п. А главное, все твердилось о труде: о форме труда, о правильном разделении труда, о выгодах ассоциационной жизни, о равномерном разделе заработков, а самого труда производилось весьма мало, и заработков ни у кого, кроме Белоярцева, Прорвича и Кавериной, не было никаких.

Протянув первый месяц, Белоярцев свел счет произведенным в этот месяц издержкам и объявил, что он прочитает отчет за прошедший месяц в день первой декады второго.

## Глава восьмая.
## Первый блин

Дни декад, учрежденные гражданами Дома, тоже прививались плохо. В Доме вообще было вхожих немного, но и те часто путали декады и являлись не в урочные дни. Третья декада имела особенный интерес, потому что в день ее окончания должен был огласиться месячный отчет Дома, а этим интересовались не только граждане, обитающие в Доме, но и все прочие граждане, связанные с ними духовным единством. Поэтому в день третьей декады в Дом, к восьми часам вечера, наехало около пятнадцати человек, все гражданского направления. В числе гостей были: Красин, одна молодая дама, не живущая с мужем майорша Мечникова с молоденькою, шестнадцатилетнею сестрою, только что выпущенною с пансионерской скамейки, Райнер с своим пансионом, Ревякин, некогда встретивший Лизу вместе с Прорвичем в гостинице «Италия», и два молодых человека, приведенных Красиным в качестве сторонних посетителей, которых надлежало убедить в превосходстве нового рода жизни.

Пустынная зала, приведенная относительно в лучший порядок посредством сбора сюда всей мебели из целого дома, оживилась шумными спорами граждан. Женщины, сидя около круглого чайного стола, говорили о труде; мужчины говорили о женщинах, в углу залы стоял Белоярцев, окруженный пятью или шестью человеками. Перед ним стояла госпожа Мечникова, держа под руку свою шестнадцатилетнюю сестру.

— Прекрасно-с, прекрасно, — говорил Белоярцев молоденькой девушке, — даже и таким образом я могу доказать вам, что никто не имеет права продать или купить землю. Пусть будет по-вашему, но почитайте-ка внимательнее, и вы увидите, что там сказано: «наследите землю», а не «продайте землю» или не «купите землю».

— Да, это точно там сказано так, — отвечала очень мило и смело девочка.

— Вот видите!

— Да, только позвольте, тогда ведь, когда было это сказано, не у кого было ее покупать, — вмешалась сама Мечникова.

— А это совсем другое дело, — отвечал Белоярцев.

— Нет, как же, это необходимо надо разобрать, — вставила Бертольди.

— Ах, это совсем не о том речь, — отвечал нетерпеливо Белоярцев.

— Ну, а если у меня, например, есть наследственная земля? — спросила Мечникова.

— Так это не в том же смысле совсем сказано.

— Стало быть, если я получу по наследству тысячу десятин, то я имею право одна наследовать эту землю. — осведомилась Бертольди.

— Ничего вы не получите по наследству, — отшутился Белоярцев.

— Нет, это непременно надо разобрать, — отвечала Бертольди.

В девять часов убрали самовар, и Белоярцев, попросив гостей к столу, развернул мелко исписанный лист бумаги, откашлянулся и начал читать:

— «Отчет свободной русской ассоциации, основанной на началах полного равенства, за первые три декады ее существования.

Ассоциация наша, основанная в самых ограниченных размерах, для того чтобы избежать всяких опасностей, возможных при новизне дела и преследовании его полицией, в течение трех декад, или одного христианского месяца своего существования, имела, милостивые государи, следующие расходы».

Начинались самые подробные исчисления всех расходов на житье в течение прошлого месяца. По окончании исчисления расходов Белоярцев продолжал:

«Таким образом, милостивые государи, вы можете видеть, что на покрытие всех решительно нужд семи наличных членов ассоциации, получавших в Доме решительно все им нужное, как-то: квартиру, отопление, прислугу, стол, чай и чистку белья (что составляет при отдельном житье весьма немаловажную статью), на все это издержано триста двадцать шесть рублей восемьдесят три копейки, что на каждого из нас составляет по двадцати пяти рублей с ничтожными копейками. — Надеюсь, милостивые государи, что это недорого и что в раздельности каждый из нас не мог прожить на эту сумму, имея все те удобства, какие нам дало житье ассоциацией».

— И освещение в этом же числе? — спросил кто-то из гостей.

— Освещение? Нет, освещения нет в этом счете. В течение первой декады опыт показал, что общественное освещение неудобно. Некоторые из членов ассоциации желали заниматься в своих комнатах; некоторые исключительно занимались по ночам, и потому было составлено экстренное заседание, на котором положено иметь общественное освещение только для прислуги.

— А в общественных комнатах?

— До сих пор у нас было приготовленное сначала освещение для этой комнаты.

— Ну это, однако, надо обсудить, — заметила Бертольди.

— Так вот, господа, — начал Белоярцев, — вы сами видите на

опыте несомненные выгоды ассоциации. Ясное дело, что, издержав в месяц только по двадцати пяти рублей, каждый из нас может сделать невозможные для него в прежнее время сбережения и ассоциация может дозволить себе на будущее время несравненно большие удобства в жизни и даже удовольствия.

— Мен, но нужно же капитализировать сначала эти сбережения, — заметил, гнуся и раскачиваясь, Кусицын, проживающий у Райнера на «ласковом хлебе».

— Они и будут капитализироваться. На мою долю падает двадцать пять рублей с копейками, вот я их и представляю в кассу ассоциации.

Белоярцев вынул из кармана двадцатипятирублевую ассигнацию с мелкою серебряною монетою и положил их на стол перед Прорвичем, избранным в кассиры ассоциации. Прорвич сделал то же, положив свои деньги к деньгам Белоярцева.

Лиза приподнялась, досмотрела серебряную монету, положенную Белоярцевым вместе с ассигнациею, и вышла в свою комнату.

Через минуту она воротилась с двадцатипятирублевым билетом и серебряной монетой, которые положила к деньгам Прорвича и Белоярцева. Во время склада этих денег общество хранило молчание.

Когда Лиза положила деньги и села на свое место, Белоярцев постоял несколько минут и, обратясь к Ступиной, которая, краснея, шептала что-то Бертольди, спросил вполголоса:

— Что вы хотите сказать, Анна Львовна?

Ступина еще более покраснела и, смотря на свою мантилию, с принужденной улыбкой выговорила:

— У меня нет денег; я не могла ничего заработать.

— Что ж такое, — снисходительно отвечал Белоярцев. — Ассоциация может вам кредитовать.

— В этом-то и сила ассоциации, — заметила Бертольди. — Это вас не должно стеснять.

— Как же не должно, — еще более конфузясь, проронила Ступина, чувствуя, что на нее все смотрят.

— Вот, madame Каверина имела заработок, — рассуждал Белоярцев, — но она имела непредвиденные расходы по случаю болезни своего ребенка, и ей ассоциация тоже кредитует, так же как и другим, которые еще не ориентировались в своем положении.

— Мен, но я думаю, что лечение больных должно быть общею обязанностью ассоциации, — заметил опять Кусицын.

— Да-с, это так; но пока все это еще не совсем конституировалось, — отвечал Белоярцев, — это несколько трудно.

— Мен, что ж тут трудного: внести на общий счет, и только.

— Да, это будет, это все будет со временем.

— Об этом, однако, надо рассудить, — вставила Бертольди.

— Да, конечно: можно будет ангажировать доктора.

— Розанов охотно согласится лечить без всякой платы, — заметила Лиза, глядя сквозь свои пальцы на свечу.

— Ну, видите... Розанов... Это не так удобно, — отвечал Белоярцев.

— Отчего ж это неудобно?

— Мы можем найти другого врача. Наконец, из сбережений... Да вот и Сулима не откажется.

— Я очень рад, — отвечал Сулима.

— Да, а то Розанов, конечно, человек сведущий, но... Неудобно как-то. Полицейский врач, — пояснил Белоярцев, обращаясь ко всему обществу.

— У вас все неудобно, — тихо произнесла Лиза.

— Да, наконец, это все, Лизавета Егоровна, может устроиться и без одолжений. Начало хорошо, и будем тем пока довольны.

Белоярцев сложил свой отчет и встал с своего места.

— Мм... Ну, а что же вторая половина отчета? — осведомился, не оставляя стула, Кусицын.

— Отчет кончен.

— Мм... а где же доходы ассоциации?

— Какие же еще доходы?

— Ну, прибыль от труда?

— Да, это самое интересное, — отозвался Красин.

— Какая же, господа, прибыль? Теперь еще нет сбережений.

— Мм... Ну, а что же в кассу поступило?

— Да вот, семьдесят пять рублей поступает в возврат.

— Мен, ну, а остатки от вашего заработка?

— Как от моего заработка!

— Ну да, от заработка. Вы сколько заработали в течение этого месяца?

— Я?

— Мм... Ну да, вы.

— Я... я, право, не считал.

— Ну как же. Это надо считать.

— Позвольте, для чего же это считать?

— Мм... Ну для того, чтобы знать, что поступает в общую кассу прибылью.

Белоярцев затруднялся.

— Позвольте, господа, — начал он, — я думаю, что никому из нас нет дела до того, как кто поступит с своими собственными деньгами. Позвольте, вы, если я понимаю, не того мнения о нашей ассоциации. Мы только складываемся, чтобы жить дешевле и удобнее, а не преследуем других идей.

— Мен! Ну так это значит, все пустое дело стало. —Я думал, что весь заработок складывается вместе и из него общий расход: вот это дело, достойное внимания.

— Нет, совсем не то...

— Мен, — ну да: это значит, у вас общие комнаты с общим столом.

— Нет, опять не то-с.

— Нет, именно то.

— Господа! — сказал, поднимаясь, молчавший до сих пор Райнер. — При первой мысли об устройстве этой общины, в обсуждении которого мне позволено было участвовать, я имел честь много раз заявлять, что община эта будет иметь значение тогда, если в ней станут трудиться все, не считаясь, кто может сколько заработать, и соединять заработок, чтобы из него производить расход на всех. Тогда положение дам, вошедших в этот общественный союз, было бы действительно улучшено, потому что они, трудясь столько же, как все прочие, получили бы столько же и удобств и сбережений, как все прочие члены союза. Мне кажется, что так это было понято и всеми.

Все молчали.

— Нет, это только говорилось, — произнес Белоярцев.

— Ну, по крайней мере я пока понимал это так и искал чести принадлежать только к такому союзу, где бы избытки средств, данных мне природою и случайностями воспитания, могли быть разделены со всеми по праву, которое я признаю за обществом, но о таком союзе, каким он выходит, судя по последним словам господина Белоярцева, я такого же мнения, как и господин Кусицын.

— Мен, ну конечно: это комнаты с мебелью и общим столом.

— И только, — подтвердил, садясь, Райнер.

Женщины Дома и гости молчали. Белоярцев находился в замешательстве.

— Господа! — начал он весьма тихо. — Всякое дело сначала должно вести полегоньку. Я очень хорошо понимаю, к совершению чего призвана наша ассоциация, и надеюсь, что при дружных усилиях мы достигнем своей цели, но пока не будьте к нам строги, дайте нам осмотреться; дайте нам, как говорят, на голове поправить.

— Да, об этом надо рассудить, это нельзя так оставить, — возгласила Бертольди.

Заседание считалось конченным. Райнер и несколько других встали и начали ходить по смежной комнате. Через полчаса Дом опустел от всех сторонних посетителей, кроме Райнера, которого Белоярцев упросил ночевать, чтобы посоветоваться.

— Мен, Райнер, вы останетесь здесь? — спросил, вступая из передней в залу, Кусицын.

— Да, я останусь, — отвечал Райнер.

— Мен, ну так дайте же мне денег на извозчика.

Райнер покопался в кармане и сказал:

— Со мною нет денег.

— Ну, а как же завтра на обед? Вы займите у кого-нибудь.

Райнер взял у Прорвича три рубля и отдал их Кусицыну.

— Гм! а туда же о труде для общей пользы толкует, — произнес, туша лишние свечи, Белоярцев.

— Тс, полноте, — остановил его, покраснев до ушей, Райнер.

Белоярцев уложил Райнера в своей комнате и долго толковал с ним, стараясь всячески держаться перед Райнером покорным учеником, который послушен во всем, но только имеет опыт, обязывающий его принимать теоретические уроки, соображая их с особенными условиями, в которых учитель не компетентен.

Загасив часа в три свечу и завернувшись в одеяло, Белоярцев думал:

«Это, значит, под весь заработок подходит. Ах ты, черт вас возьми! Вот если бы теперь вмешалась в это полиция да разогнала нас! Милое бы дело было. Не знал бы, кажется, которому святителю молиться и которым чудотворцам обещаться».

## Глава девятая.
## Девятый вал

Со страхом, как мореходец ждет девятого вала, ждал Белоярцев девятой декады, в которую должно было происходить третье общее собрание граждан.

Трепка, вынесенная им в первом общем собрании, его еще не совсем пришибла. Он скоро оправился, просил Райнера не обращать внимания на то, что сначала дело идет не совсем на полных социальных началах, и все-таки помогать ему словом и содействием. Потом обошел других с тою же просьбою; со всеми ласково поговорил и успокоился.

Преданный всякому общественному делу, Райнер хотел верить Белоярцеву и нимало не сердился на то, что тот оттер его от Дома, хотя и хорошо понимал, что весь этот маневр произведен Белоярцевым единственно для того, чтобы не иметь возле себя никого, кто бы мог помешать ему играть первую роль и еще вдобавок вносить такие невыгодные для собственного кармана начала, какие упорно держался энтузиаст Райнер.

Ничего этого Райнер не помнил, когда дело касалось до дела.

Как Алексей Сергеевич Богатырев отыскивал родственников, так он ползком, на дне морском, где только мог, добывал работу для гражданок Дома; которой добыл переводы, которой нашел музыкальные уроки, которой уступил часть своих уроков, — словом, в течение месяца всем достал занятий, кроме Бертольди, которая, как вышло наповерку, хвастала своими трудами у какого-то известной ей московского пошляка-редактора. Она, за исключением папирос, ничего не умела делать, и чистосердечный Райнер с полнейшею наивностью предлагал ей клеить папиросные гильзы для табачной лавочки, обещаясь сам всегда сбывать их. Бертольди очень оскорбилась этим предложением и с гордостью его отвергнула.

— Ведь все равно труд, — говорил ей Райнер.

— Нет-с, это еще нужно обсудить, — отвечала Бертольди. — Заготовление предметов роскоши я не признаю трудом, достойным развитого работника. Делать букли, перчатки или кружева, по-моему, значит поощрять человеческую пошлость.

— Но ведь вы говорили, что папиросы потребность.

— Да, но не первая потребность.

— Ну, я не знаю, — отвечал Райнер, опять ломая голову, какую бы работу приноровить этому гражданскому экземпляру.

— Посоветуйте ей давать танцевальные уроки, — сказал шутя Розанов, у которого Райнер при встрече просил, нельзя ли достать Бертольди каких-нибудь занятий.

Райнер при своем взгляде на труд и это принял серьезно.

— Вот, mademoiselle Бертольди, и для вас нашлось занятие, — сказал он, усаживаясь к чайному столу, за которым сидело общество.

— Что такое? — пискнула Бертольди.

— Не хотите ли давать уроки танцев?

— Что тако-ое?

— Танцевать учить не хотите ли? — повторил Райнер и не мог понять, отчего это не только Белоярцев и Прорвич, но все дамы и случившийся здесь Красин и даже Лиза так и покатились от смеха, глядя на кругленькую фигурку Бертольди.

Райнер несколько смешался и, глядя на всех, не понимал, что случилось, достойное такого смеха. По его понятиям о труде, он с совершенным спокойствием передал бы ни к чему не способной Бертольди предложение даже прыгать в обруч в манеже или показывать фокусы, или, наконец, приготовлять блестящую ваксу, так как она когда-то, по ее собственным словам, работала над химией.

— Танцевальные уроки, — объяснял он, — обещался для вас найти Розанов.

— А, так это он! О, этот Розанов всесовершеннейший подлец, — воскликнула Бертольди, раздражаемая нескончаемым смехом граждан.

Райнер, круглый невежда в женской красоте, все-таки не понимал, что дурного или смешного было в переданном им предложении Розанова, но, однако, решился вперед оставить Бертольди в покое и прекратил неудачные поиски удобных для нее занятий.

Впрочем, кроме Кавериной, все прочие женщины работали плохо. Каверина зарабатывала более всех. Лиза влегла в работу, как горячая лошадь в потный хомут, но работа у ней не спорилась и требовала поправок; другие работали еще безуспешнее. Райнер помогал каждой, насколько был в силах, и это не могло не отозваться на его собственных занятиях, в которых начали замечаться сильные упущения. К конце месяца Райнеру отказали за неглижировку от нескольких уроков. Он перенес это весьма спокойно и продолжал еще усерднее помогать в работах женщинам Дома.

Таким образом, не допущенный в действительные члены союза, он на самом деле был главным и притом совершенно бескорыстным его работником. Белоярцев очень радовался такому обороту дел и оказывал Райнеру все видимые знаки внимания. Белоярцев, впрочем, никогда никого не осаживал в глаза и никому не отказывал в знаках своего благорасположения.

У него была другая метода для расчета с людьми, которые ему не нравились или которых почему-нибудь просто ему нужно было спрятать в карман. Он, например, не тронул Кусицына, залившего ему сала за шкуру в заседании третьей декады, и не выругал его перед своими после его отъезда, а так, спустя денька два, начал при каждом удобном случае представлять его филантропию в жалко смешном виде. И уж при этом не позабыто было ничто, ни его лисья мордочка, ни его мычащий говор, ни его проживательство у Райнера, ни даже занятые, по его бесцеремонному требованию, три рубля. И все это делалось всегда так вовремя, так кстати, что никто не заподозрил бы Белоярцева в затаенной вражде к гражданину Кусицыну; всякому этот Кусицын становился жалок и смешон, и самые замечания, сделанные им Белоярцеву, обращались в укор ему же самому.

Так и всегда поступал Белоярцев со всеми, и, надо ему отдать честь, умел он делать подобные дела с неподражаемым артистическим мастерством. Проснется после обеда, покушает в своей комнате конфеток или орешков, наденет свой архалучек и выйдет в общую залу пошутить свои шуточки — и уж пошутит!

К концу шестой декады Белоярцев был в самом игривом расположении духа. Ожидая второго общего собрания, он сделывался с некоторыми господами не только за прошлое, но устанавливал некоторых на точку вида и для будущего. «Так как, мол, вы, милочки мои, можете говорить то-то и то-то, — соображал Белоярцев, — так я сделаю, чтоб ваши слова принимались вот так-то и так-то».

Вообще Белоярцеву довольно было открыть, что известный человек его видит и понимает, и этот человек тотчас же становился предметом его заботливости до тех пор, пока удавалось дискредитовать этого человека в мнении всех людей, нужных так или иначе Белоярцеву. Зато Белоярцев любил и поощрять своих сателлитов и вербовал их, особенно в последнее время, без особенной трудности.

Авторитет Белоярцева в Доме рос и креп, как сказочный богатырь, не по дням, а по часам. Этого авторитета не признавали только Райнер и Лиза, видевшие Белоярцева насквозь, но они молчали, а он перед ними до поры до времени тоже помалкивал.

Второго общего собрания он ожидал с нетерпением. Община крепла, можно было показать заработки и поговорить о сбережениях. Чтобы оправдать свои соображения насчет близкой возможности доставлять членам союза не только одно полезное, но даже и приятное, Белоярцев один раз возвратился домой в сопровождении десяти человек, принесших за ним более двадцати вазонов разных экзотических растений, не дорогих, но весьма хорошо выбранных. Дамы без конца благодарили за этот любезный сюрприз, и Белоярцев прелюбезно устранял от себя эти благодарности.

А между тем наступила шестая декада, и в восемь часов вечера начали сходиться граждане.

Заседание шестой декады началось очень оживленно. Райнер приехал в Дом часа за два до сбора граждан и привез с собою редкость, китайца Фи-ю-фи, с которым он был знаком, живя в Англии. Китаец был человек весьма молодой и любознательный: он прожил около двух лет в Европе, объяснялся немного по-английски, много видел и теперь возвращался домой через Россию. Отличительною чертою характера Фи-ю-фи было то, что он никогда ничему не удивлялся или по крайней мере весьма тщательно скрывал свое удивление и любил для всех чудес европейской цивилизации отыскивать подобия в китайской жизни. Он был консерватор и пессимист. Он не верил ни в какие реформы, считал все существующее на земле зло необходимым явлением своего времени и хотя не отвергал какого-то прогресса, но ожидал его не от людей, а от времени, и людям давал во времени только пассивное значение. Райнер, познакомясь с Фи-ю-фи, часто беседовал с ним об учреждениях поднебесной империи и указывал ему на поражающую нищету бедного китайского населения; Фи-ю-фи указывал Райнеру на то же самое в Англии, Италии и других местах цивилизованной Европы. Райнер показывал ему Poor Union в Борнете, — Фи-ю-фи нашел, что это для него вовсе не ново. Райнер разъяснял ему трактаты об экономических реформах, — китаец и к ним относился совершенно равнодушно.

— Да, говорят, говорят, — отвечал он, но только.

Встретясь с этим азиатским экземпляром в Петербурге, Райнер сделался его чичероне и привез его, между прочим, в качестве редкого посетителя в Дом, предупредив, что здесь будут жить так, как он читал в некоторых трактатах. Китаец очень рад был видеть все, что имело для него какую-нибудь новизну.

Важно расшаркиваясь и внимательно, с крайнею осторожностью осматриваясь во все стороны, он вступил за Райнером в Дом Согласия. Они застали всех граждан Дома в зале, беседующими о труде. Белоярцев встал при входе необычайного посетителя и приветствовал его с тонкостью образованного европейца и с любезностью фермера, приготовляющегося удивить посетителя своим стадом тонкорунных овец.

— Это жрец? — спросил китаец Райнера.

Райнер объяснил ему, что такое Белоярцев и женщины, которых они видят за столом. Китаец мотнул головой, Райнер стал объяснять ему порядки Дома; китаец опять мотнул головою.

— Это Фо; это значит, они принадлежат к религии Фо, — говорил он Райнеру тоном глубочайшего убеждения.

— Что он говорит? — беспрестанно осведомлялась Бертольди.

Райнер перевел ей это замечание.

— Странно! Он глуп, верно, — произнесла Бертольди.

— Вы ему разъясните, что это не все мы здесь, что у нас есть свои люди и в других местах.

— Да, это как Фо, — говорил китаец, выслушав объяснения Райнера. — Фо все живут в кумирнях, и их поклонники тоже приходят. Они вместе работают: это я знаю. Это у всех Фо.

— Вы расскажите, что мы это разовьем, что у нас будут и удобства. Вот цветы уже у нас.

— Вот этот человек сюда цветы принес, — говорил Райнер китайцу.

— Да, это все как у Фо; Фо всегда вместе живут и цветы приносят.

— Что за пошляк! — отозвалась Бертольди, допытавшись у Райнера, о чем говорит китаец.

Между тем собрались граждане. Собрание было больше прежнего. Явилось несколько новых граждан и одна новая гражданка Чулкова, которая говорила, что она не намерена себе ни в чем отказывать; что она раз встретила в Летнем саду человека, который ей понравился, и прямо сказала ему:

— Не хотите ли быть со мною знакомым?

— Это так и следовало, — сказал ей тихонько Белоярцев.

Чтение отчета за вторые три декады началось в девять часов вечера и шло довольно беспорядочно. Прихожие граждане развлекались разговорами и плохо слушали отчет Дома. Резюме отчета было то же, что и в первый раз: расходов приходилось по двадцати семи рублей на человека; уплатили свои деньги Белоярцев, Прорвич, Лиза и Каверина. Прочие хотя и имели кое-какой заработок, но должны были употребить его на покрытие других нужд своих и в уплату ничего представить не могли. — Белоярцев утешался и снова повторял об ожидаемых сбережениях и об удобствах, которые с помощью их станут возможны для ассоциации. Многие, однако, чуяли, что это вздор и что никаких сбережений не будет.

Заседание кончилось довольно рано и довольно скучно. Гости стали расходиться в одиннадцатом часу, торопясь каждый уйти к своему дому. Китаец встал и захлопал глазами.

— Это когда же начнется? — спросил он тихонько Райнера.

— Что такое когда начнется?

— Театр.

— Театр! Какой театр?

— Разве не будет театра?

Райнер встал и потащил с собою своего азиатского друга, ожидавшего все время театрального представления. Представление началось вскоре, но без посторонних зрителей.

— Сколько стоят эти цветы? — спросила Лиза Белоярцева, когда он возвратился, проводив до передней последнего гостя.

— Что-то около шестнадцати рублей, Лизавета Егоровна.

— Как же вы смели опять позволить себе такое самоволие! Зачем вы купили эти цветы?

— Господи Боже мой! сколько вы времени видите здесь эти цветы, и вдруг такой букет, — отвечал обиженным тоном Белоярцев.

— Я вас спрашиваю, как вы смели их купить на общественный счет?

— Да отчего же вы ничего не говорили прежде? Ведь это, Лизавета Егоровна, странно: так жить нельзя.

— И так нельзя, нельзя, — отвечала запальчиво Лиза. — Мерзавец! Вас не оскорбляет этот поступок? Вспомните, что это второй раз господин Белоярцев делает что хочет.

— Ведь он подарил эти цветы? — вмешалась Ступина.

— Вы подарили эти цветы? Ваши они, наконец, или общие? Надеюсь, общие, если вы записали их в отчет? Да? Ну, говорите же... Ах, как вы жалки, смешны и... гадки, Белоярцев, — произнесла с неописуемым презрением Лиза и, встав из-за стола, пошла к двери.

— Лизавета Егоровна! — позвал Белоярцев ее обиженно. Лиза остановилась и молча оглянулась через плечо.

— По крайней мере мы с вами после этого говорить не можем, — произнес, стараясь поправиться, Белоярцев. Лиза пошла далее, не удостоив его никаким ответом.

— Это ужасно! это ужасно! — повторяли долго в зале, группируясь около Белоярцева и упоминая часто имя Лизы.

— Или она, или я, — говорил Белоярцев.

Решено было, что, конечно, не Белоярцев, а Лиза должна оставить Дом Согласия. Лиза узнала об этом решении в тот же вечер и объявила, что она очень рада никому не мешать пресмыкаться перед кем угодно, даже перед Белоярцевым. С Лизою поднялась и Ступина, которой все не жилось в Доме.

Дней пять они ездили, отыскивая себе квартиру, но не находили того, чего им хотелось, а в это время случились два неприятные обстоятельства: Райнер простудился и заболел острым воспалением легких, и прислуга Дома Согласия, наскучив бестолковыми требованиями граждан, взбунтовалась и требовала расчета.

— Что вам такое? чем вам худо? — урезонивал Белоярцев

кухарку и девушек.

— Как не худо, помилуйте, — отвечала в один голос прислуга, — не знаем, у кого живем и кого слушаться.

— Да на что вам слушаться?

— Да как же хозяина не слушаться! А тут, кто тут старший?

— А на что тебе старший! Ну, я вам всем старший. Надя! Приказываю тебе, чтоб ты нынче пришла мне пятки почесать. — Я тебе старший, ты, смотри, слушайся, — приходи.

Девушки фыркали над белоярцевскими прибаутками, но дня через два опять начинали:

— Нет, вы, как вам угодно, а вы извольте себе другую прислугу иметь.

Надо было переменить прислугу. Лизы никогда не было дома. На вопросы, которые Белоярцев предлагал о ней другим, ему отвечали, что Лиза теперь занята, что она днюет и ночует у Райнера, но что она непременно их оставит.

Обстоятельство это было для Белоярцева очень неприятно. Он начал поговаривать, что в интересах ассоциации это нужно бы прекратить; что он готов пожертвовать своим самолюбием, и проч., и проч. Ассоциация соглашалась, что лишаться такого члена, как Лиза, да еще на первых порах, для них весьма невыгодно.

— Это так, — подтвердил Белоярцев и на следующий день утром прочел всем своим следующее письмо: «Лишив себя права говорить с вами, я встретил в вас, Лизавета Егоровна, в этом отношении такое сочувствие, которое меня поставило в совершенную невозможность объясниться с вами еще раз. Вы, по-видимому, не находите в этом надобности, но я нахожу и еще раз хочу испытать, насколько возможно разъяснить возникшие между нами недоразумения. Решившись писать к вам, я вовсе не имею в виду оправдываться в ваших глазах в чем бы то ни было. В настоящую минуту, если настроение ваших мыслей еще не изменилось, если вы ничего сами себе не разъяснили, — то я считаю это делом бесполезным. Странно было бы объяснять кому-нибудь, что я вовсе не то, что обо мне думают, в то время когда, может быть, вовсе не желают никак обо мне думать. Я хочу говорить не о себе, а о вас и, устранив на время все личные счеты, буду с вами объясняться просто как член известной ассоциации с другим членом той же ассоциации. Я слышал, что вы нас покидаете. В числе прочих я считаю необходимым высказать по этому поводу мое мнение. Еще очень недавно я желал, чтобы вы нас оставили, потому что видел в вас причину всех раздоров, возникавших у нас в последнее время. Я даже высказал это мнение в полной уверенности, что вы его узнаете. Несколько позже, когда я уже успел освободиться из-под влияния того предубеждения, которое развилось у меня относительно вас, — несколько позже, положив руку на сердце, я мог уже беспристрастнее взглянуть на дело и, следовательно, быть строже и к самому себе; я пришел к тому заключению, что выказывать свои личные желания относительно другого никто из нас не вправе, тем более если эти желания клонятся к удалению одного из членов. Если двое не уживаются, то, по-видимому, справедливее всего было бы предоставить это дело суждению общего собрания, которое может по этому случаю назначить экстренное заседание и решить этот спорный вопрос на том основании: кто из двух полезнее для общества, т.е. ассоциации. Это мнение я высказал всем нашим, но тут же убедился, что эта мера, несмотря на всю свою справедливость, вовсе не так практична и легко применима, как мне казалось прежде. — Рассуждать о возможной полезности людей, не принесших еще никакой существенной пользы, действительно неловко. Бог знает, что еще мы сделаем; во всяком случае заставить наших почтенных членов рассуждать об этом, отрывать их для того только, чтобы они, проникнувшись пророческим духом, изрекли каждый, по мере сил своих, прорицания по поводу наших домашних дрязг; — желать этого, по-моему, очень безрассудно. — Таким образом сам я разрушил мною самим созданные предположения и планы и пришел к тому заключению, что время и одно только время сделает все, что нужно, и притом гораздо лучше того, как мы думаем. Время устроит правильные отношения и покажет людей в настоящем их свете и вообще поможет многому. Все это, разумеется, может случиться только тогда, когда мы всецело решимся довериться тем истинам, которые выработаны частию людьми нашего взгляда за границею, а частию нами самими. Будем лучше руководиться тем, что выработает время, то есть самая жизнь, нежели своим личным, минутным и, следовательно, не беспристрастным мнением».

Все это в переводе на разговорный русский язык может быть выражено в следующей форме:

«Лизавета Егоровна! Хотя я твердо уверен, что вы против меня не правы, но для общего блага я прошу вас: Лизавета Егоровна! Попробуйте на время забыть все, что между нами было, и не покидайте нас. С отличным уважением имею честь быть Белоярцев.»

— Это надо прочесть в экстренном заседании, — заметила по окончании письма Бертольди.

— Помилуйте, на что же тут экстренное заседание, когда мы все равно все в сборе?

— Да, но все-таки…

— Э, вздор: одобряете вы, господа, такое письмо?

Все одобрили письмо, и в первый раз, как Лиза приехала домой от больного Райнера, оно было вручено ей через Бертольди.

Лиза, пробежав письмо, сказала «хорошо» и снова тотчас же уехала.

— Что же значит это хорошо? — добивался Белоярцев у Бертольди.

— Ну, разумеется, остается, — отвечала она с уверенностью.

А между тем приближалась девятая декада, тот девятый вал, которого Белоярцев имел много оснований опасаться. По болезни Райнера ни у кого из женщин не было никакой работы; сам Белоярцев, находясь в тревоге, тоже ничего не сделал в этот месяц; прислуга отошла, и вновь никого нельзя было нанять. Жили с одной кухаркой, деревенской бабой Марфой, и ее мужем, маленьким мужичонком, Мартемьяном Ивановым, носившим необыкновенно огромные сапожищи, подбитые в три ряда шляпными гвоздями. Мужичонко этот состоял истопником, ставил самовары и исправлял должность лакея и швейцара.

Белоярцев вовсе не составлял отчета за три последние декады. Нечего было составлять; все шло в дефицит. Он ухитрялся выдумать что-нибудь такое, чему бы дать значение вопроса, не терпящего ни малейшего отлагательства, и замять речь об отчете.

Вопрос о прислуге помог ему. Белоярцев решил предложить, чтобы дать более места равенству, обходиться вовсе без прислуги и самим разделить между собою все домашние обязанности.

— Бахарева может наливать чай, — говорил он, сделав это предложение в обыкновенном заседании и стараясь, таким образом, упрочить самую легкую обязанность за Лизою, которой он стал не в шутку бояться. Я буду месть комнаты, накрывать на стол, а подавать блюда будет Бертольди, или нет, лучше эту обязанность взять Прорвичу. Бертольди нет нужды часто ходить из дому — она пусть возьмет на себя отпирать двери.

— Я согласна, — отвечала Бертольди, — только не ночью; я ночью крепко сплю.

— Ночью Мартемьян Иванов спит в передней.

— Ну, а днем я согласна.

— А остальные обязанности вы, mesdames, разберите между собою.

Так решено было жить без прислуги и в день общего собрания занять публику изложением выгод от этой новой меры, выработанной самой жизнью. Вечер, в который должно было происходить третье общее собрание, был темный, гадкий, туманный, какими нередко наслаждается Петербургская сторона.

По дому давно все было готово к принятию гостей, но гостей никого не было. Так прошел час и другой. Белоярцев похаживал по комнате, поправляя свечи, перевертывал цветочные вазоны и опять усаживался, а гостей по-прежнему не было.

— Верно, никого не будет, — проговорил он.

— Да, надо обсудить, при скольких лицах мы можем составлять общее собрание, — заметила Бертольди.

— Что ж тут обсуждать: общее собрание наличных членов, да вот и все...

— Стало быть, мы сейчас можем открыть общее собрание.

— Конечно, можем.

— Господа! По местам; интересная вещь: вопрос о прислуге. Бахарева, кажется, еще не знакома с этим вопросом.

Лиза, по обыкновению читавшая, приподняла голову и посмотрела вопросительно на Бертольди. Белоярцев воспользовался этим движением и, остановясь против Лизы в полупочтительной, полунебрежной позе, самым вкрадчивым, дипломатическим баском произнес:

— В одном из экстренных заседаний, бывших в ваше отсутствие, мы имели рассуждение по вопросу о прислуге. Вам, Лизавета Егоровна, известно, что все попытки ввести бывших здесь слуг в интересы ассоциации и сделать их нашими товарищами были безуспешны. Выросши в своекорыстном обществе, они не могли себе усвоить наших взглядов и настаивали на жалованье. Потом и жалованье их не удовлетворяло, им захотелось иметь хозяина. (Белоярцев пожал плечами с сострадательным удивлением.) Мы должны были отпустить трех девушек и остались при одной Марфе с ее мужем. Вновь приходившие слуги тоже оказываются неудобными: ни одной нельзя растолковать выгод ее положения в нашем устройстве. Чего ж делать! (Белоярцев вздохнул.) Мы, Лизавета Егоровна, решили, как в видах экономии, так и преследуя идею совершенного равенства и братства, жить без прислуги. Мы вот как полагали разделить наши обязанности по дому, — Белоярцев рассказал то, что мы уже знаем, и добавил: — Мы ждали только вашего согласия для того, чтобы считать это дело вполне решенным и практиковать его.

— Что ж, если это нужно, я согласна, — отвечала Лиза, едва удостоивая Белоярцева во все время этого разговора ленивым и равнодушным полувзглядом.

— Значит, мы, господа, можем считать этот вопрос вполне решенным.

— Да, если другие на него согласны, — отвечала Лиза.

— Другие все уже вотировали этот вопрос в экстренном заседании, — отвечал Белоярцев и, изменив тон в еще более ласковый, благодарил Лизу за ее внимание к его просьбе.

— Я осталась потому, что это находили нужным для дела, а вовсе не для вас. Вам благодарить меня не за что, — отвечала Лиза.

Прескучно и пренатянуто становилось, а вечера еще оставалось много. Белоярцев кропотался и упрекал русские натуры, неспособные ничего держаться постоянно.

— Два раза пришли, и конец, и надоело, — рассказывал он, все более вдохновляясь и расходясь на русскую натуру.

— Они очень умно поступают, — произнесла во время одной паузы Лиза.

— Умно, Лизавета Егоровна?

— Конечно. Здесь тоска, комедии и больше ничего.

Белоярцев стал оправдываться. Лиза дала ему возможность наговорить бездну умных слов и потом сказала:

— Вы, пожалуйста, не думайте, что я с вами примирилась. Я не уважаю людей, которые ссорятся для того, чтобы мириться, и мирятся для того, чтобы опять ссориться. Я в вас не верю и не уважаю вас. (Растерявшийся Белоярцев краснел и даже поклонился. Он, вероятно, хотел поклониться с иронией, но иронии не вышло в его неуместном поклоне.) Я думаю, что наше дело пропало в самом начале, и пропало оно потому, что между нами находитесь вы, — продолжала Лиза. — Вы своим мелким самолюбием отогнали от нас полезных и честных людей, преданных делу без всякого сравнения больше, чем вы, человек фальшивый и тщеславный. (Белоярцев пунцовел: раздувавшиеся ноздерки Лизы не обещали ему ни пощады, ни скорого роздыха.) Вы, — продолжала Лиза, — все постарались перепортить и ничему не умеете помочь. Без всякой нужды вы отделили нас от всего мира.

— Этого требовала безопасность.

— Полноте, пожалуйста: этого требовали ваши эгоистические виды. Вместо того чтобы привлекать людей удобствами жизни нашего союза, мы замкнулись в своем узком кружочке и обратились в шутов, над которыми начинают смеяться. Прислуга нас бросает; люди не хотят идти к нам; у нас скука, тоска, которые вам нужны для того, чтобы только все слушали здесь вас, а никого другого. Вместо чистых начал демократизма и всепрощения вы ввели самый чопорный аристократизм и нетерпимость. Вы вводите теперь равенство, заставляя нас обтирать башмаки друг другу, и сортируете людей, искавших возможности жить с нами, строже и придирчивее, чем каждый, сделавшийся губернским аристократом. Вы толкуете о беззаконности наказания, а сами отлучаете от нашего общества людей, имеющих самые обыкновенные пороки. Если бы вы были не фразер, если бы вы искали прежде всего возможности спасти людей от дурных склонностей и привычек, вы бы не так поступали. Мы бы должны принимать всякого, кто к нам просится, и действовать на его нравственность добрым примером и готовностью служить друг другу. Я полагала и все или многие так думали, что это так и будет, а вышло... вот эта комедия, разговоры, споры, заседания, трата занятых под общую поруку денег и больше ничего.

— Деньги же целы; они восполняются.

— Неправда. Вы читаете отчеты, в которые не включается плата за квартиру; вы не объявляете, сколько остается занятых денег.

— Денег еще много.

— А например?

— Около девятисот рублей.

— Всегда около девятисот рублей!

— Да, это за исключением того, что заплачено за квартиру, на обзаведение и на все, на все.

— Ну, господа, мы, значит, можем себя поздравить. В три месяца мы издержали тысячу сто рублей, кроме нашего заработка; а дом у нас пуст, и о работе только разговоры идут. Можно надеяться, что еще через три месяца у нас ничего не будет.

— Что ж? если вы рисуете себе все это такими черными красками и боитесь... — начал было Белоярцев, но Лиза остановила его словами, что она ничего не боится и остается верною своему слову, но уже ничего не ожидает ни от кого, кроме времени.

— А наши личные отношения с вами, monsieur Белоярцев, — добавила она, — пусть останутся прежние: нам с вами говорить не о чем.

## Глава десятая.
## Камрады

Райнер очень медленно оправлялся после своей тяжкой и опасной болезни. Во все это время Лиза не оставляла его: она именно у него дневала и ночевала. Ее должность в чайной Дома исправляла Ступина. Райнера навещали и Полинька и Евгения Петровна; но постоянной и неотлучной сиделкой его все-таки была одна Лиза.. В это время в Доме и за Домом стали ходить толки, Лиза влюблена в Райнера, и в это же время Лиза имела случай более, чем когда-либо, узнать Райнера и людей, его окружающих.

Она пришла к нему на четвертый день его болезни, застав его совершенно одинокого с растерявшейся и плачущей Афимьей, которая рассказала Лизе, что у них нет ни гроша денег, что она боится, как бы Василий Иванович не умер и чтобы ее не потащили в полицию.

— За что же в полицию? — спросила Лиза.

— Да как же, матушка барышня. Я уж не знаю, что мне с этими архаровцами и делать. Слов моих они не слушают, драться с ними у меня силушки нет, а они все тащат, все тащат: кто что зацепит, то и тащит. Придут будто навестить, чаи им ставь да в лавке колбасы на книжечку бери, а оглянешься — кто-нибудь какую вещь зацепил и тащит. Стану останавливать, мы, говорят, его спрашивали. А его что спрашивать! Он все равно что подаруй бесштанный. Как дитя малое, все у него бери.

Лиза осведомилась, где же товарищи Райнера?

— Да вот их, все разбежались. Как вороны, почуяли, что корму нет больше, и разбежались все. Теперь, докладываю вам, который только наскочит, цапнет что ему надо и мчит.

— Кто ж его лечит? — осведомилась опять Лиза.

— Да кто лечит? Сулима наш прописывает. Вот сейчас перед вашим приходом чуть с ним не подралась: рицепт прописал, да смотрю, свои осматки с ног скидает, а его новые сапожки надевает. Вам, говорит, пока вы больны, выходить некуда. А он молчит. Ну что же это такое: последние сапожонки, и то у живого еще с ног волокут! Ведь это ж аспиды, а не люди.

Лиза взяла извозчика и поехала к Евгении Петровне. Оттуда тотчас же послала за Розановым. Через час Розанов вместе с Лобачевским были у Райнера, назначили ему лечение и послали за лекарством на розановских же лошадях.

Лиза возвратилась к больному от Евгении Петровны с бельем, вареньем, лимонами и деньгами. Она застала еще у него Розанова и Лобачевского.

— Что? — спросила она шепотом Розанова.

— Ничего пока, болезнь трудная, но отчаиваться не следует.

— А вы, доктор, какого мнения? — отнеслась она к Лобачевскому.

— Наблюдайте, чтоб не было ветру, но чтоб воздух был чист и чтоб не шумели, не тревожили больного. — Вы заезжайте часам к десяти, а я буду перед утром, — добавил он, обратясь к Розанову, и вышел, никому не поклонившись.

Это было в начале вечера.

Лиза зажгла свечу, надела на нее лежавший на камине темненький бумажный абажурчик и, усевшись в уголке, развернула какую-то книгу. Она плохо читала. Ее занимала судьба Райнера и вопрос, что он делает и что сделает? А тут эти странные люди! «Что же это такое за подбор странный, — думала Лиза. — Там везде было черт знает что такое, а это уж совсем из рук вон. Неужто этому нахальству нет никакой меры, и неужто все это делается во имя принципа?»

Часов в десять к больному заехал Розанов, посмотрел, попробовал пульс и сказал:

— Ничего нового.

В четвертом часу ночи заехал Лобачевский, переменил лекарство и ничего не сказал. Перед утром Лиза задремала в кресле и, проспав около часа, встрепенулась и опять начала давать больному лекарство. В десять часов Райнера навестили Розанов и Лобачевский.

— Слава Богу, ему лучше, — сказал Лизе Розанов. — Наблюдайте только, Лизавета Егоровна, чтобы он не говорил и чтобы его ничем не беспокоили. Лучше всего, — добавил он, — чтобы к нему не пускали посетителей.

Доктора обещались заехать вечером. В два часа Лиза слышала, как Афимья выпроваживала лекаря Сулиму.

— Тут уж настоящие лекаря были, — говорила она ему.

— Подь ты, дура, прочь, — говорил Сулима.

— Ну, дура не дура, а вас пускать не приказано, и ходить вам сюда нечего, — отвечала раздраженная баба.

Сулима черткнул ее, хлопнул дверью и ушел. Около полудня, когда Афимья пошла в аптеку за новым лекарством, в комнату Райнера явились Катырло и Кусицын.

— Ну что, каково вам, Райнер? — громким и веселым голосом крикнул Катырло.

Лиза остановила его, но было уже поздно: больной проснулся, открыл на несколько секунд глаза и завел их снова.

— Лучше ему? — несколько тише спросил Лизу Катырло.

— Не знаю: ему очень нужен покой, — отвечала Лиза, кладя конец разговору.

— Ну, я пойду, Кусицын. Мы себе наняли очень хорошенькую квартиру, — счел он нужным объяснить Лизе, которую встречал на общих собраниях в Доме Согласия, кивнул головой и вышел.

— У него, мне кажется, нет и денег, — прошептал Кусицын.

Лиза кивнула утвердительно головою. Кусицын подошел к столику, взял Райнерово портмоне и пересмотрел деньги. Там были три рублевые билета и очень немного мелочи.

— Это что! это еще что такое! — раздался громкий голос Афимьи в узеньком коридорчике, как раз за спальней Райнера. — Положьте, вам говорю, положьте! (Слышно было, что Афимья у кого-то что-то вырывает.)

Лиза встала и поспешно вышла в залу.

В дверях, у входа в узенький коридорчик, ей представилась фигура Афимьи, которая с яростью вырывала у кого-то, стоящего в самом коридоре, серый Райнеров халат на белых мерлушках. При появлении Лизы бедная женщина сделала отчаянное усилие, и халат упал к ее ногам.

— Халат последний уже волокут, — воскликнула она, показывая Лизе свои трофеи. — Ах вы, глотики проклятые, нет на вас пропасти!

— Кто же это? — осведомилась Лиза.

— Да вот же все эти, что опивали да объехали его, а теперь тащат, кто за что схватится. Ну, вот видите, не правду ж я говорила: последний халат — вот он, — один только и есть, ему самому, станет обмогаться, не во что будет одеться, а этот глотик уж и тащит без меня. — «Он, говорит, сам обещал», — перекривляла Афимья. — Да кто вам, нищебродам, не пообещает! Выпросите. — А вот он обещал, а я не даю: вот тебе и весь сказ.

Шум, произведенный Афимьею и Катырло при их сражении за халат, разбудил больного, и он тревожно спросил о причине этого шума. Кусицын, мыча и расхаживая по комнате, рассказал ему, что это и за что происходит. Райнер сделал нетерпеливо-раздражительное движение и попросил Кусицына кликнуть к нему Афимью.

— Отдавайте; зачем вы отнимаете, Афимья!

— А как же: так и давать им все?

— Ах, пусть их! — болезненно произнес Райнер.

Афимья расставила руки и пошла, бормоча: «Ну что ж, пусть тащат! Видно, надо бросить все: волоки, ребята, кто во что горазд».

Кусицын продолжал ходить по комнате и, остановясь перед столиком у Райнерова изголовья, произнес:

— Гм, у вас, Райнер, тут три рубля: я вам рубль оставлю, а два мне нужны перевезтись на квартиру.

Райнер качнул головою в знак согласия и закрыл веки. Кусицын вынул из его портмоне два рубля, спокойно положил их в свой жилетный карман и еще спокойнее вышел.

Лиза, наблюдавшая всю эту сцену, остолбенела.

## Глава одиннадцатая.
## Совершенно независимая дама

Месяцев за семь до описываемой нами поры, когда еще в Петербурге было тепло и белые ночи, утомляя глаза своим неприятным полусветом, сокращали расходы на освещение бедных лачуг, чердаков и подземельев, в довольно просторной, но до крайности неопрятной и невеселой квартире происходила довольно занимательная сцена.

Квартира, о которой идет речь, была в четвертом этаже огромного неопрятного дома в Офицерской улице. Подниматься в нее нужно было по черной, плитяной лестнице, всегда залитой брызгами зловонных помой и местами закопченной теплящимися здесь по зимним вечерам ночниками. Со входа в квартиру была довольно большая и совершенно пустая передняя с тремя дверями. Одна из этих дверей, налево от входа, вела в довольно просторную кухню; другая, прямо против входа, — в длинную узенькую комнатку с одним окном и камином, а третья, направо, против кухонной двери, — в зал, за которым в стороне была еще одна, совершенно изолированная, спокойная комната с двумя окнами. Все убранство первой, узенькой комнаты состояло из мягкого пружинного дивана, обитого некогда голубою материею, двух плохеньких стульев и ломберного стола, на котором были разложены разные письменные принадлежности. В зале было еще пустее. Кроме шести плетеных стульев и круглого обеденного стола, здесь не было ровно ничего. Задняя комната служила спальнею. Меблировка ее тоже не отличалась ни роскошью, ни вкусом, ни особенным удобством, но все-таки комната была много полнее прочих. Здесь около стен стояли две ясеневые кровати, из которых одна была покрыта серым байковым, а другая ватным кашемировым одеялом.

В головах у кровати, покрытой кашемировым одеялом, стоял ореховый спальный шкафик, а в ногах женская поясная ванна. Далее здесь были два мягкие кресла с ослабевшими пружинами; стол наподобие письменного; шкаф для платья, комод и этажерка, на которой в беспорядке лежало несколько книг и две мацерованные человеческие кости. В этой квартире жила разъехавшаяся с мужем красивая майорша Мечникова, которую мы встречали в Доме Согласия.

Майорша Мечникова, смелая, красивая и не столько страстная, сколько чувственная женщина, имела лет около двадцати семи или восьми. Она была очень неглупа, восприимчива и способна легко понимать и усвоивать многое, но по крайней живости своего характера не останавливалась серьезно ни над чем в течение всей своей жизни. Ум и нравственные достоинства людей она могла разбирать довольно ясно, но положительно не придавала им никакого особенного значения. Она сходилась с теми, с кем ее случайно сталкивали обстоятельства, и сближалась весьма близко, но без всякой дружбы, без любви, без сочувствий, вообще без всякого участия какого-нибудь чистого, глубокого чувства. Она никогда не толковала ни о какой потере и легко переходила к новым знакомствам и новым связям, которые судьба бросала на ее дорогу. Она не была злою женщиной и способна была помочь встречному и поперечному чем только могла; но ее надо было или прямо попросить об этой помощи, или натолкнуть на нее: сама она ни на чем не останавливалась и постоянно неслась стремительно вперед, отдаваясь своим неразборчивым инстинктам и побуждениям. В два года, которые провела, расставшись с детьми и мужем, она успела совершенно забыть и о детях и о муже и считала себя лицом вполне свободным от всяких нравственных обязательств.

По образу своей жизни и некоторым своим воззрениям Мечникова вовсе не имела ничего общего с женщинами новых гражданских стремлений. Она дорожила только свободою делать что ей захочется, но до всего остального мира ей не было никакого дела. Ей было все равно, благоденствует ли этот мир или изнывает в безысходных страданиях: ей и в голову не приходило когда-нибудь помогать этим страданиям. Трудиться она не умела и никогда не пускалась ни в какие рассуждения о труде, а с младенческою беспечностью проживала свои приданые деньжонки, сбереженные для нее мужем. О том, что будет впереди, когда эта небольшая казна иссякнет, Мечникова не задумывалась ни на минуту. — Жила она безалаберно, тратила много и безрасчетливо, давала взаймы и начинала последнюю сотню рублей так же весело и беспечно, как тогда, когда, приехав в столицу, расщипала трехтысячную связку ассигнаций.

С гражданами она познакомилась через Красина, к которому по приезде в Петербург отнеслась как к другу своего детства и с которым весьма скоро успела вступить в отношения, значительно согревшие и восполнившие их детскую дружбу.

В это время в Петербурге происходил набор граждан. Красин очень хорошо знал, что печень Мечниковой не предрасположена ни к какой гражданской хворобе, но неразборчивость новой корпорации, вербовавшей в свою среду все, что стало как-нибудь в разлад с так называемой разумной жизнью, — все, что приняло положение исключительное и относилось к общественному суду и общественной морали более или менее пренебрежительно или равнодушно, — делала уместным сближение всякого такого лица с этою новою гражданскою группою. Образ жизни Мечниковой, по принципам этой группы, не мог казаться ни зазорным, ни неудобным для сопричисления ее к этой же группе. Красин познакомил Мечникову с Бертольди, та поговорила с нею, посмотрела на ее житье-бытье и объявила своим, что Мечникова глупа, но фактическая гражданка.

С сей поры это почетное звание осталось за Мечниковой, и она при иных сметах сопричислялась к разбросанному еще в то время кружку граждан.

Стал заводиться Дом Согласия. Белоярцев первый явился к Мечниковой, красно и убедительно развил ей все блага, которые ожидают в будущем соединяющихся граждан, и приглашал Мечникову. Мечникова сначала было и согласилась, но потом, раздумав непривычною к размышлению головою, нашла, что все это как-то непонятно, неудобно, даже стеснительно, и отказалась.

— Отчего же? Вы будете совершенно свободны во всех ваших действиях, — безуспешно убеждал ее, позируя, Белоярцев.

— Нет, monsieur Белоярцев, — отвечала с своей всегдашней улыбкой Мечникова, — я не могу так жить: я люблю совершенную независимость, и к тому же у меня есть сестра, ребенок, которая в нынешнем году кончает курс в пансионе. Я на днях должна буду взять к себе сестру.

— Что же, это тем лучше, — настаивал Белоярцев. — Для правильного развития молодой девушки будет гораздо более шансов там, в сообществе людей, выработавших себе истинные, жизненные принципы, чем в среде людей, развращенных рутиною. Мне кажется, что это обстоятельство именно и должно бы склонить вас в пользу моего предложения. Вы видите, скольких трудов и усилий над собою стоило нам, чтобы выделиться из толпы и стать выше ее предрассудков. Зачем же вашу сестру опять вести тою же тяжелой дорогой? Одно поколение должно приготовлять и вырабатывать для другого. Мы прошли одно, — они должны идти дальше нас. Им не нужно терять попусту времени на черную работу, которую мы должны были производить, вырывая из самих себя заветы нашего гнилого прошедшего. Помилуйте! За что же оставлять ее с ворами и лицемерами. Если вы несомненно верите (а этому нельзя не верить), что все наши пороки и своекорыстные стремления, и ложный стыд, и ложная гордость прививаются нам в цветущие годы нашей юности, то как же вам не позаботиться удалить девушку от растлевающего влияния среды. Надо поставить ее в сообщество людей, понятия которых о жизни светлы, честны и свободны.

— Нет, нет, monsieur Белоярцев, — решительно отозвалась

Мечникова, позволившая себе слегка зевнуть во время его пышной речи, — моя сестра еще слишком молода, и еще, Бог ее знает, что теперь из нее вышло. — Надо прежде посмотреть, что она за человек, — заключила Мечникова и, наскучив этим разговором, решительно встала с своего места.

— Я вам говорила, что она дура, — сказала Бертольди, выслушав рассказ Белоярцева о его разговоре с Мечниковою. — Она по натуре прямая гражданка, но так глупа.

Вскоре после этого разговора госпожа Мечникова вышла у своей квартиры из извозчичьей кареты и повела на черную, облитую зловонными помоями лестницу молодое семнадцатилетнее дитя в легком беленьком платьице и с гладко причесанной русой головкой.

— Вот здесь мы будем спать с тобою, Агата, — говорила Мечникова, введя за собою сестру в свою спальню, — здесь будет наша зала, а тут твой кабинетец, — докончила она, введя девушку в известную нам узенькую комнату. — Здесь ты можешь читать, петь, работать и вообще делать что тебе угодно. В своей комнате ты полная госпожа своих поступков.

Пансионерка расцеловала сестру за комнату, за дарованную ей свободу, за конфекты, за ленты, которыми ее дарила госпожа Мечникова, и водворилась на жительство в ее квартире.

Отсюда начинается один анекдот, который случился с этой девушкою и был поводом к самым печальным явлениям для некоторых лиц в нашем романе.

## Глава двенадцатая.
### Анекдот

Сестре госпожи Мечниковой шел только семнадцатый год. Она принадлежала к натурам, не рано складывающимся и формирующимся. Фигура ее была еще совершенно детская, талия прямая и узенькая, руки длинные, в плечах не было еще той приятной округлости, которая составляет их манящую прелесть, грудь едва обозначалась, губы довольно бледны, и в глазах преобладающее выражение наивного детского любопытства.

— Уморительный человек моя Агата, совершенный ребенок еще, — говорила Мечникова, обращаясь к кому-нибудь из своих обыкновенных посетителей.

Агата, точно, была ребенок, но весьма замечательный и всеми силами рвавшийся расстаться с своим детством. Сестра была к ней всегда ласкова и довольно внимательна к ее материальным нуждам, но нимало не способна позаботиться о ее духовных интересах. Агата очень любила читать и рассуждать. Сестриных книг ей стало ненадолго, а рассуждать madame Мечникова не любила. Красин вступился в спасанье Агаты: он приносил ей книг исключительного направления и толковал с нею по целым часам.

Не столько под влиянием этих книг, сколько под впечатлением устных рассуждений Красина молоденькая сестра Мечниковой начала сочувствовать самостоятельности и задачам женщин, о которых ей рассказывал Красин. Самостоятельность сестры проходила мимо ее внимания. Она не видела ничего привлекательного ни в ее житье, ни в ее положении. Ей хотелось действовать, распоряжаться собою сознательно, сделать из себя гражданку. Гражданки, с которыми ее познакомил Красин, смотрели на нее как на ребенка. Никто из них не замечал, как вытягивается вперед тоненькая смуглая шейка и как внимательно смотрят огромные черные глаза Агаты при всяком разговоре о правах и обязанностях человека; а этими разговорами исключительно и были полны гражданские беседы. Девушке часто хотелось вмешаться в эти разговоры, она чувствовала, что уже много понимает и может вмешаться во многое, а ее считали ребенком, и только один Красин да Белоярцев говорили с ней хотя в наставительном тоне, но все-таки как со взрослой женщиной. Агату очень обижало это, как ребенка, который непременно хочет, чтобы его признали большим. Она, как ребенок же, что плакала, сама не зная о чем. Девочка со дня на день становилась впечатлительнее и раздражительнее. Мечникова говорила, что Агата скучает и со скуки начинает капризничать, что ей непременно нужно развлечение, а не одни книги.

В это счастливое лето на долю Петербурга выпадали нередко погожие дни, и Мечникова, пользуясь ими, возила сестру по окрестностям столицы. Обыкновенным спутником их в этих прогулках бывал Красин, или один, или же вдвоем с известным нам Ревякиным, огромным, сильным мужчиною с рыжею головой, саженными плечами и непомерной силищей. Ревякин был непривлекателен лицом, но останавливал на себе внимание своим геркулесовским сложением. Он служил в гражданах, но не пользовался там никаким авторитетом. От природы он был не очень умен, воспитание получил грошовое и вдобавок смешно косноязычил. Толстый, мясистый, как у попугая, язык занимал так много места во рту этого геркулеса, что для многих звуков в этом рту не оставалось никакого места. Ревякин сам рекомендовал себя обыкновенно «Левякиным», вместо пора говорил «пола», вместо речь — «лечь» и т.п. Белоярцев, великий охотник подтрунить над ближним, очень ловко умел наводить Ревякина на рассказы о том, как к нему в окно один раз залез вор. Ревякин говорил:

— Визу, лезет вол; я его плямо за волосы, а он по тлубе вниз.

— Это кто же соскочил по трубе? — каждый раз переспрашивал Белоярцев.

— Вол, — спокойно отвечал рассказчик.

Этот Ревякин с некоторого времени стал учащать к Мечниковой и, по-видимому, не наскучал ей. Красин смотрел на это как на новый, свойственный этой женщине каприз и держался с Ревякиным в добрых отношениях, благоприятствующих общему их положению в этом доме.

В один из хороших, теплых дней, — именно в тот день, когда случился нижеследующий анекдот, — Ревякин, Красин и Мечникова с Агатой наняли карету и отправились в Парголово. Оставив экипаж, они пошли побродить по лесу и разбрелись. Агата шла с Красиным, а Мечникова как-то приотстала с Ревякиным, и очень долго одна пара не могла в лесу найти другую.

Нагулявшись досыта, компания кое-как собралась в ресторане, у которого была оставлена карета. Они слегка закусили, даже выпили пару бутылок шампанского, за которое заплатила Мечникова, и поехали в Петербург. Спокойная, убаюкивающая качка довольно спокойного экипажа действовала несколько различно на путешественников. Мечникова закрыла глаза и не хотела смотреть на свет Божий. Она не то дремала, не то нежилась и, подчиняясь качке, подвигалась к сидевшему напротив нее Ревякину. Ревякин сидел молча и тупо глядел в окно, как бы не замечая приближения своей vis-a-vis. Красин, сидевший напротив Агаты, был спокоен и курил папироску за папироской, не сводя при этом своих глаз с Агаты. Агата же сидела, положив локоток на поднятое стекло дверцы, и то сузила бровки, то тревожно переводила свои глаза с одного лица на другое.

Разговоров никаких не было во всю дорогу.

Белая, подслеповатая ночь стояла над Петербургом, когда карета наших знакомых остановилась у квартиры Мечниковой. По случаю праздничного дня кухарка была отпущена, загулялась и не возвращалась, а между тем Мечниковою тотчас по возвращении домой овладел весьма естественный после долгой прогулки аппетит и необыкновенная веселость.

— Господа! — крикнула она, сняв шляпу, допируемте хорошенько этот день дома. Давайте сами поставим самовар, кто-нибудь сходит купить чего-нибудь поесть; купимте бутылку вина и посидимте.

Гости охотно согласились на это предложение.

Мечникова подала Красину двадцать рублей, и он отправился за покупками. Самовар взялась ставить Агата. Она была очень скучна, и ей хотелось что-нибудь делать, чтобы занять свое время. Ревякин молча уселся на стуле в большой комнате спиною к окну и курил папироску.

Madame Мечникова походила по комнатам, принесла на стол чашки, потом опять походила и, подойдя к Ревякину, стала у самого его стула и начала смотреть на соседнюю крышу.

Ревякин протянул левую руку и обнял Мечникову. Она не сопротивлялась. Ревякин нагнулся и поцеловал ее. Мечникова молча наклонилась к геркулесу и тихо поцеловала его страстным, но беззвучным поцелуем, потом тотчас же оглянулась, отвела его руку и, направляясь к кухне, где Агата ставила самовар, сильным контральтом запела из Троватора:

В милые горы
Мы возвратимся:
Там ты на лютне
Будешь игрррать.

«Играть» Мечникова не спела, а, сжав свой сладострастный ротик, сыграла на губах, подражая раскатывающимся звукам духового инструмента.

Агата стояла у кухонного окна с красными глазами.

— Ты опять плачешь? — спросила ее сестра.

— Тут дым от самовара, — ответила, отворачиваясь, девушка.

— Чего же тебе недостает? — спросила ее после довольно долгой паузы Мечникова.

— Ничего, — еще тише буркнула Агата и начала снова раздувать лениво закипавший самовар.

— Все ребячества, — равнодушно заметила Мечникова, выходя из кухни. Агата ничего не ответила ей на это замечание и, оставив самовар, приняла свое прежнее положение у открытого окна, из которого через крышу низенького соседнего флигеля видны были бледные образы, бегающие по неуспокоившейся еще бледной улице.

Полтора часа спустя компания имела несколько иной, более оживленный характер. Красин распорядился отлично: было чего есть, пить и закусывать. Был херес, ванильный ликер, коньяк и шампанское. За столом было всячески весело.

— Люба моя! — начинал несколько раз Ревякин, обращаясь к Мечниковой, но та каждую такую фамильярную попытку останавливала.

Красин ни на что не обращал никакого внимания и все говорил с Агатой, которая казалась не в духе, что в Москве называют «в нерасположении».

— Зачем вы, Агата Осиповна, не пьете ничего? — спрашивал Ревякин.

— Она еще молода; ей рано пить, — отвечала Мечникова.

Сестра Мечниковой встала и выпила рюмку ликера.

— Пьешь? — спросила Мечникова.

— Пью, — отвечала девушка, наливая себе другую рюмку, и опять ее выпила.

— Агата, тебе будет вредно, — произнесла madame Мечникова.

— А вам не угодно? — спросила ее сестра и выпила третью рюмку.

— Посмотрите, что она делает! — говорила, смеясь, Мечникова.

— Она будет пьяна; непременно пьяна будет.

— Не буду, — отвечала, улыбаясь, Агата, чувствуя, что у нее в самом деле в глазах все как-то начинало рябить и двоиться. — Вы думаете, что я в самом деле пятилетняя девочка: я могу делать то же, что и все; я вот беру еще стакан шампанского и выпиваю его.

Агата, произнося эти слова, подняла стакан, выпила его одним приемом и захохотала.

— Нет, она, господа, пьяница будет, — шутила madame Мечникова, находившаяся, так же как и все, под влиянием вина, волновавшего ее и без того непослушную кровь.

Девушка встала, хотела пойти и споткнулась на ногу Красина.

— Пьяна, пьяна, — твердили, глядя на нее, и хозяйка и гости.

— Пьяна? Вы говорите, что я пьяна? А хотите я докажу вам, что я трезвее всех вас? Хотите? — настойчиво спрашивала Агата и, не ожидая ответа, принесла из своей комнаты английскую книгу, положила ее перед Красиным. — Выбирайте любую страницу, — сказала она самонадеянно, — я обязываюсь, не выходя из своей комнаты, сделать перевод без одной ошибки.

Красин заломил угол страницы и подал книгу Агате; та повернулась и пошла в свою комнату.

— Я буду смотреть за вами, — проговорил Красин и вышел вслед за нею. Девушка присела к окну и торопливо писала карандашом поставленный на спор перевод, а Красин, положив ногу на ногу, нежился на ее оттоманке.

С небольшим через полчаса Агата перечитала свой перевод, сделала в нем нужные, по ее соображению, поправки и, весело спрыгнув с подоконника, выбежала в залу. Через несколько секунд она возвратилась совершенно растерянная, сминая исписанный ею полулист бумаги.

— Что сказали? Мне лень встать, — спросил ее Красин.

— Н...ничего, — ответила, потупляясь, Агата.

— Как ничего?

— Ну ничего, — еще растеряннее отвечала девушка.

— Что такое! — произнес вполголоса Красин и, лениво поднявшись с дивана, пошел в залу. Зала, к небольшому, впрочем, удивлению Красина, была пуста. Красин подумал с минуту и слегка стукнул в запертые двери комнаты Мечниковой.

— Что там нужно? — произнесла из-за дверей madame Мечникова. Красин махнул рукой и на цыпочках возвратился в узенькую комнату Агаты. Девушка при входе Красина покраснела еще более. И он и она сидели неподвижно и хранили мертвое молчание.

Так прошел битый час. Ни о Мечниковой, ни о Ревякине не было ни слуху ни духу. Красин встал и начал искать шляпу.

— Куда вы спешите? — спросила Агата.

— Пора домой.

— Подождите.

Красин сел, зевнул и потянулся.

— Устал, — произнес он.

Агата поднялась с своего места, придерживая рукой шумевшие юбки, вышла в залу и возвратилась оттуда с бутылкою вина и двумя стаканами.

— Пейте, — сказала она, подавая Красину один стакан, а другой сама выпила до половины.

— Я выпью, — говорил Красин, — но зачем вы шалите?

— Так хочу... скучно.

Агата молча допила вино и снова налила стакан.

— Отчего это за мной никто не ухаживает?

Красин посмотрел на нее: она, очевидно, была совсем пьяна.

— Оттого, что вас окружают развитые люди, — произнес он. — Развитый человек не может тратить времени на эти, как вы называете, ухаживанья. Мы уважаем в женщине равноправного человека. Ухаживать, как вы выражаетесь, надо иметь цель, — иначе это глупо.

— Как?.. — уронила Агата.

— А таких женщин немного, которые не имеют в виду сделать человека своим оброчником, — продолжал Красин. — Для этого нужно много правильного развития.

Агата поднялась и стала ходить по комнате, пощелкивая своими пальчиками. Красин помолчал и, взяв опять свою шляпу, сказал:

— У каждой женщины есть своя воля, и каждая сама может распорядиться собою как хочет. Человек не вправе склонять женщину, точно так же как не вправе и останавливать ее, если она распоряжается собою сама.

Девушка остановилась перед лежащим на диване Красиным и закрыла ручкою глаза...

— Сама, да, сама, сама, — пролепетала она и, пошатнувшись, упала на колени Красина...

В три часа ночи раздался звонок запоздавшей кухарки. Ей отпер Красин и, идучи за шляпой, столкнулся в зале с Мечниковой и Ревякиным. Оба они раскланялись с хозяйкой и пошли благополучно. Агата проспала всю ночь одетая, на диване, и проснулась поздно, с страшно спутанными волосами и еще более спутанными воспоминаниями в больной голове.

Этому так тихо совершившемуся анекдоту не суждено было остаться в безгласности. Ни Агата, ни Красин ничего о нем, разумеется, никому не рассказывали. Самой madame Мечниковой ничего на этот счет не приходило в голову, но Бертольди один раз, сидя дома за вечерним чаем, нашла в книжке, взятой ею у Агаты, клочок почтовой бумажки, на которой было сначала написано женскою рукой: «Я хотя и не намерена делать вас своим оброчником и ни в чем вас не упрекаю, потому что во всем виновата сама, но меня очень обижают ваши ко мне отношения. Вы смотрите на меня только как на нужную вам подчас вещь и, кажется, вовсе забываете, что я женщина и, дойдя до сближения с человеком, хотела бы, чтоб он смотрел на меня как на человека: словом, хотела бы хоть приязни, хоть внимания; а для вас, — я вижу, — я только вещь. Я много думала над своим положением, много плакала, не беспокоя, однако, вас своими слезами и находя, что вы ставите меня в роль, которая меня унижает в моих собственных глазах, решилась сказать вам: или перемените свое обращение со мною, и я стану беречь и любить вас, или оставьте меня в покое, потому что таким, каковы вы были со мною до этой поры, вы мне решительно противны, и я представляюсь себе ничтожною и глупою».

Подписи не было, но тотчас же под последнею строкою начиналась приписка бойкою мужскою рукою: «Так как вследствие особенностей женского организма каждая женщина имеет право иногда быть пошлою и надоедливою, их я смотрю на ваше письмо как на проявление патологического состояния вашего организма и не придаю ему никакого значения; но если вы и через несколько дней будете рассуждать точно так же, то придется думать, что у вас есть та двойственность в принципах, встречая которую в человеке от него нужно удаляться. Во всяком случае я не сделаю первого шага к возобновлению тех простых отношений, которые вам угодно возводить на степень чего-то очень важного». Подписано «Красин».

Бертольди прочла это письмо при всех, и в том числе при Райнере. Белоярцев узнал почерк Агаты.

Письмо это было, по настоянию Белоярцева, положено обратно в книгу и возвращено с нею по принадлежности, а о самой истории, сколь она ни представлялась для некоторых возмутительною, положено не разносить из кружка, в котором она случайно сделалась известною.

Зимою madame Мечникова, доживая последнюю сотню рублей, простудилась, катаясь на тройке, заболела и в несколько дней умерла. Сестре ее нечего было делать в этой квартире. Она забрала доставшуюся ей по наследству ветхую мебелишку и переехала в комнату, нанятую за четыре рубля в одном из разрушающихся деревянных домов Болотной улицы.

С этой поры об Агате вспоминали редко.

## Глава тринадцатая.
### Опыты и упражнения

С тех пор как Лиза, но поводу болезни Райнера, только числилась в Доме и показывалась там лишь гостьею, здесь в самом деле водворилось гораздо более тишины и согласия, на что Белоярцев и не пропускал случая обращать внимание своих сожителей. В течение месяца, прожитого без Лизы, Белоярцев день ото дня чувствовал себя лучше: к нему возвратилась его прежняя веселость, аппетит его не страдал от ежечасной боязни сцен, раздражительность успокоилась и сменилась самым благодушным настроением. Дела Дома шли по-старому. то есть у большинства домашних граждан не было никакой работы и готовые деньги проживались с невозмутимым спокойствием, но зато спокойствие это было уж истинно невозмутимое.

Проснется Белоярцев утром, выйдет в своем архалучке в залу, походит, польет цветы, оботрет мокрою тряпочкой листья. Потом явится в залу Прорвич, — Белоярцев поговорит с ним о труде и о хороших принципах. Еще попозже выйдут дамы, начнется чай. Белоярцев сядет к круглому столику, погуляет насчет какого-нибудь ближнего, поговорит о своих соображениях насчет неизбежного распространения в обществе исповедуемых им принципов, потрактует о производительном и непроизводительном труде и, взяв половую щетку, начнет мести комнаты. Затем Белоярцев уходит до обеда из дому или иногда посидит часок-другой за мольбертом. В четыре часа Прорвич накроет на стол, подаст чашу с супом, начнется обед и всегда непременно с наставительною беседою. Потом Белоярцев пойдет поспать, в сумерки встанет, съест у себя в комнате втихомолочку вареньица или миндальных орешков и выходит в том же архалучке в залу, где уже кипит самовар и где все готовы слушать его веселые и умные речи. Иногда Белоярцев бывал и не в духе, хмурился, жаловался на нервы и выражался односложными, отрывистыми словами; но это случалось с ним не очень часто, и к тому же нервность его успокоивалась, не встречая со стороны окружающих ничего, кроме внимания и сочувствия к его страданиям.

Белоярцев вообще был очень нетребователен; он, как Хлестаков, любил только, чтобы ему оказывали «преданность и уважение, — уважение и преданность». Встречая в людях готовность платить ему эту дань, он смягчался; нервы его успокоивались; он на плыл жмурить котиком свои черные глазки и вести бархатным баском разумные и поучительные речи.

При Лизе у Белоярцева только один раз случился нервный припадок, ожесточавшийся в течение часа от всякой безделицы: от стука стакана за чаем, от хрустенья зубов кусавшего сухарик Прорвича, от беганья собачки Ступиной и от шлепанья башмаков ухаживавшей за Лизою Абрамовны. Это болезненное явление приключилось с Белоярцевым вечером на первый, не то на второй день по переходе в Дом и выражалось столь нестерпимым образом, что Лиза посоветовала ему уйти успокоиться в свою комнату, а Абрамовна, постоянно игнорировавшая по своему невежеству всякое присутствие нервов в человеческом теле, по уходе Белоярцева заметила:

— А как мой згад, — взять бы в руки хорошую жичку да хорошенько ею тебя по нервам-то, да по нервам.

— Какую это жичку? — спросила, смеясь, Ступина.

— А ременную, матушка, ременную, — отвечала не любившая Белоярцева старушка.

— А как же его бить по нервам?

— А так просто бить пониже спины да приговаривать: расти велик, будь счастлив.

Теперь Белоярцеву выпала лафа, и он наслаждался в доме основанной им ассоциации спокойнейшею жизнью старосветского помещика Зря и не боясь никакой критики, он выдумывал новые планы, ставил новые задачи и даже производил некоторые эволюции.

Так, например, одно время со скуки он уверял Ступину, что в ее уме много игры и способностей к художественной воспроизводительности.

— Вам только надобно бы посмотреть на народ в его собственной исключительной обстановке, — твердил он Ступиной, — и вы бы, я уверен, могли писать очень хорошие рассказы, сцены и очерки. Посмотрите, какая гадость печатается в журналах: срам! Я нимало не сомневаюсь, что вы с первого же шага стали бы выше всех их.

— Знаете что? — говорил он ей в другой раз, уже нажужжав в уши о ее талантах. — Оденьтесь попроще, возьмите у Марфы ее платье, покройтесь платочком, а я надену мою поддевку и пойдемте смотреть народные сцены. Я уверен, что вы завтра же захотите писать и напишете отлично.

Ступина долго не верила этому, смеялась, отшучивалась и, наконец, поверила.

«Чем черт, дескать, не шутит! А может быть, и в самом деле правда, что я могу писать», — подумала она и оделась в Марфино платье, а Белоярцев в поддевочку, и пейзанами пошли вечерком посидеть в портерную.

Другой раз сходили они в помещавшееся в каком-то подвале питейное заведение, потом еще в такое же подвальное трактирное заведение. Наконец эти экскурсии перестали забавлять Белоярцева, а Ступина ничего не написала и из всех слышанных ею слов удержала в памяти только одни оскорблявшие ее уши площадные ругательства.

Белоярцев перестал говорить о талантах Ступиной и даже не любил, когда она напоминала о совершенных ею, по его совету, походах. Он начал говорить о том, что они своим кружком могли бы устроить что-нибудь такое веселое, что делало бы жизнь их интереснее и привлекало бы к ним их знакомых, лениво посещающих их в дальнем захолустье.

— Театр домашний, — говорила Каверина.

— Да, но театр требует расходов. — Нет, надо придумать что-нибудь другое, что бы было занимательно и не стоило денег.

— Вот что сделаем, — говорил он на другой вечер, — составим живые картины.

— Опять же нужны расходы.

— В том-то и дело, что никаких расходов не нужно: мы такие картины составим. Например, торг невольницами; пир диких; похищение сабинянок... Да мало ли можно придумать таких картин, где не нужно никаких расходов?

Женщины, выслушав это предложение, так и залились истерическим хохотом. Это обидело Белоярцева. Он встал с своего места и, пройдясь по зале, заметил:

— Вот то-то и есть, что у нас от слова-то очень далеко до дела. На словах вот мы отрицаемся важных чувств, выдуманных цивилизациею, а на деле какой-нибудь уж чисто ложный стыд сейчас нас и останавливает.

Женщины рассмеялись еще искреннее.

Белоярцев прошелся во время продолжавшегося хохота по комнате и, рассмеявшись сам над своим предложением, обратил все это в шутку.

А то он обратился к женщинам с упреком, что они живут даром и никого не любят.

— Что же делать, когда не любится? — отвечала Ступина. — Давайте кого любить! Некого любить: нет людей по сердцу.

— Ну да, вот то-то и есть, что вам «по сердцу» нужно, — отвечал с неудовольствием Белоярцев.

— А то как же.

— А вы любите по разуму, по долгу, по обязанности.

— По какой это обязанности?

— По весьма простой обязанности. По обязанности теснее соединять людей в наш союз, по обязанности поддерживать наши принципы.

— Так это, Белоярцев, будет служба, а не любовь.

— Ну пускай и служба.

Женщины наотрез отказались от такой службы, и только одна Бертольди говорила, что это надо обсудить.

— А сами вы разве так каждую женщину подряд можете любить? — спросила Ступина.

— Разумеется, — отвечал Белоярцев.

Ступина сделала презрительную гримаску и замолчала.

Белоярцев дулся несколько дней после этого разговора и высказывал, что во всяком деле ему с часу на час все приходится убеждаться, что его не понимают. В утешение Белоярцева судьба послала одно внешнее обстоятельство.

В один прекрасный день он получил по городской почте письмо, в котором довольно красивым женским почерком было выражено, что слух о женском приюте, основанном им, Белоярцевым, разнесся повсюду и обрадовал не одно угнетенное женское сердце; что имя его будет более драгоценным достоянием истории, чем имена всех людей, величаемых ею героями и спасителями; что с него только начинается новая эпоха для лишенных всех прав и обессиленных воспитанием русских женщин и т.п. — Далее автор письма сообщал, что она девушка, что ей девятнадцатый год, что ее отец рутинист, мать ханжа, а братья бюрократы, что из нее делают куклу, тогда как она чувствует в себе много силы, энергии и желания жить жизнью самостоятельной. Она поясняла, что готова на все, чтобы избавиться от своего тяжелого положения, и просила у Белоярцева совета. В конце письма был адрес, по которому ответ через горничную автора мог дойти по назначению.

Письмо это было написано по-французски, а как Белоярцев не умел свободно справляться с этим языком, то его читала и переводила Каверина. Ее же Белоярцев просил перевести на французский язык и переписать составленный им ответ. Ответ этот был нарочито велик, полон умных слов и самых курьезных советов.

На письмо Белоярцева отвечали другим письмом, и завязалась переписка, весьма жаркая и весьма занимавшая нашего гражданина. Но наконец ему надоело переписываться с незнакомкой, и он пожелал видеть свою новую обожательницу.

— Надо ее просто вырвать из дома и увезти к нам: других средств я не вижу, — твердил он несколько дней и, наконец, одевшись попроще, отправился в виде лакея по известному адресу, к горничной, через которую происходила переписка.

Незнакомка Белоярцева была дочь одного генерала, жившего в бельэтаже собственного дома, на одной из лучших улиц Петербурга. В этом доме знали о Белоярцеве и о его заведении по рассказам одного местного Репетилова, привозившего сюда разные новости и, между прочим, рассказывавшего множество самых невероятных чудес о сожительстве граждан.

Из расспросов у дворника Белоярцев узнал, с кем ему приходится иметь дело, и осведомился, каков генерал?

— Генерал ничего, — говорил дворник, — генерал у нас барин добрый. Он теперь у нас такой: в порядках справедлив, ну, уж а только жа-шь и строг же!

— Строг? — переспросил Белоярцев.

— У-у! и Боже мой! Съесть он готов тебя на этом на самом месте. Настоящий вот как есть турка. Сейчас тебе готов башку ссечь. — А ты иль дело к нему имеешь? — расспрашивал Белоярцева дворник.

— Нет, я так думал, что лакея им не требуется ли.

— Нет, лакея нам, друг ты милый, не требуется.

«Вот она, на какого черта было наскочил», — подумал, заворачивая лыжи, Белоярцев и, возвратясь домой не в духе, объявил, что с этою девочкою много очень хлопот можно нажить: что взять ее из дому, конечно, можно, но что после могут выйти истории, весьма невыгодные для общего дела.

— Жаль ее, однако, — говорили женщины.

— Да-с, да ведь лучше одному человеку пропадать, чем рисковать делом, важным для всего человечества, — отвечал Белоярцев.

Лестные для самолюбия Белоярцева письма незнакомки окончательно делали его в своих глазах великим человеком. Он отказался от небезопасного намерения похитить генеральскую дочь и даже перестал отвечать ей на полученные после этого три письма; но задумал сделаться в самом деле наставником и руководителем русских женщин, видящих в нем, по словам незнакомки, свой оплот и защиту.

Белоярцев только думал, как бы за это взяться и с чего бы начать. В это время он, против своего обыкновения, решился прочесть рекомендованную ему кем-то скандалезную книжечку: «Правда о мужчине и женщине».

Эта книжечка определила Белоярцеву его призвание и указала ему, что делать. Белоярцев стал толковать о гигиене и, наконец, решился прочесть несколько лекций о физическом воспитании женщин. Эти лекции многим доставили обильный материал для подтруниванья над Белоярцевым. Он было после первой попытки хотел оставить педагогическое поприще, но слушательницы упросили его продолжать, — и он прочел свой полный курс, состоявший из пяти или шести лекций. Бертольди довела до сведения Белоярцева, что «женщины ждут от него других наук». Белоярцев купил два вновь вышедшие в русском переводе географические сочинения и заговорил, что намерен читать курс географии для женщин. — Мужчин на своих лекциях Белоярцев терпеть не мог и в крайнем случае допускал уж только самых испытанных граждан, ставящих выше всего общий вывод и направление. Надеялись, что Белоярцев со временем прочтет и курс математики для женщин, и курс логики для женщин; но Белоярцев не оправдал этих надежд. Человеку, не приучившему себя к усидчивому труду, читать, да выбирать, да компилировать — работа скучная. Белоярцев почувствовал это весьма скоро и, забросив свои географические книги, перестал и вспоминать о лекциях. Он опять начал понемножку скучать, но не оказывал большой нетерпимости и частенько даже сознавался в некотором пристрастии к мирским слабостям. Он сам рассказывал, как, бывало, в мире они сойдутся, выпьют безделицу, попоют, поскоромят, посмеются, да и привздохнет, глядя на зевающий и сам себе надоевший народ Дома. Белоярцев в это время уж не боялся даже дискредитоваться. Он до такой степени чувствовал превосходство своего положения, что уже не стеснялся постоянно делать и самого себя и каждое свое действие образцовыми.

Скажет ли кто-нибудь, что ему скучно, Белоярцев сейчас замечает: «Отчего же мне не скучно?» У кого-нибудь живот заболит, — Белоярцев сейчас поучает: «Да, да, болит! вот теперь и болит. Разумеется, что будет болеть, потому что едите без толку. Отчего ж у меня не болит?» — Кто-нибудь приедет и расскажет, что нынче на

Невском на торцах очень лошади падают; Белоярцев и тут остановит и скажет: «Падают! Нужно смотреть, чтоб у извозчика лошадь была на острых шипах, так и не упадет. Отчего же у моих извозчиков никогда лошади не падают?»

Белоярцев доходил до самообожания и из-за этого даже часто забывал об обязанностях, лежащих на нем по званию социального реформатора. Хотя он и говорил: «отчего же мне не скучно?», но в существе нудился более всех и один раз при общем восклике: «какая скука! какая скука!» не ответил: «отчего же мне не скучно?», а походил и сказал:

— Да, надо кого-нибудь позвать. Я убедился, что нам их бояться таким образом нечего. В жизни, в принципах мы составляем особое целое, а так, одною наружною стороною, отчего же нам не соприкасаться с ними?.. Я подумаю, и мы, кажется, даже уничтожим декады, а назначим простые дни в неделю, — это даже будет полезно для пропаганды.

На другой же день после этого разговора Белоярцев пошел погулять и, встречаясь с старыми своими знакомыми по житью в мире, говорил:

— А что вы к нам никогда не завернете? Заходите, пожалуйста.

— Да вы — Бог вас там знает — совсем особенным как-то образом живете и не принимаете старых знакомых, — отвечал мирянин.

— Ах, фуй! Что это вы такое! Полноте, пожалуйста, — останавливал мирянина Белоярцев. — Никаких у нас особенностей нет: живем себе вместе, чтоб дешевле обходилось, да и только. Вы, сделайте милость, заходите. Вот у нас в пятницу собираются, вы и заходите.

Белоярцев, благодушно гуляя, зашел навестить и Райнера. Больной спал, а в его зале за чаем сидели Розанов, Лобачевский, Полинька и Лиза.

— Ситуайэн Белоярцев! — произнес вполголоса Розанов при входе гостя.

Они поздоровались и удовлетворили белоярцевские вопросы о Райнеровом здоровье.

— А что с вами, Дмитрий Петрович? Где вы побываете, что поделываете? Вы совсем запропастились, — заигрывал с Розановым Белоярцев.

— Всегда на виду, — отвечал Розанов, — занимаюсь прохождением службы; начальством, могу сказать, любим, подчиненных не имею.

— Что же вы к нам никогда?

Розанов посмотрел на него с удивлением и отвечал:

— Помилуйте, зачем же я буду ходить к вам, когда мое присутствие вас стесняет?

Белоярцев несколько смутился и сказал:

— Нет... Это совсем не так, Дмитрий Петрович, я именно против личности вашей ничего не имею, а если я что-нибудь говорил в этом роде, то говорил о несходстве в принципах.

— Каких принципах? — спросил Розанов.

— Ну, мы во многом же не можем с вами согласиться ...

Розанов пожал в недоумении плечами.

— Вы выходите из одних начал, а мы из других...

— Позвольте, пожалуйста: я от вас всегда слыхал одно...

— Ну да, — то было время.

— Вы всегда утверждали, что вы художник и вам нет дела ни до чего вне художества: я вас не оспаривал и никогда не оспариваю. Какое мне дело до ваших принципов?

— Да, да, это все так, но все же ведь все наши недоразумения выходят из-за несходства наших принципов. Мы отрицаем многое, за что стоит...

— Э! Полноте, Белоярцев! Повторяю, что мне нет никакого дела до того, что с вами произошел какой-то куркен-переверкен. Если между нами есть, как вы их называете, недоразумения, так тут ни при чем ваши отрицания. Мой приятель Лобачевский несравненно больший отрицатель, чем все вы; он даже вон отрицает вас самих со всеми вашими хлопотами и всего ждет только от выработки вещества человеческого мозга, но между нами нет же подобных недоразумений. Мы не мешаем друг другу. — Какие там особенные принципы!..

Белоярцев выносил это объяснение с спокойствием, делающим честь его уменью владеть собою, и довел дело до того, что в первую пятницу в Доме было нечто вроде вечерочка. Были тут и граждане, было и несколько мирян. Даже здесь появился и приехавший из Москвы наш давний знакомый Завулонов. Белоярцев был в самом приятном духе: каждого он приветил, каждому, кем он дорожил хоть каплю, он попал в ноту.

— Вот чем люди прославлялись! — сказал он Завулонову, который рассматривал фотографическую копию с бруниевского «Медного змея». — Хороша идея!

Завулонов молча покряхтывал.

— Родись мы с вами в то время, — начинал Белоярцев, — что бы... можно сделать?

— Все равно вас бы тогда не оценили, — подсказывала Бертольди, не отличавшаяся от Белоярцева во всех подобных случаях.

— Ну и что ж такое? — говорил Белоярцев в другом месте, защищая какого-то мелкого газетного сотрудника, побиваемого маленьким путейским офицером. — Можно и сто раз смешнее написать, но что же в этом за цель? Он, например, написал: «свинья в ермолке», и смешно очень, а я напишу: «собака во фраке», и будет еще смешнее. Вот вам и весь ваш Гоголь; вот и весь его юмор!

Через несколько минут не менее резкий приговор был высказан и о Шекспире.

— А черт его знает; может быть, он был дурак.

— Шекспир дурак!

— Ну да, нужных мыслей у него нет. — Про героев сочинял, что такое?

— Шекспир дурак! — вскрикивал, весь побагровев, путейский офицер.

— Очень может быть. В Отелле, там какую-то бычачью ревность изобразил... Может быть, это и дорого стоит... А что он человек бесполезный и ничтожный — это факт.

— Шекспир?

— Ну Шекспир же-с, Шекспир.

Вечер, впрочем, шел совсем без особых гражданских онеров. Только Бертольди, когда кто-нибудь из мирян, прощаясь, протягивал ей руку, спрашивала:

— Зачем это?

## Глава четырнадцатая.
## Начало конца

Райнер выздоровел и в первый раз выехал к Евгении Петровне. Он встретил там Лизу, Полиньку Калистратову и Помаду. Появление последнего несказанно его удивило. Помада приехал из Москвы только несколько часов и прежде всего отправился к Лизе. Лизы он не застал дома и приехал к Евгении Петровне, а вещи его оставил у себя Белоярцев, который встретил его необыкновенно приветливо и радушно, пригласил погостить у них. Белоярцев в это время хотя и перестал почти совсем бояться Лизы и даже опять самым искренним образом желал, чтобы ее не было в Доме, но, с одной стороны, ему хотелось, пригласив Помаду, показать Лизе свое доброжелательство и поворот к простоте, а с другой — непрезентабельная фигура застенчивого и неладного Помады давала ему возможность погулять за глаза на его счет и показать гражданам, что вот-де у нашей умницы какие друзья.

Лиза поняла это и говорила Помаде, что он напрасно принял белоярцевское приглашение, она находила, что лучше бы ему остановиться у Вязмитиновых, где его знают и любят.

— А вы, Лизавета Егоровна, уж и знать меня не хотите разве? — отвечал с кротким упреком Помада.

Лизе невозможно было разъяснить ему своих соображений.

Помада очень мало изменился в Москве. По крайней ветхости всего его костюма можно было безошибочно полагать, что житье его было не сахарное. О службе своей он разговаривал неохотно и только несколько раз принимался рассказывать, что долги свои он уплатил все до копеечки.

— Я бы давно был здесь, — говорил он, — но все должишки были.

— Зачем же вы приехали? — спрашивали его.

— Так, повидаться захотелось.

— И надолго к нам?

— Денька два пробуду, — отвечал Помада.

В этот день Помада обедал у Вязмитиновых и тотчас же после стола поехал к Розанову, обещаясь к вечеру вернуться, но не вернулся. Вечером к Вязмитиновым заехал Розанов и крайне удивился, когда ему сказали о внезапном приезде Помады: Помада у него не был. У Вязмитиновых его ждали до полуночи и не дождались. Лиза поехала на розановских лошадях к себе и прислала оттуда сказать, что Помады и там нет.

— Сирена какая-нибудь похитила, — говорил утром Белоярцев.

На другое утро Помада явился к Розанову. Он был по обыкновению сердечен и тепел, но Розанову показалось, что он как-то неспокоен и рассеян. Только о Лизе он расспрашивал со вниманием, а ни город, ни положение всех других известных ему здесь лиц не обращали на себя никакого его внимания.

— Что ты такой странный? — спрашивал его Розанов.

— Я, брат, давно такой.

— Где же ты ночевал?

— Тут у меня родственник есть.

— Откуда у тебя родственник взялся?

— Давно... всегда был тут дядя... у него ночевал.

Этот день и другой затем Помада или пребывал у Вязмитиновых, или уезжал к дяде. У Вязмитиновых он впадал в самую детскую веселость, целовал ручки Женни и Лизы, обнимал Абрамовну, целовал Розанова и даже ни с того ни с сего плакал.

— Что это ты, Помада? — спрашивал его Розанов.

— Что? Так, Бог его знает, детские годы... старое все как-то припомнил, и скучно расстаться с вами.

Чем его более ласкали здесь, тем он становился расстроеннее и тем чаще у него просились на глаза слезы. Вещи свои, заключающиеся в давно известном нам ранце, он еще с вечера перевез к Розанову и от него хотел завтра уехать.

— Увидимся еще завтра? — спрашивала его Женни. — Поезд идет в Москву в двенадцать часов.

— Нет, Евгения Петровна, я завтра у дяди буду.

Никак нельзя было уговорить его, чтобы он завтра показался. Прощаясь у Вязмитиновых со всеми, он расцеловал руки Женни и вдруг поклонился ей в ноги.

— Что вы! что вы делаете? Что с вами, Юстин Феликсович? — спрашивала Женни.

— Так... расстроился, — тихо произнес Помада и, вдруг изменив тон, подошел спокойною, твердою поступью к Лизе.

— Я вам много надоедал, — начал он тихо и ровно. — Я помню каждое ваше слово. Мне без вас было скучно. Ах, если бы вы знали, как скучно! Не сердитесь, что я приезжал повидаться с вами.

Лиза подала ему обе руки.

— Прощайте! — пролепетал Помада и, припав к руке Лизы, зарыдал как ребенок.

— Живите с нами, — сказала ему сквозь слезы Лиза.

— Нет, друг мой, — Помада улыбнулся и сказал: — можно вас назвать «другом»?

Лиза отвечала утвердительным движением головы.

— Нет, друг мой, мне с вами нельзя жить. Я так долго жил без всякой определенной цели. Теперь мне легко. Это только так кажется, что я расстроен, а я в самом деле очень, очень спокоен.

— Что с ним такое? — говорила Лиза, обращаясь к Розанову и Женни.

— Ну вот! Ах вы, Лизавета Егоровна! — воскликнул Помада сквозь грустную улыбку. — Ну скажите, ну что я за человек такой? Пока я скучал да томился, никто над этим не удивлялся, а когда я, наконец, спокоен, это всем удивительно. На свою дорогу напал: вот и все.

Приехав к Розанову, Помада попросил его дать ему бумаги и тотчас же сел писать. Он окончил свое писание далеко за полночь, а в восемь часов утра стоял перед Розановым во всем дорожном облачении.

— Куда ты так рано? — спросил его, просыпаясь, доктор.

— Прощай, мне пора.

— Да напейся же чаю.

— Нет, пора.

— Ведь до двенадцати часов еще долго.

— Нет пора, пора: прощай, брат Дмитрий.

— Постой же, лошадей запрягут.

Розанов крикнул человека и велел скорее запрячь лошадей, а сам наскоро одеваться.

— Ты что хочешь делать?

— Проводить тебя хочу.

— Нет! Бога ради, не надо, не надо этого! Ни лошадей твоих не надо, ни ты меня не провожай.

Розанов остановился, выпялив на него глаза.

— Прощай! Вот это письмо передай, только не по почте. Я не знаю адреса, а Красин его знает. Передай и оставайся.

— Да что же это такое за мистификация! Куда ты едешь, Помада? Ты не в Москву едешь.

— Будь же умен и деликатен: простимся, и оставь меня.

С этими словами Помада поцеловал Розанова и быстро вышел.

— Живи! — крикнул он ему из-за двери, взял первого извозчика и поехал.

## Глава пятнадцатая.
## Механики

Письмо, оставленное Помадою в руках Розанова, было надписано сестре Мечниковой, Агате. Розанов положил это письмо в карман и около десяти часов того же утра завез его Райнеру, а при этом рассказал и странности, обнаруженные Помадою при его отъезде.

— Да, все это странно, очень странно, — говорил Райнер, — но погодите, у меня есть некоторые догадки... С этой девушкой делают что-нибудь очень скверное.

Райнер взял письмо и обещался доставить его сам. Вечером Розанов, встретив его у Вязмитиновых и улучив минуту, когда остались одни, спросил:

— Ну, что ваши догадки?

— Оправдались.

— Что же с этой девушкой?

— Очень нехорошо. О Боже мой! если б вы знали, какие есть мерзавцы на свете!

— Очень знаю.

— Нет, не знаете.

— Помилуйте, на земле четвертый десяток начинаю жить.

— Нет, ни на какой земле не встречал я таких мерзавцев, как здесь.

— Болотные, — подсказал Розанов.

После этого разговора, при котором Райнер казался несколько взволнованным, его против обыкновения не было видно около недели, и он очень плохо мог рассказать, где он все это время исчезал и чем занимался.

Расскажем, что делал в течение этого времени Райнер. Тотчас, расставшись с Розановым, он отправился с письмом Помады в Болотную улицу и, обойдя с бесполезными расспросами несколько печальных домов этой улицы, наконец нашел квартиру Агаты.

— Пожалуйте, пожалуйте за мной, — трещала ему кривая грязная баба, идя впереди его по темному вонючему коридорчику с неровным полом, заставленным ведрами, корытами, лоханками и всякой нечистью. — Они давно уж совсем собрамшись; давно ждут вас.

— Приехали за вами! — крикнула баба, отворив дверь в небольшой чуланчик, оклеенный засаленными бумажками.

К двери быстро подскочила Агата. Она много изменилась в течение того времени, как Райнер не видал ее: лицо ее позеленело и немного отекло, глаза сделались еще больше, фигура сильно испортилась в талии. Агата была беременна, и беременности ее шел седьмой месяц. Белоярцев давно рассказывал это; теперь Райнер видел это своими глазами. Беременность Агаты была очевидна, несмотря на то, что бедная женщина встретила Райнера в дорожном платье. На ней был надет шерстяной линючий ватошник и сверху драповый бурнус, под которым был поддет большой ковровый платок; другой такой же платок лежал у нее на голове. При входе Райнера она тотчас начала связывать концы этого платка у себя за спиною и торопливо произнесла:

— Вот как! Так это вы за мною, monsieur Райнер?

— Я к вам, а не за вами. Вот вам письмо.

— От кого это? — спросила Агата и, поспешно разорвав конверт, пробежала коротенькую записочку.

— Что это значит? — спросила она, бледнея.

— Не знаю, — отвечал Райнер.

Агата передала ему записку:

«Я вас не могу взять с собою, — писал Помада, — я уезжаю один. Я вам хотел это сказать еще вчера, когда виделись у № 7, но это было невозможно, и это было бесполезно в присутствии № 11. В вашем положении вы не можете вынесть предприятия, за которое беретесь, и взять вас на него было бы подлостью, и притом подлостью бесполезною и для вас и для дела. Видеться с вами я не мог, не зная вашего адреса и будучи обязан не знать его. Я решился вас обмануть и оставить. Я все это изложил в письме к лицам, которые должны знать это дело, и беру всю ответственность на себя. Вас никто не упрекнет ни в трусости, ни в бесхарактерности, и все честные люди, которых я знаю по нашему делу, вполне порадуются, если вы откажетесь от своих намерений. Поверьте, что они вам будут не под силу. Вспомните, что вы ведь русская. Зачем вам быть с нами? Примите мой совет: успокойтесь; будьте русскою женщиною и посмотрите, не верно ли то, что стране вашей нужны прежде всего хорошие матери, без которых трудно ждать хороших людей». Подписано: «Гижицкий».

— Вы хотели ехать в Польшу? — спросил Райнер, возвращая Агате письмо Помады, подписанное чужою фамилиею.

— Ну да, я должна была сегодня ехать с Гижицким. Видите, у меня все готово, — отвечала Агата, указывая на лежавший посреди комнаты крошечный чемоданчик и связок в кашемировом платке.

— Что ж вы там хотели делать?

— Ходить за больными.

— Да вы разве полька?

— Нет, не полька.

— Ну, сочувствуете польскому делу: аристократическому делу?

— Ах Боже мой! Боже мой! что только они со мною делают! — произнесла вместо ответа Агата и, опустившись на стул, поникла головою и заплакала. — То уговаривают, то оставляют опять на эту муку в этой проклятой конуре, — говорила она, раздражаясь и нервно всхлипывая.

По коридору и за стенами конуры со всех сторон слышались человеческие шаги и то любопытный шепот, то сдержанный сиплый смех.

— Перестаньте говорить о таких вещах, — тихо проговорил по-английски Райнер.

— Что мне беречь! Мне нечего терять и нечего бояться. Пусть будет все самое гадкое. Я очень рада буду, — отвечала по-русски и самым громким, нервным голосом Агата.

Райнер постоял несколько секунд молча и, еще понизив голос, опять по-английски сказал ей:

— Поберегите же других, которым может повредить ваша неосторожность.

Девушка, прислонясь лбом к стенке дивана, старалась душить свои рыдания, но спустя пару минут быстро откинула голову и, взглянув на Райнера покрасневшими глазами, сказала:

— Выйдите от меня, сделайте милость! Оставьте меня со всякими своими советами и нравоучениями.

Райнер взял с чемодана свою шляпу и стал молча надевать калоши, стараясь не давать пищи возрастающему раздражению Агаты.

— Фразеры гнусные! — проговорила она вслух, запирая на крючок свою дверь тотчас за Райнеровой спиной. Райнера нимало не оскорбили эти обидные слова: сердце его было полно жалости к несчастной девушке и презрения к людям, желавшим сунуть ее куда попало для того только, чтобы спустить с глаз.

Райнер понимал, что Агату ничто особенное не тянуло в Польшу, но что ее склонили к этому, пользуясь ее печальным положением. Он вышел за ворота грязного двора, постоял несколько минут и пошел, куда вели его возникавшие соображения.

Через час Райнер вошел в комнату Красина, застав гражданина готовящимся выйти из дома. Они поздоровались.

— Красин, перестали ли вы думать, что я шпион? — спросил ех abruptio Райнер.

— О, конечно, как вам не стыдно и говорить об этом! — отвечал Красин.

— Мне нужно во что бы то ни стало видеть здешнего комиссара революционного польского правительства: помогите мне в этом.

— Но... позвольте, Райнер... почему вы думаете, что я могу вам помочь в этом?

— Я это знаю.

— Ошибаетесь.

— Я это достоверно знаю: № 7 третьего дня виделся с № 11.

— Вы хотите идти в восстание?

— Да, — тихо отвечал Райнер.

Красин подумал и походил по комнате.

— Я тоже имею это намерение, — сказал он, остановясь перед Райнером, и начал качаться на своих высоких каблуках. — Но, вы знаете, в польской организации можно знать очень многих ниже себя, а старше себя только того, от кого вы получили свою номинацию, а я еще не имею номинации. То есть я мог бы ее иметь, но она мне пока еще не нужна.

— Укажите же мне хоть кого-нибудь, — упрашивал Райнер.

— Не могу, батюшка. Вы напишите, что вам нужно, я поищу случая передать; но указать, извините, никого не могу. Сам не знаю.

Райнер сел к столику и взял четвертку писчей бумаги.

— Пишите без излишней скромности: если вы будете бояться их, они вам не поверят.

Райнер писал: «Я, швейцарский подданный Вильгельм Райнер, желаю идти в польское народное восстание и прошу дать мне возможность видеться с кем-нибудь из петербургских агентов революционной организации». Засим следовала полная подпись и полный адрес.

— Постараюсь передать, — сказал Красин.

На другой день, часу в восьмом вечера, Афимья подала Райнеру карточку, на которой было написано:

«Коллежский советник Иван Венедиктович Петровский». Райнер попросил г. Петровского. Это был человек лет тридцати пяти, блондин, с чисто выбритым благонамеренным лицом и со всеми приемами благонамереннейшего департаментского начальника отделения. Мундирный фрак, в котором Петровский предстал Райнеру, и анненский крест в петлице усиливали это сходство еще более.

— Я имею честь видеть господина Райнера? — начал мягким, вкрадчивым голосом Петровский. Райнер дал гостю надлежащий ответ, усадил его в спокойном кресле своего кабинета и спросил, чему он обязан его посещением.

— Вашей записочке, — отвечал коллежский советник, вынимая из бумаги записку, отданную Райнером Красину. — А вот не угодно ли вам будет, — продолжал он спустя немного, — взглянуть на другую бумажку.

Петровский положил перед Райнером тонкий листок величиною с листки, употребляемые для телеграфических депеш. Это была номинация г. Петровского агентом революционного правительства. На левом углу бумаги была круглая голубая печать Rzadu Narodowego. Райнер немного смешался и, торопливо пробежав бумагу, взглянул на двери: Петровский смотрел на него совершенно спокойно. Не торопясь, он принял из рук Райнера его записку и вместе с своею номинацией опять положил их в бумажник.

— Я беру вашу записку, чтобы возвратить ее тому, от кого она получена.

Райнер молча поклонился.

— Чем же прикажете служить? — тихо спросил коллежский советник. — Вы ведь не имеете желания идти в восстание: мы знаем, что это с вашей стороны был только предлог, чтобы видеть комиссара. Я сам не знаю комиссара, но уверяю вас, что он ни вас, ни кого принять не может. Что вам угодно доверить, вы можете, не опасаясь, сообщить мне.

Это начало еще более способствовало Райнерову замешательству, но он оправился и с полною откровенностью рассказал революционному агенту, что под видом сочувствия польскому делу им навязывают девушку в таком положении, в котором женщина не может скитаться по лесам и болотам, а имеет всякое право на человеческое снисхождение.

— Если вы отправите ее, — прибавил Райнер, — то тысячи людей об этом будут знать; и это не будет выгодно для вашей репутации.

— Совершенно так, совершенно так, — подтверждал коллежский советник, пошевеливая анненским крестом. — Я был поражен вчера этим известием, и будьте уверены, что эта девица никогда не будет в восстании. Ей еще вчера послано небольшое вспоможение за беспокойство, которому она подверглась, и вы за нее не беспокойтесь. — Мы ведь в людях не нуждаемся, — сказал он с снисходительной улыбкой и, тотчас же приняв тон благородно негодующий, добавил: — а это нас подвели эти благородные русские друзья Польши. — Конечно, — начал он после короткой паузы, — в нашем положении здесь мы должны молчать и терпеть, но эта почтенная партия может быть уверена, что ее серьезные занятия не останутся тайною для истории.

— Чем вы думаете испугать их! — с горькой улыбкой проговорил Райнер.

— Чем можем.

— Что им суд истории, когда они сами уверены, что лгут себе и людям, и все-таки ничем не стесняются.

— Они полагают, что целый свет так же легко обманывать, как они обманывают своим социализмом полсотни каких-нибудь юбок.

Петровский сделал тонкую департаментскую улыбку и сказал:

— Да, на русской земле выросли социалисты, достойные полнейшего удивления.

— Какие ж это социалисты! — вскричал Райнер.

— Ну, фурьеристы.

— Это... просто...

— Дрянь, — горячо сорвал Петровский.

— Н...нет, игра в лошадки, маскарад, в котором интригуют для забавы. Конечно, они... иногда... пользуются увлечениями...

— И все во имя теории! Нет, Бог с ними, и с их умными теориями, и с их сочувствием. Мы ни в чем от них не нуждаемся и будем очень рады как можно скорее освободиться от их внимания. Наше дело, — продолжал Петровский, не сводя глаз с Райнера, — добыть нашим бедным хлопкам землю, разделить ее по-братски, — и пусть тогда будет народная воля.

Райнер посмотрел на коллежского советника во все глаза.

— Прощайте, господин Райнер, очень рад, что имел случай познакомиться с таким благородным человеком, как вы.

— Какую вы новую мысль дали мне о польском движении! Я его никогда так не рассматривал, и, признаюсь, его так никто не рассматривает.

Коллежский советник улыбнулся и проговорил:

— Что ж нам делать! — и простился с Райнером.

Петровского, как только он вышел на улицу, встретил молодой человек, которому коллежский советник отдал свой бумажник с номинациею и другими бумагами. Тут же они обменялись несколькими словами и пошли в разные стороны. У первого угла Петровский взял извозчика и велел ехать в немецкий клуб.

## Глава шестнадцатая.
## Неожиданный оборот

Агата осталась в Петербурге. С помощью денег, полученных его в запечатанном конверте через человека, который встретил ее на улице и скрылся прежде, чем она успела сломать печать, бедная девушка наняла себе уютную коморочку у бабушки-голландки и жила, совершенно пропав для всего света.

Она ждала времени своего разрешения и старалась всячески гнать от себя всякую мысль о будущем. Райнер пытался отыскать ее, чтобы по крайней мере утешить обещанием достать работу, но Агата спряталась так тщательно, что поиски Райнера остались напрасными.

В Доме Согласия все шло по-прежнему, только Белоярцев все более заявлял себя доступным миру и мирянам. В один вечер, занимаясь набивкою чучела зайца, которого застрелила какая-то его знакомая мирянка, он даже выразил насчет утилитарности такое мнение, что «полезно все то, что никому не вредно и может доставлять удовольствие». — Тут же он как-то припомнил несколько знакомых и между прочим сказал:

— Вот и Райнер выздоровел, везде бывает, а к нам и глаз не кажет. — А я полагаю, что теперь мы бы без всякого риска могли предложить ему жить с нами.

Мысль эта была выражена Белоярцевым ввиду совершенного истощения занятого фонда: Белоярцев давненько начал подумывать, как бы сложить некоторые неприятные обязанности на чужие плечи, и плечи Райнера представлялись ему весьма удобными для этой перекладки. Женщины и самый Прорвич удивительно обрадовались мысли, выраженной Белоярцевым насчет Райнера, и пристали к Лизе, чтобы она немедленно же уговорила его переходить в Дом. Просьба эта отвечала личным желаниям Лизы, и она на нее дала свое согласие.

— Пойдет ли только теперь к нам Райнер? усомнилась Ступина. — Он, верно, обижен.

Но это сомнение было опровергнуто всеми.

— Райнер не такой человек, чтобы подчиняться личностям, — утвердила Лиза, приставая к голосам, не разделявшим опасений Ступиной.

На другой день Лиза поехала к Вязмитиновой.

Лиза вообще в последнее время редкий день не бывала у Женни, где собирались все известные нам лица: Полинька, Розанов, Райнер и Лиза. Здесь они проводили время довольно не скучно и вовсе не обращали внимания на являвшегося букою Николая Степановича.

К великому удивлению Лизы, полагавшей, что она знает Райнера, как самое себя, он, выслушав ее рассказ о предложении, сделанном вчера Белоярцевым, только насмешливо улыбнулся.

— Что значит эта острая гримаса? — спросила его недовольная Лиза.

— То, что господин Белоярцев очень плохо меня понимает.

— И что же дальше?

— Дальше очень просто: я не стану жить с ним.

— Можно полюбопытствовать, почему?

— Потому, Лизавета Егоровна, что он в моих глазах человек вовсе негодный для такого дела, за которым некогда собирались мы.

— То есть собирались и вы?

— Да, и я, и вы, и многие другие. Женщины в особенности.

— Так вы в некоторых верите же?

— Верю. Я верю в себя, в вас. В вас я очень верю, верю и в других, особенно в женщин. Их самая пылкость и увлечение говорит если не за их твердость, то за их чистосердечность. А такие господа, как Красин, как Белоярцев, как множество им подобных... Помилуйте, разве с такими людьми можно куда-нибудь идти!

— Некуда?

— Совершенно некуда.

— Так что же, по-вашему, теперь: бросить дело?

Райнер пожал плечами.

— Это как-то мало походит на все то, что вы говорил мне во время вашей болезни.

— Я ничего не делаю, Лизавета Егоровна, без причины. Дело это, как вы его называете, выходит вовсе не дело. По милости всякого шутовства и лжи оно сделалось общим посмешищем.

— Так спасайте его!

Райнер опять пожал плечами и сказал:

— Испорченного вконец нельзя исправить, Лизавета Егоровна. Я вам говорю, что при внутренней безладице всего, что у вас делается, вас преследует всеобщая насмешка. Это погибель.

— Ничтожная людская насмешка!

— Насмешка не ничтожна, если она основательна.

— Мне кажется, что все это родится в вашем воображении, — сказала, постояв молча, Лиза.

— Нет, к несчастию, не в моем воображении. Вы, Лизавета Егоровна, далеко не знаете всего, что очень многим давно известно.

— Что же, по-вашему, нужно делать? — спросила Лиза опять после долгой паузы.

— Я не знаю. Если есть средства начинать снова на иных, простых началах, так начинать. — Когда я говорил с вами больной, я именно это разумел.

— Ну, начинайте.

— Средств нет, Лизавета Егоровна. Нужны люди и нужны деньги, а у нас ни того, ни другого.

— Так клином земля русская и сошлась для нас!

— Мы, Лизавета Егоровна, русской земли не знаем, и она нас не знает. Может быть, на ней есть и всякие люди, да с нами нет таких, какие нам нужны.

— Вы же сами признаете искренность за нашими женщинами.

— Да средств, средств нет, Лизавета Егоровна! Ничего начинать вновь при таких обстоятельствах невозможно.

— И вы решились все оставить?

— Не я, а само дело показывает вам, что вы должны его оставить.

— И жить по-старому?

— И эту историю тянуть дальше невозможно. Все это неминуемо должно будет рассыпаться само собою при таких учредителях.

— Ну, идите же к нам: ваше участие в деле может его поправить.

— Не может, не может, Лизавета Егоровна, и я не желаю вмешиваться ни во что.

— Пусть все погибнет?

— Пусть погибнет, и чем скорее, тем лучше.

— Это говорите вы, Райнер!

— Я, Райнер.

— Социалист!

— Я, социалист Райнер, я, Лизавета Егоровна, от всей души желаю, чтобы так или иначе скорее уничтожилась жалкая смешная попытка, профанирующая учение, в которое я верю. Я, социалист Райнер, буду рад, когда в Петербурге не будет Дома Согласия. Я благословлю тот час, когда эта безобразная, эгоистичная и безнравственная куча самозванцев разойдется и не станет мотаться на людских глазах.

Лиза стояла молча.

— Поймите же, Лизавета Егоровна, что я не могу, я не в силах видеть этих ничтожных людей, этих самозванцев, по милости которых в человеческом обществе бесчестятся и предаются позору и посмеянию принципы, в которых я вырос и за которые готов сто раз отдать всю свою кровь по капле.

— Понимаю, — тихо и презрительно произнесла Лиза.

Оба они стояли молча у окна пустой залы Вязмитиновых.

— Вы сами скоро убедитесь, — начал Райнер, — что...

— Все социалисты вздор и чепуха, — подсказала Лиза.

— Зачем же подсказывать не то, что человек хотел сказать?

— Что же? Вы человек, которому я верила, с которым мы во всем согласились, с которым... даже думала никогда не расставаться...

— Позвольте: из-за чего же нам расставаться?

— И вы вот что вышли! Трусить, идти на попятный двор и, наконец, желать всякого зла социализму! — перебила его Лиза.

— Не социализму, а... вздорам, которые во имя его затеяны пустыми людьми.

— Где же ваше снисхождение к людям? Где же то всепрощение, о котором вы так красно говорили?

— Вы злоупотребляете словами, Лизавета Егоровна, — отвечал, покраснев, Райнер.

— А вы делаете еще хуже. Вы злоупотребляете...

— Чем-с?

— Доверием.

Райнер вспыхнул и тотчас же побледнел как полотно.

— И это человек, которому... На котором... с которым я думала...

— Но Бога ради: ведь вы же видите, что ничего нельзя делать! — воскликнул Райнер.

— Тому, у кого коротка воля и кто мало дорожит доверием к своим словам.

Райнер хотел что-то отвечать, но слово застряло у него в горле.

— А как красно вы умели рассказывать! — продолжала Лиза. — Трудно было думать, что у вас меньше решимости и мужества, чем у Белоярцева.

— Вы пользуетесь правами вашего пола, — отвечал, весь дрожа, Райнер. — Вы меня нестерпимо обижаете, с тем чтобы возбудить во мне ложную гордость и заставить действовать против моих убеждений. Этого еще никому не удавалось.

В ответ на эту тираду Лиза сделала несколько шагов на середину комнаты и, окинув Райнера уничтожающим взглядом, тихо выговорила:

— Безысходных положений нет, monsieur Райнер.

Через четверть часа она уехала от Вязмитиновой, не простясь с Райнером, который оставался неподвижно у того окна, у которого происходил разговор.

— Что тут у вас было? — спрашивала Райнера Евгения Петровна, удивленная внезапным отъездом Лизы. Райнер уклончиво отделался от ответа и уехал домой.

— Ну что, Бахарева? — встретили Лизу вопросом женщины Дома Согласия.

— Райнер не будет жить с нами.

— Отчего же это? — осведомился баском Белоярцев. — Манерничает! Ну, я к нему схожу завтра.

— Да, сходите теперь; покланяйтесь хорошенько: это и идет к вам, — ответила Лиза.

## Глава семнадцатая.
## И сырые дрова загораются

Три дня, непосредственно следовавшие за этим разговором, имеют большое право на наше внимание.

В течение этих трех дней Райнер не видался с Лизою. Каждый вечер он приходил к Женни часом ранее обыкновенного и при первых приветствиях очень внимательно прислушивался, не отзовется ли из спальни хозяйки другой знакомый голос, не покажется ли в дверях Лизина фигура. Лизы не было. Она не только не выезжала из дома, но даже не выходила из своей комнаты и ни с кем не говорила. В эти же дни Николай Степанович Вязмитинов получил командировку, взял подорожную и собирался через несколько дней уехать месяца на два из Петербурга, и, наконец, в один из этих дней Красин обронил на улице свой бумажник, о котором очень сожалел, но не хотел объявить ни в газетах, ни в квартале и даже вдруг вовсе перестал говорить о нем.

Вечером последнего из этих трех дней Женни сидела у печки, топившейся в ее спальне. На коленях она держала младшего своего ребенка и, шутя, говорила ему, как он будет жить и расти. Няня Абрамовна сидела на кресле и сладко позевывала.

— Будем красавицы, умницы, добрые, будут нас любить, много, много будут нас любить, — говорила Евгения Петровна с расстановкой, заставляя ребенка ласкать самого себя по щечкам собственными ручонками.

— Гадай, гадай, дитятко, — произнесла в ответ ей старуха.

— Да уж угадаем, уж угадаем, — шутила Женни, целуя девочку.

— А на мой згад, как фараон-царь мальчиков побивал, так теперь следует выдать закон, чтоб побивали девочек.

— За что это нас убивать? за что убивать нас? — относилась Женни к ребенку.

— А за то, что нынче девки не в моде. Право, посмотришь, свет-то навыворот пошел. Бывало, в домах ли где, в собраниях ли каких, видишь, все-то кавалеры с девушками, с барышнями, а барышни с кавалерами, и таково-то славно, таково-то весело и пристойно. Парка парку себе отыскивает. А нынче уж нет! Все пошло как-то таранты на вон. Все мужчины, как идолы какие оглашенные, все только около замужних женщин так и вертятся, так и кривляются, как пауки; а те тоже чи-чи-чи! да га-га-га! Сами на шею и вешаются.

Женни засмеялась.

— Гадостницы, — проговорила Абрамовна.

Кто-то позвонил у дверей. Абрамовна встала и отперла. Вошел Райнер.

— Идите сюда, Василий Иванович, здесь печечка топится.

— Вы одне? — спросил, тихо входя, Райнер.

— Вот с няней да с дочерью беседую. Садитесь вы к нам.

— Я думал, что Николай Степанович здесь.

— Нет; его нет совсем дома. Он уезжает в конце этой недели. Все ездит теперь к своему начальнику. Лизы вы не видали?

— Нет, не видал.

— Хотите, сейчас ее выпишем?

— Как вам угодно.

— Вам как угодно?

Райнер слегка покраснел, а Женни зажгла свечечку и написала несколько строчек к Лизе.

— Няня, милая! возьми извозчика, прокатайся, — сказала она Абрамовне.

— Куда это, матушка?

— Привези Лизу.

— Это в вертеп-то ехать!

Райнер и Женни засмеялись.

— Ну давай, давай съезжу, — отвечала старуха, через десять минут оделась и отправилась в вертеп.

В это время, шагах в тридцати не доходя дома, где жили Вязмитиновы, на тротуаре стоял Розанов с каким-то мещанином в калмыцком тулупе.

— Уморительный маскарад! — говорил Розанов тулупу.

— Именно уморительный, потому что умариваешься, как черт, — отвечал тулуп.

— И долго вы еще здесь проиграете?

— Нет: птица сейчас юркнула куда-то сюда. Сейчас вынырнет, а дома там его ждут.

— Да что это, вор, что ли?

— Какой вор! Иностранец по политическому делу: этих ловить нетрудно.

— А кто такой, если можно?

— Райнер какой-то.

— Черт его знает, не знаю, — отвечал Розанов и, пожав руку переодетого в тулуп, пошел, не торопясь, по улице и скрылся в воротах дома, где жили Вязмитиновы.

Райнер преспокойно сидел с Евгенией Петровной у печки в ее спальне, и они не заметили, как к ним через детскую вошел Розанов, поднявшийся по черной лестнице. Войдя в спальню, Розанов торопливо пожал руку хозяйки и, тронув слегка за плечо Райнера, поманил его за собою в гостиную.

— Вас сейчас схватят, — сказал он без всяких обиняков и в сильном волнении.

— Меня? Кто меня схватит? — спросил, бледнея, Райнер.

— Известно, кто берет: полиция. Что вы сделали в это время, за что вас могут преследовать?

— Я, право, не знаю, — начал было Райнер, но тотчас же ударил себя в лоб и сказал: — ах Боже мой! верно, эта бумага, которую я писал к полякам.

Он вкратце рассказал известную нам историю, поскольку она относилась к нему.

Подозрения его были верны: его выдавала известная нам записка, представленная в полицейский квартал городовым, поднявшим бумажник Красина.

— Кончено: спасенья нет, — произнес Розанов.

— Господи! к счастию, вы так неосторожно говорили, что я поневоле все слышала, — сказала, входя в гостиную, Вязмитинова. — Говорите, в чем дело, может быть, что-нибудь придумаем.

— Нечего придумывать, когда полиция следит его по пятам и у вашего дома люди.

— Боже мой! Я поеду, отыщу моего мужа, а вы подождите здесь. Я буду просить мужа сделать все, что можно.

Розанов махнул рукой.

— Муж ваш не может ничего сделать, да и не станет ничего делать. Кто возьмет на себя такие хлопоты? Это не о месте по службе попросить.

Над дверью громко раздался звонок и, жалобно звеня, закачался на дрожащей пружине. Розанов и Женни остолбенели. Райнер встал совершенно спокойный и поправил свои длинные русые волосы.

— Муж! — прошептала Женни.

— Полиция! — произнес еще тише Розанов.

— Бегите задним ходом, — захлебываясь, прошептала Женни и, посадив на кушетку ребенка, дернула Райнера за руку в свою спальню.

— Невозможно! — остановил их Розанов, — там ваши люди: вы его не спасете, а всех запутаете.

Ребенок, оставленный на диване в пустой гостиной, заплакал, а над дверью раздался второй звонок вдвое громче прежнего. За детскою послышались шаги горничной.

— Сюда! — кликнула Женни и, схватив Райнера за рукав, толкнула его за драпировку, закрывавшую ее кровать.

Девушка в то же мгновение пробежала через спальню и отперла дверь, над которою в это мгновение раздался уже третий звонок. Розанов и Женни ни живы ни мертвы стояли в спальне.

— Что это ты, матушка, ребенка-то одного бросила? — кропотливо говорила, входя, Абрамовна.

— Так это ты, няня?

— Что такое я, сударыня?

— Звонила?

— Да я же, я, вот видишь.

— А мы думали... что ты по черной лестнице войдешь.

— Нос там теперь расшибить.

Евгения Петровна немножко оправилась и взяла ребенка.

— Не поехала, — сказала няня, входя и протягивая руки за ребенком. Женни вспомнила, что няня ездила за Лизой.

— Не поехала? — переспросила она ее. — Отчего же она не поехала?

— А не поехала, да вот тебе и только. Знаешь, чай, у ней сказ короток.

Женни была как на ножах. Мало того, что каждую минуту за драпировку ее спальни могли войти горничная или Абрамовна, туда мог войти муж, которого она ожидала беспрестанно. Женни вертелась около опущенных занавесок драпировки и понимала, что, во-первых, ее караульное положение здесь неестественно, а во-вторых, она не знала, что делать, если горничная или няня подойдет к ней и попросит ее дать дорогу за драпировку.

Бедная женщина стояла, держа палец одной руки у рта, а другою удерживая крепко стучавшее сердце.

— Что нам делать? — шепнула она Розанову.

Тот пожал плечами и поникнул головою в совершенном недоумении.

Вязмитинова неслышными шагами подвинулась за занавеску, и через полминуты Розанов услыхал, как щелкнул замок в ее ванной. Вслед за тем Женни выскочила, как бы преследуемая страшным привидением, схватила со стола свечу и побежала через зал и гостиную в кабинет мужа. Во все это время она судорожно совала что-то в карман своего платья и, остановясь у мужниного письменного стола, что-то уронила на пол. Розанов нагнулся и поднял ключ. Женни села и оперлась обоими локтями на письменный стол. Голова ее шаталась от тяжелого дыхания.

— Дайте мне воды, — прошептала она Розанову.

Доктор налил ей стакан воды. Она выпила полстакана и вопросительно посмотрела на Розанова.

— Возьмите ключ, — сказал он ей тихо.

Евгения Петровна схватила ключ, дрожащею рукою сунула его в карман и закрыла разрез складкою широкой юбки.

— Что ему могут сделать? — начала она очень тихо.

— Могут сделать очень дурное. Закон строг в таких случаях.

— Боже мой, и неужто нет никакой возможности спасти его? Пусть бежит.

— Как, куда и с чем?

— За границу.

— А где паспорт?

— Пусть скроется пока в России.

— Все-таки нужен вид, нужны деньги.

— Я найду немного денег.

— А вид?

Женни замолчала.

— Что это за бумага? — спросила она через несколько минут, указывая на лежащую на столе подорожную мужа. Это подорожная, — да? С нею можно уйти из Петербурга, — да? Говорите же: да или нет?

— Да, — отвечал Розанов.

Женни взяла бумагу и, подняв ее вверх, встала со стула.

— А что будет, если эта бумага пропадет? — спросила она, глядя тревожными и восторженными глазами на Розанова. — Отвечайте мне чистую правду.

— Если эту подорожную у Николая Степановича украдут?

— Да, если ее у него украдут? Скорее, скорее отвечайте.

— Если украдут, то... ему выдадут новую, а об этой объявят в газетах.

— И только? Говорите же: и только?

— И только, если она будет украдена и пропадет без вести. В противном случае, если Райнер с нею попадется, то... будет следствие.

— Да, но мой муж все-таки не будет отвечать, потому что он ничего не знал? Я скажу, что я... сожгла ее, изорвала...

— Да, что до вашего мужа, то он вне всяких подозрений.

— Держите же ее, берите, берите, — произнесла, дрожа, Женни.

Она выбежала из кабинета и через час вернулась с шелковым кошельком своей работы.

— Здесь что-то около сорока рублей. У меня более ничего нет, — лепетала она, беспрестанно меняясь в лице. — Берите это все и ступайте домой.

— Что вы такое задумали, Евгения Петровна! Вспомните, что вы делаете!

— Берите и ступайте, приготовьте ему какое-нибудь платье: он ночью будет у вас.

— Как вы это сделаете? Подумайте только, у нас не старая, не прежняя полиция.

— Ах, идите Бога ради домой, Дмитрий Петрович. Я все обдумала.

Розанов положил в карман подорожную, деньги и отправился

домой. Женни возвратилась в свою спальню, пожаловалась, что она нехорошо себя чувствует, и, затворив за собою дверь из детской, опустилась перед образником на колени. Темные лики икон, озаренные трепетным светом лампады, глядели на молящуюся строго и спокойно.

В детской послышался легкий старческий сап няни. Евгения Петровна тихо прошла со свечою по задним комнатам. В другой маленькой детской спала крепким сном мамка, а далее, закинув голову на спинку дивана, похрапывала полнокровная горничная. Хозяйка тем же осторожным шагом возвратилась в спальню. Вязмитинов еще не возвращался. В зале стучал медленно раскачивающийся маятник стенных часов. Женни осторожно повернула ключ в заветной двери. Райнер спокойно сидел на краю ванны.

— Вы можете уходить нынче ночью, — начала торопливо его спасительница. — Вот вам свеча, зеркало и ножницы: стригите ваши волосы и бороду. Ночью я вас выпущу через подъезд. Розанов будет ждать вас дома. Если услышите шаги, гасите свечу.

— Евгения Петровна! зачем вы...

— Тсс, — произнесла Женни, и ключ снова повернулся.

В одиннадцать часов возвратился Вязмитинов. Он очень удивился, застав жену в постели.

— Я очень нездорова, — отвечала, дрожа, Евгения Петровна.

— Что у тебя, лихорадка? — расспрашивал Вязмитинов, взяв ее за трепещущую руку.

— Верно, лихорадка: мне нужен покой.

— За доктором послать?

— Ах, мне покой нужен, а не доктор. Дайте же мне покою.

— Ну, Бог с тобой, если ты нынче такая нервная.

— Да, я в самом деле чувствую себя очень расстроенной.

— Я тоже устал, — отвечал Вязмитинов и, поцеловав жену в лоб, ушел в свой кабинет.

Женни отослала горничную, сказав, что она разденется сама.

Наступила ночь; движение на улице совершенно стихло; часы в зале ударили два. Женни осторожно приподнялась с кровати и, подойдя неслышными шагами к дверям, внимательно слушала: везде было тихо. Из кабинета не доходило ни звука, повсюду темнота.

— Пора! — шепнула Женни, отворив дверь Райнеровой темницы.

Райнера невозможно было узнать. Ни его прекрасных волос, ни усов, ни бороды не было и следа. Неровно и клочковато, но весьма коротко, он снес с своей головы всю растительность.

— Скорей и тише, — шепнула Женни.

Райнер вышел по мягкому ковру за драпировку.

— Вы губите себя, — шептал он.

— Вы здесь губите меня более, чем когда вы уйдете, — так же

тихо отвечала, оглядываясь, Женни.

— Я никогда не прощу себе, что послушался вас сначала.

— Тсс! — произнесла Женни.

— Для кого и для чего вы так рискуете? Боже мой!

— Я так хочу... для вас самих... для Лизы. Тсс! — опять произнесла она, держа одною рукою свечу, а другою холодную руку Райнера.

Все было тихо, но Женни оставила Райнера и, подойдя к двери детской, отскочила в испуге: свеча ходенем заходила у нее в руке.

С той стороны двери в эту же щель створа глядел на нее строгий глаз Абрамовны.

— Зачем ты, зачем ты здесь, няня! — нервно шептала, глотая слова, Женни. — Спи, иди спи!

Абрамовна отворила дверь, перешагнула в спальню и, посмотрев на Райнера, повертела свою головную повязку.

— Я тебе расскажу, все расскажу после, — пролепетала Женни и, быстро вскочив, взяла Райнера за руку.

— Куда? страмовщица: опомнись! — остановила ее старуха. — Только того и надо, чтобы на лестнице кто-нибудь встретил.

Старуха вырвала у Евгении Петровны свечу, махнула головою Райнеру и тихо вышла с ним из залы. Женни осталась словно окаменелая; даже сильно бившееся до сих пор сердце ее не стучало. Легкий звон ключа сказал ей, что няня с Райнером прошли залу и вышли на лестницу. Женни вздрогнула и опять упала на колени.

Абрамовна с Райнером так же тихо и неслышно дошли по лестнице до дверей парадного подъезда. Старуха отперла своим ключом дверь и, толкнув Райнера на улицу, закричала пронзительным старушечьим криком:

— Если не застанешь нашего доктора, беги к другому, да скорее беги-то, скорее; скажи, очень, мол, худо.

Райнер побежал бегом.

— Да ты бери извозчика! — крикнула вдогонку старуха и захлопнула двери.

Райнер взял первого извозчика и, виляя на нем из переулка в переулок, благополучно доехал до розановской квартиры.

Доктор ждал гостя. Он не обременял ею никакими вопросами, помог ему хорошенько обриться; на счастье, Розанов умел стричь, он наскоро поправил Райнерову стрижку, дал ему теплые сапоги, шапку, немного белья и выпроводил на улицу часа за полтора до рассвета.

— Боже! за что я всех вас подвергаю такому риску, я, одинокий, никому не нужный человек, — говорил Райнер.

— Вы уходите скорей и подальше: это всего нужнее. Теперь уж раздумывать нечего, — отвечал Розанов.

Когда послышался щелк ключа в двери, которую запирала няня, Евгения Петровна вскочила с колен и остановилась перед поднятыми занавесками драпировки.

Старуха вошла в спальню, строгая и суровая.

— Няня! — позвала ее Евгения Петровна.

— Ну!

Евгения Петровна заплакала.

— Перестань, — сказала старуха.

— Ты… Не думай, няня… Я клянусь тебе детьми, отцом клянусь, я ничего…

— Ложись, говорю тебе. Будто я не знаю, что ли, глупая ты!

Старуха поправила лампаду, вздохнула и пошла в свою комнату. Райнера не стало в Петербурге.

## Глава восемнадцатая.
## Землетрясение

Четвертые сутки Лизе не удалось просидеть в своей комнате. Белоярцев в этот день не обедал дома и прискакал только в шесть часов. Он вошел, придавая своему лицу самый встревоженный и озабоченный вид.

— Все дома? — спросил он, пробегая в свою комнату.

— Все, — лениво ответила Бертольди.

— А Бахарева? — спросил он, снова выбежав в залу.

— Она в своей комнате.

— Зовите ее скорее сюда. У нас сегодня непременно будет полиция.

— Полиция! — воскликнуло разом несколько голосов.

— Да, да, да, уж когда я говорю, так это так. Сегодня ночью арестовали Райнера; квартира его опечатана, и все бумаги взяты.

Бертольди бросилась с этой новостью к Лизе.

— Нужно все сжечь, все, что может указать на наши сношения с Райнером, — говорил Белоярцев, оглядываясь на все стороны и соображая, что бы такое начать жечь.

Вошла Лиза. Она была бледна и едва держалась на ногах. Ее словно расшибло известие об аресте Райнера.

— У вас, Лизавета Егоровна, могут быть письма Райнера? — отнесся к ней Белоярцев.

— Есть, — отвечала Лиза.

— Их нужно немедленно уничтожить.

— Все пустые, обыкновенные письма: они не имеют никакого политического значения.

— Все-таки их нужно уничтожить: они могут служить указанием на его связь с нами.

Лиза встала и через пять минут возвратилась с пачкою записок.

— Сжигайте, — сказала она, положив их на стол.

Белоярцев развязал пачку и начал кидать письма по одному в

пылающий камин. Лиза молча глядела на вспыхивающую и берущуюся черным пеплом бумагу. В душе ее происходила ужасная мука. «Всех ты разогнала и растеряла», — шептало ей чувство, болезненно сжимавшее ее сердце.

— У вас еще есть что-нибудь? — осведомился Белоярцев.

— Ничего, — отвечала Лиза, и то же чувство опять словно с хохотом давнуло ее сердце и сказало: «да, у тебя больше нет ничего».

— Что же еще жечь? Давайте что жечь? — добивался Белоярцев.

Ступина принесла и бросила какие-то два письма, Каверина кинула в огонь свой давний дневник, Прорвич — составленный им лет шесть тому назад проект демократической республики, умещавшийся всего на шести писанных страничках. Одна Бертольди нашла у себя очень много материала, подлежащего сожжению. Она беспрестанно подносила Белоярцеву целые кипы и с торжеством говорила:

— Жгите.

Но, наконец, и ее запас горючего вещества иссяк.

— Давайте же? — спрашивал Белоярцев.

— Все, — ответила Бертольди.

Белоярцев встал и пошел в свою комнату. Долго он там возился и, наконец, вынес оттуда огромную груду бумаг. Бросив все это в камин, он раскопал кочережкою пепел и сказал:

— Ну, теперь милости просим.

Женщины сидели молча в весьма неприятном раздумье; скука была страшная.

— Да, — начал Белоярцев, — пока пожалуют дорогие гости, нам нужно условиться, что говорить. Надо сказать, что все мы родственники, и говорить это в одно слово. Вы, mademoiselle Бертольди, скажите, что вы жена Прорвича.

— Отлично, — отозвалась Бертольди.

— Вы назовитесь хоть моею женою, — продолжал он, относясь к Ступиной, — а вы, Лизавета Егоровна, скажите, что вы моя сестра.

— К чему же это?

— Так, чтобы замаскировать нашу ассоциацию.

— Это очень плохая маска: никто не поверит такой басне.

— Отчего же-с?

— Оттого, что если полиция идет, так уж она знает, куда идет, и, наконец, вместе жить и чужим людям никому не запрещено.

— Ну ведь вот то-то и есть, что с вами не сговоришь. Отчего ж я думаю иначе? Верно уж я имею свои основания, — заговорил Белоярцев, позволивший себе по поводу экстренного случая и с Лизою беседовать в своем любимом тоне.

Лиза ничего ему не ответила. Не до него ей было.

— И опять, надо знать, как держать себя, — начал Белоярцев. — Надо держать себя с достоинством, но без выходок, вежливо, надо лавировать.

— А пока они придут, надо сидеть вместе или можно ложиться? — спросила Бертольди.

Белоярцев походил молча и отвечал, что надо посидеть.

— Может быть, разойтись по своим комнатам?

— Зачем же по своим комнатам. Семья разве не может сидеть в зале.

Все просидели с часок: скука была нестерпимая, и, несмотря на тревожное ожидание обыска, иные начали позевывать.

— Возьмите какие-нибудь тетради, будто переводите, что ли, или работу возьмите, — командовал Белоярцев.

— На переводах есть райнеровские поправки, — отозвалась Ступина.

— Что ж такое, что поправки: никто не станет листовать ваших тетрадей.

Бертольди принесла две тетради, из которых одну положила перед собою, а другую перед Ступиной. Каверина вышла к своему ребенку, который был очень болен.

В зале снова водворилось скучное молчание. Белоярцев прохаживался, поглядывая на часы, и, остановясь у одного окна, вдруг воскликнул:

— Ну да, да, да: вот у нас всегда так! О поправках на тетрадях помним, а вот такие документы разбрасываем по окнам!

Он поднес к столу пустой конверт, надписанный когда-то Райнером «Ступиной в квартире Белоярцева».

— Еще и «в квартире Белоярцева», — произнес он с упреком, сожигая на свече конверт.

— Это пустяки, — проговорила Ступина.

— Пустяки-с! Я только не знаю, отчего вы не замечаете, что я не пренебрегаю никакими пустяками?

— Вы особенный человек, — отвечала та с легкой иронией.

Вышла опять скучнейшая пауза.

— Который час? — спросила Ступина.

— Скоро десять.

— Не идти ли спать со скуки?

— Какой же сон! Помилуйте, Анна Львовна, ну какой теперь сон в десять часов!

— Да чего ж напрасно сидеть. Ничего не будет.

— Ну да; вам больше знать, — полупрезрительно протянул Белоярцев.

В это мгновение на дворе стукнула калитка, потом растворилась дверь, ведущая со двора на лестницу, и по кирпичным ступеням раздался тяжелый топот, кашель и голоса.

— А что-с! — воскликнул, бледнея, Белоярцев, злобно взглянув на Ступину.

Бледность разом покрыла все лица. Из коридора показалась

бледная же Каверина, а из-за нее спокойное широкое лицо Марфы.

Шаги и говор раздались у самой лестницы, и, наконец, дрогнул звонок. Белоярцев присел на окно. Зала представляла неподвижную живую картину ужаса.

Послышался второй звонок.

— Ну отпирайте, ведь не отсидимся уж, — сказала Каверина.

Бертольди пошла в переднюю, в темноте перекрестилась и повернула ключ. Тяжелый роковой топот раздался в темной передней, и на порог залы выползла небольшая круглая фигурка в крытом сукном овчинном тулупе, воротник которого был завернут за уши.

Фигура приподняла было ко лбу руку с сложенными перстами, но, не находя по углам ни одного образа, опустила ее снова и, слегка поклонившись, проговорила:

— Наше почтенье-с.

Граждане переглянулись.

— Я, господа, к вашей милости, — начала фигура.

Ступина подошла со свечою к тулупу и увидала, что за ним стоит муж Марфы да держащаяся за дверь Бертольди, и более никого.

— Я, как вам угодно, только я не то что из капризу какого-нибудь, а я решительно вам говорю, что, имея себе капитал совершенно, можно сказать, что самый незначительный, то я более ожидать не могу-с. По мелочной торговле это нельзя-с. Сорок рублей тоже для нашего брата в обороте свой расчет имеют.

Ступина не выдержала и залилась самым веселым смехом.

— Отчего же я не смеюсь? — тоном слабого упрека остановил ее Белоярцев.

Упрек этот, при общей обстановке картины, так мало отвечавшей совершенно другим ожиданиям, заставил расхохотаться не только всех женщин, но даже Прорвича. Не смеялись только Лиза, лавочник да Белоярцев.

— Я ведь это по чести только пришел, — начал лавочник, обиженный непонятным для него смехом, — а то я с вами, милостивый вы государь, и совсем иначе завтра сделаюсь, — отнесся он к Белоярцеву.

— Да что же тут я? Мы все брали и заплатим. Чудной ты человек, Афанасий Иванович! Брали и заплатим.

— Нет, это чудак, ваше благородие, баран, что до Петрова дня матку сосет, а мы здесь в своем правиле. На нас также не ждут. Моя речь вся вот она: денежки на стол и душа на простор, а то я завтра и в фартал сведу.

Ступина, глянув на Белоярцева, опять прыснула неудержимым смехом. Это окончательно взбесило лавочника.

— А если и мамзели в том же расчете, так мы тоже попросим туда и мамзелей, — проговорил он, озирая женщин.

При этих словах Лиза сорвалась с места и, вынеся из своей

комнаты пятидесятирублевую ассигнацию, сказала:

— Вот тебе деньги; принеси завтра сдачу и счет.

Лавочник ушел, и за ним загромыхал своими бахилами Мартемьян Иванов.

Белоярцев был совершенно разбит и тупо ждал, когда умолкнет дружный, истерический хохот женщин.

— Ну-с, господин Белоярцев! — взялась за него Лиза. — До чего вы нас довели?

Белоярцев молчал.

— Завтра мне мой счет чтоб был готов: я ни минуты не хочу оставаться в этом смешном и глупом доме.

Лиза вышла; за нею, посмеиваясь, потянули и другие. В зале остались только Марфа и Бертольди.

— А вам очень нужно было отпирать! — накинулся Белоярцев на последнюю. — Отчего ж я не летел, как вы, сломя голову?

— Это, я думаю, моя обязанность, — несколько обиженно отозвалась Бертольди.

— И твой муж, Марфа, тоже хорош, — продолжал Белоярцев, — лезет, как будто целый полк стучит.

— Батюшка мой, да у него, у моею мужа, сапожищи-то ведь демоны, — оправдывала Марфа супруга.

— Демоны! демоны! отчего же...

Белоярцев по привычке хотел сказать: «отчего же у меня сапоги не демоны», но спохватился и, уже не ставя себя образцом, буркнул только:

— Пусть другие сделает. Нельзя же так... тревожить весь дом своими демонами.

— А Кавериной ребенок очень плох, — зашел сказать ему Прорвич.

— Ах ты, Боже мой! — воскликнул Белоярцев, сорвав с себя галстук. — Начнется теперь это бабье вытье; похороны; пятьсот гробов наставят в зал! Ну что ж это за пытка такая!

Он побегал по комнате и, остановясь перед Прорвичем, озадаченным его грубою выходкою, спросил, выставя вперед руки:

— Ну скажите же мне, пожалуйста, ну где же? где она ходит, эта полиция? Когда всему этому будет последний конец?

## Глава девятнадцатая.
## В Беловеже

Заповедный заказник, занимающий огромное пространство в Гродненской губернии, известен под именем Беловежской пущи. Этот бесконечный лес с незапамятных пор служил любимым и лучшим местом королевских охот; в нем водится тур, или зубр, и он воспет Мицкевичем в одном из самых бессмертных его творений. Теперь в густой пуще давно уже нет и следа той белой башни, от которой она, по догадкам польских историков, получила свое название, но с мыслью об этом лесе у каждого литвина и поляка, у каждого человека, кто когда-нибудь бродил по его дебрям или плелся по узеньким дорожкам, насыпанным в его топких внутренних болотах, связаны самые грандиозные воспоминания. Видев один раз пущу, целую жизнь нельзя забыть того тихого, но необыкновенно глубокого впечатления, которое она производит на теряющегося в ней человека. Непроглядные чащи, засевшие на необъятных пространствах, обитаемые зубрами, кабанами, ланями и множеством разного другого зверя, всегда молчаливы и серьезны. Углубляясь в них, невольно вспоминаешь исчезнувшие леса тевтонов, описанные с неподражаемою прелестью у Тацита. Самая большая из проложенных через пущу дорожек пряма, но узка, и окружающие ее деревья, если смотреть вперед на расстоянии нескольких шагов, сливаются в одну темную массу. Следуя этой дорожкой, человек видит только землю под ногами, две лиственные стены и узенькую полоску светлого неба сверху. Идешь по этой дорожке, как по дну какого-то глубокого рва или по бесконечной могиле. Кругом тишина, изредка только нарушаемая шорохом кустов, раздвигаемых торопливою ланью, или треском валежника, хрустящего под тяжелым копытом рогатого тура. На каждом шагу, в каждом звуке, в каждом легком движении ветра по вершинам задумчивого леса — везде чувствуется сила целостной природы, гордой своею независимостью от человека. Непроглядные чащи местами пересекаются болотистыми потовинами, заросшими лозою. Через эти болота тянутся колеблющиеся узенькие насыпные дорожки, на которых очень трудно разъехаться двум встречным литовским фурманкам. Шаг в сторону от этой дорожки невозможен: болото с неимоверною быстротою обоймет своею холодною грязью и затянет. Крестьяне нередко видали в этих болотах торчащие из трясины рога тура или оконченевшую головку замерзшей в страданиях данельки. Деревень в пуще очень немного, и те, кроме самого селения Беловежи, раскинуты по окраинам, а средина дебри совершенно пуста. Только в нескольких пунктах можно наткнуться на одинокую хату одинокого стражника, а то все зверь да дерево. Пуща представляла очень много удобств для восстания. Кроме того, что отрядам инсургентов в ней можно было формироваться и скрываться от преследования сильнейших отрядов русского войска, в пуще есть поляны, на которых стоят стога сена, заготовляемого для зубров на все время суровой зимы; здесь по лесу пробегает несколько ручьев и речек, и, наконец, лес полон смелой и ненапуганной крупной зверины, которою всегда можно пропитать большую партию.

Последнее восстание отлично понимало все выгоды, которые ему представляла собою непроходимая дебрь с своими полянами, заготовленным сеном и звериною. Пуща одно время была приютом для многих формировавшихся шаек, и в нее старались прорываться сформированные отряды, нуждавшиеся в роздыхе или укомплектовании.

Поздними осенними сумерками холодного литовского дня один из таких отрядов, состоявший из тридцати хорошо вооруженных всадников, осторожно шел узенькою болотною дорожкою по пуще, на север от Беловежи. Отряд этот двигался довольно редкою цепью по два в ряд, наблюдая при том глубочайшую тишину. Не только не брячала ни одна сабля, но даже не пырхала ни одна усталая лошадь, и, несмотря на все это, молодой предводитель отряда все-таки беспрестанно останавливался, строго произносил «тс» и с заячьей осторожностью то прислушивался к трепетному шепоту слегка колеблющихся вершин, то старался, кажется, пронизать своим взглядом чащу, окружающую трясину.

Только перейдя болото и видя, что последняя пара его отряда сошла с дорожки, кое-как насыпанной через топкое болото, он остановил лошадь, снял темно-малиновую конфедератку с белой опушкой и, обернувшись к отряду, перекрестился.

— Ну, вынес Бог, — сказал молодой человек, стараясь говорить как можно тише. — Будь здесь спрятаны десять москалей, мы бы все, как куры, пропали в этом болоте.

Отряд тоже снял шапки, и все набожно перекрестились; старик трубач, ехавший возле предводителя, сложил на груди свои костлявые руки и, склонив к ним седую голову, начал шептать пацержи.

— Огер! давай сигнал, — так же тихо произнес предводитель, не сводя глаз с той стороны пройденного болота.

Молодой мальчик, стоявший на первом ряду, обернулся на седле и, опершись рукою о круп своей лошади, пронзительно вскрикнул лесною иволгой. Несколько повстанцев повернулись на своих седлах и стали смотреть на ту сторону болота. В густой чаще того берега простонал пугач.

— Идут, — сказал молодой предводитель и осторожно тронулся вперед с своим отрядом.

На болотной дорожке с той стороны показался новый отряд человек в шестьдесят. В такой же точно тишине этот второй отряд благополучно перешел болото и соединился на противоположной стороне с первым. Как только передняя пара заднего отряда догнала последнюю лошадь первого, человек, ехавший во главе этого второго отряда, обскакал несколько пар и, догнав переднего предводителя, поехал с ним рядом.

Новый предводитель был гораздо старше того, который перешел болото с передовым отрядом, и принадлежал несомненно к чистой польской расе, между тем как первый ничуть не напоминал собою сарматского типа и немногие сказанные им польские слова произносил нечисто. По службе революционному правительству предводитель задней партии тоже должен был иметь несомненное старшинство над первым. Когда они поравнялись, пожилой поляк, не удостоивая молодого человека своего взгляда, тихо проворчал из-под нависших усов:

— Я очень благодарю пана Кулю; переход сделан осторожно.

Молодой человек, которого назвали Кулею, приложил руку к околышу конфедератки и, осадив на один шаг своего коня, поехал, уступая старшему на пол-лошади переда.

Отряд продолжал идти в могильной тишине. На дворе совсем смеркалось. Пройдя таким образом еще около половины польской мили, повстанцы достигли довольно большой поляны, на которой сквозь серый сумрак можно было отличить два высокие и длинные стога сена.

— Ну, прошу ротмистра осведомиться, — произнес старший.

Куля позвал с собою старого трубача да двух рядовых повстанцев и тихо выехал с ними на поляну, правя прямо к черневшим стогам. Отряд остался на дороге.

Куля впереди трех человек уже почти доехал до одного стога, как его молодая лошадь вдруг вздрогнула, поднялась на дыбы и бросилась в сторону. Куля осадил коня на первых же шагах и, дав ему крепкие шпоры, заставил карьером броситься к стогу. Добрая лошадь повиновалась, но на полукурсе снова вдруг неожиданно метнулась и смяла трубачову лошадь.

— Верно, старик стоит у сена, — проговорил шепотом трубач. — Не муштруйте, пан ротмистр, напрасно коня: непривычный конь не пойдет на старика.

— А может быть, это засада!

— Нет, не засада. Пусть пан ротмистр мне верит, я тут взрос. Этот старик где-нибудь стоит под стогом.

В эту минуту облачное небо как бы нарочно прорвалось в одном месте, и бледная луна, глянув в эту прореху, осветила пожелтевшую поляну, стоящие на ней два стога и перед одним из них черную, чудовищную фигуру старого зубра. Громадное животное, отогнанное стадом за преклонность лет и тяжесть своего тела, очевидно, уж было очень старо и искало покоя у готового сена. Нужно полагать, что зубр уже наелся и отдыхал. Он стоял задом к стогу и, слегка покачивая своими необъятными рогами, смотрел прямо на подъезжавших к нему всадников.

— Пан ротмистр видит теперь, что это старик! Вот был бы добрый ужин нам и добрая полендвица офицерам.

Куля качнул отрицательно головою и, повернув лошадь в объезд к стогу, направился к пересекавшей поляну узкой лесной косе, за которою днем довольно ясно можно было видеть сквозь черные пни дерев небольшую хатку стражника.

Бык тоже тронулся с места и лениво, престаревшим

Собакевичем зашагал с поляны в чащу.

— Не ужин это стоял нам, а гроб. Старик никогда не попадается даром, — с суеверным страхом прошептал здоровый рыжий повстанец.

— Ври больше, — отвечал также шепотом старый трубач.

У перелеска, отделявшего хатку от поляны, Куля соскочил с седла и, обратясь к трубачу, сказал:

— Пойдем, Бачинский, со мною.

— В сей момент, пан ротмистр, — отвечал старик, соскочив с лошади и кидая поводья рыжему повстанцу. Куля и Бачинский пошли осторожно пешком.

— Темно в окнах, — прошептал Куля.

— Нарочно чертов сын заховался, — отвечал Бачинский. — А здесь самое первое место для нас. Там сзади проехали одно болото, тут вот за хатою, с полверсты всего, — другое, а уж тут справа идет такая трясина, что не то что москаль, а сам дьявол через нее не переберется.

Ветер расхаживался с каждою минутою и бросал в глаза что-то мелкое и холодное, не то снег, не то ледяную мглу.

— Поганая погода поднимается, — ворчал Бачинский.

С старой плакучей березы сорвался филин и тяжело замахал своими крыльями. Сначала он низко потянул по поляне, цепляясь о сухие бурылья чернобыла и полыни, а потом поднялся и, севши на верху стога, захохотал своим глупым и неприятным хохотом.

— Проклятая птица, — произнес Бачинский.

— Она мышей ищет: за что ты ее клянешь?

— О! черт с нею, пан ротмистр: пропала бы она совсем. Погано ее слушать.

Бачинский нагнулся и шепотом прочел:

— Pod twoje obrone uciekamy.

Тем временем они перешли перелесок и остановились. Старик тихо подошел к темным окнам хаты, присел на завалинку и стал вслушиваться.

— Что? — спросил его шепотом Куля.

— Ничего… все тихо… Кто-то как будто стонет.

— Слушай хорошенько.

— Стонет кто-то, — повторил Бачинский, подержав ухо у тонкой стены хатки.

— Ну, стучи уж.

Старик слегка постучал в стекло: ответа не было; он постучал еще и еще раз, из хаты не было ни звука, ни оклика; даже стоны стихли.

— Вот и делай с ними что знаешь, — произнес Бачинский. — Смотрите, пан ротмистр, здесь, а я пролезу под застреху и отворю двери.

Старик сбросил чемарку и ловко заработал руками, взбираясь на заборчик. На дворе залаяла собачонка и, выскочив в подворотню наружу, села против ворот и жалостно взвыла. Старик, взобравшийся в эту минуту под самый гребень застрехи, с ожесточением плюнул на выскочившего пса, послал ему сто тысяч дьяволов и одним прыжком очутился внутри стражникова дворика.

Вслед за тем небольшие ворота тихо растворились, и Куля ушел за Бачинским. Оставленные ими два всадника с четырьмя лошадьми в это же мгновение приблизились и остановились под деревьями, наблюдая ворота и хату.

На лай собачонки, которая продолжала завывать, глядя на отворенные ворота дворика, в сенных дверях щелкнула деревянная задвижка, и на пороге показался высокий худой мужик в одном белье.

— Ты стражник? — спросил его Бачинский, заходя вперед своего ротмистра.

— Ох! стражник, пане, стражник, — отвечал, вздыхая, крестьянин.

— У тебя были нынче повстанцы?

— Ох! были же, были, пане.

— Что ж они оставили нам?

— Ой, не знаю, пане: смилуйтесь надо мною, ничего я не знаю.

— А москалей тут не чутно?

— Не знаю, пане; да нет, не чутно, здесь москалей не чутно.

— Кто ж это у тебя стонет?

— А вот ваши, что прошли, так двух бидаков у меня сегодня покинули: умирают совсем, несчастливые. Говорят, потычка у них была где-то с москалями: ранены да разболелись, заслабели.

— Ну, веди нас в хату и топи печь.

— Идите, пане, делайте что хотите: вся ваша тут будет воля.

Кули подозвал двух повстанцев, стоявших с лошадьми, и, отдав одному из них черное чугунное кольцо с своей руки, послал его на дорогу к командиру отряда, а сам сел на завалинку у хатки и, сняв фуражку, задумчиво глядел на низко ползущие темные облака.

В черных оконцах хаты блеснул слабый красноватый свет, и через минуту на пороге сеней показался старый трубач. Опершись ладонями о притолку двери, он посмотрел на небо и сказал:

— Ночью будет снег, а в хате ночевать никак невозможно.

— Отчего? — спросил Куля.

— Смрад нестерпимый: там двое умирают.

Куля молча поднялся и вошел через крошечные сени в тесную хату стражника.

Маленькая хатка, до половины занятая безобразною печью, была освещена лучиной, которая сильно дымила. В избе было очень душно и стоял сильный запах гниющего трупа. На лавках голова к голове лежали две человеческие фигуры, закрытые серыми суконными свитками. Куля взял со светца горящую лучину и, подойдя с нею к одному из раненых, осторожно приподнял свитку, закрывающую его лицо.

Сильный гангренозный запах ошиб Кулю и заставил опустить приподнятую полу. Он постоял и, сделав усилие подавить поднимавшийся у него позыв к рвоте, зажав платком нос, опять приподнял от лица раненого угол свитки.

Глазам Кули представилась черная африканская голова с кучерявою шерстью вместо волос. Негр лежал, широко раскрыв остолбеневшие глаза. Он тяжело дышал ускоренным смрадным дыханием и шевелил пурпурным языком между запекшимися губами.

Куля оглянулся, взял ковш, висевший на деревянном ведре, зачерпнул воды и полил несколько капель в распаленные уста негра. Больной проглотил и на несколько мгновений стал дышать тише. Куля подошел к другому страдальцу. Этот лежал с открытою головою и, казалось, не дышал вовсе. Куля поднял со лба больного волосы, упавшие на его лицо, и приложил свою руку к его голове. Голова была тепла. Куля нагнулся к лицу больного, взглянул на него и в ужасе вскрикнул:

— Боже мой! Помада!

Повстанец открыл глаза, повел ими вокруг и, остановив на Куле, хотел приподняться, но тотчас же застонал и снова упал на дерюжное изголовье.

— Это вы, Помада? — повторил по-русски Куля.

Больной посмотрел долгим пристальным взглядом на Кулю и вместо ответа тихим равнодушным голосом произнес:

— Райнер!

Кто-то забарабанил пальцами по стеклу и крикнул:

— Пан Куля!

— Иду, — отозвался Райнер и, сжав полумертвую руку Помады, засунул лучину в светец и торопливо выскочил из хаты.

## Глава двадцатая.
### Что предсказывали старый зубр, филин и собака

Не густыми мягкими хлопьями, а реденькими ледянистыми звездочками уже третий час падал снег, и завывала буря, шумя величинами качавшихся дерев и приподнимая огромные клоки сена со стогов, около которых расположился ночлегом лагерь встреченных нами инсургентов. Скверная была ночь, способная не одного человека заставить вспомнить о теплом угле за жарко истопленною домашнею печью.

Измученные лошади не пользовались отпущенными им седельными подпругами. Редкая, как бы нехотя, дернет клочок сена из стога, к которому их поставили, лениво повернет два-три раза челюстями и с непроглоченным сеном во рту начинает дрожать и жаться к опустившей голову и также дрожащей соседке. Люди проводят ночь не веселее своих коней. Укутавшись в свиты и раскатанные из ремней попоны, они жмутся и дрожат под стогом, не выпуская намотанных на локти чембуров, потому что лошадей привязать у стогов не к чему, а по опушке поляны разбиваться опасно. Холод проникает всюду и заставляет дрожать усталую партию, которая вдобавок, ожидая посланных за пищею квартирьеров, улеглась не евши и, боясь преследования, не смеет развести большого огня, у которого можно бы согреться и обсушиться. Сон, которым забылись некоторые из людей этого отряда, скорее похож на окоченение, чем на сон, способный обновить истощенные силы. По опушке поляны в нескольких местах, также коченея и корчась, трясутся оставленные сигнальщики; около стога, служащего центральным местом расположения отряда, тихо бродят четверо часовых, уткнув подбородки в поднятые воротники своих свит и придерживая локтями обледеневшие карабины. В одном месте, подрывшись под стенку стога, два человека, стуча зуб о зуб, изредка шепотом обмениваются друг с другом отрывочными фразами.

— Хоть бы сухарь, — говорит один из них, молоденький мальчик с едва пробивающимся пушком на губах.

— Жди, Стась, жди, — отвечает другой, более мужественный голос, и опять оба молчат.

— А если их москали поймают? — опять шепчет ребенок, запахиваясь попоной. — Я не могу больше терпеть, Томаш, я очень голоден... я умру с голоду.

— Ты знаешь, — опять шепчет тот же слабый голос, — я видел сегодня мать; задремал на седле и увидел.

— Мать наша отчизна, — отвечает другой голос.

— Томаш! — опять зовет шепотом ребенок, — знаешь, что я хочу тебе сказать: я ведь пропаду тут. У меня силы нет, Томаш.

Томаш ничего не отвечал.

— Я уйду, Томаш, — совсем почти беззвучно шепнул мальчик и задрожал всем телом. Томаш опять ничего не ответил.

В другом месте, в глубокой впадине стога, укрывшись теплыми бараньими пальто, лежали другие два человека и говорили между собою по-французски. По их выговору можно было разобрать, что один из них чистый француз, другой итальянец из Неаполя или из других мест южной Италии.

— У меня в сумке есть еще маленький кусок сыру, хотите — мы поделимся? — спрашивал француз.

— Оставьте его; не годится, когда наши люди голодают и мерзнут.

— Что вы делали в таких положениях в Италии?

— У нас никогда не было таких положений, — отвечал итальянец.

— Боже, какая природа, какие люди и какие порядки! —

проговорил, увертываясь, голодный француз.

Около стражнической хаты стояли два часовых. Предводитель отряда, напившись теплого чаю с ромом, ушел в небольшой сенной сарайчик стражника и спал там, укрывшись теплою медвежьей шубой с длиннейшими рукавами. У дверей этого сарайчика, сидя на корточках, дремал рядовой повстанец. В сенях, за вытащенным из избы столиком, сидел известный нам старый трубач и пил из медного чайника кипяток, взгретый на остатках спирта командирского чая; в углу, на куче мелких сосновых ветвей, спали два повстанца, состоящие на ординарцах у командира отряда, а задом к ним с стеариновым огарочком в руках, дрожа и беспрестанно озираясь, стоял сам стражник.

— Ну, а сколько было фурманок? — спрашивал трубач стражника.

— Две, пане.

— Нет, четыре.

— Ей-богу, пане, две видел.

— А по скольку коней?

— По паре, пане, — парные, пане, были фурманки.

— И сколько было рудых коней?

— Два, сдается.

— А вот же брешешь, один.

— Может, пане, и один. Мряка была; кони были мокрые. Может, и точно так говорит ваша милость, рудый конь один был.

— И обещали они привезть провиант к вечеру?

— О! Бог же меня убей, если не обещали.

— И бумаги никакой не оставляли нашему полковнику?

— Боже мой, да что ж вы меня пытаете, пане?

— Бо ты брешешь.

— А чтоб мои очи повылазали, если мне брехать охота.

Старик опрокинул пустой чайник, разбудил спавших на хворосте повстанцев, и, наказав им строго смотреть за стражником, улегся на хворост, читая вполголоса католическую молитву.

— Как это наш ротмистр в этой смердячей хате пишет? — сказал он, ни к кому не относясь и уворачиваясь в свиту.

— Тепло, да смрад там великий, — отозвался в темноте стражник.

В теплой хате с великим смрадом на одной лавке был прилеплен стеариновый огарок и лежали две законвертованные бумаги, которые Райнер, стоя на коленях у лавки, приготовил по приказанию своего отрядного командира.

Окончив спешно эту работу, Райнер встал и, подойдя тихонько к Помаде, сел возле него на маленьком деревянном обрубке.

— Как вы себя чувствуете, Помада? — спросил он с участием.

Больной тяжело вздохнул и не ответил ни слова. Райнер посидел молча и спросил:

— Не надо ли вас перевязать?

— Не надо, — тихо процедил сквозь зубы Помада и попробовал приподняться на локоть, но тотчас же закусил губы и остался в прежнем положении. — Не могу, — сказал он и через две минуты с усилием добавил: — вот где мы встретились с вами, Райнер! Ну, я при вас умру.

— Постойте, мы возьмем вас.

— Нет, тут вот она (Помада потрогал себя правою рукою за грудь)... я ее чувствую... Смерть чувствую, — произнес он с очевидной усталостью.

— Вот, — заговорил опять словоохотливо Помада, — три раны вдруг получил, я непременно должен умереть, а пятый день не умираю.

— Не говорите, это вам вредно, — остановил его Райнер.

— Нет... мне все равно. У меня здесь пуля под левой... под левым плечом... я умру скоро... Да, через несколько часов я, наконец, умру.

— Как вы сюда попали?

— Я сам просил, чтобы меня оставили... тряско ехать... хуже. Все равно где ни умереть. Этот негр, — у него большая рана в паху... он тоже не мог ехать...

— От него гангренозный запах.

— Не слышу... У меня уж нет ни вкуса, ни обоняния... Я рад, что я...

— Вы радуетесь близкой смерти?

Помада сделал головою легкий знак согласия.

— Мне давно надоело жить, — начал он после долгой паузы. — Я пустой человек... Ничего не умел, не понимал, не нашел у людей ничего. Да я... моя мать была полька... А вы... Я недавно слышал, что вы в инсуррекции... Не верил... Думал, зачем вам в восстание? Да... Ну, а вот и правда... вот вы смеялись над национальностями, а пришли умирать за них.

— За землю и свободу крестьян.

— Как?.. Не слыхал я.

— Я пришел умереть не за национальную Польшу, а за Польшу, кающуюся перед народом.

— Да... а я так, я... Правда, я ведь ничего...

Помада слегка махнул рукой. Райнер молчал.

— Вот видите, как я умираю... — опять начал Помада. — Лизавета Егоровна думает, может быть, что я... что я и умереть не могу твердо. Вы ей скажите, как я «с свинцом в груди»... Ох!

Райнер еще ближе нагнулся к больному.

— Нет, ничего... Это мне показалось смешно, что я «с свинцом в груди»... да больно сделалось... А впрочем, все это не то... Вот Лизавета Егоровна... знаете? Она вас...

— Какое это лицо! Какое это лицо посмотрело в окно? — вскрикнул он разом, уставив против себя здоровую руку.

Райнер посмотрел в окно: ничего не было видно, кроме набившихся на стекла полос снега. Райнер встал, взял револьвер и вышел через сени за дверь хаты. Буря попрежнему злилась, бросая облаками леденистого снега, и за нею ничего не было слышно. Коченеющего лагеря не было и примет.

Райнер вернулся и снова сел возле Помады.

— Я ведь вам десять копеек заплатил? — проговорил больной, глядя на Райнера. — Да, да, я заплатил... Теперь... теперь я свою шинель... перекрасить отдам... да... Она еще... очень хорошая... Да, а десять копеек я заплатил...

Райнер встал, чтобы намочить свой платок и положить его на голову впавшего в бред Помады. Когда он повернулся с компрессом к больному, ему самому показалось, что что-то живое промелькнуло мимо окна и скрылось за стеною.

Помада вздрогнул от компресса; быстро вскочил и напряженно крикнул:

— Ей больно! Евгения Петровна, пустите ее голову, — и, захрапев, повалился на руки Райнера.

Через Райнерову руку хлынула и ручьем засвистала алая кровь из растревоженной грудной раны. Помада умирал.

Райнер, удерживая одною рукою хлещущую фонтаном кровь, хотел позвать кого-нибудь из ночевавшей в сенях прислуги, но прежде, чем он успел произнесть чье-нибудь имя, хата потряслась от страшного удара, и в углу ее над самою головою Райнера образовалась щель, в которую так и зашипела змеею буря.

— Do broni! do broni! — отчаянно крикнул Райнер, выскочив в сени, и, снова вбежав в хату, изорвал свои пакеты и схватил заливающегося кровью Помаду.

Сквозь мечущихся в перепуге повстанцев Райнер с своею тяжелою ношею бросился к двери, но она была заперта снаружи.

— Мы погибли! — крикнул Райнер и метнулся во двор.

С одного угла крошечного дворика на крышу прыгнул зайцем синий огонек и, захлопав длинным языком, сразу охватил постройку.

— За мною, ребята! — скомандовал он хватавшимся за оружие повстанцам. — Все равно пропадать за свободу хлопов, за мною!

Он перескочил сени и, неся на себе Помаду, со всей силы бросился в окно. Два штыка впились и засели в спине Помады; но он был уже мертв, а четыре крепкие руки схватили Райнера за локти.

— Спасайтесь! — крикнул Райнер и почувствовал, что ему крепко стягивают сзади руки.

Сквозь вой бури он слышал на поляне несколько пушечных выстрелов, ружейную пальбу, даже долетели до него стоны и знакомый голос начальника отряда, который несся, крича:

— Налево, налево, — дьяволы! там болото!

Двор и стога пылали.

Через десять минут все было кончено. По поляне метались только перепуганные лошади, потерявшие своих седоков, да валялись истекавшие кровью трупы. Казаки бросились впогонь за ничтожным остатком погибшего отряда инсургентов; но продолжительное преследование при такой теми было невозможно.

Возле Райнера стоял также крепко связанный рыжий повстанец, с которым они пять часов назад подъезжали к догоравшей теперь хате.

— Чья это была банда? — спросил, подходя к пленным, начальник русского отряда.

— Моя, — спокойно отвечал Райнер.

— Ваше имя?

— Станислав Куля.

— Так это? — обратился русский командир к повстанцу.

— Так, — отвечал тот, глядя на Райнера.

— Сколько у вас было человек?

— Сорок, — с уверенностью произнес Райнер.

Убитых тел насчитано тридцать семь. Раненых только два. Солдаты, озлобленные утомительным скитаньем по дебрям и пустыням, не отличались мягкосердечием.

Отряд считался разбитым наголову. Из сорока тридцать семь было убито, два взяты и один найден обгоревшим в обращенной в пепел хате. Райнер, назвавшись начальником банды, знал, что он целую ее половину спасает от дальнейшего преследования; но он не знал, что беглецов встретило холодное литовское болото, на которое они бросились в темноте этой ужасной ночи.

Перед утром связанного Райнера положили на фурманку; в головах у него сидел подводчик, в ногах часовой солдат с ружьем. Отдохнувший отряд снялся и тронулся в поход.

Усталый до последней степени Райнер, несмотря на свое печальное положение, заснул детски спокойным сном. Около полудня отряд остановился на роздых. Сон Райнера нарушался стуком оружия и веселым говором солдат; но он еще не приходил к сознанию всего его окружающего.

Долетавшие до слуха русские слова стали пробуждать его.

— Это нешто война! — говорил солдатик, составляя ранец на колесо фурманки.

— Одна слабая фантазия, — отвечал другой.

Райнер открыл глаза и, припомнив ужасную ночь, понял свое положение. На дворе стояла оттепель; солнце играло в каплях тающего на иглистых листьях сосны снега; невдалеке на земле было большое черное пятно, вылежанное ночевавшим здесь стадом зубров, и с этой проталины несся сильный запах парного молока.

Прискакал какой-то верховой: ударили в барабан.

— Подводчики, к командиру! — раздалось по лагерю. — Воля вам с землею от царя пришла. Ступай все, сейчас будут читать про волю.

## Глава двадцать первая.
## Барон и баронесса

Лизавета Егоровна Бахарева не могла оставить Дома Согласия на другой же день после происшедшей там тревоги: здоровье ее не выпустило. И без того слабая и расстроенная, она не могла вынести последнего известия о Райнере. Силы, еще кое-как державшие ее во время совершаемого Белоярцевым аутодафе и при сцене с лавочником, оставили ее вовсе, как только она затворилась в своей комнате. Ночь всю до бела света она провела одетая в своем кресле и, когда Ступина утром осторожно постучалась в ее дверь, привскочила с выражением страшного страдания. Легкие удары тоненького женского пальца в дощатую дверь причиняли ей такое несносное мучение, которое можно сравнить только с тем, как если бы начали ее бить по голове железными молотами. Тихий голос Ступиной, звавшей ее из двери к чаю, раздавался в ее ушах раздирающим неприятным треском, как от щипанья лучины. Лиза попробовала было сказать, что она не хочет чаю и не выйдет, но первый звук ее собственного голоса действовал на нее так же раздражающе, как и чужой. Лиза испугалась и не знала, что с собой делать: ей пришла на ум жена Фарстера в королеве Мааб, и перспектива быть погребенною заживо ее ужаснула.

Лиза взяла клочок бумаги, написала: «Пошлите кого-нибудь сейчас за Розановым», передала эту записочку в дверь и легла, закрыв голову подушками. У нее было *irritatia systemae nervorum*, доходящее до такой чувствительности, что не только самый тихий человеческий голос, но даже едва слышный шелест платья, самый ничтожный скрип пера, которым Розанов писал рецепт, или звук от бумажки, которую он отрывал от полулиста, все это причиняло ей несносные боли.

Дружеские заботы Розанова, спокойствие и тишина, которые доставляли больной жильцы Дома, и отсутствие лишних людей в три дня значительно уменьшили жестокость этих припадков. Через три дня Лиза могла читать глазами книгу и переносила вблизи себя тихий разговор, а еще через день заговорила сама.

— Дмитрий Петрович! — были первые слова, обращенные ею к Розанову. — Вы мой старый приятель, и я к вам могу обратиться с таким вопросом, с которым не обратилась бы ни к кому. Скажите мне, есть у вас деньги?

— Сколько вам нужно, Лизавета Егоровна?

— Хоть тысячу рублей.

Розанов улыбнулся и покачал отрицательно головой.

— Я ведь получу мой выдел.

— Да нет у меня, Лизавета Егоровна, а не о том забота, что вы отдадите. Вот сто или полтораста рублей это есть, за удовольствие сочту, если вы их возьмете. Я ведь ваш должник.

— А у Женни, не знаете — нет денег?

— Таких больших?

— Ну да, тысячи или двух.

— Наверно знаю, что нет. Вот возьмите пока у меня полтораста рублей.

— Мне столько никуда не годится, — отвечала Лиза. Через день она спрашивала Розанова: можно ли ей выйти без опасности получить рецидив.

— Куда же вы пойдете? — осведомился Розанов.

— Разве это не все равно?

— Нет, не все равно. К Евгении Петровне дня через два будет можно; к Полине Петровне тоже можно, а сюда, в свою залу, положительно нельзя, и нельзя ни под каким видом.

— Я хотела съездить к сестре.

— К какой сестре?

— К Софи.

— К Софье Егоровне! Вы!

— Ну да, — только перестаньте, пожалуйста, удивляться: это... тоже раздражает меня. Мне нужно у нее быть.

Розанов промолчал.

— Я вам говорила, что мне нужны деньги. Просить взаймы я не хочу ни у кого, да и не даст никто; ведь никому же не известно, что у меня есть состояние.

Розанов кивнул головой в знак согласия.

— Так видите, что я хотела... мне деньги нужны очень... как жизнь нужны... мне без них нечего делать.

— А с двумя тысячами? — спросил Розанов.

Лиза помолчала и потом сказала тихо:

— Я заведу мастерскую с простыми девушками.

Розанов опять молчал.

— Так видите, я хочу уладить, чтобы сестра или ее муж дали мне эти деньги до выдела моей части. Как вы думаете?

— Конечно... я только не знаю, что это за человек муж Софьи Егоровны.

— Я тоже не знаю, но это все равно.

— Ну, как вам сказать: нет, это не все равно! А лучше, не поручите ли вы этого дела мне? Поверьте, это будет гораздо лучше.

Лиза согласилась уполномочить Розанова на переговоры с бароном и баронессою Альтерзон, а сама, в ожидании пока дело уладится, на другой же день уехала погостить к Вязмитиновой. Здесь ей, разумеется, были рады, особенно во внимание к ее крайне раздраженному состоянию духа.

В один из дней, следовавших за этим разговором Лизы с Розановым, последний позвонил у подъезда очень парадного дома на невской набережной Васильевского острова.

Ему отпер пожилой и очень фешенебельный швейцар.

— Теперь, разумеется, застал дома? — спросил Розанов, показывая старику свои карманные часы, на которых было три четверти девятого. Швейцар улыбнулся, как улыбаются старые люди именитых бар, говоря о своих новых хозяевах из карманной аристократии.

— Спит? — спросил Розанов.

— Нет-с, не спит; с полчаса уж как вставши, да ведь... Не примет он вас.

— Ну, это мы увидим, — отвечал Розанов и, сбросив шубу, достал свою карточку, на которой еще прежде было написано: «В четвертый и последний раз прошу вас принять меня на самое короткое время. Я должен говорить с вами по делу вашей свояченицы и смею вас уверить, что если вы не удостоите меня этой чести в вашем кабинете, то я заговорю с вами в другом месте».

Швейцар позвонил два раза и передал карточку появившемуся на лестнице человеку, одетому, как одеваются некоторые концертисты. Артист взял карточку, обмерил с верхней ступени своего положения стоявшего внизу Розанова и через двадцать минут снова появился в зеленых дверях, произнеся:

— Барон просит господина Розанова.

Дмитрий Петрович поднялся по устланной мягким ковром лестнице в переднюю, из которой этот же концертист повел его по длинной анфиладе комнат необыкновенно изящно и богато убранною бельэтажа.

В конце этой анфилады проводник оставил Розанова, а через минуту в другом конце покоя зашевелилась массивная портьера. Вошел небольшой человек с неизгладимыми признаками еврейского происхождения и с непомерными усилиями держать себя англичанином известного круга.

Это и был барон Альтерзон, доселе не известный нам муж Софьи Егоровны Бахаревой.

— Розанов, — назвал себя Дмитрий Петрович.

Альтерзон поклонился молча и не вынимая рук, спрятанных до половины пальцев в карманы.

— Я имею к вам дело, — начал стоя Розанов.

Альтерзон снова молча поклонился.

— Извините меня, я не люблю разговаривать стоя, — произнес Розанов и, севши с нарочитою бесцеремонностью, начал: — Само собою разумеется, и вам, и вашей супруге известно, что здесь, в Петербурге, живет ее сестра, а ваша свояченица Лизавета Егоровна Бахарева.

— Да-с, — процедил Альтерзон.

— Она сама не может быть у вас…

— Да мы и не можем ее принимать, — подсказал Альтерзон с сильным еврейским акцентом.

Розанову показалось, что он когда-то и где-то слыхал этот голос.

— Отчего вы не можете ее принимать? — спросил он довольно мягко.

— Оттого… что она себя так странно аттестует.

— Как же это, позвольте узнать, она себя так аттестует, что даже родная сестра не может ее принять?

— Моя жена принадлежит к известному обществу, мы имеем свою репутацию, — надменно произнес Альтерзон.

Розанов посмотрел на барона, и еще страннее ему показалось, что даже черты лица барона ему не совсем незнакомы.

— Лизавета Егоровна такая честная и непорочная в своем поведении девушка, каких дай нам Бог побольше, — начал он, давая вес каждому своему слову, но с прежнею сдержанностью. — Она не уронила себя ни в каком кружке, ни в коммерческом, ни в аристократическом.

— Я знаю, что она девица образованная.

— Но что же такое-с?

— Она живет в таком доме!

— Гм! Вы это говорите так, что, кто не знает Лизаветы Егоровны, может, по тону вашего разговора, подумать, что сестра вашей жены живет Бог знает в каком доме.

— Да это почти все равно, — отвечал Альтерзон, порщась индейским петухом.

Розанов вспыхнул.

— Ну, это только показывает, что до вас о житье Лизаветы Егоровны доходили слишком неверные и преднамеренно извращенные в дурную сторону слухи.

— Мы не собираем о ней никаких слухов, — процедил Альтерзон с презрительной гримасой.

— Впрочем, мы можем оставить этот спор, — примирил Розанов.

— Я тоже так полагаю, — еще обиднее заметил Альтерзон.

«А дьявол тебя побирай, жида шельмовского», — подумал Розанов, но опять удержался и заговорил тихо:

— Лизавете Егоровне очень нужны небольшие деньги.

— Она получает, что ей назначено.

— Да, но она хочет получить разом несколько более, в счет того, что ей будет следовать по разделу.

— По какому разделу?

— По разделу их наследственного имения.

Альтерзон оттопырил губы и помотал отрицательно головою.

— Как прикажете понимать это ваше движение? — спросил

Розанов.

— Я ничего в этом деле не знаю. Я знаю только, что Лизавета Егоровна была непочтительная дочь к своим родителям.

— Так что же, она лишена наследства, что ли?

— Я так полагаю. На это есть духовное завещание матери.

— Это басни, — воскликнул Розанов. — Имение родовое, отцовское.

— Это до меня не касается.

— Конечно, — на это есть суд, и вы, разумеется, в этом не виноваты. Суд разберет, имела ли Ольга Сергеевна право лишить, по своему завещанию, одну дочь законного наследства из родового отцовского имения. Но теперь дело и не в этом. Теперь я пришел к вам только затем, чтобы просить вас от имени Лизаветы Егоровны, как ее родственника и богатого капиталиста, ссудить ее, до раздела, небольшою суммою.

— Какою, например?

— Ей нужны две тысячи рублей.

— И это вы называете небольшою суммою!

— Относительно. Для состояния, которое должна получить Лизавета Егоровна, и тем более для вашего состояния, я думаю, что две тысячи рублей можно назвать совершенно ничтожною суммою.

— Моется состояния никто не считал, — заносчиво ответил Альтерзон.

— Но вы известный негоциант!

— Так что ж! Мне мои деньги нужны на честные торговые обороты, а не на то, чтобы раздавать их всякой распутной девчонке на ее распутства.

— Что! — крикнул, весь позеленев и громко стукнув по столу кулаком, Розанов.

Альтерзон вздрогнул и бросился к сонетке.

Розанов ожидал этого движения. Одним прыжком он кинулся на негоцианта, схватил его сзади за локти.

— Ты знал Нафтула Соловейчика? — спросил он Альтерзона.

— Знал, — довольно спокойно для своего положения отвечал Альтерзон. — Соловейчик мне подарил несколько корректур, на которых есть разные поправки.

— Да, — ну так что ж?

— Ничего больше.

— А ничего, так гляди, разочти поверней: нам ведь нечего много терять, а ты небось отвык от sledzianej watrobi.

Негоциант молчал.

— Так дашь, жид, денег?

— Не дам.

— Ну, черт тебя возьми! — произнес Розанов и посадил Альтерзона в кресло так, что даже пружины задребезжали. — Не ворошись, а то будешь бит всенародно, — сказал он ему в назидание и взял шляпу.

В дверях кабинета показалась Софья Егоровна.

— Мне здесь послышался шум, — сказала она, распахнув драпировку.

— Ах, Софья Егоровна!

— Дмитрий Петрович!

— Сколько лет, сколько зим! Пополнели, похорошели, — говорил Розанов, стараясь принять беззаботный вид и не сводя глаз с сидящего неподвижно Альтерзона.

— А вы знакомы с моим мужем?

— Как же-с! мы давнишние, старые приятели с бароном.

— Видаетесь вы с Лизой?

— Да, мы друг друга не забываем.

— Она, говорят, сильно изменилась.

— Не все цветут, как вы!

— Полноте, пожалуйста! Я Женни видела: та очень авантажна и так одета. Она бывает в свете?

— Из него не выходит.

— Вы все шутите. — А Лиза: Боже мой, какую жизнь она ведет!

— Да, вот, чтобы перестроить эту жизнь, ей нужны взаймы две тысячи рублей: их вот именно я и просил у вашего благоверного, так не дает. Попросите вы, Софья Егоровна.

— Мне, — я, право, никогда не мешаюсь в эти дела.

— Ну, для сестры отступите от своего похвального правила; вмешайтесь один раз. Лизавете Егоровне очень нужно.

— И куда это Лиза девает свои деньги? Ведь ей дают каждый год девятьсот рублей: это не шутка для одной женщины.

— Софья Егоровна, я думаю, у вас есть платья, которые стоят более этих денег.

— Да, это конечно, — проронила, несколько сконфузясь, Софи.

Розанов видел, что здесь более нечего пробовать.

— Прощай, голубчик, — сказал он с притворной лаской по-прежнему безмолвно сидевшему Альтерзону и, раскланявшись с Софьею Егоровною, благополучно вышел на улицу.

Розанов только Евгении Петровне рассказал, что от Альтерзонов ожидать нечего и что Лизе придется отнимать себе отцовское наследство не иначе как тяжбою. Лизе он медлил рассказать об этом, ожидая, пока она оправится и будет в состоянии равнодушнее выслушать во всяком случае весьма неприятную новость. Он сказал, что Альтерзона нет в городе и что он приедет не прежде как недели через две.

Наконец прошли и две недели. У Лизы недоставало более терпения сидеть сложа руки.

«Пока что будет, я хоть достану себе переводов, — решила она, —

и если завтра не будет Альтерзона, то пойду сама к сестре».

Чтобы предупредить возможность такого свидания, которое могло очень неприятно подействовать на Лизу, Розанов сказал, что Альтерзон вчера возвратился и что завтра утром они непременно будут иметь свидание, а потому личное посещение Лизы не может иметь никакого места.

## Глава двадцать вторая.
## У редактора отсталого журнала

В одиннадцать часов следующего утра Лиза показалась пешком на Кирочной и, найдя номер одного огромного дома, скрылась за тяжелыми дубовыми дверями парадного подъезда. Она остановилась у двери, на которой была медная доска с надписью: «Савелий Савельевич Папошников». Здесь Лиза позвонила. Опрятный и вежливый лакей снял с нее шубку и теплые сапожки и отворил ей дверь в просторную комнату с довольно простою, но удобно и рассудительно размещенною мебелью.

В этой комнате Лиза застала четырех человек, которые ожидали хозяина. Тут был молодой блондин с ничего не значащим лицом, беспрестанно старающийся бросить на что-нибудь взгляд, полный презрения, и бросающий вместо него взгляд, вызывающий самое искреннее сострадание к нему самому. Рядом с блондином, непристойно развалясь и потягиваясь в кресле, помещался испитой человечек, который мог быть решительно всем, чем вам угодно в гадком роде, но преимущественно трактирным шулером или тапером. Третий гость был скромненький старичок, по-видимому, из старинных барских людей. Он был одет в длинном табачневом сюртуке, камзоле со стоячим воротничком и в чистеньких козловых сапожках. Голубые глазки старичка смотрели тихо, ласково и спокойно, но смело и неискательно. Четвертый гость, человек лет шестидесяти, выглядывал Бурцевым не Бурцевым, а так во всей его фигуре и нетерпеливых движениях было что-то такое задорное: не то забияка-гусар старых времен, не то петербургский гражданин, ищущий популярности. Лиза была пятая.

Она вошла тихо и села на диван. Длиннополый старичок подвигался вдоль ряда висевших по стене картин, стараясь переступать так, чубы его скрипучие козловые сапожки не издали ни одного трескучего звука. Блондин, стоя возле развалившегося тапера, искательно разговаривал с ним, но получал от нахала самые невнимательные ответы. Суровый старик держался совсем гражданином: заговорить с ним о чем-нибудь, надо было напустить на себя смелость.

— Отчего же это? — жалобно вопрошал тапера блондинчик, пощипывая свою ужасно глупенькую бородочку.

— Да вот оттого же, — зевая и смотря в сторону, отвечал тапер.

— Да ведь они же солидарные журналы! — опять приставал блондинчик.

— Ну-с!

— Так из-за чего ж между ними полемика?.. Ведь они одного направления держатся?.. они одно целое, — лепетал блондинчик.

— Одно? — окрикнул его тапер.

— Ну да-с... По крайней мере и я и все так понимают.

— Вы этого по крайней мере не говорите! Не говорите этого по крайней мере потому, что стыдно говорить такую пошлость, — обрезал тапер.

Блондинчик застыдился и стало робко чистить залегшее горлышко.

— Как же это вы не понимаете? — гораздо снисходительнее начал тапер. — Одни в принципе только социальны, а проводят идеи коммунистические; а те в принципе коммунисты, но проводят начала чистого социализма.

— Понимаю, — отвечал блондинчик и солгал.

Ничего он не понял и только старался запомнить это определение, чтобы проводить его дальше. Тапер опять зевнул, потянулся, погладив себя от жилета до колен, и произнес:

— Однако эти постепеновские редакторы тоже свиньи изрядные, живут у черта в зубах, да еще ожидать себя заставляют.

— Ну, уж и Тузов, — заикнулся было блондинчик.

— Что Тузов? — опять окрикнул его тапер.

— Тоже... ждешь-ждешь, да еще лакей в передней скотина такая... и сам тоже обращается чрезвычайно обидно. Просто иной раз, как мальчика, примет: «я вас не помню, да я вас не знаю».

— Пх! Так тот ведь сила!

— А этот что?

Тапер плюнул и произнес:

— А этот вот что, — и растер ногою.

В это время отворилась запертая до сих пор дверь кабинета, и на пороге показался высокий рябоватый человек лет около сорока пяти или шести. Он был довольно полон, даже с небольшим брюшком и небольшою лысинкою; небольшие серые глаза его смотрели очень проницательно и даже немножко хитро, но в них было так много чего-то хорошего, умного, располагающего, что с ним хотелось говорить без всякой хитрости и лукавства.

Редактор Папошников, очень мало заботящийся о своей популярности, на самом деле был истинно прекрасным человеком, с которым каждому хотелось иметь дело и с которым многие умели доходить до безобидного разъяснения известной шарады: «неудобно к напечатанию», и за всем тем все-таки думали: «этот Савелий Савельевич хоть и смотрит кондитером, но «человек он».

На кондитера же редактор Папошников точно смахивал как нельзя более и особенно теперь, когда он вышел к ожидавшим его пяти особам.

— Извините, господа, — начал он, раскланиваясь. — Я не хотел отменить приемного дня, чтобы не заставить кого-нибудь пройтись понапрасну, а у меня болен ребенок; целую ночь не спали, и вот я получасом замешкался.

— Чем могу служить? — обратился он прежде всех к Лизе.

— Я ищу переводной работы, — отвечала она спокойно.

Папошников задумался, посмотрел на Лизу своими умными глазами, придававшими доброе выражение его некрасивому, но симпатичному лицу, и попросил Лизу подождать, пока он кончит с другими ожидающими его особами. Лиза опять села на кресло, на котором ожидала выхода Папошникова.

— Я пришел за решительным ответом о моих работах, — приступил к редактору суровый старик. — Меня звут Жерлицын; я доставил две работы: экономическую статью и повесть.

— Помню-с, — отвечал Папошников. — «Экономическая статья о коммерческих двигателях»?

— Да.

— Она для нас неудобна.

— Почему?

— Неудобна; не отвечает направлению нашего журнала.

— А у вас какое же есть направление?

Папошников посмотрел на него и отвечал:

— Я вам ее сейчас возвращу: она у меня на столе.

— Ну-с, а повесть?

— Повесть я не успел прочесть: потрудитесь наведаться на той неделе.

— Мне мое время дорого, — отвечал Жерлицын.

— И мне тоже, — сухо произнес редактор.

— Так отчего же вы не прочитали, повесть у вас целую неделю пролежала.

— Оттого, что не имел времени, оттого, что много занятий. У меня не одна ваша рукопись, и вам, вероятно, известно, что рукописи в редакциях зачастую остаются по целым месяцам, а не по неделям.

— Имейте помощников.

— Имею, — спокойно отвечал Папошников.

— Сидите по ночам. У меня, когда я буду редактором, все в одну ночь будет очищаться.

Папошников ушел в кабинет и, возвратясь оттуда с экономическою статьею Жерлицына, подал ее автору. Старик положил статью на стол, закурил папиросу и начал считать листы рукописи.

— Вы что прикажете? — отнесся Папошников к блондину.

— Рассказ «Роды» прочтен или нет еще?

— Прочтен-с давно.

— И когда вы его напечатаете?

Папошников погладил усы и, глядя в глаза блондину, тихо проговорил:

— И его нельзя печатать.

— Отчего-с?

Блондин беспокойно защипал бородку.

— Помилуйте, такие сцены.

— Там невежество крестьян выставляется.

— Да не в том, а что ж это: все это до голой подробности, как в курсе акушерства, рассказывается...

— Да ведь это все так бывает!

— Помилуйте, да мало ли чего на свете не бывает, нельзя же все так прямо и рассказывать. Журнал читается в семействах, где есть и женщины, и девушки, нельзя же нимало не щадить их стыдливости.

— Будто они, вы думаете, не понимают! Они все лучше нас с вами все знают.

— Да извольте, я и это вам уступлю, но пощадите же их уши, дайте что-нибудь приличию, пожалейте эстетический вкус.

— Нужно развивать вкус не эстетический, а гражданский.

Папошников добродушно рассмеялся и, тронув блондина за руку, сказал:

— Ну разве можно описывать, как ребенок, сидя на полу, невежливо ведет себя, пока мать разрядится? Ну что же тут художественного и что тут гражданского?

— Правда обстановки, — отстаивал блондин.

Редактор засмеялся.

— А п-п-позвольте узнать, — вскрикнул из-за стола Жерлицын, перелистывавший свою рукопись, — что же, тут в моей статье разве содержится что-нибудь против нравственности?

— Нет-с, — отвечал Папошников.

— Ну, против религии?

— Тоже нет-с.

— Ну, против вашей эстетики?

— Нет-с.

— Так против чего же?

— Против здравого смысла.

— А-а! Это другое дело, — протянул Жерлицын и, закурив новую папиросу, стал опять перелистывать рукопись, проверяя ее со стороны здравого смысла.

Папошников вынес блондину его рассказ и обратился к таперу.

— Повесть госпожи Жбановой?

— Будет напечатана, — отвечал редактор.

— Будет! в таком случае когда деньги?

— По напечатании-с.

— Она просит половину вперед.

— Она этого не пишет.

— Она мне пишет; я ее муж, и она мне поручила получать деньги.

— Нет-с, она просила деньги выслать ей за границу, и они так будут высланы, как она просила.

— Ну это и я ведь могу сделать; я здесь служу, можете обо мне узнать в придворной конторе, — с обиженным лицом резонировал тапер.

— Ну так я скажу вам, что это уж сделано.

— Тогда не о чем и толковать по-пустому.

Тапер встал и, разваливаясь, ушел, никому не поклонившись.

— Я, — залебезил блондинчик, — думал вам, Савелий Савельич, предложить вот что: так как, знаете, я служу при женском учебном заведении и могу близко наблюдать женский вопрос, то я мог бы открыть у вас ряд статей во женскому вопросу.

— Ц! нет-с, — отвечал, отмахиваясь руками, редактор.

— Отчего же?

— Не читают-с, прокисло, надоело.

— Но я могу с другой стороны, не с отрицательной.

— С какой хотите, все равно.

— Да, а вы с какой хотите?

— Нет, уж Бог с ними. Барыням самим это прискучило.

— П-п-п-пааазвольте-с! — крикнул опять все сидящий за столом Жерлицын, дочитав скороговоркою во второй раз свою рукопись. — Вы у Жбановой повесть купили?

— Купил-с.

— И напечатаете ее?

— И напечатаю.

— А эта госпожа Жбанова ни больше ни меньше как совершеннейший стервец.

Редактор слегка надвинул брови и заметил Жерлицыну, что он довольно странно выражается о женщине.

— Нет-с, я выражаюсь верно, — отвечал тот. — Я читал ее повести, — бездарнейший стервец и только, а вы вот ею потчуете наших читателей; грузите ее вместо балласта.

Папошников ничего не отвечал Жерлицыну и обратился к скромно ожидавшему в амбразуре окна смирненькому старичку.

— Нижнедевицкий купец Семен Лазарев, — отрекомендовался старичок и протянул свою опрятную руку. — Года с три будет назад, сюда наши в Петербург ехали по делам, так я с ними проектик прислал.

— О чем-с?

— Обо всем, там на гулянках написано, — весело разговаривал старичок. Папошников задумался.

— Большая рукопись? — спросил он.

— Большая-с, полторы стопы с лишком, — еще веселее рассказывал Лазарев.

— Называется: «Размышления ипохондрика»?

— Вот, вот, вот, она и есть! Не напечатана еще?

— Нет-с, еще не напечатана.

— То-то, я думаю, все не слышно ничего; верно, думаю, еще не напечатана. А может быть, не годится? — добавил он, спохватившись.

— Велика-с очень.

— Ну там ведь зато обо всем заключается: как все улучшить.

— Отличные, отличные есть мысли, помню хорошо, но объем!

— Это, впрочем, все дело рук наших: сократим.

— Нет, вы позвольте, мы сами выборку сделаем.

Выберем, что идет к теперешнему времени, листка на четыре, на пять.

— Что ж, я извольте, а только имя же ведь мое внизу подпечатают?

— Ваше, ваше.

— То-то, а то я, знаете, раз желаю, чтобы читатели опять в одном и том же журнале мое сочинение видели.

— А вы разве писали в нашем журнале?

— Как же-с! В 1831 году напечатано мое стихотворение. Не помните-с?

— Не помню.

— Нет-с, есть. — А повторительно опять тоже такое дело: имел я в юных летах, когда еще находился в господском доме, товарища, Ивана Ивановича Чашникова, и очень их любил, а они пошли в откупа, разбогатели и меня, маленького купца, неравно забыли, но, можно сказать, с презрением даже отвергли, — так я вот желаю, чтобы они увидали, что нижнедевицкий купец Семен Лазарев хотя и бедный человек, а может держать себя на точке вида.

— Будет, будет ваше имя, — успокоил и проводил до дверей нижнедевицкого купца Семена Лазаревича редактор Папошников.

— А п-п-пааазвольте! — удержал его на обратном пути Жерлицын. — Завулонов свой рассказ мне поручил продать.

— Ну-с.

— Угодно вам купить?

— Оставьте, я прочту.

— Я не могу оставить: купите и оставляйте.

— Я так не покупаю, — отозвался редактор и попросил Лизу в кабинет.

— А п-позвольте! На одну минуту позвольте, — остановил Жерлицын. — Вы читаете, что покупаете у Тургенева?

— Читаю-с.

— Не полагаю. — Вы вот в своих журналах издеваетесь над нигилистами, а...

— Нигилисты, не читая, покупают?

— Конечно! Общий вывод и направление — вот все, что нужно. Вы знаете Эразма Очевидного?

— Нет, не знаю.

— Мой зять.

— Не имею чести.

— Редактор же он.

— Что делать, все-таки я не имею чести его знать и не имею времени о нем говорить.

Редактор увел Лизу в свой кабинет и предложил ей кресло.

— Видите, сударыня, — начал он, — мне нужно знать, какого рода переводы вы можете делать и с каких языков?

Лиза рассказала.

— Да… Это значит, вы статей чисто научного содержания переводить не можете.

— Я не переводила.

Редактор задумался.

— Прискорбно мне огорчать вас, — начал он, — таким ответом, что работы, которую вы могли бы делать, у меня в настоящее время нет.

Лиза сухо встала.

— Позвольте! Куда же вы?

— У вас работы нет — нам говорить не о чем.

Редактор слегка поморщился от этого тона и сказал:

— Я попрошу у вас позволения записать у себя ваш адрес. Работа может случиться, и я удержу ее для вас, я вам напишу. Книжки, видите, более тридцати листов, их возможности нет наполнить отборным материалом.

— Это меня мало интересует и вовсе не касается.

Папошников положил книгу журнала и взял адресную тетрадь. Лиза продиктовала ему свой адрес.

— Это там, где коммунисты живут?

— Это аккуратно там, где я вам сказала, — опять еще суше ответила Лиза, и они расстались.

Сходя по лестнице, она увидела Жерлицына, сидящего на окне одной террасы и листующего свою рукопись.

— Ищу здравого смысла, — произнес он, пожав плечами при виде сходящей Лизы. Лиза проходила мимо его молча.

— Позвольте, — догонял ее Жерлицын. — Как это он сказал: против здравого смысла? Разве может человек писать против здравого смысла?

Лиза не отвечала.

## Глава двадцать третья.
## Post Scriptum

Розанова Лиза застала уже у Вязмитиновой. По их лицам она тотчас заметила, что доктору не было никакой удачи у Альтерзона и что они сговорились как можно осторожнее сообщить ей ответ сестры и зятя. Лиза терпеть не могла этих обдуманных и осторожных введений.

— Альтерзон отказал в деньгах? — опросила она прямо Розанова.

— Да, почти, — отвечал тот.

— Ну вот! Вы говорите почти, а Женни смотрит какими-то круглыми глазами, точно боится, что я от денег в обморок упаду, — забавные люди! Тут не может быть никакого почти, и отказал, так, значит, начисто отказал.

— И сестра тоже?

— Она что ж? Она ничего.

— Ну, я обращусь к Зиночкину мужу, — спокойно отвечала Лиза и более не стала говорить об этом.

— А что ваши попытки, Лизавета Егоровна? — осведомился Розанов.

— Так же счастливы, как и ваши, — отвечала она и, по-видимому, была совершенно спокойна.

Пообедали вместе; Розанов попросил позволения отдохнуть в кабинете Вязмитинова. Был серый час; Лиза сидела в уголке дивана; Евгения Петровна скорыми шагами ходила из угла в угол комнаты, потом остановилась у фортепиано, села и, взяв два полные аккорда, запела «Плач Ярославны», к которому сама очень удачно подобрала голос и музыку.

— Спой еще раз, — тихо попросила Лиза, когда смолкли последние звуки. Евгения Петровна взяла аккорд и опять запела:

> Я быстрей лесной голубки
> По Дунаю полечу,
> И рукав бобровой шубки
> Я в Каяле обмочу:
>
> Князю милому предстану
> И на теле на больном
> Окровавленную рану
> Оботру тем рукавом.

Песня опять кончилась, а Лиза оставалась под ее влиянием, погруженною в глубокую думу.

— Где летаешь? — спросила, целуя в лоб, Евгения Петровна.

Лиза слегка вздохнула.

Над дверью заднего хода послышался звонок, потом шушуканье в девичьей, потом медленное шлепанье Абрамовниных башмаков, и, наконец, в темную залу предстала сама старуха, осведомляясь, где доктор?

— Спит, — отвечала Женни.

— Спит — не чует, кто дома ночует.

— А что такое?

— Суприз, генеральша моя хорошая, да уж такой суприз, что на-на! Вихорная-то ведь его сюда прилетела!

— Кто-о?

— Ну жена же его, жена. Кучер его сейчас прибежал, говорит, в гостинице остановилась, а теперь к нему прибыла и вот распорядилась, послала. Видно, наш атлас не идет от нас.

— Ах Боже мой, что за несносная женщина! — воскликнула Евгения Петровна и смешалась, потому что на пороге из кабинета показался Розанов.

— Прощайте, — сказал он, протягивая руку Евгении Петровне.

— Куда вы, Дмитрий Петрович?

— Домой! ведь надо же это как-нибудь уладить: податься-то некуда.

— Вы разве слышали?

Розанов качнул утвердительно головою, простился и уехал. В зале опять настала вызывающая на размышление сумрачная тишина. Няня хотела погулять насчет докторши, но и это не удалось.

— Тую-то мне только жаль — Полину-то Петровну — завела было старуха; но не дождавшись и на это замечание никакого ответа, зашлепала в свою детскую.

Прошел час, подали свечи; Лиза все по-прежнему сидела, Евгения Петровна ходила и часто вздыхала.

— Зачем ты вздыхаешь, Женни? — произнесла шепотом Лиза.

— Так, мой друг, развздыхалось что-то.

Евгения Петровна села возле Лизы, обняла ее и положила себе на плечо ее головку.

— Какие вы все несчастные! Боже мой, Боже мой! как посмотрю я на вас, сердце мое обливается кровью: тому так, другому этак, — каждый из вас не жизнь живет, а муки оттерпливает.

— Так нужно, — отвечала после паузы Лиза.

— Нужно! Отчего же это, зачем так нужно?

— Век жертв очистительных просит.

— Жертв! — произнесла, сложив губки, Евгения Петровна. — Мало ему без вас жертв? Нет, просто вы несчастные люди. Что ты, что Розанов, что Райнер — все вы сбились и не знаете, что делать, — совсем несчастные люди.

— А ты счастливая?

— Я, конечно, счастливее вас всех.

— Да чем же, например, несчастлив Райнер? — произнесла, морща лоб и тупясь, Лиза.

— Райнер!

— Да. Он молод, свободен, делает что хочет, слава Богу не женат на дуре и никого особенно не любит.

Евгения Петровна остановилась перед Лизою, махнула с упреком головкою и опять продолжала ходить по комнате.

— Так не любят, — прошептала после долгой паузы Лиза, разбиравшая все это время бахрому своей мантильи.

— Нет, скорей вот этак-то не любят, — отвечала Женни, опять остановясь против подруги и показав на нее рукою. Разговор снова прекратился.

В седьмом часу в передней послышался звонок. Женни сама отперла дверь в темной передней и вскрикнула голосом, в котором удивление было заметно не менее радости. Перед нею стоял ее муж, неожиданно возвратившийся до совершенного окончания возложенного на него поручения для объяснений с своим начальством. Пошли обычные при подобном случае сцены. Люди ставили самовар, бегали, суетились. Евгения Петровна тоже суетилась и летала из кабинета в девичью и из девичьей в кабинет, где переодевался Николай Степанович, собравшийся тотчас после чая к своему начальнику.

Чужому человеку нечего делать в такие минуты. Лиза чувствовала это. Она встала, побродила по зале, через которую суетливо перебегала то хозяйка, то слуги, и, наконец, безотчетно присела к фортепиано и одною рукою подбирала музыку к Ярославнину плачу. Одевшись, Вязмитинов вышел в залу с пачкою полученных в его отсутствие писем, сел у стола с стаканом чаю и начал их перечитывать.

У Лизы совсем отчетливо выходило:

Князю милому предстану
И на теле на больном
Окровавленную рану
Оботру тем рукавом.

— Ба-ба-ба! — вскричал не совсем спокойно Вязмитинов. — Вот, mesdames, в пустейшем письме из Гродно необыкновеннейший post scriptum.

— Ну, — сказала Женни, проходившая с вынутым из дорожного чемоданчика бельем. Лиза перестала перебирать клавиши.

«Десять дней тому назад, — начал читать Вязмитинов, — к нам доставили из Пружан молодого предводителя мятежнической банды Станислава Кулю».

У Лизы сердце затрепетало, как голубь, и Евгения Петровна прижала к себе пачку белья, чтобы не уронить его на пол.

«Этот Станислав Куля, — продолжал Вязмитинов, — как оказалось из захваченных нашим отрядом бумаг, есть фигурировавший некогда у нас в Петербурге швейцарец...»

— Райнер! — отчаянно крикнула Евгения Петровна, не смотря вовсе на мертвеющую Лизу.

«Вильгельм Райнер, — спокойно прочитал Вязмитинов и продолжал: — он во всем сознался, но наотрез отказался назвать кого бы то ни было из своих сообщников, и вчера приговорен к расстрелянию. — Приговор будет исполняться ровно через неделю у нас «за городом». Вязмитинов посмотрел на дату и сказал:

— Это значит, как раз послезавтра утром наш Вильгельм Иванович покончит свое земное странствование.

— Как? — переспросила шепотом Лиза.

— По расчету, как здесь написано, выходит, что казнь Райнера должна совершиться утром послезавтра.

— Да... его будут расстреливать? — произнесла Лиза тем же шепотом, водя по комнате блуждающими глазами. — Его будут расстреливать? — спросила она громче, бледно-зеленое лицо ее судорожно искривилось, и она пошатнулась на табурете.

Ее с одной стороны схватила Женни, с другой Вязмитинов. Евгения Петровна плакала.

— Отойдите от меня, — проговорила тихо Лиза, отводя от себя руками. Она твердо встала, спросила свой капор, надела шубу и стала торопливо прощаться. Евгения Петровна уцепилась за нее и старалась ее удержать силою.

— Отойдите прочь от меня, Женни, — с гробовым спокойствием прошептала Лиза и, оторвав пальцы Евгении Петровны от своей шубы, вышла за двери.

— Что это такое? — добивался Вязмитинов. — Любила она его, что ли?

Евгения Петровна с полными слез глазами отошла к окну и ничего не отвечала. Николай Степанович хотел расспросить об этом жену после своего возвращения от начальника, но Евгения Петровна, которая уже была в постели, заслышав в зале его туфли, крепко закуталась в одеяло и на все шутливые попытки мужа развеселить ее и заставить разговориться нервно проронила только:

— Ах, как это, однако, несносно! Не знаю, куда бы иногда от всего этого бросился.

### Глава двадцать четвертая.
### Смерть

В Доме Согласия могли бы очень долго не хватиться Лизы,

которая, выйдя от Евгении Петровны, заехала туда только на минуту, молча прошла в свою комнату, молча вышла оттуда и уехала, ничего не сказавши. В Доме Согласия все знали и странности Лизы и то, что она последнее время постоянно гостит у Вязмитиновой, так на это и не обратили никакого внимания. Вопрос: куда делась Лиза? — здесь возник только на третий день, когда встревоженная Евгения Петровна приехала узнать, что делается с Лизой. Оказалось, что Лизы третий день никто не видал и о ней ниоткуда не было никакого слуха. Начались различные соображения. Евгения Петровна съездила к Полиньке Калистратовой — Лизы там не было. У Розанова ее и не могло быть, но и туда съездили. Евгения Петровна съездила даже к баронессе Альтерзон и была ею принята очень радушно, но о Лизе нигде ни слуха. Все встревожилось: все знали, что в городе Лизе быть более не у кого. Пошли самые странные предположения, что бы это могло значить, и что теперь делать?

— Надо подать объявление в квартал, — говорил Белоярцев. — Мы в таком положении, что должны себя от всего ограждать, — а Бертольди кипятилась, что не надо подавать объявления.

— Наше социальное положение, — доказывала она, — не позволяет нам за чем бы то ни было обращаться к содействию правительственной полиции.

— Но помилуйте, — если у вас шубу украдут, к кому же вы обратитесь? — обрезонивал ее Белоярцев. Бертольди затруднялась и лепетала только:

— Это другое дело! то совсем другое дело, да и то об этом про всякий случай надо рассудить: можем ли мы, при нашей социальной задаче, иметь какие-нибудь отношения к полиции.

Это казусное обстоятельство, однако, осталось неразрешенным, и объявление о пропаже Лизы не было подано в течение пяти дней, потому что все эти пять дней Белоярцев был оживлен самою горячечною деятельностью. Он имел счастливый случай встретить на улице гонимую судьбою Ольгу Александровну Розанову, узнал, что она свободна, но не знает, что делать, сообразил, что Ольга Александровна баба шаломонная, которую при известной бессовестности можно вертеть куда хочешь, и приобрел в ее лице нового члена для Дома Согласия. Четвертый день он устраивал ее комнату, прибивал вешалки, установлял мебель, импровизировал экран к камину и даже перенес из своей комнаты ширмы. Вообще, Белоярцев ухаживал за Ольгой Александровной самым внимательным образом, всячески стараясь при каждом удобном случае затушевать самою густою краскою ее отсутствующего мужа. Ему было очень приятно, что он мог теперь злить Розанова и заливать ему сала за кожу.

Гражданкам не понравилась Ольга Александровна. Бертольди сказала, что эта фаля нетленная, а прочих Ольга Александровна изумляла своею с первого шага худо скрываемою обидчивостью и поразительнейшим невежеством. В первый же день своего прибытия, при разговоре об опере «Юдифь», она спросила: в самом ли деле было такое происшествие или это фантазия? и с тех пор не уставала утешать серьезно начитанных гражданок самыми непостижимыми вопросами. Утром на пятый день своей гражданской жизни Ольге Александровне стало уж очень грустно и непереносно. Она ушла помолиться в Казанский собор, поплакала перед образом Богоматери, переходя через улицу, видела мужа, пролетевшего на своих шведочках с молодою миловидною Полинькою, расплакалась еще больше и, возвратившись совершенно разбитая домой, провалялась до вечера в неутешных слезах, а вечером вышла веселая, сияющая и разражающаяся почти на всякое даже собственное слово непристойно громким хохотом. К ночи с ней сделалась истерика, и Белоярцев начал за ней ухаживать.

— Однако наша Юдифь, кажется, начинает кокетничать, — заговорила Бертольди.

— Со злости, — замечала Ступина.

— Да, это бывает, — подсказала Каверина. — Рок милосерд к Белоярцеву, про его долю не забывается.

— Да, — проговорила, потянувшись на кресле, Ступина. — Это вот только, как говорят у нас на Украйне: «do naszego brzega nie plynie nic dobrego», — и пошла в свою холодную комнату.

В девятый день Лизиного исчезновения из Петербурга, часа в четыре пополудни, Евгения Петровна сидела и шила за столом в своей угольной спальне. Против нее тоже с работою в руках сидела Полинька Калистратова. Николая Степановича Вязмитинова не было дома: он, переговорив с своим начальством, снова отправился в командировку; девушка растапливала печи в кабинете, зале и гостиной; няни и мамки не было дома. Пользуясь хорошею зарею, вырвавшеюся среди то холодной, то гнилой зимы, Евгения Петровна послала их поносить по воздуху детей.

Бледно-румяная заря узкою полоскою обрезала небосклон столицы и, рефлективно отражаясь сквозь двойные стекла окон, уныло-таинственно трепетала на стене темнеющей комнаты. Евгения Петровна с Полинькой бросили иглы и, откинувшись в кресла, молча смотрели друг на друга.

— Мне, конечно, — произнесла, вздохнув, Полинька, — я в него верю и все перенесу: назад уж возвращаться поздно, да и... я думаю, что... он сам меня не бросит.

— Ни за что, — подтвердила Евгения Петровна.

— Да, — спокойнее ответила Полинька, как будто нуждавшаяся в этом подтверждении, — но за что же она его-то мучит?

Евгения Петровна промолчала.

— И ничего нельзя поделать! Некуда уйти, некуда скрыться! — высказывала свою мысль Полинька.

— Неприятное положение, — отвечала Женни и в то же мгновение, оглянувшись на растворенную дверь детской, вскрикнула, как вскрикивают дети, когда страшно замаскированный человек захватывает их в уголке, из которого некуда вырваться.

— Что ты! что ты! — останавливала ее Полинька и, взглянув по тому же направлению, сама вскрикнула.

В облитой бледно-розовым полусветом, полусумраком детской, как привидение, сложив руки на груди, стояла Лиза в своем черном капоре и черной атласной шубке, с обрывком какого-то шарфа на шее. Она стояла молча и не шевелясь.

— Лиза! — окликнула ее, оправляясь, Евгения Петровна. Она разняла руки и в ответ поманила ее к себе пальцем.

Обе женщины разом вошли в детскую и взяли гостью за руки. Руки Лизы были холодны как лед; лицо ее, как говорят, осунулось и теперь скорее совсем напоминало лицо матери Агнии, чем личико Лизы; беспорядочно подоткнутая в нескольких местах юбка ее платья была мокра снизу и смерзлась, а темные бархатные сапоги выглядывали из-под обитых юбок как две промерзлые редьки.

— Не кричите так, не кричите, — прошептала Лиза.

— Ты напугала нас.

— Глупо пугаться: ничего нет страшного, — отвечала она по-прежнему все шепотом. — Пошли скорей нанять мне тут где-нибудь комнату, возле тебя чтобы, — просила она Женни.

— Да зачем же это сейчас? — уговаривала ее хозяйка. — Я одна, мужа нет, оставайся; дай я тебя раздену.

Лиза ни за что не хотела остаться у Евгении Петровны.

— Пойми ты, — говорила она ей на ухо, — что я никого, решительно никого, кроме тебя, не могу видеть.

Послали девушку посмотреть комнату, которая отдавалась от жильцов по задней лестнице. Комната была светлая, большая, хорошо меблированная и перегороженная прочно уставленными ширмами красного дерева. Лиза велела взять ее и послала за своими вещами.

— Завтра же еще это можно будет сделать, — говорила ей Евгения Петровна.

— Нет, пожалуйста, позволь сегодня. Я хочу все сегодня кончить, — говорила она, давая девушке ключи и деньги на расходы.

Вошла, возвратившись с прогулки, Абрамовна, обхватила Лизину голову, заплакала и вдруг откинулась.

— Седые волосы! — воскликнула она в ужасе.

Женни нагнулась к голове Лизы и увидела, что половина ее волос белые. Евгения Петровна отделила прядь наполовину седых волос Лизы и перевесила их через свою ладонь у нее перед глазами. Лиза забрала пальцем эти волосы и небрежно откинула их за ухо.

— Где ты была? — спрашивала ее Евгения Петровна.

— После, — отвечала Лиза.

Только когда Евгения Петровна одевала ее за драпировкою в свое белье и теплый шлафрок, Лиза долго смотрела на огонь лампады, лицо ее стало как будто розоветь, оживляться, и она прошептала:

— Я видела, как он умер.

— Ты видела Райнера? — спросила Женни.

— Видела.

— Ты была при его казни!

Лиза молча кивнула в знак согласия головою.

В доме шептались, как при опасном больном. Няня обряжала нанятую для Лизаветы Егоровны комнату; сама Лиза молча лежала на кровати Евгении Петровны. У нее был лихорадочный озноб.

Через два или три часа привезли вещи Лизы, и еще через час она перешла в свою новую комнату, где все было установлено в порядке и в печке весело потрескивали сухие еловые дрова.

Озноб Лизы не прекращался, несмотря на высокую температуру усердно натопленной комнаты, два теплые одеяла и несколько стаканов выпитого ею бузинного настоя.

Послали за Розановым. Лизавета Егоровна встретила его улыбкой и довольно крепко сжала его руку.

— Лихорадка, — сказал Розанов, — простудились?

— Верно, — отвечала Лиза.

— Далеко ездили? — спросил Розанов.

Лиза кивнула утвердительно головою.

— В одной своей городской шубке, — подсказала Евгения Петровна.

— Гм! — произнес Розанов, написал рецепт и велел приготовить теплую ванну.

К полуночи озноб неожиданно сменился жестоким жаром, Лиза начала покашливать, и к утру у нее появилась мокрота, окрашенная алым кровяным цветом. Розанов бросился за Лобачевским.

В восьмом часу утра они явились вместе. Лобачевский внимательно осмотрел больную, выслушал ее грудь, взял опять Лизу за пульс и, смотря на секундную стрелку своих часов, произнес:

— Pneumonia, quae occupat magnam partem dextri etapecem pulmoni sinistri, complicata irritatione systemae nervorum. — Pulsus filiformis.

— Mea opinione, — отвечал на том же мертвом языке Розанов, — quod hic est indicatio ad methodi medendi antiflogistica; hirudines medicinales numeros triginta et nitrum.

— Prognosis lactalis, — еще ниже заговорил Лобачевский. — Consolationis gratia possumus proscribere amygdalini grana quatuor in emulsione amygdalarum dulcium uncias quatuor, — et nihil magis!.

— Нельзя ли перевести этот приговор на такой язык, чтобы я его понимала, — попросила Лиза. Розанов затруднялся ответом.

— Удивительно! — произнесла с снисходительной иронией

больная. — Неужто вы думаете, что я боюсь смерти! Будьте честны, господин Лобачевский, скажите, что у меня? Я желаю знать, в каком я положении, и смерти не боюсь.

— У вас воспаление легких, — отвечал Лобачевский.

— Одного?

— Обоих.

— Значит, finita la comedia?

— Положение трудное.

— Выйдите, — сказала она, дав знак Розанову, и взяла Лобачевского за руку.

— Люди перед смертью бывают слабы, — начала она едва слышно, оставшись с Лобачевским. — Физические муки могут заставить человека сказать то, чего он никогда не думал; могут заставить его сделать то, чего бы он не хотел. Я желаю одного, чтобы этого не случилось со мною… Но если мои мучения будут очень сильны…

— Я этого не ожидаю, — отвечал Лобачевский.

— Но если бы?

— Что же вам угодно?

— Убейте меня разом.

Лобачевский молчал

— Уважьте мое законное желание…

— Хорошо, — тихо произнес Лобачевский.

Лиза с благодарностью сжала его руку.

Весь этот день она провела в сильном жару, и нервное раздражение ее достигало крайних пределов: она вздрагивала при малейшем шорохе, но старалась владеть собою. Амигдалина она не хотела принимать и пила только ради слез и просьб падавшей перед нею на колени старухи.

Перед вечером у нее началось в груди хрипение, которое становилось слышным по всей комнате.

— Ага, уже началась музыка, — произнес шепотом Лобачевский, обращаясь к Розанову.

— Да, худо.

— К утру все будет кончено.

— Вы не бойтесь, — сказал он, держа за руку больную. — Больших мучений вы не испытаете.

— Я верю вам, — отвечала Лиза.

— Батюшка!.. — трепеща всем телом и не умея удержать в повиновении дрожащих губ, остановила Лобачевского на лестнице Абрамовна.

— Умрет, старушка, умрет, ничего нельзя сделать.

— Батю-ш-ш-шка! — опять простонала старуха.

— Ничего, ничего, няня, нельзя сделать, — отвечал, спускаясь по ступеням, Лобачевский.

Все существо старухи обратилось с этой минуты в живую заботу о том, чтобы больная исповедовалась и причастилась.

— Матушка, Лизушка, — говорила она, заливаясь слезами, — ведь от этого тебе хуже не будет. Ты ведь христианского отца с матерью дитя: пожалей ты свою душеньку.

— Оставьте меня, — говорила, отворачиваясь, Лиза.

— Ангел мой! — начинала опять старуха.

— Нельзя ль ко мне привезть Бертольди? — отвечала Лиза.

— На что вам Бертольди? — спокойно урезонивал больную Розанов. — Она только будет раздражать вас. Вы сами хотели избегать их; теперь же у вас с ними ведь ничего нет общего.

— Однако оказывается больше, чем я думала, — отвечала раздражительно Лиза. Розанов замолчал.

— Лиза, послушайся няни, — упрашивала со слезами Женни.

— Матушка! друг мой! Послушайся няни, — умоляла, стоя у кровати на коленях, со сложенными на груди руками, старуха.

— Лизавета Егоровна! Гейне, умирая, поручал свою бессмертную душу Богу, отчего же вы не хотите этого сделать хоть для этих женщин, которые вас так любят? — упрашивал Розанов.

— Хорошо, — произнесла с видимым усилием Лиза. Абрамовна вскочила, поцеловала руку больной и послала свою кухарку за священником, которая возвратилась с какою-то длинненькою связочкою, завернутою в чистенький носовой платочек.

Сверточек этот она осторожно положила на стул, в ногах Лизиной постели. Больной становилось хуже с каждою минутою. По целой комнате слышалось легочное клокотание, и из груди появились окрашенные кровью мокроты.

Пришел пожилой священник с прекрасным бледным лицом, обрамленным ниспадающими по обе стороны черными волнистыми волосами с легкою проседью. Он поклонился Евгении Петровне и Розанову, молча раскатал свернутый епитрахиль, надел его, взял в руки крест и с дароносицею вошел за Абрамовною к больной.

— Попросите всех выйти из этой комнаты, — шепнул он няне.

Они остались вдвоем с Лизою. Священник тихо произнес предысповедные слова и наклонился к больной. Лиза хрипела и продолжала смотреть на стену. Священник вздохнул, осенив ее крестом, и сильно взволнованный вышел из-за ширмы.

Провожая его, Розанов хотел дать ему деньги. Священник отнял руку.

— Не беспокойтесь; не за что мне платить, — сказал он.

Розанов не нашелся ничего сказать. Когда Розанов возвращался в комнату больной, в передней его встретила немка-хозяйка с претензиею, что к ней перевезли умирающую.

— Вам будет заплачено за все беспокойства, — ответил ей, проходя, Розанов. Усиливающееся легочное хрипение в груди Лизы предсказывало скорую смерть. Заехал Лобачевский и, не заходя за ширмы, сказал:

— Конец.

— Вы очень изнурены, это для вас вредно, усните, — посоветовал он Евгении Петровне.

Та махнула опять рукою и заплакала.

— Перестань, Женни, — произнесла чуть внятно Лиза, давясь мокротой. — Душит меня, — проговорила она еще тупее через несколько времени и тотчас же, делая над собою страшное усилие, выговорила твердо: — С ними у меня общего... хоть ненависть... хоть неумение мириться с тем обществом, с которым все вы миритесь... а с вами... Ничего, — договорила она и захлебнулась.

— Батюшка! колоколец уж бьет, — закричала из-за ширмы стоявшая возле умирающей Лизы Абрамовна.

Розанов метнулся за ширмы. Лиза с выкатившимися глазами судорожно ловила широко раскрытым ртом воздух. Евгения Петровна упала в дурноте со стула; растерявшийся Розанов бросился к ней. Когда он лил воду сквозь сжатые зубы Евгении Петровны, в больной груди умирающей прекратилось хрипение.

Посадив Вязмитинову, Розанов вошел за ширмы. Лиза лежала навзничь, закинув назад голову, зубы ее были стиснуты, а посиневшие губы открыты. На неподвижной груди ее лежал развернутый платочек Абрамовны с тремя восковыми свечечками, четвертая тихо теплилась в замершей руке Лизы. Абрамовна, наклонив голову, шептала молитву и заводила веками остановившиеся глаза Лизы.

Похороны Лизы были просты, но не обошлись без особых заявлений со стороны некоторых граждан. Один из них прошел в церковь со стеариновою свечкою и во все время отпевания старался вылезть наружу. С этою же свечкою он мыкался всю дорогу до кладбища и, наконец, влез с нею на земляной отвал раскрытой могилы.

— Господа, мы просим, чтоб речей не было, этого не желала покойница и не желаем мы, — произнес Розанов, заметя у гражданина со стеариновою свечою какую-то тетрадку.

Всякие гражданские мотивы были как-то ужасно противны в эти минуты, и земля на крышку Лизиного гроба посыпалась при одном церковном молении о вечном покое. Баронесса Альтерзон была на похоронах сестры и нашла, что она, бедняжка, очень переменилась. Белоярцев шел на погребение Лизы тоже с стеариновою свечою, но все время не зажигал ее и продержал в рукаве шубы. Тонкое, лисье чутье давало ему чувствовать, что погода скоро может перемениться и нужно поубрать парусов, чтобы было на чем после пролавировать.

## Глава двадцать пятая.
## Новейшие моды и фасоны

### (Последняя глава вместо эпилога)

Девятого мая, по случаю именин Николая Степановича, у Вязмитиновых была пирушка. Кроме обыкновенных посетителей этого дома, мы встречаем здесь множество гостей, вовсе нам не знакомых, и несколько таких лиц, которые едва мелькнули перед читателем в самом начале романа и которых читатель имел полное право позабыть до сих пор. Здесь вдова камергерша Мерева, ее внучка, которой Помада когда-то читал чистописание и которая нынче уже выходит замуж за генерала; внук камергерши, в гусарском мундире, с золотушным шрамом, выходящим на щеку из-под левой челюсти; Алексей Павлович Зарницын в вицмундире и с крестом за введение мирового положения о крестьянах, и, наконец, брат Евгении Петровны, Ипполит Петрович Гловацкий, которого некогда с такими усилиями старались отратовать от тяжелой ответственности, грозившей ему по университетскому делу. Теперь Ипполит Гловацкий возмужал, служит чиновником особых поручений при губернаторе и старается держать себя государственным человеком.

Губерния налетела сюда, как обыкновенно губернии налетают: один станет собираться, другому делается завидно, — дело сейчас находится, и, смотришь, несколько человек, свободно располагающих временем и известным капиталом, разом снялись и полетели вереницею зевать на зеркальные окна Невского проспекта и изучать то особенное чувство благоговейного трепета, которое охватывает человека, когда он прикасается к топазовой ручке звонка у квартиры могущественной особы.

Камергерша Мерева ехала потому, что сама хотела отобрать и приготовить приданое для выходящей за генерала внучки; потом желала просить полкового командира о внуке, только что произведенном в кавалерийские корнеты, и, наконец, хотела повидаться с какими-то старыми приятелями и основательно разузнать о намерениях правительства по крестьянской реформе. Камергерша Мерева была твердо уверена, что вечное признание за крестьянами прав личной свободы дело решительно невозможное, и постоянно выискивала везде слухов, благоприятствующих ее надеждам и ожиданиям.

Алексей Павлович Зарницын поехал в Петербург, потому что поехала Мерева и потому что самому Алексею Павловичу давно смерть как хотелось прокатиться. Практическая и многоопытная супруга Алексея Павловича давно вывела его в уездные предводители дворянства и употребила его для поправления своих отношений с камергершей, которая не хотела видеть Кожухову с тех пор, как та, заручившись дарственною записью своего первого мужа, выжила его из его собственного имения. Не сама Мерева, а ее связи с аристократическим миром Петербурга были нужны Катерине Ивановне Зарницыной, пожелавшей ввиду кивающей ей старости оставить деревенскую идиллию и пожить окнами на Большую Морскую или на Миллионную. Катерине Ивановне задумалось провести жизнь так, чтобы Алексей Павлович в двенадцать часов уходил в должность, а она бы выходила подышать воздухом на Английскую набережную, встречалась здесь с одним или двумя очень милыми несмышленышами в мундирах конногвардейских корнетов с едва пробивающимся на верхней губе пушком, чтобы они поговорили про город, про скоромные скандалы, прозябли, потом зашли к ней, Катерине Ивановне, уселись в самом уютном уголке с чашкою горячего шоколада и, согреваясь, впадали в то приятное состояние, для которого еще и итальянцы не выдумали до сих пор хорошего названия. И так далее: все «в самом, в самом игривом», и все при неотменном присутствии корнета с пробивающимся на верхней губе пушком.

Катерина Ивановна, долго засидевшаяся в провинциальной глуши, обманывала себя, преувеличивая светское значение старой камергерши. Одни петербургские связи Меревой от времени слишком вытянулись и ослабели, другие уже вовсе не существовали. Но Катерина Ивановна не брала этого в расчет, всячески заискивала расположения Меревой сама и возила к ней на поклон своего мужа.

Алексей Павлович давно утратил свою автономию и плясал по жениной дудке. Он был снаряжен и отправлен в Петербург с целью специально служить камергерше и открыть себе при ее посредстве служебную дорогу, но он всем рассказывал и даже сам был глубоко убежден, что едет в Петербург для того, чтобы представиться министру и получить от него инструкцию по некоторым весьма затруднительным вопросам, возникающим из современных дворянских дел.

Губернаторский чиновник особых поручений Ипполит Гловацкий, огорчаемый узкостью губернской карьеры, поехал с Зарницыным, чтобы при содействии зятя переместиться на службу в Петербург.

— Как же ты оставишь отца? — спрашивала его Евгения Петровна.

— А что же, матушка, делать! Нельзя же мне с этих пор закабалить себя в провинции и погубить свою карьеру.

— Это, к сожалению, очень грустно, но совершенно справедливо, — заметил Вязмитинов.

— Я сама поеду весною с детьми к отцу, — отвечала Евгения Петровна.

— Лучше перевезем его сюда.

— Нет, зачем же! Для чего тащить его из-под чистого неба в это гадкое болото! Лучше я к нему поеду; мне самой хочется отдохнуть в своем старом домике. Поживу с отцом, погощу у матери Агнии, поставлю памятник на материной могиле…

— А что мать Агния? — спросил Вязмитинов, обращаясь к Меревой.

Вся эта беседа происходит за круглым чайным столом в день упомянутых именин Вязмитинова. Камергерша сложила свои сухие, собранные в смокву губы и, произнося русское у не как русское ю, а как французское u, отвечала: «ужасная чудиха!»

— Помнишь, Ипполит, как она когда-то не могла простить тебе твоего отзыва о монастырях и о Пушкине? — говорил весело Вязмитинов.

— Однако простила же, и, может быть, благодаря ей Ипполит не сделался солдатом, — вмешалась Евгения Петровна.

— Что ее племянница? — осведомилась Мерева.

— Лиза? Она умерла.

— Скажите! Как это странно! Отчего же это она умерла?

— Простудилась.

— Всю жизнь изжила, — подсказал Вязмитинов.

— Какой ты нынче острогон! — заметил, ставя на стол свою чашку, Розанов.

— С ней там опять была история почти в том же роде, — начала, выдавливая слова, Мерева. — На моего внука рассердилась — вот на него, — пояснила камергерша, указывая на золотушного гусара.

— Это вы о ком говорите?

— Об игуменье.

— Извините, пожалуйста, я не понял.

— Да. Представьте себе, у них живописцы работали. Ню, она на воротах назначила нарисовать страшный суд — картину. Ню, мой внук, разумеется, мальчик молодой… знаете, скучно, он и дал живописцу двадцать рублей, чтобы тот в аду нарисовал и Агнию и всех ее главных помощниц.

Несколько человек захохотали и посмотрели на молодого гусара.

— Ню, так и сделал, — заключила, улыбаясь, Мерева. — Старуха рассердилась, прогнала живописца и велела все лица перерисовать.

— Гласность, — заметил какой-то желчный пожилой чиновник.

— Да, а себя, говорят, так и велела оставить.

— Все это было бы смешно, когда бы не было так глупо, — сказал за стулом Евгении Петровны Розанов.

— Именно, — отвечала хозяйка.

О Феоктисте Мерева ничего не знала.

— А об этом, — говорила она, захватив одного статского генерала со звездою, — я хоть и в провинции живу, но могу вам сообщить самые верные сведения, которые прямо идут из самых верных источников. Австрийский император, французский император и прусский король писали к нашему императору, что так как у них крестьяне все освобождены без земли, а наш император дал крестьянам землю, то они боятся, что их крестьяне, узнавши про это, бунт сделают, и просили нашего императора отобрать у наших крестьян землю назад. Ню, и наш император принял это во внимание. Я это наверное знаю, потому что наш владыка был здесь в Петербурге, и его регент, который с ним тоже был здесь, все это мне самой рассказывал.

— Смею вас уверить, ваше превосходительство, что все это чистейший вздор, — распинался перед Меревою статский генерал, стараясь ее всячески урезонить.

— Ах, нет, нет, нет! Нет, вы уж, пожалуйста, не говорите мне этого, — отпрашивалась Мерева.

— Ну и хорошо; ну и положим, что должность, как ты говоришь, самостоятельная; ну что же я на ней сделаю? — спрашивал в углу Ипполит у Вязмитинова, который собирался сейчас просить о нем какого-то генерала.

— Можешь самостоятельно работать, можешь заявлять себя с выгодной стороны и проводить полезную инициативу.

— Да… инициатива, это так… Но место это все-таки выходит в восьмом классе, — что же я получу на нем? Мне нужен класс, дорога. Нет, ты лучше проси о том месте. Пуская оно там и пустое, да оно в седьмом классе, — это важно, если меня с моим чинишком допустят к исправлению этой должности.

— Если ты так смотришь, пусть будет по-твоему, — отвечал Вязмитинов.

— Да как же смотреть-то иначе?

— Пожалуй, может быть ты и прав.

— Нет, позвольте, — говорили наперебой молодая супруга одного начальника отделения и внучка камергерши Меревой, забивая насмерть Зарницына и еще нескольких молодящихся чиновников. — Что же вы, однако, предоставили женщине?

— Наш закон… Наш закон признает за женщиною право собственности и по выходе замуж, у нас женщина имеет право подавать свой голос на выборах… — исчислял Зарницын.

— Да это закон, а вы-то, вы-то сами что предоставили женщине? Что у вас женщина в семье? Мать, стряпуха, нянька ваших плаксивых ребят, и только.

— В семье каждая женщина должна…

— Должна! Вот опять должна! Я слышать не могу этого ненавистного слова: женщина должна. Отчего же, я вас спрашиваю, мужчина не должен?

— Но позвольте, я хотел сказать, что женщина должна сама себя поставить, сама себе создать соответственное положение.

— Женщина должна, видите, создавать себе это положение! А отчего же вы не хотите ей сами устроить это положение? Отчего женщина не видит в семье предупредительности? Отчего желание ее не угадывается?

— Но, душечка, нельзя же, чтобы муж мог отгадывать каждое женино желание, — вмешался начальник отделения, чуя, что в его огород полетели камешки.

— Если любит, так все отгадает, — зарешила дама. — Женихами же вы умеете отгадывать и предупреждать наши желания, а женитесь... Говорят: «у нее молодой муж», — да что мне или другой из того, что у меня молодой муж, когда для него все равно, счастлива я или несчастлива. Вы говорите, что вы работаете для семьи, — это вздор; вы для себя работаете, а чтобы предупредить какое-нибудь пустое желание жены, об этом вы никогда не заботитесь.

— Да, душечка, какое же желание, — заискивал опять начальник отделения.

— Ну, самое пустое, ну чепчик, ну ленту, которая нравится, — безделицу, да предупреди ее.

— Душечка, да отчего же жене самой не купить себе чепчик или ленту?

— Не лента дорога, а внимание: в этом обязанность мужа.

— Вот в чем обязанность мужа! Слышали? — спросил Евгению Петровну Розанов, — та только улыбнулась.

— Это правда, — говорила камергерша Мерева сентиментальной сорокалетней жене богатого домовладельца. — Я всегда говорила: в молодых мужьях никакого проку нет, все только о себе думают. Вон жених моей внучки — генерал и, разумеется, хоть не стар, но в настоящих летах, так это любовь. Он ее, как ребенка, лелеет. Смешно даже, расскажу вам: он с нею часто разговаривает, как с ребенком, знаете так: «сте, сте ти, моя дюся? да какая ти у меня клясавица», и привык так. Является он к своему дивизионному начальнику, да забылся и говорит: «Цесть имею васему превосходительству долезить». Даже начальник рассмеялся: «Что это, говорит, с вами такое?» — «Извините, говорит, ваше превосходительство, это я с невестой своей привык». — Так вот это любовь!

— Да, я имею трех взрослых дочерей, — стонала сентиментальная сорокалетняя домовладелица. — Одну я выдала за богатого купца из Астрахани. Он вдовец, но они счастливы. Дворяне богатые нынче довольно редки; чиновники зависят от места: доходное место, и хорошо; а то и есть нечего; ученые получают содержание небольшое: я решила всех моих дочерей за купцов отдать.

— Это так, — отвечала камергерша, несколько обиженная предпочтением, оказываемым купеческому карману. — Только будет ли их склонность?

— Н... ну, какие склонности! Помилуйте, это все выдумки. Я сказала, чтобы у меня в доме этих русских романов не было. Это все русские романы делают. Пусть читают по-французски: по крайней мере язык совершенствуют.

— Вот это очень, очень благоразумно, — подтверждала Мерева.

— Да сами согласитесь, к чему они все это наклоняют, наши писатели? Я не вижу ничего хорошего во всем, к чему они все наклоняют. Труд, труд, да труд затрубили, а мои дочери не так воспитаны, чтобы трудиться.

— А кто же будет выходить за бедных людей? — вмешался Зарницын.

— За бедных?.. — Домовладелица задумалась и, наконец, сказала: — Пусть кто хочет выходит; но я моих дочерей отдам за купцов...

— За человека страшно! — произнес, пожимая плечами и отходя в сторону, Зарницын.

— Просто дура, — ответил ему кто-то.

Зарницын сел у окошечка и небрежно переворачивал гласированные листы лондонской русской газеты.

— Что читаешь? — спросил его, подсаживаясь, Розанов.

— «Слова, слова, слова», — отвечал, снисходительно улыбаясь, Зарницын.

— Гамлет! Зачем ты только своих слов не записываешь? Хорошо бы проверить, что ты переговорил в несколько лет.

— «Слова!»

— Именно все вы, как посмотришь на вас, не больше как «слова, слова и слова».

— Ну, а что твой камрад Звягин, с которым вы университет переворачивали: где он нынче воюет? — спрашивал за ужином Ипполита Вязмитинов.

— Звягин воюет? помилуй! смиренный селянин, женат, двое детей, служит мировым посредником и мхом обрастает.

— На ком он женат?

— Никона Родивоновича помнишь?

— Еще бы!

— На его дочке, на Ульяночке.

— Господи Боже мой! а мотался, мотался, бурлил, бурлил!

— Из бродячих-то дрожжей и пиво бывает, — возразил Розанов.

— А уж поколобродил и подурил.

— Все мы на свой пай и поколобродили и подурили.

— Н-нну, не все, я думаю, одинаково, — с достоинством отвечал Вязмитинов. — Иное дело увлекаться, иное метаться как угорелому на всякую чепуху.

— Да-с, можем сказать, что поистине какую-то бесшабашную пору прожили, — вмешался еще не старый статский генерал. — Уж и теперь даже вспомнить странно; сам себе не веришь, что собственными глазами видел. Всюду рвались и везде осрамились.

— Вещество мозга до сих пор еще недостаточно выработано, — весьма серьезно вставил Лобачевский.

— Н-нну, иные и с этим веществом да никаких безобразных чудес не откалывали и из угла в угол не метались, — резонировал Вязмитинов. — Вот моя жена была со всех сторон окружена самыми эмансипированными подругами, а не забывала же своего долга и не увлекалась.

— Почему вы это знаете? — спросила Евгения Петровна с тонкой улыбкой.

— А что? — подозлил Розанов.

— Ну, по крайней мере ты же не моталась, не рвалась никуда.

— Потому что некуда, — опять полушутя ответила Евгения Петровна.

— А мое мнение, не нам с тобой, брат Николай Степанович, быть строгими судьями. Мы с тобой видели, как порывались молодые силы, как не могли они отыскать настоящей дороги и как в криворос ударились. Нам с тобой простить наши личные оскорбления да пожалеть о заблуждениях — вот наше дело.

Вязмитинов замолчал.

— Нет, позволь, позволь, брат Розанов, — вмешался Зарницын. — Я сегодня встречаю Птицына. Ну, старый товарищ, поздоровались и разговорились: «Ты, — говорю ему, — у нас первый либерал нынче...». — «Кой черт, говорит, либерал; я тебе скажу: все либералы свиньи». — «Ты ж, говорю, сам крайний и пишешь в этом роде!» — «А черт их, говорит, возьми: мало ли что мы пишем! Я бы, говорит, даже давно написал, что они свиньи». — «Да что же?» спрашиваю. «Напечатают, говорит, что я пьяный на тротуаре валялся», — и сам смеется... Ну что это за люди, вас спрашиваю?

— Комик! комик! — остановил его Розанов. — Ну, а мало ли, что мы с тобой говорим? Что ж мы-то с тобой за люди?

— Повторяю вам, вещество человеческого мозга недостаточно выработано, — опять произнес Лобачевский.

— Ну, а я на моем стою: некуда было идти силам, они и пошли в криворос. Вон за Питером во всю ширь распахивается великое земское дело; оно прибрало к себе Звягина, соберет к себе и всех.

— Только уж не ваших петербургских граждан.

— Граждане тоже люди русские, — перебил Розанов, — еще посмотрим, что из них будет, как они промеж себя разбираться станут.

— Ню, а ваш брат непременно очень, очень далеко пойдет, — радовала Евгению Петровну на прощанье Мерева.

— Он довольно способный мальчик, — равнодушно отвечала Вязмитинова.

— Этого мало, — с ударением и жестом произнесла Мерева, — но он очень, очень искательный молодой человек, который не может не пойти далеко.

В эту же пору, когда гости Вязмитинова пировали у него на именинах, в пустынной улице, на которой стоял Дом Согласия, происходила сцена иного характера.

В Доме царствовала невозмутимая тишина, и в темных стеклах окон только играл бледный месяц. Штат Дома был в расстройстве. Прорвич уехал к отцу; Белоярцев хандрил и надумал проехаться с Бертольди в Москву, чтобы сообразить, не выгоднее ли тамошние условия для перенесения туда Дома Согласия. Дома оставались только Каверина, Ступина и Ольга Александровна. Каверина, обвязанная платком, валялась с больными зубами по постели и перелистывала какую-то книгу, а Ступина, совсем одетая, спала у нее на диване и сладко поводила во сне своими пунцовыми губками. Ольги Александровны Розановой не было дома.

Часу в одиннадцатом в конце пустой улицы послышалось тихое дребезжание извозчичьих дрожек. Утлый экипаж долго полз по немощеной улице и, не доезжая нескольких сажен до дома, занятого гражданами, остановился в тени, падавшей от высокого деревянного забора.

С дрожек легко спрыгнула довольно стройная женская фигура, закутанная в широкий драповый бурнус и большой мериносовый платок.

— Подходи вот туда, — указала фигура на крайние окна и, держась теневой полосы, скользнула в незапертую калитку пустынного дома.

Через несколько минут рама в одном из указанных вошедшею в дом женщиною окон задрожала. Долго она не уступала усилиям слабой руки, но, наконец, открылась и хлопнула половинками по ломаным откосам. В то же мгновение в раскрытом окне показался большой узел в белой простыне и полетел вниз. За этим узлом последовал точно такой же другой.

Прежде чем к этим узлам осторожно подскочил и взял их оставшийся в тени извозчик, в другом конце дома торопливо распахнулись разом два другие темные окна, и в каждом из них показалось по женской голове.

Перепуганный извозчик при этом новом явлении решительно схватил оба узла и помчался с ними, насколько ему позволяла их тяжесть, к стоявшим в тени дрожкам.

— Воры! Воры! — закричали в окнах Каверина и Ступина, не сводя глаз с убегавших под забором белых узлов.

В это время на заднем ходе хлопнула сильно пущенная дверь, что-то едва слышно скатилось по лестнице, и из калитки опять выскочила знакомая нам женская фигура.

— Воры! воры! — еще громче закричали обе женщины.

— Где, матушка? — вертя во все стороны головой, осведомлялся выбежавший спросонья из передней Мартемьян Иванов.

Каверина вместо ответа ткнула его в окно и указала на узлы, отъезжавшие на дрожках вместе с вышедшею из калитки женщиною. Мартемьян Иванов загромыхал по каменным ступеням лестницы и, выправившись из калитки, побежал было по улице вдогонку за похитителями, но на десятом шагу упал и, медленно поднявшись, начал, сидя, переобуваться.

— Беги же, беги скорее! — кричали ему женщины.

Мартемьян Иванов только кряхтел и обувался.

— Что за увалень! — говорила, глядя на него с отчаянием, Каверина.

— Ды-ть, матушка, нешь он тому причинен? — ублажала ее появившаяся у них за спинами Марфа. — Он бы и всей своей радостной радостью рад, да где ж ему догнать лошадь! Когда бы у него обувка, как у добрых людей, ну еще бы, а то ведь у него сапожищи-то — демоны неспособные.

Мартемьян Иванов посидел среди улицы, вздел предательски свалившегося с ноги неспособного демона и, разводя врозь руками, в унынии пошел назад, чтобы получить новые инструкции.

Тревога была напрасная: воров никаких не было. Ольга Александровна, не совладев с собою и не найдя в себе силы переговорить с гражданами и обличить перед ними свою несостоятельность к продолжению гражданского образа жизни, просто-напросто решилась убежать к мужу, как другие убегают от мужа.

— Водевиль! — говорила Ступина, ходя по опустевшей комнате Ольги Александровны и держа в руках оставленную тою на столе лаконическую записку.

— А мы, матушка, с Мартемьяном хотим завтра… — проговорила Марфа.

— Что такое завтра? — спросила Каверина.

— Прочь от вас.

— Вот вам и сюрприз! — отнеслась она к Ступиной.

— Кажется, нам всем уже пора отсюда убираться, — отвечала Ступина, давно желая вырваться из этой сладкой жизни. Каверина ничего не ответила: она думала то же самое, что Ступина. Розанов возвратился домой от Вязмитиновых весьма поздно. Проходя через свою гостиную, он едва не упал, наткнувшись на большой узел, и в то же время увидал, что с стоящего здесь мягкого дивана поднялась и села женская фигура в спальном чепце и белой кофте.

— Что это? — спросил изумленный Розанов.

— То, что я не могу так оставить на ваших руках моего ребенка, — отвечала фигура.

Розанов узнал голос жены.

— Что же вам, наконец, еще угодно? — спросил он спокойно. Ольга Александровна задорно сапнула.

— Я знаю мои права, — произнесла она, поворачиваясь и толкая локтем уснувшую возле нее девочку.

— Ну-с!

— Я... я должна обеспечить моего ребенка.

Дитя проснулось, село и, ничего не понимая из происходящей вокруг него сцены, терло глазки и клонилось к оставленной подушке.

— Я должна ее обеспечить, — еще смелее и громче произнесла Ольга Александровна.

Доктор молча прошел в свой кабинет и наутро распорядился только заставить шкафом одни двери, чтобы таким образом разделить свою квартиру на две как бы отдельные половины.

Спустя месяц после только что рассказанных событий, далеко от Петербурга, по извилистой дорожке, проложенной луговою поймою реки Саванки, перед вечером катились незатейливые бегунцы, на которых сидел коренастый молодой купец в сером люстриновом сюртуке и старомодном картузе с длинным прямым козырьком.

После страшно знойного дня, среди которого под палящими лучами солнца так и вспиралась, так кишмя и кишела в высокой траве всяческая мелкая тварь Божия, вызванная из прогретой и вспаренной почвы, — настал упоительный вечер. Готовая к покосу трава тихо стояла окаменевшим зеленым морем; ее крошечные беспокойные жильцы спустились к розовым корням, и пестрые ужи с серыми гадинами, зачуяв вечернюю прохладу, ушли в свои норы. Только высокие будылья чемерицы и коневьего щавелю торчали над засыпающим зеленым морем, оставаясь наблюдать, как в сонную траву налетят коростели и пойдут трещать про свои неугомонные ночные заботы.

Молодого человека, проезжающего в этот хороший вечер по саванскому лугу, зовут Лукою Никоновичем Маслянниковым. Он сын того Никона Родионовича Маслянникова, которым в начале романа похвалялся мещанин, как сильным человеком: захочет тебя в острог посадить — засадит; захочет в полиции розгами отодрать — тоже отдерет в лучшем виде.

Луке Никоновичу перевалило уже за тридцать лет; входя в постоянный возраст, он, по русскому обычаю, начал вширь добреть, и на его правильном молодом лице постоянно блуждала тихая задумчивость и сосредоточенность.

Вел себя Лука Никонович вообще не фертиком торгового сословия, а человеком солидным и деловым. Схоронив три года тому назад своего грозного отца, он не расширял своей торговли, а купил более двух тысяч десятин земли у камергерши Меревой, взял в долгосрочное арендное содержание три большие помещичьи имения и всей душой пристрастился к сельскому хозяйству. Лука Никонович был женат, по приказанию родительскому, на богатой девушке, которой он не любил и с которою в жизни не нашел никакого утешения; но сестру свою, Ульяну Никоновну, он выдал замуж за мирового посредника Звягина по взаимной склонности и жил с зятем в большой дружбе, любил сестру, разделился с нею по-братски, крестил ее детей и заботился поокруглить и расширить небольшой наследственный зятнин участок.

— Ты послужи обществу, а это я за тебя устрою, — говорил он зятю.

У широкого перелога Лука Никонович взял налево и, проехав несколько шагов, остановился. В стороне от дорожки, в густой траве, сидела молодая женщина с весьма красивым, открытым русским лицом. Она закручивала стебельки цикория и давала их двухлетнему ребенку, которого держала у себя на коленях. Возле нее сидела девочка лет восьми или девяти и лениво дергала за дышельцо тростниковую детскую тележку.

— Здравствуй, дворянка! — крикнул Лука Никонович, осадив вожжами свою лошадь.

— Брат, здравствуй! — радостно ответила молодая женщина и, подойдя к дрожкам, поцеловала его в губы.

— Что твой милый барин — дома?

— Дома, вчера приехал и завтра опять собирается. Господи, что это за служба такая: почти не видимся.

— Лучше, не скоро друг другу наскучите. — Садитесь-ка, я довезу тебя.

Ульяна Никоновна прыгнула к брату на бегунцы, взяла у девочки ребенка, и они поехали.

— Нельзя, матушка: надо служить обществу, — говорил ей, едучи, Лука Никонович. — Отпираться от такой службы стыд зазрит.

У подъезда низенького, крытого соломой дома их встретил молодой человек с симпатичною наружностью.

— Здравствуйте, господин Звягин! — приветствовал его Лука Никонович.

— Газет привез?

— Привез, брат, тебе и газет и новостей со всех волостей.

Хозяйка и гость сели у крылечка.

— Командирша наша тебе кланяется.

— Мерева приехала?

— Приехала, брат.

— Всех там видела? — с лестной гримасой спросил Звягин.

— Всех: и князей, и королей, и министров: всех, говорит, видела. Году, говорит, не пройдет, крестьяне опять наши будут.

— Не будут ли еще их брату денег раздавать за убытки?

— Нет, этого, должно, не надеется: денег у меня опять просила. «Ты, говорит, Лука Никонович, мужикам даешь, а мне дать не хочешь».

— «Мужики, говорю, ваше превосходительство, деньгу в дело обращают, а вам на что она?» — «Видишь, говорит, я внучку снаряжаю». — «Ну, говорю, это, сударыня, кабы за ровню, точно что помочь надо; а такой, говорю, почтенный жених этакую невесту и без всего должен взять да на ручках носить и пыль обдувать».

— Уж и правда! — вмешалась Ульяна Никоновна.

— И все тут?

— К Александру Тихонычу дочка вчерашнего числа приехала из Петербурга. С мужем, говорят, совсем решилась: просит отца в монастыре келейку ей поставить и там будет жить белицей.

— Это та, что за доктором-то была? — спросила Ульяна Никоновна и, получив утвердительный ответ, добавила: — о Господи! уж когда же это она у них уходится?

— А вот теперь уходится. И мне, брат ты мой, радость. Представление мое разрешено: получил депешу, что представление головы разрешено во всех частях.

— Теперь, значит, и пожарная команда, и ремесленная школка, и больница, все у тебя закипит.

— Закипит, брат. Первое дело подберу сирот, да в школу, чтобы не пропадали, а потом в Москву.

— Чего это?

— Секретаря себе из студентов хочу взять в думу. Пятьсот рублей своих дам, пятьсот соберу, да чтобы человек был. Возьми жалованье и живи честно.

— А над новым любишь еще подтрунивать.

— Да над чем новым! Вон Бахарева зять стальных плугов завез мужикам, — известно и надо смеяться. А хорошего, ученого человека привезть, заплатить ему хорошо, да тогда и работу с него спрашивать — смеху нет никакого.

— У меня тоже есть чем похвалиться: Боровковская волость составила приговор, чтобы больше уже не сечься.

— Ну, вот видишь! Я говорил, сами надумаются. Так-то, матушка сестрица: вот и пойдет у нас город городом. Чего доброго, нате вам, еще и театр заведем. Знай наших!

— Заведи, заведи, а наедет на тебя какой-нибудь писака, да так тебя отделает, что все твои восторги разлетятся, — шутил Звягин.

— Ну как же, важное блюдо на лопате твой писатель. Знаем мы их — теплые тоже ребята; ругай других больше, подумают, сам, мол, должно, всех умней. Нет, брат, нас с дороги этими сочинениями-то не сшибешь. Им там сочиняй да сочиняй, а тут что устроил, так то и лучше того, чем не было ничего. Я, знаешь, урывал время, все читал, а нонче ничего не хочу читать — осерчал.

— Сердит уж ты очень бываешь, Лука Никонович!

— Я, брат, точно, сердит. Сердит я раз потому, что мне дохнуть некогда, а людям все пустяки на уме; а то тоже я терпеть не могу, как кто не дело говорит. Мутоврят народ тот туда, тот сюда, а сами, ей-право, великое слово тебе говорю, дороги никуда не знают, без нашего брата не найдут ее никогда. Все будут кружиться, и все сесть будет некуда.

www.ingramcontent.com/pod-product-compliance
Lightning Source LLC
Chambersburg PA
CBHW032255020726
47495CB00001B/116